EM ALGUM LUGAR ALÉM DO MAR

Outros livros de TJ Klune publicados pela Morro Branco

Série Green Creek
Wolfsong: O Chamado
Ravensong: Os Laços

As Crônicas Cerúleas
A Casa no Mar Cerúleo

Livros únicos
Além da Porta Sussurrante
A Vida Entre Marionetes

TJ KLUNE

Em Algum Lugar Além do Mar

Tradução
Paulo Henrique de Aragão

MORROBRANCO
EDITORA

EM ALGUM LUGAR ALÉM DO MAR

MORRO BRANCO é uma editora do Grupo Editorial Alta Books (Starlin Alta Editora e Consultoria Ltda.)

ISBN: 978-65-6099-073-9

Impresso no Brasil — 1ª Edição, 2025 — Edição revisada conforme o Acordo Ortográfico da Língua Portuguesa de 2009.

Dados Internacionais de Catalogação na Publicação (CIP)
(BENITEZ Catalogação Ass. Editorial, MS, Brasil)

K63e
1.ed. Klune, TJ
Em algum lugar além do mar / TJ Klune ; tradução Paulo Henrique de Aragão. - 1.ed. - Rio de Janeiro : Morro Branco, 2025.
416 p.; 14 x 21 cm. - (A sequência de A casa no mar Cerúleo ; 2)

Título original: Somewhere beyond the sea.
ISBN 978-65-6099-073-9

1. Ficção de fantasia. 2. Ficção norte-americana. 3. LGBTQIA+ - Siglas. I. Aragão, Paulo Henrique de. II. Título. III. Série.

02-2025/13 CDD 813

Índice para catálogo sistemático:
1. Ficção : Literatura norte-americana 813
Aline Graziele Benitez - Bibliotecária - CRB-1/3129

Produção Editorial: Grupo Editorial Alta Books
Diretor Editorial: Anderson Vieira
Vendas Governamentais: Cristiane Mutüs
Gerência Comercial: Claudio Lima

Coordenadora Editorial: Illysabelle Trajano
Produtor Editorial: Marlon Souza
Tradução: Paulo Henrique de Aragão
Copidesque: Ellen Andrade
Revisão: Louise Branquinho
Diagramação: Natalia Curupana
Capa: Red Nose Studio

ALTA BOOKS
GRUPO EDITORIAL

Rua Viúva Cláudio, 291 — Bairro Industrial do Jacaré
CEP: 20.970-031 — Rio de Janeiro (RJ)
Tels.: (21) 3278-8069 / 3278-8419
www.altabooks.com.br — altabooks@altabooks.com.br
Ouvidoria: ouvidoria@altabooks.com.br

Editora **afiliada à:**

Para a comunidade trans ao redor do mundo:
Eu vejo, ouço e amo vocês.
Esta história é para vocês.

"Estamos em uma encruzilhada. O propósito desta audiência — e de qualquer outra que possa se seguir — é determinar quais mudanças, se houver, devem ser realizadas nas atuais REGRAS E REGULAMENTOS *que governam a comunidade mágica. Como noticiado ad nauseam pela imprensa, os Departamentos Encarregados da Juventude Mágica e dos Adultos Mágicos recentemente têm sido alvo de intenso escrutínio. Com a dissolução do Altíssimo Escalão, os departamentos estão sem liderança efetiva."*

Ao desembarcar da balsa e pisar na ilha pela primeira vez em décadas, Arthur Parnassus pensou que romperia em chamas naquele exato momento. Isso não aconteceu, mas foi por pouco: o fogo que ardia nele parecia mais brilhante do que em anos. Arthur ansiava por rasgar sua pele e abrir suas asas, voar para o céu e sentir o familiar vento salgado em suas penas. Porém sabia que, se o fizesse, as chances seriam de que voasse para longe, deixando esse lugar para sempre. E não faria isso. Ele havia retornado por uma razão.

O dono da balsa — um sujeito rabugento com o rosto marcado, macacão manchado e o nome encantador de Merle — gritou do gradil a três metros de altura.

— É bom que tenha certeza disso. Depois que eu for embora, você estará preso aqui. Não venho para cá à noite.

Arthur não olhou para o balseiro, paralisado como estava pela estrada de terra que se alongava à sua frente, serpenteando em direção a uma floresta tão densa que o sol do meio-dia mal alcançava o musgo e as folhas que cobriam o chão. O som do mar batendo nas praias de areia branca encheu seus ouvidos, trazendo recordações de sua juventude: recordações boas, ruins, de todo tipo.

— Obrigado, Merle. Sua ajuda se mostrou inestimável. — Arthur olhou de volta para a balsa. — Acho que ficarei bem. Se eu precisar voltar ao continente, chamo você.

— Como? Não há telefones na ilha. Nem eletricidade. Nem água.

— Isso vai mudar. Os serviços públicos estão agendados para vir amanhã de manhã, às dez em ponto. Você vai trazê-los, não vai?

O balseiro fez uma careta, mas Arthur viu um brilho ganancioso passar em seus olhos.

— As taxas são flutuantes — disse Merle, com uma fungada arrogante. — A gasolina não está barata, e ficar trazendo e levando gente…

— Claro — falou Arthur. — Você merece ser recompensado de maneira apropriada pelo seu tempo.

Merle piscou.

— É, bom. Suponho que sim. — Ele olhou para as duas malas que ladeavam Arthur. Uma velha e outra nova. — Por que veio para cá?

Quase nenhuma nuvem no céu. O azul acima combinava com o azul abaixo. Era o fim quente do verão, embora Arthur estivesse sempre aquecido. O sal no ar fez cócegas em seu nariz, e ele inspirou até encher seus pulmões.

— Por que não?

— Este lugar é horrível — respondeu Merle, com um arrepio. — Mal-assombrado, dizem. Ninguém mora aqui. Não há bastante tempo. — Ele cuspiu por cima do gradil. — E quando moravam, não devíamos falar a respeito. Bico fechado, sabe?

— Sei — murmurou Arthur. Então, elevando a voz: — Merle… Por acaso, você conhece um homem chamado Melvin, não conhece?

— O quê? Como você… Meu pai.

— Foi o que pensei — disse Arthur.

Ouroboros. Uma serpente comendo o próprio rabo em um ciclo infinito. Talvez isso tenha sido um erro. A vila de onde eles vieram, do outro lado do mar, parecia a mesma de anos antes, com prédios em tons pastéis de rosa, amarelo e verde, pessoas em trajes de verão, sem nenhuma preocupação no mundo, seguras… e por que não estariam? Eram humanas. O mundo foi construído para elas.

A balsa era a mesma, embora algumas melhorias tivessem sido feitas ao longo dos anos: uma nova camada de tinta, novos assentos para substituir os rachados e quebrados. Nem mesmo Merle trazia uma sensação de dissonância, parecendo-se tanto com Melvin, boca virada para baixo, olhos vazios. Era a mesma coisa. Tudo a mesma coisa. Exceto por Arthur.

— Eu o encontrei uma vez.

E a *você também*, ele quase acrescentou, lembrando-se do adolescente carrancudo que se esgueirava pela balsa com um esfregão.

Merle grunhiu.

— Está morto. Faz dez anos.

— Sinto muito.

Merle acenou, despedindo-se.

— Como o conheceu?

Arthur sorriu.

— Manterei contato.

Com isso, pegou as duas malas e endireitou os ombros. Ele estava ali. Finalmente. Era hora de ver se o balanço do mar o havia ensinado a nadar e torcer para que esse esforço não fosse em vão.

— Sua gentileza será lembrada. Vou indo! Até logo, meu bom homem.

A estrada de terra serpenteava pela floresta cada vez mais densa, com o sol projetando sombras que tremeluziam com a brisa. Ele não estava suando, não ainda, mas a estrada se mostrou mais longa do que ele se lembrava. Loucuras da juventude, pensou consigo mesmo. Energia ilimitada, onde dois quilômetros poderiam muito bem ter sido oito ou nove. Próximo dos quarenta, Arthur estava em forma, mas os dias em que conseguia correr sem parar já tinham acabado havia bastante tempo.

Ele dobrou uma curva e parou. Árvores bloqueavam o caminho.

Cinco no total, bem no meio da estrada, com os troncos tão próximos entre si que a passagem era impossível. Estendiam-se em direção ao céu, elevando-se sobre ele, parecendo muito mais velhas do que deveriam — cem anos, se não mais. Mas não podiam ser. Da última vez que Arthur havia andado por essa estrada, elas não estavam ali, nem mesmo como mudas.

O que significava outra coisa. Ou melhor, outra *pessoa*. Não as árvores em si, é claro; não, ele estava sendo observado.

Ele colocou suas malas no chão e se aproximou da árvore do meio. A casca estava rachada, raspando contra sua pele, quando passou a mão.

— Você está aí? — perguntou. — Tem que estar. Isto é obra sua, imagino.

A única resposta veio na forma de um canto de pássaro.

— Você me conhece — prosseguiu Arthur. — Ou quem eu costumava ser. — Ele riu, embora aquilo não fosse engraçado. — Voltei a este lugar na esperança de torná-lo mais do que era. — Fechando os olhos, encostou sua testa no tronco. — E farei isso sozinho se precisar, mas não sem sua permissão.

Abriu os olhos quando o tronco começou a vibrar. Afastando-se devagar, Arthur viu as árvores no caminho tremerem com um rumor abafado, as raízes irrompendo da terra como tentáculos. Deslizaram pelo chão, enrolando-se nas árvores fora da estrada. A madeira rangeu enquanto as raízes se apertavam, puxando as árvores para o lado e abrindo espaço.

Apenas a árvore do meio permaneceu. Ela estremeceu, seus galhos chacoalharam, folhas balançaram. Arthur não recuou quando um galho fino acariciou sua bochecha, com uma folha verde fazendo cócegas na lateral de seu nariz. Ele ouviu um sussurro:

— *O garoto. O garoto do fogo voltou para casa.*

— Sim — sussurrou em resposta. — Eu voltei.

A árvore se retorceu, fazendo a estrada de terra rachar e partir. As raízes se ergueram do chão e Arthur sorriu quando elas agiram como pés, levando a árvore para a lateral da estrada. Quando encontrou um lugar adequado, as raízes afundaram-se novamente no solo. À sua frente, a terra voltava a preencher as crateras. Um momento depois, a estrada à frente estava tão lisa quanto a estrada atrás.

— Obrigado — disse Arthur, com uma leve reverência. — Se e quando estiver pronta, estarei aqui.

Ele pegou a bagagem e seguiu seu caminho.

O momento em que saiu da floresta e viu a casa pela primeira vez em vinte e oito anos não foi nada extraordinário. Construída sobre um penhasco irregular, ela se erguia, iluminada pelo sol. Havia uma fonte de cimento vazia na frente, com a base manchada de mofo verde e preto. A alvenaria estava em mau estado, rachada e quebrada, com pedaços caídos, meio enterrados na grama. Janelas estilhaçadas com molduras brancas cercadas por uma hera que cobria metade da fachada. A torre — que se erguia a seis metros do topo da casa — parecia que cairia na menor cutucada. Próximo à casa, um jardim abandonado coberto por flores douradas, vermelhas e cor-de-rosa, tomando o gazebo onde, aos nove anos, um garoto com fogo no sangue havia marcado suas iniciais no tijolo, para provar que existia: AFP. Arthur Franklin Parnassus.

Afastado da casa havia um segundo prédio, que ele nunca tinha visto. Não estava ali no momento em que partira quando criança, exclamando contra a luz brilhante do sol, após ter sido trancado nas trevas por tanto tempo, logo que um braço forte o envolvera, guiando-o escada acima e para fora, em direção a um veículo que o aguardava. Este outro prédio era pequeno, construído de tijolos semelhantes aos da casa com a qual repetidamente sonhava. Ele sabia que o chamado orfanato havia mudado de donos uma ou duas vezes ao longo dos anos, mas até onde sabia, ninguém morava ali há algum tempo. A casa de hóspedes (era o que parecia ser, pelo menos) serviria por enquanto. As janelas estavam intactas e o telhado parecia em melhores condições do que o da casa principal, onde algumas telhas tinham sido arrancadas pelas tempestades.

Deixou a bagagem perto dos degraus da varanda, movendo-se como em um sonho. O caminho através do jardim era difícil de percorrer, invadido pelas plantas e arbustos grossos. Ele passou pelo gazebo, abrindo espaço através do jardim selvagem. O caminho contornava a casa, da lateral até os fundos, e ali, na base da casa, havia um par de portas duplas de madeira que levavam ao subsolo, com manchas pretas queimadas sobre elas. As portas estavam seladas com um cadeado enferrujado. Arthur tinha a chave. Tinha todas as chaves.

Ele não entrou. Sabia o que havia lá embaixo. Marcas arranhadas nas paredes. Pedras enegrecidas depois que as queimara. Escuridão perpétua, apesar de seu fogo.

Um fantasma, então, surgiu atrás dele, envolvendo um braço em volta de sua garganta, mantendo-o refém. *"Você mereceu"*, rosnou em seu ouvido. *"Você aprenderá qual seu lugar, guarde minhas palavras, menino. Diga. O que você é?* Diga."

— Uma aberração — disse Arthur, com a voz apagada, enquanto o braço desaparecia.

Ele encarou as portas de madeira do porão enquanto o sol deslizava pelo céu.

Ele não conseguia fazer isso. Não sabia por que havia pensado que conseguiria. Era demais. Tudo aquilo. Arthur passou a mão pelo cabelo enquanto voltava para a frente da casa. Sua bagagem estava onde a havia deixado. Ele se inclinou, mãos sobre as alças das malas.

Uma voz disse:

— *Arthur.*

Alta e clara, como se alguém estivesse na varanda bem à sua frente.

Ele ergueu a cabeça. Estava sozinho.

Exceto que isso não era bem verdade. Porque notou algo que não vira ao chegar: uma pequenina flor amarela crescendo através da madeira empenada do primeiro degrau da varanda. Mal tinha o tamanho de uma unha, mas havia persistido, atravessando a madeira até alcançar a luz do sol.

Ele caminhou lentamente em direção à flor. Alcançando a varanda, se agachou, gentilmente tocando as pétalas amarelas, sentindo o calor solar nas pontas dos dedos. Renascimento. Perseverança. Cor. Vida. Tudo o que importa, nos menores frascos.

Ele sorriu e, pela primeira vez em muito tempo, sentiu algo se acertar em seu peito.

— Bem… — disse Arthur. — Se você consegue, suponho que eu também consiga.

O verão deu lugar ao outono, as folhas mudaram e o ar não estava mais tão quente. Arthur estava na varanda, lixando os corrimãos para poder repintá-los. Estava pensando em pintar de branco, para combinar com os peitoris das janelas que já havia reformado. Merle provou ser uma espécie de trunfo — que reclamava de todos os materiais que Arthur trazia para a ilha semanalmente. Para ser justo, suas reclamações cessavam ao receber o pagamento. Ele até ajudou, sem muito entusiasmo, a carregar os suprimentos até a parte de trás de uma perua marrom que Arthur comprara semanas antes.

Arthur estava quase terminando de lixar o último corrimão, e era hora de verificar o rejunte entre os azulejos da cozinha para ter certeza de que secava corretamente. Estava prestes a entrar de volta na casa quando algo palpitou no fundo de sua mente, como um toque suave de asas de borboleta contra a pele. Ele olhou para a estrada.

Havia uma mulher lá, usando um vestido branco longo e esvoaçante, com os pés descalços. Sua cabeça estava inclinada, seu cabelo afro branco parecia uma nuvem. No penteado, flores brancas e cor-de-rosa, abrindo e fechando sob o sol da tarde. Sua pele era de um belo tom marrom profundo. Ela parecia atemporal, com o rosto jovem em contraste com seus olhos escuros, antigos e incertos.

Suas asas — quatro apêndices em suas costas, cada um mais longo que os braços de Arthur — tremulavam levemente, translúcidas, com a luz do sol brilhando através delas, levando uma cascata de cores até o chão. Seus braços nus descansavam ao lado do corpo, seus dedos delicados se agitavam levemente.

Arthur desceu devagar os degraus. Parou após o último, mais nervoso do que esperava. Não estava certo do que dizer, ou por onde começar.

A mulher deu uma olhada por cima do ombro dele, para a casa, antes de olhá-lo outra vez.

— Você está aqui.

Ela soava como Arthur se lembrava, suave, melódica, com um toque de tristeza.

— Estou.

— Por quê?

— Porque é a coisa certa a se fazer — respondeu ele, simplesmente.

Ela assentiu, como se fosse a resposta que achava que receberia. Deu um passo em direção a ele e, sob seus pés, a grama brotou através da terra. Atrás dela, Arthur podia ver outras pegadas gramadas, mostrando seu caminho na estrada.

— Esta casa… — disse ela. — Este lugar. Deveria ter queimado.

— Deveria.

— E ainda assim, você está aqui.

Ele sorriu, tranquilo.

— Aqui estou. E aqui está você. Juntos de novo.

Ela balançou a cabeça.

— Como tem forças para estar aqui? Como pode sequer pensar em… — Ela suspirou, suas asas baixaram. — Eu pensei em destruir tudo. Depois… depois que vocês todos se foram. Pensei em vir aqui e abrir a terra para engolir a casa inteira. — Enxugou os olhos com as costas da mão.

— Mas não o fez.

— Não — disse ela. — Não fiz. — Desviou o olhar para as árvores. — E agora me pergunto por quê. Por que não o fiz. Por que esperei. Até mesmo por que vim aqui hoje.

— Não posso responder por você — falou Arthur. — Tudo o que posso dizer é que as coisas serão diferentes desta vez. Darei às crianças algo que nunca tive: um lugar para serem quem quiserem ser, não importa o que possam fazer ou de onde tenham vindo.

— Você não conseguirá fazer isso sozinho.

— Consigo — disse ele. — E farei, se tiver que fazer.

— Não — respondeu ela. — Não fará.

Ela passou por ele sem sequer olhar em sua direção, arrancando a lixa de sua mão. Murmurando entredentes, ela subiu os degraus e franziu a testa diante do corrimão. Assentiu com a cabeça, e então começou a lixar onde Arthur havia parado.

— Seu vestido — disse ele. — Quer mesmo...?

Ela parou.

— Tudo bem. É só um vestido.

Ele a observou por um longo tempo, incapaz de mover seus pés. Quando ela finalmente olhou de volta, ele disse:

— Olá, Zoe.

Zoe Chapelwhite respondeu:

— Olá, Arthur. — Seu lábio inferior tremeu. — Eu... — Então, num ímpeto ofegante: — Sinto muito por...

Ele ergueu a mão.

— Não precisa dizer isso. Nunca precisou.

— Mas eu não fiz nada para impedir...

— Zoe — falou. — Você não tem culpa. Nunca teve. Você correu o risco de se expor. Se descobrissem sua existência, teriam vindo atrás de você também.

— Nunca saberemos — disse ela, com os olhos no corrimão.

— Pode até ser — respondeu ele. — Mas você está aqui, apesar de tudo. O que isso diz sobre você? Algo bom, eu suponho.

De olhos marejados, ela falou:

— "Deem-me os exaustos, os pobres, as massas amontoadas ansiando por respirar livremente; os miseráveis que a terra encobre."

— Emma Lazarus — disse Arthur, satisfeito. — Sim, Zoe. Receberemos todos eles.

— Quer dizer que… — sussurrou ela.

— Sim — respondeu ele. — Eu gostaria de ter toda a ajuda possível, mas se é algo que você não pode fazer, compreendo. Prosseguirei, como sempre. Pode demorar um pouco mais, mas chegarei lá.

Ela não foi embora.

Eles levaram a maior parte do ano para colocar a casa em ordem de novo. Se tudo corresse como esperado, haveria inspeções em cada detalhezinho, e Arthur sabia que se houvesse apenas *uma* coisa errada, seria usada contra ele.

Um dia, Zoe pediu que ele parasse.

— O quê? — questionou, erguendo os olhos após a última pincelada na parede da cozinha.

Não era algo exatamente necessário, mas ele notou uma parte onde a tinta havia secado com bolhas — pequenas, cerca de cinco centímetros de largura por dez de altura — e isso não estava certo. Tinha de ser perfeito.

— Venha — disse Zoe.

Ele balançou a cabeça.

— Não posso. Estamos mais ocupados do que nunca. Temos uma entrega de adubo amanhã, e nem me deixe começar a falar do gazebo. Encontrei um prego frouxo em uma das tábuas do assoalho, isso significa que preciso verificar cada prego da casa inteira, para ter certeza…

— Arthur, o trabalho está terminado — disse Zoe. — *Já* está terminado há praticamente um mês. Você sabe disso. E eu também. — Ela o encarou por algum tempo. Então: — Vá para o escritório. Você sabe o que precisa ser feito.

Ela se virou para sair, mas parou na entrada da cozinha. Sem olhar para trás, falou:

— A ilha costumava ser maior. Sabia?

Zoe o deixou parado na cozinha, vendo-a se afastar.

Ele fez como fora instruído, e encontrou uma máquina de escrever em cima de uma mesa velha. Uma folha em branco já fora inserida na máquina, e havia outras ao lado. A primeira folha tinha algo escrito em letras pontiagudas. Zoe deixara um recado.

Hora de trazê-los pra casa.

Z

Ele riu. E chorou.

— Estou apavorado — sussurrou. — Mais do que já estive em toda a minha vida.

Começou a escrever. E não parou até que tivesse terminado.

AOS RESPONSÁVEIS NO DEPARTAMENTO
ENCARREGADO DA JUVENTUDE MÁGICA,

MEU NOME É ARTHUR PARNASSUS. ESCREVO-LHES COM UMA PROPOSTA. ADQUIRI A PROPRIEDADE DE UMA CASA PARTICULAR NA ILHA DE MARSYAS. DURANTE O ÚLTIMO ANO, TENDO AUXÍLIO DE PESSOAS ASSOCIADAS, RENOVAMOS O IMÓVEL PARA TORNÁ-LO NÃO APENAS HABITÁVEL, COMO TAMBÉM ADEQUADO PARA SERVIR, UMA VEZ MAIS, COMO UM LAR PARA CRIANÇAS MÁGICAS ÓRFÃS. ANEXAS, ALGUMAS FOTOGRAFIAS DOCUMENTANDO O TRABALHO...

Ele fez o que sua própria versão de dez anos de idade não conseguira: enviou uma carta. Ao depositá-la na caixa de correio da vila, avistou algo que nunca havia percebido antes e seu sangue gelou. Lá, pendurado em uma janela da agência do correio, um cartaz exibindo uma família. Um menino e uma menina, ambos loiros de sorrisos brilhantes. Ao lado deles, figuras que pareciam ser seus pais, todos de mãos dadas caminhando por um campo ensolarado de flores silvestres. Abaixo, em letras maiúsculas garrafais, palavras que Arthur leu e releu repetidas vezes, incrédulo.

A PROTEÇÃO DE SUA FAMÍLIA COMEÇA COM VOCÊ!
SE VIR ALGO, DIGA ALGO!

E mais abaixo: UMA AÇÃO DOS DEPARTAMENTOS ENCARREGADOS DA JUVENTUDE MÁGICA E DOS ADULTOS MÁGICOS.

Arthur se virou e correu de volta para a balsa.

Um mês se passou. Depois dois. Três, quatro e cinco. Ele não se desesperou. Sabia que era só uma questão de tempo até que obtivesse uma resposta.

Então, em um dia frio de outono, a campainha soou.

Um homem estava na varanda, com uma mala em uma mão e uma pasta na outra. Era mais jovem do que Arthur esperava — trinta e poucos, bonito também, com seu cabelo escuro e ondulado levemente despenteado pela viagem de balsa. Seu terno preto era feito sob medida para o corpo magro, sua gravata tinha um tom vermelho intenso e seus sapatos sociais estavam cobertos de poeira da estrada.

Ele disse:

— Saudações! Estou procurando o sr. Arthur Parnassus.

Arthur estendeu a mão. Um pequeno teste.

— Você o encontrou.

O homem hesitou por um breve momento antes de apertar a mão estendida. Seu aperto era firme, a pele quente. Quando se soltaram, ele sorriu.

— Ah! Que ótimo. Venho como representante em nome do Altíssimo Escalão do Departamento Encarregado da Juventude Mágica. Meu nome é Charles Werner. Estou aqui para discutir sua proposta, e também temos a nossa. Não é muito… ortodoxa, mas acho que ficará interessado.

Uma isca. Arthur sabia. E ainda assim, fez a única coisa que podia: deu um passo para o lado e convidou Charles Werner para entrar.

Algum tempo depois, Arthur Parnassus estava no cais enquanto a balsa se aproximava. A bordo, uma criança. A primeira, mas não a última. O sol se pôs sob o mar, transformando as ondas em apressadas montanhazinhas de fogo.

Ao lado de Arthur, Zoe perguntou:

— Está com medo?

— Ah — respondeu ele. — Suponho que sim, de muitas coisas. Mas disto? Não. Nem um pouco. Não tenho razão para ter medo.

E em sua cabeça, um sussurro sedutor: *São eles que deveriam ter medo.*

Ele baniu a voz para as profundezas de sua mente, e conforme a balsa se aproximava, Arthur Parnassus começou a cantar baixinho.

— *Somewhere... beyond the sea... somewhere, waiting for me...*

My lover stands on golden sands
and watches the ships that go sailin'.

UM

Anos mais tarde, em uma manhã cálida de junho, Arthur Parnassus abriu seus olhos e franziu o cenho. A luz do sol que atravessava a janela era forte demais. Sua mente aturdida pelo sono produzia pensamentos modorrentos e aterrorizantes de que um certo filho do Diabo poderia ter algo a ver com aquilo. Na semana anterior, ele havia ameaçado jogar o Sol contra a Terra após ter se metido em encrenca por tentar dar vida a um homem de barro que fizera após uma tempestade violenta. Arthur o encontrara coberto de sujeira da cabeça aos pés, com o homem de barro quase formado. Quando o lembrara de que não seria bom dar consciência ao barro, o menino prometera vingança em forma de aniquilação planetária, como de costume.

Então, quando Arthur se levantou de supetão, teve certeza de que não poderia culpá-lo. Não era como se achasse que Lucy fosse *de fato* fundir o Sol e a Terra, mas é que naquele momento ele realmente parecia concentrado no homem de barro, que agora era apenas um monte de barro.

Quando conferiu o despertador ao lado da cama, Arthur percebeu que não era o sol trazendo o fim dos tempos — não, era algo muito, muito pior.

Eram oito e trinta e dois da manhã de um sábado, e a casa estava silenciosa.

Quando alguém tem seis crianças de diferentes formas, tamanhos e habilidades mágicas, sabe que dormir até mais tarde não passa de um sonho fantasioso. Crianças — especialmente *estas* — não parecem entender o conceito de tempo. Porque, no dia anterior mesmo, uma bolha verde amorfa entrou no quarto deles às cinco e meia da manhã, com a voz esponjosa, alta de satisfação, gritando que acidentalmente tinha esguichado tinta pelo nariz, algo que ele não sabia que podia fazer.

— Eu não enfiei uma caneta no nariz nem *nada*. Por que estou espalhando tinta por todo lugar? Ai, meu Deus, vocês acham que estou virando *homem*? Aliás, como se limpa tinta do teto?

Claro que isso levou a uma discussão sobre a tinta ser um possível sinal de puberdade, algo que fez o menino-bolha produzir uma careta antes de passar às considerações de como ficaria de bigode ou com um tapete de pelos no peito. Quando ele se aquietou, mais três crianças já haviam entrado, e eram apenas seis da manhã.

Arthur percebeu — agora que estava na casa dos quarenta — que as seis da manhã chegavam muito mais cedo do que antes. As juntas rangiam e estalavam enquanto ele se esticava, e seu cabelo claro (com mechas grisalhas que pareciam aumentar dia após dia) estava espetado em todas as direções. Suas costas estalaram deliciosamente enquanto ele flexionava os dedos dos pés descalços. Pensamentos confusos ficaram mais claros à medida que os últimos vestígios de sono desapareciam.

Onde estavam as crianças?

Virou-se para a trouxa enrolada ao seu lado na cama, edredom cobrindo a cabeça, deixando perceptível apenas uma madeixa rala de cabelo castanho, e o som de roncos curtos. Ele chacoalhou o montinho, mirando a porta do pequeno quarto anexo ao deles. Estava aberto. Seu ocupante — o destruidor de sóis — havia saído, deixando apenas uma cama desfeita, meias (sem pares) descartadas no chão e discos quebrados pendurados nas paredes.

— Que foi? — murmurou a trouxa de edredom. — Não, vovó, eu não quero ajudar a procurar batata-doce.

— Linus — disse Arthur, dando outra chacoalhada. — Acorde. Tem algo errado.

Ele quase caiu da cama quando Linus Baker se levantou de supetão, com o pijama amassado e os cabelos e olhos agitados olhando ao redor.

— Quem foi? — interrogou. — Quem roubou a batata-doce do porão da vovó? — E piscou. — Não sei o que estou dizendo. Deve ter sido um sonho. — Deu um tapinha no estômago alto. — Isso que dá comer bolo antes de deitar. — Sua mão caiu enquanto franzia a testa. — Arthur, por que está me encarando desse jeito?

— Eu te adoro — disse Arthur, enfatizando cada palavra.

— Ah! — respondeu Linus, corando. — É, bem, acontece que sinto o mesmo. Por isso me acordou? Adorável, mas... por que o sol está tão claro? Que horas são?

— Oito e meia.

Os olhos de Linus se arregalaram.

— Da *manhã*? Impossível! As crianças nunca nos deixaram dormir até tão tarde. O mais perto disso foram às seis e quarenta e dois, mas só porque estavam com Zoe. E mesmo assim, *ainda* vieram e nos acordaram. — Então correu em direção à porta, pegando o conjunto de robes azuis dependurados em um gancho. — O que diabos você ainda está fazendo na cama? Temos que encontrá-las!

Arthur se levantou célere. Mas em vez de pegar o robe com Linus, segurou seu rosto e o beijou intensamente, mandando o hálito matinal às favas.

Linus piscou devagar, atordoado, e Arthur esperava que fosse sempre assim.

— Por que isso? — perguntou Linus.

— Porque eu posso.

— Entendo. E poderia de novo se quisesse.

— Poderia?

Arthur se inclinou para repetir o gesto. Apenas para ser impedido por uma mão em seu rosto, empurrando-o gentilmente para trás.

— *Poderia* — disse Linus. — Ou poderíamos ir ver por que nos deixaram dormir até tão tarde. Eu juro, se eles trouxeram pra casa outro animal a quem chamam de amigo, vamos ter uma conversa.

— O último não foi assim tão ruim — disse Arthur, pegando o robe e vestindo-o.

Linus fez uma careta.

— Foi um lagarto do tamanho de Calliope que tentou comer meus mocassins.

— E você lidou com isso com sua graça e desenvoltura habituais, gritando e chamando-o de jiboia.

— Eu sei que em algum momento você colocou na cabeça que é um cara engraçado. E você é, mas agora não é hora para piadas. Agora é hora de entrar em pânico.

— Talvez não haja nada de errado e estejamos exagerando — disse Arthur, tentando ser razoável.

Linus revirou os olhos.

— Você sabe tão bem quanto eu que, com eles, não é exagero. Lembra quando Talia… Cadê a Calliope?

Calliope, a assim chamada cria do mal. Uma gata, mas diferente de qualquer outra que Arthur já tivesse visto antes. Não era só o tamanho dela — com seu pelo lindo e fofo que a fazia parecer muito maior do que realmente era — ou sua coloração, quase toda preta com uma manchinha branca e fofa no peito. Não, eram seus olhos verdes brilhantes que a tornavam diferente. Observando, sempre observando, sem dúvida, tramando a ruína de qualquer um que considerasse inapto a existir diante de sua presença. Embora Arthur soubesse que humanos tinham uma tendência a antropomorfizar seus animais de estimação e exaltar sua inteligência ("Como é *inteligente*! Consegue fazer o que eu o treinei para fazer durante um período de seis meses!"), Calliope era algo completamente diferente. Se Arthur soubesse que não, chegaria a pensar que ela os compreendia. Mas, fiel à sua espécie, ela seguia seus próprios conselhos e tendia a ignorar todo o resto.

Na maioria das noites, ela ficava encolhida aos pés da cama, ronronando em alerta caso eles movessem as pernas um centímetro. Mas agora seu lugar estava vazio, restando apenas pelos pretos em um cobertor que Sal havia tricotado para ela. Quando ele a presenteou, Calliope miou tão alto de satisfação que foi ouvida na casa inteira.

— Ela deve estar com eles — disse Arthur. — E se está, sei que estão todos bem. Ela não deixaria que nada de mal lhes acontecesse.

— Com certeza — respondeu Linus. — Tenho dó de qualquer um que tente cruzar o caminho deles com ela por perto. Imagino que seja doloroso perder os olhos para uma gata.

O longo corredor estava silencioso. Todas as portas dos quartos das crianças estavam abertas e os cômodos vazios. O quarto de Sal tinha uma escrivaninha em frente à janela, sua máquina de escrever guardada em um estojo de carvalho gravado com um monograma, que Arthur e Linus haviam lhe presenteado no Natal. O quarto de Chauncey cheirava levemente a sal, água morna do mar cobrindo o chão, bombeada do oceano por canos aquecidos. No quarto de Phee, em meio a dezenas de plantas dependuradas no teto, um mural cobria as paredes exibindo uma floresta com variados graus de talento, já que todas as crianças a ajudaram: as árvores de Lucy pareciam esqueletos, enquanto as de Talia se assemelhavam a algodão-doce verde em cima de palitos marrons. Por falar na gnoma de jardim, o próprio quarto de Talia era estranhamente livre de plantas; em vez de trepadeiras floridas, havia painéis de cortiça presos em cada parede exibindo uma coleção magnífica de ferramentas de jardinagem. E por último — mas certamente não menos importante —, havia um alçapão no teto que ia até o sótão, onde uma serpe em particular construíra um de seus vários ninhos. Subindo a escada que descia do alçapão, Arthur espiou na penumbra do sótão. O ninho de Theodore: cobertores, toalhas e um tijolo com o qual ele tivera um caso de amor por três semanas. Mas nenhuma serpe.

Arthur não queria entrar em pânico, mas não saber onde as crianças estavam causou um aperto gelado em seu coração. Zoe os teria avisado caso alguém houvesse tentado ir à ilha sem ser convidado, mas isso pouco aliviou sua aflição.

— Alguma coisa? — gritou Linus, da parte de baixo.

— Não — respondeu Arthur, descendo.

— Onde poderiam estar? Eles não sairiam sem pedir permissão, então não é como se…

Um baque no andar de baixo, seguido de um estrondo alto.

— Cozinha — disseram Arthur e Linus ao mesmo tempo.

Eles se acalmaram assim que se aproximaram das escadas que levavam ao andar de baixo. Espiando do topo, Arthur e Linus viram Phee sentada no último degrau, seu cabelo vermelho preso em um rabo de cavalo frouxo, suas asas batendo atrás dela. A sprite de floresta usava short e uma regata verde, seus ombros pálidos pontilhados de sardas. Pouco depois de seu décimo segundo aniversário, ela havia passado por um surto de crescimento, brotando como uma de suas árvores.

À frente dela estava Chauncey, o menino verde amorfo que tinha dois tentáculos com ventosas em vez de braços. No topo de sua cabeça erguiam-se dois pedúnculos de trinta centímetros, com seus olhos na ponta, balançando animados para cima e para baixo. Ele usava um sobretudo apertado no que poderia ser sua cintura ou seu peito, e não demorou muito para Arthur e Linus descobrirem o motivo.

— Você acha que eles ouviram? — perguntou Chauncey, com sua voz parecendo uma esponja grossa e molhada sendo espremida em um balde de metal.

— Xiu — disse Phee. — Mais baixo.

Seus pedúnculos se encolheram até que os olhos arregalados pousassem no topo de seu corpo, sem piscar.

— Você acha que eles ouviram? — sussurrou.

— Provavelmente não — respondeu Phee, puxando a parte inferior do sobretudo de Chauncey. — Os dois roncam, então acho que não ouviram nada.

Linus bufou ao lado dele, e Arthur fez pouco para esconder o sorriso.

— Ah! — exclamou Chauncey. — Eu ronco?

— Você é menino, então provavelmente sim. Para que o sobretudo?

Ele se inflou com orgulho.

— Estamos em uma missão secreta. Todo mundo sabe que quando se está em missão secreta, há de se vestir como tal. — Ele levantou sua gola. — Agente secreto Chauncey, a seu dispor.

— Pensei que queria ser mensageiro de hotel.

— Posso fazer as duas coisas — disse ele. — Salvar o dia *e* carregar as bagagens. Isso é estar infiltrado. Li em um livro. — Seus olhos giraram 360 graus. — Posso dizer a você algo que nunca disse a ninguém?

— Claro — disse Phee. — O que é? Você está bem?

Ele agitou um tentáculo para ela.

— Sim, estou bem. E não apenas bem. Estou *prodigioso.*

Linus cutucou Arthur de leve.

— Ouviu isso? — sussurrou animado. — Minhas aulas de vocabulário estão funcionando.

— ... que significa causar espanto e admiração — completou Chauncey quando eles se voltaram mais uma vez para as escadas.

Phee deu risada.

— O que quer me dizer?

— Certo — falou Chauncey. — Já aconteceu de você estar andando pela floresta e ver uma pinha no chão, e não ter ninguém lá para lhe dizer que você não pode comê-la?

— Bom, sim. Mas...

— Ai, meu Deus — Chauncey soltou. — Eu também! Pensei que fosse o único. Me sinto melhor agora.

— E... você comeu a pinha?

— Comi — disse Chauncey, orgulhoso. — Sabe qual é o sabor?

— Não faço a menor ideia.

Os olhos de Chauncey se inclinaram para a frente, parando a apenas alguns centímetros do rosto de Phee.

— Lembra quando Talia tentou fazer torta de nozes, mas estávamos sem nozes, então ela usou milho doce e tinha tanto açúcar que Linus disse que apodreceria nossos dentes, mas nós comemos mesmo assim e não dormimos por três dias porque conseguíamos sentir o cheiro das cores?

— Era esse o gosto da pinha? — perguntou Phee, franzindo o cenho.

— Não. Eu só gosto dessa história. A pinha tinha gosto *ruim* e demorei uma eternidade pra mastigar.

Phee tossiu, como se estivesse se esforçando para conter o riso.

— Você... você comeu tudo?

Chauncey piscou, primeiro o olho esquerdo, depois o direito.

— S-sim? Por quê?

— As pinhas fêmeas têm sementes comestíveis chamadas de pinoli — explicou. — São meio doces, meio amargas. Na Itália, fazem biscoitos de pinoli.

A cor de Chauncey escureceu até o tom de um galho de pinheiro.

— Você está me dizendo que comi uma *garota*? Ah, não. — Ele elevou seus tentáculos para o alto, inclinando a cabeça para trás. — Eu não queria! Caí em cima dela e ela simplesmente... entrou na minha boca?

— Minha nossa... — falou Linus. E depois: — Nem uma palavra, Parnassus. Nem uma palavra.

— Não é bem assim — disse Phee. — Vegetais podem ser machos ou fêmeas, mas não como você e eu. Estão vivos, mas são diferentes. Muitas plantas são hermafroditas, o que significa que são tanto masculinas *quanto* femininas. Como rosas e lírios. Quando digo femininas, quero dizer apenas que são delas que vêm as sementes.

Chauncey piscou.

— Ah, entendi. Então não é a mesma coisa comer gente ou comer pinha...?

— Hã... Não.

— Ah, graças a Deus. — Ele demonstrou alívio no olhar enquanto sua cor mudava para verde-ervilha. — As pessoas já têm medo o bastante de mim como sou.

— De jeito nenhum — murmurou Linus, começando a se mover para descer a escada.

Arthur segurou seu pulso gentilmente, puxando-o para trás e balançando a cabeça.

A boca de Linus se contorceu de raiva.

— Não vou deixar Chauncey pensar que é...

— Eu sei — disse Arthur, com calma. — Vamos dar uma chance à Phee.

Phee esticou a mão e segurou o sobretudo, puxando Chauncey para si. Ele envolveu seus tentáculos ao redor dela, pousando os olhos no topo da cabeça da sprite.

— Aconteceu alguma coisa?

Chauncey suspirou:

— Talvez.

— Quer falar a respeito?

— Talvez.

— Não precisa ser agora, principalmente se achar que não está pronto. — Ela fez um carinho em suas costas.

— É besteira — murmurou. — Uma mulher chegou. Ela tinha, tipo, *sete* malas. E... — continuou, vagamente — o sr. Swanson — o mensageiro-chefe do hotel, seu verdadeiro herói — estava ocupado com outro cliente, então eu fui ajudá-la.

— É isso mesmo o que você faria.

— Mas quando eu me ofereci para pegar as malas, ela gritou que uma lesma-marinha estava tentando roubar seus pertences.

— Uma lesma-marinha? — disse Phee. — Faça-me o favor. Ela deveria se considerar uma mulher de sorte.

— Não é? — falou Chauncey, desfazendo o abraço. — O sr. Swanson ouviu e se aproximou. Pensei que ele iria pegar as malas dela, em vez disso, sabe o que ele fez?

— O quê?

— Disse que gente como ela não era bem-vinda em nosso distinto estabelecimento, e então a expulsou do hotel!

— Uau — exclamou Phee, soando tão impressionada quanto Arthur se sentia. — Aposto que isso a irritou.

— Pensei que ela ia explodir — falou Chauncey. — Então o sr. Swanson disse que era hora do almoço, comemos sanduíches e ele me contou sobre todos os outros mensageiros que havia conhecido.

— Mas…

— Mas — Chauncey prosseguiu — eu não entendi. Tudo o que quero é ajudar. Não posso controlar minha aparência. Não é minha culpa se sou…

— Bonito pra caramba — completou Phee.

Chauncey ficou boquiaberto.

— O quê?

— Você é bonito — disse ela. — E melhor ainda: único. Nunca vi ninguém como você. Seus olhos? Pfff, nem brinca. São tão legais. Você acha que algum de nós conseguiria usar um sobretudo e ficar estiloso assim? Lembra como fiquei ridícula quando tentei pôr seu chapéu de mensageiro? Mas quando você o coloca, tudo o que quero é fazer as malas só para entregar para você, mesmo que eu não esteja indo pra lugar nenhum.

— Sou muito bom em levar bagagens.

— Você é — concordou ela. — Eu não posso dizer que algo assim não vá acontecer de novo. Mas tudo o que precisa se lembrar é que há algo de errado com eles, não com você.

— Eu não sou um monstro — afirmou Chauncey.

— Não — disse Phee. — Você é o Chauncey. O melhor Chauncey que já conheci.

— E sou bonito pra caramba.

— Com certeza.

— E posso comer todas as pinhas que quiser, porque *não* são humanas.

— Exceto que provavelmente não será muito bom quando tiver que fazer cocô.

— Meu cocô é sempre bom, então tudo bem!

Outro barulho vindo da cozinha, seguido de um pequeno diabinho xingando num baixo calão que ele de forma alguma aprendera naquela casa.

— Testículos gangrenados de *burro*!

— Me siga — sussurrou Arthur, puxando Linus de volta até a metade do corredor.

Eles pararam em frente ao quarto de Sal. Piscando para Linus, Arthur levantou os braços acima da cabeça, espreguiçando-se, bocejando com a boca bem aberta. Elevando a voz para que fosse ouvido através do corredor e pelas escadas, disse:

— Céus, que sono tranquilo. Você não concorda, querido Linus?

— Muito! — Linus praticamente gritou. — Não estou nem remotamente preocupado com o estado da cozinha, só consigo pensar em quão descansado estou!

Ambos precisaram conter o riso quando Chauncey começou a gritar:

— Posições de batalha! Posições de batalha! As galinhas estão voltando ao poleiro!

Outro barulho vindo da cozinha, dessa vez seguido por Lucy gritando:

— Mas ainda não estamos prontos! Estrangulem as galinhas!

Quando Arthur e Linus alcançaram o topo das escadas, Phee e Chauncey sorriam para eles, tão inocentes quanto o sol da manhã.

— Bom dia! — cumprimentou Arthur alegremente enquanto descia as escadas com Linus. — Phee, Chauncey, vocês dormiram bem?

— Muito bem! — cantou Chauncey. — E melhor ainda que não estamos fazendo nada de ilegal.

— Até agora — disse Linus.

Arthur e Linus se revezaram abraçando Phee e Chauncey, as duas crianças os apertando com força. Depois, Linus lançou um olhar para Arthur e disse:

— Parece que perdemos a hora esta manhã. Vocês não sabem nada sobre isso, não é?

— Quem, nós? — perguntou Phee, piscando repetidas vezes.

— Não temos ideia do que estão falando — disse Chauncey.

— Hum — falou Arthur. — Bom, suponho que possamos começar a preparar o café da manhã. Linus, você poderia ver onde estão as outras crianças, vou só até a cozinha e...

Phee e Chauncey se apressaram até as portas da cozinha, bloqueando a entrada.

— Você não pode — disse Phee. — Está ocupada.

Acima deles, através das janelas redondas nas portas vaivém, Arthur viu de relance umas escamas reptilianas voando, segurando o que parecia ser um batedor de ovos em suas garras. Em seguida, uma carinha adorável de olhos arregalados apareceu em uma das janelas. Sal desapareceu em um segundo, depois Lucy gritou:

— Como assim eles estão bem aqui fora?

— Estamos encrencados pra valer — disse Talia, fora de vista. — Como vocês conseguiram prender a massa no teto?

— Mirando bem — falou Lucy. — Dãh.

— Ah, não! — Chauncey disse alto. — Acabei de lembrar que preciso falar uns negócios com Arthur e Linus... sobre algumas coisas.

— Cite duas — pediu Linus, cruzando os braços.

— Batatas e Barcelona — respondeu Chauncey, de pronto.

— O que têm? — perguntou Arthur.

— Não faço ideia — disse Chauncey. E murchou. — Desculpa, Phee. Dei o meu melhor.

— Você com certeza fez... alguma coisa — disse Phee. — Bem, nossa cobertura foi exposta, então é melhor acabar logo com isso. — Ela olhou de cara feia para Linus e Arthur. — Foi uma ideia coletiva, então, se vão nos deixar de castigo, vão ter que castigar todos nós.

— Parece sério — disse Arthur, com gravidade.

— E mais do que uma simples preocupação — completou Linus.

— Esperem, por favor — falou Phee.

Ela agarrou Chauncey pelo tentáculo, tentando passar lentamente com ele pelas portas duplas. Embora tenha feito o possível para impedir que Arthur e Linus vissem a cozinha, as portas se abriram o suficiente para que ela e Chauncey pudessem passar, mas também deram um vislumbre do lugar aos adultos.

Quando as portas se fecharam, Linus questionou:

— O que era aquilo nas paredes?

— Parecia ketchup — disse Arthur. — Não é maravilhoso?

— Temos definições muito diferentes para essa palavra.

— Talvez você precise assistir a uma aula de vocabulário, então — provocou.

Lá dentro, vozes cochichando. Mas como essas vozes pertenciam a um grupo de seis crianças, sendo quem eram, "cochicho" era, talvez, uma palavra um pouco imprópria.

— Eles sabem! — sussurrou Chauncey em voz alta. — Eles estão *bem ali* e sabem *de tudo*. Estamos condenados.

— Lucy — disse Phee. — O que diabos você fez nos balcões?

— Tive dificuldade para quebrar os ovos — respondeu Lucy. — Depois Calliope andou neles, e agora temos pegadas pegajosas no chão.

— E no teto? — perguntou Chauncey.

— Eu acidentalmente inverti a gravidade quando estava tentando calcular a quantidade de manteiga.

— Ah! — exclamou Chauncey. — Faz sentido. Aposto que acontece com muitas pessoas, cozinhar é difícil.

Theodore chilreou alto, e Sal disse:

— Theodore está certo. Devemos assumir a responsabilidade pela bagunça que fizemos.

— Você não fez bagunça nenhuma — disse Talia. — Lucy fez. E eu também, porque não era justo que ele quebrasse sozinho todos os ovos.

— Eu *não* quebrei sozinho. Eu dei um e você o jogou contra a parede!

— Não — disse Sal. — Estamos nessa juntos.

— Sim — confirmou Chauncey. — Vamos *todos* ficar de castigo. Quem está comigo? Por que ninguém está erguendo os tentáculos?

Theodore estalou a garganta duas vezes, depois rosnou baixo, e as crianças caíram na gargalhada.

— É, Linus faria isso, não faria? — disse Phee. — Aposto que o rosto dele ficaria vermelho também.

Linus bufou baixinho.

— Nunca.

— Seu rosto está um pouco vermelho — sussurrou Arthur. — Está doente, querido Linus?

— Eles acham que são engraçados por *sua* causa.

— Phee — disse Sal —, você os distrai até que estejamos prontos. Todos os outros, vamos limpar o melhor que pudermos. Quanto mais rápido trabalharmos, mais cedo terminaremos.

Phee escorregou pelas portas duplas, com um sorriso largo.

— Olá! — disse ela, como se eles não tivessem ouvido cada palavra. —Agradecemos sua paciência, ela é muito valorizada.

— Maravilha — falou Arthur. — Vamos para a cozinha agora mesmo?

— Hã... — disse Phee, olhando por cima do ombro. — Ainda não...? Ah! Acabei de lembrar. Linus, eu queria perguntar uma coisa muito, muito importante. É só o que tenho pensado no último minuto, mais ou menos.

— Estamos aguardando ansiosamente — falou Arthur.

— Certo — disse Phee. — Então, há... — Ela estremeceu quando algo caiu no chão da cozinha. Antes que Arthur pudesse comentar, Phee deixou escapar (bem alto): — Seus órgãos!

Linus chiou.

— Isso de novo? Quantas vezes preciso dizer a Talia que não importa o que ela diga, não assinarei um termo de "não ressuscitar", nem concederei permissão para que ela retire meu fígado, rins e pulmões. Não sei de onde ela tirou a ideia de que meus órgãos ajudariam as rosas dela, mas *não* ajudarão.

— Foi o que eu falei pra ela — disse Phee. — E a lembrei de que é só uma questão de tempo, então ganha-ganha!

Arthur abaixou a voz:

— Ouvimos sua conversa com Chauncey.

Phee inquietou-se, desconfortável. De todas as crianças, ela era a mais enigmática. Amava seus irmãos e irmãs e os apoiava totalmente. Arthur sabia que ela era compassiva, generosa e um pouco irritadiça. Dito isso, ela ainda relutava em ser elogiada ou ter as atenções voltadas para ela. Era uma linha tênue: se exagerasse, ela se fecharia, acenaria e mudaria de assunto. Ele havia assumido a missão de dizer, pelo menos uma vez por dia, o quanto estava orgulhoso dela.

— Não foi grande coisa. Chauncey precisava falar com alguém, eu estava bem ao lado. Qualquer um teria feito o mesmo. — Ela deu de ombros, desviando o olhar.

— Talvez — disse Arthur. — Mas Chauncey não veio falar sobre isso comigo. Nem com Linus, nem com nenhum dos outros. Ele foi falar com *você*, Phee. Ele confia a você a felicidade, mas também os problemas.

— Ele não deveria *ter* problemas — retorquiu Phee. — Pensei que as coisas iriam melhorar. Vocês disseram que iriam. — Ela murchou antes que pudessem responder. — Desculpa — murmurou. — Isso foi injusto.

— Absolutamente justo — falou Linus —, nós afirmamos isso a vocês mesmo. E eu gostaria de ter uma resposta melhor do que dizer que essas coisas levam tempo. Me desculpe.

Ele pegou as mãos dela.

Phee olhou de volta para Linus, e Arthur ficou impressionado com a suavidade em seus olhos, uma fenda em sua formidável armadura. De vez em quando, ela os agraciava com uma espiada na garota que era, e ele valorizava esses momentos tanto quanto Theodore valorizava seus botões.

— Obrigada, Linus, vocês estão certos.

Ele apertou a mão dela.

— Qualquer coisa por você. Agora, vamos ver a cozinha ou…

Antes que pudesse terminar, Lucy gritou com uma alegria considerável:

— Você consegue cuspir *fogo*? Caramba, Theodore! Vamos queimar tudo!

— Essa é a nossa deixa — disse Arthur.

— É isso o que acontece quando se dorme tarde — resmungou Linus. — Justo quando você pensa que vai descansar um pouco mais, alguém cospe fogo.

DOIS

Arthur empurrou as portas da cozinha com tanta rapidez que elas bateram nas paredes. A conversa cessou imediatamente e todos ficaram paralisados.

Primeiro, Lucy, arrastando uma cadeira pela cozinha, língua para fora, entre os dentes, em concentração. Seus olhos tinham um aro vermelho (como de costume quando fazia algo perigoso), duas mechas espetadas em cada lado da cabeça davam a aparência de dois chifres pretos feitos de cabelo. Ele usava um avental rosa com babados sobre o short xadrez desfiado e a camisa branca esvoaçante.

Então havia Talia, uma baixinha e atarracada gnoma de jardim, segurando ao menos uma dúzia de ovos. Sua magnífica barba branca descansava sobre seu peito, com a ponta levemente curvada. Em sua cabeça, um chapéu vermelho, com o topo pontudo virado para a esquerda e um tufo de seu cabelo branco caindo sobre a testa. Ela usava um colete azul com um cinto preto, calças marrons e botas pretas na altura dos joelhos, manchadas com o que parecia ser gema. A parte exposta de sua pele — rosto e mãos — era bronzeada, evidência das horas que passava no jardim. Seus lábios vermelho-cereja formaram um O enquanto seus olhos azuis se estreitavam.

O próximo era Sal, o transmorfo da casa, um garoto que podia se transformar em um cachorrinho fofinho num piscar de olhos. Aos quinze, Sal era o menino mais velho da ilha, aquele que as outras crianças admiravam. Reencontrando-se consigo mesmo, o garoto, antes quieto, tinha começado a usar sua voz cada vez mais, como uma extensão das palavras que escrevia no papel, e que nunca deixavam de encantar quem tivesse a sorte de lê-las. Ele era alto — da altura de Linus agora, para desapontamento deles — e, embora obviamente um adolescente (lamuriando-se pelas poucas espinhas no nariz e na testa), era uma alma antiga, quase nada escapava a seus olhos escuros. Ele também usava um short (bege) e uma camisa polo de manga curta (amarela--viva) com botões perolados de pressão, combinando com sua pele escura. Seu cabelo estava maior ultimamente, enrolado de um jeito que Zoe lhe ensinara.

Chauncey encontrava-se dentro de um balde no chão, perto de Sal, com uma bolha de sabão no topo de sua cabeça, entre os pedúnculos dos olhos. Acima dele, sentada no balcão, uma felina maquiavélica: Calliope, próximo da pia, o rabo balançando perigosamente, lambendo massa de sua pata dianteira direita, com o olhar de desdém fixo em Arthur.

E Theodore, boquiaberto, com fileiras de dentes afiados de serpe à mostra. Ele estava no chão, de asas abertas, a cabeça inclinada para trás e fumaça saindo de suas narinas entreabertas. Quando viu Arthur, sua mandíbula se fechou e ele engoliu o que quer que estivesse prestes a sair. Em seguida, arrotou uma nuvem preta de fumaça, mexendo freneticamente suas asas para dissipá-la em uma parca tentativa de esconder a evidência.

— Hããã... — falou Lucy. — Posso explicar?

— Pode? — disse Arthur, de forma branda, enquanto Phee e Linus se aproximavam atrás dele. — Porque parece que você estava tentando incitar Theodore a começar um incêndio.

— Era exatamente o que eu estava fazendo — respondeu Lucy. — Você me conhece tão bem. Não precisamos desta cadeira, né? É do Linus, mas ele me disse que prefere comer de pé.

Linus bufou.

— Eu não disse uma coisa dessas.

— Theodore? — questionou Arthur. — Isso é verdade? Você pode fazer fogo?

A serpe olhou para Sal, que assentiu. Theodore começou a estalar a língua e a rosnar, abrindo as asas e movendo a cabeça para cima e para baixo. Arthur ouviu atentamente enquanto Theodore explicava que havia acordado alguns dias antes com uma alegria no peito que nunca sentira. Ele ignorou no começo, mas isso o deixou com uma coceira, como se sua pele estivesse vibrando. Não disse nada porque pensou que passaria por conta própria.

Foi somente essa manhã que ele acordou, se espreguiçou, bocejou e soltou uma gotinha de fogo. Não doeu, acrescentou, estalando e chilreando, dizendo que se sentira *bem*, como se esticasse um músculo rígido. Theodore chilreou uma pergunta que Arthur — apesar de tudo o que já havia visto e feito — não tinha resposta.

— Eu não sei — disse ele, mexendo no queixo. — Eu tinha a impressão de que serpes, embora descendentes de dragões, eram incapazes de produzir fogo. Linus? Você já ouviu falar de uma serpe fazendo fogo?

— Não — falou Linus, em algum lugar mais atrás. — É verdade que Theodore é a única serpe que conheço, mas não pensei que haviam evoluído de uma forma que as permitisse criar fogo. Algo a ver com não ter a glândula que secreta a mistura oleosa necessária para inflamar.

— É *verde* — disse Chauncey, de seu balde. — Como eu.

— Fogo verde — falou Arthur. — Você consegue controlar?

Theodore hesitou um pouco antes de concordar.

Arthur deu um passo para trás e disse:

— Mostre-me, se você se sentir à vontade.

Theodore saltitou, com as garras estalando no chão de ladrilhos enquanto ele girava em um círculo, obviamente ansioso. Ele acenou com sua asa direita para que dessem um passo atrás e abrissem espaço. Linus, por sua vez, opinou que talvez dentro de casa não fosse o melhor lugar para uma demonstração envolvendo fogo, mas foi rapidamente vencido quando todos (incluindo Arthur) o vaiaram. Linus então os lembrou da última vez que um evento com fogo ocorrera na casa (o aniversário de Talia; muitas velas e poucos extintores de incêndio).

— E é por isso que acho que deveríamos considerar ir lá fora para...

Foi mais ou menos nessa hora que Theodore ergueu a cabeça para trás, olhos semicerrados. Uma ondulação de luz iridescente se moveu pelas escamas pretas ao longo de suas costas até sua cabeça. Quando Theodore abriu a boca, Arthur sentiu o cheiro familiar e reconfortante de fumaça e chama, e então um jato de fogo verde saiu da serpe, estendendo-se por pelo menos um metro e meio de calor intenso. Levou apenas alguns segundos para que o fogo se apagasse, mas Theodore estava obviamente satisfeito consigo mesmo, estufando o peito e saltitando em pés alternados, enquanto a fumaça vazava dentre suas mandíbulas.

Satisfeito até que a faixa pendurada acima da mesa pegou fogo e começou a se consumir. Arthur se virou, ergueu o braço e sugou o fogo para a palma da sua mão — formando uma esfera crepitante que se apagou quando ele a encerrou nos dedos.

— Muito bem, Theodore — disse Arthur, deveras impressionado.

— De novo! — gritou Lucy, erguendo os punhos no ar. — De novo!

— E é por *isso* que não cuspimos fogo dentro de casa — disse Linus, levando as mãos à cintura. — Não podemos simplesmente... Não há... — Ele franziu a testa. — Por que a faixa em cima da mesa diz FELIZ ANI?

— Era pra ser "Aniversário" — explicou Sal, coçando a nuca.

— Prefiro "Feliz Ani" — falou Talia, enquanto jogava os ovos no balde, fazendo Chauncey proclamar-se sopa de ovo. — Soa estúpido e incrível, como Lucy.

— Feliz Ani! — esganiçou Lucy.

— Eu sabia que isso ia explodir na nossa cara — resmungou Phee.

— Ah, não — sussurrou Chauncey, ovos boiando a sua volta. — Como devemos dar os parabéns agora? Desejar feliz ani não é igual a dar feliz aniversário. Feliz Aniiiiii. Viram? É o mesmo que *nada*.

Linus balançou a cabeça.

— Não é aniversário de ninguém. O próximo é o do Chauncey, em agosto.

Arthur fechou os olhos, repentinamente percebendo o que significava tudo aquilo. A bagunça na cozinha — pois, sim, havia massa e pegadas nas paredes e no teto — era um pequeno preço a se pagar pelo que as crianças tinham feito por conta própria.

Ele abriu os olhos quando Sal disse:

— É o seu aniversário, Linus.

Linus riu.

— O quê? Claro que não. Meu aniversário é em... — Sua boca se moveu silenciosamente enquanto ele contava nos dedos. — Espera. Que dia é hoje?

— Oito de junho — murmurou Arthur. — Seu aniversário.

— Meu...

Linus olhou ao redor. A faixa de FELIZ ANI ainda estava queimando de leve, e abaixo, na mesa, havia lugares para cada um deles. No meio da mesa, uma fritada: travessas de linguiças torradas, bacon meio queimado, ovos fritos (com pedaços de casca), um prato de feijões cozidos que ainda estavam no formato da lata de onde foram tirados, tomates e cogumelos do jardim de Talia e uma pilha de torradas na qual cada fatia parecia ter sido roída por uma certa criança de inclinação reptiliana.

— Vocês fizeram tudo isso por mim? — sussurrou Linus, com a mão na garganta.

— Foi ideia minha — disse Talia. — De nada.

— Mas todos nós colaboramos — falou Sal, enquanto Theodore subia até seu poleiro habitual no ombro do menino. — Cada um fez sua parte.

— Phee e eu éramos os vigias — contou Chauncey, com os olhos balançando. — Fomos mesmo incríveis, não há de quê.

— Não precisavam ter feito isso — disse Linus, com um sorriso lacrimejante.

— Não é *só* pelo seu aniversário — respondeu Talia, pegando-o pela mão e levando-o em direção à mesa.

Lucy empurrou a cadeira contra a parte de trás dos joelhos de Linus, fazendo-o se sentar bruscamente.

— E do que mais se trata? — perguntou Arthur, pegando a vassoura de Sal e apontando para que as crianças se sentassem à mesa. A bagunça podia esperar.

Chauncey saiu de dentro do balde, anunciando que já tinha terminado de ser sopa por hoje, mas que gostaria de tentar de novo amanhã.

— É uma festa de despedida — disse Phee.

Arthur se deteve na despensa. Ele respirou fundo, guardou a vassoura e se virou. Todos já estavam sentados: Linus em uma ponta da mesa comprida, Lucy, Phee e Talia à sua direita, Chauncey, Sal e Theodore à esquerda. Além da cadeira de Arthur na outra ponta, havia mais dois lugares: um ao lado de Talia e outro de Theodore.

— Festa de despedida — disse Arthur. — Entendi. — Ele deu a volta na mesa, tocando cada um no ombro, antes de se sentar em seu assento, cruzando as mãos perto de seu prato vazio.

— É uma festa de despedida mesmo se ficaremos fora só por alguns dias? — perguntou Linus.

Sua voz era leve e tranquila, mas Arthur o conhecia bem o suficiente para distinguir a preocupação latente. Ele sentia algo semelhante, embora talvez não pelos mesmos motivos. Sim, Linus estava receoso com a ideia de deixar as crianças, ainda que por apenas três dias. Partiriam amanhã e, se tudo corresse bem, voltariam na quarta-feira. Mas Linus estava ali há menos de um ano. A ilha era a única coisa que Arthur conhecia fazia muito mais tempo, e sair para o mundo além do lugar e da vila o deixava estranhamente nervoso. O que eles estavam — *ele* estava — prestes a fazer nunca fora feito antes, ao menos não com a amplitude que ele planejava. Muitas coisas poderiam dar errado.

— Vocês nunca nos deixaram sozinhos antes — disse Lucy, tentando espetar uma linguiça e de algum modo fazendo-a voar pela mesa, pega no ar por Theodore. — E se algo acontecer e eu tiver que ser mau e dominar o mundo?

— Mas vocês não estarão sozinhos — falou Arthur. — Vocês ficarão...

— Conosco — completou uma voz da entrada da cozinha.

Todos se viraram para ver Zoe Chapelwhite encostada na porta, com as flores de pétalas grossas e coloridas abertas no cabelo. Seu vestido era violeta com flores cor-de-rosa ao redor da bainha, suas mãos estavam nos bolsos largos. Ela sorriu e piscou para Arthur.

— Ah, nossa — disse outra voz. — Feliz ani? Essa é nova.

Helen Webb apareceu na entrada, parando na ponta dos pés para beijar Zoe na bochecha. A prefeita — e dona da loja de jardinagem favorita de Talia — havia conquistado seu lugar naquela casa. Arthur ainda se lembrava da menina magra com olhos grandes e bonitos que lhe servia sorvete quando ele era criança. Agora, ela era agradavelmente cheinha e usava seu traje de sempre: um macacão jeans sobre uma camisa amassada, e botas semelhantes às de Talia.

Todas as crianças as cumprimentaram, e Arthur riu da cacofonia. Ele duvidava alguma vez conseguir retornar à tranquilidade de antes, quando eram apenas ele, Zoe e um sonho não realizado.

— Estaremos aqui com vocês — disse Zoe, sentando-se ao lado de Phee e Arthur.

Calliope ignorava as tentativas de carícia de Helen, em seu lugar no parapeito da janela acima da pia. A gata deixou que aquilo continuasse por mais tempo do que o normal, antes de levantar uma pata, colocá-la nas costas da mão de Helen e empurrá-la para longe, como se dissesse "*Obrigada, mas chega*".

— Verdade — disse Helen, enquanto se sentava no último lugar vazio. — E nós vamos nos divertir pra valer. Qualquer coisa que precisarem, é só pedirem. Zoe e eu cuidaremos disso.

— Qualquer coisa? — Lucy perguntou todo doce.

— Dentro do razoável — disse Arthur.

— O razoável não tem graça — resmungou Lucy, pegando uma torrada e mastigando de forma rebelde.

— Podemos ficar na casa de vocês? — perguntou Chauncey a Zoe. — É minha vez de dormir na rede.

— Não é, não — disse Talia. — Você ficou na rede da última vez. Agora sou *eu*.

Arthur pigarreou enfaticamente.

— Ou — continuou Talia — podemos dividir.

— Aí, *sim* — disse Chauncey, baixando os olhos para os feijões cozidos e inspecionando a torre em forma de lata. — Mas lembre-se de que agora eu solto tinta. Lucy chamou de poluções noturnas, o que é engraçado, porque nem sempre acontecem à noite.

— Lucy — repreendeu Linus.

— Comam — disse Arthur. — Temos muito o que discutir, e acho que o faremos melhor de barriga cheia.

— Por que o bacon está sangrando? — perguntou Zoe.

— Não é sangue — respondeu Sal. — Lucy queria usar sangue de verdade, mas não sabíamos onde conseguir legalmente, então eu misturei xaropes de milho e de chocolate com corante vermelho.

Lucy revirou os olhos.

— Eu sei onde conseguir sangue de verdade, mas Arthur disse que não tenho mais permissão pra pegar.

— Eu disse mesmo — confirmou Arthur.

— Esta refeição certamente parece um tanto... um tanto comestível — disse Linus. — Arthur, você gostaria de experimentar primeiro o bacon?

— Ah, não posso — falou Arthur. — É o seu ani, afinal. O primeiro pedaço é seu.

— Eu insisto.

— Ah, é? Que bondade a sua. Temo que eu precise insistir ainda mais.

— Tanta gente querendo comer minha comida — admirou-se Lucy. — Deve ser essa a sensação de ser Deus. Curiosidade: algumas pessoas vão à igreja para ritualmente comer Jesus e beber seu sangue. Não é interessante?

— Ai, meu Deus — sussurrou Chauncey. — Vou continuar comendo pinhas, muito obrigado.

— Muito interessante — disse Linus. — Acho que vou pegar um pedaço do bacon.

— Uma entranha sangrenta saindo! — falou Talia, espetando um pedaço do bacon com seu garfo e tirando-o da bandeja. Ela passou o garfo para Phee, que cheirou o alimento e fez uma careta. Em seguida, o entregou para Lucy, que, por sua vez, colocou-o no prato de Linus.

Linus deu uma cutucada no bacon, até que Lucy se inclinou e segredou em voz alta:

— Fiz com amor.

Linus estremeceu, respirou fundo pelo nariz e expirou pela boca, e então levou o bacon úmido aos lábios. Lucy monitorava cada movimento, os olhos cada vez mais arregalados enquanto Linus mordia delicadamente um pequeno pedaço. Ele mastigava devagar, ao mesmo tempo que uma miríade de emoções atravessava seu rosto: horror, desgosto, confusão, seguidos rapidamente por surpresa e desgosto novamente, então algo que se assemelhava muito a uma desolada aceitação.

— Então? — questionou Lucy.

Linus engoliu em seco, seu pomo de adão subindo e descendo.

— Surpreendentemente… comestível. — E dito isso, deu outra mordida. — Obrigado.

— Entranhas sangrentas para todos! — clamou Lucy, e o café da manhã de ani tomou seu rumo.

Depois que o café da manhã já havia sido parcialmente consumido, Arthur pigarreou, fazendo com que todos se voltassem para ele — até mesmo Calliope, que se acomodou no colo de Sal.

Arthur escolheu suas palavras com cuidado.

— Como sabem, Linus e eu viajaremos nos próximos dias, e quero ter certeza de que todos vocês entendam o que estamos fazendo.

— Você vai testemunhar — disse Phee. — Perante o governo.

— Sim, vou. Solicitaram um relato do meu tempo aqui na ilha, quando eu era criança.

Theodore estalou a língua, fazendo uma pergunta curta: *Por quê?*

— Porque... — Ele fez uma pausa. E em seguida: — Porque, se existe uma chance de alguém ouvir e aprender com o passado, então é algo que preciso aproveitar. Vocês conhecem minha história com a ilha, como fui criado nesta mesma casa. E como isso... terminou.

— O porão — disse Sal em voz baixa.

Um lampejo de memória — gritando até ficar rouco, fogo queimando ao redor, fumaça densa e nociva — veio e ele não afastou. Deixou que a memória se assentasse, tomou um tempo para respirar e, embora sentisse o zumbido baixo de uma raiva de décadas, ela ardia em vez de queimar. As crianças não sabiam tudo sobre seu passado na ilha, mas sabiam o suficiente.

— Sim, o porão. Porém não só ele. Esta casa. A ilha. As pessoas encarregadas, que achavam que sabiam o que era melhor para nós. Não sabiam.

— Mas, ainda assim, você voltou pra cá — disse Talia.

— Sim — concordou Arthur. — Porque eu acreditava, ainda acredito, que os lugares, assim como as pessoas, podem ter poder sobre você, se deixar. Poder indevido que lhes dá o direito de decidir como os outros devem ser tratados simplesmente por serem quem são. Vocês sabem o que é trauma geracional?

— É quando um grupo de pessoas passa por algo ruim — disse Sal. — E isso afeta as próximas gerações também.

— Sim, Sal. Está correto. Talvez falte um pouco de nuance na definição, mas, para os propósitos desta conversa, é o suficiente. — Ele olhou para Linus, do outro lado da mesa, que sorriu afetuosamente, concordando. — Eu não fui bem tratado quando criança, mas estive longe de ser o único. Todos vocês já experimentaram isso por si mesmos, de uma forma ou de outra. Eu queria poder livrar vocês disso, mas não posso. E não sei se eu teria o direito, se pudesse. Vocês são mais do que a soma de suas partes, mas seus passados sempre lhes pertencerão. Eu não ousaria lhes tirar algo que talvez não queiram abrir mão, mesmo algo doloroso de se lembrar. Quero fazer a segunda melhor opção: usar minha voz para chamar a atenção não apenas para esta ilha, mas para todos que talvez ainda não tenham encontrado seu lar.

— Você vai falar de nós? — perguntou Phee.

— Vou — disse Arthur. — Não em muitos detalhes, mas acho que é importante que as pessoas saibam o quão longe cada um de vocês chegou. Mas coragem, meus filhos, e saibam que seus segredos estão seguros.

— Ele quer se gabar de vocês — disse Helen. — Só é modesto demais para dizer isso.

Arthur soltou o ar.

— Sim, suponho que seja isso. Eu q*uero* me gabar de cada um de vocês. De Sal e suas palavras. De Chauncey como mensageiro de hotel. De Lucy ser um especialista em tudo o que diz respeito à música. De Phee com suas árvores, e de Talia com seu jardim. E aposto que nenhuma outra serpe tem uma coleção tão magnífica quanto a de Theodore.

— Somos bem incríveis — concordou Chauncey. — Você tem minha permissão para contar a eles que eu solto tinta agora.

— Anotado — assegurou Arthur. — Mas isso não é apenas sobre mim, nem mesmo sobre nós. É sobre todo o mundo mágico, e o que queremos daqui pra frente. As mudanças que devem ser feitas. As leis que devem ser revogadas para abrir caminho para um mundo onde toda e qualquer pessoa tenha a chance de ser livre para fazer com sua vida o que quiser.

— Parece que vai dar muito trabalho — disse Talia, puxando a ponta da barba, algo que ela fazia quando estava pensando bastante.

— Parece — falou Arthur. — Porque vai. — Ele olhou para cada um deles. — Não vou mentir pra vocês. O caminho à frente não vai ser fácil. Não importa o que eu, ou qualquer um de *nós*, diga, sempre existirão aqueles que se recusam a aceitar a verdade. Eles se cercam de pessoas com ideias semelhantes, o que cria uma câmara de eco da qual é quase impossível escapar. Um ciclo de confirmação que nunca acaba. Nós devemos...

— Não estamos fazendo o mesmo? — perguntou Sal, de repente, e todos se viraram em sua direção. Ele estremeceu um pouco, começou a se encolher na cadeira, mas parou antes que se curvasse demais. Em vez de tentar se tornar o menor possível, se recompôs ereto, endireitando os ombros.

— Explique, por favor, Sal.

Sal baixou os olhos para seu prato, pegando um garfo para remexer nos restos de seu café da manhã.

— Estamos rodeados de pessoas com ideias semelhantes. Todos nós queremos as mesmas coisas, ou algo parecido. Isso não é uma câmara de eco? Por que seríamos diferentes deles?

— Excelente — disse Arthur, e Sal corou e apertou os lábios. — Acho que não te disse hoje o quanto me impressiona. Você está correto, e é exatamente por isso que preciso levar a nossa verdade desta casa para os ouvidos das pessoas em quem não confiamos ainda. Mesmo assim, prefiro pensar que estou diante de um grande lago em um dia sem vento: a superfície permanece suave até que um de nós, digamos você, Sal, pega uma pedra e a joga na água. O que acontece?

— Causa uma ondulação — respondeu Phee.

— Sim — falou Arthur. — E se você, Phee, pegasse sua própria pedra e a jogasse como Sal? E se vocês todos fizessem o mesmo? As ondulações alcançariam as outras, espalhando-se em novas direções e crescendo à medida que mais pessoas jogassem suas pedras. E se continuarmos fazendo isso, quem sabe onde as ondas poderão chegar no fim?

Sal concordou.

— Continuaremos jogando pedras até que alguém nos ouça.

— Não sei por que simplesmente não jogamos as pedras *neles* — resmungou Talia. — Isso parece desperdício de umas boas rochas, se querem saber.

— Porque a violência nunca é a resposta — disse Arthur.

Talia sorriu doce.

— Mas pode ser a pergunta.

— Pode — admitiu Arthur. — Mas acredito que as maiores armas que temos à disposição sejam nossas vozes. E eu vou usar a minha por vocês e por mim. O ódio faz barulho. Nós faremos mais.

— E se eles não ouvirem? — perguntou Phee. — E se não se importarem com o que tem a dizer? E se vierem aqui e tentarem nos levar embora de novo?

— Eles não iriam muito longe — disse Zoe, as flores abrindo e fechando em seu cabelo. — A ilha me pertence tanto quanto eu pertenço a ela. Se alguém tentar vir aqui com a ideia de tirar alguém de casa, terá uma desagradável surpresa.

Arthur concordou.

— E temos que tentar porque, se não o fizermos, ninguém mais fará.

Ele não deixou de notar o olhar furtivo trocado entre Helen e Zoe.

Theodore rosnou e estalou a língua, a serpenteando pelos lábios, olhos brilhando.

Arthur fechou os olhos e respirou fundo, soltando o ar lentamente. Quando os abriu de novo, todos o observavam, esperando por sua resposta. Ele sorriu gentilmente e disse:

— Não, Theodore. Não acredito que isso afetará a petição de adoção.

— Porque você quer ser nosso pai — disse Chauncey.

A pureza da resposta das crianças.

— Quero — disse Arthur. — Mais do que qualquer coisa no mundo.

— Vai passar no rádio? — perguntou Phee.

— Sim — respondeu Arthur. — E eu sei que vocês vão querer ouvir, mas não acho que seja uma boa ideia.

— Por que não? — perguntou Talia. — Se você vai falar de nós, provavelmente deveríamos ouvir para ter certeza de que descreveu meu jardim corretamente. Não se esqueça de mencionar minhas begônias. Estou muito orgulhosa delas.

— Com razão — disse Linus, vendo Arthur assentir. — Mas essas coisas podem ser... complicadas. Algumas das perguntas que Arthur terá de responder podem parecer injustas, ou até mesmo rudes. Embora estejamos preparados, isso não tornará as coisas mais fáceis. — Sorriu. — E se tudo correr bem, traremos alguém de volta conosco.

— David — falou Sal.

Talia revirou os olhos.

— Outro menino, lógico. Tantos pênis nesta casa.

— Eu não tenho pênis — disse Chauncey. — É mais tipo uma cloaca.

— O que é isso? — perguntou Phee.

— Ah! É aquele negócio onde...

— Não sei se precisamos falar dos nossos genitais na mesa enquanto comemos — disse Linus.

— Eu não me importo — falou Chauncey. — Gosto do meu corpo. É macio.

Helen ao resgate:

— Sim, o David. Espero que estejam tão animados quanto eu para encontrá-lo. Pelo que me disseram, ele... floresceu, graças aos cuidados das pessoas com quem está. Digamos que acho que ele vai se encaixar bem aqui com vocês.

— Isso se parece bastante com uma ameaça — murmurou Linus.

Theodore chilreou uma pergunta, balançando a cabeça para cima e para baixo.

— Não sei — respondeu Arthur. — Por enquanto, ele não foi incluído na petição de adoção, porque não sabemos se vai querer ficar. Esta pode ser só mais uma parada em sua jornada e, se for o caso, o acolheremos da mesma forma e faremos com que a estadia dele aqui seja tranquila. Por isso, trabalhamos tanto nas últimas semanas para deixar o quarto pronto pra ele. Ter um lugar para chamar de seu é um primeiro passo importante. O melhor que posso dizer é que teremos de levar um dia de cada vez.

O temporizador do forno apitou e o rosto de Lucy se iluminou.

— Meus pãezinhos doces! Opa, opa, *opa*!

Ele se afastou da mesa, derrubando a cadeira enquanto corria em direção ao forno.

E isso foi tudo.

Depois de agilizarem a limpeza da cozinha, as crianças fizeram Linus prometer que fecharia os olhos e os manteria fechados enquanto aguardava seu presente de ani. Ele fez um grande show, curvando-se para permitir que Lucy agitasse as mãos na frente de seu rosto para provar que não podia ver. Lucy pediu a Arthur que fizesse o mesmo que Linus.

As crianças lideraram o caminho, seguidas por Zoe, Linus com as mãos nas dela e, fechando a fila, Arthur segurando os quadris de Linus.

Quando chegaram à sala, olhos ainda fechados, Zoe — seguindo as instruções de Sal — os posicionou de frente para o que Arthur pensou ser a lareira. Na escuridão, segurando as mãos de Linus, ele ouviu Lucy e Talia discutirem sobre quanto tempo deveria durar a contagem regressiva antes que ele e Linus pudessem abrir os olhos. Lucy queria começar no três. Talia em cinco milhões. Chegaram a um acordo e decidiram começar no sete.

— Tá — disse Talia. — Sete. Seis.

Os outros se juntaram na contagem.

— Cinco. Quatro.

—*Trêsdoisum* — gritou Lucy.

Arthur esperou um pouco para que Linus abrisse os olhos primeiro. Era o ani dele, afinal. E soube que tinha feito a coisa certa quando Linus engasgou, apertando sua mão com força. Ele abriu os olhos, e então, pendurado sobre a lareira, lá estava o presente.

Molduras curvas formavam o que parecia ser um círculo perfeito. As molduras em si eram feitas de madeira, cada uma branca com pinturas de flores azuis, amarelas e cor-de-rosa. Os lados direito e esquerdo do círculo continham três fotografias cada: Linus com cada uma das crianças. Sal e Linus lendo juntos. Lucy e Linus de pijama, mãos acima da cabeça, dançando Bessie Smith. Talia e Linus no jardim, de joelhos e mãos na terra, ao lado de uma pilha de ervas daninhas. Chauncey e Linus parados em frente ao hotel na vila, com o chapéu de mensageiro de Chauncey em um ângulo estiloso no topo de sua cabeça. Theodore e Linus com as cabeças enfiadas debaixo do sofá, traseiros para cima, o rabo de Theodore fotografado no meio de um balanço. Phee e Linus caminhando de mãos dadas pela floresta, Linus em sua roupa de explorador.

A parte inferior do círculo parecia um pouco diferente se comparada ao resto; era como se faltasse uma moldura, principalmente porque a fotografia na parte superior era mais comprida. A moldura de baixo continha uma foto de Zoe com as crianças, sorrisos largos, na frente da casa. A fotografia no topo do círculo mostrava Linus e Arthur dançando na casa de Zoe, com as crianças assistindo ao fundo.

Isso era adorável de tantas maneiras que Arthur não sabia se conseguiria articular com clareza. Como alguém poderia olhar para estas ou quaisquer crianças e só sentir medo?

Principalmente quando notou o que havia no meio do círculo. Outra moldura, desta vez quadrada. Em vez de uma fotografia, entretanto, palavras nítidas em uma página branca.

Veja-me.
Veja-me como sou. Sou mágico. Sou humano. Sou inumano.
Veja-me.
Sou menino. Sou menina. Sou o tudo e o nada entre um e outro.
Veja-me.
Você vê. Você me vê. Você recua de medo. Você grita de raiva.

Veja-me.

Eu sangro. Eu sofro. Você me vê e gostaria de não ter visto. Você gostaria que eu fosse invisível.

Fora da vista, fora da mente. Escondido, apagado, mudo. Você quer minha cor. Você quer minha alegria. Você quer um mundo monocromático com crenças monocromáticas. Você me vê e quer me tirar tudo. Mas não pode.

Você me quer perdido, mas me encontro na minha respiração, nos intervalos entre as batidas do meu coração.

Me encontro porque me recuso a ser preto e branco ou qualquer tom de cinza.

Eu sou cor. Eu sou fogo.

Eu sou o sol e queimarei as sombras até que reste apenas a luz.

E então você não terá escolha quando eu disser veja-me.

— Gostou? — perguntou Chauncey. — Demos muito duro. Zoe ajudou com as fotos, mas fizemos todo o resto. — Theodore chilreou alto, e Chauncey acrescentou: — Exceto pelo poema. Foi Sal quem o escreveu.

Arthur não conseguia falar; o nó em sua garganta era grande demais.

Linus tomou a frente. Com voz abafada, disse:

— Vocês fizeram isso por mim?

Talia franziu a testa.

— Lógico? É seu ani. — Ela olhou para ele, erguendo uma sobrancelha. — Ah, não. Você está ficando senil de novo? Eu *sabia* que quarenta e um anos humanos era velho pra caramba. Teremos que colocá-lo em um lar de idosos e prometeremos visitá-lo, mas não o faremos.

— Mas ele já tem um lar — disse Chauncey, confuso. — Por que moraria em outro?

Helen, parada ao lado, fungou enquanto tirava um lenço de um dos bolsos do macacão.

— Eles quiseram mostrar que você pertence a este lugar — disse Zoe.

— Estou vendo — falou Linus, enxugando os olhos com as costas da mão. Ele riu, e foi como o sol aparecendo após a chuva. — Eu… Quando eu morava na cidade, sonhava em cores, com lugares onde o mar se estendia por quilômetros sem fim. — Ele olhou para as crianças, uma de cada vez. — Mas o que eu não esperava era que as cores não viriam do oceano, ou das árvores, ou mesmo da própria ilha. As cores vêm de vocês. — Ele pestanejou, sentindo a garganta. — Este é meu melhor ani. Obrigado. Vocês me fizeram mais feliz do que nunca.

Linus largou a mão de Arthur e correu para a frente, enlaçando o maior número de crianças que conseguiu (três!) enquanto as demais se agarravam a seus braços e pernas.

Arthur aguardou até que se soltassem antes de falar com a voz rouca de um jeito que ele próprio nunca tinha ouvido antes:

— Na parte de baixo. Está faltando uma foto?

Sal voltou-se para ele e disse:

— É para o David, caso ele queira fazer parte também. Não queríamos que se sentisse excluído ao chegar aqui.

Arthur cerrou os olhos e respirou.

TRÊS

O trem chegou no horário exato, cedinho numa manhã de domingo, uma locomotiva preta a vapor com meia dúzia de vagões azuis e verdes engatados. O céu pintava-se raivoso, os raios de sol tingindo as nuvens de tonalidades furiosas de vermelho. Parecia que uma tempestade se armava quando as crianças se reuniram diante de Arthur e Linus para se despedir.

— Obedeçam a Zoe, está bem? — disse ele com um tom de nervosismo como nunca antes. — Não deem trabalho a ela, hein?

Lucy abriu um sorriso gracioso.

— Ah, nem sonharíamos com isso. Juro por nossos corações, ou caímos mortos.

— É isso que nos preocupa — falou Linus. — Sem morte. Sem destruição. E é melhor eu não ouvir da Zoe que houve explosões de qualquer tipo.

— Vou garantir que nada exploda — disse Sal, com Theodore em seu ombro, mordiscando sua orelha. — Não deve ser tão difícil, agora que Talia não tem mais nenhuma granada.

— Ainda não perdoei vocês por isso — falou Talia, fulminando-os com o olhar.

— Vocês têm que sentir saudades da gente — exigiu Lucy. — E precisam me ligar de hora em hora, para que eu possa contar o que fiz na hora anterior. Nos *mínimos* detalhes.

— Vocês têm que nos trazer presentes — disse Talia. — E se um dos presentes, digamos que para uma bela e talentosa gnoma, for duas vezes mais caro que os dos outros, nos restará apenas aceitar a situação.

Theodore rosnou, e Linus lhe assegurou que se encontrasse qualquer botão perdido, traria para sua coleção. A serpe ficou tão satisfeita que subiu ao céu, asas bem abertas, voando em círculos sobre eles, sua sombra se estendendo pelo chão.

Enquanto os outros continuavam dizendo a Linus o que ele e Arthur poderiam ou não fazer, Sal olhou para Arthur e balançou a cabeça. Os dois se afastaram para um canto da plataforma, perto de um telefone público laranja em um poste.

— O que foi? — perguntou Arthur. — Aconteceu alguma coisa?

Sal deu de ombros.

— Não, nada. É que...

Ele desviou o olhar para as dunas ondulantes que se erguiam além da plataforma, os juncos finos se curvando na brisa quente.

— Eu só... queria falar com você sobre uma coisa.

— Qualquer coisa — disse Arthur, assentindo. — Sempre.

Sal respirou fundo e prosseguiu:

— Vamos ouvir seu depoimento. No rádio. Nós conversamos sobre isso...

— Vão? — perguntou Arthur. — Todos vocês?

— Sim.

Ele deveria estar ciente disso, e embora um arrepio de desconforto tivesse passado por sua nuca, pela simples ideia de eles ouvirem, a sensação não era párea para o quão orgulhoso estava. Ele sabia que aquilo deveria ser difícil para Sal. Apesar de todo o progresso que havia feito, o menino ainda tinha momentos de extrema incerteza.

— E estão todos de acordo?

— Estamos — disse Sal com firmeza, embora trocando seu peso de um pé para o outro. Ele suspirou. — Você me confunde às vezes.

Arthur riu sem graça.

— Não é a primeira vez que escuto isso.

Sal arqueou uma sobrancelha.

— Talvez queira trabalhar nisso, então.

— Atrevido.

— Você quer nos proteger das pessoas que não gostam de nós, e eu entendo. De verdade. Mas então, um segundo depois, você nos diz que precisamos usar nossas vozes porque essas mesmas pessoas devem saber quem somos.

— Um paradoxo.

— Você não pode nos proteger para sempre — disse Sal, e a tristeza que Arthur sentiu foi como uma adaga afiada em seu coração. — Eu sei que é o que você quer, mas de que outra forma poderíamos aprender? Como eu vou ajudar a consertar o que está quebrado se você nos protege de tudo?

— Você é uma *criança* — respondeu Arthur, e seu desconforto mudou de um formigamento para um zumbido intenso. — Todos vocês são.

— Eu tenho quinze anos — lembrou Sal. — Se isso é ser criança, tudo bem. De todo modo, eu, *nós* não continuaremos assim para sempre. Você diz que confia em nós. Isso não significa que deve confiar também ao tomarmos algumas decisões por nós mesmos? — Ele deu uma olhada por cima do ombro de Arthur, para os outros, a voz vibrante de Chauncey ecoando pela plataforma. — Isso é *sobre* nós, Arthur. Não temos o direito de saber o que está sendo dito?

— Sim — respondeu Arthur, com calma. — Sal, eu... — Balançou a cabeça. — Sim, vocês têm o direito. — Ele pôs as mãos nos ombros do garoto. — Se é o que querem, então eu os apoio. Tudo o que peço é que permitam que Zoe e Helen estejam presentes para ajudar vocês a compreenderem melhor. E qualquer pergunta que tenham para mim ou Linus, responderemos quando retornarmos.

Sal concordou, claramente aliviado.

— Isso é tudo? — perguntou Arthur, cauteloso.

Sal limpou a garganta, dando uma olhada ao redor.

— Eu sei... nós conversamos a respeito. Sobre a adoção. E eu sei que provavelmente estou velho demais para...

— Eu não me importaria se você tivesse um ano ou cem — disse Arthur. — Você continuaria sendo meu tanto quanto sou seu. Nada jamais mudará isso.

Sal relaxou, soltando o ar de maneira intensa. Quando se voltou para Arthur (olhava-o *de frente*, não de baixo, já que tinha quase a altura de um adulto agora), seu olhar estava focado, seguro, e ele disse:

— Eu não conheci meus pais. Eles se foram antes que eu pudesse ter qualquer lembrança. Mas você está aqui. Disse que estaria e manteve sua palavra.

— E continuarei mantendo — afirmou Arthur.

O trem apitou alto, sinalizando a partida iminente. Arthur se virou, para logo olhar de novo para trás, quando Sal deixou escapar:

— Nós te amamos, sabia? Não dizemos isso muitas vezes, mas amamos.

Arthur puxou Sal em sua direção, envolvendo seus braços ao redor do menino, abraçando-o tão apertado quanto pôde. Sal agarrou suas costas, colocando a testa no ombro de Arthur.

— Eu sei — sussurrou. — E eu...

Um funcionário — um sujeito robusto de uniforme elegante com duas fileiras de botões dourados — inclinou-se para fora do trem e avisou:

— Todos a bordo! Última chamada para os passageiros partindo de Marsyas!

Arthur e Linus abraçaram as crianças uma última vez e pegaram suas bagagens — duas malas para os dois —, dirigindo-se para o trem a fim de encontrar seus lugares.

Mas quando o trem começou a se mover, Arthur não se sentou. Ele disparou, percorrendo vagão por vagão, conforme a locomotiva acelerava, acenando freneticamente para as crianças, que corriam próximas, Theodore planando no vento. Logo o trem provou ser rápido demais e as crianças pararam. Arthur se inclinou para fora e gritou:

— Amo vocês! Todos vocês!

O que quer que tenham respondido se perdeu em meio aos sons do trem e do vento quente.

Inclinando a cabeça, Arthur lutou para controlar sua respiração. Ele levantou o rosto quando uma mão gentil apertou seu ombro. Não precisou se virar para saber quem era.

— Eu nunca os deixei antes — sussurrou Arthur. — Não sabia que seria tão difícil.

— Partidas nunca são fáceis — disse Linus, encostando sua testa nas costas de Arthur. — Mas saber que eles estarão nos esperando tornará tudo muito mais doce quando voltarmos.

Arthur se virou e tomou Linus em seus braços.

— É como se eu tivesse deixado meu coração.

Ele sentiu o sorriso de Linus em seu pescoço.

— Eu nunca tinha visto você assim antes. É por sua causa, seu homem encantador, que eles ficarão bem, porque você os ensinou a ficar bem. Agora, venha. Respire fundo e devagar. Quanto mais cedo chegarmos, mais cedo poderemos voltar para casa.

No meio da jornada, os primeiros pingos de chuva começaram a cair.

A cidade era como Arthur se lembrava de sua juventude: extraordinariamente barulhenta, carros presos em ruas engarrafadas, pessoas apressadas nas calçadas, guarda-chuvas erguidos contra a chuva pesada, o preto e o cinza dos edifícios metálicos e sombrios sob o céu escuro. Ao desembarcar do trem, Arthur adentrou um mundo diferente, onde era um estranho. Ele não podia sentir o sal do oceano, nem ouvir o quebrar das ondas contra os penhascos rochosos. Sentia o fedor de petróleo e borracha misturado aos sons de buzinas, e parte dele — a criança aprisionada no porão — gritou para voltar ao trem.

Linus esbarrou nele por trás, resmungando baixinho sobre a chuva sem fim.

— Faz tempo que não lembrava do meu guarda-chuva.

Ele mirou o relógio pendurado na parede mais distante da plataforma. Arthur fez o mesmo e viu que estavam no meio da tarde.

— Para o hotel, então? — perguntou, pegando a mala de Linus para que ele pudesse abrir o guarda-chuva.

Com ele aberto, Linus pegou sua bagagem de volta. Olhou para Arthur e notou uma ruguinha engraçada aparecendo em sua testa.

— Eu… tenho algo para mostrar antes. Vem comigo? Precisaremos pegar o ônibus.

Arthur o seguiria para qualquer lugar e lhe disse isso. Linus revirou os olhos (embora não conseguisse esconder o sorriso) e disse:

— Bobo apaixonado. Venha.

A viagem de ônibus durou quase quarenta minutos. Linus prometeu que o trajeto até o hotel não levaria nem metade do tempo. Arthur, por sua vez, não se importou, fascinado pela maneira como todos os que estavam de pé como eles balançavam cada vez que o ônibus parava no semáforo. Eram, por um breve momento, todos iguais. Quanto mais longe iam, mais o veículo esvaziava; e, embora houvesse assentos disponíveis, Arthur disse a Linus que preferia ficar de pé após a longa viagem de trem, por algum motivo, aproveitando o simples fato de estar em um ônibus, algo que não fazia há anos.

— Estamos nos aproximando da nossa parada — informou Linus, estendendo a mão para puxar a corda no teto. Um sinal soou em algum lugar na frente do ônibus, que começou a diminuir a velocidade, estacionando no acostamento, perto de um pequeno ponto de parada.

A chuva não diminuiu. Linus e Arthur tiveram de saltar do último degrau do ônibus para a calçada, para evitar uma grande poça. Enquanto o ônibus se afastava, Arthur acenou se despedindo. Ninguém acenou de volta.

— Eles não se importam — disse Linus.

— Talvez — respondeu Arthur. — Ainda assim, é uma questão de educação.

Ele averiguou onde se encontravam. Os edifícios da cidade se erguiam à distância como gigantes elevando-se para o céu cor de ardósia. Ao redor deles, uma vizinhança de classe média, com casas térreas, feitas de tijolos e madeira. Era bem mais silencioso por ali, o trânsito nem de longe tão intenso quanto perto do centro da cidade. O único som vinha do cair da chuva e de um cachorro latindo em algum lugar.

— Por aqui — disse Linus, de guarda-chuva aberto.

Eles começaram a caminhar pela calçada, Linus silencioso, com a tensão enrijecendo seus ombros.

Arthur queria perguntar para onde estavam indo, mas ficou distraído pelas árvores ladeando os dois lados da rua. Não se pareciam com as árvores da ilha. Embora fosse verão, as folhas eram opacas, escuras, como se as suas cores tivessem sido sugadas. Aquilo era desagradável de uma forma que ele não conseguia descrever, e estava prestes a dizer isso a Linus. Mas antes que o fizesse, viu uma placa na rua que conduzia bairro adentro. A placa dizia HERMES WAY.

— Era aqui que você morava — disse ele.

— Era — falou Linus, com a voz entrecortada.

Enquanto dobravam na Hermes Way, um caminhão todo quadrado passou espirrando água em seus pés. Arthur achou estranho como não havia nenhuma luz ligada nas casas escuras. Mesmo que as pessoas estivessem no trabalho, quando retornassem, não gostariam de encontrar a casa iluminada em vez de às escuras?

Não demorou muito para chegarem ao destino. Linus parou em frente a uma casa. Hermes Way, número 86. Não era grande coisa: pequena, alicerce de tijolos, revestimento de um tom azul-escuro. Uma varanda com peitoris brancos, com uma cadeira de balanço em segurança longe da chuva. E havia canteiros, mas sem flores, apenas arbustos disformes que precisavam de uma poda.

— É isso — disse Linus baixinho, sem olhar para Arthur.

Ele encarou a casa com uma expressão que Arthur não gostou, pois tinha um quê de tristeza que o fazia parecer mais velho do que era.

— É... adorável — definiu Arthur.

— É?

— Pequena — admitiu Arthur, observando a casa de novo. — Não sei como poderia conter tudo o que você é.

Linus riu sobressaltado, os olhos brilhando.

— Quero que saiba que perdi uns três quilos.

— Não estou falando disso, e você sabe. Acontece que eu amo todos esses quilos, perdidos ou encontrados. É só que... aqui não combina com você.

— Combina — disse Linus. — Talvez não mais, porém era o meu lar.

— Você ainda é o dono.

— Sou. — Ele sinalizou a casa vizinha com a cabeça. — A sra. Klapper mora ali. O sobrinho dela está em processo de compra do imóvel, mas ele e o novo marido viajaram para o exterior, e estamos esperando ele voltar para finalizar tudo. Não precisamos entrar, mas tem algo que preciso fazer.

— O quê? — perguntou Arthur, enquanto se aproximavam mais da casa.

Linus abaixou a cabeça.

— Eu fiz uma promessa.

— Fazemos isso, não é? Promessas.

— Pois é — disse Linus, quando pararam em frente à varanda, a chuva *ping, ping,* pingando no guarda-chuva. — Poderia colocar nossa bagagem na varanda para não molhar? De acordo com Talia e Phee, isso não deve demorar muito.

— E uma promessa feita a essas duas precisa ser cumprida — falou Arthur, tendo uma ideia de onde aquilo iria parar.

Ele pegou a mala de Linus e subiu os degraus, colocando-a perto da porta.

Quando Arthur desceu as escadas, Linus segurava uma pequena bolsa de pano na mão esquerda, e o guarda-chuva com a outra. Ele olhou para a casa, balançou a cabeça e andou em direção à grama alta. Arthur o seguiu, parando quando Linus fez o mesmo, em frente aos canteiros vazios de flores.

Linus lhe entregou o guarda-chuva e puxou a cordinha verde que fechava a bolsa. Lá dentro, Arthur podia ver um monte de sementes, algumas ovais, outras quadradas, todas pretas com manchas brancas.

— Certo — disse Linus. — Phee e Talia me disseram que eu nem preciso plantá-las.

Ele pegou um punhado de sementes na mão, sacudindo-as uma, duas vezes, antes de espalhá-las pelos canteiros. Depois de esvaziar a bolsa, Linus deu alguns passos para trás com a testa franzida em rugas.

— Elas disseram que levaria só um ou dois minutos.

— O que deveria acontecer? — perguntou Arthur, bastante interessado.

Ele olhou para as sementes jogadas no solo molhado. Elas permaneciam paradas onde caíram e, se algo fosse acontecer, ele não conseguia ver o que era.

Até que uma das sementes começou a tremer. Enquanto Arthur observava maravilhado, ele se lembrou dos tatuís que as crianças desenterravam nas praias, pequenos crustáceos cinzentos com perninhas minúsculas lutando para se firmar. A primeira semente se enterrou no solo, seguida por outra, e outra, até que estavam todas cavando, silenciosas. Quando a última desapareceu, uma pequena bolha se elevou do buraco que havia sido criado. Foi crescendo até ficar do tamanho de uma maçã. Então estourou, e nessa explosão insignificante, Arthur sentiu uma familiar onda de magia, uma mistura sprítica e gnomesa, tão verde que parecia o nascimento da vida.

O chão vibrou sob os pés deles, um tremor baixo que sacudiu os peitoris da varanda. Linus agarrou a mão de Arthur, puxando-o para trás enquanto o solo onde a primeira semente havia desaparecido se partia, um pequeno talo brotando, de um tom de verde surpreendente para aquele lugar desbotado. Ele ouviu um chiado e seus olhos se arregalaram quando mais plantas brotaram.

Tudo aconteceu em menos de um minuto. Onde antes havia um nada estéril e lamacento, agora cresciam dezenas de flores cor-de-rosa, azuis, brancas e laranjas, com folhas e caules tão verdes que pareciam de plástico. As flores dispararam em direção ao céu, abrindo-se de súbito e absorvendo a chuva. O destaque era um imenso girassol de pelo menos dois metros de altura. Aquilo era inesperado, impressionante em sua simplicidade por algo que, sem dúvida, era uma complexa obra de magia. Arthur sabia que as crianças eram poderosas — afinal, não foi por esse motivo que foram enviadas a ele? —, mas ver uma evidência deste tamanho sempre tirava o fôlego de seus pulmões.

— Estou nervoso — disse Arthur em voz baixa.

Linus sorriu como se estivesse esperando a confissão.

— Você está fazendo a coisa certa. — Ele se apoiou em Arthur, quente e reconfortante. — Fique nervoso, Arthur. Fique assustado. Eu também estou.

Sabendo o que enfrentariam no dia seguinte, Arthur e Linus decidiram dormir cedo. A volta de ônibus foi praticamente sem incidentes, exceto por um jornal jogado em um assento rachado. O próprio rosto de Arthur o encarava em preto e branco, embora décadas mais jovem, seu cabelo cor de palha mais longo, um toque arrogante em seu sorriso. Acima da imagem, a manchete escrita em preto: QUEM É ARTHUR PARNASSUS? Abaixo, em letras menores: TESTEMUNHO HISTÓRICO DE UM SER MÁGICO.

— Quem, de fato? — disse Arthur para ninguém.

— Tudo bem? — perguntou Linus, aproximando-se por trás.

Arthur se virou, tampando o jornal.

— Vamos sentar mais no fundo.

De volta à cidade, a escuridão já havia caído. A chuva tinha diminuído para uma mísera garoa, e embora fosse verão, o ar estava frio de um jeito que lembrou Arthur do inverno na ilha.

Eles pegaram comida para viagem, Linus estremecendo quando Arthur pediu mais molho inglês.

— Gosto não se discute — disse Linus com uma fungada, como se não tivesse pegado mais ketchup do que o necessário.

Eles levaram a refeição para o hotel, a algumas quadras do restaurante. O hotel — The Rose & Thorne — era uma velharia. Em uma esquina movimentada, ele se erguia: um edifício de pedra branca e fachada preta incrustada com o desenho dourado de uma rosa cercada por espinhos pontudos. O mensageiro, um jovem exibindo uma monocelha e um sorriso torto, abriu a porta para eles, curvando-se enquanto dava as boas-vindas.

Haviam escolhido o Rose & Thorne por sua proximidade com o Bandycross — o prédio governamental onde Arthur daria seu depoimento. Seria um trajeto fácil pela manhã.

Após fazerem o check-in num piscar de olhos — e darem uma gorjeta generosa ao jovem mensageiro —, eles correram para o quarto, rindo quando ambos pegaram o telefone ao mesmo tempo, assim que largaram a bagagem. A ligação para casa durou trinta minutos, já que cada uma das crianças queria dar um relatório completo de como havia passado o domingo. Embora encorajado ao ouvir suas vozes, Arthur sentiu uma necessidade desesperada de fugir dali, de abrir suas asas e voar até que a chuva parasse e o ar cheirasse a mar, especialmente quando Chauncey perguntou se eles já tinham conhecido David e se ele era alto. O motivo pelo qual perguntava, Chauncey explicou, era porque tinha lido que os iétis podiam chegar a mais de três metros de altura, e ele pensou que isso seria extremamente útil para pegar algo na prateleira de cima da cozinha. Arthur respondeu que contaria assim que conhecesse David pessoalmente.

Quando desligaram — com promessas de ligar novamente de manhã, de novo à tarde e *mais* uma vez à noite —, Arthur se sentou na beira da cama, olhando para o nada, sua refeição pela metade e agora fria. De qualquer modo, não teve estômago para terminar.

Linus foi ao banheiro depois da ligação, e quando saiu de lá, estava com uma expressão estranha no rosto, a camisa de botões meio aberta, revelando os pelos ralos na pele clara.

Arthur franziu o cenho.

— O que foi?

Linus balançou a cabeça, levando um dedo aos lábios. Movendo-se rápido, foi até o rádio sobre a mesa do outro lado da cama. Ligou o aparelho e girou o dial pelas estações, até que encontrou Little Anthony cantando sobre as lágrimas em seu travesseiro e a dor em seu coração. Aumentando o volume o máximo que pôde, fez sinal para Arthur segui-lo. Ele se levantou da cama sem questionar, e Linus o levou até o armário do corredor. Abrindo a porta, empurrou-o para dentro, fechando a porta atrás de si. Arthur mal conseguia distinguir o rosto de Linus na escuridão.

— Um pouco de luz, se puder — disse Linus em voz baixa.

Arthur ergueu a mão e uma pequena chama acendeu na ponta do seu dedo indicador, tremeluzindo como se um pavio tivesse sido aceso. O rosto de Linus se iluminou quando ele se inclinou para a frente.

— Quem sabia que ficaríamos neste hotel?

Arthur pestanejou.

— Zoe e Helen. As crianças. Por quê?

— Uma lâmpada sobre a pia não estava funcionando. Pensei que estivesse queimada, até que percebi que não tinha sido rosqueada totalmente. Tentei arrumar, mas não girava. Deduzi que havia algo impedindo, então dei uma olhada melhor e achei isto.

Linus ergueu a mão, mostrando a palma. Nela havia pedaços de plástico preto misturados a metal, nenhum pedaço maior do que as meias-luas em suas unhas. Ao lado dos fragmentos, um fio verde desconectado.

— O que é isso? — perguntou Arthur, mirando a mão de Linus.

— Uma escuta — sussurrou. — Ou era, antes que eu a destruísse. Alguém quer ouvir nossas conversas.

— É mesmo? — perguntou Arthur, surpreso, exibindo um riso incrédulo. — Isso é um pouco demais, não acha?

— Você não conhece o governo como eu. Eu não duvidaria se eles fizessem algo traiçoeiro assim para ter alguma vantagem amanhã. — Chacoalhou os plásticos na mão. — A reserva estava no meu nome. Eles poderiam facilmente descobrir onde ficaríamos. O que significa…

— Que fomos colocados neste quarto por uma razão — completou Arthur. Ele se recostou na parede do armário, pensamentos zunindo. — Pode haver mais?

— Não tenho dúvidas. Precisamos trocar de quarto. Melhor, de hotel.

— Ou — disse Arthur, pensativo, desencostando-se da parede — podemos dar a eles um show.

As sobrancelhas de Linus se ergueram.

— O que tem em mente?

Eles saíram de volta para o quarto, Little Anthony havia dado lugar a Patsy Cline. Perfeito.

Arthur tomou de Linus as peças do aparelho quebrado, colocando-as sobre a mesa. Virou-se devagar, arrastando o pé direito no chão em um arco antes de firmá-lo, um braço cruzando o peito, outro nas costas. Ele se curvou sem tirar os olhos de Linus. Quando se pôs ereto, perguntou:

— Me concede essa dança, meu bom homem?

Ele esticou a mão como um convite, assim que Patsy começou a cantar sobre ver pirâmides ao longo do Nilo e assistir ao nascer do sol em uma ilha tropical.

Linus revirou os olhos em irritação, mas seus lábios se curvaram.

— Agora? Sério? Mas e quanto a...

— Podemos nos preocupar sobre o amanhã, ou podemos dançar. Eu sei qual prefiro.

Linus o observou por um momento. Então disse:

— Quem sou eu para recusar tal oferta?

Arthur puxou Linus para perto de si, as mãos em sua cintura. Linus passou suas mãos sobre os ombros de Arthur, cruzando os dedos na parte de trás do seu cabelo. Eles começaram a balançar para um lado e outro, pés deslizando no carpete verde. Encostando a testa na de Linus, Arthur sussurrou:

— Deixe que descubram o som da alegria. Talvez aprendam uma coisa ou duas.

QUATRO

Bandycross erguia-se abominável diante deles, um prédio neogótico de rocha negra, construído no final do século XVIII. Duas torres se elevavam de cada lado do teto pontiagudo, e uma arquivolta em camadas se delineava acima das imensas portas duplas. A rosácea acima da arquivolta era preenchida com um vitral que exibia uma estrela de cinco pontas em seu centro. O prédio era lindo e ameaçador ao mesmo tempo, envolto pela neblina baixa se espalhando pelas ruas e calçadas.

Arthur e Linus permaneceram do lado oposto a Bandycross, vendo o bando de repórteres se reunindo nos primeiros degraus, a maioria segurando uma câmera ou um microfone, além de um guarda-chuva. Havia ao menos duas dúzias deles, mas não eram tão numerosos quanto outro grupo que Arthur não esperava: nas ruas, bloqueando o trânsito, uma multidão de pessoas de todos os tipos. Mais velhos, mais jovens, mágicos, humanos. Seguravam cartazes criticando o processo e, enquanto Arthur e Linus observavam, palavras de ordem soavam.

— Direitos mágicos são direitos humanos! Direitos mágicos são direitos humanos!

Câmeras disparavam flashes, repórteres gritavam perguntas que permaneciam sem respostas enquanto a multidão bradava e marchava num espaço amplo. Mais atrás, fileiras de barricadas com policiais segurando protestantes contrários vomitando besteiras na forma de zombarias, dentes à mostra em rosnados furiosos. Eles também seguravam cartazes, alguns exibindo a velha frase: SE VIR ALGO, DIGA ALGO.

— Poderíamos tentar entrar pelos fundos — sugeriu Linus, parecendo preocupado. — Temos tempo.

Arthur negou com a cabeça.

— Não vou me esconder, Linus. Fazer isso pode dar a impressão de que estou envergonhado. E não estou nem um pouco. Não. Vamos entrar pelas portas da frente, de cabeça erguida, e mostrar a eles que não seremos intimidados.

— Mas e se alguém quiser lhe fazer mal?

— Então verão do que sou capaz — respondeu Arthur, com a voz dura. — Não sou mais criança. Posso cuidar de mim mesmo.

— Eu sei — disse Linus, parecendo bastante indefeso. — Mas não quero que nada aconteça a você.

— Pouco depois que chegou à ilha, você me repreendeu, com razão, por manter as crianças longe da vila. Você disse algo que nunca esqueci: quanto mais as crianças permanecerem escondidas, mais difícil será para elas. Que a ilha não duraria para sempre e que o mundo do lado de fora estava esperando.

— Certamente soa como algo que eu tenha dito — falou Linus a contragosto. — E presumo que você esteja pegando o ponto em que eu me referia às crianças e aplicando a você.

— Estou — concordou Arthur. — Quando vivemos com medo, ele nos controla. Toda decisão que tomamos é sufocada por ele. Eu me recuso a continuar vivendo assim. Tenho tanto direito de entrar por aquelas portas quanto qualquer outra pessoa.

— Com certeza — disse Linus. — E eu não sonharia em tirar isso de você. Minhas desculpas se foi isso o que pareceu. Eu só estou...

— Preocupado.

— Isso.

Arthur alcançou e ajustou a gravata de Linus, alisando-a de cima abaixo no peito. Ele usava um terno preto — pela primeira vez desde que havia deixado permanentemente o DEDJUM. Sua gravata era de um adorável tom de laranja-avermelhado, cor de fogo. Não escapou a Arthur o motivo de Linus ter escolhido essa gravata em particular: um pequeno sinal, uma labareda luminosa no cinza opaco da cidade encharcada pela chuva.

Arthur também estava de terno. Seu paletó e suas calças eram azul-marinho, sua camisa florida o lembrava do jardim de Talia. O botão de plástico da gola substituído por um de metal, costurado com cuidado. Sua gravata era de uma tonalidade maravilhosa de verde, não muito diferente de um certo mensageiro de hotel. Suas calças um tanto curtas revelavam meias cinza estampadas com fofinhos lulus-da-pomerânia. Presa em sua camisa, uma folhinha dourada retirada de uma árvore da ilha, cultivada por uma sprite de floresta. No bolso do paletó, um lenço preto decorado com chifrinhos vermelhos de diabo.

— Só... tenha cuidado — pediu Linus. — Ouça. Veja. Não dê mais do que espera receber em troca. E pelo amor de tudo que é mais sagrado, *não* mencione os crânios de animais que Lucy coleciona, especialmente para os repórteres. Profissionalismo, Arthur. É tudo uma questão de profissionalismo, mesmo que tenhamos que omitir uma coisa ou outra.

Arthur beijou a testa de Linus.

— Anotado. Venha. Quanto mais cedo chegarmos, mais cedo acabamos.

Com Linus ao seu lado, Arthur manteve a cabeça erguida enquanto atravessava a rua, contornando as poças d'água e abotoando os botões do paletó. Um homem corpulento, de cabelos cacheados e dentes tortos, foi quem os viu primeiro. Ele estava no terceiro degrau, com uma câmera antiga pendurada no pescoço por uma tira de couro. Seu olhar percorreu a multidão, pousou em Arthur, trepidou, e então se moveu rapidamente para Linus. Seus olhos se arregalaram quando se fixaram de volta em Arthur.

— Arthur Parnassus! — gritou, quase caindo ao tropeçar escada abaixo. Sua câmera entrou em ação, e *flash, flash, flash*. — Senhor! São verdadeiros os rumores de que o Anticristo estaria tramando o fim do mundo?

O efeito na multidão foi instantâneo. Um breve momento de silêncio, como se o mundo inteiro prendesse a respiração, e então uma explosão barulhenta quando *todos* se viraram para eles — repórteres, manifestantes, contramanifestantes, todos gritando ao mesmo tempo, com microfones e cartazes erguidos.

Arthur e Linus estavam cercados, pessoas se aproximando, tocando os ombros de Arthur, e seus braços, suas mãos, suas costas. Linus ralhou com alguém que lhe deu um forte esbarrão, empurrando-o para a frente. Arthur conseguiu mantê-lo de pé enquanto eles avançavam para Bandycross, perguntas vindas de todas as direções. Mais ao longe, os protestantes da oposição lançavam berros cáusticos e repetidos de "*SE VIR ALGO, DIGA ALGO!*"

Eles conseguiram chegar aos degraus de Bandycross, subindo até a metade, quando Arthur parou e se virou. Ele levantou as mãos enquanto as câmeras disparavam. Linus ao lado dele, seus braços se encostavam.

— Serei breve — disse Arthur, elevando a voz. — Estou honrado por ter sido convidado a vir a Bandycross hoje para falar sobre minha história com o Departamento Encarregado da Juventude...

— Onde está o Anticristo? — gritou alguém. Embora Arthur não tivesse distinguido quem, soava como o homem que os avistara primeiro. — Você pode garantir que ele não quebrará o planeta como uma casca de ovo?

— Ah — disse Arthur. — Duvido muito que isso aconteça. Veja, ele ainda está aprendendo a quebrar ovos de galinha, então suponho que levará um tempo até que esteja pronto para a destruição planetária.

Todos os rostos o encaravam em choque.

— Lembra do que eu lhe disse sobre seu senso de humor? — cochichou Linus para ele. — Agora não é hora de tentar ser engraçado!

— Tentar — bufou Arthur. — Ai! — Ele ergueu sua voz de novo. — Foi uma piada ruim. Minhas desculpas. Respondendo à sua pergunta, a Terra não será destruída hoje.

— *Nem* em qualquer momento futuro — completou Linus em voz alta.

— Exato — disse Arthur.

Ele avistou uma menina de talvez dez ou onze anos na multidão, entre um homem e uma mulher que pareciam ser os pais dela. Nas mãos da menina, um cartaz purpurinado escrito MÁGICA TORNA O MUNDO BONITO. Ela acenou timidamente, e Arthur piscou de volta, fazendo com que ela abrisse um sorriso largo.

— Dana Jergins — apresentou-se uma mulher, esticando o microfone e exibindo seus dentes perfeitos num sorriso de tubarão. — *A Opinião Diária*. Sr. Parnassus, por que está aqui hoje?

Arthur se inclinou até que sua boca ficou a centímetros do microfone.

— Eu fui convidado.

A pálpebra direita da mulher tremeu, mas seu rosto permaneceu impassível.

— E por que foi convidado? De todas as pessoas do mundo, por que o senhor?

— Essa é uma questão a ser feita àqueles que enviaram o convite, não acha?

Ela não se deixou intimidar. Os outros repórteres voltaram a gritar suas perguntas, mas a voz dela se elevou acima das outras, incisiva e impossível de ignorar.

— Seria porque o senhor é uma fênix que se viu em posse de algumas das crianças mais perigosas já vistas?

Os demais repórteres fizeram silêncio.

— Em posse? — repetiu Arthur, estreitando os olhos. — Elas não são *coisas*. São pessoas, exatamente como você ou eu. E não são mais perigosas do que qualquer outra criança no mundo.

— Isso não é bem verdade, é? — disse Dana. — Outras crianças não podem fazer o que fazem aquelas sob seus cuidados. Nossos leitores merecem saber o que o senhor está fazendo para manter a juventude mágica nas rédeas.

— Nas rédeas? — falou Linus. — *Nas rédeas*? Você está ouvindo o que está dizendo? Meu Deus, o que há de errado com vocês? — Estufou o peito e olhou feio para os repórteres. — Vocês deveriam agradecer aos céus por Arthur Parnassus ter concordado em estar aqui. Ele já fez mais do que vocês jamais farão. E podem publicar minha resposta sobre *isso*. Tenham um bom dia. — Ele começou a se virar para entrar em Bandycross.

Os repórteres, de imediato, gritaram mais perguntas.

Linus olhou por cima do ombro, sua boca curvada em um sorriso insosso, e disse:

— Tenham. Um. Bom. *Dia*.

Então ele puxou Arthur escada acima, resmungando baixo sobre abelhudos que não sabiam nada sobre nada.

— Ah, o profissionalismo — provocou Arthur, tentando acalmar os nervos. — Uma arte perdida.

— Fique quieto você também — resmungou Linus. — Eles estavam espumando. A partir de agora só vai piorar.

O interior de Bandycross era tão impressionante quanto seu exterior. Os tetos abobadados do saguão eram altos e vigas grossas de madeira se cruzavam a pelo menos quinze metros acima de um piso de ladrilhos de pedras creme. A chuva tamborilava no vitral, e Arthur se perguntou como seria sob a luz do sol, um caleidoscópio de cores partidas. O lugar era impressionante, mas de um modo artificial, como se qualquer um que pisasse naquele grande salão *devesse* ficar intimidado por toda a pompa e circunstância. Em vez disso, deixou Arthur tão frio quanto as paredes e o chão.

Filas de pessoas de terno, vestidos e chapéus elegantes estavam diante de guardas, situados atrás de mesas altas de madeira, que os deixavam quase meio metro acima daqueles cujas credenciais inspecionavam. As filas pareciam andar rápido, repórteres e público misturados, todos tinham ganhado por sorteio um lugar na audiência. De acordo com Linus, havia grande interesse no processo, e supostamente houvera dezenas de milhares de participantes no sorteio. Ao todo, Linus previa uma audiência de centenas de pessoas, numa mistura de público, imprensa e aqueles com cargos oficiais do governo. Arthur entendeu a razão; não era todo dia que um ser mágico era convidado a falar *contra* programas governamentais projetados *para* seres mágicos.

Eles estavam decidindo em qual fila entrariam — Linus dizendo que não podiam esperar muito, pois já estava quase na hora — quando uma mulher de ascendência indiana, demonstrando nervosismo, apareceu diante deles usando uma saia xadrez e um blazer preto, seu cabelo muito escuro preso em um rabo de cavalo frouxo. Ela trazia pastas grossas nos braços, com papéis para fora e bordas dobradas.

— Arthur Parnassus? Linus Baker?

— Sim? — perguntou Linus com cautela.

— Meu nome é Larmina — disse ela. — Solicitaram que eu os leve para dentro.

Linus franziu o cenho.

— E quem está solicitando?

Ela olhou ao redor, mexendo a cabeça, depois se inclinou para a frente, abaixando a voz:

— Alguém que os considera como amigos.

— Interessante — disse Arthur. — Pensei que não tivéssemos amigos aqui.

Larmina empalideceu.

— Nem todos nós somos... — Ela negou com a cabeça. — Não importa. Por favor. Se puderem me seguir, os levarei até onde deveriam estar.

Arthur analisou a mulher por um momento. Ela não desviou o olhar.

— Vamos, então.

— Obrigada. Prometo que valerá a pena — disse ela, aliviada.

Dito isso, girou nos calcanhares e marchou em direção a um guarda perto da parede à direita. Não havia ninguém na fila, na mesa do jovem guarda lia-se: ACESSO VIP.

Os três se aproximaram da mesa e Larmina disse:

— Eles estão comigo.

Os olhos do guarda se esbugalharam e suas sobrancelhas grossas subiram na testa enquanto ele se inclinava sobre a mesa:

— É o...

— Sim.

O homem pareceu ter dificuldade em parar de encarar Arthur.

— Está certa disso, Lar? Se descobrirem, é o nosso que está na reta.

— Duncan — disse Larmina. — Já conversamos sobre isso. Não farão nada. Nos deixe entrar. Não temos muito tempo.

— Eu sei, eu sei. — Ele gesticulou para que entrassem. — Podem passar. Fiquem com a Larmina. Ela vai mostrar onde vocês devem estar.

Larmina os conduziu pelo interior de Bandycross, subindo um lance de escadas, passando por uma porta aberta até um longo corredor de carpete laranja-queimado e fileiras de portas. Em cada uma delas, placas com nomes que Arthur reconheceu dos jornais, de políticos que fizeram promessas grandiosas sem cumpri-las.

Ela parou em frente a um elevador de portas douradas com um guarda de cada lado. Cumprimentou-os com a cabeça enquanto apertava o botão. Conferindo o pequeno relógio dourado em seu pulso, ela disse:

— Não deve demorar muito.

Ela olhou para Arthur e, então, certificando-se de que ele estava observando, voltou seu olhar para os guardas e, depois, de novo para Arthur. Ele tocou a lateral do nariz em resposta.

Pouco depois, as portas se abriram com um apito. Larmina entrou, gesticulando para que Arthur e Linus a seguissem. No elevador, ela puxou uma correntinha de debaixo da blusa. Presa na ponta havia uma pequena chave de prata, com cinco centímetros de comprimento e dentes serrilhados. Inseriu-a em uma fechadura no painel, girando-a antes de apertar um botão sem número.

O elevador começou a subir. Passou pelo segundo andar, terceiro, quarto, e Arthur estava prestes a exigir que Larmina se explicasse quando ela esticou a mão novamente, dessa vez batendo no grande botão vermelho à esquerda do painel. O elevador todo estremeceu e parou bruscamente entre o quarto e o quinto andar.

Larmina disse:

— Este é um dos poucos lugares em todo o prédio onde podemos falar sem correr o risco de sermos ouvidos. Tudo, incluindo a maioria dos elevadores, está sob vigilância. Câmeras em todos os lugares.

— Mas não neste? — perguntou Arthur, olhando para o teto. Nenhuma câmera que pudesse ver.

— Não — respondeu ela. — Este é diferente. Ele vai para o Piso de Situações Enigmáticas. Sem câmeras, sem dispositivos de escuta. Reuniões confidenciais acontecem lá, longe da vista e de olhares curiosos. Informações privilegiadas, só para quem precisa saber.

— E ainda assim, aqui estamos, presos em um elevador — disse Linus.

— Porque eles saberiam — falou Larmina. — Ao menos assim, podemos fingir que o elevador deu defeito, e ninguém vai saber mais do que deveria.

Linus cruzou os braços.

— Aprecio sua... sensibilidade a certos assuntos, mas o fato é que não a conhecemos. Você poderia estar trabalhando para...

— Minha esposa é mágica — disparou Larmina, com as bochechas corando. — Ela pode... Não importa o que ela consegue fazer. — Um orgulho feroz encheu sua voz. — Não há ninguém como ela. Eu faria qualquer coisa por ela.

— Até mesmo trabalhar em um lugar como este — murmurou Linus.

— *Principalmente* trabalhar em um lugar como este — retrucou Larmina. Ela empalideceu. — Desculpe. Eu estou...

— Não precisa pedir desculpas — disse Linus. — Não foi uma ofensa, apenas uma observação. — Deu um sorriso seco. — Sobre a qual tenho certa experiência.

— Qual o nome da sua esposa? — perguntou Arthur.

— Minnie.

— Ela deve ser alguém especial para merecer tamanha devoção.

— Ela é — disse Larmina. — E eu... Ai, droga, a *hora*. Por favor, escutem. Preciso fazer isso direito. Ela confiou em mim para...

— Quem? — perguntou Linus.

— A sra. Doreen Blodwell — falou Larmina.

Linus teve um sobressalto.

— O quê? A secretária do AE? Essa Doreen?

Aquela a quem Linus se referia como srta. Chiclete, lembrou Arthur.

Parecendo aliviada, Larmina disse:

— Ela mesma. Ela estaria aqui para cumprimentá-los pessoalmente, mas havia... outros assuntos que exigiam sua atenção. Ela foi realocada. Não tenho permissão para dizer a qual departamento, mas vocês devem saber que as coisas nem sempre são o que parecem. A sra. Blodwell se deparou com certas... informações sobre o que vocês devem esperar durante a audiência. Ela sentiu que compartilhá-las poderia equilibrar o jogo.

— Por que deveríamos confiar em você? — perguntou Linus. — Ou nela? Até onde sabemos, você pode muito bem estar trabalhando para o governo para tirar informações de nós.

— Ela achou que diriam algo assim — disse Larmina. — Então me pediu para lhes dar isso.

Ela desdobrou as folhas em sua pasta e puxou um pequeno pedaço quadrado de tecido. Estendeu-o para Linus.

Ofegando exasperado, Linus arrancou o presente oferecido da mão de Larmina. Ele o olhou bem e congelou.

— O que é isso? — perguntou Arthur.

Linus se voltou para ele com uma expressão aturdida. Mostrou o objeto e Arthur levou apenas um segundo para reconhecê-lo.

Um mousepad, com uma imagem riscada e desbotada exibindo uma praia de areia branca com a água do oceano tão azul que parecia impossível. E seria, se Arthur não tivesse visto um oceano assim no dia anterior. E no alto, em uma bela letra cursiva, uma questão:

Você não gostaria de estar aqui?

Gostaria, desesperadamente.

— Você mencionou isso — falou Arthur, enquanto o lábio inferior de Linus tremia. — Disse que era sua pequena fuga.

— Sim — respondeu Linus com a voz rouca. — Era uma das poucas coisas que eu tinha que tornavam o DEDJUM suportável. — Ele olhou para o mousepad e traçou as cristas das ondas com o dedo. — Parecia um sonho. — Então se virou para Larmina. — Estamos ouvindo.

— A audiência foi atualizada — contou Larmina, enquanto o elevador rangia e gemia ao redor deles. — Vocês ficarão diante de quatro parlamentares. — Ela pausou. — Do Conselho de Importância Máxima.

A cor sumiu do rosto de Linus.

— Você com certeza está brincando.

— Bem que eu gostaria — disse Larmina, solenemente. — A notícia chegou hoje mais cedo.

— O que é isso? — perguntou Arthur.

Ele nunca tinha ouvido falar daquilo, mas não era tão versado em nomenclatura governamental quanto Linus.

Linus começou a andar de um lado para o outro no espaço limitado.

— *Ridículo*, é isso o que é. Existem níveis de conselho, a depender da situação. O Conselho das Proposições Insignificantes. O Conselho das Ideias Razoáveis. O Conselho das Questões Sérias.

— Ah — disse Arthur. — Claro como a lama.

— Sim, sim — confirmou Linus, distraído. — É o governo. O que esperava? Transparência é uma mentira fantasiosa que contam aos eleitores para distraí-los da verdade. O Conselho de Importância Máxima é reservado para as circunstâncias mais terríveis. É um passo abaixo das investigações de terrorismo.

— Mas não é de *todo* mal — disse Larmina, parecendo se sentir culpada por transmitir a informação. — Dois membros do conselho sinalizaram apoio à revogação de algumas das leis pertinentes à comunidade mágica...

— De algumas — falou Linus. — Não de todas.

Larmina riu sem achar graça.

— Você era um funcionário do governo até pouco tempo atrás. Esqueceu como as coisas funcionam?

— Não — respondeu Linus. — Mas é por isso que estamos aqui. Para acender uma chama.

— Figurativamente ou literalmente?

— Você não disse nada que não soubéssemos — falou Arthur.

— Jeanine Rowder.

O nome era familiar, mas Arthur não conseguia associá-lo a alguém.

Linus não teve o mesmo problema.

— A ministra da educação? O que ela tem a ver com isso? — Percebendo a confusão de Arthur, ele completou: — Ex-professora. Uma das mais jovens já eleitas. Subiu rápido, reunindo amigos poderosos. — Ele fez uma careta. — Nunca tratei com ela pessoalmente, mas ouvi algumas coisas que não me entusiasmaram. Embora não tenha ido muito longe, por um tempo, ela apoiou um projeto de lei que tornaria ilegal crianças de famílias queer falarem sobre seus lares, pois isso somente confundiria as crianças de famílias *de verdade*. Houve até rumores sobre uma punição severa aos pais de crianças transgênero que buscassem atendimento médico.

— Então todos no governo são, em sua maioria, terríveis — disse Arthur.

— A maioria — afirmou Larmina. — Mas ficou pior com ela. Rowder está apostando tudo na chamada *questão do dia*. Alguns são da opinião de que ela foi radicalizada, mas isso implicaria ser guiada por uma força externa. A sra. Blodwell não acredita nisso. Mas, sim, que o interesse repentino de Rowder em todos os assuntos mágicos vem com a expectativa de uma conclusão diferente. Os rumores dizem que ela está de olho no prêmio máximo.

— Que é? — perguntou Arthur.

— O cargo de primeira-ministra — disse Larmina, com gravidade. — E todos os poderes que vêm com ele.

— E por que você está nos ajudando? — questionou Arthur, com a curiosidade vencendo seu crescente desconforto. — E a sra. Blodwell?

— Porque alguém tem de agir antes que seja tarde demais — retrucou Larmina, e dessa vez não se desculpou. A opinião de Arthur sobre ela melhorou consideravelmente. — Temo que estejamos à beira da salvação ou da destruição. E se eu não fizer tudo o que puder para consertar as coisas, com que cara volto pra casa e pra minha esposa? Como vou poder encará-la sabendo que falhei com ela? Eu me recuso a deixar isso acontecer.

Quando terminou, ela estava ofegante, mas não recuou.

Linus hesitou. Depois perguntou:

— Se o que está dizendo é verdade, como o DEDJUM não descobriu sobre você? Ou sobre Doreen?

Larmina riu com amargura.

— Porque entendemos como funciona a mente dos homens. Dê a eles um sorrisinho, um toque no ombro, preste atenção no que dizem, e eles acreditarão que são um presente de Deus para as mulheres. — Seu rosto se alterou de repente, passando de uma máscara impassível para olhos grandes e lábios fazendo bico. Quando falou de novo, sua voz era mais aguda. — E isso é tudo o que somos. Meninas bonitas sem nada na cabeça. — A fachada derreteu, substituída por outra de aço. — Isso que é engraçado sobre quem está no poder. Subestimam todos abaixo deles, mesmo sabendo que seus segredos são ouvidos por *alguém*.

— Ainda assim, um risco considerável — disse Linus.

— Chegará um momento — falou ela — em que todos nós precisaremos fazer uma escolha entre o certo e o errado. Temo que o momento esteja mais próximo do que pensamos. E não sei se estamos preparados. Se Rowder continuar como está, então ninguém, nem você, nem seus filhos, ninguém mesmo, estará seguro. Esta audiência não tem a intenção de condenar o DEDJUM, o DEDAM, o Altíssimo Escalão ou suas práticas, passadas, presentes ou futuras. É uma campanha de Relações Públicas.

— Com qual finalidade? — perguntou Linus.

— A aniquilação total e completa da reputação de um tal Arthur Parnassus.

Arthur e Linus se entreolharam. Quando Arthur se virou de novo para Larmina, tudo o que conseguiu foi expressar uma única questão:

— Por quê?

CINCO

— Por favor, diga seu nome para registro.

— Arthur Franklin Parnassus.

— Sr. Parnassus, o senhor confirma ser verdadeiro o depoimento que concordou em prestar hoje?

— Sim.

— E confirma não possuir representante legal?

— Sim.

— O senhor compreende que possui o direito de ter presente um representante legal?

— Sim.

— E o senhor escolhe prosseguir, sabendo que seu depoimento será transmitido ao vivo para todo o país?

— Sim.

O homem se acomodou em sua cadeira de encosto alto, mãos cruzadas sobre a mesa à frente. Os outros membros do comitê — duas mulheres, um homem — sentaram-se em cadeiras similares em uma plataforma elevada de pedra, deixando-os cerca de um metro acima de Arthur, cada um sob um poderoso facho de luz vindo de cima. Arthur se sentou a uma mesa menor, sob a iluminação fraca da sala do tribunal, com um microfone à sua frente, ao lado de um copo de água e uma jarra meio vazia. Atrás dele, na parede, um letreiro eletrônico com letras vermelhas se movendo da direita para a esquerda, lembrando a todos na audiência que não deveria haver manifestações nem interrupções, e que, se ocorressem, acarretariam na imediata expulsão da pessoa, sem direito a questionamentos, independentemente de suas intenções.

As câmaras — chamadas de Netherwicke — eram enormes, feitas de madeira e pedra. Era como se a ausência de cor que engolfava a cidade tivesse se infiltrado nesses salões sagrados, deixando para trás apenas o sombrio tom marrom-escuro de borra de café no fundo de uma caneca. Os pisos rangiam, as paredes gemiam. O teto era uma estrutura em forma de domo feita inteiramente de vidro, revelando um céu escuro e varrido pelo vento, as nuvens pesadas, a chuva caindo a cântaros. O cheiro da tempestade havia se infiltrado no Netherwicke, denso e úmido, misturando-se ao aroma de madeira velha e pergaminhos.

O ambiente estava estranhamente quieto, dadas as centenas de pessoas sentadas no salão. Atrás de Arthur, havia fileiras e fileiras de repórteres, público e algumas poucas autoridades eleitas. Embora não tivesse se virado, Arthur sabia que Linus estava sentado imediatamente atrás dele, com uma grade de madeira os separando. Acima deles, à direita e à esquerda, uma galeria no piso superior se abria para o corredor abaixo. Esta também estava cheia — representantes do governo, com os rostos praticamente escondidos pelas sombras, gesticulando enquanto se inclinavam e sussurravam uns para os outros.

Arthur ignorou todos, seu foco fixo nas quatro pessoas sentadas diante dele. O homem que havia falado primeiro era mais velho, o rosto marcado por cânions. Seu cabelo branco parecia ter migrado da cabeça para as orelhas, de onde tufos cacheados se projetavam. Ele — assim como seus colegas — usava uma túnica preta, cujas mangas eram um tanto longas, caindo sobre as costas das mãos. A placa de identificação diante dele declarava-o simplesmente como BURTON.

Ao lado dele, uma vovó, seu cabelo um algodão-doce rosa, um par de óculos dourados na ponta do nariz preso a uma corrente de contas em volta do pescoço. Suas sobrancelhas delineadas lhe davam uma aparência de surpresa perpétua. Sua placa de identificação dizia HAVERSFORD.

O terceiro era um jovem que parecia ainda ser questionado sobre sua maioridade em um bar. Era um tipo inquieto, seu cabelo preto estava penteado para trás e brilhava úmido sob as luzes do teto. Tinha o hábito nervoso de roer as unhas e não parecia estar muito confortável ao ver tantas pessoas na sua frente. A placa o nomeava SALLOW.

E então a última: Jeanine Rowder. À vontade diante do público, mal dando qualquer atenção a eles, além da mirada fria dirigida ao andar de cima. Mais ou menos da idade de Arthur, era uma mulher alta com vestes que esvoaçaram quando ela assumiu seu lugar, sorrindo largamente antes de se sentar. Seu cabelo na altura dos ombros era de um tom suave de castanho-avermelhado, seus dentes eram quadradinhos brancos perfeitos. Ela se parecia com qualquer pessoa que Arthur passaria pela rua, mas havia algo estranho nela, algo que o gelava até os ossos. Talvez fosse a maneira como se portava: ombros eretos, postura perfeita. Ou talvez fosse a maneira como ela mal reconhecia sua presença, olhando-o com desdém uma ou duas vezes, seu foco principal na pilha de pastas diante de si. Burton, Haversford e Sallow também tinham pastas, embora em número muito menor. E as pastas de Rowder pareciam ter dezenas de abas; identificando o quê, Arthur não sabia.

Burton parecia estar no cargo há mais tempo, pois falava pelos demais.

— O Conselho de Importância Máxima está reunido aqui hoje diante de uma questão que parece nunca ter uma resposta satisfatória, pelo menos não uma que a maioria possa concordar. O que fazer com a comunidade mágica? Isso tem…

Arthur se inclinou para a frente e pigarreou intencionalmente próximo do microfone.

Risinhos percorreram a multidão.

Burton franziu a testa.

— Sim?

— Peço desculpas — disse Arthur. — Mas o senhor fez questão de garantir que eu seria honesto, o que aprecio. Para manter as coisas justas, peço que faça o mesmo.

As risadinhas se tornaram um rumor.

— Como disse? — retrucou Burton.

Arthur ajustou a posição do microfone.

— O senhor disse nenhuma resposta que a maioria possa concordar. Espero que esteja ciente da pesquisa de seis anos atrás conduzida pelo governo, que mostrou que cinquenta e um por cento dos entrevistados acreditavam que todo e qualquer ser mágico deveria ter os mesmos direitos que seus semelhantes humanos. Embora a pesquisa tenha se recusado a convidar qualquer ser mágico a respondê-la, acredito que cinquenta e um por cento dos entrevistados ainda constituem a maioria. Mais uma vez, peço desculpas pela interrupção, mas é importante que os registros mostrem que *existe* uma maioria. — Ele sorriu. — É verdade que a resposta do governo a esta descoberta foi lançar a campanha "se vir algo, diga algo", então compreendo como pode haver alguma confusão.

— Sr. Parnassus — repreendeu Burton. — Há uma ordem neste processo. Por favor, abstenha-se, a menos que seja sua hora de falar, ou caso lhe tenham feito uma pergunta direta. Entendido?

Arthur assentiu.

Burton esperou um pouco e então retomou:

— Estamos em uma encruzilhada. O propósito desta audiência, e de qualquer outra que possa se seguir, é determinar quais mudanças, se houver, devem ser realizadas nas atuais *Regras e regulamentos* que governam a comunidade mágica. Como noticiado *ad nauseam* pela imprensa, os Departamentos Encarregados da Juventude Mágica e dos Adultos Mágicos recentemente têm sido alvos de intenso escrutínio. Com a dissolução do Altíssimo Escalão, os departamentos estão sem liderança efetiva. — Ele cruzou as mãos. — Por esse motivo, o sr. Parnassus foi convidado a prestar depoimento, pois se encontra em uma posição única: não apenas viveu sua juventude em um dos orfanatos aprovados pelo governo, como atualmente é diretor do mesmo orfanato, localizado na Ilha de Marsyas. — Burton olhou para as pastas diante dele, erguendo uma das páginas. — Na data de hoje, há seis crianças ocupando...

— Vivendo — disse Arthur.

Burton apertou a ponte do nariz.

— Como é?

Arthur se inclinou para o microfone.

— O senhor disse "ocupando" como se fossem algum tipo de força invasora. As crianças não *ocupam* a própria casa. Elas vivem lá. Talvez seja uma questão de semântica, mas acredito que palavras importam.

— Sr. Parnassus, vou adverti-lo uma última vez. Não gosto de ser interrompido.

— Entendido, senhor. Mas se vamos determinar o melhor caminho a seguir, tenho certeza de que concordaria em evitar linguagem que alguns possam considerar ofensiva.

Burton o mirou boquiaberto.

— E quem ficaria ofendido?

— Eu — disse Arthur. — E, senhor, um lembrete: as crianças têm nomes: Olá, Lucy. Olá, Chauncey. Olá, Talia. Olá, Theodore. Olá, Sal. Olá, Phee. —Em sua mente, ele acrescentou: *E olá, David. Não me esqueci de você.* — Estão todos ouvindo — explicou Arthur, enquanto murmúrios vinham da plateia. — Não é todo dia que uma criança pode ouvir no rádio seu nome ser dito em alto e bom som. E duvido bastante que sejam as únicas pessoas mágicas ouvindo, então, sim, palavras importam, especialmente agora.

— Entendemos que as coisas são voláteis em sua comunidade — disse Haversford, falando pela primeira vez, sua voz mais profunda do que Arthur tinha imaginado. Ela ajeitou os óculos no nariz. — Um dos propósitos desta audiência é, esperamos, acalmar os ânimos. Mas não somos inimigos, sr. Parnassus. Com certeza sabe disso.

— Ai — disse Arthur. — Queimado por minha própria chama. Receio que eu precise ajustar minha declaração anterior. Palavras importam, sim, mas ações importam ainda mais. Qualquer um pode dizer o que quiser, mas é o que faz disso o que importa. Correto?

— Claro — disse Burton, com uma expressão azeda.

Arthur fechou a armadilha.

— Então certamente pode ver porque eu, e falo apenas por mim, posso ter uma definição diferente da palavra "inimigo", vide as ações do governo em relação à comunidade mágica.

Burton engasgou, Sallow empalideceu, Haversford suspirou e Rowder não fez absolutamente nada, permanecendo imóvel, costas eretas, sem desviar o olhar de Arthur. A chuva castigava o domo, um lembrete constante do céu escuro do lado de fora.

— Sr. Parnassus — disse Haversford, sem más intenções —, o senhor tem todo o direito de se sentir assim. Não posso dizer que entendo pelo que passou, pois isso seria uma falsidade construída sobre privilégio.

Arthur assentiu.

— Obrigado por reconhecer.

— Dito isso, nunca chegaremos a lugar algum se não conseguirmos nem mesmo sair da introdução. Se meus colegas concordarem, talvez possamos guardar qualquer discurso para depois que ouvirmos o sr. Parnassus. Parece que ele está ansioso para falar, e não é por isso que estamos aqui?

— Existem procedimentos a seguir — retorquiu Burton.

— Sim — concordou Haversford —, mas nos encontramos em território desconhecido e os procedimentos só podem nos levar até certo ponto. Eu, particularmente, prefiro irmos direto ao que viemos ouvir do que ficarmos cortando um ao outro. — Ela olhou para Sallow e Rowder. — De acordo?

— Sim — respondeu Sallow, a voz falhando. — Isso seria benéfico.

Rowder apenas concordou com a cabeça, tamborilando os dedos impacientes sobre as pastas diante dela.

Burton pareceu irritado.

— Certo. Mas não permitirei que isso se converta em acusações infundadas lançadas a torto e a direito.

— Asseguro — disse Arthur — que nenhuma acusação será infundada. Pelo contrário, serão factuais, já que eu estava presente em todas as ocasiões.

Burton bufou com desdém.

— É o que diz. Muito bem. Sr. Parnassus, a palavra é sua. Use seu tempo com sabedoria.

Logo atrás, Arthur ouviu Linus murmurar:

— Vou te mostrar a sabedoria, seu rato pretensioso.

Arthur fingiu uma tosse para cobrir o riso com a mão.

— Obrigado.

Embora soubesse que todos os olhos estavam sobre ele — não apenas ali, mas em todo o país e talvez no mundo —, Arthur concentrou sua atenção no homem atrás dele, nas quatro pessoas adiante e no grupo de crianças que, sem dúvida, rodeavam o rádio em casa.

Quanto tempo ele havia esperado por aquele momento? Meses desde que Linus havia chegado? Talvez desde antes disso? Ele acreditava que sim. Anos e anos, de volta até o menino que escrevera uma carta com esperanças de salvação — não apenas para si, mas também para as outras crianças —, somente para ser aprisionado por ter tido a audácia de acreditar na liberdade. Sim, esse momento parecia resultado de uma vida inteira, e embora extremamente nervoso, ele se recusava a deixar que Burton, Haversford, Sallow ou Rowder percebessem isso.

Arthur começou.

— Quando eu era criança, fui maltratado pelas mãos de um empregado do Departamento Encarregado da Juventude Mágica. Os maus-tratos não se resumiam à violência física. Eram também psicológicos, já que o diretor tornou sua missão, como sempre dizia, nos colocar em nossos devidos lugares, um lembrete de que, como seres mágicos, éramos naturalmente inferiores. As violações de nossos direitos básicos como pessoas se intensificaram sem controle até que eu, com a sabedoria e o atrevimento encontrados somente na juventude, decidi que algo deveria mudar, e que nós, como *pessoas*, não deveríamos sofrer. Então escrevi sobre tudo aquilo e tentei enviar para quem eu acreditava que poderia ajudar. O resultado de ousar pedir ajuda ao mesmo governo cujos representantes estão sentados diante de mim hoje? Aprisionamento. Seis meses em um porão sem janelas ou luzes. Eu fazia uma refeição ao dia e era forçado a usar um balde como vaso sanitário. Havia uma cama de metal com um colchão velho todo mofado. Rachaduras nas paredes que eu memorizava pela luz das minhas próprias chamas, pois não havia nada com o que me ocupar. Sem livros. Sem trabalhos escolares. Sem visitas e sem permissão para sair.

"Nos primeiros três dias, eu gritei. Na semana seguinte, queimei. Na outra semana, fui tão espancado que não consegui respirar direito pelo que pareceram anos. Como muitos que sofreram abuso, me disseram que a culpa era minha. Que eu merecia. Que aquilo acontecia simplesmente porque eu não queria *ouvir*. Ele sabia o que era melhor, afinal. Era um adulto. Um funcionário do governo. E eu apenas uma criança. Comecei a acreditar nele.

"O tempo se tornou escorregadio, elástico e se esticou de maneiras que nem consigo descrever com clareza. Para minha própria sanidade, eu marcava os dias com riscos nas paredes. Era a única coisa que eu tinha para me manter ocupado: contar os dias um por um. No final, eu delirava tanto que me convenci de que tinham se passado anos, em vez de meses.

"Mas estou me adiantando. Cheguei à Ilha de Marsyas quando eu tinha sete anos de idade. Eu não tinha nada nem ninguém..."

No total, ele falou por duas horas e quarenta e seis minutos ininterruptos. Assim como a chuva, os únicos outros sons no silêncio mortal do Netherwicke, além de Arthur, eram suspiros e uma ou outra fungada estranha vinda da plateia. Ao final, a voz de Arthur estava rouca, sua garganta ardendo, refrescada apenas por um gole de água. Ele se sentia vazio, abatido, e, embora a raiva ainda queimasse, era algo insignificante com um brilho fraco.

Durante todo o seu depoimento, ele manteve seu olhar à frente, fixo nas quatro pessoas diante dele. Burton não deu nenhum sinal, sua aparência não passando de uma carranca. Sallow e Haversford anotaram uma abundante quantidade de coisas enquanto Arthur falava, o som de suas canetas no papel com a constância de um metrônomo. Rowder, por sua vez, não fez nada além de ouvir, ignorando as pastas empilhadas à frente. Embora achasse que não, Arthur tinha alguma esperança de que Larmina estivesse errada e que Rowder não fosse nada mais do que uma autoridade eleita cega pela ideia de poder.

— Obrigada, sr. Parnassus — disse Haversford, depois que ele terminou. — Isso foi... esclarecedor de maneiras que eu não esperava. É difícil imaginar como foi para o senhor vir aqui e falar com tanta honestidade como o fez, isso é de se admirar. Antes de continuarmos, gostaria de um intervalo para se recompor?

— Não, obrigado — respondeu ele, antes de limpar a garganta. — Estou apto a continuar, se também estiverem.

— Assim seja — disse Burton, inclinando-se na cadeira e folheando os papéis diante de si. — Sr. Parnassus, o senhor testemunhou contra seu antigo diretor, não foi?

— Sim.

— Ele foi censurado, demitido e considerado culpado, não foi?

Arthur podia ver aonde Burton queria chegar, e estava mais do que disposto a aceitar o desafio.

— Sim, mas não nessa ordem. Ele foi considerado culpado, depois censurado, e *então* demitido. Pelo que entendi, estava de licença remunerada durante a inspeção interna do DEDJUM e sua condenação, depois foi posto em liberdade condicional por três anos. Só então deixou de ser funcionário do DEDJUM e, portanto, sem direito a salário.

— E o testemunho do senhor foi sigiloso, dado que era menor de idade. Nada foi divulgado publicamente.

— Correto, embora eu acredite que isso tenha tido pouco a ver com o fato de que eu era menor de idade e mais com o DEDJUM tentar salvar a própria pele.

— O senhor tem provas disso? — questionou Burton.

— Considere como uma hipótese bem fundamentada.

— Não tem, então — disse Burton. — Sr. Parnassus, o senhor chegou a um acordo com o governo depois que um inquérito encontrou negligências por parte do Departamento Encarregado da Juventude Mágica. De quanto foi o acordo?

— Parece que o senhor já sabe.

— Responda à pergunta, sr. Parnassus.

Arthur sorriu.

— Um milhão de libras.

A multidão ao redor produziu um burburinho.

— Um milhão de libras — anunciou Burton grandiosamente, como se tivesse marcado um ponto a seu favor, ou algo assim. — Uma quantia magnífica, não concorda? Principalmente para uma criança. Embora eu sinta empatia por sua situação, sr. Parnassus, não posso deixar de pensar que tenha sido adequadamente compensado. E agora, em vez de ganhos financeiros, o senhor parece estar atrás de um pouco de sangue.

— Essa é uma forma de ver a situação — disse Arthur. — Outra é que recebi uma indenização por anos de abuso sancionado pelo governo.

— Veja bem — falou Sallow, os olhos se arregalando. — Nunca houve abuso sancionado. Ora, a própria ideia é tão absurda quanto repugnante. As *Regras e regulamentos* claramente afirmam que uma criança *não* deve sofrer nenhum mal, seja ela mágica ou não.

— Estranho — disse Arthur. — Porque, de acordo com os registros públicos das três décadas desde que fui retirado da ilha, o DEDJUM teve setenta e seis diretores acusados de alguma forma de maus-tratos a menores sob seus cuidados. Vinte e sete foram demitidos. Cinco saíram por conta própria, embora tenham recebido compensação. Os diretores restantes foram realocados depois de passarem pelo que é chamado de *treinamento de sensibilidade*. Mais da metade *desse* grupo teve novas acusações. Na data de hoje, doze deles continuam como diretores em orfanatos em todo o país. — Ele os encarou um a um: Burton, Haversford, Sallow e Rowder. Os olhos dela combinavam com o céu tempestuoso acima, cinzas e foscos. — Se não fosse sancionado pelo governo, indicaria que o DEDJUM tem a infeliz sorte de recrutar pessoas que consideram o abuso físico como necessário ao lidar com crianças.

— E como chegou ao conhecimento disso? — questionou Burton, com uma expressão azeda. — Duvido bastante que os registros públicos sejam tão específicos.

Vazado pelo tal Linus Baker, é claro, antes de deixar o DEDJUM. Mas Arthur não contaria isso a eles.

— Os senhores negam?

Sallow estufou o peito.

— Não somos nós que estamos sendo interrogados aqui, sr. Parnassus. Mas o senhor.

Conforme a multidão começou a cochichar em todo o recinto, Arthur viu quando Haversford fez uma cara feia olhando para Sallow. Ela não disse nada quando olhou de volta para Arthur.

Ele ergueu uma sobrancelha.

— Eu não sabia que tínhamos ido de testemunho voluntário para interrogatório. Teria me preparado diferente se soubesse que seria o caso, principalmente pela relevância de estar diante do Conselho de Importância Máxima.

— Não... Não é o que eu quis dizer! Estou apenas tentando... — Sallow disse.

— Você alega maus-tratos — falou Burton.

Arthur assentiu.

— É mais do que uma alegação, mas sim. Embora não possa falar por outros que se encontraram em posição similar, eu posso e falarei sobre minha própria experiência. Esse tipo de abuso, a dor que causa, é cumulativo. Seja físico ou psicológico, cada novo golpe é dado em cima de um ferimento ainda não curado. Vai aumentando até não poder mais.

— Você recebeu uma quantia exorbitante por isso.

— Dinheiro sujo — disse Arthur, com a voz entrecortada. — Se pensaram por algum momento que eu escolheria a compensação em vez da minha inocência, estiveram redondamente enganados. E como sei que os senhores são árbitros da verdade e da justiça, acrescentarei que meu antigo agressor, quando interrogado, sugeriu que o DEDJUM não só *sabia* sobre os maus-tratos cometidos pelos diretores, como também fazia vista grossa.

— Mesmo que fosse verdade — falou Sallow —, não era com a intenção de dar permissão ou endosso a esse tipo de conduta.

— Os senhores têm filhos? — perguntou Arthur. Então, sem esperar resposta, disse: — Eu tenho seis. As crianças, desde cedo, começam a aprender a diferença entre o que é certo e errado. Muitas vezes, você tem de dizer não. E eu os desafio a encontrar alguma criança que, após receber um "não", não responda com um "por quê?".

Alguns na multidão soltaram risos discretos. Talvez até mais do que alguns. Encorajador, mas as pessoas podem ser extremamente inconstantes.

— E é isso o que se espera — continuou Arthur. — Porque seus cérebros maravilhosos estão crescendo tanto quanto eles próprios. Quando você diz não, deve explicar o porquê, para fornecer contexto, limites. É assim que as crianças aprendem. Se você não diz nada quando uma criança faz algo que não deveria, para a criança isso pode implicar permissão. Então, peço que os senhores, como membros do governo, expliquem por que dizer não a uma criança é algo que todos concordamos como necessário para seu crescimento, conforme discutido no tomo seminal *Regras e regulamentos*, capítulo quatro, das páginas duzentos e cinquenta e sete a trezentos e quarenta e três, escrito por um antigo membro do AE, mas não se pode fazer o mesmo para adultos que tiram vantagem das dinâmicas de poder. Estão preocupados com eles perguntando *por quê*? Não deveriam. Eles são adultos. Deveriam saber essas coisas.

— Quando criança, eu apanhava se fizesse algo de errado — disse Burton, com olhos semicerrados. — Meu pai dava com uma vara na minha retaguarda quando eu saía da linha, e acabei me dando muito bem.

Nem tanto, Arthur pensou, mas não disse. Ele sabia que já estava andando numa corda bamba, e ela não estava tão esticada quanto poderia.

— Sinto muito por isso. De verdade. Uma criança, humana ou não, nunca deveria apanhar como castigo. Todos sabem que nunca se deve bater em um animal de estimação, como um cachorro, pois isso é cruel, mas quando se trata de crianças, devemos pensar que é para o bem delas e que vão ficar bem? — Ele balançou a cabeça. — Me recuso a acreditar nisso.

Burton zombou, acenando com a mão em descaso.

— O senhor não está aqui para dizer a outras pessoas como educar aqueles sob seus cuidados.

— Com certeza, não. Estou aqui para fornecer evidências de que crianças estão *sofrendo*. Só isso já é o suficiente para parar e pensar. Algum dos senhores sabe o que significa não ser amado? Como é a sensação?

Nenhuma resposta, apenas silêncio. Denso, carregado.

— Claro que não. Todos têm amigos. Família. Nunca poderão conhecer o terrível sentimento de não ter ninguém que os ame. Eu conheço. *Lembro* como era. Nenhuma criança deveria se sentir dessa maneira. Elas são o *futuro*. E, ainda assim, inúmeras crianças vão dormir todas as noites em orfanatos aprovados pelo DEDJUM, sem nunca conhecerem uma palavra ou uma mão gentil. — Arthur balançou a cabeça. — Como podem afirmar que *crianças* são perigosas quando fizeram de tudo para encurralá-las?

Sallow limpou a garganta, parecendo abatido.

— Por falar em crianças, o senhor tem em sua posse seis que...

— "Posse" implica ser dono — disse Arthur calmamente. — Não sou dono de ninguém. De novo, senhor: palavras importam.

— O fato é que são alguns dos seres mais poderosos do mundo. Crianças capazes de...

— Serem crianças? — perguntou Arthur. — São, sim.

— Que sejam, porém são crianças que podem chegar a um nível de magia ainda desconhecido. — Sallow verificou uma pasta à sua frente. — Chauncey, por exemplo. O que ele é?

Arthur deu de ombros.

— Não sabemos exatamente. Não é maravilhoso? Mas já que está pedindo algo específico, Chauncey é um mensageiro de hotel, e um dos melhores.

— Que hotel o contrataria? — perguntou Burton. — A aparência dele é... perturbadora.

— Que hotel não o faria? — questionou Arthur. — Teriam sorte de tê-lo, caso exista uma vaga. E acho que o senhor quis dizer "único" em vez de "perturbador", porque tenho autoridade para dizer que ele é bonito pra caramba.

— Talia — disse Sallow. — Uma gnoma de jardim.

— Sim — falou Arthur. — Mas ela é muito mais que isso. Ela é destemida, engraçada e protetora, e cava algumas das sepulturas mais perfeitas que eu já vi. Ah, e suas begônias são as melhores em qualquer jardim.

Uma risadinha familiar soou logo atrás dele, e os lábios de Arthur se curvaram.

— Theodore — disse Haversford. — Uma serpe.

— Uma das crianças mais inteligentes que já tive o prazer de conhecer. Sua coleção é inigualável, e ele recentemente aprendeu a pousar sem cair. Impressionante.

Haversford riu entredentes.

— E Sal?

— Um escritor talentoso crescendo diante dos meus olhos, tanto figurativa quanto literalmente. Ele está se tornando ele mesmo. Mal posso esperar para ver o homem que se tornará. Espero grandes coisas dele.

Sallow tamborilou numa pasta.

— Que pode transmitir sua... condição com uma mordida.

— Pode — disse Arthur. — E o fez uma vez, com medo depois que um adulto o golpeou enquanto ele tentava comer. Sobre quem gostaria de saber a seguir? Phee? Ela é uma sprite de floresta que já consegue fazer crescer árvores, mesmo não tendo chegado à adolescência ainda, e que assumiu de bom grado seu papel de irmã empática. — Ele sorriu, afiado como uma navalha. — Ah, acho que está tentando saber sobre uma criança em particular, não é? Quer saber sobre Lucy.

Larmina — e, consequentemente, Doreen — estava certa. Isso nunca tinha sido sobre Arthur, ou sobre os erros do DEDJUM. Era uma missão exploratória, e ele havia seguido o jogo deles, acreditando que algo de bom poderia resultar disso.

Silêncio opressivo, exceto pelos rangidos e gemidos do Netherwicke.

— O Anticristo — disse Burton finalmente, com uma careta.

— Não usamos essa palavra — respondeu Arthur. — Não porque *nós* achemos que seja errado, mas porque todos os outros parecem pensar que significa o fim de tudo o que conhecemos. Não vou deixar essa criança, ou qualquer outra, aliás, acreditar numa bobagem dessas.

— Bobagem? — questionou Sallow. — Nunca houve alguém como ele. Do que será capaz quando ficar mais velho? E se o mundo não se curvar para cada desejo e capricho dele?

— Já que está falando como se conhecesse meu filho pessoalmente, e não apenas o que está escrito em seu arquivo do DEDJUM, presumo que tenha razão. O que essas crianças têm a ver com minha experiência sob a autoridade do DEDJUM?

— Ah, ele tem razão — disse uma voz doce e musical, fazendo Arthur volver o rosto. Jeanine Rowder sorriu, inclinando a cabeça. O nariz dela se enrugou de leve, como se estivesse sentindo um cheiro desagradável. — Talvez meu colega tenha sido pouco rebuscado, mas acredito que está tentando trazer um assunto em que possa navegar, sr. Parnassus. Ao menos foi o que compreendi.

— E o que seria? — perguntou Arthur.

— Um dilema filosófico. E já que o senhor trouxe à tona o Anti... Lucy, como o chama, acho que a linha de questionamento é relevante, pois se relaciona com o diretor deles. — Ela franziu a testa, mas parecia atuação. — Ah, essa palavra também não serve, não é? Conotações! Vamos chamá-lo pelo que é. Como *guardião* de uma juventude mágica potencialmente perigosa, o senhor tem o dever moral de agir se tiver conhecimento de algo que possa colocar pessoas inocentes em risco?

Ah, esta aqui, pensou Arthur. Esta vai dar problema.

— Isso depende se você acredita em utilitarismo ou em deontologia. O utilitarismo gira em torno do conceito de que os fins justificam os meios, a crença de que os resultados de uma ação têm maior valor do que a ação em si. É uma filosofia orientada a consequências. Tome, por exemplo, o DEDJUM e o DEDAM.

Burton começou a balbuciar de raiva, mas Rowder ergueu a mão e ele fechou a boca.

Arthur continuou:

— Tenho tendência a aderir à teoria da deontologia, aos princípios de Immanuel Kant, que afirmam que tanto as ações *quanto* os resultados devem ser éticos. Um peso maior é dado à moralidade da ação, mas também afirma que uma ação *errada* não torna seu resultado o mesmo.

— Isso também descreveria o DEDJUM, não acha? — perguntou Rowder, juntando as mãos sob o queixo, sem nunca desviar a mirada de Arthur, mesmo enquanto sorria lindamente. Ela não lhe deu chance de resposta. — Mas isso é assunto para outro dia. Parece-me que estamos abordando tudo de forma equivocada. Afinal, isso não é sobre as crianças, mas sobre Arthur Parnassus. Ele graciosamente nos forneceu um angustiante relato de seus anos sob a tutela do DEDJUM, e eu, particularmente, aplaudo sua coragem. — Seu sorriso se mesclou a um semblante de falsa simpatia. — Não deve ter sido fácil vir até aqui.

A pele de Arthur vibrava e ele fez um esforço para respirar de forma calma e tranquila.

— Não foi, mas como eu já disse, é importante.

— Certamente — disse Rowder. — E embora eu creia na relevância de ouvir sobre seus tutelados, principalmente porque o senhor solicitou a adoção deles, se não estou enganada, permanece o fato de que são, como o senhor eloquentemente afirmou, apenas crianças.

— Nisso estamos de acordo.

— Cujos verdadeiros pais estão todos... mortos. — Ela decidiu apertar mais. Sabia que as crianças estavam ouvindo.

— Visto que as palavras "órfão" e "orfanato" estão relacionadas; sim, é esse o caso.

— Por que essas crianças?

Arthur piscou surpreso.

— Não sei do que está...

— De todas as crianças no mundo sob a tutela do Departamento Encarregado da Juventude Mágica, por que essas seis?

— Porque precisavam de um lar.

— Acredito que esse seja um motivo — disse ela. — E quanto ao *senhor*, sr. Parnassus? Não é mais uma criança. E, por mais que me doa dizer isso, depois de tudo o que passou, o senhor deveria, com todo o direito, estar completamente aborrecido com o DEDJUM e o DEDAM. Pelo que ouvi em seu depoimento hoje, com boas razões.

— Mais uma vez, estamos de acordo. Embora eu sinta que "aborrecido" seja, talvez, um eufemismo.

— Claro que sim — disse ela, com uma risadinha. — Voltemos a nos concentrar no que interessa, está bem? — Sem esperar resposta, ela se debruçou sobre a mesa, um par de óculos violeta de meio aro aparecendo como que por mágica em seu rosto enquanto procurava algo em uma pasta aberta. — Pais falecidos. Sem irmãos. Sem parentes. Entrando em um orfanato do departamento aos sete anos de idade. *Tsc, tsc, tsc.* — Ela negou com a cabeça. — Terrivelmente triste. Definitivamente horrível. Minha solidariedade. Você é uma fênix, não é?

Uma curva brusca, mas não era mesmo esse o ponto dela? Mantê-lo pisando em ovos.

— Sim, eu sou.

Ela assentiu com a cabeça.

— Maravilhoso. Prove.

Um murmúrio percorreu a multidão, um suspiro baixo como o vento do mar sob um céu de aço.

— Perdão?

Ela demonstrou surpresa.

— Ah, que tolice a minha. Pensei que estava sendo clara. Deixe-me tentar de novo e, por favor, avise se ainda houver qualquer mal-entendido. Estou pedindo, sr. Parnassus, que prove que é o que diz ser. Não acho que seja pedir muito. Afinal, ninguém no DEDJUM ou no DEDAM viu evidências disso desde que era criança, e mesmo à época, a maioria é apenas por relatos.

Haversford pigarreou.

— Conselheira, não acho que...

Rowder a ignorou.

— Sr. Parnassus?

Arthur hesitou antes de erguer uma mão, a palma voltada para o teto. Ele podia ouvir as pessoas se mexendo ao redor, todas esticando o pescoço para ver o que ele faria. Arthur não lhes deu atenção. Uma flama surgiu em sua mão, não maior do que a chama de uma vela. O fogo dançou sobre sua palma antes que ele cerrasse os dedos, apagando-o, e uma nuvenzinha de fumaça saísse dentre seus dedos.

Rowder piscou.

— É... é só isso? É tudo o que pode fazer? *Tsc*. Devo admitir que estou um pouco desapontada. Pelos seus arquivos, entendi que não só poderia assumir a forma de uma fênix, mas que ela também poderia agir como uma extensão sua, independente, embora sob seu controle. O que acabou de nos mostrar é um truque de circo. — Ela suspirou, encostando-se na cadeira.

Arthur se irritou, sabendo que era isso o que ela queria, mas não conseguiu fazer muito para impedir.

— Não vou dançar pra você. Você se acha melhor do que eu, e...

Os olhos dela se alargaram.

— Sr. Parnassus. Tenho orgulho de aceitar todos, não importando sua origem ou situação na vida. Qualquer alusão ao contrário não é apenas falsa, mas caluniosa, e não a tolerarei. Dito isso, tenho um trabalho a fazer, e o levo bastante a sério. Talvez os arquivos estejam errados? Embora odeie admitir, o DEDJUM e o DEDAM têm sua cota de erros. O Altíssimo Escalão, por exemplo. Por falar nisso, sr. Parnassus, sabe por que o AE aprovou a continuidade do orfanato na Ilha de Marsyas?

— Receio que meus poderes não incluam leitura de mentes.

— Somos todos gratos por isso — disse Rowder. — Devo admitir que achei estranho quando o AE simplesmente... deixou passar quando se tratou do senhor. — Seus olhos se ergueram como se um novo pensamento tivesse surgido em sua mente. — A menos que tenha a ver com Charles Werner. O senhor o conheceu, não? E para evitar qualquer confusão, quando digo que conheceu o sr. Werner, quero dizer intimamente.

— O que tudo isso tem a ver com...

— O senhor nega, sr. Parnassus? — perguntou ela.

— O sr. Werner e eu nos envolvemos por algum tempo, sim. Mas sem que eu soubesse, ele estava me usando para promover sua própria carreira no...

— Não terminei — disse Rowder, sua voz ainda leve, suave, como se aquela fosse uma conversa durante um brunch. — Porque também há um tal de Linus Baker, ex-funcionário do Departamento Encarregado da Juventude Mágica. No momento, vocês dois estão em uma relação romântica, correto?

— Sim, mas...

Rowder se ajustou na cadeira.

— O senhor parece ter o hábito de colecionar empregados nossos para seu próprio prazer. Espero que não percamos mais nenhum bom homem para o senhor. A retenção de funcionários é importante, e um rodízio de namorados não é algo a que as crianças devam ser expostas. O que levanta uma questão interessante, entretanto: Lawrence Baker, ah, desculpe — ela deu uma nova olhada na pasta, embora Arthur soubesse fazer parte da encenação —, *Linus* Baker falsificou relatórios sobre a Ilha de Marsyas para satisfazê-lo, Arthur Parnassus?

Haversford pareceu chocada.

— Isso *nunca* chamou nossa atenção, nem vimos ou ouvimos qualquer evidência que remotamente sugira tal coisa. Conselheira, do que exatamente está acusando o sr. Parnassus?

Rowder levantou uma página toda escrita que Arthur não conseguiu enxergar.

— Tenho em minha posse uma declaração juramentada e assinada por Charles Werner, antigo membro do Altíssimo Escalão. Após a dissolução do AE no ano passado, o sr. Werner decidiu oferecer um registro de seu conhecimento profundo sobre Arthur Parnassus. Além de dizer que se sentiu ameaçado por Arthur Parnassus e Linus Baker, razão pela qual, segundo ele, todos os membros do AE concordaram em manter aberto o orfanato da Ilha de Marsyas, sua opinião nada desprezível é a de que o sr. Parnassus está, para todos os efeitos, treinando jovens mágicos para serem soldados.

Uma explosão de todos os cantos do Netherwicke: a multidão ao redor de Arthur se levantou, gritando, punhos erguidos no ar. Câmeras clicavam e disparavam flashes, e cada pessoa gritava mais que a outra, suas palavras perdidas em uma parede de barulho. O público na galeria do andar superior batia os pés e as mãos na grade à frente.

— *SILÊNCIO!* — Burton berrou, sua voz como o estalar de um chicote. Quase todos pestanejaram, como se acordando de um sonho confuso. — Não permitiremos tais manifestações durante este processo. Qualquer um que falar fora de hora mais uma vez será removido imediatamente. Fui claro?

A multidão retornou aos assentos, a tensão era tão grande que Arthur praticamente engasgou.

— Sr. Parnassus? — perguntou Rowder com doçura. — O senhor se importaria em responder a essas alegações?

— Alegações — repetiu Arthur.

— Sim. Sobre as crianças. Estão sendo treinadas?

— Perdão, mas acho que quis dizer "cuidadas".

— Mas não foi o que eu disse, foi? — falou Rowder, voltando a sorrir. — De novo, as crianças estão sendo treinadas?

— Para quê? Para a vida? Para serem boas pessoas? Para demonstrarem amor e aceitação mesmo diante da intolerância institucionalizada? Se é isso o que está dizendo, então sim. Estão sendo treinadas.

Sallow se mexeu, desconfortável.

— Creio que o que a conselheira está perguntando é se está treinando essas crianças para irem à guerra pelo senhor.

— Eu nem sonharia em ir à guerra contra nenhum de vocês — disse Arthur suavemente. — Seria uma batalha de bom senso para a qual os senhores estão totalmente despreparados.

Um sussurro retumbante dos observadores, seguido de murmúrios furiosos, a chuva batendo nas janelas.

— Agora, veja bem — começou Burton. — Eu vou convidá-lo a tomar cuidado com seu tom, como...

— Sr. Parnassus — disse Rowder, e Burton mirrou, resmungando baixinho. — Deveria saber que simpatizo muito com o senhor. E não acho que esteja sozinha nisso. Qualquer um que tenha ouvido seu testemunho hoje provavelmente sentiu uma mudança irrevogável. O senhor tem jeito com as palavras, e todos apreciamos isso. Dessa forma, tenho outra pergunta, se me permite. — Ela abriu uma pasta vermelha como sangue. — Após sua remoção de Marsyas, o senhor foi colocado em nada menos que sete orfanatos diferentes. Aos dezoito anos, ganhou permissão para se estabelecer por conta própria...

— Fui chutado assim que amanheceu naquele dia — falou Arthur. — Mas não antes de o diretor tentar me extorquir o dinheiro sujo que o DEDJUM me pagou. Infelizmente para ele, o montante ficou em um fundo fiduciário até meu aniversário de vinte e um anos.

— Pobrezinho — disse Rowder. — Deve ter sido um dos motivos pelos quais não se registrou no Departamento Encarregado dos Adultos Mágicos, como era legalmente obrigado a fazer. De acordo com os arquivos da época, você faltou a vinte e quatro reuniões agendadas com um representante do departamento. Minha pergunta é: onde o senhor estava dos seus vinte e um anos até aproximadamente os quarenta, quando retornou a Marsyas?

Ele deveria ter previsto isso. Não previra, mas deveria. É claro que eles fariam de tudo para que parecesse um idiota, mas um idiota perigoso. Ele se achava melhor, mais inteligente, e uma pequena parte dele — otimista demais — esperava que aquilo fosse o começo de algo diferente, que as pessoas o ouviriam de fato. Sua própria arrogância seria sua ruína, e ele não teria ninguém a culpar além de si mesmo. Ninguém sabia o que ele tinha feito durante aqueles anos, nem mesmo Zoe ou Linus. Não era como se tivesse vergonha; se precisasse fazer tudo de novo, teria feito as mesmas escolhas.

Arthur escolheu suas palavras com cuidado.

— Eu viajei bastante. Antes não podia ver muito além dos muros dos orfanatos em que me colocaram.

— E durante suas... viagens, alguma vez encontrou outro ser mágico?

— Claro que sim.

Ela assentiu, satisfeita.

— E o senhor os ajudou de alguma forma?

— Defina "ajudou".

Rowder abriu a boca em outro movimento calculado.

— O senhor está *tergiversando* diante do Conselho de Importância Máxima? Sr. Parnassus, certamente compreende como isso é inaceitável.

Ele deu de ombros e mostrou as mãos como se dissesse "E o que se pode fazer?"

— Se quer me acusar de algo, vá em frente.

— Como deseja. Sr. Parnassus, o senhor transportou ilegalmente pessoas mágicas com o objetivo de ajudá-las a evitar serem detectadas pelo DEDJUM e pelo DEDAM, permitindo que vivessem como seres não registrados?

— Sim.

Uma explosão de ruídos que Arthur ignorou, embora pudesse sentir o olhar de Linus sobre ele.

— E fez isso sabendo que é contra a lei?

— Sim.

— E se o senhor não estivesse aqui hoje, se não tivesse retornado à Ilha de Marsyas, é justo dizer que teria continuado a ajudar a comunidade mágica a desrespeitar as leis deste grande país?

— Sim.

Então ela fez uma pergunta que ele não esperava.

— Durante esse período, ou em qualquer outro depois, o senhor ajudou outra fênix?

— Não responderia isso nem se obrigado.

Os murmúrios atrás dele ficaram mais altos.

Rowder suspirou.

— Sr. Parnassus, como vamos ajudá-lo se não for honesto conosco? Não somos os mestres do mal que o senhor parece empenhado em nos fazer parecer. Segundo os registros oficiais, o senhor é a única fênix conhecida no mundo inteiro. Sabia disso?

— Sim.

— Deve ser bastante solitário. Não creio que possa ser culpado por procurar outros iguais, para encontrar força no propósito e na solidariedade. — Então ela aparentou severidade, como uma mãe repreendendo uma criança rebelde. — No entanto, isso não lhe dá o direito de agir como vigilante, especialmente quando busca minar tudo o que defendemos. Já considerou o fato de que causou mais mal do que bem?

— Nem uma vez — respondeu Arthur.

Rowder franziu a testa.

— Nem... uma vez? Nenhuma pontada de culpa? Nada no profundo de sua mente cativante jamais gritou pedindo para parar e *pensar* uma única vez em sua vida?

— Nunca — disse Arthur. — Oferecer alimento, roupas e abrigo a pessoas que não têm nada disso me pareceu a melhor maneira de gastar o dinheiro do governo. Perdão. *Meu* dinheiro.

Os olhos de Rowder chisparam, mas quando ela falou, sua voz era tranquila:

— E algumas vezes isso significava transportar pessoas.

— Sim.

— Pessoas não registradas.

— Sim.

— Para impedi-las de seguir a letra da lei.

— Leis destinadas a controlá-las — retrucou Arthur, sua raiva finalmente tomando conta. — Para nunca as deixar esquecerem que um governo construído sobre a ideia de *ajudar* as pessoas somente inclui aqueles que a sociedade considera *normais*. Eu vi em primeira mão o que implica sua letra da lei. Ou esqueceu o motivo pelo qual estou aqui?

— Não esquecemos — disse Rowder. — E serei a primeira a dizer que foram cometidos erros que eu não desejaria a ninguém. Estou certa de que os outros concordarão.

Sallow assentiu furioso, Haversford olhou para Rowder com cautela, e Burton parecia querer estar em qualquer lugar que não o Netherwicke.

— Está vendo? — perguntou Rowder. — Então, sim, creio que...

Arthur se inclinou, sua boca a centímetros do microfone.

— Então peça desculpas.

Aquilo pegou Rowder desprevenida. Por um instante, seu semblante simpático desapareceu, substituído por um lampejo de raiva intensa, tão severa que tirou o fôlego de Arthur. Durou apenas um ou dois segundos antes que uma expressão anódina e imperturbável se instalasse em seu rosto.

— O senhor recebeu uma indenização de um milhão de libras — disse com calma.

— Sim — confirmou Arthur. — Mas nunca recebi um mísero pedido de desculpas de ninguém. Não do diretor que maltratou a mim e aos outros. Nem de nenhum membro do governo, incluindo o DEDJUM e o DEDAM. A senhora se considera imparcial em tudo, não é? Claro que sim. Faz parte do governo. Então, para sua consideração, não só solicito desculpas pela forma como fui tratado, mas também para cada pessoa mágica que foi prejudicada física, emocional e psicologicamente por suas regras. Por seus regulamentos. Por suas *leis*. Quer falar sobre as crianças? Elas estão ouvindo, junto com incontáveis outros da nossa comunidade. Dê a eles um motivo para acreditarem que se importa conosco. Dê a eles uma razão para acreditarem que, depois de ouvirem tudo isso, vocês têm os melhores interesses em mente, e que não irão falhar como falharam com tantos outros. Peça desculpas pelo mal que *vocês* causaram.

— Sr. Parnassus — disse Haversford. — Eu o entendo. De verdade. Acho que é hora de uma pausa...

Mas Rowder ignorou isso completamente.

— O senhor, em *algum* momento, ensinou aqueles que você ajudou a lutar?

Manter uma expressão neutra estava ficando mais difícil.

— Eu os ensinei a se protegerem.

— Para que conste, por favor, tome nota do fato de que o sr. Parnassus não respondeu à questão. Sr. Parnassus, o senhor está treinando um exército das crianças mágicas mais perigosas que este mundo já conheceu? Crianças que o senhor está tentando ter a posse total por meio da adoção, com Linus Baker, ex-funcionário do DEDJUM?

Quem ela pensava que era?

— *Posse*? Eu me recuso a...

Rowder falou por cima, levantando a voz:

— Linus Baker revelou informações confidenciais durante sua investigação de um mês na ilha, ou mesmo depois?

— Me incomoda sua insinuação. Você não...

— E Zoe Chapelwhite. Uma sprite de ilha não registrada que, pelos próprios relatos do sr. Baker, é extraordinariamente poderosa e não apenas tem contato com as crianças da Ilha de Marsyas, como também contribui ativamente na educação delas. Está correto?

— Sim, e ela…

— O que logicamente nos leva de volta ao Anticristo. Lucy. Nome lindo para um menino. Mas vamos chamá-lo pelo seu nome verdadeiro, está bem? Lúcifer. O suposto filho do próprio Diabo. Um menino que…

— Tem só sete anos de idade — retrucou Arthur, sua raiva uma bola de chumbo derretida pesando em seu estômago. — Um menino que ama música e cozinhar. Um menino que decidiu ser bom por vontade *própria*.

— Por quanto tempo? — questionou Rowder. — E se algo, digamos seu pedido de adoção, não sair como esperado? O que ele faria em retaliação? Forçaria sua vontade à população? Dizimaria cidades? Ocasionaria uma era de escuridão onde se instalaria como governante do…

Arthur se levantou de súbito, sua cadeira arrastando no chão.

— Ele é uma criança. Todas são. Vocês estão se ouvindo? Qualquer um de vocês? Por que estão tentando influenciar a opinião pública fazendo acusações infundadas, com as quais teremos que lidar pelo resto de nossas vidas? Vocês não podem…

— Acho que o senhor descobrirá o quanto posso — disse Rowder. — Estou ciente de que são crianças, sr. Parnassus. Mas até mesmo crianças podem trilhar um caminho perigoso quando conduzidas por um homem que decidiu se colocar acima da lei.

— Como ousa — disse Arthur, com frieza. — Eu vim aqui como uma demonstração de boa-fé para…

— Está aqui porque *nós* permitimos — falou Rowder, como se estivessem conversando sobre o tempo. — Acredito que já temos conhecimento de tudo o que havia para se saber. Obrigada, sr. Parnassus. Seu testemunho de hoje se mostrou esclarecedor. Levaremos em conta tudo o que ouvimos quando tivermos de decidir o melhor curso de ação. — Ela sorriu novamente, e o sangue de Arthur congelou. — Embora o anúncio ainda não tenha sido feito, duvido que Herman, desculpe-me, o primeiro-ministro Carmine se importe se eu o fizer. — Seu sorriso se alargou, revelando os dentes brancos perfeitos. — Semana passada, fui nomeada chefe interina dos Departamentos Encarregados da Juventude Mágica e dos Adultos Mágicos enquanto a investigação sobre o AE continua. Estou honrada que o primeiro-ministro tenha depositado tanta confiança em mim. Dessa forma, estou pronta para fazer meu primeiro decreto. Um novo inspetor viajará até a Ilha de Marsyas para fazer um relatório completo da situação. Ao contrário dos inspetores passados, incapazes de fornecer relatórios sem comentários subjetivos, a nova pessoa encarregada não terá tais problemas. — Ela riu. — E não, sr. Parnassus, *não* será um homem, dada sua... propensão à distração quando se trata de funcionários do DEDJUM.

— O que há de errado com você? — gritou alguém, e Arthur virou a cabeça para ver Linus Baker de pé, segurando os gradis à sua frente com tanta força que os nós de seus dedos estavam brancos. Ele tremia de raiva mal contida. — A falta de decoro e de decência comum é absolutamente estarrecedora. Esta farsa *não* será esquecida. Todos verão exatamente que tipo de pessoa você é.

— Silêncio no recinto! — ladrou Burton no microfone, mesmo quando os repórteres começaram a gritar perguntas uns sobre os outros, suas palavras se empilhando ininteligíveis.

Rowder ignorou a todos, elevando a voz:

— O objetivo desta inspeção será determinar se as crianças, Talia, Phee, Lucy, Sal, Theodore, Chauncey e David, estão a salvo na Ilha de Marsyas, ou se devem ser removidas e realocadas para seu próprio bem. A segurança delas, e de todas as crianças, mágicas ou não, é preeminente para o DEDJUM. Se for descoberto que foram maltratadas, aprisionadas ou, pior, *treinadas*, é vital que as protejamos antes que seja tarde demais. Afinal, estudos mostram que o ciclo de violência deve ser quebrado. Pelo que sabemos, o sr. Parnassus as trancou exatamente como fizeram com ele, e solicito mais uma vez a nosso convidado que nos mostre. O. *Pássaro*.

Arthur sabia que estava jogando o jogo de Rowder. Ela estava tentando irritá-lo, fazer com que perdesse o controle para provar que era tão perigoso quanto ela havia não tão sutilmente insinuado. Arthur sabia o que ela queria, e embora tivesse lutado ao máximo para evitar, a mera sugestão de que ele era uma ameaça contra as crianças — seus filhos — provou ser demais. Queriam ver do que ele era capaz? Pois ele mostraria. Mostraria a todos.

Alguém na galeria acima gritou quando erupções luminosas de fogo percorreram os braços de Arthur, engolfando as mangas de seu paletó. O fogo alcançou suas mãos — suas palmas, os nós e as pontas dos dedos chiando, um fulcro branco-cálido que se assemelhava a um sol em miniatura —, e em sua mente, a fênix por fim despertou, seus olhos incandescentes piscando devagar enquanto se recompunha por dentro. Eles não eram independentes um do outro, não como Rowder insinuara. O homem era o monstro, o monstro era o homem. Eram um só, e quando as asas de Arthur começaram a tomar forma — penas laranja-avermelhadas que queimavam luminosas e ferozes —, o alívio que sentiu foi avassalador, vasto e matizado com mais do que um pouco de raiva. Sua visão se afiou, seu sangue correu fervendo. Cada asa tinha pelo menos três metros de comprimento, pingando gotículas de fogo que caíam no piso, salpicando faíscas azuis antes de se dissiparem. Ele via com seus próprios olhos, mas dobrado, pois estava em dois momentos ao mesmo tempo: o homem parado, a fera em ascensão. Arthur abriu seus braços e a fênix emitiu um guincho lancinante que fez tremerem as janelas e o domo acima. Sua grande cauda emplumada retinindo como ossos.

Ele cogitou se entregar à fênix, deixando que ela o tomasse por inteiro. Em realidade, seus pensamentos já estavam mudando, tornando-se menos complexos, mais guiados por instintos do que pelos cálculos frios da lógica e estratégia humanas. Voe, pensou como Arthur Parnassus. Voe, pensou como fênix, mas em vez de uma palavra, pensou como uma série de imagens embebidas em fogo: asas bem abertas, para cima e para baixo, elevando-os (*os dois*) do solo. Para o alto, subindo. Calor crepitante arrasando o domo, vidro se derretendo em montículos cristalinos. A liberdade aparecendo em um céu de ardósia, a chuva sibilando no instante em que tocava suas penas.

No momento em que estava prestes a sucumbir à fênix e voar para fora — afinal, eles não tinham exigido um espetáculo? —, algo atingiu seu rosto. O objeto caiu na mesa, e ele olhou para baixo. Ali, com suas bordas se retorcendo, fumegando, estava um mousepad. Nele, as palavras *Você não gostaria de estar aqui?*

Ele virou a cabeça por cima do ombro.

A multidão atrás havia se levantado de seus lugares, atropelando-se para fugir do calor do fogo. Ninguém tinha alcançado as portas ainda, mas não por falta de tentativa. Cadeiras reviradas, pessoas gritavam, mãos erguidas como se para afastar a fênix. Estavam assustadas, apavoradas e, por um momento, será que Arthur não se deleitou com isso? A fênix não guinchou novamente, dessa vez de prazer ao ver os humanos fugindo?

O homem o fez. A fera o fez.

Até que viu o único homem que não estava correndo, o único de pé com o cabelo esvoaçando, os ombros retos. Seus olhos estavam arregalados, inseguros ao ver a criatura imponente diante de si, mas não recuou, nem tentou correr. Em vez disso, se manteve firme, sua gravata tremulando contra o peito.

Arthur se virou, encarando-o, naquela que foi apenas a segunda vez que Linus viu o pássaro flamejante desde sua chegada à ilha no ano anterior. A fênix abaixou a enorme cabeça em sua direção. Quando estava na mesma altura, chilreou, inclinando a cabeça enquanto piscava rápido. Linus levantou uma mão firme, e a fênix estalou o bico antes de se aconchegar em sua palma, olhos agitados.

— Calma, calma — disse Linus em voz baixa. — Toda essa confusão, e para quê? Você é bom, Arthur, não importa a forma que escolher.

— Linus — disseram Arthur e a fênix ao mesmo tempo, a voz do homem clara, a da fera como uma exalação gutural.

— Volte — pediu Linus, enquanto a fênix passava a cabeça na mão dele. — Você provou estar certo. Está na hora, Arthur.

Ele cerrou os olhos, e o pássaro mais uma vez emitiu um guincho — agudo, afiado, um lembrete de seu poder para quem pudesse ouvir — antes de se recolher em si mesmo, a cabeça se curvando em direção ao topo da cabeça de Arthur. A fera se foi e o homem sentiu seu corpo queimar quando a fênix se chocou contra ele, seus braços e pernas tremendo. Tudo acabou em um clarão excessivamente brilhante, do qual restou apenas um cheiro de fumaça.

Arthur deu um passo cambaleante em direção a Linus, seus joelhos enfraquecidos, como costumavam ficar quando ele puxava a fênix de volta. Agarrando-o, Linus o puxou para um abraço, o gradil entre eles. Arthur suspirou, encostando a cabeça no ombro de Linus.

— Está me ouvindo? — murmurou Linus.

— Sim.

— Bom. Então preste atenção. Rowder cometeu um erro.

Ele ficou tenso, mas não levantou a cabeça.

— Diga.

— As crianças — disse Linus. — Ela mencionou todas pelo nome.

Arthur se afastou, franzindo o cenho, ignorando os olhos sobre eles, conforme todos lentamente percebiam que não havia mais ameaça e se esgueiravam de volta às cadeiras reviradas.

— O que quer dizer?

— David — disse Linus. — Ela mencionou *David*.

Por um instante, Arthur não compreendeu. Eles, inclusive Arthur, haviam mencionado todas as crianças em um ou outro momento. O que David tinha a ver com...

Quando ele percebeu, foi como um solavanco. Ela não poderia saber sobre David, porque todos que o sabiam estavam na ilha ou em uma casa transitória esperando pela chegada de Linus e Arthur. E a única vez em que *eles* tinham dito o nome de David na cidade havia sido na noite anterior, no hotel, antes de encontrarem a escuta.

Arthur se virou, a mão de Linus deslizou por seu braço, seus dedos se encontraram por um rápido momento. Levaram apenas alguns segundos para Arthur estar novamente de pé em frente à mesa, desta vez de volta ao controle.

Sallow havia caído sobre o encosto de sua cadeira e agora estava agachado atrás da mesa, somente o topo da sua cabeça visível enquanto ele espiava. Burton estava pálido, boquiaberto, olhos esbugalhados em choque. Haversford com o rosto escondido nas mãos, os ombros tremendo.

Rowder não tinha se movido. Estava sentada como antes, mãos cruzadas à frente, polegares unidos. O brilho em seus olhos só poderia ser descrito como *sedento*, e Arthur a amaldiçoou em silêncio por lhe dar o que ela tão obviamente queria.

As pessoas apinhadas na galeria e nas fileiras de assentos atrás de Arthur congelaram quando ela falou.

— Foi... uma bela exibição. — Ela parecia sem fôlego, e o retorno do microfone emitiu um zunido. — Agora, espero que todos possam ver por que estamos tão preocupados com a segurança e o bem-estar das crianças sob os cuidados de Arthur Parnassus. Dado o quão poderoso parece ser e o quão rápido fica com raiva, é de se espantar que questionemos suas intenções? — Ela se levantou de súbito, sua cadeira oscilando para trás sobre duas pernas. Não tombou. — Vimos o bastante. Sr. Parnassus, o Conselho de Importância Máxima agradece seu depoimento, e levaremos em consideração o que aprendemos hoje. O senhor será contatado em breve com os detalhes sobre a inspeção em sua casa. Qualquer subterfúgio será considerado um ato contra o governo, e responderemos de acordo, inclusive removendo as crianças do orfanato e demitindo o senhor do seu posto. Tenha uma boa tarde.

Então ela começou a se mover para sair da plataforma, imediatamente cercada por um grupo de funcionários murmurando. Burton se levantou devagar, lábios curvados para baixo. Sallow endireitou sua cadeira e se afundou nela, parecendo atordoado. Haversford mirava o nada, olhos vazios conforme roçava os dedos nos arquivos à sua frente.

— Senhora — chamou Arthur, sua voz ecoando.

Rowder se voltou para ele. Todos o fizeram. Ninguém disse nada, todos aguardando.

Arthur enfiou a mão no bolso do casaco. Certificando-se de que Rowder estava observando, ele tirou a mão e a pôs sobre a mesa. Ele abriu os dedos, virando a palma. Pedaços de plástico e fios verdes caíram fazendo ruído.

— Acho que isso é seu.

Ela inclinou a cabeça, seu sorriso de política em plena exibição.

— Eu o asseguro, não faço ideia do que…

— O dispositivo de escuta que colocou no meu quarto de hotel — explicou Arthur; e, ao mesmo tempo, Haversford, Burton e Sallow se viraram devagar para Rowder.

Rowder riu.

— Mais acusações infundadas, sr. Parnassus? Eu já esperava. O senhor realmente deveria considerar…

— Não estou convencido de que esteja em posição de me dizer o que devo ou não considerar. Tenha uma boa tarde.

Ele se virou e abriu caminho pela porta de madeira. Linus seguiu ao seu lado e, enquanto todos olhavam, com as câmeras disparando e os repórteres gritando perguntas, eles saíram pelo corredor, deixando o Netherwicke para trás.

SEIS

Sem desejar correr o risco de ter outras escutas ou que repórteres descobrissem onde estavam hospedados, Linus decidiu que precisavam mudar de hotel. Arthur concordou, cansado, perdido em sua própria mente. Eles fizeram as malas sem conversar muito e deixaram a hospedagem. Linus os conduziu até um ônibus, a chuva caindo constantemente. Com suas mãos firmemente entrelaçadas, viajaram por quase uma hora, Arthur vendo a cidade passar pela janela.

Ele despertou de sua letargia quando Linus disse:

— É a nossa parada. Precisamos encontrar um telefone. Aposto que as crianças estão tirando Zoe e Helen do sério.

— Você tem perguntas. Posso vê-las nos seus olhos.

Linus meneou a cabeça enquanto o ônibus diminuía a velocidade, os freios chiando.

— Teremos tempo depois. Telefone primeiro, depois quarto. Podemos conversar quando tivermos nos instalado.

Arthur concordou e desceu do ônibus com Linus. Eles se apressaram pela calçada em direção a um hotel que não era nem de longe tão bom quanto o primeiro. Sem mensageiro, sem letreiro grande sobre as portas. Em vez disso, um prédio baixinho, aninhado entre uma loja de departamentos e um pub, onde uma música alta fazia as paredes tremerem.

Havia um telefone público logo na entrada. Linus tirou o fone do gancho e discou um número familiar. Arthur se recostou na parede mais próxima, com a bagagem a seus pés enquanto ouvia o som metálico tocando.

Zoe atendeu após o terceiro toque, e Arthur riu baixinho da imediata revolta que ela manifestou, sua voz ecoando enquanto Linus estremecia, afastando o fone do ouvido.

— Que *descaramento* — rosnou ela. — Eles têm sorte de ainda não terem pisado na minha ilha. Na hora que o fizerem, vou virá-los do avesso e… Não, Lucy. *Lucy.* Foi uma figura de linguagem. Não vamos virar pessoas do avesso no sentido literal. Lucy, isso *não foi uma permissão para assassinato.* — Suspirou. — É, provavelmente eu não deveria ter dito aquilo, mas precisamos mesmo ter uma conversa sobre como Lucy concorda rápido com qualquer plano que mencione assassinato.

— Parece que está indo tudo bem, então — afirmou Linus. — Eles ouviram a coisa toda?

— Todos ouvimos — disse Zoe. Ela abaixou a voz. — Helen e eu tentamos distraí-los quando Rowder começou a tagarelar, mas não deu certo. Como está o Arthur?

Ele se desencostou da parede, aproximando-se de Linus, cabeças unidas com o fone entre elas.

— Estou bem, Zoe. Um pouco cansado, nada que uma boa noite de sono não resolva.

— Linus? — perguntou ela.

— Ele está bem — respondeu.

— E você?

— Raivoso. Frustrado. Preocupado.

— Como esperado. Rowder vai dar trabalho.

— E as crianças? — perguntou Arthur.

— Fizeram… uma escolha peculiar de palavras durante o processo, que definitivamente *não* aprenderam comigo. Talia os chamou de chupa-barro. Não tenho certeza do que significa, mas ela falou de maneira bastante enfática.

Arthur riu.

— É um insulto gnomês, um dos piores. Chupa-barro é alguém imundo que se alimenta do solo em vez de usá-lo para cultivar. Acho que nunca a ouvi dizer isso antes. Me sinto péssimo por não ter presenciado. Deve ter sido encantador.

— É um jeito de descrever isso — disse Zoe. — Para ser honesta, depois disso, foi ladeira abaixo. Até o Sal disse umas coisas que… Lucy. *Talia.* Espero que isso aí não sejam ferramentas para abrir uma cova. Eu disse sem assassinatos!

Arthur sentia tanta saudade deles.

— Pode nos colocar no viva-voz? — pediu Linus. — Não demoraremos muito. Será melhor explicar tudo quando voltarmos depois de amanhã.

— Certo. Pessoal! Arthur e Linus querem falar com vocês. Theodore, só porque Arthur produziu fogo num lugar fechado, *não* quer dizer que você possa fazer o mesmo. Sal, pode ajudá-lo... Chauncey. Onde você... Você está comendo uma *pinha*?

— Phee disse que não é canibalismo, e faz do meu cocô uma aventura!

— Eu disse pra você comer as *sementes*, não a pinha toda!

— Definitivamente, são mesmo filhos de vocês — murmurou Zoe, e Linus e Arthur sorriram um para o outro como dois tolos. — Certo. Vocês estão no viva-voz.

— Linus — chamou Talia.

— Sim?

— O homem no rádio disse que você jogou alguma coisa na cabeça do Arthur.

Linus voltou-se, encurralado, para Arthur, que deu de ombros e levantou uma sobrancelha.

— Sim, eu joguei — confirmou Linus, olhando feio para Arthur. — Mas só porque...

— Violência é aceitável quando precisa que prestem atenção em você. Entendido.

Linus resmungou.

— Crianças — disse Arthur. — Sem dúvidas, vocês devem ter perguntas, e estou ansioso para responder da melhor forma possível quando voltarmos. Por agora, acho que é importante...

— Nós temos perguntas — disse Sal, sua voz chiando através da linha. — Mas podem esperar, exceto uma.

— E qual é? — perguntou Arthur.

— Você está bem?

— Estou bem — respondeu ele, piscando pela queimação nos olhos. — Muito melhor agora falando com vocês. Mas não tenham medo; Linus está comigo e tenho pena de qualquer um que entrar no caminho dele.

— Isso aí — disse Linus com ferocidade.

Eles fizeram uma refeição em silêncio — pediram comida de novo, o hotel não era nem de longe chique o suficiente para oferecer serviço de quarto —, e depois, Arthur ficou no chuveiro por um longo tempo, a água escaldante caindo enquanto ele tentava colocar seus pensamentos em ordem. Depois de terminar as abluções da noite, voltou para o quarto usando um short de dormir e uma camiseta velha.

Linus havia apagado as luzes, a única iluminação vinha do letreiro neon piscando em uma farmácia do outro lado da rua, com flashes de azul, azul, azul. Sentando-se e recostando na cabeceira, Linus puxou o edredom e deu um tapinha no espaço ao lado dele.

— Durma — disse ele. — Amanhã é outro dia, e devemos estar preparados.

— David — disse Arthur, enquanto subia na cama ao lado de Linus, que puxou os cobertores para cima deles, envolvendo-os na escuridão. Através do edredom, via-se um pálido pulso de neon azul. Por um momento, ele poderia fingir que era o mar.

Linus puxou Arthur para mais perto, deixando a cabeça dele descansar em seu peito. Seu batimento cardíaco era lento, constante. Ouvindo o agradável *tum-tum, tum-tum*, Arthur respirou fundo, soltando o ar devagar.

— David — disse Linus. — Sabem sobre ele. Ou pensam que sabem.

— Isso não muda nada.

— Não? — perguntou Linus, com as mãos no cabelo de Arthur, fazendo cafuné. — Não que eu não queira que ele vá conosco, mas se estão mandando outro inspetor do DEDJUM, David pode correr risco. Devemos colocá-lo numa posição dessas?

— Ele não pode continuar onde está — murmurou Arthur, esticando as pernas e as emaranhando com as de Linus. — Você sabe disso. Helen sempre disse que era temporário. Ele precisa de espaço. Um lugar para crescer. Podemos ter que escondê-lo quando o inspetor chegar, mas eu já fiz muito mais com menos recursos.

Linus ficou um pouco tenso, porém seu batimento cardíaco permaneceu calmo.

— Você fez.

Não foi uma pergunta.

— Fiz.

Linus hesitou e, quando falou novamente, pareceu escolher as palavras com bastante cuidado.

— Antes de você voltar para a ilha, eu tinha ouvido rumores de alguém, ou alguéns, realocando pessoas, mas foi logo quando comecei a trabalhar no DEDJUM, e então a informação foi engolida pela máquina da burocracia, assim como eu.

Arthur não sabia por onde começar.

— Eu era... jovem. Cínico. Raivoso. Ninguém nos ouviria. Ninguém nos protegeria. E, além de tudo, havia cada vez mais varreduras em cidades e vilas, caçando pessoas não registradas, forçando-as a virem para os holofotes para serem documentadas e rastreadas.

— Eu lembro disso — murmurou Linus, com um arrepio. — Provou ser uma ação impopular, por isso encerraram o programa depois de alguns anos.

— Impopular para uma pequena maioria de pessoas não mágicas — falou Arthur amargamente. — Não deram a mínima para o que *nós* dissemos.

— Então você tomou a responsabilidade para si.

— Sim.

— Quantas pessoas ajudou?

Arthur pestanejou.

— Eu... Não sei. Não contei.

— Mais de uma?

— Ah, sim. Bem mais.

— E você transportava as pessoas de um lugar a outro para mantê-las a salvo.

— Eu tentei.

— Por que parou? — perguntou Linus. — Deve ter uma razão para você ter decidido voltar à ilha.

— Eu estava cansado — Arthur respondeu. — Cansado de nunca ter um lugar que pudesse chamar de lar. Cansado de ficar sozinho. Tentei manter a solidão sob controle o máximo possível, mas, por fim, ela começou a me corroer até que tudo o que eu sentia era oco, vazio.

— O fogo não queima pra sempre — murmurou Linus.

— Era como se eu estivesse destruindo uma montanha com uma picareta. Não podia ver os resultados do meu trabalho, mas...

— Pareciam ínfimos. Se vale de consolo, acho que me sentiria da mesma forma.

— Vale mais do que imagina — sussurrou Arthur. — Eu não pude continuar. E quanto pior eu me sentia, mais chances de cometer um erro. Eu não queria que ninguém sofresse por minha causa.

— Então você voltou para a ilha — disse Linus, sua mão no cabelo de Arthur. — O lugar onde tudo começou.

— *Sic parvis magna.*

— Das pequenas coisas, vêm as grandes coisas.

Arthur assentiu.

— É o que eu esperava e continuo esperando. Não sou um homem perfeito, Linus. Sou cheio de defeitos. Não tenho todas as respostas, mesmo que pareça. Sou precipitado, obstinado. Cometo erros. E me preocupo! Me preocupo *o tempo todo* com as crianças. Me preocupo quando dormem. Quando acordam. Quando correm, comem, riem, choram ou espirram. Quando fazem perguntas ou quando as respondem. O que isso faz de mim?

Linus resfolegou.

— Isso faz de você um pai.

Arthur pestanejou, levantando a cabeça para olhar Linus.

— O quê?

— Isso faz de você o pai deles — repetiu Linus. — E eles têm muita sorte de terem você.

— Se é o que diz — falou Arthur, com uma dose considerável de admiração.

— Claro que digo. Porque acontece que eu amo essas coisas que você chama de defeitos. Fazem *parte* de você. E têm servido bem. Arthur, aos olhos daqueles que te amam, daqueles que te *conhecem*, você fez o que sempre fez: o seu melhor. Isso pode não significar muito para conselheiros ridículos, mas conheço seis crianças que iriam até os confins da Terra por você. E se alguém te criticar por isso, tenho algumas palavras reservadas para eles, acredite em mim.

Achando graça, Arthur disse:

— Então acho que devo ouvir você.

— Deve. Às vezes, eu sei do que estou falando.

— Então acabei. Agora você sabe. Tudo o que há para saber sobre mim. Não sobrou mais nada.

Linus disse:

— Sobrou, sim. Uma última coisa.

Arthur franziu a testa.

— O que seria?

Linus deslizou debaixo de Arthur, saindo da cama e indo até o armário onde estavam suas bagagens. Arthur observou enquanto Linus abria a porta do armário e começava a vasculhar sua mala. Quando encontrou o que procurava, levantou-se e fechou a porta do armário. Hesitou por um momento, sua mão na maçaneta.

— Linus? — chamou Arthur.

Ele deu um pulo, como se tivesse se esquecido da presença de Arthur. Quando olhou para a cama, parecia nervoso, agitado. Uma mão atrás das costas, segurando o que quer que tivesse tirado da mala. Ele se aproximou devagar da cama.

— Eu tenho pensado sobre isso — disse Linus. — Já faz um tempo. Você colocou a ideia na minha cabeça, então o que quer que aconteça, lembre-se: a culpa é sua.

— E eu aceito total responsabilidade pelo que quer que seja — assegurou Arthur.

Ele não sabia por que Linus estava tão nervoso. Isso deveria tê-lo preocupado. Mas, por algum motivo, sentiu como se pudesse flutuar na mais leve brisa.

Linus parou junto da cama, coxas contra o colchão. Ele transferia seu peso de um pé para o outro, e bem quando Arthur estava prestes a perguntar se estava tudo bem, uma mudança tomou conta de Linus. Sua respiração desacelerou, seus ombros se endireitaram e ele sorriu de um jeito brilhante e caloroso que fez o coração de Arthur trepidar.

— Eu te amo — disse Linus. — Você deu cor à minha vida de maneiras que eu não esperava. Você, as crianças e Zoe.

— Você já tinha isso dentro de si...

— Talvez — respondeu Linus. — Mas foi preciso carinho e paciência para trazer tudo à tona. Foi preciso um lar que não deveria existir. Mas existe. E existe por sua causa.

Ele tirou a mão de trás das costas, e ali, em sua palma, havia uma caixinha preta. Enquanto Arthur olhava, Linus abriu a caixa para revelar um anel de prata adornado com uma fileira de pequenas pedras preciosas azul-cerúleo, sete ao todo.

Arthur estendeu sua mão tremulante na direção do anel.

— Depois de tudo o que ouviu hoje? Mesmo assim, mesmo agora?

— Mesmo agora — respondeu Linus com firmeza. — E amanhã. E depois de amanhã. E no dia depois. Todos os dias que nos restam. Você, Arthur. Eu escolho você. — Ele abaixou o olhar. — Se aceitar, claro. Sei que não sou grande coisa, mas dou meu melhor. Cheguei com uma gata ridícula, e posso ser um pouco meticuloso...

— É assim que estamos chamando agora?

Linus fez cara feia.

— Fique quieto. Saiba que tem muita gente que aprecia...

— Eu — disse Arthur. — Eu aprecio. Na verdade, mais do que toda essa gente. Esse anel é pra mim? Adoraria prová-lo, se não se importa.

Ele estendeu a mão, balançando os dedos.

Embora tenha quase derrubado a caixa, embaraçado, Linus conseguiu puxar o anel sem perder nenhum membro ou a vida. Ele deslizou o anel pelo dedo de Arthur. Houve uma pequena parada quando o anel passou pelo nó do dedo. Encaixou perfeitamente.

Arthur recordou:

— Talia.

No mês anterior, a gnoma havia convidado Arthur para um tour por seu jardim, conforme o fim da primavera se aproximava. Ele soltou uma exclamação para cada flor e folha, dizendo à Talia que o jardim nesse ano estava melhor que nos outros. Ao que ela respondeu que claro que estava. Na opinião dela, era o melhor jardim do universo e qualquer um que não concordasse iria — palavras dela — conhecer sua pá favorita pessoalmente.

Antes que terminassem, ela fez algo que nunca tinha feito: pegou um pedaço de grama e atou em volta do dedo anelar de Arthur, dizendo que era um costume gnomês para se despedir da primavera quando o verão se aproximava. Embora Arthur se considerasse um tipo de expert no mundo gnomês, nunca tinha ouvido falar de tal ritual. O mais curioso foi que Talia removeu a grama enrolada quase de imediato, com cuidado para não se soltar. Quando perguntou o que ela faria com aquilo depois, recebeu como resposta inequívoca que cuidasse de sua própria vida.

— Talia — confirmou Linus. — Disse que você acreditou nela.

— Aquela dissimulada — disse Arthur, bastante impressionado.

— Então.

— Então — repetiu Arthur, divertindo-se.

Linus levantou as mãos.

— E aí? Eu fiz uma pergunta.

— Na verdade — disse Arthur, estendendo a mão para admirar o anel —, você não fez.

— O quê? Claro que eu... Eu disse... Te dei o anel... Eu não *perguntei*? — resmungou, afundando a cara nas mãos. — Ih, meu velho, agora já foi.

— Linus?

Ele suspirou e abaixou as mãos.

— Sim.

— Sim?

Arthur respondeu:

— Sim. Sim pra você. Sim pra nós. Sim pra tudo isso.

Quando Linus sorriu, Arthur se lembrou do sol, uma luz ofuscante que vinha afugentar a escuridão. Um cara tão adorável, de coração forte e lealdade feroz. Arthur esperava estar à altura de um homem assim. Quando Linus voltou para a cama, Arthur o beijou intensamente, segurando seu rosto, o anel perto de sua orelha.

— Sim — repetiu. — Sim, sim, sim.

Precisamente às onze e trinta da manhã seguinte, Arthur e Linus bateram na porta de madeira vermelha, no número 349 da Chesterhill Lane, cinco toques ritmados e mais dois para arrematar.

A casa em si era bastante simples. Embora não fosse decrépita, parecia velha, o revestimento branco lascado e encardido, a varanda precisando de uma pintura nova. Plantas trepadeiras penduradas em ganchos no teto, com seus ramos caindo sobre a parede rachada, estendendo-se em direção ao chão. Lá dentro, ouviam-se sons de pessoas se movimentando e vozes abafadas, seguidos de uma grande explosão de risadas.

A construção se distanciava das outras no bairro, a entrada da garagem era longa e sinuosa, com árvores esparsas e grama na altura dos joelhos em ambos os lados. Da varanda, onde estavam agora, era quase impossível ver qualquer outra residência, o que deve ter sido o motivo de ela ter sido escolhida. Atrás da casa, uma cerca alta em volta do que Arthur supôs ser o quintal, mantendo afastado qualquer olhar curioso.

Assim que Arthur bateu na porta, as vozes lá dentro silenciaram instantaneamente. Depois que quase um minuto inteiro se passou e ninguém respondeu, Linus disse:

— Tem certeza de que é isso mesmo? Você bateu como a Helen disse?

— Sim — respondeu Arthur, com a cabeça inclinada enquanto olhava para a porta.

— Talvez devêssemos…

Um painel na parte de cima da porta deslizou, revelando olhos verdes cor de musgo e um par de sobrancelhas enormes que pareciam marcas de ferrugem.

— Viste a placa? — falou uma voz grave e rouca, com um sotaque carregado que não admitia discussões.

Perto da porta, um cartaz com letras pretas: NÃO CHAMAR.

— Nós vimos — disse Arthur. — E preferimos ignorar.

Os olhos se franziram.

— Ah, é? Pois estejam convidados a cair fora. O que estiverem vendendo, não precisamos.

Linus se irritou.

— Eu lhe asseguro que não vamos *cair fora*. E não estamos vendendo nada.

— Num brinca — disse o homem. — Tu parece vendedor.

— Meu nome é Linus Baker — falou severamente. — E este é Arthur Parnassus. Você deveria estar nos esperando.

O painel se fechou com força.

Linus deu um passo para trás.

— Bom, isso foi rude. Nós pegamos o endereço errado? Achei que tínhamos checado três vezes para ter certeza…

A porta se abriu de repente, revelando o maior homem que Arthur já vira. Ele se elevava acima deles, seu corpanzil preenchendo toda a entrada, tão largo quanto alto. Ele usava calças de algodão e uma camisa repleta de manchas velhas e desbotadas que se estendiam sobre sua barriga caída. Seus cabelos encaracolados combinavam com as sobrancelhas cor de ferrugem, igualmente volumosos e selvagens. Ele abriu um sorriso, o rosto se iluminando sob dezenas de sardas. Um sujeito jovial que parecia estar em seus trinta e poucos anos.

— Brincadeira — clamou. — Sei quem são. Sei, sim. — Ele estendeu sua mão enorme, primeiro para Arthur. Seu cumprimento era como aço, mas Arthur não protestou. Nem Linus. — Ouvi vocês no rádio. — Voltou-se para dentro e gritou: — Tudo certo, B! Alarme falso!

Um instante depois, vozes de novo pela casa. O homem saiu e fechou a porta atrás de si. Ele abriu caminho por Linus e Arthur, parando na beira da varanda, olhando para a chuva.

— Pé d'água, hein? Rapando um ano que teve sol.

— Você é Jason — disse Linus, repetindo o nome que Helen havia dado a eles.

Ele concordou.

— Positivo. E vocês vieram pelo miúdo.

— David. — Arthur olhou para a porta. — Ele está aí dentro?

Jason se virou para encará-los, o sorriso desapareceu, substituído por uma expressão cautelosa.

— Helen disse que vocês são gente boa.

— Ela é muito generosa — disse Arthur.

— E que vocês têm... outros.

— Temos — confirmou Linus. — Se você ouviu o depoimento, como afirmou, então sabe que é verdade.

Jason esfregou a mão no rosto.

— Ouvi. Saiu como esperado? B ficou uma fera com tudo aquilo.

— Quem é B? — perguntou Linus.

— Mi companheire — disse Jason. — Byron. Usem os pronomes elu/delu. Se isso for um problema, podem ir embora agora. Não aceitaremos ninguém atacando B, não em nossa casa.

— Não se preocupe — assegurou Arthur. — Acolhemos a todes.

Jason o encarou por algum tempo antes de assentir. Arthur, por sua vez, não desviou o olhar.

— Bom saber. Imaginei, mas todo cuidado é pouco. — Ele deu uma olhada na porta. — Deu ruim ontem. Parece que o AE está vivo e respirando, apenas com gente diferente. Viram os jornais?

— Ignoramos de propósito — disse Linus.

— Não culpo vocês por isso — falou Jason. — Fizeram o parceiro aí parecer do mal. Ignoraram toda a história e se concentraram na exibiçãozinha final. Com fotos e tudo. Tem gente falando das tuas acusações sobre a escuta no quarto de hotel, mas... — Ele deu de ombros. — Faria o mesmo, sabe? Mostrar pra eles como é o negócio. — Sorriu de repente. — Mas não contem a B que eu disse isso. Elu já está em pé de guerra, e ai de quem ficar no caminho, inclusive eu.

Arthur sorriu pela afeição na voz de Jason.

— Elu parece formidável.

— Há quantas pessoas aqui? — perguntou Linus, ouvindo risos vindo de dentro.

Jason estreitou os olhos, e Arthur reconheceu nele um espírito semelhante.

— Vocês não estão aqui por eles. — Ele ergueu a mão quando Linus começou a balbuciar. — É assim que é. Helen falou bem de vocês, disse que eram homens bons, mas a confiança está em falta esses dias, principalmente para alguém que trabalhava para o DEDJUM.

Linus assentiu com rigor.

— Como eu.

Jason pareceu surpreso, como se não esperasse que Linus admitisse tão prontamente.

— É. Isso. — Ele suspirou, tirando sujeira de debaixo das unhas enquanto se apoiava no peitoril da varanda. — Escutem, caras. Este é um trabalho delicado. Provavelmente não preciso dizer isso, mas não custa nada lembrar. Não é sobre a gente. É sobre as pessoas, sabe? Tudo pelas pessoas. É por isso que B e eu fazemos o que fazemos. Ajudar pessoas que precisam. Mas ajudamos *adultos*. Criança é difícil demais de explicar quando vem um inspetor, principalmente porque nenhuma é registrada. — Ele cuspiu para fora da varanda, limpando a boca com as costas da mão antes de se voltar para Arthur. — Mas abrimos uma exceção pra uma velha amiga.

— Helen — disse Arthur.

Jason confirmou.

— Positivo. Que garota. Botaram ela numa fogueira uns meses atrás. — Ele virou a cabeça para Linus. — Dizem que tiveste algo a ver com isso.

— Ela estourou minha bolha — disse Linus.

As sobrancelhas de Jason subiram.

— Não sei bem sobre isso, mas ela tem sempre se provado. Disse que a vila está mais receptiva do que antes.

— Está — disse Arthur. — Ainda há trabalho a ser feito, mas estamos progredindo.

— Bom saber. Helen veio e pediu pra gente cuidar de um menino pequeno. Disse que era temporário, enquanto, palavras dela, "convencia um casal de pombinhos de que havia espaço pra mais um". — Ele mexeu as sobrancelhas. — São vocês?

Linus suspirou quando Arthur levantou a mão, as pedras do seu anel refletindo a luz fraca.

Jason assobiou, curvando-se até que seu rosto estivesse a centímetros do anel.

— Olha só pra isso! Deixa meu coração quente. Amor, caras. É o que faz o mundo girar. — Ele deu um passo para trás enquanto Arthur abaixava a mão. — E aí, ela está certa? Tem espaço pra mais um?

— Sim, temos — disse Arthur. — Espaço mais do que suficiente. E nossas crianças estão tão empolgadas quanto nós para ter David conosco.

— Ele sabe que viríamos? — perguntou Linus.

Jason fungou.

— Positivo. Ele sabe. E se preparou bastante pra isso. Está animado, nervoso e tudo o mais. A gente queria que ele ficasse aqui, mas estamos muito sobrecarregados. Sem espaço. Ele precisa de mais do que B e eu podemos dar agora. Criança precisa de criança. Simples assim. — Ele suspirou. — E não ajuda em nada termos uma inspeção chegando para os adultos da casa. Melhor ele estar bem longe daqui do que correr o risco de ser notado pelo governo.

— Porém... — disse Arthur, sabendo que havia mais.

— Porém — completou Jason, prolongando a palavra —, vocês ouviram o mesmo que eu. Rowder sabe o nome dele. — Jason olhou feio para Arthur e Linus como se aquilo fosse obra deles. — Não me cai bem. Vocês estão no mesmo barco, só que o inspetor vai *procurar* crianças. Como isso vai funcionar?

— Estamos cientes — disse Linus. — E temos planos de contingência.

— Por exemplo? — perguntou Jason.

— A ilha tem seus segredos — falou Arthur. — Confie em mim quando digo que a segurança e o bem-estar de David são prioridades para nós dois.

Jason assentiu devagar.

— Vou me lembrar disso, sr. Parnassus. Qualquer coisa que aconteça com ele, tu vai te ver comigo. Posso não ser mágico como tu ou B, mas sei me virar.

Uma ameaça direta na qual Arthur acreditou.

— Como ele se adaptou? — perguntou Linus. — Considerando que Helen disse que ele é bastante quieto, este lugar deve ter sido um choque.

Jason gargalhou, curvando-se e dando um tapa no próprio joelho.

— Quieto? Nos primeiros dias, sim. Mas agora? *David* e *quieto* não tinham como ser mais opostos. — Jason se dirigiu à porta e parou com a mão na maçaneta. Olhou por cima do ombro com um sorriso estranho. — Ele pode ser um tanto... teatral.

— Teatral — repetiu Linus, com uma ruguinha engraçada entre os olhos, aquela que Arthur reconhecia bem. Ele estava intrigado. — Eu pensei... é só que Helen nos disse que ele era quieto e tímido.

— Ele era — concordou Jason. — E agora não é mais. Um conselho? Deixa ele fazer o que precisa ser feito.

— Que é? — perguntou Linus, devagar.

Jason sorriu para eles.

— Ah, vocês vão ter uma surpresa.

O interior da casa era bem melhor que o exterior. Desordenado — estantes de livros abarrotadas, cadeiras espalhadas por todo lado —, mas limpo; as superfícies sem poeira, os pisos recém-varridos e esfregados, o leve cheiro de limão no ar.

Linus e Arthur seguiram Jason por um corredor curto. À direita, a cozinha com eletrodomésticos de tamanho industrial e uma mesa de jantar comprida, de carvalho, com bancos servindo de assentos sobre um piso de linóleo rachado. Duas pessoas estavam sentadas à mesa, uma segurando uma caneca de líquido fumegante, a outra coçando as costas da primeira, sussurrando baixinho. A figura levantou a cabeça, e Arthur viu longos cabelos brancos presos por uma grossa fita verde em um coque bagunçado. Usava calça de cintura alta e uma blusa Ship'n Shore azul-petróleo sobre o tronco estreito.

— Conheçam B — sussurrou Jason. — Não é uma bela visão?

Arthur e Linus viram Byron levantar a mão das costas do homem e a erguer, com a palma voltada para o teto e os dedos curvados. Luzes começaram a brilhar nas pontas dos dedos, descendo para a palma da mão, formando uma bola de cores cintilantes. A bola se desfez e em seu lugar surgiu uma borboleta de asas douradas. Ela voou pela cozinha, esvoaçando na frente de Jason, com as asas tocando sua bochecha direita. Então, em uma explosão furiosa de purpurina, estalou fazendo *pop*!

— Beijo de borboleta — disse Jason, piscando para B. — Meu favorito.

Byron sorriu, depois se voltou para o homem sentado ao lado e continuou a esfregar suas costas em círculos suaves.

À direita deles, uma sala de estar com poltronas estofadas e o maior sofá que Arthur já tinha visto, com capacidade para acomodar pelo menos dez pessoas confortavelmente, caso uma delas não se importasse com cantos apertados. Algumas pessoas — duas mulheres mais velhas e um homem mais jovem — estavam sentadas; as mulheres segurando livros abertos, o homem com a cabeça reclinada olhando para o teto.

— Temos mais em comum do que pensava, né? — sussurrou Jason, dando uma cotovelada no estômago de Linus. — Engraçado como isso tudo funciona, hein?

Ele os conduziu mais para dentro da casa, por um longo corredor. Um som abafado vinha de trás de uma porta fechada à direita, como alguém cantando. Arthur sentiu uma estranha atração, estava prestes a bater na porta quando Jason gentilmente puxou sua mão para trás.

— Siren — disse calmamente. — Ela é nova. Ainda está trabalhando em algumas coisas.

Jason os levou até a porta no fim do corredor e parou antes de abri-la.

— David está dormindo com a gente. Ofereci um quarto, mas ele queria estar perto de B caso... bom. Ele só queria alguém por perto. Ele tem a própria cama separada por uma repartição. Prontos?

Sem esperar resposta, ele empurrou a porta.

O quarto estava escuro. Cortinas pesadas tinham sido puxadas sobre as grandes janelas à direita, deixando passar apenas um fio de luz opaco. Arthur conseguia distinguir uma cama enorme na outra ponta do quarto, repleta de cobertores e travesseiros. À esquerda, largas portas duplas que levavam a um grande closet, luz acesa. Ao lado, uma divisória de madeira, com o nome DAVID escrito com tinta preta em um papel branco pendurado torto.

E ali, no chão riscado de madeira, em um ousado vestido rosa coberto de sangue, uma pilha de cordas grossas e brancas.

Ou, pelo menos, foi o que Arthur pensou quando viu o iéti conhecido como David pela primeira vez.

Os olhos do menino estavam fechados, seus cílios pretos como fuligem em contraste com o pelo branco como a neve em seu rosto. Sua língua cinza pendia entre os lábios azul-gelo. Ele era tão grande quanto Arthur esperava. Assim como Chauncey, Arthur fizera sua pesquisa e sabia que iétis podiam passar dos três metros de altura, embora fosse mais comum que chegassem a cerca de dois metros e meio. David parecia ter — aos dez anos — mais de um metro e meio.

E isso sem mencionar seu pelo glorioso. Da cabeça aos pés, David estava coberto de longos pelos brancos, atados e pendurados em mechas grossas. Suas mãos e pés — embora semelhantes aos de um humano com cinco dedos em cada — tinham garras pretas nas pontas, curtas e afiadas. No topo de sua cabeça, uma peruca loira bagunçada, o cabelo se espalhando no chão ao redor dele.

Mas o que mais preocupava Arthur era o sangue. Manchava o vestido e os pelos do peito de David. Havia respingado até na peruca.

Linus engasgou, parecia prestes a correr até a criança quando Jason o agarrou pelo braço, balançando a cabeça. Ele levou um dedo aos lábios e depois pigarreou alto.

O garoto se contraiu no chão. Então, pelo canto da boca, ele ciciou, sem abrir os olhos:

— Jason. *Jason* — Sua voz era, na falta de palavras melhores, gelada, quebradiça, como gelo estalando.

— Diga, David?

— Eles estão prontos?

— O mais prontos possível.

— Que bom.

Jason estendeu a mão para a parede atrás dele e apertou um interruptor. Uma luz irrompeu do teto, brilhando diretamente sobre David, quase como um holofote. O sangue — que Arthur podia ver agora ser provavelmente uma mistura semelhante à feita para o ani de Linus — brilhava úmido em seu vestido e peito.

Jason limpou a garganta e disse:

— O detetive particular Dirk Dasher sabia que ela seria um problema no momento em que entrou pela porta. Uma mulher como aquela, com aquela aparência, trouxe de volta memórias de sua amada Agatha, falecida há quatro anos, levada cedo demais por um assassino conhecido apenas como a Besta. E agora, ao encontrar o corpo da dama assim, três dias depois, igual ao de Agatha, Dirk Dasher só conhecia duas coisas: o gosto do fundo de uma garrafa e o desejo de vingança.

— O quê? — soltou Linus.

— Flashback — disse Jason.

David se pôs de pé, ignorou a todos e correu para o armário, batendo as portas atrás de si.

Um instante depois, o som de roupas sendo jogadas e David murmurando:

— Onde está meu *fedora*? Eu… *ahá*!

As portas se abriram de súbito. O vestido havia sumido (embora um pouquinho de "sangue" permanecesse nos pelos do queixo e do peito), dando lugar a um chapéu de aba larga posicionado em um ângulo que indicava perigo e um sobretudo marrom apertado na cintura, com a barra arrastando no chão. Em seus dedos, algo que parecia ser um pedaço de giz, que levou aos lábios e sugou, então baforou uma lufada de ar que se tornou uma nuvem cristalina na frente de seu rosto.

David correu pelo quarto, quase tropeçando no sobretudo. Ao alcançar a mesa, sentou na cadeira e posicionou seu pé peludo sobre o tampo. Ele deu mais um trago no giz, soltando uma nuvem gelada da boca e do nariz preto e oval, do dobro do tamanho dos botões de Theodore.

— Era um dia como qualquer outro — disse ele, adotando uma voz trépida, baixa e gutural. — Enxaqueca pulsando após mais uma noite afogando pesadelos em uísque barato. Lá estava eu, endividado até o pescoço pelo meu vício em jogos de azar. Uma pilha de contas, todas carimbadas com VENCIDO, jazia na gaveta, aguardando eu pôr a merda da minha cabeça no lugar.

— David — disse Jason com severidade.

O menino o ignorou.

— A garrafa no gabinete me chamava. *Sou a cura para sua ressaca*, dizia. E eu estava prestes a responder ao chamado quando *ela* entrou.

Ele pulou da cadeira e passou correndo por eles, de volta ao closet, batendo as portas.

Quando as portas se abriram de novo, David usava o mesmo vestido de antes, a peruca loira torta na cabeça. Seus olhos azuis pularam de Linus para Arthur e pararam sobre Jason. Então ele alterou sua postura, pernas levemente dobradas, quadril inclinado. Quando falou, sua voz assumiu um tom sussurrado, embora ainda soasse claramente como David.

— O senhor é Dirk Dasher, o extraordinário detetive particular? Meu nome é Jacqueline St. Bartholomew. Sou muito rica. E sedutora, e viúva.

Linus tossiu de modo exagerado, levando a mão à boca.

— Preciso contratá-lo — disse Jacqueline St. Bartholomew — para encontrar o monstro que matou meu marido, o conde Deveraux St. Bartholomew. Ouvi dizer que está caçando o assassino. A Besta.

De volta ao armário. Um berro, seguido de uma batida. Quando David retornou, vestia o sobretudo por cima do vestido, a peruca amassada de qualquer jeito sob o chapéu fedora. Ele parecia um pouco preocupado, mas determinado. Como costuma acontecer com crianças, esse vai e volta continuou por algum tempo, embora Arthur não tenha considerado interrompê-lo. Especialmente porque David parecia estar em seu habitat.

Então, David parou com as mãos na cabeça. Como nada aconteceu, de canto de boca, sussurrou:

— Você esqueceu sua fala.

— Ah é, desculpa, miúdo — disse Jason. — Deixa comigo. Trim-trim. Trim-trim.

— O barulho do telefone tocando me desviou dos meus pensamentos — falou Dirk Dasher, sentando-se de novo. — Já faz três dias que ela cruzou minha porta, e eu não estava nem perto de resolver o crime. Precisava dar um tempo no caso. — Ele levantou a mão ao lado da cabeça, polegar e mindinho esticados. — Dirk Dasher.

— Sr. Dasher! — Jacqueline gritou do outro lado da linha. — A Besta está *aqui*! Aah, socorro! Aaaaaaah!

Dada a severidade da situação e a arte de contar uma boa história, Arthur não ficou surpreso quando a necessária montagem, correndo contra o tempo, durou mais dez minutos. David (Dirk), então, congelou quando se deparou com uma visão terrível: o corpo de Jacqueline St. Bartholomew, vítima da Besta.

Dirk ergueu os punhos para o alto e gritou:

— *Nããããão!*

Jason sacudiu a maçaneta.

A cabeça de Dirk se virou para o closet, olhos apertados sob o chapéu.

— Tem alguém aqui. Será a Besta? — Ele ficou de pé, com as presas tortas à mostra. — Enfrente-me, Besta! Você vai pagar pelo que fez a Agatha e Jacqueline!

David correu para o closet, tirando o chapéu e o sobretudo. Um instante depois, uma boneca deslizou para fora, vestida nas roupas de Dirk Dasher. Jason a pegou e a posicionou no meio do quarto. Arthur ergueu uma sobrancelha quando Jason voltou para seu lado.

Jason deu de ombros.

— Produção independente.

— Lá estava eu — disse David, do closet, como Dirk. — Pronto para encarar o monstro que havia tirado tanto de mim. Minha amada. Minha sobriedade. Meu propósito. Seria ele ou eu. Um de nós não sairia dali. *Vivo.*

E então, David irrompeu do closet. Dessa vez não usava nada, seu pelo grosso balançando assim que saltou para o quarto, garras à mostra, rosnando ferozmente.

— Dirk Dasher — grunhiu, saliva caindo pelos lábios. — Sabia que viria. Todos temos monstros dentro de nós. A diferença entre você e eu é que deixo *meu* monstro sair para brincar.

Arthur franziu ligeiramente a testa, inclinando a cabeça para um lado.

David saltou sobre a boneca, garras para fora, triturando o sobretudo. Ele jogou a cabeça para trás, dentes à mostra, antes de abocanhar o chapéu, sacudindo-o furiosamente. A boneca ruiu com David sobre ela. A surra que Dirk Dasher tomou era digna de se assistir, e quando o iéti terminou, a cabeça de Dirk foi arremessada para o outro lado do quarto, seu corpo ao chão.

David se pôs lentamente de pé, sob a luz do holofote.

— O monstro — segredou — sou eu. *The end.*

Ele se curvou.

Jason aplaudiu com entusiasmo. Arthur fez o mesmo e Linus se juntou a eles. Foi quando Arthur notou uma mudança em David. Enquanto as palmas continuavam, ele se retraiu, afastando os pelos grossos da testa para que não cobrissem os olhos. Ele não os encarou, trocando seu peso de um pé para outro.

— Boa, cara — disse Jason, indo até ele e dando um tapinha em seu ombro. — Sua melhor performance até agora.

David deu de ombros, dando uma mirada furtiva para Arthur e Linus antes de desviar os olhos.

— Me confundi umas vezes — murmurou.

— Nem percebi — assegurou Jason. — E mesmo que tenha, como dizemos?

David revirou os olhos de um jeito que fez Arthur se lembrar de Phee.

— Desde que eu tenha dado o meu melhor, o resto não importa.

— Exato — disse Jason, abrindo um sorriso largo para ele. — Admito, o vestido deu um toque legal. B arranjou pra você?

David assentiu.

— Disse que uma dama como Jacqueline precisava de um vestido arrebatador. — Ele pegou na mão de Jason e puxou-o para baixo. Jason se inclinou, e David sussurrou em seu ouvido.

Jason concordou com a cabeça.

— Beleza. Beleza. Nem diga. Interessante. Bom, acho que tu deve perguntar pra ele, né? Acho que ele não se incomodaria em nada.

David pareceu em pânico, balançando a cabeça em negativas sucessivas.

Jason disse:

— Ei. Deu tudo certo, beleza? — Ele se endireitou. — David, este é Arthur Parnassus. O outro é Linus Baker. Vai lá, miúdo. Tenha bons modos, mas sempre, *sempre* faça perguntas se tiver. Gente boa não se incomoda com perguntas.

David suspirou, ainda segurando a mão de Jason. Ele olhava para os próprios pés. Murmurou algo que Arthur não conseguiu entender.

— Poderia repetir, por favor? — perguntou Linus, gentil. — Temo que minha audição não seja mais a mesma.

David fez uma careta para o chão.

— Eu *perguntei* se foi bom o bastante pra entrar na sua escola? Sei que não é... *normal*, mas trabalhei duro nisso.

Linus franziu a testa e Arthur inclinou a cabeça.

— Como disse?

Jason pôs a mão sobre o ombro de David.

— O miúdo aqui pôs na cabeça que precisava fazer uma performance pra entrar na escola de vocês. Pensou que tinham de ver como ele é talentoso antes de considerarem uma admissão. — Seu tom de voz sugeria que qualquer coisa menor que elogios efusivos não seria tolerada.

Arthur coçou o queixo, pensativo.

— Receio que tenha havido um mal-entendido.

David ergueu a cabeça depressa, claramente ansioso.

— Desculpa! Posso fazer algo diferente pra...

Arthur sorriu.

— Não, David. Não precisa se desculpar por nada. Sou eu quem devo pedir desculpas a você.

David pestanejou, dando uma olhada para Jason, antes de se voltar de novo para Arthur.

— Hã. Tá... bom?

Arthur concordou.

— Veja, parece que houve algum erro de comunicação. Não estamos aqui para que faça uma performance, embora eu tenha adorado cada segundo. Não, estamos aqui por algo completamente diferente: para expor nossas razões do porquê gostaríamos que você *nos* escolhesse.

O queixo de David caiu. Fechou-se um momento depois com um estalo. Então, desconcertado, disse:

— Eu quem escolho?

— Sim — disse Linus. — Você quem escolhe. Pense nisso não como nós te entrevistando, mas você *nos* entrevistando. Faça qualquer pergunta que desejar. Se soubermos, responderemos.

Enquanto Linus falava, Arthur atravessou o quarto, parando à frente da mesa. Ele virou a cadeira, sentou-se e dobrou uma perna sobre a outra. Linus se aproximou em seguida, colocando a mão em seu ombro.

David olhou para eles desconfiado, Jason ainda mantendo sua guarda.

— A que horas preciso ir para a cama?

— Às nove — disse Arthur. — Meninos em fase de crescimento precisam de descanso.

— Vou ter lição de casa?

— Sim, mas não muita — respondeu Linus. — Agora estamos em recesso, então temos tempo para pôr tudo em dia, caso seus estudos tenham sido negligenciados.

David fez uma careta.

— Tem comida o suficiente pra todo mundo?

— Tem — falou Arthur. O motivo da pergunta parecia óbvio, e ele lamentou que aquela criança, ou qualquer outra, soubesse o que é insegurança alimentar. — Mais do que suficiente, embora a gente tente não desperdiçar nada, exceto alguns ovos de vez em quando. Felizmente, temos Phee, que gosta de cultivar árvores frutíferas, e Talia está considerando plantar algumas verduras e legumes.

— Ah — disse David. — A sprite e a gnoma?

Arthur assentiu, esperando. David estava obviamente se preparando para outra pergunta, mas conhecendo crianças tão bem quanto ele, imaginou que a mente do iéti deveria estar uma confusão de pensamentos discordantes girando como se pegos em uma tempestade. Ele precisava sair dessa por conta própria, ou não ouviria o que eles tinham a dizer.

Arthur não precisou esperar muito. David baixou os olhos para o chão, deslizando o pé, as garras nos dedos raspando a madeira dura.

— As outras crianças. Eu... elas são... — David soltou um suspiro, os pelos em seu rosto balançando enquanto ele torcia o corpo de um lado para o outro. — Eu nunca tive amigos. Bom, talvez Jason e B, e talvez Helen, porque a encontrei algumas vezes, mas não é o mesmo que, sabe, crianças. — Ele fez uma careta. — Eu *poderia* ter tido amigos. Não sou um perdedor. Eu até tentei uma vez.

— Tentou fazer amigos? — perguntou Arthur, gentilmente.

David concordou.

— Sim. Só... — Ele estremeceu. — Só que não deu muito certo. Eles estavam imitando monstros e eu quis também. Brincar de pisar nas coisas, rosnar e devorar pessoas imaginárias.

— Nossa — disse Arthur, a mão na garganta. — Quantas pessoas devoraria?

— No mínimo dez — disse David, assoprando os nós dos dedos e esfregando-os contra o peito. — Meu recorde é de vinte e quatro, mas não quero me gabar.

— Claro que não — afirmou Linus. — A confiança é silenciosa. A insegurança é barulhenta.

— Ele sempre fala assim? — David sussurrou alto para Arthur.

— Sim — respondeu Arthur, enquanto Linus lhe dava uma cotovelada. — Admito que adoro quando ele faz isso, mas sou bastante parcial quando se trata de Linus Baker, incluindo suas pérolas de sabedoria.

— Sou como uma ostra — disse Linus, orgulhoso. — Posso não parecer grande coisa, mas me abra e encontrará um tesouro escondido. — Ele franziu a testa. — É impressão minha ou isso não soou tão bem quanto pensei que soaria?

— Eu me importaria com você mesmo se fosse uma ostra — prometeu Arthur.

— Credo — disse David. — Enfim, tentei brincar com eles porque, se quisessem ser monstros, poderiam aprender com alguém que é um monstro *de verdade*.

Arthur não queria interromper, então guardou aquilo para outro momento. Ele nunca tinha ouvido uma criança usar, com tanta liberdade, essa palavra para se descrever: "monstro". Para Chauncey, era um insulto, porque ele não se via dessa forma, mesmo que outros pudessem basear suas opiniões somente na aparência. Mas David parecia *gostar* da palavra; ela o deixava feliz. Arthur havia passado tanto tempo tentando tirar essa ideia das outras crianças. Como a alegria de David se misturaria com o que estava tentando ensinar a elas?

— O que aconteceu? — perguntou Linus, depois que David ficou quieto, Jason prestando atenção em cada palavra.

David não olhou para eles quando disse:

— Um dos meninos disse que eu não era assustador, que eu era nojento e sujo e provavelmente tinha pulgas. Tentei dizer que *nunca* tive pulgas porque cuido bem do meu pelo. — Ele riu sem graça. — Tenho de cuidar. Fica muito bagunçado se eu não o fizer. Mas aí ele começou a puxar meu pelo e eu não gostei.

— Achei que não — disse Arthur. — Nunca se deve tocar em ninguém sem uma permissão expressa. Seu pelo é parte de você, e fazer isso é inaceitável.

— Que seja — murmurou David. — Eu rosnei, eles gritaram e correram para longe. Quem precisava deles? Eu não. Consigo fazer as coisas muito bem sozinho.

Arthur não acreditou naquilo nem por um momento. Podia ouvir a confusão, a mágoa. A história de David era apenas aquilo, a história de David, mas havia familiaridade nela. As circunstâncias podiam ter sido diferentes — os personagens, o cenário, o evento em si —, mas não teriam todas as crianças, em um momento ou outro, experienciado a mesma coisa? Xingadas, ridicularizadas, *tocadas* como se estivessem em exibição.

— Acho que você verá que em Marsyas é um pouco diferente — Arthur disse. — Se quiser comer pessoas imaginárias enquanto esmaga uma cidade de blocos ou pedras, é o que fará. E tenho a sensação de que pode haver algumas outras crianças que ficariam muito contentes em se juntar a você.

— Sério? — perguntou David, e o coração de Arthur doeu com a esperança em sua voz.

— Sério.

David mordeu o lábio inferior.

— Você já... você...

— Estamos ouvindo, David — disse Arthur. — Leve todo o tempo que precisar.

Os olhos de David cintilaram de raiva.

— Você já bateu em uma criança?

— Não — respondeu Arthur.

— Colocou os dedos dela numa gaveta e depois fechou com tanta força que... que...

— Nunca.

David se voltou para ele com olhos frios.

— Suas calças são muito curtas.

Maldoso, com a intenção de descontar em alguém, machucar, mas Arthur não fez caso. David estava no processo de se abrir para eles, embora ainda cauteloso. Arthur não podia culpá-lo; eles eram estranhos, afinal.

— Sim, parece que tenho esse problema com certa frequência. O que acha das minhas meias? — Arthur calçava meias azul-celeste estampadas com flocos de neve prateados de vários tamanhos e formatos.

David fez uma careta.

— Está usando por minha causa? Isso não vai me fazer gostar de você.

— David — advertiu Jason.

Ele deu de ombros e murmurou um pedido de desculpas, pegando a cabeça da boneca do chão.

— Nunca ouvi falar de uma pessoa que gostasse de outra só por causa das meias — disse Arthur. — Acho que é preciso um pouco mais do que isso. Mas fique tranquilo, David. Não escolhi essas meias por você. Mas por mim. Elas ajudam a ilustrar o que eu gosto de chamar de *problema das meias*.

— O que é isso? — perguntou David, tentando fingir desinteresse, mas falhando miseravelmente.

— É um enigma e tanto. Hoje em dia, as meias não são como as que usávamos na sua idade. Muitas têm desenhos, mas nossas calças são compridas demais para mostrá-los.

— E tirar os sapatos sem ser convidado é bastante rude — acrescentou Linus.

— Com certeza — disse Arthur. — Consegue imaginar?

— Eu tremo só de pensar. Mesmo que *seja* uma meia estampada, é preciso lembrar do decoro.

A cabeça de David se alternava de um para o outro, como se estivesse assistindo a uma partida de tênis bem vigorosa.

Olhando para David, Linus disse:

— O Arthur prefere manter o comprimento de suas calças mais curto para que suas meias possam ser apreciadas por todos.

— É isso mesmo — concordou Arthur, rindo internamente de si mesmo por ainda estar tão apaixonado por Linus. Embora nunca tivesse se permitido pensar muito no assunto, pois estava sempre muito ocupado, antes de Linus, se via sucumbindo ao frio lancinante, à agulha afiada e congelada da solidão que penetrava sua pele. Foi só com a chegada de Linus que sentiu o último resquício de frio derreter. — Não é diferente do que enfrentamos todos os dias quando interagimos com as pessoas.

Confuso, David perguntou:

— As calças delas são muito compridas?

— Exato — disse Arthur. — E por calças, quero dizer os modos rígidos. Tudo o que precisam é levantar as calças para encontrar um pouco de cor escondida. — Foi precisamente o que ele fez, mostrando as meias estampadas de neve. — Mas *estas*, David, são meias especiais. Veja, elas só podem ser usadas muito raramente. Caso contrário, serei vítima de uma maldição terrível.

Aquilo chamou a atenção de David, e ele demorou uns dois ou três segundos para disfarçar sua empolgação.

— Ah, tá bom. Quem amaldiçoaria meias?

Arthur riu.

— Pergunta interessante. Tenho refletido nessa questão por mais tempo do que você está vivo. Infelizmente, não estou nem perto de resolver o mistério. Tudo o que sei com certeza é que se eu usar essas meias em uma quinta-feira, um domingo, um dia ímpar ou depois das três da tarde no mês de novembro, as meias desaparecerão.

David franziu a testa.

— Não é tão ruim.

— Com meus pés dentro.

Linus suspirou.

— E antes que pense que ele está tirando um sarro da sua cara, confie em mim, não está. Não esqueceremos tão cedo aquela quinta-feira, dia vinte e três de novembro.

David ficou boquiaberto e assim permaneceu, a cabeça da boneca caindo no chão, quicando e rolando para debaixo da cama.

— Sim — confirmou Arthur com gravidade. — Então estou usando-as não para manipulá-lo a se sentir de uma determinada maneira, mas porque hoje não é quinta-feira, nem domingo, nem um dia de número ímpar, nem novembro.

O olhar de David desceu até as meias de Arthur.

— Que *louco*. Eu queria ser amaldiçoado. Parece muito divertido.

— Parece mesmo, não? Mas sejamos gratos por ainda mantermos nossos pés, ao menos por enquanto. Agora, sobre sua pergunta. Antes de respondê-la, posso mostrar uma coisa?

David olhou desconfiado.

— O quê?

— Fogo — disse Arthur. Ele ergueu a mão, a palma voltada para cima. Com um pequeno movimento, uma chama brotou de sua mão, filamentos gêmeos de um vermelho alaranjado piscante que se retorciam, formando uma dupla hélice giratória.

Os olhos de David estavam arregalados, refletindo a luz do fogo. Azul frio e laranja quente, e, por um momento, Arthur sentiu um arrepio congelante percorrer sua espinha.

— Acho que consigo fazer isso — David disse.

— Isso o quê, David? — perguntou Linus, com calma.

David se levantou devagar e a boneca caiu no chão. Não se voltou para eles, seu olhar percorreu o quarto, mas também levantou a mão, imitando Arthur. Linus respirou fundo quando cristais de gelo azulados se ergueram da palma de David, seu rosto franzido em concentração. O gelo se dividiu em dois filamentos e, depois de um minuto de David grunhindo com os dentes cerrados, os cristais formaram uma dupla hélice, girando rápido. Apesar da pequena chama à sua frente, Arthur conseguia sentir o frio chegando.

Não durou muito. O gelo desmoronou, e uma nuvem de pequenos flocos de neve foi ao chão. David se assustou e puxou a mão, mordendo o lábio inferior.

— Você fez o mesmo, então não pode ficar bravo comigo por tentar.

Arthur cerrou o punho, extinguindo o fogo, fumaça preta escapando entre seus dedos.

— Fiz e fico contente que tenha me mostrado que consegue fazer também.

Ele abaixou a mão e esperou.

Até que David disse:

— É minha escolha. Depende de mim.

— Isso mesmo — concordou Arthur. — Porém, esperamos que decida visitar Marsyas por quanto tempo quiser, sei que há muito o que considerar. Fique tranquilo, David, o que quer que decida, não será usado contra você. Eu sei como é ter o poder de tomar suas próprias decisões retirado de você. Tem minha palavra de que nunca faremos isso, e você não será punido por ser quem é. Mas deve saber que eu espero honestidade, mesmo se pensar que isso possa magoar nossos sentimentos.

David hesitou.

— Ontem.

— A audiência.

David estremeceu, mas continuou:

— Aquela mulher disse que você é a única fênix que resta.

— Eu sou.

— Então seus pais, eles... eles estão...

— Mortos — disse Arthur com suavidade. — Mas não esquecidos. Minha mãe era uma boa mulher. Generosa, paciente. Meu pai era rude, mas sei que me amava a seu próprio modo. Eles permanecem vivos em minhas memórias, guardadas para os dias em que preciso recordar que minha história, apesar de difícil, começou com pessoas que me amavam. Embora eu não negue tudo o que se seguiu, pode ser um bálsamo para uma alma cansada.

— Você *é* como eu — sussurrou David, com certa admiração. — Meus pais... — Seu lábio inferior tremeu. — Na verdade, não me lembro do meu pai, mas minha mãe tinha cheiro de canela. E cantava pra mim. — Ele pestanejou, cristaizinhos de gelo se formando em seus olhos. — Ainda lembro da última coisa que ela me disse.

— É mesmo? — perguntou Arthur. — Deve ser uma lembrança muito bonita.

Com um olhar assombrado, David disse:

— Não, não é. Ela me disse pra *correr*.

Naquela noite, pouco antes da zero hora, o telefone no novo quarto de hotel tocou. Linus e Arthur — ambos quase pegando no sono, pernas entrelaçadas — se levantaram de imediato. Foi Linus quem alcançou o aparelho, tirando o fone do gancho e levando-o à orelha.

— Zoe? — disse ele. — Está tudo bem?

Arthur se juntou a ele, inclinando-se para ouvir. Não era Zoe. Jason contou:

— David já tomou a decisão.

SETE

David, no fim das contas, nunca tinha viajado de trem e, embora tentasse se conter, sua empolgação transbordou quando ele viu a locomotiva parada na estação, com pessoas circulando ao redor, se abraçando e se despedindo de quem iria partir. Eles receberam alguns olhares estranhos, mas isso era de se esperar, dada a ideia de disfarce de David.

Como ele não era registrado, Arthur e Linus ficaram preocupados de que, caso alguém o visse, pudesse fazer perguntas, principalmente com o rosto de Arthur estampado em todos os principais jornais do país. Eles haviam trocado os bilhetes para um horário mais cedo, caso Rowder e o DEDJUM estivessem tentando segui-los.

Foi David quem decidiu como poderia passar despercebido. É verdade que ele poderia não compreender o real significado da palavra, já que agora media mais de um metro e oitenta, andando sobre blocos de gelo que fez crescer sob seus pés. Cada passo deixava uma pegada quadrada e molhada, mas, felizmente, a chuva prosseguia, e não seria perceptível enquanto estivessem no chão úmido. Provavelmente não ajudou o fato de estar usando outro sobretudo, do tamanho de um adulto extremamente alto. Para completar, usava um chapéu fedora branco-gelo com uma faixa rosa acima da aba, óculos escuros espelhados e um falso bigode preto, mais largo do que seu rosto e com as pontas enroladas para cima.

Era ridículo, claro, mas David estava orgulhoso do que havia criado, e Arthur não podia deixar de admirar sua inventividade.

— Nós vamos *nisso*? — resfolegou David, tropeçando, os blocos sob seus pés fazendo um som estranho no chão: *tonc, tonc, tonc*.

— Sim — respondeu Arthur. — Até o fim da linha. Será uma viagem longa, mas acho que você verá que vale a pena.

— Até a ilha tropical — disse David, com desconfiança, ainda olhando para o trem. — Onde é sempre ensolarado e quente. O lugar perfeito para um iéti.

Linus se alarmou.

— Isso é verdade, mas fique tranquilo, fizemos todo o possível para...

David torceu o bigode.

— Sim, claro. De fato. Indubitavelmente.

A locomotiva apitou alto, e David deixou de lado a zombaria, engatando perguntas.

— É tão *barulhento*. Qual a velocidade máxima? Dá pra pular dele em movimento e não morrer? Alguém explodiria se ficasse nos trilhos e fosse atingido pelo trem? Aposto que o sangue e as tripas se espalhariam por *quilômetros*.

Uma mulher que passava por eles bufou, com a mão no ombro de uma menina enquanto olhava furiosa para David.

— Com licença, há crianças aqui.

David olhou para a esquerda, depois para a direita, virando a cabeça.

— Crianças, você disse? Onde? Ouvi dizer que estavam extintas. Alguém ligue para os jornais antes que...

— Sim, senhora — disse Linus, entrando na frente de David. — A senhora está absolutamente correta. Obrigado por trazer isso à nossa atenção. Tenha um bom dia.

A menina ria enquanto a mulher a levava para longe.

— Você não pode chamar atenção — disse Linus, com severidade. — Não aqui. Não agora.

David cruzou os braços, uma expressão mal-humorada surgindo em seu rosto.

— Então, tudo aquilo na casa do Jason, sobre ser eu mesmo era...

— Verdadeiro em cada palavra — disse Arthur. — É tudo o que queremos para você, David. Mas você precisa lembrar que nem todo mundo pensa como nós. Há muitas pessoas por aí que não querem que você triunfe. Não lhes dê uma razão para...

— Não é culpa *minha* — retrucou David. — Por que eu deveria dar a mínima sobre o que pensam de mim? Se eles estão com medo, talvez eu deva mesmo dar motivos para terem medo.

— Para quê? — perguntou Arthur, com cautela.

David deu de ombros.

— O medo faz as pessoas fazerem coisas que talvez não tenham feito antes. Pode até torná-las um pouco mais corajosas do que pensavam que poderiam ser. Estar assustado nem sempre precisa ser uma coisa ruim. —Ele raspou um dos blocos de gelo contra o chão. — Pelo menos, é assim que eu acho que deveria ser.

— Essa certamente é uma maneira de ver isso — disse Linus. — Há muito o que discutir, e acredite quando digo que teremos muitas conversas nas próximas semanas. Vamos ouvi-lo, David. Eu prometo. A única coisa que pedimos em troca é que faça o mesmo. Combinado?

David hesitou por um tempo. Por fim, resmungou:

— Beleza.

— Ótimo — disse Arthur, pegando a mala de David e a sua própria. Estava mais leve do que ele esperava quando Jason a entregara naquela manhã. David não tinha muitos pertences. Era sempre a mesma coisa, não? Talia. Lucy. Sal. Phee. Chauncey. Theodore. Chegando com o mínimo necessário, como se fosse tudo o que precisavam para sobreviver. — Acredito que você achará o interior do trem tão fascinante quanto o exterior. No entanto, devo admitir, não é nenhum ônibus. Você já andou de ônibus? Eu peguei um dias atrás. Eles têm aquela cordinha maravilhosa que você puxa para dar sinal ao motorista. — Algo chamou sua atenção. — Licença por um momento. Linus, pode fazer uma gentileza? Leve David para o trem.

— Está tudo bem?

— Sim — disse Arthur. — Irei em instantes.

Linus pareceu querer argumentar, mas pegou David pela mão e o puxou em direção ao trem. Arthur ouviu o menino perguntar:

— E ele?

— Arthur pode cuidar de si mesmo — respondeu Linus. — Aqui está seu bilhete. Não perca. É...

— Eu tenho meu próprio *bilhete*?

Sem hesitar, Arthur foi até uma coluna. Afixado na frente, um cartaz. Um aviso. Em letras garrafais.

O QUE VOCÊ FARÁ PARA PROTEGER SUA FAMÍLIA?
SE VIR ALGO, DIGA ALGO.

Ao ter certeza de que ninguém estava olhando, Arthur arrancou o cartaz da coluna, amassando-o em sua mão. Fumaça vazou por entre seus dedos, e quando abriu o punho, cinzas caíram no chão. Sem olhar para trás, seguiu para o trem.

Durante a primeira hora da viagem, David não se moveu, rosto colado na janela, enquanto árvores, casas e campos encharcados pela chuva passavam como borrões. Ele apontava para tudo o que via: uma pilha estranha de pedras, um ancião acenando de uma cadeira de balanço em sua varanda. Quando o fiscal chegou para carimbar os bilhetes, David praticamente exigiu entregar todos os três, já que agora se considerava um expert em viagens de trem. O fiscal, por sua vez, mal piscou, pegando cada um dos bilhetes entregues por David.

— Saindo de férias? — perguntou o fiscal.

— Algo assim — respondeu Linus.

— Eles com certeza não estão me sequestrando — disse David ao fiscal. — Porque sou um adulto que faz coisas de adulto, como pagar impostos, lavar roupas e ficar triste sem motivo.

Inabalado, o fiscal disse:

— Que maravilha! Eu também estou tomado por um medo incontrolável sobre minha própria mortalidade. Sempre pensei que estar ciente do fim imediato torna a vida mais interessante, mas ainda não consegui provar essa hipótese em particular. Tenham uma boa viagem e nos avisem se houver algo que possamos fazer para torná-la o mais confortável possível. Brigado!

— Nunca vou entender os humanos — comentou David, depois que o fiscal se afastou.

Ele se sentou em frente a Arthur e Linus, o trem trepidando ao redor, o mundo cinzento passando rapidamente, a água escorrendo nas janelas de vidro em regatos complicados que pareciam um mapa de um cartógrafo embriagado.

— Duvido que alguém entenda — disse Linus.

Depois disso, David ficou mais quieto, sentado com as mãos cruzadas no colo e olhando pela janela.

Na terceira hora da viagem, David se afundou no assento, seu chapéu torto na cabeça. Pequenas poças apareceram no chão quando seus blocos de gelo começaram a derreter. Linus puxou um lenço do bolso do casaco, jogando-o sobre as poças. David pareceu não notar.

Na quarta hora, David começou a ficar impaciente, balançando as pernas e estalando os nós dos dedos sem parar. Ele dava um pulo sempre que alguém ria, sacudindo a cabeça como se achasse que alguém estava vindo atrás dele.

— Não tem problema ficar nervoso — disse Arthur.

David se virou, quase caindo do assento.

— Nervoso? — questionou. — Não estou nervoso. Estou ótimo. — Tentou sorrir, mas sua boca não devia ter entendido a mensagem.

— Erro meu — disse Arthur, inclinando ligeiramente a cabeça. — Pensei que talvez você estivesse preocupado com o que nos espera.

— Rá! — exclamou David, fazendo um gesto com a mão trêmula. — Eu nem estava pensando nisso. — Ele cutucou uma rachadura no braço do assento de plástico. — Mas, se *estivesse*, seria só porque estava imaginando o que aconteceria se as outras crianças não gostassem de mim.

— Ah — disse Arthur. — Uma preocupação séria. O que te faz pensar que não vão gostar de você?

— Não sei — respondeu David, abaixando o olhar. — É que sou um pouco... eu mesmo. Não que haja algo de errado com isso! — acrescentou rapidamente, estalando os nós dos dedos de novo. Soou como gelo se quebrando.

— Não há — disse Linus com firmeza. — Você é exatamente como deveria ser.

— É. Isso é... bom. É o que penso também. — Ele cruzou as mãos no colo. Arthur começou a contar mentalmente. *Um. Dois. Três. Quatro.* — O que acontece se não gostarem de mim? — David riu como se não conseguisse acreditar que algo tão ridículo tivesse saído de sua boca. — Quero dizer, isso seria... alguma coisa, certo?

— Quem? — perguntou Linus. — As outras crianças? Minha nossa, de todas as coisas com as quais você tem que se preocupar, essa não deveria ser uma delas. Todos estão tão animados para encontrar você quanto nós estávamos.

— Eles nem me conhecem — David zombou.

— Não — concordou Linus. — Mas nós também não conhecíamos, e aqui estamos. Se você entrar em uma situação esperando o pior, pode prejudicar sua capacidade de ver o que de bom pode vir.

David concordou e olhou de novo pela janela. A chuva havia parado e, pela primeira vez no que pareciam anos, Arthur conseguiu ver partes azuis por trás de todo o cinza.

— Mas e se… Caramba, que que é isso?

Num momento ele estava em seu assento, e no outro, seu rosto estava colado na janela do trem, olhando para a paisagem que se desenrolava. Arthur e Linus se inclinaram para ver o que David tinha descoberto.

Um bando de pássaros voava próximo ao trem, indo para o leste. Havia pelo menos duas dúzias deles, corpos brancos com cabeças amareladas e asas com pontas pretas. Eles planavam no vento, bicos abertos em gritos que não podiam ser ouvidos de dentro do trem.

— Gansos-patola — disse Linus. — Normalmente não os vemos tão no interior. Costumam viver em penhascos. Você vai se encher deles em breve. São abundantes na ilha.

— Ah — sussurrou David, observando os pássaros subirem cada vez mais alto até bloquearem o sol.

Uma fila de veículos esperava perto da plataforma do trem: um pequeno ônibus do hotel e alguns reluzentes carros alugados, cheios de turistas buscando amigos e familiares. Aqueles que saíram do trem o fizeram com animação desenfreada, com seus chapéus de sol grandes e coloridos, tirando os sapatos e enterrando os dedos dos pés na areia branca ao redor da plataforma. Pais e avós ajudaram as crianças com seus baldinhos de plástico e pás, tentando fazê-las ficarem quietas, "*Tem uma mancha de geleia na sua testa, onde diabos conseguiu* isso?"

David, Arthur e Linus foram os últimos a saírem do trem, Arthur carregando a mala de David. Ele desembarcou para a luz quente do sol, procurando pela visão familiar da velha caminhonete de Helen. Linus o seguiu, parando ao lado dele, com o rosto voltado para o céu.

— Ah — disse ele. — Muito melhor. Agora, David, se você… David?

Eles se viraram e se depararam com David ainda no trem, parado no último degrau, com as mãos segurando os corrimãos de cada lado. Uma perna levantada como se fosse dar um passo, mas não a abaixou.

— Tudo bem? — perguntou Linus.

— Estou trabalhando nisso — murmurou David. — Só um segundo.

Levou ao menos quatro minutos, mas, por fim, David pisou no degrau com seu pé blocado de gelo.

De imediato, começou a chiar, vapor subindo ao redor.

— Ops — disse David.

— Está tudo bem — falou Linus. — Não precisa se preocupar. Estamos quase...

David pulou do degrau, aterrissando na plataforma com um baque pesado. O gelo embaixo de seus pés chiou de novo, a água formando uma pequena poça no cimento.

— Pronto — disse ele, orgulhoso. — Eu sabia que conseguiria. Aliás, parece que estou encolhendo? Quase como se gelo derretesse no calor. Mas isso é loucura, né? Como trazer um iéti para uma ilha. Pelo menos meus óculos escuros me deixam descolado.

Ele foi até a ponta da plataforma, agachando-se e observando um caranguejinho movendo pedras de uma pilha a outra.

— Quieto — murmurou Linus. — Tímido. Mal abre a boca.

Arthur trombou seu ombro no de Linus.

— Algum arrependimento?

— Ah, muitos, eu acho. Mas nenhum tem a ver com ele.

— As crianças vão adorá-lo.

Linus tremeu apesar do calor do verão.

— É isso o que me preocupa. Lucy vai amá-lo — suspirou, sem dúvida, imaginando explosões ou respingos de sangue nas paredes. — Já estou perdendo meu cabelo só de pensar.

Antes que Arthur pudesse responder, uma velha caminhonete com pneus de faixa branca parou ao lado da plataforma. A porta rangeu ao abrir, e a prefeita de Marsyas sorriu para eles enquanto contornava a frente do veículo.

— Ora, ora, ora — disse ela, animada. — Olha o que temos aqui!

David levantou a cabeça e um largo sorriso surgiu.

— Helen! — gritou, levantando-se e correndo em sua direção.

Ele não se incomodou com os degraus, lançando-se da plataforma. Atingiu o chão com força, os blocos de gelo quebrando e diminuindo sua altura em quinze centímetros. O sobretudo se enroscou em volta dele, mas David conseguiu ficar de pé enquanto Helen abria bem os braços. Ele pulou os últimos metros, colidindo com ela. Girando-o em um círculo, Helen riu enquanto David tagarelava sobre o trem, os pássaros, o oceano. Ela o colocou no chão, piscando para Linus e Arthur enquanto desciam os degraus.

— ...e *aí* eu dei nossos bilhetes ao homem, e ele usou uma maquininha para fazer um furo neles, para mostrar que tínhamos permissão para estar no trem! — Ele sorriu para Helen. — Ninguém podia me mandar descer porque eu tinha o *direito* de ficar.

— Sem dúvida — disse Helen. — Estou muito feliz em saber que gostou da viagem. E olha só para você. Juro que cresceu desde a última vez que te vi.

— Um centímetro e pouco — falou David, orgulhoso, estufando o peito. — Quase dois, praticamente.

— Impressionante — disse Helen. Depois ergueu o rosto. — Linus, Arthur. Bem-vindos ao lar. Nem preciso dizer que fizeram falta. — Ela levantou a mão quando Linus ia começar a falar. — E sim, a casa ainda está de pé, e ninguém perdeu nenhum membro. Nem os olhos.

— Dedos das mãos? — perguntou Linus. — Ou dos pés?

— Todos intactos e contabilizados — disse Helen. — Talia me pediu para lembrar que se você, de fato, não comprou um presente pra ela, deveria voltar para o trem e não retornar até que tenha comprado.

Linus sorriu.

— Aposto que sim.

Caber na caminhonete foi uma tarefa difícil, mas conseguiram: Helen ao volante, Arthur ao lado dela, com suas pernas compridas dobradas quase até o peito. Linus sentado ao lado dele, e David ocupando o restante do assento, com o rosto colado na janela, dizendo tudo o que via, misturando com perguntas para as quais parecia não querer respostas.

— Olha! Um guarda-sol. Que grande. O que é aquilo? Estão andando de *trenó* nas dunas? Eu não sabia que dava pra fazer isso. Como que... Por que o oceano é tão *grande*? Vocês acham que está cheio de monstros? Acho que sim. Com dentes grandes e olhos vermelhos que brilham quando... Ai, meu *Deus*, o que esses bárbaros estão comendo?

Linus disse:

— Raspadinhas. Gelo com xarope saborizado como cobertura.

David se virou para ele com os olhos arregalados.

— Eles arruinaram o *gelo*? A coisa mais perfeita do mundo? — Mostrou os dentes. — Vou matá-los. *Todos* eles. Rá, rá, brincadeira. — Então disse baixinho: — Ou algo assim.

— Sem raspadinhas, então — falou Arthur. — Anotado.

Eles entraram no vilarejo, dobrando na avenida principal que levava ao embarcadouro. As calçadas estavam lotadas, algumas pessoas em trajes de banho, outras em shorts e camisas floridas. Eles pararam em frente às vitrines, olhando para cerâmicas coloridas, mosaicos criados a partir de vidro marinho e quadrados de fudge feitos há pouco. As crianças vasculhavam caixas de doces puxa-puxa, todas com a pele avermelhada e descascando do sol e do surfe. Outras se sentavam em mesas em frente a restaurantes que vendiam frutos do mar frescos, tomando bebidas transparentes com raminhos de hortelã flutuando na superfície.

Arthur estava prestes a perguntar o que David achava quando o iéti ficou tenso, com as costas retas e os ombros rígidos.

— Como? — disse ele, parecendo atordoado.

— O que foi? — perguntou Linus.

— Essas pessoas. Elas são...

Arthur seguiu a direção do olhar de David enquanto a caminhonete parava em um dos dois semáforos em toda Marsyas. Ali, parada na esquina, havia uma família. Duas mulheres corpulentas, mãos entrelaçadas. Três crianças, todas aparentando menos de dez anos. Cada uma delas — adultas e crianças — tinha um único olho grande no centro da testa.

— Ciclopes — disse Helen. — Tive a oportunidade de conhecê-las ontem. — O sinal abriu e ela passou com a caminhonete roncando pelo cruzamento. — Família adorável. Ouviram falar do nosso vilarejo por alguns amigos e decidiram vê-lo pessoalmente.

David se virou devagar para ela.

— Mas... estão só... andando por aí. Como todos os outros.

— E por que não estariam? — perguntou Helen, com delicadeza. — Elas têm direito a férias, como qualquer um.

David balançou a cabeça.

— Não foi o que eu quis dizer. Elas estão aqui. E ninguém está gritando para que se cubram e se escondam. Ninguém está dizendo que não é o lugar delas.

— Porque é — disse Linus. — Este lugar é diferente, David. De todos os lugares em que já esteve. Ora, algumas semanas atrás, uma adorável família de dríades veio ao vilarejo. O povo das árvores, sabe? Vieram e fizeram um tour pela ilha, querendo ver o que Phee tinha cultivado por lá.

— A sprite de floresta? — perguntou David.

— Sim — respondeu Linus, sorridente. — Nunca vi Phee tão empolgada. Ela quis mostrar desinteresse, mas todos notamos que estava orgulhosa de ter gente vindo ver suas árvores, especialmente seres tão importantes quanto dríades. — Ele pigarreou. — Mas não queremos que pense que sempre foi desse jeito.

— Linus está certo — disse Helen, tamborilando os dedos no volante. — Um ano atrás, Marsyas era como qualquer outro lugar. Inundado de propaganda, com pessoas amedrontadas demais para falar ou que realmente acreditavam no que lhes era dito. Eu era uma delas.

— Mas você não é mais assim — disse David.

— Não. Não sou. — Ela lançou um olhar dissimulado para Linus e Arthur. — Podemos dizer que minha bolha estourou. Sou grata por isso, porque, como prefeita, quero que Marsyas seja um lugar para todos, não importa quem seja. Algumas pessoas não gostam disso... Ah, olha só aquilo! Parece que o novo dono da sorveteria mudou a placa... Mas, retomando, eu as lembro de que existe um grande e vasto mundo lá fora, e as convido a vê-lo.

— Acho que você disse a Norman para fazer uma longa caminhada em um píer curto — Linus a lembrou. — Embora em uma linguagem mais pesada.

— E não me arrependo de nada — disse Helen. — Já foi tarde.

— Estamos construindo algo, David — falou Arthur. — Quanto mais pessoas, mágicas ou não, ouvirem que esta cidade as receberá de braços abertos, melhor será para todos nós.

Sonho com um lugar assim, ele pensou enquanto se dirigiam para o mar.

— Como chegamos lá? — perguntou David, quando pararam perto de um cais comprido que se alongava até a água.

A ilha se erguia à distância, com suas árvores grossas apontadas para o céu. Arthur sentiu uma atração, sabendo quem e o que os esperava. Embora tivessem sido apenas três dias, foi o período mais longo desde sua volta. Ele ansiava por sentir a areia sob seus pés, e a cacofonia de uma casa repleta de juventude selvagem.

— Podíamos pegar a balsa — disse Linus. — Estou certo de que Merle ficaria maravilhado ao nos ver.

— Se é o que você acha — falou Helen. — Mas não, sem balsa. Por que envolver Merle sem necessidade? Achei que poderíamos dar a David um tipo diferente de experiência para chegar à ilha.

E após dizer isso, acelerou o motor.

Linus apertou a mão de Arthur com força.

— Temia que dissesse isso.

— O que está fazendo? — perguntou David. — Como vamos...

A caminhonete disparou, passando sobre uma pequena contenção, e Arthur quase mordeu a língua. David gritou e, por um momento, Arthur pensou que ele estava com medo. Mas antes que dissesse que não havia nada a temer, David ergueu os punhos sobre a cabeça, socando o ar.

— Isso! — exclamou, inclinando-se para a frente tanto quanto o cinto de segurança permitia, espalmando as mãos no painel. — Pela água? *Incrível*!

Alcançaram o cais, a madeira chacoalhando sob os pneus, fazendo com que pulassem em seus assentos, a cabeça de David quase batendo no teto. Conforme o fim do cais se aproximava, Helen acelerou, o motor chiando a duras penas. David levantou os braços novamente, como se estivesse em uma montanha-russa se aproximando da primeira queda.

— *AMO ESTAR VIVO!* — berrou David com alegria desenfreada, enquanto o caminhão decolava da borda do cais.

Um momento de ausência de peso, todos os traseiros se levantando dos assentos. Em vez de ser engolida pelo mar, a caminhonete aterrissou com um estrondo em uma superfície dura que estalou sob os pneus.

Arthur viu David e Linus com os olhos bem fechados. Linus os abriu primeiro.

— Nunca vou me acostumar com isso.

— Nós morremos? — perguntou David, olhos ainda fechados com força. — Não me sinto morto, mas não sei como se sente um morto.

— Você não está morto — disse Arthur. — Veja.

David abriu os olhos (primeiro o esquerdo, depois o direito) e ficou boquiaberto ao ver a longa estrada branco-amarelada que se estendia diante deles, áspera e sólida. Helen ligou os limpadores de para-brisa, pois a água do mar pingava nas janelas.

— O que é isso? — perguntou David.

— É a minha senhora, Zoe — disse Helen, com orgulho evidente. — Que você conhecerá em breve. Ela é uma sprite de ilha. Pegou o sal do oceano e fez uma estrada pra você.

— Por quê?

— Porque ela quis — disse Arthur. Era bastante estranha a sensação de ansiedade quando o objeto de tal desejo estava bem ali à frente. A ilha, e tudo o que vinha com ela. — É o jeito dela lhe dar as boas-vindas à sua casa.

— Casa — sussurrou David, e riu enquanto abaixava a janela. Botando a cabeça pra fora, ele fechou os olhos, seu pelo esvoaçando enquanto o mar batia em seu rosto.

David se aquietou quando o sal deu lugar à areia, e a ilha ganhou vida com o canto dos pássaros nas árvores oscilantes. Com os olhos bem abertos, ele observou tudo pelo que passava, embora não tenha falado nada, pelo menos até que chegaram ao topo da colina e a casa apareceu diante deles.

— É aqui que vocês moram? — perguntou, parecendo inseguro.

— É — confirmou Arthur, enquanto Helen estacionava a caminhonete.

Nesse exato momento, a porta da frente se abriu e Zoe apareceu.

— Aquela moça tem *asas* — sussurrou David, animado, conforme Zoe saltava do degrau mais alto, flutuando até o chão. — Que demais.

Zoe abriu a porta de Helen, ajudando sua senhora a sair. Helen ficou na ponta dos pés, dando um beijo estalado em Zoe, esta afastando uma mecha de cabelo da testa de Helen.

Arthur saiu, endireitando-se em toda sua altura, esticando os braços acima da cabeça. Suas costas estalaram deliciosamente, e ele se virou para ver Linus ajudando David a sair da caminhonete.

— Preciso do meu sobretudo? — perguntou David.

— O que prefere? — questionou Linus. — Não precisa usar se não quiser.

— Posso ficar *pelado*? Sério?

— Hã — disse Linus. — Eu não... você está pelado?

— E então? — perguntou Zoe, erguendo uma sobrancelha para Arthur.

— Ele é perfeito — disse Arthur, abaixando a voz enquanto Linus tentava dizer a David que aquilo não era necessariamente considerado nudez, mas que se o deixasse feliz, ele poderia fazer o que quisesse. — Onde estão os outros? Estava pensando que... Ah. Como esperado.

As crianças estavam todas juntas nas janelas da frente, com as mãos e os rostos encostados no vidro.

— Eu disse a eles para ficarem dentro de casa, para não intimidarmos David — explicou Zoe. — Estão pulando nas paredes a manhã toda. Literalmente. Lembra quando Lucy disse que havia acidentalmente revertido a gravidade?

— Deixe-me adivinhar — disse Arthur. — Não foi um acidente.

— Não foi — falou Zoe.

David, por sua vez, parecia se deleitar com a suposta vitória sobre a aceitabilidade de sua nudez. Caminhava a passos largos, braços erguidos, garras estendidas, rosnando e grunhindo.

— E *assim* — disse ele, enquanto davam a volta na frente da caminhonete — é como um iéti saúda um lugar em que nunca esteve.

— Verdade? — perguntou Linus, dando uma olhada e sorrindo para Zoe antes de se voltar para David. — Que costume fascinante. Acha que posso tentar?

De repente, Linus se curvou, dedos tortos como garras, lábios contraídos mostrando os dentes quadrados, soltando um surpreendente e feroz rosnado. Até que foi bom, melhor do que Arthur esperava.

David também ficou impressionado.

— Caraca — expirou. — Existem iétis sem pelo? Nunca encontrei nenhum, mas você tem isolamento térmico suficiente para sobreviver a invernos rigorosos, então talvez.

Linus deu um tapinha em seu estômago caído.

— Exatamente o que pensei. Vamos ter que fazer isso de novo, você pode me ensinar a ser melhor como iéti. David, esta é Zoe Chapelwhite. É na ilha dela que está pisando, e é com a sua bênção que você está aqui.

David se virou, e num piscar de olhos, o menino dando aulas de iéti desapareceu, substituído por timidez, dedos estalando e um meio sorriso engraçado, cheio de nervosismo em vez de felicidade. Ele olhou para o chão, as garras nas pontas dos dedos dos pés arranhando o solo.

— Olá — sussurrou.

— David — disse Zoe calorosamente, suas asas translúcidas absorvendo a luz do sol, deixando arco-íris fragmentados no chão atrás dela. — Estamos esperando para conhecê-lo faz bastante tempo.

David levantou a cabeça, surpreso.

— Ah, é? — Sem olhar, ele agarrou a mão de Linus, segurando-a com força. Linus estremeceu, mas não tentou se soltar.

— Sim — confirmou ela. — Estou tão feliz que tenha decidido nos dar uma chance. Gostaria de conhecer as crianças?

David hesitou.

— Será que... Linus e Arthur podem continuar aqui também? Eu posso ficar sozinho — acrescentou rápido —, mas acho que eles estando aqui será melhor.

— Claro — disse Linus. — Duvido que eu pudesse me soltar mesmo se quisesse. Você é muito forte.

— Eu sei — falou David. — Provavelmente, o mais forte de todos.

Quando Zoe desapareceu de volta para dentro e as crianças se afastaram da janela, David puxou a mão de Linus, trazendo-o para baixo.

— O que foi? — perguntou Linus.

— Nada — respondeu David, tenso. — Só te lembrando que estou aqui.

— Como se pudéssemos esquecer — disse Arthur. — Peço desculpas antecipadamente pelo barulho.

Como se para provar seu ponto, a porta se abriu e uma torrente de crianças saiu, todas falando ao mesmo tempo, com Chauncey liderando o bando. Os sons de casa, pensou Arthur enquanto Chauncey saltava todos os degraus, aterrissava perfeitamente e fazia uma reverência, com os olhos balançando nos pedúnculos.

As outras crianças se reuniram em volta de Chauncey, cada uma delas — incluindo Sal, com Theodore empoleirado em seu ombro — parecendo fazer o melhor que podia para não correr direto até eles. Lucy começou justamente a correr, mas Theodore abaixou o rabo, enrolando-o no braço de Lucy, segurando-o.

— Ah, vamos *lá* — reclamou Lucy. — Eles estão bem *ali*.

— Vamos fazer como combinamos — disse Sal. — Quem trouxe?

— Eu — falou Phee, abrindo caminho de trás.

Em suas mãos, ela segurava o que parecia ser um rolo de papel com algo escrito em letras brilhantes. Com a ajuda de Sal, ela o desdobrou, revelando uma longa faixa que se estendeu na frente das crianças, cada uma delas segurando um pedaço — exceto Theodore, que descansava a cabeça na de Sal, piscando os olhos devagar enquanto estudava David. Por fim, ele emitiu um som estranho, não muito diferente do pio de uma coruja.

— Não existe isso de muita purpurina — disse Chauncey a ele. — Exceto se comê-la demais.

A faixa estava rasgada em alguns lugares, e talvez Theodore estivesse certo em dizer que havia um pouco de purpurina demais — Arthur só conseguia imaginar a bagunça que isso tinha deixado —, mas, no final, nada disso importava. Porque aqui e agora, seis crianças extraordinárias seguravam uma placa que dizia: BEM-VINDO À SUA CASA, DAVID! Cada letra tinha sido escrita por uma mão diferente, como se todas as crianças tivessem se revezado. No canto superior direito, um rosto sorridente com presas e chifres de diabo.

Parcialmente escondido atrás de Linus, David olhou ao redor, engolindo em seco quando percebeu que todas as crianças o observavam. Ele voltou a se esconder atrás de Linus.

Considerando suas opções, Arthur tomou uma decisão, e esperava que fosse a certa. Olhando para as crianças, ele chamou:

— Theodore. Se importaria de vir aqui por um momento?

Theodore não hesitou, abrindo suas asas e se erguendo do ombro de Sal. Ele cruzou a distância em pouco tempo, pousando em Arthur, enrolando seu longo pescoço em seu torso. Seus olhos reptilianos piscaram devagar, e ele chilreou baixo o que parecia um resmungo.

— Tenho certeza de que foi um acidente — disse Arthur, afagando seu rabo. — Afinal, você não sabia que, quando espirrasse, colocaria fogo na mesa. Ninguém se feriu?

Theodore balançou a cabeça, fazendo uma série de cliques curtos e pontuais com a língua.

Linus resfolegou:

— Então, ainda bem que Chauncey estava lá para despejar tinta e apagar o fogo.

David se mostrou mais uma vez, inclinando-se para Linus, com os olhos arregalados enquanto encarava Theodore.

— Você consegue *conversar* com ele? — perguntou sem fôlego.

— Claro — respondeu Linus. — Todos conseguimos. Demora um pouco para pegar o jeito, mas se eu consegui aprender, você também consegue. Ele é o que se conhece como bilíngue receptivo, o que significa que tem sua própria língua, e consegue entender o que dizemos, mas não fala da mesma forma.

— Desse jeito? — questionou David.

Ele saiu de trás de Linus, braços erguidos, garras deslizando um centímetro para fora. Começando a rosnar e grunhir, ele pisou forte ao redor deles. As garras de Theodore se apertaram no ombro de Arthur enquanto se balançava de um lado para o outro.

— Minha nossa — disse Linus com gravidade. — David, o que você acabou de dizer pode ser interpretado de duas maneiras, dependendo da inflexão. Ou você perguntou a Theodore se quer ser seu amigo, ou o desafiou para um duelo em uma quarta-feira à noite usando como armas apenas bananas e uma estola de plumas.

— Eu fiz *o quê*? — gritou David. — Mas... mas hoje é quarta--feira. E o sol vai se pôr daqui a pouco!

— E aqui estamos, sem bananas nem estolas de plumas à vista — disse Arthur, balançando a cabeça. — Entretanto, acho que Theodore vai concordar que fazer um novo amigo é melhor que duelar.

Theodore, por sua vez, disse que gostaria de fazer as duas coisas, se possível, explicando que nunca havia participado de um duelo. Quando Arthur o lembrou de que eles não tinham, de fato, nenhuma banana disponível, Theodore virou a cabeça para os outros, ainda reunidos em frente à casa, e fez uma pergunta.

— Bananas? — gritou Lucy, com a testa franzida. — Espera aí. — Ele levantou as mãos, o rosto franzido em concentração. Um segundo depois, segurava uma dúzia de frutas amarelas nas mãos. — Hurra, eu faço coisas!

Talia se inclinou para inspecionar.

— São bananas-da-terra, não bananas-bananas.

— Maldição — resmungou Lucy. — Bananas-da-terra idiotas, sempre parecendo bananas. — Ele as jogou no ar e as frutas desapareceram.

— Mas *o quê*? — disse David. — Você tem poderes de *banana* mágica?

— Sim — confirmou Sal, os olhos sorridentes. — É isso mesmo. Lucy tem poderes de banana mágica.

— Ele é um garoto-banana mágico — concordou Phee. — Não consegue fazer muita coisa, só garantir que tenhamos nossa ingestão diária de fibras.

— O que nos ajuda a fazer cocô — acrescentou Chauncey.

Os olhos de Lucy se encheram de um vermelho malévolo.

— Eu *não* sou um garoto-banana mágico! Eu não me *importo* com o cocô de vocês! Eu sou *Lúcifer*. — O vermelho em seus olhos cresceu, e o sol pareceu escurecer, como se uma nuvem pesada passasse em sua frente. — Eu sou a cobra no jardim, a personificação da tentação sombria. Eu sou a noite, e todos os meus inimigos se curvarão diante de mim ou *perecerão*! — gargalhou maldosamente, mas considerando que tinha apenas sete anos, "maldosamente" era, talvez, um nome um tanto impróprio. Foi mais como uma risadinha estridente, seguida de pés sapateando.

— Tão drama queen — murmurou Talia, e num lampejo, os raios de sol brilharam intensamente, fazendo com que todos piscassem.

Antes que Arthur pudesse advertir Lucy por alterar o sol — *de novo* —, David soltou:

— Você vai mesmo lutar contra Jesus em um combate corpo a corpo na batalha final por nossas almas, ou isso é só invenção?

Pela primeira vez desde que Arthur podia se lembrar — talvez pela primeira vez *mesmo* —, Lucy estava sem palavras, boquiaberto, o vermelho em seus olhos se esvaindo até que tudo o que restou foi o verde. Ele balbuciou coisas sem sentido, e Arthur sabia que precisava intervir antes que Lucy se recuperasse. O que quer que fosse dizer, provavelmente não ajudaria...

Lucy se antecipou. Relaxado, frio como gelo.

— É, provavelmente — disse, como se fosse a coisa mais fácil do mundo. — Eu sei karatê, então não vai ser uma luta justa. O que ele vai fazer? Multiplicar pães e peixes? — Ele levou as mãos às bochechas, olhos esbugalhados. — Ah, não, Jesus, *tudo* menos isso. Arf! Você está transformando água em *vinho*? Maldito seja, mágico de rua!

— Voltamos há dez minutos e já estamos blasfemando — disse Linus, enquanto Helen e Zoe gargalhavam, tentando se manter de pé. — É bom estar em casa.

— Ele não vai lutar contra Jesus — disse Talia. — Noite passada, Lucy bateu o dedinho do pé e chorou até que Zoe o beijou, então tudo o que Jesus precisa fazer é esperar, e a luta acaba.

— Estava jorrando sangue — retrucou Lucy. — Quase tivemos que amputar, mas Zoe disse que já tinha prometido a Linus que todos manteríamos nossos dedos dos pés. Nunca posso fazer *nada* divertido.

— Ele não vai lutar contra Jesus — disse Linus a David. — Algumas pessoas inventam histórias para assustar as outras. Nada mais que imaginação.

— Posso dizer algo agora? — requiriu Chauncey. — Venho polidamente aguardando a minha vez.

— Vá em frente — falou Arthur.

— Oi! — disse Chauncey, acenando um tentáculo para David. E acrescentou: — É isso. Podem continuar.

— Este é Chauncey — contou Linus a David. — Ele é um mensageiro de hotel, um dos melhores que existem.

— Oi, Chauncey — murmurou David.

— Ele sabe o meu nome — sussurrou Chauncey, animado.

— Ao lado dele está Talia — disse Arthur. — Ela é nossa residente especialista em tudo relacionado a jardinagem.

Talia acenou para ele.

— Eu gosto de enterrar coisas, como sementes e pessoas que cruzam meu caminho.

— Depois temos Phee — contou Linus. — Uma sprite de floresta responsável por muitas das árvores que você viu no caminho até aqui.

— Oi, David — disse ela, suas asas cintilando na luz do sol. — Gostou do cartaz?

David assentiu com firmeza.

— Ninguém nunca tinha feito algo assim pra mim.

— Nós fazemos o tempo todo — disse Phee. — Da próxima vez, pode nos ajudar, se quiser.

— E por último, mas não menos importante — falou Arthur —, Sal, um dos escritores mais talentosos que já tive o prazer de ler.

Sal deu um sorriso tímido.

— Ele gosta de nos colocar pra cima. Você se acostuma. Bem-vindo, David. É como se tivéssemos esperado uma eternidade para conhecê-lo.

David se afastou um pouco de Linus, soltando sua mão. Ele se aproximou das crianças, olhando para o alto quando a sombra de Theodore bloqueou o sol por um instante, a serpe pousando mais uma vez no ombro de Sal.

— Vocês estavam esperando para *me* conhecer? — perguntou, parando a alguns passos de distância.

— Isso — concordou Chauncey. — Nunca conhecemos um iéti. Eu *sabia* que você era alto. E sabe o que mais? Gosto bastante do seu cabelo.

— Obrigado — disse David, puxando uma mecha grossa. — Pode ficar bem espesso se não cuidar bem.

— Nos encarregamos disso — disse Sal. — Zoe faz umas coisas especiais para meu cabelo, então aposto que podemos descobrir o que fazer com o seu também.

Talia afagou sua barba.

— E eu tenho óleos que o deixarão macio, se quiser. Pronto, agora que isso *está* resolvido, vamos para uma coisa igualmente importante. Presentes.

— Talia — disse Arthur. — Gostaria de tentar de novo?

Ela suspirou.

— Oi.

— Olá.

— Como você está?

— Melhor agora.

— Eu também — disse ela. — Agora, aos presentes.

— Tudo em seu devido tempo — falou Arthur. — Primeiro, temos um convidado, e não somos rudes com convidados.

Ela levantou uma sobrancelha, puxando a ponta da barba.

— Podemos levar David pra dentro e mostrar a casa? Perceba como estou sendo educada e receptiva, e não perguntando de novo sobre os presentes. Não é legal da minha parte?

— Você é uma santa — disse Arthur. — Se estiver tudo bem para o David, sim, pode. Guarde a surpresa para depois que todos nós tivermos entrado.

— Surpresa? — perguntou David, olhando ao redor, afoito. — Que surpresa?

— Posso tocar no seu braço? — perguntou Chauncey.

David se encolheu.

— O quê?

— Eu quero pegar no seu braço para levá-lo até onde vamos — explicou Chauncey. — Mas algumas pessoas não gostam disso.

— Ah — disse David. — Acho que... sim?

Um tentáculo verde-limão serpenteou em volta do pulso de David, Chauncey o puxou escada acima, o resto das crianças correndo atrás deles.

— Vem! Vamos mostrar onde escondemos as coisas que não queremos que Linus e Arthur vejam!

— O closet no corredor de cima com um cubículo secreto atrás? — perguntou Linus a Arthur, depois que as crianças desapareceram dentro de casa.

— Ou aquela caixa no sótão, a qual acham que guardam tão secretamente.

— Não são muito sutis, não é?

— E tão concentrados em nosso novo hóspede que nem merecemos um abraço? Suas crianças precisam aprender boas maneiras.

— Ah, são *minhas* crianças quando você não ganha um abraço, mas assim que um deles faz ameaças com um estripamento, você fica feliz da vida.

— Sobre o que vocês dois estão falando? — perguntou Zoe, aparecendo na frente deles com o braço em volta de Helen. Revezaram-se beijando as bochechas. — Parece sério. — Então, sem esperar por uma resposta, ela disse: — O que é isso no seu dedo?

Helen perguntou:

— No dedo dele? Está machucado ou... *O quê*?

Arthur levantou a mão, o anel bem acomodado, pesado, uma presença que não se podia negar.

— Ah, isso? Eu nem lembrava que estava aqui.

— Mentiroso — murmurou Linus, corando.

— Você *não* fez isso — disse Zoe, soltando um grito pouco habitual. Ela correu, agarrando a mão de Arthur e trazendo o anel bem para a frente do rosto. Quando se voltou de novo para ele, seus olhos lacrimejavam. Ela trocava o olhar de Arthur para Linus. — É de verdade?

— É — disse Linus. — Pode parecer um pouco rápido, mas…

— Bobo — falou Helen, suas mãos sob o queixo, seu sorriso tão largo que Arthur ficou surpreso que seu rosto não tivesse se partido ao meio. — Não existe isso de "um pouco rápido" quando se sabe que é o certo. — Ela deu um tapinha no braço de Linus. — Você é *dissimulado*. Por que você…

— Temos um problema. Eu acho.

Todos se viraram para a casa. Phee estava na varanda, com uma expressão estranha no rosto.

Arthur deu um passo em direção a ela.

— O que foi?

Phee deu de ombros.

— Vocês sabiam que iétis e gatos são inimigos mortais?

Calliope estava no último degrau que levava ao andar superior, com as costas arqueadas e os pelos eriçados da cabeça à cauda, que se estendia em uma linha rígida atrás dela. Com os olhos apertados e sibilando tão alto quanto um cano de vapor vazando, a gata acompanhava o movimento do iéti diante dela.

O iéti rosnou em resposta, garras estendidas enquanto andava para a frente e para trás. Seus lábios ondulavam a cada rosnado, repuxados sobre suas presas assustadoras. Com suas garras nos pés rangendo no chão, David não desviou o olhar de Calliope.

Os outros estavam de lado, os olhares saltando entre a gata e o iéti. Lucy estava mais perto, observando com grande interesse.

— Eu não tentaria acariciá-la se fosse você — disse ele, com alegria até demais. — Ela provavelmente vai rasgar sua garganta.

— O que diabos está acontecendo aqui? — perguntou Linus, fazendo todas as crianças pularem.

David se virou, as garras recuando enquanto ele adotava o comportamento de alguém que não tinha sido pego fazendo algo que provavelmente não deveria.

Calliope imediatamente parou e miou para Linus. Ela pulou do degrau, passando longe de David e se enfiando entre as pernas de Linus, a imagem da inocência.

— Sim, sim — disse Linus, abaixando-se para coçar atrás da orelha direita dela. — Estou feliz em ver você também. — Depois se levantou. —David?

David fez uma careta para ele.

— Vocês não me disseram que tinham uma gata.

— Algum problema? — perguntou Arthur. — Você é alérgico ou…

— Não sou alérgico! Gatos são *comida*.

— Gatos certamente *não* são comida — disse Linus com severidade. — Especialmente esta gata.

— Linus fica chateado quando tentamos comer Calliope — explicou Talia, enquanto os outros assentiam ao redor dela.

Arthur pigarreou.

— Além disso, comer gatos é errado — acrescentou Talia. Assentiram novamente.

— Bem melhor — disse Arthur. — E eles estão certos, David. Calliope é parte desta família tanto quanto qualquer um, e nós não comemos membros da família.

— Exceto quando são pinhas — disse Chauncey, com uma sabedoria que ia além da sua idade.

— Exatamente — concordou Linus. — Exceto quando são… Espera, o quê?

— Eu não ia *comê-la* — disse David. — Só estava tentando… fazê-la chegar… perto da minha… boca.

— Eu sabia que ele se encaixaria perfeitamente — sussurrou Helen para Zoe.

— Nova regra da casa — Arthur anunciou. — Ninguém pode comer ninguém sem permissão, tanto falada em voz alta quanto escrita em um contrato vinculativo. Como Calliope não sabe escrever, devido à sua falta de polegares opositores, infelizmente, ela não está disponível.

— David? — questionou Linus. — Você pode obedecer a essa regra?

David olhou feio para Calliope, que aparentemente havia decidido que a existência do menino não importava nem um pouco para ela conforme se afastava, sentava-se e começava a se limpar com a pata.

— Certo, certo, nada de comer gatos.

— Esplêndido — disse Arthur, batendo palmas. — Talvez agora seja o momento certo para mostrar a David sua surpresa.

— Que surpresa? — perguntou David, esquecendo-se por um momento que quase havia perdido uma guerra contra uma felina muito capaz.

— Vamos mostrar — disse Sal, com Theodore observando de seu ombro, a cabeça inclinada. — Mas você tem que fechar os olhos primeiro.

David mirou bem cada um deles, lançando olhares rápidos para a porta. Por um momento, Arthur pensou que era muita coisa cedo demais, mas então David respirou fundo e fechou os olhos.

— Assim?

Confiança, Arthur sabia, era um tesouro facilmente perdido, muitas vezes sem razão. E esse tesouro em particular era algo frágil, um pedaço de vidro fino, fácil de se quebrar. Mas ali estava David, cercado por estranhos em um lugar desconhecido, tentando juntar seus cacos e colocá-los de volta em uma forma reconhecível. O que quer que fosse, a bravura de David diante de probabilidades aparentemente intransponíveis provou mais uma vez o que Arthur sempre havia acreditado: a magia existe em muitas formas, algumas como coisas extraordinárias, algumas como ações simples de boa vontade e confiança, por menores que sejam.

— Perfeito — disse Phee. — Nós vamos ajudar você a andar até onde precisa, prometo que não o deixaremos esbarrar em nada.

— Certo — sussurrou David, estremecendo quando Talia pegou sua mão, levando-o mais para dentro da casa.

As outras crianças seguiram de perto — Sal e Theodore na retaguarda —, apontando os obstáculos no caminho, Lucy correndo na frente para mover uma cadeira para que Talia e David tivessem passagem livre.

— Vamos ver o jantar — disse Zoe.

Uma coisinha tão tola quanto mostrar a um menino seu quarto novo, e ainda assim, Arthur estava tão empolgado quanto as crianças. Talvez porque se lembrava de como *ele* se sentira quando viera à ilha pela primeira vez, totalmente assustado, inseguro sobre tudo.

Se a ele tivesse sido estendida uma mão de boas-vindas em vez de um punho fechado, as coisas teriam sido diferentes? Estaria onde estava agora?

Eles encontraram as crianças no corredor da sala de estar, reunidas em frente a uma porta que não existia no ano anterior. Estava firme no batente, pintada de um azul suave, com uma maçaneta de ferro. Fixada no meio da porta, uma placa de madeira com uma única palavra gravada: DAVID.

— Certo — disse Talia, ainda segurando a mão de David. — Vamos contar de trás pra frente, começando do três, aí você pode abrir os olhos. Pronto? Três.

Enquanto os outros se juntavam à contagem — Linus e Arthur inclusos —, Calliope decidiu que estava entediada com eles e saiu pelo corredor, balançando o rabo e desaparecendo de vista.

— Dois. Um!

David abriu os olhos, piscando sem parar.

Ele olhou fixo para a cena diante dele e perguntou:

— Vocês deram meu nome a uma porta?

— Exatamente — disse Sal, com um aceno solene. — Surpresa. Não tem de quê.

— Ah. Muito... obrigado? Ninguém nunca tinha dado meu nome a uma porta. — Ele sorriu, mas não com os olhos, de novo cautelosos.

— Por que não abre a porta? — sugeriu Arthur. — Pressinto que há algo mais atrás dela que pode ajudar a aliviar qualquer confusão.

David mordeu a parte interna da bochecha, então concordou. Alcançou a maçaneta — devagar, com cuidado, como se fosse explodir. Quando realmente não explodiu, relaxou um pouco e a girou. A porta abriu silenciosamente, e uma onda de ar gelado os atingiu, revelando um lance de escadas que descia para a escuridão.

Exceto que não estava completamente escuro, estava? Não. Porque o teto brilhava com uma luz etérea, produzindo espirais onduladas em tons de verde, azul, dourado e violeta. Havia levado tempo e muito esforço para chegar nesse resultado. Tinta fluorescente e estudo de fotografias, tentando se aproximar o máximo possível.

Antes que Arthur pudesse se perguntar se David havia reconhecido, o iéti disse:

— Isso é... a aurora boreal?

— Sim — disse Sal, inclinando-se para que ele e Theodore pudessem ver os frutos do seu trabalho. — Arthur nos deu um livro com fotos quando perguntamos o que mais poderíamos fazer. Usamos como modelo para deixar o mais realista possível. Tudo é novo. A porta. A pintura. As escadas. Passamos os últimos meses trabalhando nisso.

— Para onde vão as escadas? — perguntou David.

— Você precisa descobrir — disse Linus. — Deve haver um interruptor logo aí dentro do... Aqui, espere.

As crianças se moveram quando ele chegou à porta. Um instante depois, uma luz quente iluminou as escadas e a aurora boreal esvaneceu.

— Está frio — sussurrou David, dando um passo em direção à escada. — Como...

— Vamos! — gritou Lucy, e agarrou a mão de David, puxando-o escada abaixo. Os outros correram atrás.

Linus e Arthur inclusos.

Houve um tempo em que descer a esse lugar seria quase impossível, uma lembrança sombria do passado que não podia ser mudado. Em todos os anos desde seu retorno à ilha (e antes de saber de David), Arthur havia entrado no porão apenas uma vez: quando Linus tinha descoberto a verdade, um dos maiores segredos de Arthur. Mesmo assim, ele sentia o aperto firme do pânico em volta de sua garganta, sua respiração saindo em sopros. Ele conseguiu superar com pura força de vontade, entrando no porão atrás de um homem que, também, era mais do que parecia.

Quando Helen falou para eles sobre David, ele imediatamente pensou no porão e se perguntou se poderia ser transformado em um lugar de sonhos em vez de pesadelos. Fazer algo novo a partir de algo velho e, embora não pudesse — e, no fim das contas, não o faria — apagar o passado, a ideia de reformar o porão e transformá-lo em um quarto para David não o fez hesitar tanto quanto esperava. Ele não sabia o que isso significava exatamente; o velho ditado "o tempo cura todas as feridas" ecoando em seus ouvidos. Mas isso não era bem verdade, era? A passagem do tempo podia suavizar as arestas, mas não era uma panaceia. Não, seria preciso mais do que isso. Muito mais.

Como isto:

Ele estremeceu enquanto estava com Linus na porta, sua respiração, uma névoa quente que saía de sua boca a cada expiração. Linus se aproximou mais, murmurando que estava grato por Arthur ser mais quente que os humanos. Enquanto observavam, as crianças faziam o mesmo, vendo David se mover devagar pelo quarto, absorvendo tudo.

As paredes haviam sido pintadas de um tom suave de azul-petróleo, tão parecido com gelo que parecia que eles estavam no topo de um iceberg flutuando no mar. Todas as marcas haviam sido lixadas e pintadas, não restando nenhuma evidência de que já estiveram lá. Perto do teto, quatro saídas de ar, uma em cada parede, soprando ar congelado vindo de um ar-condicionado industrial instalado nos fundos da casa. A temperatura estava bem no zero, pois Arthur havia lido que os iétis preferiam dormir no frio.

E por falar em dormir, encostada na parede direita, uma cama queen size com travesseiros fofos e um edredom branco, com o canto puxado como um convite. À esquerda da cama, uma cômoda ao lado de um velho guarda-roupa de carvalho, com as portas abertas e cabides vazios pendurados em uma barra de metal.

Na parede oposta, outro lance de escadas, iluminado pela luz do sol que entrava pelas janelas das recém-instaladas novas portas do porão. Cada porta tinha uma janela circular para permitir a entrada da luz do dia no final da tarde, quando o sol começava a se pôr.

— O que é isso? — sussurrou David, imóvel no meio do quarto, os dedos dos pés cravados no tapete oval que Helen havia trazido de seu acervo pessoal.

— É seu quarto — disse Talia. — Todos temos um. Tentamos adivinhar do que gostaria, mas não queríamos fazer muito, caso você quisesse mudar alguma coisa.

— Tudo bem se quiser — informou Chauncey, rangendo os dentes pretos. — Pode fazer o que desejar. Não ficaremos bravos.

— Exceto se me fizer pintar de novo — disse Lucy. — Aí eu vou ficar *muito* bravo. — Ele inclinou a cabeça. — A menos que usemos sangue. Aí tudo bem, eu acho.

— Não estou entendendo — falou David, parecendo bastante desamparado. — O que querem dizer com *meu* quarto?

Phee franziu a testa.

— É seu. Tudo isso.

David se virou e se afastou, a cabeça baixa. Quando falou, sua voz era baixa, quieta, pouco acima de um sussurro:

— Nunca tive meu próprio quarto.

Então seus ombros começaram a tremer enquanto ele fungava, e um momento depois, a coisa mais notável aconteceu.

Arthur não tinha certeza do que estava testemunhando a princípio. Um cubo de gelo retangular, com cerca de cinco centímetros de comprimento, caiu e se espatifou, pedaços de gelo se espalhando pelo chão. Foi seguido por outro. E depois outro. E outro, e foi então que Arthur se lembrou de algo que nunca deveria ter esquecido: não importava quanta pesquisa fizesse, não eram tomos grossos que lhe ensinariam o que precisava saber, pelo menos não completamente. A experiência em si era tão — se não mais — importante do que qualquer coisa que pudesse ler.

Porque o iéti conhecido como David estava chorando; mas, em vez de lágrimas, cubos de gelo caíam de seus olhos, atingindo o chão com delicados *plincs*!

Linus, obviamente alarmado, fez menção de se dirigir a David, quando Sal balançou a cabeça.

— Deixa que cuidamos disso, está bem? — disse em voz baixa, enquanto mais cubos de gelo caíam no chão. — Será melhor se formos nós. — Ele não precisou dizer o resto: *Porque você não sabe como é. Nós sabemos.*

— Claro. Tenho confiança total em vocês — falou Linus, sem brincadeira, sem bajulação.

Sal virou a cabeça para Theodore.

— O que acha, parceiro? Conseguimos lidar com isso?

Theodore estalou concordando.

— Também acho — respondeu Sal. Ele olhou para as outras crianças. — Nos deem um segundo, está bem?

— Não gosto quando as pessoas choram — sussurrou Chauncey.

Theodore emitiu dois chilros seguidos, depois três grunhidos longos.

— Theodore está certo — disse Talia, dando uma olhada para Linus. —Lágrimas felizes não são lágrimas tristes, mesmo que pareçam iguais.

Sal e Theodore se aproximaram silenciosamente de David, o iéti tentando evitar que suas fungadas fossem muito altas. Pararam ao lado dele, olhando para baixo.

— Ei — disse Sal com naturalidade. — Grande dia, hein?

— É — respondeu David com a voz rouca. — Grande dia. — Outro cubo de gelo caiu no chão. — Eu não estou chorando. É só uma coisa no meu olho. Não sei de onde estão vindo esses cubos de gelo.

Sal deu de ombros, balançando Theodore pra cima e pra baixo.

— Claro. Mas tudo bem se estiver. Eu chorei no meu primeiro dia aqui.

David enxugou os olhos com o braço.

— Ah, é?

— É, sim — confirmou Sal. — Foi... difícil. Não de um jeito ruim, mas é complicado dizer a diferença quando se está no meio disso tudo. Eu não sabia onde estava, quem eram essas pessoas, fazendo promessas que eu já tinha ouvido antes. Se seriam legais comigo ou se iriam...

— Te machucar — sussurrou David.

Sal sorriu.

— Então eu chorei. Na primeira noite. Na segunda. Na terceira. Chorei porque estava nervoso e não queria estragar nada. Porque eu não conseguia acreditar que este lugar era real, que eu poderia ficar aqui. Eu nunca tinha tido nada disso. Também chorei porque estava apavorado.

— Você estava apavorado? — perguntou David, olhando para Sal e Theodore com os olhos marejados. — Mas você não parece ter medo de *nada*.

Theodore chilreou, com a língua serpenteando entre os lábios.

Sal concordou.

— Sim, o que ele disse. Ninguém aqui vai tirar sarro de você, não quando todos nós já passamos por isso.

Sal hesitou por um momento, e Arthur viu uma indecisão familiar cruzar seu rosto. Seus ombros começaram a se curvar enquanto ele se inclinava para dentro. Arthur estava prestes a falar quando Sal balançou a cabeça e se endireitou. Theodore abriu suas asas.

Perto dele, Linus sussurrou:

— Você consegue.

— Você não nos conhece, nós não conhecemos você. Mas as coisas são boas aqui — Sal disse.

— Já ouvi isso antes — falou David.

— É, aposto que sim. A diferença é que aqui é verdade. Você não precisa confiar em nada do que digo. — Sal sorriu. — Droga, eu não acreditaria se fosse você. Mas vai acreditar em breve.

David mirou Sal e Theodore. Ele virou a cabeça para ver os outros, começando com Lucy, que balançou os dedos em um aceno, e terminando em Arthur, que sorriu. David, então, observou o quarto: a luz do sol do fim da tarde colorindo o chão, as paredes limpas, a cama, o guarda-roupa, as gavetas, até mesmo o tapete.

— Posso decorar do jeito que eu quiser?

— Pode — respondeu Arthur. — Este espaço é seu, David. Faça a decoração que quiser.

David assentiu e observou maravilhado seu novo quarto.

Passava um pouco da meia-noite quando a porta do quarto se abriu com um rangido. Linus resmungou quando uma pequena gnoma de jardim subiu na cama, acomodando-se entre eles, estalando os lábios.

Dez minutos depois, a porta se abriu novamente e uma sprite de floresta entrou. Deitou ao lado de Arthur, com a cabeça no travesseiro dele.

Mais quatro minutos, a porta do closet se abriu e uma voz diabólica gritou:

— Vocês vão fazer uma festa do pijama e não me convidaram? Ah, diabos, o que há de *errado* com todos vocês?

Linus resmungou quando um garotinho pulou em cima dele, todo joelhos e cotovelos.

Não demorou muito para que uma bolha verde aparecesse. Achatando-se até ficar tão fino quanto uma folha de papel, esparramou-se sobre eles, os pedúnculos dos olhos descansando no peito de Arthur. Não era desagradável; era como se estivessem deitados sob um cobertor de geleia não pegajosa.

Claro, isso significava que ninguém queria ficar de fora, e mais duas figuras apareceram: uma alta, vestindo surrados shorts de dormir e uma regata; a outra figura piscando sonolenta seus olhos de réptil. O menino alto se esticou ao lado de um gato acolhedor estirado na ponta da cama, larga o suficiente para que seus pés não ficassem pendurados na beirada. A serpe deitou em cima dele, a cabeça curvada contra o corpo. A gata lambeu a bochecha do menino uma vez e fechou os olhos.

Arthur estava prestes a dormir — aquecido e aconchegado, exibindo um sorriso silencioso — quando Talia disparou alto:

— Não ganhamos nossos presentes!

Linus resmungou, enterrando o rosto no travesseiro.

— É hora de silêncio.

— Arthur — sussurrou Chauncey. — Psiu, *Arthur*. Está dormindo?

— Não, Chauncey.

— Legal! Nem eu. Posso fazer uma pergunta?

— Sim, Chauncey.

— Ah, que bom. Obrigado. Por que tem um anel no seu dedo?

Ninguém conseguiu dormir muito depois disso.

OITO

Dois dias depois — uma sexta-feira, pouco depois das dez da manhã —, Arthur se sentou em seu escritório, com torres de livros precariamente inclinadas ao seu redor. Diante dele, uma papelada, tudo o que Jason e Byron tinham sobre David, embora não fosse muito: seus registros escolares (felizmente, as matérias não estavam muito atrasadas em relação às de Marsyas), e algumas notas sobre o quão curioso ele era, depois de superada sua reticência inicial. Honestamente, Arthur não esperava mais do que isso, já que David havia sido transferido em segredo.

Porém, foi um velho recorte de jornal que capturou sua atenção. Perto de uma das pontas, anexada a uma foto de David — desfocada, o garoto parecendo assustado —, havia uma notícia curta e sem muitos detalhes. Três caçadores de animais de grande porte enfrentavam acusações após perseguirem uma família de criaturas mágicas por dias em uma tundra congelada. Dado que era ilegal caçar seres capazes de "pensamento semelhante ao humano", assim nomeados na Lei do Cuidado (aprovada há duas décadas em votação apertada), os caçadores estavam diante de uma pena de prisão de até três anos, e multas totalizando mil libras. O crime?

Matar dois iétis adultos.

Arthur fechou o arquivo, tamborilando os dedos na pasta.

— É sobre mim? — perguntou David alguns minutos depois, chegando ao escritório de Arthur na hora combinada.

Ele se jogou na cadeira do outro lado da mesa, braços cruzados sobre o peito, seu pelo grosso mais liso do que o habitual. Talia havia dado a ele alguns de seus xampus para barba, pois ela achava que todos com pelos no corpo deveriam ter apenas o melhor.

— Sim — respondeu Arthur. — É uma das razões pelas quais o convidei aqui hoje. Eu poderia fazer suposições com base no que li, mas, pela minha experiência, arquivos como este nem sempre mostram o quadro completo. Prefiro ouvir diretamente da fonte.

— Eu — falou David, como se quisesse estar em qualquer lugar, menos ali.

— Precisamente — confirmou Arthur, recostando-se na cadeira. — Ontem foi seu primeiro dia inteiro aqui. O que achou?

David deu de ombros.

Arthur não se deixou intimidar.

— As crianças fizeram um tour com você pela casa. Perguntas sobre algo que tenha visto?

David negou com a cabeça.

— Bom — disse Arthur. — Se surgir alguma, pergunte.

David afundou mais na cadeira, a ponto de apenas sua cabeça permanecer apoiada no encosto, formando um ângulo agudo. Não era uma poça esparramada, mas quase isso.

— Endireite-se, por favor — pediu Arthur, querendo testá-lo um pouco. — Postura é importante. Não mergulhamos em cadeiras.

David resmungou baixo enquanto se sentava direito, olhando feio para Arthur. Quando já estava usando a cadeira como deveria, disse:

— Ninguém se importa com como eu me sento.

— Eu me importo — disse Arthur. — Obrigado. Agora sobre...

— Não sou burro, sabia?

Arthur inclinou sua cabeça, demonstrando estar ciente.

— Isso nunca passou pela minha cabeça.

David olhou com desdém para os papéis na mesa.

— O que quer que diga aí, não é minha culpa. Eu tentei fazer as coisas de escola, mas... — Deu uma encarada furiosa. — Não importa.

Ah, Arthur pensou.

— Você está ligeiramente atrasado. *Mas...* — disse ele enquanto David abria a boca — isso era esperado. Você tem se mudado tantas vezes, claro que seria difícil manter a regularidade nos estudos.

— B me ajudou — murmurou David. — Elu faz isso muito bem.

— Vejo que sim — disse Arthur. — Byron incluiu anotações maravilhosas sobre os estudos de vocês. Escreveu quão inteligente você é, mas que às vezes pode se sentir sobrecarregado se tiver muitas tarefas. É uma avaliação justa?

David deu de ombros novamente.

Arthur mudou de assunto.

— Amanhã é sábado. As outras crianças já te contaram o que acontece nesse dia? É algo tão popular que decidimos fazer semanalmente, a não ser que apareça alguma outra coisa.

David se animou antes de adotar uma expressão carrancuda.

— Talvez.

— Maravilha. É algo que espero ansiosamente, em especial quando não sei o que o dia reserva. Acho que a surpresa é quase tão boa quanto a aventura em si. Falando nisso... — Sabendo que David estava observando cada movimento, Arthur fez um espetáculo ao abrir uma gaveta e puxar um pequeno calendário de mesa, mostrando os meses de junho e julho. — Faço questão de manter um registro de nossos dias. Aprendi que ter um cronograma definido ajuda a manter as expectativas claras. Tenho certeza de que você viu um calendário parecido na cozinha.

— Acho que sim.

— Ótimo — disse Arthur. — Está lá para que você veja, para que saiba o que esperar de cada semana e onde precisa estar. Atualmente, estamos em um pequeno recesso em nossos estudos, mas iremos retomar na próxima semana. Além disso, este cronograma também mostra os afazeres que terá durante a semana.

— Afazeres? — reclamou David. — É por isso que você tem tantas crianças? Trabalho infantil gratuito?

— Certamente, essa é uma maneira de ver as coisas — respondeu Arthur. — Embora eu prefira pensar nisso como cada um contribuindo para a continuidade do nosso sucesso. Você não será designado para afazeres durante sua primeira semana aqui, mas vamos ver sobre adicionar você na próxima.

— Eba — murmurou ele. — Tudo isso por mim? Puxa, não precisava.

Arthur riu.

— Você não é fã de regras, estou vendo. Isso era esperado. Chegar em um lugar novo pode ser difícil, já que precisa aprender sobre a casa, as pessoas, os detalhezinhos. Pode levar um tempo para se acostumar com tudo. Ninguém está esperando que seja perfeito, David. Isso não apenas seria injusto com você, como estabeleceria um nível de expectativa impossível de alcançar. — Ele sorriu. — Podemos começar com uma pergunta. O que você quer ser quando crescer?

— Um monstro — respondeu David de pronto.

— Fascinante — disse Arthur. — Gostaria de ouvir mais sobre isso, se estiver confortável para dizer.

David o encarou, incrédulo.

— Por que não está assustado ou bravo?

— Porque não tenho razão para estar, ao menos, não agora. Aviso se isso mudar. Continue, por favor.

David hesitou, olhando para ele com cautela.

— Todo mundo pensa que monstros são maus, cheios de pesadelos e coisas assim. Dizem que estão com *medo* de nós, e que não gostam de ter medo. Mas aí eles pagam, tipo, muito dinheiro para ir ver filmes com monstros ou casas mal-assombradas, onde as coisas gritam e saltam na direção deles. Eles ficam assustados *de propósito*. Por que fazem isso?

— Um enigma extraordinário — afirmou Arthur.

— Acho que as pessoas gostam de ser assustadas — disse David. — Da mesma forma que gostam de ser felizes. Desde que não machuque ninguém, nem os coma, por que não assustá-los?

— Boa pergunta — falou Arthur. — Suponho que dependa de intenção e consentimento. Você quer assustá-los por causa *deles* ou por si mesmo?

— As duas coisas — respondeu David. — E se eles já pensam que sou um monstro, por que não mostrar como posso ser mesmo monstruoso? Dar a eles o que *realmente* querem. — Seus olhos brilharam enquanto ele esfregava as duas mãos.

— Não precisa ser desse jeito — disse Arthur. — Não se não quiser. O que algumas pessoas consideram como *monstro* não é o que outras...

David se ergueu da cadeira, exibindo um brilho feroz em seu rosto. Ele agarrou os braços da cadeira, garras arranhando o couro.

— Eu sabia! Você é como todos os outros. Tentando me transformar em algo que não quero ser. O que há de errado em querer ser um monstro? É isso o que somos.

Ele estava certo, é claro. Embora fosse contrário ao que Arthur havia ensinado às outras crianças, David estava certo, à sua maneira. Ao menos estava falando o que era *sua* verdade, e seria realmente a melhor opção tentar tirar isso dele? Mas se não o fizesse, como isso afetaria as outras crianças?

— Não há nada de errado em fazer o que você gosta — disse Arthur cuidadosamente. — Contanto que não cause mal aos outros. — Ele fez uma pausa, refletindo. — A palavra "monstro" tem muitas conotações. Mas me parece que você encontrou por si mesmo uma definição interessante. Aqui vai uma ideia. E se trabalhássemos juntos para descobrir o que é necessário para ser um monstro, da forma como você vê?

David relaxou um pouco, embora sua desconfiança ainda fosse evidente.

— O que quer dizer?

Arthur deu uma olhada nas páginas diante dele, encontrando os registros escolares de David.

— Pela minha experiência, o medo pode vir de muitos lugares, não apenas de coisas que assombram à noite. Digamos, por exemplo, um contador. Qual você acha que é o maior medo dele? Dê o seu melhor para criar uma experiência que assustaria alguém nessa posição.

David olhou para ele desconfiado.

— Isso não é, tipo, um teste? Você não vai ficar bravo, não importa o que eu diga?

Arthur riu.

— Prometo que não.

David o encarou por um algum tempo antes de assentir. Ele inclinou a cabeça para trás, olhando para o teto.

— Hum... Acho que... não, espera. Isso não funcionaria. Já sei! Em vez de uma planilha, dou a ele uma caixa de recibos desorganizados e digo que ele tem quatro horas para ordenar tudo, ou eu vou rugir tão alto que o escritório vai tremer!

Mais uma vez, a mente de uma criança desestabilizou Arthur. Como alguém poderia pensar que elas seriam capazes de causar algum mal?

— Maravilhoso — elogiou Arthur. — Aprecio o quão descritivo isso foi. Posso oferecer uma alternativa?

David franziu a testa.

— Isso envolve assustá-lo?

— Sim! — respondeu Arthur. — Em vez de rugir, e se você se tornasse tão bom em matemática que conseguisse assustar o contador fazendo todos os cálculos sozinho, tornando assim o conjunto de habilidades dele obsoleto? Nada dá mais medo do que o pavor de se tornar redundante.

David o mirou boquiaberto.

— Mas então, é claro, você precisará rosnar para ele para provar seu ponto.

— Eu posso fazer isso!

Claro que podia. Nos poucos dias que Arthur o conhecia, ele era capaz de ver que David queria tentar, queria conseguir. Mas levaria tempo. Nada era mais importante do que David se sentir confortável.

— Você pode? — perguntou Arthur. — Maravilha. Sempre acreditei que quanto mais sabemos, melhor conseguimos entender o vasto mundo ao nosso redor. É por isso que levamos sua educação muito a sério. Quanto mais pudermos prepará-lo, melhor será para você. Isso o ajudará a aprender todo tipo de coisa, até mesmo as melhores maneiras de assustar as pessoas.

— Opa — disse David. — Nunca pensei na escola desse jeito. Acho que não seria tão ruim. — Franziu a testa. — Espera um pouco. Você... você acabou de me enganar para fazer eu querer ir para a escola?

— Sim — respondeu Arthur. — E, curiosamente, não me sinto nem um pouco mal com isso.

— Eu descobri — falou David, apontando um dedo grosso para ele. — Já vi qual é a sua.

— Ótimo — disse Arthur. — Considerando que transparência é primordial, prefiro assim. E agora, devo me desculpar.

— Pelo quê?

— Por não ter escutado tão bem quanto deveria. Esta é a segunda vez que você diz querer ser um monstro, e em vez de ouvir o que estava dizendo, eu disse que você não precisava ser algo que obviamente gosta. Isso foi injusto da minha parte e peço mil desculpas.

David pestanejou.

— Ah. Tudo... bem?

Arthur balançou a cabeça negativamente.

— Não. Eu deveria ter ouvido você melhor do que ouvi. Então, para que não haja mal-entendido, devo dizer isto: aqui, David, neste lugar, você pode ser quem quiser. Um monstro? Eu farei o meu melhor para garantir que você tenha tudo o que precisa para conseguir. E se você se apaixonar por queijos e quiser se tornar um queijeiro? Farei acontecer. Um ator? Não sei o que mais eu poderia lhe ensinar, já que você já provou ser hábil em encenar peças sozinho, mas estarei em todas as suas apresentações e serei o primeiro a me levantar, no que imagino que será uma estrondosa aclamação de pé.

— Por quê? — questionou David, limpando o nariz enquanto fungava, pequenos cristais de gelo se formando nos cantos dos seus olhos. — Por que faria isso?

Arthur se inclinou para a frente, sobre sua mesa.

— Porque você merece, David. Dito isso, preciso da sua ajuda.

— Precisa? — perguntou David. — O que posso fazer?

— Ah, estou tão feliz que perguntou. Por que não começamos com algo simples? Nós nos encontraremos três vezes por semana: segunda, quarta e sexta. Nas sextas, como hoje, eu darei a você uma missão especial, que você pode usar o fim de semana para realizar. É algo que poderia fazer?

— Uma missão? — perguntou David ansiosamente, sentando-se ereto na cadeira. — Como se eu fosse um espião?

— Exatamente como um espião — disse Arthur —, se o trabalho de um espião for descobrir uma coisa interessante sobre cada uma das pessoas na casa. Um talento que possuem, ou algo que disseram que você acha interessante. Então, na próxima semana, você pode compartilhar comigo o que aprendeu.

David assentiu.

— Entendi. Você quer que eu espione todo mundo. Descubra os segredos deles e reporte de volta, para que você possa usar contra eles o que eu descobri. Diabólico.

— Não foi bem isso o que eu quis dizer, embora eu ame para onde sua mente vai. Não, isso não é sobre descobrir segredos, mas aprender sobre as pessoas com quem você vive. Existe uma diferença, David, assim como há uma diferença entre o certo e o errado. Mas acho que você sabe disso, já que, mesmo que queira ser um monstro, entende que assustar as pessoas não é o mesmo que machucá-las.

— Então… é só, tipo… falar com eles?

Arthur sorriu.

— Exatamente. E apesar de a perspectiva parecer assustadora por si só, acho que alguém tão forte e temível quanto um iéti não deve ter problemas em conseguir isso. O que acha?

— Eu consigo — afirmou David, parecendo resoluto.

— Sei que sim — disse Arthur. — Agora, já que amanhã é sábado, eu lhe darei um breve, porém abrangente resumo das aventuras passadas, para que você possa ter uma melhor compreensão de qual evento potencialmente transformador e/ou mortal você estará participando. Mas não se preocupe! Ainda não perdemos nem uma única criança, então tenho certeza de que você ficará bem.

As aventuras de sábado eram um clássico testado e aprovado da Ilha de Marsyas, algo que Arthur decidira incluir quase desde o começo. Inicialmente era mensal, até que as crianças perguntaram se poderiam fazer com mais frequência. Arthur e Linus concordaram, então, uma vez por semana, cada criança se revezava planejando qual seria a aventura daquele dia. Às vezes, havia expedições perigosas em território desconhecido, onde qualquer coisa, de canibais a cobras gigantescas, os aguardava (para grande desgosto de Linus). Outras vezes, iam até o vilarejo. No mês anterior, passaram o dia visitando os jardins dos moradores, a pedido de Talia. Tudo correra extremamente bem.

(Ou quase. Perto do fim, ela descobrira um canteiro de flores encharcado de produtos químicos e pedira permissão para bater na porta para que ela e o dono da casa pudessem, em suas palavras, "ter uma conversinha".)

Em um dia ensolarado de junho — nuvens finas e suaves se estendendo de uma ponta a outra do céu —, a responsabilidade pela aventura daquele sábado em particular recaiu sobre os ombros esponjosos do menino conhecido como Chauncey.

Chauncey apareceu naquela manhã descendo as escadas usando um chapéu de palha bastante grande. A aba tinha no mínimo trinta centímetros de diâmetro, com dois furos no topo para seus olhos em pedúnculos, e estava enfeitado com uma enorme flor artificial, amarela no meio com pétalas de veludo branco. Nos olhos, tinha um par de óculos escuros tortos, com a armação estilo gatinho adornada com cristais de plástico brilhantes. Ele praticamente flutuou pelos degraus, e falou assumindo um tom requintado:

— *Queriiidos* — expirou ele. — Vocês estão todos *divinos*. Dia perfeito para iatismo, não concordam?

— Eu gostaria de registrar uma reclamação — disse Linus, fazendo caretas enquanto puxava o justo traje de mergulho que Chauncey praticamente tinha exigido que todos usassem naquele dia. Com ajuda de Zoe, o menino havia conseguido um traje para cada.

O de Linus era amarelo, quase brilhante demais para se conseguir olhar. O de Lucy era vermelho, o de Talia marrom, como o solo que ela amava tanto. O de Phee era verde-floresta, o de Sal branco com bolinhas que, se vistas à distância, poderiam ser confundidas com botões, o que explicava por que Theodore (sem traje, dizendo que preferia ficar pelado) continuava tentando bicá-las.

David também tinha um traje de mergulho — azul como gelo —, um pedido urgente que Zoe havia feito para garantir que ele não ficaria de fora. Embora tenha servido, era um pouco volumoso, por causa de seus pelos grossos. Mas ele não pareceu se importar, se balançando na ponta dos pés, empolgado.

O traje de mergulho de Arthur tinha a cor dourada, e veio completo com um conjunto de óculos de mergulho e snorkel que Chauncey havia insistido que todos precisariam. A roupa era justa e deixava pouco para a imaginação, mas Arthur já aceitara há muito tempo ter protuberâncias que não podiam ser consertadas.

Chauncey abaixou os óculos escuros, revelando seus olhos enquanto mirava Linus de cima a baixo.

— Você, seu tolo — disse ele. — Está brilhante. Uma bela visão. Sim, é isso o que é. Como o sol. O belo e redondo sol que…

— Não está ajudando — murmurou Linus.

— Para o iate! — clamou Chauncey, agitando os braços.

— Nós não temos um iate — disse Lucy. — Eu saberia se tivéssemos. A essa altura, eu já o teria afundado.

— Nós podemos *afundar barcos*? — perguntou David, impressionado. — Ninguém me disse que podemos causar danos materiais.

— Porque não podemos — respondeu Linus.

— Podemos — contou Talia a David. — Mas só se pagarmos o prejuízo. E pedirmos desculpas. E prometermos nunca fazer de novo. Dá pra escapar de tudo uma vez, às vezes duas, caso se esforce o suficiente.

— *Talia* — advertiu Linus.

Ela se virou para ele, seus olhos anormalmente grandes.

— Sinto muito, Linus. Prometo que nunca mais farei algo assim. Você me mostrou o erro da minha atitude.

Linus pestanejou.

— Ah, bem. Obrigado. Estou feliz em saber que...

— E é assim que você se safa — disse ela a David. — É bem fácil se conseguir deixar seus olhos grandes o bastante.

— Queriiidos — disse Chauncey, chamando a atenção de volta para si. — Embarquemos agora na aventura de nossas vidas? Que surpresas nos aguardam? Romance e amor? Um mistério onde o bambolê inestimável de alguém é roubado e isso requer o cérebro de uma pessoa verde que é detetive e mensageiro *e*, por acaso, possui uma embarcação? Tudo pode acontecer no Iate dos Sonhos de Chauncey!

— Chauncey — disse Linus, agradavelmente. — Parece que precisamos trabalhar em suas lições de vocabulário. Iates são definidos como embarcações à vela ou a motor utilizadas para cruzeiro, corrida e/ou lazer.

Chauncey abaixou levemente os óculos escuros, deixando visível apenas o topo dos olhos.

— Meu bom homem, é aí que você se *engana*. Todos sabem que não há uma verdadeira definição para iate, apenas que deve ter uma cabine para pernoites. E olha só! Temos uma cabine.

Havia mesmo, embora Arthur achasse que não seria grande o suficiente para acomodar a todos, já que era uma velha caixa de papelão pouco maior que Chauncey, colocada na parte da frente da embarcação. Dentro da caixa, um saco de dormir, um travesseiro velho e o que parecia ser uma pilha de algas marinhas, algo que Chauncey considerava uma iguaria.

Isso para não falar do resto do iate. A razão, claro, é que não era um iate, mas um barco a remo. E não qualquer barco a remo, não: embora grande o suficiente para caber todos eles (mesmo com a "cabine"), a embarcação deveria estar em um monte de lixo em vez de na água. Tinta lascada, metal enferrujado. Banquinhos de madeira. Um mastro de madeira no meio, com um lençol fino e frouxo como vela. Dois remos — um deles quebrado, quase sem cabo, restando apenas a pá em si — e coletes salva-vidas laranjas para cada um deles. Ao lado da caixa de papelão na frente, uma caixa térmica e uma grande folha de palmeira descansando na borda de um banco. O barco tinha sido puxado até a metade para fora da água, com ondas batendo suavemente dos lados.

Como todo bom veículo aquático, o barco a remo tinha um nome, pintado em letras garrafais com tinta escorrendo na lateral: DESFRUTOS DO MAR.

— Não é deslumbrante? — perguntou Chauncey, abrindo caminho entre eles e se movendo de uma ponta a outra do barco, como se o estivesse inspecionando. — Comprei por uma pechincha de um bilionário que só o usava poucas vezes por ano.

— Qualquer que tenha sido o preço, foi caro demais — disse Phee.

Chauncey a ignorou.

— Já que é meu dia de escolher a aventura, eu fico no comando. Lucy e Talia, vocês vão me abanar com a folha de palmeira e me alimentar com uvas da caixa térmica enquanto me elogiam.

Lucy negou com a cabeça.

— Quero ser o capitão.

A mão de Talia se ergueu no ar, dedos se movendo.

— Sim, Talia? — perguntou Chauncey.

— Também quero ser a capitã.

Isso, é claro, levou cada uma das crianças (exceto David) a exaltar suas próprias qualificações para ser capitão do iate. A situação se transformou em uma discussão acalorada, onde Talia ameaçou enviar a Lucy um buquê de flores venenosas, e Lucy respondeu gritando que ele *adoraria muito* e que a desafiava a fazer aquilo *se tivesse coragem*.

Chauncey, por outro lado, tinha uma ideia diferente.

— É meu dia, então eu decido! Lucy e Talia, abano e uvas. Phee e Sal são os oficiais imediatos, e os mais fortes, o que significa que podem remar. Theodore é nossa figura de proa, já que todos os bons navios têm uma. Além disso, seu senso de direção impedirá que a gente se perca no mar, o que é ótimo porque, se acontecer, teremos que tirar no palito para ver quem comeríamos para evitar morrer de fome. Sem pressão.

— Mas então quem vai ser o capitão? — perguntou Lucy, fazendo beicinho. — Linus? Ele me disse que odeia ser o capitão de qualquer coisa, então você deveria deixar isso pra mim.

— Lorota — murmurou Linus, baixinho.

— Vai ser a única pessoa que não pediu — anunciou Chauncey. — David.

David olhou para todos os lados.

— Está falando *comigo*?

— Estou! — respondeu Chauncey. — Você tem o trabalho mais importante de todos. Vai ser o capitão, o que significa que está no comando do iate. Nada acontece na embarcação sem sua autorização.

— Mas… eu… tem… — David se retraiu, ombros curvados. — Outra pessoa provavelmente seria melhor. — Ele chutou a areia, deixando um buraco raso. — Eu nunca fui capitão.

— Viu só? — disse Lucy. — Por isso deveria ser eu. Além disso, e se houver um monstro de lava surgindo de uma caverna secreta no fundo do oceano? Ele nem saberá o que fazer!

Então, talvez por razões conhecidas apenas por um garoto de sete anos com o diabo na alma, ele levantou as mãos acima da cabeça e gritou sem emitir som para o oceano.

— Monstro de lava? — perguntou David em reverência silenciosa. — Tem um *monstro de lava*?

— Talvez — disse Talia, pulando para o lado do barco a remo, pendurada na borda, suas perninhas chutando o ar enquanto subia para dentro. Ela imediatamente começou a fuçar na caixa térmica. — Oitenta por cento do oceano é inexplorado, então quem sabe o que tem lá fora esperando para nos devorar?

— Somos do tamanho de um lanchinho — falou Lucy. — Como um saquinho de batatas chips. — Ele se animou. — *Crec, crec, crec.*

— O que é isso? — perguntou Talia, levantando um objeto acima da cabeça enquanto deslizava pela lateral do barco. Em sua mão, ela segurava um boné: branco com aba preta sob borlas douradas. Na frente, uma âncora bordada em linha dourada.

— É o quepe oficial do capitão — informou Chauncey. — Quando alguém o usa, temos que fazer o que a pessoa diz.

Lucy concordou.

— Porque é um boné mágico, e quem o usa pode controlar quem quiser. Legal.

— O quê? É só um… — começou Chauncey.

— É isso mesmo, Lucy — disse Arthur.

Lucy piscou.

— É... mesmo?

— Posso? — perguntou Arthur a Chauncey antes de pegar o quepe. Ele se virou e foi em direção a David, que parecia estar ou extremamente animado ou que queria correr na direção oposta. — David, Chauncey lhe concedeu um presente. Líderes costumam ser chamados em momentos de grande necessidade. E nós necessitamos de *você*. Atenderá ao chamado? — Ele estendeu o boné.

David olhou para o quepe, depois para Arthur, então de volta para o quepe. Estendeu a mão trêmula e tocou a aba. Sabendo que David ainda estava estudando o terreno, Arthur não pressionou, deixando que ele tomasse sua própria decisão.

Ele ficou encantado quando David pegou o boné, virou-o em suas mãos, soltou a respiração e então o colocou sobre sua cabeça. Era um pouco grande, afundando até cobrir seus olhos. Arthur pôs dois dedos sob a aba, empurrando-a de volta para cima.

— Um grande capitão — disse Arthur. Ele se pôs em posição de sentido, costas retas, pernas rígidas. Certificando-se de que David estava observando, prestou uma continência rápida. — Senhor, se eu puder dar uma sugestão. Por que não dá uma chance? Veja como é ser o capitão.

— Me mande fazer alguma coisa! — exigiu Lucy. — Quero ver se é realmente mágico. — Então, disse baixinho: — Mesmo que *eu* que quisesse usar o boné.

— Hum — disse David. — Faça... uma... estrelinha?

Lucy reclamou.

— Chatice. Beleza. Observe.

Ele correu em alta velocidade pela areia, erguendo as mãos sobre a cabeça. Como esperado, Lucy se inclinou para a frente rapidamente, com as mãos na areia e as pernas para cima. No entanto, em vez de usar o impulso para se levantar do chão, ele decidiu usar o rosto e caiu, cuspindo bocados de areia.

— Funciona! — clamou. — Esse boné *é* mágico!

— Que menino especial ele é — comentou Talia.

Eles subiram no barco a remo, Linus foi primeiro para ajudar as crianças a entrarem. Depois que todos embarcaram no iate (exceto Arthur), Chauncey sentou-se em sua cabine, com os pedúnculos no topo da cabeça curvados, para evitar que seus olhos ficassem batendo no papelão.

— Está terrivelmente quente — disse ele, adotando o tom afetado de antes. — Lucy! Talia! Preciso ser abanado e alimentado com uvas. Oba, oba! Vamos, vamos!

— Vou alimentá-lo com tantas uvas que vão sair pelo rabo — murmurou Talia enquanto se arrastava até a caixa.

Arthur foi para a parte de trás do barco.

— Prontos? — perguntou, enquanto Linus ajudava as crianças com seus coletes salva-vidas, incluindo prender uma boia rosa em volta do pescoço de Theodore, a pedido dele, para evitar que afundasse caso caísse na água. Ele sabia nadar muito bem, mas, por algum motivo, amava a boia.

— Prontos! — avisou Chauncey. — Zarpem o iate!

Arthur empurrou o mais forte que pôde, seus pés afundando na areia, seus dentes rangendo. O barco a remo se moveu dois centímetros, depois cinco, e então estava cortando a água, a vela ondulando conforme o vento a empurrava. Arthur conseguiu subir a bordo (com a ajuda de Linus), antes que a embarcação o deixasse para trás. Ele se sentou em um banco, observando Lucy abanar Chauncey com a folha de palmeira, enquanto Talia jogava uvas em seu rosto, mas Chauncey errava mais do que pegava. Além deles, Theodore estava sentado empoleirado na proa, sua cabeça balançando para um lado e outro, a boia guinchando toda vez que ele se movia. Sal e Phee remavam (Phee com o remo quebrado), mas era o vento que os impulsionava para a frente, a vela-lençol esticada.

— Capitão David — disse Linus, e David engoliu em seco, balançando de um lado para outro no meio do barco. — Estamos no mar. A embarcação é sua.

David assentiu, passando o olhar pelo barco, a brisa do mar despenteando seu pelo. Ele endireitou os ombros e estufou o peito peludo. Seu olhar era frio, calculista. Quando falou, foi com autoridade:

— Sal, mantenha-se alerta a bombordo. Phee, você a estibordo. Ouvi rumores de que essas águas são perigosas, precisamos ter cuidado.

— É pra já, capitão — respondeu Phee, remando furiosamente. Ela não proporcionou muito impulso, mas não por falta de tentativa.

— Pode deixar, capitão! — disse Sal, os músculos dos braços tensos a cada remada.

Isso pareceu dar mais confiança a David.

— Theodore! — chamou. — Fique de olho em navios inimigos, icebergs ou monstros de lava. Se vir *alguma coisa*, avise.

Theodore respondeu balançando a cabeça afirmativamente.

David passou sobre um dos bancos em direção à cabine. Talia estava descascando as uvas com os dentes antes de jogá-las em Chauncey. Para não ficar para trás, Lucy balançava a folha de palmeira o mais forte que podia, acertando o rosto dele.

— Senhor — chamou David, agachando-se para ver dentro da caixa. — A viagem está em andamento. Algum destino especial em mente?

— Você é um querido. — Sorriu Chauncey, afetadamente, tirando os óculos escuros dos olhos e deixando-os descansar na aba do chapéu. —Desde que Eduardo me deixou por um pepino-do-mar chamado Leslie, tudo o que conheço são este iate e o chamado do mar aberto.

— Lamento que tenha tido esses problemas — disse David, dando um tapinha na parte superior da caixa. — Vou garantir que hoje seja o primeiro dia do resto da sua vida.

— Obrigado, capitão David — falou Chauncey. — Continue nessa direção. Aviso quando for a hora de parar. Agora, se me der licença, preciso fingir que tenho um divã para poder me deitar nele e planejar vingança contra Eduardo e aquela piranha.

— Somos muito estranhos — comentou Phee, enquanto o barco a remo atingia uma onda, borrifando água do mar em seus rostos.

Linus suspirou.

— Estranho é pouco.

O dia se provou fantástico para iatismo, mesmo que "iatismo" tenha se revelado um eufemismo. O sol estava alto no céu, o mar calmo e, apesar das acomodações apertadas, Arthur não conseguia pensar em nenhum outro lugar onde preferisse estar. Embora soubesse que problemas estavam para surgir no horizonte, como uma tempestade escura de verão, pareciam distantes, quase sem importância, pelo menos por hoje. Ele se lembrou de um Linuísmo, uma das pérolas que estimava além da conta: *Por que estou sempre preocupado com o amanhã?*

Eles navegaram (leia-se: remaram) por aproximadamente uma hora, Chauncey dando instruções vagas de sua cabine, a ilha sempre a estibordo.

David se agarrou ao seu papel de capitão como se tivesse nascido para isso. Sempre se movendo de um extremo a outro do barco, parando próximo de cada pessoa e cumprimentando-a por seu trabalho. Quando Chauncey se queixou de que o gelo já havia derretido na caixa térmica, David imediatamente se apresentou e transformou a térmica toda em um bloco de gelo. Ele começou a se desculpar, mas Chauncey soltou uma exclamação alegre, e foi isso.

Era pouco antes do meio-dia quando Chauncey se arrastou para fora de sua caixa e anunciou que haviam chegado. Sal e Phee puxaram os remos para dentro enquanto Linus e Arthur cuidaram da vela. Depois disso, Chauncey fez todos se sentarem nos bancos enquanto ele ficava de pé no topo da caixa.

— Silêncio, por favor! Silêncio!

— Ninguém estava falando — disse Phee.

— Vocês devem estar se perguntando por que paramos — falou Chauncey do alto. — Se estão, meus parabéns! Porque minha aventura tem *duas* partes.

— Surpresa — expirou Lucy, esfregando as mãos.

— Recentemente, descobri que possuo um talento desconhecido — informou Chauncey, caminhando no topo da caixa. — Um talento que mudará o próprio mundo como o conhecemos!

Theodore chilreou alto, empolgado.

— Vocês devem se recordar que agora eu consigo soltar tinta — disse Chauncey. — Minhas emissões noturnas, como Lucy as chama.

— Precisamos ter uma conversa muito séria sobre chamá-las assim — falou Linus severamente.

Chauncey não se deteve.

— Além do meu novo poder de soltar tinta, semana passada descobri que consigo fazer outra coisa. — Ele retirou seu chapéu com cuidado, apertando-o contra o peito enquanto mirava o mar. — Eu... posso falar com peixes.

Silêncio. Denso, atordoante silêncio, o único som vindo das ondas contra o barco e o canto dos pássaros acima.

Chauncey abriu um sorriso largo.

— Deixei vocês todos sem palavras? Ai, meu Deus, nunca fiz isso antes. É tão emocionante.

— Chauncey — chamou Linus, sutilmente. — Me perdoe, por um momento, pensei ter ouvido você dizer que podia…

— Falar com peixes! — exclamou Chauncey. — Eu não sei como, mas quando você e Arthur estavam fora, Zoe nos levou para nadar. Lá estava eu, na minha, comendo cracas de pedras no fundo do mar, quando um *peixe* nadou até mim, disse o nome dele, e então me contou que todo peixe, no oceano inteiro, tem nome.

— Mas que *caramba* — sussurrou Lucy, os olhos brilhando vermelhos.

— Tenho que concordar — disse Arthur. — Por que não disse nada antes?

Chauncey deu de ombros.

— Queria que fosse surpresa. — Agitou os tentáculos. — Também queria ter certeza de que não tinha enlouquecido.

— Muito gentil da sua parte, Chauncey — disse Linus. — E eu nunca conheci uma pessoa mais sã na minha vida.

Chauncey fez beicinho.

— Ah, droga. Não posso ser só um pouquinho insano?

— Você consegue falar com peixes — disse Sal. — Então, sim. Claro. Por que não?

— Posso ver que querem uma demonstração — falou Chauncey. —Permitam-me! — Ele se voltou para a proa, Theodore abrindo espaço em seu poleiro. Chauncey se inclinou sobre a beirada do barco, inspirou fundo e então gritou para a água: — Frank! Ei, *Frank*! Você está aí embaixo? Vem aqui, amigo!

— O nome do peixe é Frank — disse Linus.

— Belo nome — falou Arthur. — Significa "livre", ou que é da França.

— É sério?

— Sério.

— Você acha que o peixe é da França, então?

— Oitenta por cento do oceano é inexplorado — Arthur o lembrou. —Pode haver muitos peixes franceses chamados Frank.

— E agora vamos conhecer um. Porque ele pode falar com eles.

— *Frank!* — berrou Chauncey para a água. — Você está aí? *Frank*.

— Talvez ele esteja em outra parte do oceano — disse Talia, juntando-se a Chauncey para espiar por cima do barco. — É bem grande, sabe?

— Sei — disse Chauncey, levantando os olhos para Talia. — Mas o cardume de Frank vive por aqui, e ele não deve estar muito longe. *Fraaaaaannnnnk!*

Foi assim que eles se viram todos curvados sobre as laterais do barco, gritando "*Frank!*" para a água. Arthur nunca tinha gritado para o oceano antes e achou mais relaxante do que esperava. Pelo canto do olho, ele viu David parado na borda do barco, mais uma vez parecendo inseguro. Antes que Arthur pudesse falar algo, Phee abriu espaço, acenando para ele se aproximar. Ele o fez com cautela, parando entre Phee e Talia, espiando a água. Elas o lembraram de que, como capitão, ele precisava gritar mais alto que todos os outros.

David deve ter levado a sério, porque levantou a cabeça, repuxou os lábios, mostrando as presas, respirou fundo e então soltou o rosnado mais assustador que Arthur já tinha ouvido, sendo que ele já havia conhecido uma grifo chamada Jessica. O som foi levado pelo mar, e Arthur não ficaria surpreso ao descobrir que o ouviram em todo o vilarejo.

— Assim? — perguntou David, vendo todos olhando em sua direção. Ele se encolheu. — Eu… não queria…

— Isso foi tão *incrível*! — gritou Chauncey, agarrando David pelos ombros e girando-o. — Como você *faz* isso?

— Que alto — disse Talia com estrelas nos olhos. — Você acha que conseguiria fazer isso quando Linus está no chuveiro?

— Aposto que poderíamos alinhar uma fileira de taças e ele conseguiria gritar e quebrar todas — falou Phee. — Ou todas as janelas. — Ela inclinou a cabeça para trás, a fim de olhar para Arthur. — Podemos estourar as janelas quando chegarmos em casa?

— Não podemos — respondeu Arthur. — Acontece que janelas são importantes.

— Frank! — berrou Chauncey, empolgado. — Eu sabia que viria!

Todos correram para a lateral do barco, procurando, a embarcação se inclinando, instável. E ali, nadando logo abaixo da superfície, um peixe. Não era o peixe mais bonito que Arthur já tinha visto, longe disso: era achatado e largo, um pouco maior do que Sal em sua forma alterada. Um olho bem redondo em cada lado da cabeça, escamas cinzas no topo, tornando-se brancas na parte inferior. Sua boca abria e fechava enquanto ele nadava.

— Pessoal — chamou Chauncey. — Este é Frank. Frank, esta é a minha família, de quem lhe falei.

O peixe colocou sua boca abrindo e fechando para fora da água. Até onde Arthur podia perceber, nenhum som saiu, mas Chauncey balançava a cabeça como se estivesse em uma conversa profunda.

— Certo. Certo. Sim. Ah, sério? Uau. Não me diga. Sim, vou dizer a ele. Um momento. — Chauncey voltou-se para eles. — Frank falou que Arthur o lembra de um cavalo-marinho que ele conheceu, chamado Madame Esmeralda.

— Chauncey — disse Arthur —, por favor, estenda minha gratidão a Frank. Até onde lembro, nunca me disseram que eu parecia um cavalo-marinho ou alguém chamado Madame Esmeralda, mas percebo que isso me agrada mais do que o esperado.

— Aah — disse Lucy. — Se você ama tanto a Madame Esmeralda, por que não se casa com ela? — Ele bateu as mãos nas bochechas. — Ah, não! Linus já te pediu em casamento, você não pode se casar com um cavalo-marinho! Diabos! Que azar.

— Que azar, com certeza — concordou Arthur. — É essa a sensação de se ter os sonhos destruídos? Pena.

— Ela pode ficar com você — resmungou Linus.

Theodore decidiu que aquele era o momento perfeito de fazer a Chauncey a pergunta que todos tinham em mente pelos últimos três minutos.

— Não sei como consigo falar com eles — disse Chauncey, seu rosto a centímetros da água, Frank nadando logo abaixo da superfície. — Acho que é algo meio como a minha tinta. É só uma coisa que consigo fazer agora. — Um dos seus olhos baixou na direção da água enquanto o outro se ergueu sobre a borda do barco, virando-se para ver cada um deles. — O que me leva ao motivo de estarmos aqui. Já que posso falar com Frank, isso significa que provavelmente posso falar com outros peixes. Então tenho certeza de que vocês vão concordar que não podemos mais comer frutos do mar de nenhum tipo.

— Ah, graças a Deus — disse Phee. — Peixe é nojento.

— *O quê?* — esbravejou Lucy. — Não! Eu gosto de siri! E de camarão! E de lagosta! E daquelas sardinhas enlatadas que eu como com os dedos na frente do Linus porque isso faz ele engasgar.

— Mas por que comer algo que pode falar com você? — perguntou Chauncey. — Não é errado? Frank diz que pessoas que comem frutos do mar vão para o inferno.

— Ótimo — disse Linus. — Agora que sei que os peixes conhecem o conceito de inferno, estou questionando tudo.

— E os outros animais, então? — perguntou Talia. — Só porque você pode falar com peixes, não significa que outra pessoa não possa falar com vacas ou porcos. Isso não é ruim também?

Phee olhou para todos fazendo uma cara feia.

— Se alguém tentar me tirar o bacon, vou transformar a pessoa numa árvore. E não uma árvore boa. Uma ruim, como uma pereira Bradford.

Todos a encararam.

Ela levantou as mãos.

— Vocês não aprenderam *nada*? A pereira Bradford tem espinhos e as flores cheiram a atum. Ninguém nunca disse "ah, nossa, deixa eu dar uma boa e longa cheirada nessas flores de peixe".

— Podemos considerar o vegetarianismo — refletiu Arthur. — Tirar carne da nossa dieta e…

— Eu vou, literalmente, explodir o planeta inteiro se você fizer isso — rosnou Lucy. — Acha que carne é ruim? Tente respirar quando estiver vagando pelo *espaço*.

— Bom, é o dia do Chauncey — disse Linus. — Vamos ver o que ele acha. Chauncey, poderia explicar um pouco melhor?

Chauncey se voltou para o barco, o rosto pingando água. Seus olhos correndo de um lado para o outro.

— Hum. Acho que já falamos o bastante sobre isso. Podíamos só voltar pra casa e…

— Chauncey — chamou Sal. — Você comeu o Frank?

— O quê? Claro que não! Isso vai contra tudo o que acredito! Eu *nunca*…

— Podemos ver ele no seu estômago — falou Phee.

Claramente, através da pele verde translúcida de Chauncey, Frank nadava em círculos lentos, pequenas bolhas saindo de seu nariz.

— Ah, isso? — disse. — Eu posso explicar. Olha, Frank disse que estava muito interessado em ácido estomacal e queria ver pessoalmente.

— Nossa — sussurrou David. — Esse lugar é *maluco*.

Linus suspirou.

— Quer lidar com isso, ou eu?

— Vá em frente — disse Arthur. — Você tem uma maneira deliciosamente sucinta de resolver as coisas.

Linus bateu palmas para chamar a atenção de todos.

— Crianças. Crianças! Nova regra da casa. Não comam nada que tenha nome.

Phee piscou lindamente para eles.

— Esqueci de contar. Eu posso falar com couves-flores, e dei a todas o nome de Peggy. Ah, não, acho que isso significa que não posso mais comer couve-flor.

— Boa tentativa — disse Linus. — E não pense que não vemos quando pede para Lucy enviar sua couve-flor a alguma dimensão alternativa. Da última vez, ele conjurou um buraco negro.

— É, foi puxado — disse Sal, e então deu um high five em Talia, sem olhar para ela.

Nesse momento, Chauncey regurgitou pela lateral do barco, Frank caindo de volta na água. Todos acenaram enquanto o peixe mostrava a cauda antes de desaparecer no mar.

David virou a cabeça para Arthur.

— Você não estava brincando quando disse que podíamos ser monstros se a gente quisesse.

— O quê? — perguntou Lucy, franzindo o cenho. — O que quer dizer com podemos ser monstros? Arthur disse que eu não podia… — Ele se encolheu, olhando de David para Arthur com os olhos semicerrados. — Ah, então é *assim*.

Lucy deu as costas para eles, tentando chutar a caixa térmica, e errando, indo se sentar na caixa de Chauncey, puxando o saco de dormir até a cabeça. Só o que Arthur podia ver nas sombras eram os olhos vermelhos de Lucy o encarando.

— O que foi isso? — perguntou Linus.

— Culpa minha — respondeu Arthur em voz baixa. — Acho que não lidei com isso tão bem quanto deveria.

— Você está aprendendo — falou Linus, dando um tapinha em seu ombro. — Nem mesmo você pode saber de tudo.

Ele estava certo, é claro, mas isso não aliviou a culpa de Arthur. Como ele podia dizer a uma criança que poderia ser uma coisa, mas dizer a outra que não? É verdade que a ideia de David de ser um monstro não era a mesma de Lucy, mas seria justo exigir de uma pessoa um padrão e de outra algo completamente diferente?

— Gente! — chamou Sal. — Acho que temos um problema.

Quando olharam, ele apontou para a vela. Não se movia, pendendo frouxa.

Theodore voou até o mastro e o agarrou, cravando as garras na madeira. Puxou a vela, apenas para vê-la voltar ao mesmo lugar. Ele chilreou uma questão.

— Sem vento — disse Talia. E foi dar uma olhada na lateral do barco. — Como vamos voltar para a ilha? — Ela deslizou de lado, se agachando e puxando os joelhos para perto do peito. — Vamos morar no *barco* agora? Não posso cultivar nada aqui!

— Podemos sempre... — começou Linus, mas parou quando Arthur segurou seu pulso, balançando a cabeça. — O quê?

— Crianças — disse Arthur. — Vocês têm uma nova tarefa. Sem nossa ajuda, quero que vocês bolem um jeito de voltarmos à ilha. — Ele olhou para Lucy, cujos olhos vermelhos se apertaram. — A pessoa que tiver a melhor ideia vai ganhar uma recompensa.

Um pouco manipulador? Com certeza. Mesmo assim, não funcionou. Lucy permaneceu na caixa, olhos queimando.

— Podemos remar — disse Phee. — Pode levar uma eternidade, mas deve funcionar.

Theodore estendeu suas asas, se oferecendo para carregar pessoalmente cada um de volta para a ilha, mas percebeu que isso o igualaria a Merle e voltou a seu lugar, limpando as escamas com sua língua bifurcada.

Enquanto as outras crianças davam suas ideias ("Eu tenho asas", lembrou Phee, "então poderia simplesmente deixar vocês aqui"), Linus deu uma batidinha no ombro de Arthur e apontou para David, que segurava o boné de capitão à sua frente, se mexendo nervoso.

— David — chamou Arthur, sobrepondo-se ao barulho. — Você tem uma ideia?

David se encolheu, derrubando o boné, quando todos se voltaram em sua direção. Ele se abaixou, pegou-o de volta e disse:

— Hum. Eu poderia... transformar a água em blocos de gelo para voltarmos andando?

— É uma boa ideia — disse Linus. — O que acham?

Sal e Phee se entreolharam e confirmaram com a cabeça, então Sal falou:

— Reunião de crianças. Adultos proibidos.

— E pra onde deveríamos ir? — perguntou Linus. — Estamos no meio do oceano.

— Tapem os ouvidos e digam *lá, lá, lá* bem alto — sugeriu Talia. — É o que eu faço quando vocês me mandam fazer qualquer coisa.

— Nós sabemos — assegurou Arthur. — Já que você faz isso bem na nossa frente. Prossigam com a reunião de vocês. Linus e eu vamos *lá, lá, lá* como ninguém.

Sal deu uma olhada no menino bravo na caixa.

— Lucy, você também. Vem cá, cara. Precisamos de você.

Resmungando entredentes, Lucy emergiu da caixa, pisando duro até os outros. Parou ao lado de Phee, braços ainda cruzados sobre o peito.

Enquanto as crianças realizavam seu congresso, cabeças juntas (com Lucy se envolvendo cada vez mais), Linus e Arthur tapavam os ouvidos e gritavam: "*LÁ, LÁ, LÁ*".

Não demorou muito. Pelo que Arthur percebeu, todos deram alguma contribuição, incluindo David. Sal se certificou de dar a ele uma chance de falar antes dos outros. Lucy parecia ter se esquecido de sua necessidade momentânea de ficar aborrecido dentro de uma caixa, mas Arthur sabia que era apenas uma questão de tempo para que o menino trouxesse o assunto à tona de novo, e com razão. Precisava pensar bastante sobre o que diria quando chegasse a hora.

As crianças chegaram a um acordo, Sal fez com que todos juntassem as mãos no meio do círculo. David foi o último, colocando sua pata branca no topo. Isto é, até Lucy puxar a mão de baixo e batê-la em cima da de David. Eles se encararam, Lucy parecendo presunçoso.

Arthur estava prestes a advertir Lucy para jogar limpo, mas então David fez algo inesperado. Ele levantou a outra mão, estendeu uma única garra e então a pressionou gentilmente contra o nariz de Lucy, formando uma covinha em sua pele.

— Bup.

Lucy o olhou de queixo caído, enquanto Linus e Arthur faziam o possível para conter o riso.

— No três — disse Sal. — Um. Dois. Três!

— Não vamos morrer! — gritaram todas as crianças, levantando as mãos para o céu.

— Descobrimos — informou Sal, os outros assentindo ao seu redor — um jeito de levar a gente de volta, que não seja chato.

— Sinto que isso não deveria ter sido considerado — disse Linus.

— Bom, mas foi — falou Phee. — Por isso escolhemos a ideia do Lucy.

Arthur piscou.

— Perdão? David, você não apresentou sua proposta?

David sorriu de repente, olhando por cima do ombro de Arthur. Era um sorriso estranho, um pouco torto, sugerindo as presas por trás.

— Apresentei. Mas aí Lucy disse algo que pareceu mais divertido.

— Ah, é? E o que seria?

O céu escureceu sobre deles, como se as nuvens tivessem escondido o sol. Antes que Arthur pudesse olhar para cima, o barco começou a se afastar devagar da ilha, como se estivesse sendo puxado, o movimento fazendo Linus se agarrar em Arthur para não cair.

— Mas o que... — começou Linus, voltando-se para ver o sol, protegendo os olhos. — Espero que não seja uma... nuvem de... chuva. Lucy.

— Diga, Linus? — A imagem perfeita da inocência.

— Uma pergunta, se me permite: você sabe alguma coisa sobre a onda gigante vindo direto em nossa direção?

— A onda *o quê*? — Arthur perguntou.

Ele se virou e, erguendo-se alta no céu, lá estava uma enorme onda no mar, com pelo menos quatro andares de altura, o topo coberto de branco como o pico nevado de uma montanha. Ela caiu na direção deles, com um ronco de fazer tremer os ossos, dando velocidade ao barco.

— Segurem-se, todos! — gritou Lucy, parecendo feliz demais diante da morte iminente.

Linus entrou em ação antes de Arthur, agarrando Talia e Lucy em seus braços e se jogando no meio do barco a remo, cuja proa já se inclinava em um ângulo baixo, conforme a onda se aproximava cada vez mais. Sal puxou Theodore de seu ombro, colocando-o debaixo do braço, enquanto Phee e David mergulhavam para a caixa. Sentado na frente de Linus, Sal segurava Theodore em seu colo, ambos mirando a onda com olhos brilhantes.

— Chauncey! — gritou Arthur, estendendo a mão para ele conforme o barco se inclinava para trás e para trás e para *trás*, a caixa térmica girando até cair no mar.

— Pode deixar! — respondeu Chauncey.

Enquanto Arthur olhava com espanto, Chauncey inspirou fundo, seu peito (ou melhor, o que seria seu peito) expandindo até que parecesse ter engolido uma bola de praia. Então ele desinflou com uma expiração vigorosa, seu corpo inteiro — exceto os olhos — ficando fino como um pedaço de papel. Um tentáculo se moveu veloz para a frente do barco a remo, envolvendo o casco. O outro tentáculo alcançou a parte traseira, prendendo-se com firmeza. Uma forte rajada de vento o atingiu em cheio no peito, e Chauncey riu enquanto era erguido do barco, seus tentáculos se esticando, as ventosas o impedindo de flutuar para longe. Ele ascendeu no ar, e foi então que Arthur percebeu o que estava acontecendo: Chauncey havia se transformado em uma espécie de paraquedas, lançando uma coloração verde sobre eles.

Quando Arthur pensou que iriam virar, eles alcançaram a crista da onda, a água espirrando em seus rostos, cegando-os. Lucy urrava de alegria, com os braços erguidos, enquanto Linus tentava impedi-lo de cair no mar. O furacão que os envolvia parou de repente, como se um interruptor o tivesse desligado. Arthur abriu os olhos e se debruçou sobre a lateral do barco.

Eles estavam voando.

Eles estavam *voando*.

O mar estava pelo menos quinze metros abaixo, o barco a remo cortando o ar enquanto Chauncey navegava de vento em popa rumo à ilha. Ele continuava rindo, quase histérico, enquanto a onda gigante desabava abaixo deles fazendo um tremendo splash.

— *Caramba*, caras! — gritou. — Eu não sabia que ia funcionar!

David e Phee colocaram suas cabeças para fora da caixa.

— Ainda estamos vivos? — perguntou David.

— Mais uma vez! — gritava Lucy, pulando no colo de Linus. — Mais uma vez!

— Nem uma vez mais — disse Linus, seu rosto fazendo uma imitação notável da cor natural de Chauncey. — Eu acho que não conseguiria sobreviver a outra…

Todos eles gritaram quando o barco repentinamente caiu três metros, fazendo o estômago de Arthur subir até a garganta.

— Xi — disse Chauncey, seus pedúnculos murchando até que os olhos pousassem no topo da cabeça. — O vento está diminuindo de novo. Desculpem, nós vamos bater e provavelmente ter uma morte horrível. Amo vocês, pessoal.

Theodore chilreou e soltou um estalo animado, balançando a cabeça para cima e para baixo.

Arthur sorriu de súbito.

— Você está certo, Theodore. Ele *nos* meteu numa furada!

— Mal-agradecidos! — gritou Chauncey, enquanto eles caíam mais um metro e meio. — Estou dando o meu melhor!

Theodore saltou de seu poleiro em Sal, pousando no chão do barco. Ele virou a cabeça para a esquerda, depois para a direita, antes de balançar o corpo enquanto se agachava, com o rabo balançando. Sem hesitar, ele virou a cabeça na direção de Chauncey, suas escamas brilhando na luz ao abrir a boca, exibindo suas fileiras de presas e retraindo a língua. Fogo verde surgiu da serpe, uma explosão ofuscante de chamas que atingiu Chauncey, inflando-o mais uma vez.

— Aah! — exclamou Chauncey, dando risada. — Isso faz cócegas.

— Muito bem — disse Arthur, dando um tapinha nas costas entre as asas de Theodore, enquanto a serpe continuava cuspindo fogo em seu irmão.

Linus decidiu que era hora de vomitar pela lateral do barco, Talia batendo em suas costas, agradecendo-o por alimentar Frank e o resto dos peixes. Quando ele se sentou novamente, seu rosto estava branco e pegajoso de suor, ou possivelmente de água do mar. Ou ambos. Com a voz fraca, ele disse:

— Não podemos dizer à inspetora que transformamos Chauncey em um balão de ar quente e fizemos ele nos levar voando pra casa. Tremo só de pensar em como isso ficaria num relatório.

— Mas você disse que a gente podia ser o que quisesse — Phee o lembrou. — Por que tiraria isso de Chauncey?

Linus suspirou.

— Eu disse mesmo, não foi? Nova regra da casa. Chauncey pode ser um balão de ar quente se quiser, mas apenas na companhia dos aqui presentes, e da Zoe.

— E da Helen — disse David.

— E da Helen — concordou Linus.

— E do J-Bone — acrescentou Lucy. — Porque, se acha que eu não vou contar isso na próxima vez que for à loja de discos, você está completamente maluco.

Linus fechou os olhos e sorriu, fraco.

— Sim. Isso é algo que digo a mim mesmo o tempo todo.

Eles aterrissaram na praia, o barco a remo batendo na areia com um barulho que fez todos tropeçarem. Theodore cessou o fogo, e Chauncey murchou enquanto flutuava rumo à praia, terminando os últimos metros de voo na areia.

Linus se arrastou por sobre a lateral do barco, deitando-se de costas na praia, puxando montes de areia para si e os abraçando.

— Ah, terra firme. Minha doce, doce terra firme. Nunca mais vou me esquecer do seu valor.

— Crianças — disse Arthur, à medida que todos se levantavam. — O que aprendemos com a aventura de hoje?

— Uvas não enchem muito a barriga — disse Chauncey. — Porque estou faminto.

— Isso mesmo — concordou Arthur, sentando-se no banco enquanto seu noivo continuava a exaltar as virtudes da terra. — Da próxima vez, levaremos sanduíches. Phee?

— Aprendi que Lucy pode fazer ondas gigantes — disse Phee. — Achei que ele não conseguiria. E disse isso a ele, então… Sabem como é. Foi mal.

Arthur arqueou uma sobrancelha.

— Ah, por favor — falou Phee. — Como se a gente estivesse *realmente* prestes a morrer.

— Hum. Certo. Talia, agora você.

Ela alisou a barba, pensativa.

— Aprendi que mesmo que peixes tenham pensamentos, ainda assim vou comê-los, porque gosto do sabor deles na minha boca.

— Fascinante. Aprecio sua sinceridade. Theodore?

Theodore estava deitado de costas no chão do barco, seus pés chutando o ar. Sal o agarrou pelos tornozelos, levantando-o, deixando a serpe chilrear no rosto de Arthur.

— Maravilhoso — disse Arthur. — Sua criatividade no uso do fogo sem dúvidas nos salvou de mergulhar para a morte certa.

Estou bastante impressionado com sua capacidade de raciocínio. Sal, sua vez.

— Nós resolvemos por conta própria — falou Sal com um brilho no olhar, Theodore em seus ombros, como de costume. — Estávamos em apuros, e descobrimos um jeito de resolver o problema.

— Com uma *onda gigante* — resmungou Linus, com as pernas e cintura agora cobertas de areia. E prosseguiu: — O que não é ruim em si, mas não é algo que eu escolheria, pois não gosto de ver minha vida passando diante dos meus olhos.

— Vocês pensaram por si mesmos — disse Arthur. — E não apenas isso, colocaram um plano em ação e, como Sal mencionou, o levaram até o fim. Estão todos de parabéns, embora eu questione a funcionalidade de uma onda gigante em comparação à, digamos, ideia do David sobre os blocos de gelo. David, o que aprendeu?

— Que vocês todos são muito estranhos — respondeu o iéti, ofegante, seus olhos arregalados. — E *gosto* disso.

— Obrigado — agradeceu Arthur. — Você também é estranho e gostamos de *você*, então estamos quites. Lucy? Estou curioso para saber o que aprendeu.

Lucy fez uma cara feia para ele.

— Aposto que sim. Vai me dizer mais alguma coisa que eu não posso fazer?

Justo, embora dolorido.

— Parece que precisamos ter uma conversa.

— Com certeza, precisamos — resmungou. — E eu aprendi outro jeito de fazer Linus vomitar. Pelas minhas contas, agora são doze jeitos diferentes que eu posso…

— Treze — disse Talia. — Lembra quando Sal teve uma espinha e você quis ser como ele, então cobriu seu rosto inteiro com espinhas vazando?

Linus gemeu na praia.

Ele soube. No momento em que viu Zoe e Helen os esperando na varanda, soube. Não foi a expressão no rosto de Zoe — o olhar preocupado que ela disfarçou assim que os viu. Não foi nada que Helen tenha feito, sentada ao lado, seu próprio rosto cuidadosamente inexpressivo. Não, não foi nenhuma dessas coisas, embora tenham aumentado a sensação de inquietude que recaiu sobre ele, não muito diferente de uma desgarrada onda gigante.

Foi a pasta arquivo branca entre elas, no degrau. Ele vira pastas assim antes, quando Linus recebia suas instruções secretas do DEDJUM. Rowder não tinha mesmo perdido tempo.

— Como foi? — perguntou Zoe, com um sorriso discreto. — Por acaso vocês não saberiam algo sobre a onda gigante que quase atingiu a ilha, saberiam?

— Não faço ideia do que está falando — murmurou Lucy, pisando duro ao subir a escada e batendo a porta atrás de si.

— Xi — disse Helen.

— Ele está bem? — perguntou Zoe.

David murchou, chutando o chão com seu pé peludo.

— Está bravo comigo porque... eu não quis... eu estava só tentando...

— Ei, cara — chamou Sal. — Não precisa dizer isso. Não é nada que você tenha feito. Ele vai superar, pode acreditar.

David franziu o cenho.

— Você não sabe.

— Mas eu sei — disse Arthur. — David, se achássemos que fez algo errado, teríamos conversado com você. Sei que é fácil falar, mas deixe que nós nos preocupamos com Lucy. — Ele se voltou para os outros. — Por que não entram todos e vão se trocar? Vamos jantar cedo hoje.

— Tomara que não seja o Frank — murmurou Talia, passando um dedo pela garganta. Ela subiu as escadas atrás dos outros e entrou.

Quando teve certeza de que não estavam ouvindo, Arthur se voltou para Zoe e disse:

— Respondendo à sua pergunta, Lucy está meio irritado agora, mas, para ser justo, acho que não tem culpa. Eu, sim. Vou resolver logo. — Ele olhou com atenção para a pasta, e só então percebeu que havia duas em vez de uma. — Presumo que é o que estávamos esperando?

— Sim — confirmou Helen. — Também me enviaram uma notificação.

Linus resmungou.

— Que diabos o DEDJUM está planejando agora?

Helen pegou uma das pastas, mostrando a frente para Arthur e Linus. Estava endereçada à PREFEITA DE MARSYAS. No canto superior esquerdo, o selo oficial do DEDJUM: um círculo com duas mãos unidas no centro, uma jovem, outra mais velha. Helen puxou uma única folha de papel e começou a ler:

— "Cara prefeita Webb, esta é uma notificação de que uma investigação oficial do Departamento Encarregado da Juventude Mágica ocorrerá a partir da terceira semana de junho no Orfanato de Marsyas. Como servidora pública devidamente eleita da cidade e/ou vila mais próxima, solicitamos que não permita qualquer interrupção na referida investigação. Toda e qualquer tentativa de impedir a inspetora do DEDJUM de completar sua atribuição será punida com toda a força da lei, incluindo multas e prisão. Tenha um belo dia! Atenciosamente, Jeanine Rowder, Chefe Interina do Departamento Encarregado da Juventude Mágica e do Departamento Encarregado dos Adultos Mágicos."

Ela guardou a carta de volta na pasta.

— Parece que estão esperando problemas — comentou Linus.

— Imaginamos que sim — disse Helen. — Mais e mais pessoas mágicas estão encontrando asilo no vilarejo, mesmo que apenas temporariamente. Era só uma questão de tempo até que isso chegasse ao governo.

— E a outra pasta? — perguntou Arthur.

Zoe deu de ombros.

— Ainda mais curta, acredita? Imaginei que não se importaria se eu abrisse. Diz o que você já esperava. A inspetora chega na próxima semana. Quarta-feira. — Ela fez uma careta. — E que qualquer tentativa de enganá-la resultará na remoção imediata das crianças.

— Que opção nós temos? — perguntou Linus, parecendo um tanto desamparado. — Devemos simplesmente deixar quem eles quiserem vir pisar na nossa casa? E podemos realmente confiar que todos no vilarejo não vão estragar as coisas?

Helen riu.

— Acho que você vai encontrar ajuda nos lugares mais improváveis. — Ela se inclinou para a frente, cotovelos nos joelhos, olhos brilhando. — Tem um bando de repórteres no vilarejo, todos clamando para vir à ilha. Merle não deixou isso nada fácil.

Arthur soltou uma risada.

— Aumentou os preços de novo, não foi? Quanto ele está tentando cobrar?

Helen balançou a cabeça.

— Não foi isso, Arthur. Ele falou que não faria a travessia. Disse, e vou citar: "Por que diabos aqueles pequenos precisariam falar com repórteres? Seus abutres malditos. Vocês nunca pisarão na minha balsa!"

— Ele *não* falou isso — disse Linus, parecendo tão chocado quanto Arthur se sentia.

— Falou — confirmou Helen, divertindo-se. — Eu não sabia que o velho ranzinza poderia agir assim. Devia ter visto a cara dos repórteres. É como se nunca tivessem recebido um não.

— Não estamos sozinhos — disse Arthur, com a voz vigorosa, segura. — Deixe que enviem a inspetora. Vão descobrir que este não é um lugar sombrio e perigoso, mas um lar. E esses repórteres ainda podem ser úteis, caso precisemos de seus serviços. Muitas coisas a considerar, mas, por ora, estou me sentindo um tanto faminto. Vamos?

NOVE

Na tarde da segunda-feira seguinte — restando apenas dois dias para a chegada da inspetora —, Arthur Parnassus se sentou em seu quarto, em uma cadeira de encosto alto, uma perna cruzada sobre a outra, as mãos no colo. Pela janela aberta, ele podia ouvir Talia falando com suas plantas no jardim. De vez em quando, os tons guturais de gnomês mudando para uma cantoria, um murmurinho que subia e descia. Ao fundo, o quebrar das ondas e o canto dos pássaros sobre os rochedos.

De frente para Arthur, em sua própria cadeira, Lucy estava de cabeça para baixo, pernas no encosto, cabeça pendendo fora do assento. Ele não tinha falado ainda, braços cruzados sobre o peito, encarando Arthur com olhos vermelhos.

— Pelos meus cálculos, este é nosso sexagésimo sexto encontro — disse Arthur, rompendo o silêncio pesado. — Estranho como o tempo passa rápido quando não se está prestando atenção.

Lucy revirou os olhos sem dizer nada.

— Vamos nos sentar como se deve sentar numa cadeira, ou hoje não?

Lucy bocejou. Hoje não, ao que parece.

— Como estão as aranhas no cérebro?

Lucy deu de ombros.

— Ah, perdeu a voz, não foi? Espero que a encontre. Geralmente eu gosto quando você fala.

Lucy fez um som rude com a língua entre os dentes.

Arthur inclinou a cabeça.

— Algo em mente?

Lucy girou, ficando de joelhos. Ele apontou o dedo para Arthur e rosnou:

— Você *mentiu* pra mim.

— Essa é uma acusação muito séria — falou Arthur.

— Você me disse que eu não precisava ser um monstro, como todos pensavam. Que eu podia fazer *qualquer coisa* que quisesse. — Ele se sentou nos calcanhares, seu olhar feroz fixo em Arthur.

— Eu disse isso, sim. E continua sendo verdade ainda hoje.

Lucy desdenhou.

— Então por que disse a David que ele poderia ser um monstro, se quisesse? Por que uma pessoa pode ser de um jeito, e outra não? Como *isso* é justo?

— Você está certo, não é justo — disse Arthur. — Peço desculpas por isso, Lucy. Deu a impressão de uma moral dupla, e não era minha intenção. — Ele ponderou suas próprias palavras por um instante. — Mas você não deve ter raiva de David. Ele é inocente nisso tudo, e não quero que você...

— Se ele é tão inocente, então por que quer assustar as pessoas? Eu também quero, mas todo mundo diz que *eu* não sou inocente. Por que você disse uma coisa pra ele, e outra pra mim?

— Justo — disse Arthur, cautelosamente. — E é algo que gostaria de discutir com você, se estiver disposto.

— Pra você me enganar? — perguntou Lucy com uma careta. — Me fazer pensar que está tudo bem, quando não está?

— Eu já fiz isso?

Lucy não respondeu por um longo tempo. Por fim, afundou mais na cadeira e murmurou:

— Tudo tem uma primeira vez.

— Sinto muito que fiz você se sentir assim — disse Arthur. — Certamente não foi minha intenção, mas acabou acontecendo. — Ele cruzou as mãos sobre a mesa à frente. — Acho que, dentre todos nós, quem David irá procurar mais será você.

Lucy o mirou.

— É mesmo? Por quê?

— Porque vocês são próximos, de certa maneira. Não parentes de sangue, nem estou falando de irmandade, embora isso faça parte também. Vejo vocês como dois lados da mesma moeda. Acho que vai descobrir que David olha para você para ver o que está certo e o que está errado.

— Ah — disse Lucy, franzindo o cenho. — Isso é... estranho. Ainda não quer dizer que te perdoo.

— Não achei que perdoaria — Arthur o assegurou. — Eu fiz algo que você considera injusto, e tem razão. O que me traz de volta à moeda. Como eu disse, dois lados da mesma moeda, e ainda assim, vocês têm suas diferenças. David é um iéti. Você não.

— Eu sou o Anticristo — disse Lucy.

— Você é — confirmou Arthur. E embora isso o preocupasse imensamente, ele não se impediu de dizer o que era preciso. — Se quiser reivindicar esse título, você pode. Nós conversamos sobre não usar essa palavra, dadas as conotações por trás, mas eu seria negligente se não dissesse que, independentemente do que os outros pensem, o título é seu para fazer o que desejar.

— O que me impede de mudar a forma como os outros pensam?

Um arrepio passou pela nuca de Arthur, frio e espinhoso.

— Explique.

Lucy se sentou mais uma vez, seus bracinhos se agitando freneticamente.

— As pessoas têm medo de nós. De nossa aparência. Do que podemos fazer. Elas nos odeiam por isso. Se eu quisesse, poderia mudar a mente de todas elas num segundo, *assim*. — Ele estalou os dedos. — Fazer acreditarem, como deveria ser, que não somos assustadores e que podemos fazer o que quisermos.

— Poderia fazer isso? — perguntou Arthur, devagar.

— Acho que sim — disse Lucy, tocando o queixo. — Acho que se eu realmente tentasse, poderia fazer qualquer coisa que quisesse. Diabos, estou até tentando descobrir como teletransportar coisas, como pedras ou um peixe-boi adulto.

— Vamos prosseguir nessa ideia — falou Arthur. — Digamos que você faça exatamente como descreveu. Impõe sua vontade a uma população desavisada. Você diz a si mesmo que é para um bem maior, o que pode ser verdade. Isso seria correto?

Lucy encarou Arthur com um olhar de quem tinha mil anos.

— Seria um meio de tornar as coisas mais fáceis.

— Talvez — disse Arthur. — Mas não responde à minha pergunta. Mesmo que suas intenções sejam puras, erradicar o livre-arbítrio para obter o resultado final que *você* deseja torna suas ações corretas?

Lucy hesitou.

— Eu... não sei?

— E tudo bem não saber — disse Arthur. — O que nos leva de volta à ideia de relativismo moral.

Lucy resmungou, soando tão parecido com Linus que Arthur sorriu, escondendo a boca com a mão.

— Sim, sim, terrível falta de consideração da minha parte despejar filosofia em você. Vou melhorar. Mas, se puder me fazer o favor de me lembrar o que é relativismo moral.

— A concepção de que julgamentos morais são verdadeiros ou falsos apenas em relação a algum ponto de vista específico — entoou Lucy com uma voz entediada.

— Correto — disse Arthur. — E o argumento contrário?

— Não há guia sobre o que é certo ou errado.

— Na mosca. — Arthur se mexeu na cadeira, descruzando as pernas. — Nessa situação, há pessoas que acreditam que você é algo a ser temido. Em contrapartida, há outras que acreditam que você é um garoto inteligente de sete anos de idade, com aranhas no cérebro e uma queda por música. Quem está correto?

— Os que pensam que sou esperto — disse Lucy, de imediato.

— Então todos os que acreditam no contrário estão errados?

— S-sim? — respondeu Lucy, parecendo inseguro.

— Mas se usarmos o relativismo moral, o argumento seria de que aqueles que têm medo de você estão corretos, porque é nisso que acreditam. E é aí que as coisas se complicam. Porque, se a moralidade é baseada em desejo pessoal, como alguém pode encontrar uma base moral verdadeiramente objetiva e tomar uma decisão moralmente correta?

Lucy franziu a testa.

— Então quem está certo e quem está errado?

— Excelente pergunta — disse Arthur. — E não sei se há uma resposta única. Você me disse uma vez que achava a humanidade estranha, já que quando não estamos rindo, estamos chorando ou correndo para salvar nossas vidas porque monstros estão tentando nos comer.

— E nem precisam ser monstros de verdade — completou Lucy. — Podem ser aqueles que criamos na cabeça.

— Exatamente. Mas se você fosse tirar esses monstros dos outros, reais ou imaginários, impondo seus desejos e caprichos sobre aqueles que temem você, o que eles teriam aprendido?

— Nada — respondeu Lucy relutantemente.

— Isso — disse Arthur, confirmando com a cabeça. — Não aprenderiam nada porque nunca tiveram a chance. Por isso o livre-arbítrio é importante. Ele nos dá o potencial de mudar as mentes.

— Mas por que nós que temos que fazer isso? — perguntou Lucy. — Por que somos *nós* que precisamos ser os mais sensatos e ensinar? Isso não deveria ser responsabilidade deles?

— Em um mundo perfeito, sim — disse Arthur. — Eles se esforçariam para desfazer seus preconceitos e acolheriam de braços abertos os que são diferentes. Mas não vivemos em um mundo assim, e devemos fazer o que podemos com aquilo que temos. — Ele se inclinou para a frente. — Porém, você está certo. *Não deveria* caber a nós provarmos que não somos uma ameaça. E, ainda assim, nos encontramos na nada invejável posição de ter que fazer exatamente isso. O que me traz de volta à ideia dos monstros. Embora possam ser dois lados da mesma moeda, você e David têm seus próprios caminhos individuais a percorrer. Quando eu disse a David que ele poderia ser um monstro, não foi porque ele queria machucar as pessoas. Foi porque ele sente que as pessoas podem encontrar alegria no medo, desde que ninguém se machuque.

Os olhos de Lucy brilharam.

— Eu não quero machucar as pessoas. — Ele fez uma pausa, considerando. — Certo, *algumas* pessoas, mas não faço isso, não o tempo todo.

Arthur ergueu a mão.

— Eu nunca disse que faz. Eu te conheço bem o bastante, Lucy. E embora eu desejasse não ter que dizer de novo, é preciso, porque aparentemente não consegui explicar muito bem. Você pode ser quem quiser, desde que se lembre de que o livre-arbítrio é primordial, mesmo que não concorde com as escolhas dos outros.

Lucy o olhou com astúcia.

— E se eu não me tornar quem você quer que eu seja?

Arthur já esperava. Forçar os limites percebidos, testar até onde poderiam ir. Todas as crianças fizeram isso em um momento ou outro. Isso remetia ao que Arthur havia dito durante a audiência, sobre crianças recebendo um não e imediatamente perguntando por quê.

— Eu te amaria do mesmo jeito.

Lucy piscou surpreso.

— Ah, é? Por quê?

— Porque todos os dias, eu vejo a bondade em você. Vejo sua gentileza, suas travessuras. Sua fascinação com o mundo ao seu redor. Embora possamos nem sempre concordar, nada que pudesse fazer me faria parar de amar você.

Lucy reclinou a cabeça, mirando o teto.

— Difícil.

— O quê?

— Estar vivo.

— Sim — concordou Arthur. — Mas talvez seja este o ponto: as provações e tribulações da vida podem nos pesar muito, mas encontramos pessoas para ajudar a aliviar a carga. É por isso que sei que você será bom para David. Ele precisa de ajuda para carregar tudo o que tem sobre os ombros. E não consigo pensar numa pessoa melhor que você.

Por algum tempo, Lucy ficou em silêncio. Ele olhou pela janela, seu rosto banhado pela luz dourada. Por fim, disse:

— Arthur?

— Sim?

— Amo você também.

Arthur sorriu com fogo florescendo em seu peito.

— Eu sei. Agora, acho que é o suficiente por hoje. Ouvi rumores de que você adquiriu um novo disco na nossa ausência. Gostaria de ouvir o que você e J-Bone descobriram.

Lucy pulou da cadeira, balançando-se empolgado.

— Fats Domino! Vou pegar pra você ouvir que som irado é "I'm Walkin".

E foi exatamente o que eles fizeram. Enquanto a tarde passava, Fats Domino se lamentava sobre andar, sim, claro, e estou falando sobre você e eu, esperando que volte pra mim.

Naquela noite, com todas as crianças bem acomodadas em suas camas — Lucy decidiu que ele e David precisavam de uma festa do pijama no quarto de David —, Arthur terminou seus afazeres noturnos e encontrou Linus sentado na cama, encostado na cabeceira. O edredom puxado até seu colo, com Calliope sentada em cima e observando cada passo de Arthur.

— Lucy parece ter mudado de opinião.

Linus estremeceu.

— Espero que isso não signifique que vamos acordar no meio da noite com a casa caindo à nossa volta.

Arthur subiu na cama, coçando Calliope atrás das orelhas e beijando Linus na bochecha antes de espelhar sua posição na cama, seus ombros se encostando.

— Não acho que tenha sido ciúmes, não exatamente. Era mais que ele sentia que eu estava tratando David de forma diferente.

— Dizendo que ele podia ser um monstro.

— Isso — falou Arthur, batendo de leve a cabeça na cabeceira. — Foi, no mínimo, hipócrita de minha parte.

— Embora eu odeie admitir, Rowder pode ter razão — disse Linus, passando a mão no rosto. Calliope estendeu uma pata, colocando-a sobre o punho de Linus. Distraidamente, ele continuou acariciando as costas da gata. — Sobre dever moral. Qual responsabilidade temos?

— O mesmo que qualquer pai ou guardião — respondeu Arthur. — Mostramos a David a diferença entre certo e errado e deixamos que ele cresça para tomar as decisões por si mesmo.

— O que acontece se ele tomar a decisão errada? E se isso tiver algum efeito sobre as outras crianças? Não tenho certeza se dizer a ele que poderia ser um monstro foi o certo a se fazer. Deveríamos mostrar a ele como ser uma boa pessoa em vez de sucumbir a instintos primitivos, o mesmo que fazemos com Lucy.

Arthur sentiu um leve desconforto. Ele sabia o que Linus estava tentando dizer, mas não lhe desceu bem.

— Instintos primitivos? Linus, ele é um *iéti*. Faz parte dele. Só porque você não compreende de todo, não tem o direito de tentar tirar isso dele. — Soou um tanto ríspido, e uma tentativa de desculpas quase veio depois, mas ele a conteve em sua boca.

Arthur não poderia se desculpar sempre que as coisas se tornassem um pouco desconfortáveis — um hábito que ainda se pegava lutando para superar, consequência de viver sob domínio do DEDJUM.

— *Eu* não compreendo? — bufou Linus, e Calliope lançou um olhar para Arthur. — Pensei que diria *nós*.

— Eu digo *nós* — falou Arthur. — Sempre. Mas por você ser quem é, e por tudo o que fez, nunca vai compreender o que é isso para eles, para *nós*. Você pode entender as questões e querer ajudar, mas nunca esteve em um lugar como o nosso.

— Minha nossa — disse Linus, e Calliope inclinou a cabeça para trás, para olhar para ele. — Não foi minha intenção. Me desculpe.

— Sei que não. Mas devemos ter um cuidado maior com *intenção*, pelos nossos protegidos. Afinal, de boas intenções o inferno está cheio.

Linus suspirou enquanto Calliope rolava de costas, bocejando, exibindo completamente suas pequenas presas.

— Então como eu poderia ser um bom pai? Como ajudar, se não posso me identificar com eles?

— Estando presente — disse Arthur. — E ouvindo. Você provou ser mais do que capaz em ambos, mas acho que um lembrete de vez em quando não dói. Realmente, você pode não entender tudo o que eles, *nós* passamos porque não passou por nada assim pessoalmente. E sou grato por isso. Você quer protegê-los. Nesse aspecto, não é diferente de mim. Mas me lembro de quando você me disse que manter as crianças reclusas na ilha não beneficiaria ninguém.

— Eu disse, não foi?

— Foi — respondeu Arthur. — E estava certo, mesmo que tenha sido difícil ouvir naquele momento. Você me mostrou que, não importavam minhas intenções, eu estava causando mais mal do que bem. Que eu não necessariamente precisaria confiar no mundo lá fora, mas que precisava confiar nas *crianças*, porque eram mais fortes do que eu imaginava.

— E isso é parte integral de ser pai — disse Linus devagar, retomando de onde Arthur havia começado. — Saber quando é hora de dar um passo atrás e deixar que tomem suas próprias decisões.

— Exatamente — concordou Arthur, pegando a mão de Linus e entrelaçando seus dedos. — O melhor que podemos fazer para eles é estarmos presentes para celebrar suas vitórias e ajudá-los a se levantar quando caem. — Ele riu baixinho. — Tenho certeza de que esse é um problema enfrentado pela maioria dos pais desde tempos imemoriais. Saber quando é a hora certa de deixar os passarinhos saírem do ninho e voarem por conta própria.

— A maioria dos pais não tem as crianças que temos — disse Linus.

— Não mesmo. Demos sorte nisso, eu acho.

— Ainda assim. Me desculpe.

Arthur levantou a mão de Linus, seus lábios tocando a pele quente.

— Desculpas aceitas, não para evitar mais discussões, mas porque sei que você ainda está aprendendo, assim como eu. Temos que confiar em Lucy, como temos que confiar em todos. Então precisamos fazer a coisa mais assustadora de todas: dar um passo para trás e esperar pelo melhor.

— Conseguimos fazer isso? — perguntou Linus sem censura. Uma simples curiosidade nascida do fato de conhecer Arthur melhor do que qualquer outra pessoa, tirando Zoe.

Arthur sorriu.

— O tempo dirá. Espero que sim, mas então vejo algo que me lembra que o mundo pode ser cruel, e sinto como se voltasse à estaca zero. — Ele fez uma pausa, considerando. E perguntou: — Posso te contar um segredo?

Linus apertou Calliope com a mão quando ela começou a ronronar, um som baixo e intermitente.

— Sempre.

— Parte de mim quer deixar Lucy fazer o que ele disse — admitiu Arthur. — Deixar que ele imponha sua vontade a todos. Para mudar as mentes deles, mesmo que não queiram. Isso tornaria as coisas mais fáceis.

— Tornaria — disse Linus. — Mas acho que você sabe que seria uma vitória vazia, uma com a qual teríamos que viver pelo resto dos nossos dias.

— Eu sei. Mas, apesar disso, não posso deixar de pensar que seria uma vitória do mesmo jeito. E o que deixa pior é que eu sei que o DEDJUM está tentando fazer o mesmo: impor sua vontade à população para fazê-la se alinhar a eles.

— Então, o que fazemos?

— Nós vivemos — disse Arthur.

— E se tentarem nos tirar nossos filhos?

— Então nós lutamos.

Em uma tarde de terça-feira de verão — o sol alto, nenhuma nuvem no céu azul, azul —, os moradores da Ilha de Marsyas se preparavam para a guerra. Ou melhor, Linus e Arthur os convocaram para tentar *evitar* a guerra, e ferimentos corporais graves, se possível. Foi por isso que eles fizeram as crianças vasculharem seus quartos em busca de itens que pudessem ser interpretados como uma arma ou qualquer coisa perigosa que a inspetora pudesse usar contra eles.

Enquanto esperavam na sala — ouvindo colisões cacofônicas caindo no andar de cima —, Linus andava de um lado para o outro em frente à lareira, o cabelo espetado em ângulos estranhos onde estivera passando as mãos. Ele olhou para Arthur, sentado em uma cadeira, mãos sobrepostas no colo.

— Como pode estar tão calmo? — perguntou, com as mãos na cintura. — Você era assim antes de eu chegar?

— Eu era transtornado — disse Arthur. — Mais assustado do que já estivera em muito tempo, assim como agora.

Linus piscou.

— Não parecia transtornado.

Arthur assentiu com a cabeça.

— Só porque não demonstrei, não significa que não estava. Mas não durou muito. Debater filosofia na floresta enquanto você usava sua roupa de explorador mudou minha opinião. — Ele mexeu as sobrancelhas. — Ver você naquela bermuda cáqui foi uma distração e tanto.

Linus fungou.

— Fico bem nela, não? Me surpreende que conseguiu manter as mãos longe de mim.

— Fiz um esforço monumental — afirmou Arthur.

— Suponho que, se há esperança pra mim, há esperança pra qualquer um. — Linus expirou. — Mas isso não significa que pode flertar com a inspetora como fez comigo. Duvido que seja influenciada pelos seus truques.

Arthur sorriu.

— Anotado. Especialmente porque o governo parece pensar que eu uso meus truques pra tirar vantagem. Para dissuadi-los dessa percepção, vou guardar meus truques pra mim mesmo.

— Não é pra *tanto*. Acontece que gosto dos seus truques.

As duas primeiras crianças desceram as escadas fazendo barulho, Phee dizendo:

— E é por isso que fizemos isso para você. Não se preocupe em tentar memorizar tudo agora. Nem o Arthur conseguiria fazer isso. Vai levar um tempo.

— E tem certeza de que funciona? — David disse.

— Tenho — afirmou Phee, quando alcançaram o pé da escada. — Pode parecer um pouco complicado, porque não se trata apenas dos sons que ele faz, mas da emoção *por trás* dos sons. Felizmente, você tem a gente. Vamos todos ajudar você a aprender coisas diferentes. Eu com as árvores. Talia com as plantas dela, Chauncey com o mar, Lucy com coisas assustadoras...

— Que tipo de coisas assustadoras? — perguntou David animadamente, quando chegaram na sala.

Em suas mãos, David segurava uma resma de papel encadernada com fios coloridos. Phee trazia uma bolsa pendurada no ombro, e a deixou perto da entrada da sala.

— Como sangue e tripas — disse ela. — Ele é bom nessas coisas. Sal pode ajudar com quase tudo o mais porque ele fala serpês melhor até mesmo do que Arthur. Por isso eles são melhores amigos. Quando Sal chegou aqui, não falava muito. Mas Theodore logo se apegou a ele. Acontece que alguns tipos de serpe crescem bem com empatia, e Theodore disse que Sal brilhava com ela, praticamente mais do que tudo.

Os olhos de David se arregalaram de expectativa.

— Crescem bem? Tipo... literalmente?

Phee expirou.

— Não é bem assim, mas é uma ideia legal. Deveríamos contar a eles para que possam agir como se fosse isso o que acontece. É mais que eles... trazem à tona as melhores partes um do outro. E isso ajudou Sal a encontrar sua voz, para aprender a de Theodore. — Ela fez uma pausa, franzindo a testa. — Eu me pergunto se é por isso que Theodore consegue cuspir fogo agora.

Um belo pensamento, no qual Arthur não conseguia encontrar falhas. Sal e Theodore raramente iam a algum lugar um sem o outro, e ambos tinham florescido desde a chegada na ilha. Embora Arthur soubesse que ele e os outros tinham desempenhado um papel nisso, havia verdade nas palavras de Phee. Theodore tinha feito mais por Sal do que qualquer outro.

— O que você tem aí? — perguntou Arthur a David.

— É um dicionário — disse David. — Para me ajudar a aprender serpês. — Ele folheou as páginas, seus olhos correndo de um lado a outro enquanto lia. — Onde está a seção de palavrões?

Linus cruzou os braços.

— Duvido que teriam colocado uma coisa dessas no...

— No fim — disse Phee. — Últimas três páginas.

David virou o livro alegremente, sorrindo cada vez mais enquanto lia. Depois de um tempo, levantou a cabeça e disse:

— Clique, clique, *rauuur*, clíquete-clique.

Linus levou a mão à garganta.

— Bem, eu *nunca*. Nós *não* usamos uma linguagem dessas nesta casa.

Phee bufou.

— Continue se enganando assim.

— Você quem fez? — perguntou Arthur a Phee.

Ela deu de ombros, desviando o olhar com uma cara feia.

— Eu não. Nós todos fizemos. Achamos que ajudaria. Não é grande coisa.

— Acho que é — disse Arthur. — De quem foi a ideia?

Phee revirou os olhos.

— Minha.

— Posso ver. Muito generoso de sua parte, Phee.

Ela ficou vermelha, suas asas tremendo enquanto David continuava a ler, com o rosto a centímetros das páginas. Um instante depois, ela se inclinou e começou a apontar dicas e truques que havia aprendido em sua própria jornada para entender Theodore.

Não muito tempo depois, o restante da família se juntou a eles, cada uma das crianças trazendo suas próprias bolsas e se reunindo na entrada, enquanto Arthur se levantava da cadeira. Linus se juntou a ele, e Phee e David ficaram com os outros, todos esperando para ver o que Arthur diria a seguir. Sal permaneceu de pé com as mãos para trás, Theodore empoleirado em seu ombro.

— Nós já discutimos o que está para acontecer a partir de amanhã — disse Arthur. — Da mesma forma que fizemos com Linus, nós vamos demonstrar gentileza e cortesia à nossa visita, e absolutamente *ninguém* fará ameaças, incluindo dano físico e/ou morte.

Todos se voltaram para Lucy e Talia.

— O que foi? — perguntou Talia. — Eu sou uma *gnoma*. Todos esperam que eu seja ameaçadora. É, tipo, a minha especialidade.

— Estou com você, minha irmã de alma — concordou Lucy. — Exceto que não sou um gnomo, apenas a encarnação do mal.

— Seja como for — disse Arthur —, não queremos correr o risco de que nada negativo vá para o relatório. Assim, espero que todos vocês se comportem da melhor maneira possível.

— E cada um de nós deve desempenhar seu papel para evitar que David seja descoberto — disse Linus. — A inspetora não pode saber que ele está aqui.

David ergueu a mão.

Satisfeito, Arthur perguntou:

— Sim, David?

— E se ela me vir? Lucy e Talia vão matar a inspetora e enterrar no jardim?

— Sim — disseram Lucy e Talia ao mesmo tempo.

— *Não* — Linus falou alto.

Theodore chilreou e guinchou, abrindo suas asas.

— Não me digam o que ele falou! — clamou David. — Quero descobrir sozinho. — Ele abriu o livro mais uma vez, folheando as páginas antes de parar em uma, estreitando os olhos. — Hum. Então, se entendi direito, Theodore acabou de dizer... hum. Certo. Ele disse... Ah! Ele disse que assassinato é legal, mas somente se você não for pego. — Ele apertou os olhos para o texto. — Espera, não pode estar certo.

— Não vai ter nenhuma morte — disse Linus severamente. — Nem mutilação — acrescentou quando Lucy abriu a boca. — E David, se você for descoberto, estaremos bem do seu lado. Embora queiramos evitar isso, se pudermos, devemos nos preparar para qualquer eventualidade. — Ele olhou cada uma das crianças cautelosamente. — É por isso que pedimos que vocês nos trouxessem qualquer coisa que pudesse ser... mal interpretada.

— É melhor não jogar nada fora — advertiu Lucy. — Se jogar, não há lugar na Terra onde possa se esconder que eu não o encontre.

— Essa ameaça funcionava melhor comigo quando eu não sabia que você gostava de pijaminhas com pés — disse Linus.

— Gosto porque eles têm uma abertura na bunda — afirmou Lucy. — A melhor invenção da humanidade, depois da música. Se eu decidir escravizar a raça humana quando crescer, tornarei o pijama com pé obrigatório para todos.

— Mas, até lá — começou Arthur —, vamos nos comportar da melhor forma possível. Mostrem o que vocês trouxeram. Theodore, vamos começar com você.

Theodore voou de seu lugar no ombro de Sal, levando sua bolsa para perto dos pés de Arthur. Agarrando-a pelo fundo, ele a virou, esparramando seu escasso conteúdo no chão: algumas de suas presas de bebê que haviam caído, uma pedra verde que parecia uma enorme ponta de flecha com uma fina linha de quartzo no meio, e um familiar botão de latão com marcas de dentes.

Linus se curvou, apanhando o botão, jogando-o para o alto e pegando-o de novo na mão.

— Por que isso é perigoso?

Phee foi traduzindo para David enquanto Theodore explicava que, se a inspetora visse o quanto ele amava o botão, poderia tentar tirá-lo dele. Isso já tinha sido feito antes, ele disse, e pensou que a inspetora poderia tentar fazer o mesmo. Não era perigoso para *ela*, mas para *ele*, pois não queria perder um de seus tesouros.

Linus se abaixou e deu um tapinha na cabeça de Theodore, a serpe se inclinou, os olhos se fechando.

— Eu não acho que eles pegariam seu botão, mas se você acha que sim, eu o carregarei comigo o tempo todo e o devolverei a você quando a inspetora for embora. Fechado?

— *Fechado* — chilreou Theodore.

Chauncey foi o próximo, decidindo que uma explicação abrangente era necessária para cada um dos itens que apresentou, em sua maioria conchas afiadas ou vidro marinho que tinha encontrado enterrados na areia. Havia também um monte de pinhas.

— Não é o que parece — disse Chauncey rapidamente, Arthur arqueou uma sobrancelha. — Estou apenas... colecionando. Isso, *colecionando* pinhas para fazer... um... diorama... de pinhas?

— Aff — disse Phee. — Isso não é nem remotamente acreditável.

Chauncey gemeu.

— Eu não consigo nem *mentir* direito. — Ele levantou seus tentáculos. — Parabéns! Vocês me pegaram. Eu como pinhas depois que todo mundo vai dormir, mas *tudo bem*, eu posso parar quando eu quiser!

— Claro que pode — disse Linus. — Phee?

Ela virou sua sacola, e o conteúdo se espalhou pelo chão. Sua contribuição era um pouco mais complicada do que as de Theodore ou Chauncey: pedaços de troncos e folhas espinhosas, assim como uma impressionante adaga com punho cravejado de joias que brilhavam na luz.

— Onde conseguiu isso? — perguntou Arthur.

— Jogando cartas — disse Phee.

— O quê? — indagou Linus.

Ela deu de ombros.

— Sou boa no peixinho. Sabe como é. J-Bone não acreditou em mim quando eu disse que ninguém nunca tinha me vencido nesse jogo, então ele apostou a adaga. E aí eu chutei a bunda dele.

— Phee — censurou Linus.

Theodore pegou a adaga com suas garras, rolando de costas para levar a lâmina até o rosto para inspecioná-la. Sua língua serpenteou para fora, passando pelas joias. Ele chilreou três vezes, e Phee ficou imediatamente indignada.

— Como assim são falsas?

— Talia — chamou Arthur. — Agora você.

— Eu não trouxe nenhuma das minhas ferramentas — disse ela, aproximando-se com um andar arrastado, levando sua bolsa. — Elas não são armas, mas instrumentos do meu ofício. Se a inspetora tiver algum problema com isso, pode morrer de raiva à vontade.

— Anotado — disse Arthur.

Talia virou sua bolsa, e Arthur quase desejou ficar surpreso com o que viu, mas não ficou. Pelo menos uma dúzia de garrafinhas de vidro, com bases grossas e circulares, contendo líquidos. Cada garrafa tinha a mesma figura desenhada: uma caveira e ossos cruzados.

— Isso é veneno? — perguntou Linus, horrorizado.

— É — confirmou Talia. — Preparados por mim mesma, cultivei todos os ingredientes pessoalmente. Cicuta, beladona e raiz-de-cobra-branca, com uma pitada de canela para dar gosto. Pelos meus cálculos, deve levar apenas trinta segundos para que o vazamento anal comece, seguido rápido por vazamento em todos os outros lugares.

— Vazamento anal? — perguntou David, com os olhos arregalados, suas mãos indo para trás para cobrir o traseiro.

— Parece o nome de uma banda — disse Lucy. — Senhoras e senhores, apresentando... Vazamento Anal! Adivinha que tipo de música tocaríamos?

Linus suspirou.

— Gospel.

— Não! Gosp... Ah. É. Isso mesmo.

— Você está enrolando, Lucy? — perguntou Arthur, de forma branda. — Acho que é a sua vez.

— Rá! Não tenho problema nenhum para entregar nada, porque Linus disse que, se quisermos, tudo pode acontecer.

Linus sorriu.

— Exato, Lucy. Obrigado por…

— O que significa que *absolutamente tudo* pode ser uma arma se você se esforçar o suficiente. — Ele começou a contar nos dedos. — Colheres. Um lance de escadas. Sumidouros. Manteiga de amendoim. Ar.

— *Lucy* — advertiu Linus.

— O quê? É verdade!

— Seja como for, *não* usamos sumidouros nem manteiga de amendoim como armas. Engraçado que já conversamos exatamente sobre isso. Duas vezes. — Ele balançou a cabeça negativamente. — Pelo menos Sal não está pensando em venenos, nem em morte por colher.

Sal ficou inquieto.

Arthur pigarreou alto.

Sal fez uma careta, então tirou as mãos de trás das costas. Arthur quase riu quando Linus começou a balbuciar em choque.

— Isso é… onde você… *por que* você… isso é uma *espada*?

Era. Uma lâmina longa e chata com um cabo de madeira envolto em tecido vermelho. Parecia pesada, mas Sal a segurava com firmeza.

— Como? — perguntou Linus, desamparado.

— J-Bone é meio ruim nas cartas — explicou Sal, coçando a nuca. — Ele disse que podia me vencer no jogo do mico. Acabou que não.

— Arthur?

— Sim, Linus?

— Por que o dono da loja de discos está dando armas aos nossos filhos?

— Porque ele não é muito bom com cartas — explicou Arthur. —Realmente, ele deveria praticar mais antes de fazer apostas com os outros. Lucy, é a sua vez.

Lucy suspirou dramaticamente antes de pegar sua bolsa. Sem desviar o olhar de Linus, ele a virou, esparramando seu conteúdo. Uma machadinha. Uma lata de aerossol com o que parecia ser um isqueiro preso na frente do bico. Uma estrela ninja. Um garrote. Por último, mas não menos importante, três tubos vermelhos com pavios pretos no topo.

— Isso é dinamite? — perguntou Arthur.

Lucy se iluminou.

— Estou tão feliz que perguntou! Sim, *é* dinamite. Eu estava guardando para algo especial, como quando precisarmos nos livrar de um corpo, mas a Talia machuca a mão e não pode cavar uma cova, então eu sugiro explodir em vez de enterrar, todos concordam, daí eu acendo o pavio, saio correndo e *voilà*! Nenhum corpo para se preocupar.

— Uau — admirou-se Talia. — Impressionante. Estou com você, Lucy.

— Eu também — disse David.

— E eu! — falou Chauncey, dando pulos. — Quero explodir o corpo de alguém!

— Aposto que seria uma chuva de órgãos — disse Phee. — Tempo nublado com possibilidade de pulmonadas.

— Estão vendo? — perguntou Lucy, a perfeita imagem da inocência. — Não sou só eu.

— Seja como for — começou Arthur —, não vamos explodir ninguém.

— Muito *obrigado*, Arthur — disse Linus, franzindo a testa para Lucy.

— Ao menos, não até que a inspetora tenha ido embora — prosseguiu Arthur. — Eu acho que não preciso reforçar a nenhum de vocês o quanto isso é sério. Por mais injusto que pareça, nosso futuro está nas mãos de quem quer que o DEDJUM envie. Espero que cada um de vocês se comporte da melhor possível. Lucy, isso inclui você.

— Por que parece que você confia no procedimento? — perguntou Sal.

Arthur piscou, surpreso.

— Explique, por gentileza.

Sal deu de ombros, sem jeito, e Theodore murmurou em seu ouvido. Sal concordou com o que quer que fosse. Quando a serpe terminou, Sal parecia determinado.

— Você está fazendo parecer que temos que nos curvar para o DEDJUM. Que se nos esforçarmos o suficiente, eles vão acreditar em nós quando dissermos que este lugar é seguro e onde queremos estar.

— E por que não seria o caso? — perguntou Linus.

— Por que deveríamos fazer qualquer coisa para eles? — perguntou Sal. — Se estão tão preocupados com o que somos capazes, não são eles que deveriam se curvar para nós? Por que somos nós que temos que provar alguma coisa? Somos crianças.

— São mesmo — concordou Arthur. Ele olhou para as crianças, uma de cada vez. — Eu gostaria de ter uma resposta melhor. Se eu pudesse proteger vocês disso, protegeria.

— Mas como não pode — disse Linus —, agora é com a gente. Vamos mostrar para o DEDJUM que eles mexeram com a família errada. Se a hora chegar, eles nem saberão o que os atingiu. — Ele se curvou e pegou uma banana de dinamite, segurando-a com firmeza. — Acreditem no que estou dizendo. Vou enfiar isso neles, onde o sol não bate.

— Uuh — soltou Lucy. — Isso fez eu sentir um formigamento. — Ele se adiantou, enrolando-se na perna de Linus, pendendo a cabeça para trás. — Mesmo que tenha sido ideia minha, vou deixar você acender.

— Um perfeito cavalheiro — disse Linus, dando batidinhas no topo da cabeça de Lucy.

— Vocês estão vendo, crianças — falou Arthur. — Eles podem ter o poder do governo a favor deles, mas nós temos uns aos outros. Acho que o DEDJUM vai perceber que está em bastante desvantagem. Agora venham. Vamos limpar essa bagunça e nos preparar para amanhã.

Pelo resto do dia, eles vasculharam a casa, procurando por qualquer coisa que pudesse ser usada contra eles. Sal e Theodore colocaram plugues de plástico em cada uma das tomadas, caso Lucy decidisse enfiar um garfo de novo, só para ver o que acontece. David, Chauncey e Lucy receberam a tarefa de colocar protetores de espuma em cada quina. Phee e Talia se dedicaram à sua parte do trabalho com entusiasmo: fazer crescer flores e trepadeiras frondosas sobre as portas externas do porão, para fazê-las parecer que não eram abertas há séculos, mas não tanto que David não pudesse escapar por elas, caso necessário.

Ao meio-dia, Zoe ligou da loja de Helen, avisando a Arthur que ela estaria de volta à ilha na manhã seguinte, antes que a visita deles chegasse.

— Helen vai levá-la até aí.

— Certeza? — perguntou Arthur. — Linus ou eu poderíamos fazer isso. Helen não precisa criar mais problemas para si mesma do que já criou.

Ela riu.

— Tarde demais pra isso, não acha?

— Me…

— Se você pedir desculpas de novo, eu vou gritar. Helen se ofereceu. Eu aceitei. Simples assim. Vamos lá, Parnassus. O DEDJUM não deve decidir como uma família ou uma casa devem ser ou se parecer. Já passou da hora de eles se lembrarem disso, e de que não temos medo deles.

— Eu tenho — admitiu Arthur. — Muito mesmo.

— Confia em mim?

— Você sabe que sim.

— Ainda bem — disse Zoe. — Porque tenho na manga alguns truques que eles nem vão ver chegando. Considere como um último recurso, caso tudo o mais dê errado.

— Certamente, isso parece perturbador. Combinado.

Naquela noite, depois de um jantar silencioso, Linus tomou uma decisão. Ele se levantou da mesa, dizendo às crianças para limparem a cozinha, que ele voltaria logo. Assim que Sal e David terminaram de lavar o último prato, Linus colocou só a cabeça na sala, para ordenar que todos vestissem seus pijamas e o encontrassem na porta da frente.

No andar de cima, Arthur perguntou:

— O que está fazendo?

Linus levantou o olhar de sua camisa de dormir meio abotoada.

— Vai ver. Não é muito, mas acho que será o suficiente para se distraírem, pelo menos um pouco. Espero que durmam a noite toda.

Arthur expirou, dando tapinhas na cabeça de Calliope. Ela se sentou na cama, rabo balançando, seus olhos rastreando cada movimento de Linus.

— Até parece que você não os conhece.

No andar de baixo, as crianças estavam reunidas perto da porta da frente, usando seus pijamas listrados, exceto Theodore.

— Prontos? — perguntou Linus, abrindo caminho entre as crianças, até a porta.

— Vamos dormir na floresta? — perguntou Lucy, puxando a perna da calça dele. — Eu sempre quis ver se havia monstros da noite. Aposto que são grandes, com presas e garras e cheios de raiva que só diminui quando sugam o tutano dos ossos dos desavisados…

— Não vai ter sugamento de tutano nenhum — disse Linus, severamente.

Lucy deixou a cabeça cair, ombros idem.

— Mais uma coisa que não podemos fazer com ossos. Qual o sentido de *ter* ossos se não podemos brincar com eles?

— Não vamos até a floresta — disse Linus. — Estou pensando em algo diferente. Fila única, crianças! Vocês são responsáveis pela pessoa na sua frente. Se chegarmos ao nosso destino com alguém desaparecido, a pessoa que deveria garantir a segurança dele terá o privilégio de me ouvir contar histórias sobre… Ah, muito bom. Acho que *nunca* vi vocês fazerem fila tão rápido.

— Você sabe ameaçar como ninguém — disse Sal a ele.

— Dou meu melhor — falou Linus. — Sigam-me!

Ele liderou o caminho, com os grilos estridulando alto, enquanto o sol iluminava o horizonte em tons de vermelho, laranja e rosa. As primeiras estrelas começavam a brilhar, e a lua parecia um fantasma translúcido assombrando os céus do oeste.

Eles seguiram Linus pela lateral da casa, na direção do jardim de Talia. Sempre uma gnoma cortês, ela os parava a cada poucos segundos para discutir as últimas tendências em horticultura, incluindo um estudo que havia lido na revista *Ciência da Jardinagem* que dizia que as plantas respondiam mais favoravelmente quando se cantava para elas.

Talia os viu primeiro: os pisca-piscas cintilantes dependurados ao longo do guarda-corpo do gazebo. O piso de madeira estava coberto com pelo menos uma dúzia de travesseiros e o que pareciam ser quase todos os cobertores da casa. No canto, a pequena vitrola portátil Zenith, tocando música de gente morta na voz de Buddy Holly, cantando que se você conhecesse Peggy Sue, saberia por que ele se sentia triste sem Peggy, sua Peggy Sue.

— Isso é pra gente? — perguntou David, olhando ao redor com os olhos arregalados.

— Sim — confirmou Linus. — Hoje à noite, pensei que deveríamos ficar juntos. As próximas duas semanas serão cheias para todos nós, e devemos ter uma noite em que nossa única preocupação sejam os gases noturnos de Chauncey.

— Sou biologicamente único! — exclamou Chauncey, para ninguém em particular.

Talia foi a primeira a ir até os cobertores e travesseiros, movendo-os até fazer um ninho perfeito para si mesma. Theodore fez igual, um ninho maior para ele e Sal. Lucy decidiu que Phee precisava ser espancada com um travesseiro. Infelizmente para ele, Phee provou ser mais rápida, voando sobre Lucy, pousando atrás dele e então arrancando o travesseiro de suas mãos. Antes que ele pudesse se virar, ela bateu o travesseiro na parte de trás da cabeça dele, fazendo-o cair no chão.

— Faz em mim — gritou David.

Naturalmente, Phee obedeceu.

O que então descambou para uma guerra de travesseiros para acabar com todas as guerras de travesseiros. Ao fim da batalha, penas de ganso flutuavam ao redor deles, e Lucy gritava que desistia quando Theodore tentou enfiar um travesseiro em sua garganta. Linus estava deitado de costas no chão do gazebo, respirando com dificuldade e enxugando o suor da testa.

— Foi legal — disse Arthur, de pé, a cabeça inclinada, olhando para baixo.

— Muito... velho... pra... isso... — Linus ofegou, o rosto vermelho, seu cabelo grudado na testa.

— Ah, bom, com certeza não foi o que pareceu — disse Arthur. — Acho que nunca vi um homem adulto atirar um travesseiro em uma criança com tanta força quanto você.

— Deveríamos contar isso à inspetora — comentou Lucy, olhando por cima do ombro, tentando ver a abertura na parte de trás do seu pijama. — Aposto que ela vai achar tudo isso hilário, e não usar contra nós.

— Ou — falou Linus, rolando para ficar de bruços — não contamos de jeito nenhum e, em vez disso, tentamos agir pelo menos de maneira um *pouco* normal para não... piorar... as coisas.

— Crianças — disse Arthur —, hora de se acomodarem. Tenham certeza de que vocês... David? Algum problema?

David estava perto dos degraus do gazebo, segurando o guarda-corpo com uma mão, a outra fechada em punho. Ele tentou sorrir, mas o que saiu foi uma careta.

— Eu… hum — Ele desviou o olhar, mordendo o lábio inferior. — Tenho um pouco de dificuldade para dormir quando não está frio. Tudo bem se eu fizer um pouco de gelo pra mim?

— Bem à sua frente — indicou Linus, levantando-se. — Aqui, olhe.

Ele apontou para David ir até o lado direito do gazebo, perto de onde Lucy e Talia estavam sentados. Linus levantou um dos cobertores. Havia fileiras de bolsas térmicas congeladas, cada uma com cerca de quinze centímetros de largura por trinta de comprimento. O cobertor tinha um zíper na lateral, e quando Linus o abriu, para que David pudesse ver o interior, mais bolsas de gelo se projetaram para fora.

David estendeu a mão e tocou o canto de uma das bolsas.

— Sei que pode fazer seu próprio gelo — afirmou Linus. — Mas achei que eu poderia ajudar um pouco, caso você estivesse cansado. Se precisar de algo, é só pedir.

— Exceto se for uma motosserra — falou Lucy, deitado de costas, chutando os pés no ar.

— Crianças, chega de conversa. Acomodem-se, e veremos de quem é a vez de contar uma história — Arthur disse.

— É *minha*! — gritou Chauncey, os olhos espiando acima de uma pilha de cobertores onde estava escondido. — Não consegui contar da última vez porque Lucy demorou muito reencenando seus exorcismos favoritos.

Arthur negou com a cabeça.

— Pelas minhas contas, na verdade, é a vez da Phee. Chauncey, da última vez, você contou a devastadoramente linda história de como se apaixonou, só para perceber que não seria correspondido porque o objeto da sua afeição era uma pedra.

— Rocky Stonesworth — disse Chauncey com tristeza.

— Então — continuou Arthur — cabe a Phee nos mandar para a terra dos sonhos. Vamos dar a ela nossa atenção total, e como um lembrete para os membros mais vocais da audiência, comentários são malvistos, mesmo que você os ache divertidos.

— Ele está falando de *você* — disse Talia, empurrando Lucy.

Ele a empurrou de volta.

— *Não* está. Aposto que consigo ficar quieto por mais tempo do que você.

Talia e Lucy se acomodaram com o resto das crianças — exceto Phee, que ficou mais acima, o sol finalmente mergulhando no horizonte. As asas da sprite brilhavam na penumbra, seu cabelo pendendo solto sobre os ombros. Ela esperou até ter a atenção total deles antes de concordar.

— E agora — disse ela com uma voz sinistra, dedos tortos como garras —, eu vou contar a vocês uma história das mais repugnantes. Uma história que vai assombrar seus sonhos e segui-los quando estiverem acordados. Uma fábula sobre a loucura dos homens e até onde podem ir para escapar da própria mortalidade. E cada palavra desta história é *verdadeira*.

— Ah, não — sussurrou Chauncey. — Histórias verdadeiras são *reais*.

— Começa com uma inesperadamente fria manhã de abril. Nossa heroína, uma incrível sprite de floresta, boa em praticamente tudo o que faz, desperta, sem saber que este é o dia em que tudo mudará, e todos os bons sentimentos desaparecerão do mundo enquanto caem as trevas. Porque este é o dia em que Linus Baker decidiu deixar crescer o bigode.

— Bu! — gritaram todas as crianças.

— Era *legal* — retorquiu Linus. — Me deixava elegante.

— Sim, como se você fosse elegantemente correr pra cima da gente, para nos sequestrar — disse Lucy.

Linus o ignorou.

— Eu o tirei depois de quatro dias. Mas foi uma escolha minha, nada a ver com o fato de que Theodore ficava me perguntando se poderia provar a lagarta que crescia na minha cara.

— Phee? — indagou Arthur. — Tem mais alguma coisa na sua história?

— Ah, tem — respondeu ela. — Eu ainda nem cheguei na parte em que o bigode se torna senciente e decide dominar o mundo. E como Linus está grudado nele, se transforma num vilão, então o salvamos com uma navalha cega, espuma de barbear e amor.

— Prossiga, então — disse Linus, resignado com seu papel na história de Phee. — Não sei por que tem que ser uma navalha cega, mas devo admitir que isso me deixa um tanto intrigado.

— É bom que tenha explosões — Talia a advertiu.

— Do tipo destrutiva *e* emocional — disse Sal.

— Com quem você acha que está falando? — perguntou Phee, parecendo moderadamente ofendida. — Vai ter no mínimo *seis* explosões.

— Reais ou imaginárias? — perguntou David.

As crianças se voltaram para Linus e Arthur, todas fazendo extraordinariamente efetivas expressões de súplica. Arthur olhou para Linus, que deu de ombros.

— Uma explosão — decidiu Arthur. — Mas não pode causar nenhum dano.

— Urra! — Lucy comemorou enquanto David sorria. — Vou fazer uma no ar. Phee, me diga quando chegar a hora, e eu cuido do resto. David, você vai adorar. Arthur e Linus nunca nos deixam explodir coisas.

— Nem pessoas — disse Arthur.

— Nem pessoas — repetiu Lucy, fazendo cara feia.

— Não consigo acreditar que este lugar é real — sussurrou David, fascinado.

Phee assentiu e limpou a garganta.

— De volta à história. Lá estava eu, sem saber que tudo estava prestes a mudar por causa de uma linha de pelos acima dos lábios de um homem. No começo, parecia uma mancha de sujeira, mas em pouco tempo, cresceu até o tamanho de uma lagarta adoentada. — Ela se inclinou para a frente, asas farfalhando. — E aí… começou a *sussurrar*.

— Uuh — as crianças expiraram, concentradas em Phee.

— Não era *tão* ruim assim, era? — sussurrou Linus para Arthur, conforme Phee continuava.

Arthur riu, encostando a cabeça na de Linus.

— Não. Estou achando encantador, assim como tudo sobre você.

Linus revirou os olhos afetuosamente.

— Tolo apaixonado.

Quando Phee terminou (incluindo a explosão única, alta no céu, que se converteu em fogos de artifício caindo em cascatas de dourado, verde e vermelho), as crianças estavam acomodadas em segurança em suas camas improvisadas, Lucy lutando para se manter acordado, cabeça pendendo e levantando. Todos a aplaudiram — inclusive Linus, que deve ter aplaudido mais forte que os outros —, e ela fez uma reverência antes de se afundar em seu lugar perto de Chauncey. Conversinhas surgiram entre eles, cada uma mais silenciosa que a anterior. David riu de algo que Talia lhe disse, deitado de lado, com o cobertor frio puxado até o ombro.

Arthur se sentou encostado na lateral do gazebo, mirando a ilha para além do jardim, o luar fazendo as sombras das árvores se alongarem. À distância, podia ouvir as ondas quebrando contra os rochedos. Não havia uma única nuvem no céu, apenas um vasto campo de estrelas que parecia infinito. Linus estava deitado ao lado dele, segurando a mão de Arthur contra seu peito, dedos bem abertos, com as batidas lentas e calmas do coração de Linus como um metrônomo para uma canção que somente Arthur podia ouvir.

Ele foi puxado de seus pensamentos — por mais desordenados que estivessem — quando alguém disse seu nome.

Levantou o olhar e encontrou Sal o observando, Theodore aninhado ao lado dele, a cabeça descansando sobre o estômago do menino, subindo e descendo, olhos fechados. As outras crianças dormiam, assim como Linus, que começava a roncar de leve.

— Sim?

— Nós vamos conseguir.

Arthur engoliu o nó que se formou em sua garganta. Quando falou de novo, sua voz estava irregular e suave.

— Acha que sim?

Sal concordou.

— O que quer que lancem contra nós, o que quer que aconteça, nós vamos conseguir. Sabemos que você está assustado. — Ele riu baixinho. — Também estou, eu acho.

— Está?

— Sim, mas... — Ele olhou para seus irmãos e irmãs. — Vale a pena. Tudo isso.

Arthur observou seu filho atentamente.

— Mesmo com...?

— Sim — confirmou Sal, afagando o focinho de Theodore com a ponta do dedo. — Linus me disse algo uma vez, e penso bastante sobre isso. Ele disse que tudo bem não estar tudo bem, desde que isso não se torne tudo o que conhecemos.

— Ele está certo — disse Arthur.

— Talvez você devesse se lembrar disso às vezes — falou Sal. — Pode ajudar.

Arthur expirou surpreso.

— Acha que sim?

— Acho — confirmou Sal antes de bocejar, as costas da mão sobre a boca. — Além disso, temos uma coisa que o governo não tem. E isso vai mudar tudo.

— O que é? — perguntou Arthur, enquanto Sal fechava os olhos. — O que nós temos?

Seu filho sussurrou três palavras antes de cair no sono:

— *Uns aos outros.*

DEZ

A quarta-feira amanheceu quente e clara, aquele dia de verão em que a aventura chama, seguida de um merecido cochilo em uma rede balançando entre duas palmeiras.

Ou teria sido assim, se esta quarta-feira tivesse ocorrido em qualquer outro lugar.

Na Ilha de Marsyas, aquela quarta-feira em particular significava algo completamente diferente: preparação para a guerra.

— *Não* estamos nos preparando para a guerra! — disse Linus, pelo que pareceu ser a centésima vez nos últimos trinta minutos.

— Então por que estou usando um capacete de batalha? — perguntou Chauncey.

— Isso é o escorredor de macarrão que você afanou da cozinha — respondeu Linus.

As crianças decidiram usar o quarto de Linus e Arthur como base de operações, cada uma trazendo o que considerava necessário para enfrentar os dias que viriam. David queria usar uma capa. Phee o ajudou, amarrando as pontas em um nó em volta do pescoço dele. Phee tinha uma coroa de flores no cabelo, feita de flores do jardim de Talia. Talia se afligiu com o estado de sua barba, até que Sal trouxe um de seus cremes para ajudar na maciez, deixando-a com um brilho saudável. Theodore pendia do teto como um morcego, checando com Linus a cada cinco minutos ou mais para garantir que um botão de latão em particular continuava escondido com ele. De seu lugar em uma das janelas, Calliope observava a todos friamente, com seus olhos verdes brilhantes.

Arthur se sentou em sua cadeira de encosto alto, balançando a cabeça toda vez que Lucy saía de seu quarto com uma nova ideia de como cumprimentar a inspetora. Na primeira vez, ele tinha quase três metros de altura. Uma visão desconcertante, já que seu corpo ainda era o de uma criança, mas suas pernas três vezes maior do que o normal. Na segunda vez, ele estava de volta ao tamanho normal, mas vestindo uma camisa com letras vermelhas que o proclamavam O DIABINHO DO PAPAI.

— Sacaram? — perguntou ele bem alto. — *Sacaram*?

— Sacamos — disseram todos, e Lucy abriu um sorriso largo.

Quando saiu do seu quarto pela terceira vez, ele perguntou:

— Alguém viu um escorpião? Não se preocupem se não. É um dos pequenos, o que significa que é realmente venenoso e também difícil de ver.

Arthur se sentou ereto em sua cadeira, mirando a porta aberta para o corredor.

Um instante depois, Zoe apareceu, parecendo desanimada. Ela usava calças bege e uma blusa larga, cujas mangas pendiam sobre as costas de suas mãos. Arthur se levantou da cadeira. Linus devia ter visto seu movimento pelo canto do olho, porque se voltou para Arthur, arqueou uma sobrancelha, fazendo uma pergunta silenciosa, então seguiu a mirada dele em direção à porta.

— O que foi? — perguntou Arthur, com as crianças em silêncio ao redor. Uma pergunta desnecessária porque ele sabia. Todos sabiam.

— Ela está aqui — respondeu Zoe. — Acabou de sair do trem. Helen vai buscá-la. Ela vai pegar o caminho pitoresco pela cidade, para nos dar um pouco mais de tempo, mas não muito.

— Estamos prontos — disse Arthur, embora parecesse uma mentira. Ele odiava o quão fácil era falar inverdades para proteger os outros. — Vamos atacar com tanta gentileza que ela vai nos agradecer.

— Dá pra melhorar essa frase — murmurou Linus ao se levantar, joelhos estalando. — Mas é esse o espírito. Isso. Estamos prontos.

— Acho que eu tenho que me esconder agora — disse David, ombros caídos enquanto tentava desfazer o nó que Phee tinha feito em sua capa. — Deixem só eu tirar essa coisa idiota e vou ficar quieto. Prometo.

— Não é idiota — falou Chauncey. — Acho que você está incrível. Uma vez eu tentei usar uma capa, mas me fez parecer uma superjujuba.

David riu, mas por pouco tempo. Ele franziu o cenho por causa do nó, garras rasgando o tecido. Arthur se aproximou, abaixando as mãos de David enquanto se agachava diante dele.

— Você entende por que isso é necessário?

David não olhou para ele, a mirada firmemente plantada nos próprios pés descalços. Ele deu de ombros, sem convicção.

— Sim, eu acho. Não estou registrado, e ela pode tentar usar isso contra mim.

Arthur afastou uma mecha de pelo do rosto de David.

— Exato. E esse é o único motivo. Não temos vergonha de você. Não estamos constrangidos por sua causa. Você é maravilhoso, David. E em breve, todos vão saber o que já sabemos.

Então Sal disse:

— Não.

Arthur olhou para ele com o cenho franzido, ainda agachado diante de David.

— Como é?

Sal deu um passo à frente, parecendo determinado.

— Se esconder não resolve nada — falou, e Theodore assentiu de seu ombro. — Isso só serve pra fazer a gente se acostumar a ficar nas sombras. Não é justo.

— Não é — concordou Linus com cuidado, enquanto Arthur se levantava. — E você não vai nos ouvir tentando argumentar o contrário. Mas isso é diferente. Como David não é registrado, ele corre o risco de ser tirado de nós de imediato. Não podemos correr o risco, principalmente porque pode afetar todos vocês.

— Não quero causar problema nenhum — disse David, parecendo que estava começando a entrar em pânico. — Posso me esconder! — Sua boca se contorceu para baixo enquanto ele arranhava um pé no chão. — Além do mais, não é a primeira vez que preciso fazer isso. Já estou acostumado.

Sal lançou um olhar penetrante para Arthur, antes de se mover para ficar na frente de David, segurando seus ombros.

— Não queremos isso pra você. É por isso que todos nós conversamos e chegamos a uma decisão unânime. — Sua expressão se suavizou. — Desculpe por não termos contado. Não queríamos deixar você desconfortável. Mas queremos ajudar.

— David não vai se esconder — disse Phee, cruzando os braços e olhando feio para Arthur e Linus. — Sabemos que isso pode piorar as coisas para o nosso lado, mas se *ele* não pode ser visto, então nós também não seremos. Vamos fazer greve.

Chauncey agitou seus tentáculos no ar.

— Greve! Greve! Greve!

— Se ela tiver algum problema com David, vou usá-la como fertilizante — informou Talia.

Lucy assentiu.

— E eu vou abrir um portal dimensional no tecido da realidade e mandá-la para um lugar onde até os demônios temem pisar. Qual é esse lugar maligno, vocês podem estar se questionando? Ótima pergunta! — Ele abriu bem as mãos, fazendo um gesto de exibição. — É chamado de... Flórida.

Arthur estudou as crianças, uma de cada vez, e encontrou um grupo unido. Embora um fio de desconforto tivesse se infiltrado em seu peito, perto do coração, não era páreo para o orgulho feroz que queimava dentro dele. Sem Arthur ou Linus, as crianças realizaram sua própria reunião e chegaram a uma decisão sobre algo que consideravam irracional.

— David? — perguntou ele gentilmente. — O que *você* escolhe?

David levantou a cabeça de súbito, limpando os cristais de gelo que se formaram nos cantos dos olhos. Ele ficou impaciente, torcendo as mãos, fazendo com que os nós dos dedos estalassem alto. Theodore sorriu entredentes, abrindo suas asas e pulando dos ombros de Sal para os de David. Calliope — que nunca deixava passar uma oportunidade — pulou da janela para roçar nas pernas de Sal, miando alto até ele a pegar. Ela tomou o lugar de Theodore, com o rabo enrolado na nuca de Sal.

David rosnou para ela, mas se aquietou quando Theodore colocou o queixo no topo da sua cabeça. O iéti paralisou, revirando os olhos.

— Hã. Ele está... o que está acontecendo? O que eu faço? Nada? Alguma coisa? Ai meu Deus, me digam!

— Ele está mostrando que confia em você — explicou Sal. — E que te apoia. O mesmo que todos nós. — Calliope levantou uma pata para o queixo de Sal, forçando-o a se virar. Ela começou a ronronar alto quando ele pressionou o próprio nariz contra o dela.

— Porque não nos escondemos. Talvez já tenhamos nos escondido, mas não mais. Temos o direito de existir. Registrados ou não. Se o DEDJUM tem um problema com isso, que tenha. — Ele sorriu, e nesse sorriso, Arthur viu força e propósito. — Então talvez seja hora de enfrentarmos o governo. Mostrar a eles do que somos *realmente* capazes.

— Anarquia! — bradou Lucy, os olhos queimando vermelhos. — Caos! Bufês com abastecimento infinito de macarrão com queijo! Fogo do inferno!

— David — disse Linus —, ainda não respondeu à pergunta de Arthur. O que você escolhe?

David olhou para as outras crianças, Talia e Phee lhe fazendo joinhas. Ele hesitou. Então respondeu:

— Eu não quero me esconder. Não vou causar problemas, prometo.

— Ele poderia ficar comigo até a inspetora ir embora — ofereceu Zoe. — Ninguém pode encontrar minha casa sem meu convite.

Sal negou com a cabeça.

— Nós pensamos nisso. Não é diferente de escondê-lo aqui. — Ele respirou fundo, soltando o ar lentamente. — Sabemos que é pedir muito, mas é importante. E não é como se não tivéssemos pensado bem nas coisas.

— Nós temos um plano — disse Lucy, batendo palmas alegremente.

— Minha nossa — sussurrou Linus. — Contem.

Pouco depois do meio-dia, a balsa atracou na Ilha de Marsyas. Arthur ouviu o som da velha caminhonete de Helen subindo a estrada de terra rumo à casa, então saiu. Ele estava mais calmo do que esperava; era como se toda emoção intensa tivesse se extinguido, deixando apenas uma sensação de silenciosa inevitabilidade.

Quando a caminhonete alcançou o topo da colina, Arthur desceu da varanda e ficou em frente à casa, com as mãos cruzadas atrás das costas. Pelo para-brisa, ele pôde ver Helen dizendo algo para a figura sentada ao seu lado, gesticulando freneticamente.

A caminhonete parou, freios guinchando. Um instante depois, desligou, o motor tiquetaqueando como um relógio. Helen desceu, fechando a porta atrás de si. Ela deu uma olhada para Arthur, revirou os olhos, e então foi até a caçamba da caminhonete, puxou grunhindo uma mala bastante grande — preta com alças de couro, obviamente pesada.

A porta do passageiro se abriu e a inspetora desceu, segurando contra o peito uma maleta de metal prateada.

Ela era alta — pelo menos um metro e oitenta, o que a colocaria um pouco acima de Linus e perto da altura de Arthur —, e tão fina quanto um papel. Seu cabelo castanho estava arrumado em um coque severo, preso firmemente no topo da cabeça, sem nenhum fio fora do lugar. Pequenos diamantes nas orelhas. Anéis em cada dedo (de ouro, prata e o que parecia ser ônix), cada um decorado com joias coloridas, acomodados nos dedos grossos. Suas sobrancelhas finas e arqueadas pareciam ter sido pintadas, dando a ela a aparência de alguém em estado perpétuo de descrença. Ela tinha uma pinta na bochecha direita e seus lábios eram um risco vermelho-sangue, fazendo com que seu rosto magro assumisse a aparência de um esqueleto profissional. A inspetora usava sapatos baixos de aparência séria na cor preta junto com uma saia cinza plissada, a bainha pairando logo abaixo dos joelhos. Dado o calor do verão, seu casaco era uma escolha estranha. Cingido firmemente na cintura, o casaco vermelho forrado tinha botões dourados na frente — oito no total, quatro de cada lado — e uma gola rígida e forrada com pele, que subia dramaticamente ao redor de sua cabeça. Ela era uma visão e tanto, e se não estivesse ali como representante do governo, Arthur poderia tê-la avisado sobre os botões dourados, e como uma certa serpe poderia reagir ao vê-los. Mas ali ela estava, e quem seria ele para estragar o que provavelmente seria uma experiência reveladora?

Ela bateu a porta atrás de si, olhando para o céu com o cenho franzido. O sol desapareceu atrás de uma nuvem, como se até mesmo ele não quisesse nada com ela. Então ela assentiu, girou nos calcanhares e caminhou em direção a Arthur. Seu olhar vagou dele para a casa logo atrás, embora seu rosto fosse uma máscara vazia que não revelava nada.

— Sr. Parnassus — disse ela, sua voz tão penetrante quanto ele achava que seria, soando como um par de portas pesadas e ameaçadoras se abrindo devagar. Ela não estendeu a mão para cumprimentá-lo, parando a alguns metros dele. Seus olhos eram foscos e estreitos, da cor de nuvens tempestuosas. Mais jovem que Arthur e Linus, mas não muito. — Meu nome é Harriet Marblemaw. Pode me chamar de sra. Marblemaw. Fui designada para inspecionar este orfanato pelo Departamento Encarregado da Juventude Mágica.

Arthur fez uma reverência.

— Bem-vinda a Marsyas, sra. Marblemaw. Espero que tenha feito uma viagem tranquila. Como é indubitavelmente de seu conhecimento, eu mesmo peguei o trem faz pouco tempo. Meio de transporte fascinante, não concorda? Embora, em minha humilde opinião, o ônibus seja mais prazeroso.

A sra. Marblemaw o encarou fixamente.

— Eu não estava ciente de ter vindo aqui para discutir o transporte público.

— Não veio — concordou Arthur. — Está aqui, como disse, para inspecionar um orfanato, o que me deixa um pouco confuso. Veja, este não é um orfanato. É um lar. Odeio pensar que chegou até aqui com uma informação equivocada. Isso certamente faria seu trabalho muito mais difícil.

A sra. Marblemaw deu um riso discreto, ajeitando sua maleta sobre o antebraço direito.

— Eu estava lá — contou ela cordialmente —, no seu testemunho. Foi... revelador. E também lamentável, pelo modo como terminou. — Antes que ele pudesse responder, ela abriu a maleta, procurou entre os arquivos com o carimbo do DEDJUM e puxou um documento aparentando ser oficial. — Esta é a ordem do DEDJUM assinada por sua chefe interina, Jeanine Rowder, permitindo meu acesso à ilha, às crianças e a qualquer outra coisa que eu julgue pertinente durante minha estadia. — Ela lhe estendeu a folha. — Acho que vai descobrir que nem o senhor poderá sair dessa com seu falatório.

Arthur ignorou o documento.

— E como vai a sra. Rowder? Nosso primeiro e único encontro acabou com ela indo embora antes do fim. Espero que não tenha sido nada que eu disse.

Ela olhou por cima do ombro dele.

— Onde estão as crianças?

Arthur assentiu.

— Estamos ansiosos, não é? Não a culpo. Eu também estava morrendo de vontade de vê-los da primeira vez. Estou contente que tenhamos isso em comum.

— Se é o que você acha — sussurrou Helen enquanto se aproximava, colocando a mala no chão, próximo aos pés da inspetora.

De sua parte, a sra. Marblemaw mal notou a existência de Helen. E ela não deu gorjeta, algo que Arthur teria que garantir que Chauncey estivesse ciente. Ele teria algumas opiniões sobre isso, Arthur tinha certeza.

A sra. Marblemaw inclinou a cabeça, como um pássaro, enquanto enfiava o documento de volta na pasta, fechando-a com o trinco.

— O senhor se acha divertido, sr. Parnassus?

— Acho. Embora, como eu disse a um dos meus jovens pupilos, o humor é subjetivo, e...

— Imaginei que sim. O senhor parece ser desse tipo. — Ela endireitou os ombros e sorriu.

Em qualquer outra pessoa, Arthur acharia ser um sorrisinho engraçado, mas na sra. Marblemaw parecia que ela estava lidando com uma criança. Ali, tudo o que ele desprezava: uma condescendência bajuladora misturada a uma confiança imerecida, tudo disfarçado em uma cobertura de maçã do amor, doce e pegajosa. E isso a fazia muito mais perigosa do que era um segundo atrás. O que quer que Rowder fosse, não era tola; ela sabia exatamente quem enviar para a ilha. A sra. Marblemaw provou isso quando abriu novamente a boca.

— Estou familiarizada com sua... história, sr. Paranassus. De alguma forma, o senhor conseguiu cativar e afrontosamente se estabelecer em uma posição de grande poder. O senhor enganou o Altíssimo Escalão...

Arthur riu, tentando manter sua raiva sob controle. A fênix levantou a cabeça, agitando as asas.

— Ah, enganei?

— ... Mas não vou cair nos seus truques. Eu não sou Charles Werner. Eu não sou Linus Baker. A razão pela qual estou aqui é para garantir não apenas que as crianças estejam sendo bem cuidadas, mas que o senhor não esteja enchendo as cabeças delas com opiniões e propagandas antigovernamentais.

— Falando em propaganda — interveio Helen com doçura —, lembrei o que aconteceu com todos os cartazes do DEDJUM que a senhora perguntou quando passamos pela cidade. Que tolice, não sei por que não lembrei antes.

— Ótimo — disse a sra. Marblemaw, distraída enquanto mudava sua maleta de uma mão para a outra. Ela se abaixou para pegar a mala. — Sua cooperação será lembrada. E o que aconteceu?

— Parece que maresia e adesivos fornecidos não se dão bem — disse Helen. — E como não queríamos entrar em conflito com o governo, seguimos à risca as instruções, que dizem para não usarmos os nossos. Infelizmente, todos os cartazes voaram para o oceano.

A sra. Marblemaw permaneceu ereta e apertou os olhos diante de Helen.

— Perdão, como foi que disse? Os adesivos? Anotado. Informarei o escritório responsável sobre essa questão. Será corrigida imediatamente. Enquanto isso, tem minha permissão para usar fitas ou mesmo tachas.

— Raios! — exclamou Helen. — Estão as duas em falta. Vou fazer um pedido o mais rápido possível, para garantir que tenhamos fitas e tachinhas suficientes no futuro.

— Espero que sim — disse a sra. Marblemaw, fungando. — Afinal, é importante que toda pessoa mágica saiba que o governo as observa e se preocupa com seu bem-estar.

Helen deu um passo à frente e beijou Arthur na bochecha. Com a boca perto do ouvido dele, sussurrou:

— Cuidado com essa aí. — Ela se afastou, assentindo, então voltou para a caminhonete. — Por favor, nos avise se precisar ir ao vilarejo — gritou por cima do ombro. — Não se esqueça de que a balsa tem uma taxa flutuante, então não posso garantir os mesmos preços dessa viagem. A gasolina está cara, afinal, mas a senhora trabalha para o governo, tenho certeza de que não vão poupar nenhuma despesa. Tchauzinho!

— Gostaria de me apresentar às crianças? — perguntou a sra. Marblemaw quando a caminhonete de Helen deu a partida. — E também, enquanto estou aqui, preciso falar com Zoe Chapelwhite. Como ela tem contato com as crianças, não está isenta da investigação. Tenho certeza de que o senhor fará a gentileza de facilitar nosso encontro, não? Bom homem.

Segurando a maleta, ela passou direto por ele, caminhando sem hesitação em direção à casa.

— Lá vamos nós — sussurrou Arthur, seguindo-a para dentro.

A casa estava tão quieta que dava aflição. A sra. Marblemaw parou pouco depois de entrar, deixando sua bagagem e maleta perto da porta. Assim que Arthur fechou a porta atrás de si, a sra. Marblemaw fez um espetáculo ao abrir novamente a maleta, puxando uma prancheta com uma caneta vermelha presa na frente. Ela se virou e começou a inspecionar... as paredes? Chutou um rodapé, deixando uma pequena mancha preta. Depois passou um dedo pela mesinha perto da porta, erguendo-o até os olhos.

— Sem poeira — murmurou. — Estranho.

Ela se agachou diante de uma tomada, puxando o plugue de plástico e colocando-o de volta, marcando algo na prancheta.

Arthur pigarreou alto. Esperava que ela desse um pulo. Não deu, apenas voltou o rosto para ele.

— Antes de prosseguirmos...

— Já vai pedir desculpas, sr. Parnassus? Isso não é nada bom.

Arthur fez que não com a mão.

— Nada disso. Sou da opinião de que, se você quer muito uma coisa, vai dar um jeito. Se não, vai dar uma desculpa.

As sobrancelhas dela se ergueram na testa.

— Isso é uma acusação, senhor?

— Não — disse Arthur suavemente. — Mas parece que a senhora está pronta para considerar qualquer coisa suspeita, e eu recomendaria cautela quanto a isso.

— Recomendaria? — perguntou ela enquanto se levantava devagar. — E por que faria isso?

— Porque, se está convencida de que há trevas em cada esquina, estará condicionada a temê-las, especialmente quando anda de mãos dadas com uma narrativa específica.

— A narrativa de que o senhor, um ser mágico, dos mais poderosos de que se tem notícia, está tentando manter a posse de crianças potencialmente perigosas, algumas das quais têm o poder de acabar com a vida como a conhecemos? É essa a narrativa específica da qual fala? — Friamente divertida, como se ela fosse Calliope, e ele sua presa, tentando cansá-lo antes de atacar.

— Essa mesmo — disse Arthur. — Uma narrativa extraordinariamente problemática. Embora eu não devesse ter que lembrá-la, o farei: independentemente de quais poderes elas tenham ou não, ainda são crianças. E já que está em nossa casa, e elas sob *meus* cuidados, se em algum momento eu acreditar que a senhora está colocando em risco o bem-estar delas, seja de maneira física, psicológica ou emocional, farei o que for preciso para garantir a segurança delas.

A sra. Marblemaw deu um sorriso com lábios apertados.

— Não sei que tipo de pessoa pensa que sou, sr. Parnassus, mas me ofendo com a mera *insinuação* de que eu machucaria as crianças de alguma forma. A própria ideia é absurda, e aceitarei de bom grado um pedido de desculpas, caso haja algum disponível.

— Eu não vou…

— Entendo — disse ela, rabiscando algo na prancheta (nada elogioso, sem dúvida) antes de acrescentar: — Vamos tentar uma abordagem diferente. — Levantou o rosto, com uma expressão insípida. — Compreendo a gravidade desta situação. Espero que também compreenda. Embora eu saiba bastante sobre sua vida, não sou nada além de uma estranha para o senhor. Deixe-me compartilhar um pouco sobre mim. — Deslizou a caneta para prendê-la no topo da prancheta. — Não sou mágica. Não estaria nessa posição se fosse. No entanto, possuo alguns talentos, um dos quais acho que o senhor pode considerar interessante.

— E qual seria?

— Eu sou incapaz de sentir medo. Coisas que fazem barulho à noite, cobras enormes com presas venenosas, mortalidade, insetos, lodo, ameaças de um homem que não entende a seriedade da situação em que se encontra, *nada* me assusta. É assim desde que consigo me lembrar. Quanto mais cedo perceber isso, melhor será para nós.

Arthur hesitou, sua mente acelerada. Então disse:

— Vou levar isso em consideração. Já que está sendo direta comigo, farei o mesmo. Como foi enviada pela sra. Rowder, presumo que tenham algo estranho na cabeça.

Os olhos dela se arregalaram.

— *O quê*? Como se atreve…

— Grampos — disse Arthur. — Mas não do tipo que se prende o cabelo. Estou, é claro, falando sobre dispositivos de escuta semelhantes ao que havia em nosso quarto de hotel antes da audiência. Se tiver trazido algum, e eu descobrir que o plantou na casa, será banida de imediato da ilha, independentemente de ter terminado sua investigação ou não. Isso não é uma ameaça, é um fato.

— Não pode me banir — retrucou ela.

Ele deu de ombros de maneira afável.

— Interessante a senhora se concentrar nisso, em vez de negar. Mas está certa: eu não posso bani-la. Esse poder está além do meu alcance. Dito isso, a ilha pertence a Zoe Chapelwhite, e a senhora está aqui com a permissão dela. Se ela não a quiser aqui, a senhora não ficará aqui. Simples assim. Estamos entendidos?

A expressão arrogante retornou.

— O senhor não tem provas de que Rowder ou qualquer outra pessoa do DEDJUM tenha colocado um grampo no seu quarto. E sem provas, o que está dizendo constitui calúnia. Existem proteções legais contra isso, como estou certa de que sabe.

Arthur riu.

— Estou. Nada de grampo, sra. Marblemaw. As crianças têm direito à privacidade. — Ele passou por ela, parando momentaneamente para olhar por cima do ombro. — Vamos? A aula ainda não terminou. A senhora pode conhecer as crianças logo depois.

Ele quase caiu na gargalhada no instante em que entrou na sala de aula no andar superior, com a sra. Marblemaw em seus calcanhares, e o ruído incômodo de sua caneta como um lembrete constante. Por razões que só Lucy saberia, ele havia trocado de roupa novamente. Agora usava calça social, camisa de botão e uma gravatinha do tamanho de metade do antebraço de Arthur. Assim que viu a sra. Marblemaw entrando atrás de Arthur, levantou imediatamente a mão, seus dedos se movendo enquanto ele se erguia em sua cadeira. As outras crianças olharam para a sra. Marblemaw com uma mistura de preocupação e interesse.

Linus interrompeu a lição no meio — as tardes de quarta-feira eram discussões de literatura — e franziu a testa para a sra. Marblemaw antes de olhar para Lucy.

— Você tem alguma pergunta sobre o texto?

— Não — Lucy falou alto. — Eu só queria que soubesse que eu *amo* ficar sentado em uma carteira, em pleno verão, para poder aprender em vez de brincar lá fora.

Linus piscou.

— Ama? Digo, claro que ama. Obrigado por dizer o que todos nós já sabemos.

Talia ergueu a mão.

— Eu também gostaria de dizer que aprender é *muito* divertido. Na verdade, não há nada que eu goste mais de fazer do que aprender com o senhor, *sr. Baker*.

— Por que estamos chamando ele assim? — Chauncey sussurrou alto para Phee, dando uma olhada nervosa para a visita.

— Por causa do espantalho parado ao lado de Arthur — sussurrou Phee de volta.

A sra. Marblemaw grunhiu e rabiscou em sua prancheta.

— Ela é um *espantalho*? — exclamou Chauncey. — Ai, meu Deus. O que falta inventarem?

— Crianças — disse Linus, chamando a atenção de volta para ele. —Vamos nos concentrar, por favor. Só porque temos uma visita, não significa que podemos ignorar nossos estudos. Nós deveríamos...

Naquele exato instante, um iéti entrou na sala, frio como gelo, sua capa ondulando atrás dele. Ele posou por um momento, mãos nos quadris, antes de olhar para a sra. Marblemaw e abrir um sorriso largo, exibindo totalmente as presas.

Os olhos da sra. Marblemaw se arregalaram enquanto ela dava um passo para trás, antes de se conter — não assustada, mas surpresa? —, torcendo a boca.

— O que é *isso*?

David fez uma reverência, quase caindo de cara no chão, mas conseguindo se manter de pé no último segundo.

— Saudações, bela dama.

Ele agarrou a mão dela e deu um beijo antes que ela pudesse puxá-la de volta.

— Ouvi histórias de uma inspetora chegando na ilha, mas nunca imaginei que fosse alguém como... você. Diga-me, seu rosto é sempre assim tão iluminado ou você se arrumou especialmente para mim?

— Outra criança — a sra. Marblemaw sussurrou, arregalando os olhos. — Nós sabíamos... — Ela pareceu se lembrar que estava rodeada e sua boca se fechou rápido, com um estalo audível dos dentes.

David riu.

— Criança? Não sou nenhuma criança, minha senhora. Tenho quarenta e sete anos.

Linus resmungou na frente da sala de aula. Arthur, por outro lado, estava extremamente fascinado pelo desenrolar dos eventos. Quando as crianças disseram que tinham um plano para David, não compartilharam os detalhes. Tomar em consideração as habilidades teatrais de David era um golpe de gênio, mesmo que a situação fosse um tanto ridícula.

A sra. Marblemaw apertou os olhos para David.

— Você tem… o quê?

— Quase meio século — disse David animadamente. — Você deve estar se questionando: *como um iéti dessa idade pode ser tão baixinho?* Fico contente pela pergunta! Quando eu era nada menos que um jovem rapaz, me encontrei entre a cruz e a espada. Literalmente! Eu fiquei preso lá por sete anos, até ser resgatado por um circo mambembe, o que dificultou meu crescimento. Mas não deixei isso me puxar pra baixo! Afinal, sou adulto.

O rosto da sra. Marblemaw se contorceu como se um odor fétido tivesse preenchido suas narinas.

— Você honestamente espera que eu acredite nisso? Se não é uma criança, então por que está aqui?

— Arthur e eu somos velhos amigos — respondeu David tranquilamente. — Passamos pela mesma fraternidade.

— Arthur Parnassus *nunca* esteve em uma fraternidade — disse ela. — Acredite, eu fiz a lição de casa. Sei tudo o que há pra se saber sobre ele.

— Sabe? — perguntou Arthur à sra. Marblemaw. — E está certa, é claro. Eu não estive em nenhuma fraternidade no tempo em que fiz meus estudos, mas apenas porque era ilegal para um ser mágico entrar em um grupo humano. Isso só foi abolido bem depois de eu já ter me formado.

— Com passar pela fraternidade, eu quis dizer que passamos correndo — disse David. — Porque Arthur e eu gostamos de correr, não é, meu velho?

— Exatamente — respondeu Arthur, recordando-se de mais tarde ter uma conversa com David sobre mentir com responsabilidade. — Agradeço sua presença aqui, David. Seu apoio durante esse processo significa muito pra mim.

— Vamos tomar uma depois — contou David à sra. Marblemaw. — Arthur e eu. É, tomar uma e conversar sobre a economia, como nos velhos tempos.

— É sério isso? — questionou a sra. Marblemaw. — Que estranho. Você, aqui, desse jeito.

David começou a murchar.

— Posso ficar aqui se eu quiser — murmurou ele. — Tenho *permissão...*

— Isso mesmo — disse Sal de repente. — Você *pode* ficar aqui. — Ele se virou, levantando a mão. Quando Linus assentiu, disse: — Antes da interrupção, estávamos discutindo os efeitos negativos de um governo totalitário, e os perigos que a linguagem representa, especialmente quando utilizada como arma de propaganda.

— Nós... estávamos? — perguntou Linus. — Digo, é claro que estávamos. Correto. A linguagem pode ser usada para o bem, mas também pode causar sofrimento.

— Para marginalizar comunidades — disse Sal, com a voz clara. Ele não se virou para olhar para a inspetora novamente, mas ela o mirava com os olhos semicerrados. Arthur acreditava que aquela era a intenção de Sal: retirar a atenção dela sobre David. — Então minha questão é: se determinada linguagem causa danos intencionais, por que um político usaria essa linguagem como parte de seu governo? Existe um propósito ou eles apenas não se importam?

— Não é magnífico? — sussurrou Arthur para a sra. Marblemaw. — Crianças tendo ideias, discutindo sobre elas, questionando tudo.

— Temos definições diferentes para a palavra "magnífico" — retrucou ela, continuando a preencher a folha em sua prancheta.

— Excelente pergunta — disse Linus, com um gesto de aprovação. —Antes que eu faça minhas próprias considerações, alguém tem alguma outra ideia que gostaria de compartilhar?

— Porque eles sabem exatamente o que estão fazendo — disse Phee. — Sabem que o medo é um motivador poderoso, e que muitas pessoas acreditarão em tudo o que lhes for dito.

— E por que isso acontece?

Theodore se recostou em sua mesa, com as asas bem abertas enquanto chilreava animadamente.

— Maravilhoso, Theodore — disse Linus. — Você acertou em cheio. A ideia de *se importar* pode ser meio como um campo minado. Sobre Sal perguntar se eles, ou seja, aqueles no poder, não se importam, você concorda com isso mesmo? Porque não acho que esteja correto.

— Interessante — murmurou a sra. Marblemaw. — Parece que o seu sr. Baker não foi tão doutrinado quanto o senhor esperava.

— Ou — começou Arthur — poderia deixá-lo terminar.

— Falando hipoteticamente, e apenas sobre o livro que estamos discutindo, acredito que sim, eles se importam, mas não de forma que beneficie os grupos afetados. Eles se importam consigo mesmos. Com controle. Com manipulação na mídia, com pesquisas, com disseminação do medo até que a submissão não seja apenas um alívio, mas algo bem-vindo.

Arthur virou a cabeça lentamente para a sra. Marblemaw, cujo rosto ensombrecia de raiva mal contida.

— Gosta de ler, inspetora?

A pele sob seu olho direito se contraiu.

— Haverá discussões sobre o que é e o que não é apropriado para as crianças aprenderem em seus estudos. Até o fim da semana, espero os planos de aula de cada criança, além de uma lista de todos os livros que permitem que leiam. Parece-me que essa lista precisa ser melhor selecionada. — Ela bateu a caneta na prancheta. — Para proteção das crianças, é claro.

— Mas isso é o suficiente por hoje — disse Linus. — Como vocês podem ver, temos uma visita. Ela está aqui sob incumbência do Departamento Encarregado da Juventude Mágica para garantir que vocês…

— Eu posso cuidar da minha própria apresentação, muito obrigada.

A expressão de Linus azedou por um instante, antes de ele assentir.

— Claro. A sala é sua.

A sra. Marblemaw foi logo para a frente, a parte inferior do seu casaco esvoaçando, a poucos centímetros do chão. Em vez de pedir para Linus se mover, ela se encostou até que ele deu um passo para o lado. Com isso, ela se voltou para as crianças e limpou a garganta.

— Bom dia. Eu sou a sra. Marblemaw. Vocês podem se referir a mim pelo meu nome, ou "senhora". Não "ei". Não "você aí". Se esse conceito for difícil demais para qualquer um de vocês compreender, precisaremos de algumas aulas sobre como se dirigir educadamente a uma pessoa mais velha.

A mão de Lucy se levantou mais uma vez e, embora Arthur quisesse — *já* — intervir, ele decidiu ver o que aconteceria, como a inspetora reagiria ao interagir diretamente com as crianças pela primeira vez.

A sra. Marblemaw reagiu bem.

— Pois não? Você tem uma pergunta?

— Gostaria de tomar chá? — perguntou Lucy docemente. — Temos mel puro para acompanhar.

— Seria ótimo — disse ela, concordando com a cabeça. — Gentileza com funcionários do governo não apenas é algo apropriado, como também recompensador. Pela sua generosidade, você receberá um ponto oficial de cortesia. Ao receber cinquenta pontos, você será agraciado com um certificado do DEDJUM assinado por seus políticos favoritos.

— Ah, *uau*! — exclamou Lucy, levantando da carteira. — Meus políticos favoritos? Nossa, tenho tantos!

A sra. Marblemaw assentiu solenemente enquanto Lucy ia até uma mesinha do outro lado da sala, com chá e uma bandeja de biscoitos.

— É maravilhoso ouvir isso. Embora muitos pensem que deveríamos colocar celebridades em pedestais, eu sou da opinião de que são as pessoas trabalhadoras do governo que deveriam dar autógrafos e estar em cartazes pendurados nos quartos das crianças.

— Que interessante! — disse Lucy, servindo o chá com cuidado. — Nossa, a senhora realmente abriu meus olhos. Obrigado por vir aqui com sua beleza e suas palavras. Açúcar? Leite? Ou só o mel está bom?

— Só o mel está ótimo — respondeu a sra. Marblemaw. — Agora, onde eu estava? Ah, sim. Sou a inspetora enviada pelo Departamento Encarregado da Juventude Mágica. Levo meu trabalho muito a sério, o que não significa que não possamos ser amigos. — Ela fez uma careta, e Arthur levou um tempo para perceber que ela estava tentando sorrir e falhando espetacularmente. — Quero que pensem em mim como uma tia divertida que está aqui em missão oficial para determinar se esta casa atende a todos os requisitos oficiais ou se outras opções devem ser consideradas.

— Seu chá, senhora — disse Lucy, estendendo a xícara e fazendo uma pequena reverência. Ela a pegou, assentindo. Bebendo delicadamente, estalou os lábios e disse: — Tem muito mel. Da próxima vez, só a metade.

— Grato por sua avaliação — respondeu Lucy seriamente. — Vou levar isso em consideração daqui em diante. — Então, ele se virou para Talia, tamborilando com os dedos no próprio queixo. — Ei, você nos contou como se faz mel, não foi? Deveria compartilhar também com a sra. Marblemaw, para que ela possa ver o quanto aprendemos.

Talia sorriu e concordou. Aguardando até que a sra. Marblemaw tomasse um longo gole, ela disse:

— Você acha? Nem todo mundo gosta de saber que mel é vômito de abelha.

Arthur sabia que Lucy esperava ver a sra. Marblemaw cuspindo o chá no que provavelmente seria uma explosão espetacular. Em vez disso, ela engoliu e disse:

— Meu avô criava abelhas. Tenho plena ciência do que estou consumindo, muito obrigada.

Lucy franziu a testa para ela, dando um passo atrás.

— Ah, isso é... aham.

Ela inclinou a cabeça e disse para ele:

— Então você esperava uma reação diferente. Entendo.

Ela tirou um lenço preto da manga direita do casaco e o passou nos lábios. Logo em seguida, o lenço desapareceu de volta pela manga. Ela olhou para o chá na xícara, balançando-o um pouco. Quando levantou o rosto, estava sorrindo, um sorriso real e brilhante que causou um arrepio na espinha de Arthur.

— Parece que começamos com o pé esquerdo, e por isso, expresso meu mais sincero arrependimento. Provavelmente não ajuda vocês terem suas pobres cabecinhas recheadas de todo tipo de bobagem que eu nem consigo começar a imaginar. Fiquem tranquilos, isso acaba agora. Deste ponto em diante, mostrarei que o governo se importa não apenas com vocês, mas com todos os seres mágicos, em toda parte. Temos apenas o melhor em mente, queremos apenas que vocês tenham sucesso e levem vidas seminormais.

— Bem — disse Phee —, falando *dessa* maneira...

— Fico feliz que concorde! — disse a sra. Marblemaw, um exemplo de falta de percepção. — Afinal, se foi feita uma bagunça, deve ser arrumada antes que piore. Falando nisso... — Ela se virou para Sal e estendeu a xícara para ele. — Você aí. Eu já terminei. Pode levar embora.

— Meu nome é Sal — disse ele friamente. — E nesta casa, não dizemos às pessoas para limparem a sujeira dos outros, pelo menos, não sem pedir com educação.

— Ele tem razão — concordou Linus. — Como inspetora, a senhora não deveria liderar pelo exemplo?

Arthur quase conseguia ver a fumaça saindo das orelhas dela enquanto rabiscava algo na prancheta.

— Delegar ensina a ser responsável.

— A autopropriedade também — disse Sal.

— Verdade — falou Arthur, indo para a frente da sala, a sra. Marblemaw lhe lançando um olhar furioso. — E Sal está certo, não apenas sobre assumir a responsabilidade por nossas ações, mas também sobre ter um nome. Curiosamente, todas as crianças o têm. Seria bom uma apresentação.

— Certo — disse a sra. Marblemaw, uma versão de seu sorriso doce e pegajoso retornando, enquanto colocava a xícara na mesa. — Quando cada um for chamado, pedirei que informe seu nome, idade, espécie, uma coisa que gosta sobre a vida na ilha e outra que não gosta. Espero honestidade total e completa. Não falem até serem chamados.

Linus fez uma cara feia para ela.

— Isso não é...

— Opa, opa — repreendeu ela. — Acho que não chamei o sr. Baker, mas aqui está ele, *falando*. *Nenhum* ponto de cortesia.

— Uuh — disseram as crianças.

— Espécies? — questionou Arthur, de maneira rígida. — O que isso tem a ver com qualquer coisa? Certamente, a senhora estudou o que quer que o DEDJUM atualmente considere como arquivos.

— Seja como for — começou a sra. Marblemaw —, é melhor se ouvirmos diretamente dos sujeitos, para garantir que não haja... ilusões sobre o que são ou não são. Crianças, fila única na minha frente.

Ninguém se mexeu.

— Isso não foi um pedido! — disse ela com uma voz insuportavelmente alegre. — Quando eu digo para fazerem algo, espero que seja feito sem hesitação.

Arthur assentiu para as crianças, e elas se levantaram de suas mesas ao mesmo tempo, formando uma fila conforme a sra. Marblemaw havia instruído.

Talia era a primeira. Ela deu um passo à frente, a ponta do seu chapéu tombou.

— Meu nome é Talia. Tenho duzentos e sessenta e quatro anos. Sou uma gnoma de jardim, uma das mais talentosas que já existiram.

— Ser arrogante é impróprio para uma dama — disse a sra. Marblemaw. — Devemos demostrar humildade, especialmente na companhia dos mais velhos.

Talia franziu o cenho.

— Mas a senhora disse que precisávamos ser honestos. Eu *sou* mesmo uma das gnomas de jardim mais talentosas. Já viu meu jardim?

— Sou alérgica — respondeu a sra. Marblemaw, com desdém. — O pólen é a ruína da minha existência. Vamos ao resto. Uma coisa que você gosta e outra que não gosta. Rápido.

— Eu amo pólen — disse Talia, afagando sua barba. — E não gosto de ninguém que não aprecie o crescimento.

— Crescimento *é* importante — disse a sra. Marblemaw, sem entender muito bem as minúcias dos insultos gnomeses. — É uma recompensa pelo aprendizado. Próximo, por favor!

Theodore tropeçou adiante, chilreando alto ao olhar para ela, cabeça inclinada. Ele abriu as asas enquanto tagarelava. As crianças — incluindo David, folheando seu dicionário — caíram na gargalhada, e Linus levou uma mão à boca, olhos saltando. Arthur se manteve cuidadosamente inexpressivo, embora tenha pensado "Essas crianças. Essas crianças extraordinárias."

Quando Theodore terminou (tendo dito que os olhos da sra. Marblemaw pareciam botões brilhantes e que ele planejava pegá-los para sua coleção, e *não*, ela não estava de forma alguma convidada a ver tal coleção), a sra. Marblemaw pareceu desnorteada.

— O que isso falou?

— *Ele* falou que é uma serpe — traduziu Sal calmamente. — Que ele não tem certeza da própria idade. E que também gosta de pólen e não gosta de pessoas que dizem uma coisa para tentar conquistar os outros e depois os apunhalam pelas costas.

— Isso acontece com frequência por aqui? — perguntou a sra. Marblemaw, escrevendo furiosamente na prancheta.

Theodore chilreou de novo. *Não até hoje.*

— Não — disse Sal. — É hipotético.

— Sou Chauncey — disse o menino-bolha, escorrendo para a frente. — Dez aninhos. Eu pareço ser uma mistura de polvo, pepino-do-mar e provavelmente um punhado de outros milagres. Mas! Há outra coisa *muito* mais importante que deveríamos discutir.

A sra. Marblemaw se inclinou para frente, olhos inquietos.

— É? Fale francamente, criança. Você não tem nada a temer, pois agora estou aqui. Prometo garantir sua segurança e...

— Estou falando, é claro, de uma oportunidade de investimento financeiro. — Ele abriu bem os tentáculos. — Imagine: eu no comando de um hotel de sessenta quartos localizado na praia, completo com todas as comodidades que se pode desejar. Massagens! Boa gastronomia! Música ao vivo! Seu próprio robe aprovado pelo Chauncey, e que você ainda pode *levar* pra casa. Mas *espere*. Tem mais! — Seus olhos cresceram dramaticamente. — Seu colar de diamantes de dezesseis quilates foi roubado do quarto? Não tema! Além de ser proprietário, gerente e mensageiro, prometo também meus serviços de detetive para ajudar a solucionar qualquer mistério! E tudo isso pode ser seu por uma quantia monetária que poderá *triplicar* em dois anos. Com quanto pode se comprometer? Quanto mais zeros, mais considero!

— Nada — disse a sra. Marblemaw. — Não gosto de encorajar o que nunca acontecerá. É cruel.

— Interessante — falou Arthur. — Considerando que ele já é um dos melhores mensageiros de hotel em todo o universo. — Ele piscou para Chauncey. — Um grande homem uma vez disse que histórias imaginativas incomodam aqueles sem imaginação. De minha parte, mal posso esperar para ver o hotel. Me procure depois, e podemos discutir minha própria contribuição financeira.

Todos ignoraram o *humf* resmungado pela sra. Marblemaw.

Vez de Sal. Ele deu um passo adiante, encarando a sra. Marblemaw, praticamente sem piscar. Foi abrindo sua boca para falar, mas parou. De repente, sorriu, olhos brilhando.

Não demorou muito para Arthur ver o que Sal via: ali, rastejando na gola do casaco da sra. Marblemaw, um pequeno escorpião castanho-amarelado. Ele deu um passo à frente, prestes a avisá-la, mas a sra. Marblemaw falou primeiro.

— Você vai falar? — perguntou ela a Sal. — Ou vai ficar aí me encarando como se tivesse perdido todo o bom senso? Não tenho o dia todo.

Sal arqueou uma sobrancelha.

— Mas tem, sim. Tem duas semanas.

Ela abaixou a prancheta, alheia ao caroneiro que tinha pegado em algum momento, rastejando lentamente em direção ao seu rosto, assumindo uma expressão assombrada que parecia ensaiada. Ela levou a mão à garganta.

— Você está… — Deixou a mão cair. — Você está bancando o esperto comigo?

Sal assentiu.

— Estou. Porque sou esperto.

— Ou apenas acha que é? — rebateu a sra. Marblemaw. — Você é uma criança, o que significa que…

— Belzebu! — gritou Lucy alegremente. — O que você está fazendo subindo aí, seu pateta?

— Sacrilégio — expirou a sra. Marblemaw. Então, em uma voz bem mais alta: — Quem você está tentando invocar? Eu sabia que devia ter trazido água benta pra…

A cauda do escorpião empinou, mas antes que pudesse atacar, a mão da sra. Marblemaw se ergueu de súbito, o lenço mais uma vez em seu punho. Ela cobriu o escorpião, retirando-o com a mão e afastando a própria cabeça. Enquanto ela segurava o lenço, Arthur podia ver as perninhas do aracnídeo se contraindo.

Então, a sra. Marblemaw fechou o punho, esmagando o escorpião com um barulho audível.

Silêncio.

— A vida selvagem — disse a sra. Marblemaw, virando-se e caminhando para a mesa à frente. Ela inclinou o lenço sobre a abertura da lixeira. O corpo do escorpião caiu lá dentro. Mal fez barulho ao atingir o fundo. — Suponho que se corra o risco de encontrar… — ela olhou para seu público — a fauna local quando se está tão longe da civilização. Mas essa é a contrapartida, não é? Por todo esse ar fresco.

— Esse era meu escorpião! — disse Lucy, indignado.

A sra. Marblemaw lançou para ele um olhar de desdém.

— *Era* seu escorpião. Agora não é nada. Se você realmente se importasse, teria feito todo o possível para garantir sua segurança.

Uma lição importante sobre como a vida funciona. Vamos a outros assuntos. Você deve ser Lúcifer.

Ele olhou para ela, os olhos brilhando vermelhos.

— Eu sou. Tenho outro nome também.

A sra. Marblemaw riu.

— Sei muito bem. Curioso como o descendente do Diabo possa ser tão... pequeno. Ora, você mal alcança minha cintura! Se puder, criança, o mesmo que os outros: idade, uma coisa que você gosta e outra que não gosta.

Lucy se balançou para trás sobre os calcanhares, seu sorriso crescendo mais uma vez.

— Meu corpo tem sete anos, mas o demônio que habita minha alma é *muito* mais velho que isso, então digamos que eu tenha trinta e seis. E sabe o que é estranho? Eu também gosto de pólen! E não gosto quando não há montes de pólen espalhados para a gente rolar.

A sra. Marblemaw se inclinou até seu rosto ficar diante do de Lucy. Ela não falou, nem piscou. Lucy, por sua vez, deu um passinho para trás, mas sem desviar o olhar. Então a sra. Marblemaw se endireitou de súbito, fez uma anotação na prancheta e disse:

— Não serei intimidada por você. Deus está comigo.

Lucy grunhiu.

— Ah, você é *dessas*. Argh.

A sra. Marblemaw o ignorou.

— As coisas vão ser diferentes daqui em diante. Espero que todos vocês se comportem da melhor forma possível. Se, por qualquer motivo, não forem capazes de fazer isso, por favor, me avisem para que eu possa encurtar minha visita e fazer minhas recomendações agora mesmo. Acreditem quando digo que não vão gostar dos resultados. Alguma pergunta? — Sem esperar resposta, ela continuou: — Ótimo. Que maravilha que estejamos nos entendendo bem.

Linus se recuperou primeiro.

— Crianças, acho que é hora do lanche da tarde. Por que não vamos para a cozinha enquanto o sr. Parnassus mostra a casa de hóspedes para a sra. Marblemaw?

— Isso vai ser ótimo — disse a sra. Marblemaw. — Espero que as acomodações estejam em melhores condições do que tudo o que vi até agora.

— A cama foi recém-arrumada — informou Arthur ao abrir a porta da casa de hóspedes. Um pouco atordoado pela apresentação da sra. Marblemaw, ele tentava clarear as ideias e se concentrar na tarefa em questão. — Há roupa de cama extra no armário do corredor, ao lado de toalhas extras, caso precise. Se precisar de serviço de quarto, Chauncey estará mais do que disposto a ajudar. Ele gosta de praticar.

— Duvido muito que seja necessário — replicou ela, entrando na casa. — Ele parece... pegajoso, e eu preferiria mantê-lo longe da roupa de cama.

— Surpreendentemente, ele não é pegajoso — disse Arthur, fechando a porta atrás de si. — Exceto quando quer ser.

A sra. Marblemaw enrijeceu na entrada da pequena sala de estar. Arthur percebeu o motivo quando chegou logo atrás.

Zoe Chapelwhite estava na sala, asas tremulando. Ela lançou um olhar para Arthur, por cima do ombro da sra. Marblemaw, antes de dar atenção total à inspetora.

— Bem-vinda à ilha. Meu nome é Zoe Chapelwhite. Se há algo que precise durante sua estadia, me...

— Zoe Chapelwhite? — repetiu a sra. Marblemaw. — Segundo nossos registros, você é um ser mágico não registrado, o que viola...

Zoe ergueu a mão e a sra. Marblemaw ficou em silêncio. Logo depois, abaixou a mão e disse:

— Tudo o que quero é me apresentar. Não há necessidade de hostilidade imediata. Teremos tempo para responder qualquer questão que possa ter durante sua estadia. — Ela olhou para Arthur, dando um sorriso forçado. — Como as crianças reagiram ao primeiro encontro?

— Tão bem quanto possível, dadas as terríveis circunstâncias em que se encontram — interveio a sra. Marblemaw.

— Foi tudo bem — disse Arthur. — E você ainda não sabe, meu velho amigo David decidiu ficar para nos dar uma ajuda. Você se lembra dele, não? Aquele meu amigo de juventude.

— Claro — respondeu Zoe tranquilamente. — Que ótimo que ele decidiu nos dar uma mão. Não o vejo faz uma vida.

— Ah, *que bobagem* — disparou a sra. Marblemaw. — Não esperem que eu acredite...

— Esperamos, sim — disse Zoe. — Do contrário, estará nos chamando de mentirosos e, para sprites de ilha, esse é um dos maiores insultos que um humano pode fazer.

A sra. Marblemaw empalideceu, mas prosseguiu:

— Um ser mágico não registrado interagindo com crianças mágicas é uma receita para o desastre. Mas como nós, o governo, nos importamos tanto, estamos dispostos a deixar o passado para trás em troca do seu registro imediato no Departamento Encarregado dos Adultos Mágicos.

Zoe sorriu, franzindo o nariz.

— Você vai ficar aqui por duas semanas, não?

A sra. Marblemaw piscou.

— Sim.

— Então, como eu disse, temos tempo. Acomode-se antes de começarmos a planejar o próximo...

— Você não deve desaparecer — disse a sra. Marblemaw. — Eu sei que você provavelmente tem dezenas de esconderijos espalhados por todo esse pedacinho de terra, mas, se me fizer sair para procurá-la, as coisas não vão acabar nada bem.

Zoe deu uma risada que soava como sinos.

— Pedacinho de terra? As aparências enganam. Você não faz ideia de onde está pisando, com *minha* permissão, ou sobre a história deste lugar. Humanos melhores que você já tentaram tirá-la das sprites de ilha, e como última guardiã deste *pedacinho de terra*, eu o defenderei com tudo o que tenho. — A luz solar retornou quando os olhos de Zoe voltaram à cor normal. — Bem-vinda à Marsyas! Aproveite sua estadia.

Então, ela passou pela inspetora, beijou Arthur na bochecha e deixou a sala.

— Tudo certo — disse Arthur suavemente.

A sra. Marblemaw não concordou.

Naquela noite, enquanto a sra. Marblemaw se acomodava na casa de hóspedes, Arthur deixou Linus na cozinha, guardando os pratos restantes do jantar. A casa estava quieta, quieta demais; sete crianças e nenhum barulho?

Fosse qualquer outro dia, isso poderia não tê-lo preocupado de imediato. Mas com a chegada da sra. Marblemaw, Arthur não queria correr riscos.

Não demorou muito para encontrá-los. Em cima, no sótão, o quarto de Theodore. Ele ouviu suas vozes pelo alçapão aberto no teto, a escada estendida.

Arthur estava prestes a aparecer quando ouviu a voz de Phee.

— ... e como diabos ela não tem medo de nada? Como *isso* é justo?

— Talvez ela não tenha conhecido a pessoa certa ainda — disse Chauncey. — Alguém que possa amar e também assustar ela pra caramba.

— Pelo menos, ela *parece* assustadora — falou David. Embora Arthur desejasse que Marblemaw nunca tivesse aparecido na sua frente, animou-se ao saber que David se sentia seguro o suficiente para se abrir com os outros.

— O que vamos fazer? — questionou Talia. — Se ela não tem medo da gente, como a impedimos? — Ela soluçou, e Arthur teve que engolir o nó na garganta. Quando falou novamente, sua voz estava mais baixa: — E se ela nos levar embora?

Theodore chilreou e deu um estalo. Arthur fechou os olhos.

— Theodore está certo — disse Sal. — Se formos levados, nós vamos nos encontrar de novo, não importa o que aconteça. Eu prometo. Mas não vamos deixar chegar a esse ponto.

— Isso aí — falou Lucy. — Não fique triste, Talia. Vamos cuidar disso. A sra. Marblemaw disse que não tem medo de nada? Então não teremos também. Vamos ver se *ela* gosta.

Arthur pôde ouvir o sorriso na voz de Talia quando disse:

— Obrigada, Lucy.

ONZE

Dizer que os dias seguintes foram um exercício de paciência seria um eufemismo, mesmo que paciência fosse algo que Arthur possuísse em abundância. Assim como Linus, embora um pouco menos.

As crianças eram um caso completamente diferente.

Na quinta-feira, por exemplo. Às exatas sete horas e trinta minutos, a sra. Marblemaw adentrou a casa envolta em uma nuvem de um perfume obscuro que cheirava a flores murchas misturadas com o fedor da autoimportância. Prancheta firme na mão, ela entrou na cozinha, deparando-se com um grupo de crianças (e um iéti de quarenta e sete anos) encorajando uma serpe a tentar bater seu próprio recorde, engolindo sete ovos cozidos inteiros no intervalo de dois minutos.

Infelizmente para a sra. Marblemaw, ela assustou tanto o pobre Theodore quando tentava o sexto ovo que ele o cuspiu longe, acertando-a em cheio na testa. Pedaços de clara e gema se espatifaram no chão enquanto Theorore chilreava suas desculpas.

— Uau — exclamou Lucy. — Isso foi formidovo.

— Maravilhovo — concordou Talia.

— Calma, pessoal — disse Phe. — Não é legal fazer piadas duvidovas que a sra. Marblemaw não vai entender.

— Eu também quero fazer piadas com ovo! — disse Chauncey. — Beleza. Calma aí. Só um segundo. — Seu rosto se contraiu, concentrando-se.

— Bom dia, sra. Marblemaw — disse Arthur, enquanto ela pairava na entrada da cozinha, tirando pedaços de ovos dos ombros. — Gostaria de uma xícara de chá?

— Brincando... com comida — murmurou a sra. Marblemaw, rabiscando em sua prancheta. — Falta... de boas... maneiras. É claro que não estou surpresa que...

Foi mais ou menos nessa hora que Calliope decidiu se apresentar à sra. Marblemaw. Considerando que estava ocupada no dia anterior — Linus havia encontrado um rato morto em seu par de mocassins favoritos naquela noite —, ela ainda não havia conhecido a nova hóspede.

Ela fez sua entrada na cozinha com o rabo erguido. Com um lento levantar de cabeça, olhou para a sra. Marblemaw.

As duas se encararam por um bom tempo, ambas com os olhos semicerrados.

A sra. Marblemaw desviou o olhar primeiro.

— Como eu estava dizendo, só porque vocês moram... neste lugar, não significa que não possam demonstrar boas maneiras que...

Calliope começou a engasgar baixinho, seu corpo tremendo.

— O que há de errado? — perguntou a sra. Marblemaw, fazendo uma careta. — Esse bicho tem sarna? Raiva? Isso não vai ficar bem em um relatório. Com certeza, vocês...

A bola de pelo que Calliope expeliu em cima do sapato da sra. Marblemaw era de um tamanho extraordinariamente impressionante. Ao menos três vezes o tamanho de um dos botões de Theodore, e caiu com um barulho molhado, deslizando pela lateral até o chão, deixando um rastro de muco e saliva.

Tendo se apresentado, Calliope deixou a sra. Marblemaw para trás, esfregando-se nas pernas de Sal, miando seu descontentamento para a mulher que pulava em um pé e outro, prometendo uma rápida represália contra felinos nojentos.

— Boa menina — sussurrou Sal, dando tapinhas em seu próprio colo.

Calliope saltou, batendo a cabeça no queixo de Sal, então se acomodou no colo do menino, seu ronronar um ronco baixo e desarranjado.

— Consegui! — exclamou Chauncey. — Eu estava tendo uma crise de novo, porque não conseguia pensar em nada que aprovo. Mas agora promovo um pensamento meticulovo, o gracejo mais fabulovo! A clara razão de nossa existência! Prontos? Lá vai! Quando o ovo sente prazer? Quando é só gema, gema, gema! — Ele explodiu na gargalhada, se segurando para não cair.

— Ah, sim — disse David, por algum motivo, usando o chapéu de palha de Chauncey, enquanto enfiava panquecas na boca a uma velocidade impressionante. — Humor adulto. Eu aprovo, porque sou adulto. Arthur, tenho algumas opções de investimentos para analisar com você. Me lembre depois.

— Claro — respondeu Arthur, tomando seu chá. — Mal posso esperar.

— Sra. Marblemaw? — chamou Lucy. — Dormiu bem?

Ela piscou ao levantar o rosto, a bola de pelo molhada no chão ao lado do seu sapato.

— O colchão é muito mole, mas a maioria das coisas aqui parece ser assim, então não estou surpresa.

— Ah — disse Lucy. — Então nada saiu rastejando de baixo da sua cama, no meio da noite, e se ergueu, a senhora paralisada de medo enquanto uma bocarra aberta se aproximava cada vez mais de seu rosto, tanto que podia sentir o hálito fétido do monstro que queria rasgar sua garganta e consumir sua alma? Nada disso?

A sra. Marblemaw fungou.

— Se tivesse acontecido, eu o teria agarrado pela garganta e me livrado dele sem hesitar. Afinal, é isso que se faz com quem causa interrupções.

Lucy pestanejou surpreso.

— Sério? Isso é… hum. Certo, acho que sempre há uma próxima vez. Alguém quer apostar quanto xarope de bordo eu consigo beber antes de escorrer pelos meus ouvidos? Da última vez, foram três garrafas…

— Vocês deixaram ele tomar três garrafas de *xarope*? — questionou a sra. Marblemaw.

— Claro que não — respondeu Arthur. Foram quatro garrafas. — Sra. Marblemaw, por que não deixamos as crianças lavarem os pratos depois do café, para que nós dois possamos discutir os planos de estudo que solicitou, enquanto Linus se encarrega das aulas da manhã? Tenho certeza de que a senhora ficará tão ovoroçada quanto nós na hora que vir o que planejamos. Está realmente impressionante, se me permite dizer.

— É o que veremos — disse ela. Então se virou e saiu da cozinha.

— Por que ela não tomou café da manhã? — perguntou Chauncey, um olho voltado para onde a sra. Marblemaw estava há pouco, e o outro virado para Arthur. — Ela não sabe que é a refeição mais importante do dia? Pobre inspetora. Aposto que ela se sentiria melhor se comesse umas panquecas.

— É um começo — admitiu relutantemente a sra. Marblemaw, uma hora depois. — Dito isso, eu seria negligente se não externasse que tenho sérias preocupações.

— Tem? — perguntou Arthur, recostando-se na cadeira. — E quais seriam?

— Por onde começo? — A sra. Marblemaw folheou as páginas completamente preenchidas em sua prancheta. — Vamos iniciar com o que eu vi antes de vir para a ilha. O senhor está ciente dos repórteres no vilarejo?

— Estou — respondeu Arthur.

— Falou com eles?

— Não falei.

— Bom — disse a sra. Marblemaw. — Um conselho: não fale. Repórteres só causam problemas.

— É mesmo? E eu pensei que eles só reportavam.

A sra. Marblemaw o ignorou.

— E ainda nem falei do vilarejo em si. Parece ser um foco de sentimentos antigovernamentais. Com que frequência leva as crianças até lá?

— Sempre que querem — disse Arthur. — Desde que não interfira nos estudos.

— E não vê problema nisso?

— Eu não — falou Arthur com facilidade. — Afinal, eles não podem aprender tudo em uma sala de aula em uma ilha. A experiência no mundo real não é apenas benéfica, mas também os ajuda a se adaptar.

— Adaptar para o quê? — perguntou a sra. Marblemaw. Então, sem esperar por uma resposta, prosseguiu: — Odeio pensar que está dando falsas esperanças a essas crianças. Independentemente do quanto Marsyas tenha mudado com a liderança atual, não significa que deva continuar a...

— Dar esperança às crianças? Um senso de comunidade? Um lugar para elas se sentirem confortáveis o suficiente para aprender, crescer, cometer erros e aprender com eles? O que eu não deveria estar fazendo, sra. Marblemaw?

— Mentindo — replicou a sra. Marblemaw. — Não deveria estar *mentindo* para eles, assim como continua mentindo pra mim.

— Essa é uma acusação séria — disse Arthur. — Presumo que tenha evidências para apoiá-la.

Ela fungou.

— Em seu devido tempo. Primeiro, não vejo nenhum dos materiais de leitura aprovados, que o DEDJUM listou como benéficos para o desenvolvimento de uma criança.

— Verdade — comentou Arthur. — Achei a lista sem muita substância.

— Estranho. Eu não sabia que sua opinião tinha algum peso sobre o material obrigatório. — Ela folheou duas ou três páginas. — Infelizmente, não estou encontrando em minhas notas onde o senhor recebeu permissão para se desviar dos protocolos do DEDJUM.

— Seja como for, notará que eles parecem estar se desenvolvendo bem sem ter que ler *Aprendendo Seu Lugar no Mundo: Um Guia para Seguir a Lei* ou *Um Sátiro Descobre As Alegrias da Obediência*. Para ser justo, ambos os livros têm problemas de ritmo, sem contar que são meio enfadonhos.

— Não sabia que o senhor fazia bicos como crítico literário — falou a sra. Marblemaw, escrevendo mais uma observação. — Parece que o senhor desempenha muitas funções.

— Os pais costumam ser assim — disse Arthur, juntando as mãos sob o queixo. Essa palavra: pai. Tão simples e, ainda assim, tão empolgantemente profunda.

— Bem, ainda não é um pai *de verdade*, não é? — Ela cruzou as mãos em cima da prancheta, a caneta ainda entre os dedos. — Afinal, nenhuma adoção foi aprovada. Neste exato momento, o senhor é nada mais que o diretor de um orfanato, empregado pela mesma organização com a qual parece estar em desacordo. — A caneta bateu na prancheta uma, duas, três vezes.

Arthur deu de ombros.

— Ame o que você faz, e nunca terá que trabalhar um dia sequer na sua vida. Não é assim o ditado?

— As coisas estão mudando — falou a sra. Marblemaw, despreocupadamente. — Ora, mesmo dez anos atrás, um homem solteiro tentando adotar crianças levantaria algumas boas sobrancelhas.

— Ah, é? — questionou Arthur. — Que curioso. Imagino que essas sobrancelhas vão ter que ficar paradas, já que não sou solteiro, como a senhora sabe. — Sorriu. — Na verdade, temos notícias maravilhosas. Linus me pediu em casamento, e eu aceitei. — Ele estendeu a mão, seu anel brilhando na luz.

Arthur sempre se pegava olhando para ele, maravilhado com o quão pesado era sendo uma coisa tão pequena, um lembrete constante de que era amado.

Ela piscou, surpresa.

— Sério? Vocês... — Ela balançou a cabeça, depois disse algo que Arthur não esperava: — Isso é... parabéns.

Ele hesitou. Quase pareceu que ela quisesse dizer mesmo aquilo.

— Agradeço sua consideração.

— Quando é o casamento?

Arthur deu uma risadinha.

— Ainda não chegamos tão longe. Em breve, espero.

Ela o encarou por um instante, então baixou os olhos de volta para a prancheta, limpando a garganta.

— O senhor está se desviando da leitura obrigatória. Além disso, os planos de estudos e os relatórios individuais que forneceu sobre cada criança indicam que, embora todas estejam se destacando, coisa que questiono, o senhor *não* tem aderido ao currículo aprovado pelo DEDJUM.

— Um currículo que não é atualizado desde que *eu* era criança — disse Arthur. — Um dos livros didáticos que o DEDJUM fornece, todas as mil e duzentas páginas, tem uma seção dedicada às melhores práticas de subserviência aos humanos. Se não consegue ter nenhuma objeção em dizer para as crianças prestarem reverências aos outros simplesmente por serem quem são, então temos um problema.

Ela suspirou, balançando a cabeça.

— Como vamos chegar a algum lugar se você não quer trabalhar comigo? Tudo o que eu quero fazer é meu trabalho. *Ajudar*. — Ela sorriu para ele. — Acho que você e eu podemos encontrar um ponto em comum, pois nós dois queremos o melhor para as crianças. Afinal, o DEDJUM se importa.

— Você já disse isso inúmeras vezes — falou Arthur, colocando as mãos na mesa. — Mas me perdoe se não levo a sério, dadas as minhas próprias experiências com o Departamento.

Ela hesitou. Então:

— Não posso falar sobre isso. Eu não estava presente. Mas *posso* falar sobre meus anos de experiência como funcionária do DEDJUM. Você pode não enxergar, mas o DEDJUM alterou os rumos da juventude mágica como a conhecíamos. Por que é tão difícil para você fazer as crianças compreenderem quantas pessoas ajudamos ao longo dos anos?

— O mundo é um lugar estranho e maravilhoso. Por que deveríamos explicar tudo…

— Para que tudo possa ser catalogado e estudado, e qualquer ameaça em potencial seja neutralizada.

Ele se inclinou para a frente de súbito.

— *Neutralizada*? Se acha que eu vou ficar aqui sentado e deixar você…

— Está me entendendo mal, sr. Parnassus — disse ela. — Talvez eu tenha usado uma linguagem muito forte, mas a ideia é essa. Eu quero proteger o maior número de crianças possível. Tenho certeza de que sente o mesmo.

— Sim. Embora eu tenha a sensação de que estejamos caminhando para isso de direções diferentes.

— Se é esse o caso, então por que seria importante o modo como alcançamos nossas metas, se estamos trabalhando pela mesma coisa?

Arthur suspirou. Por um momento, ele pensou que talvez Marblemaw fosse diferente. Não da mesma forma que Linus — não, ninguém poderia ser como ele —, mas algo parecido. Ele tinha dado a Linus o benefício da dúvida, e isso havia mudado a vida deles para sempre. Seria muito pensar que com ela poderia acontecer o mesmo?

— Eu gostaria de acreditar nisso — começou ele, devagar. — Entretanto, eu já encontrei muitas evidências do contrário, que mostram de modo veemente que o DEDJUM não se importa com aqueles sob sua guarda.

— E é por isso que acho que poderíamos recomeçar do zero — sugeriu ela, sorriso se alargando. Marblemaw era esperta. Arthur precisava se lembrar disso. — Afinal, não vejo sentido em deixar o passado ditar o futuro.

A fênix ergueu a cabeça, estreitando os olhos. Arthur sentiu o calor, e colocou-o em sua voz:

— O passado de cada criança que você teve contato não pode, nem deve, ser ignorado. Sugerir o contrário não é apenas perigoso, mas cruel. Você não pode tirar isso delas. É *parte* delas, mesmo com coisas feias e tudo.

A sra. Marblemaw franziu os lábios.

— Ser pai é...

Ele ergueu a cabeça.

— Dois minutos atrás eu não era pai, agora sou? Por favor, sra. Marblemaw. Seja coerente.

— *Ser pai é* estar preparado para toda e qualquer eventualidade. Já considerou as opções se e quando, por exemplo, Lucy decidir por conta própria que não gosta do mundo como ele é? E se ele decidir remoldá-lo como achar melhor?

— Ele tem sete anos de idade — retrucou Arthur, sua raiva borbulhando sob a superfície.

— Assim como Nero, em certo ponto. Genghis Khan. Ivan, o Terrível. Embora eu não esteja sugerindo que ele fará o que eles fizeram, como podemos ter certeza? Há muitas coisas que não sabemos sobre quem ele é e do que é capaz. Não importa o que faça ou quanto tente, nem *você* pode dizer com certeza que ele não se voltará para um caminho de trevas.

— Você já conversou com ele — Arthur a lembrou. — Não é nem de perto tempo suficiente para construir um fundamento baseado em evidências objetivas. Mas já que tocou no assunto, tudo se resume à ideia de natureza versus...

— Criação — completou ela. — Eu sei. Uma falsa dicotomia. A realidade é que natureza e criação não existem como entidades separadas. Existem em reciprocidade.

— E ainda assim, estudos têm mostrado que traumas, como maus-tratos, tornam o cérebro hipersensível a estresses futuros, o que muitas vezes pode levar as vítimas de abuso a responderem exageradamente até mesmo aos menores fatores de estresse. Ao fazer exatamente o oposto de uma boa criação, corre-se o risco de produzir ou exacerbar um trauma.

— E precisamente por isso estou aqui — disse ela, mudando de posição na cadeira. — Para determinar se você é capaz de lidar com tamanha... responsabilidade. Sr. Parnassus, certamente pode ver que meu trabalho é garantir a segurança das crianças.

— É o que você diz — objetou Arthur. — Evidências objetivas e tudo o mais.

A sra. Marblemaw balançou a cabeça como se estivesse desapontada.

— Eu não sou uma inimiga. Apesar do que pensa de mim ou do que eu represento, espero que compreenda. Meu trabalho são as crianças, nada mais.

Ele riu baixinho.

— Não acredito nisso nem por um minuto. — Arthur ergueu a mão assim que ela ia falar. — Se você mesma acredita nisso é outra questão completamente diferente, que eu não quero discutir no momento, pois duvido que chegaríamos a um consenso. Ou você é quem diz ser, ou não é.

— Está bravo, sr. Parnassus? — questionou ela, segurando a prancheta com força. — Sentindo um pouco de calor sob o colarinho?

Sim, ele estava, mas então se deu conta do que ela estava fazendo, e riu do absurdo de tudo aquilo.

— Sra. Marblemaw, está tentando me fazer despertar a fênix? Se está curiosa, tudo o que precisa fazer é pedir, e ficarei feliz em lhe mostrar.

Ela mudou de assunto.

— David. Não é um adulto. Não sei como ou por que esperava que eu acreditasse nisso. Ou você me acha uma idiota, ou não é nem de longe tão inteligente quanto em certos círculos pensam que você é.

— Ambas as alternativas podem muito bem ser verdadeiras — disse Arthur.

— Alguma prova de que David tem a idade que alega?

Antes que Arthur pudesse inventar alguma mentira semiacreditável — *questionar a idade de um iéti é uma gafe séria* —, uma onda de calor irrompeu sob sua mão. Disfarçando, ele moveu a mão ligeiramente para a esquerda. Ali, em um garrancho familiar, letras se formando em vermelho. Cinco palavras, seguidas por um rosto sorridente com chifres de diabo: ABRA A GAVETA DE CIMA!

Arthur pigarreou e seguiu a instrução. Em cima de um estojo com canetas, lápis e clipes de papel, um montinho de fotografias que não estava ali apenas alguns minutos antes, quando ele procurara uma caneta para se preparar para a reunião com a sra. Marblemaw.

Havia quatro fotos no total — as cores desbotadas, as bordas curvadas e nebulosas em tom de sépia, como se visões de um sonho. A primeira fotografia mostrava Arthur aos seus dez anos de idade, no ancoradouro do vilarejo. De cada lado, seus amigos, as outras crianças do orfanato, o sol brilhando acima deles. Ele se lembrava desse dia. Eles tinham ido ao vilarejo, o diretor de raro bom humor. A carta e o porão estavam a três meses de distância. O diretor havia tirado a fotografia com uma câmera Polaroid quadradona, a imagem saiu deslizando pela frente. Ele a entregou para Ronnie sacudir, e todos assistiram à imagem se formar como por mágica. Eles não disseram isso, é claro. Seria loucura.

Duas coisas chamaram a atenção de Arthur: a primeira é que essa foto não deveria existir. O diretor a tinha rasgado em pedaços em um acesso de raiva, depois que uma das outras crianças havia falado algo que Arthur não conseguia se lembrar.

A segunda coisa era uma quinta pessoa, de pé ao lado de Arthur, com o braço peludo passando sobre seus ombros.

David.

A próxima foto mostrava Arthur aos quinze anos, sentado em um recanto próximo à janela, um livro esquecido no colo. O momento congelado no tempo o capturou com a cabeça inclinada para trás, rindo silenciosamente. David sentado em frente a ele, com um sorriso largo.

A terceira fotografia era de Arthur com trinta anos, mais ou menos. Em um pub que ele nunca fora, sentado em uma banqueta alta, com uma cerveja pela metade à sua frente. Ao lado dele, David com cinco copos de cerveja vazios, a cabeça para trás enquanto ria.

A quarta e última foto era de Arthur e Zoe, de pé em frente à casa. Os reparos pareciam quase terminados, e perto de Zoe estava David, com o pelo branco manchado do que parecia ser tinta azul, a mesma cor que Arthur tinha pintado as paredes do corredor do andar de cima.

— Pode dar uma olhada nisso? — murmurou ele. — Será que serve?

Ela puxou as fotografias da mão dele, segurando cada uma a poucos centímetros do rosto, virando-as de um lado e outro, como se pudesse determinar a veracidade delas só de olhar.

— Como fez isso? — questionou ela, repassando as fotos várias vezes.

— Com uma câmera — respondeu ele.

Ela se levantou de súbito, a cadeira raspando no chão.

— Eu tenho que... ir fazer... uma coisa que requer minha atenção imediata. Volto em exata meia hora. Espero me encontrar com cada criança, individualmente, quando eu retornar.

Curioso. A reação dela não foi a que Arthur esperava. Mas também, tentar entender as motivações de qualquer pessoa que ocupa um cargo governamental seria um exercício de futilidade. Ainda assim, foi estranho. Na audiência, Rowder tinha conseguido fazer com que Arthur revelasse a fênix. Mas não sem antes falar longamente sobre uma certa criança em particular. Talvez ele devesse deixá-la ir no próximo evento, só para ver o que ela faria.

Ela já estava na porta quando Arthur disse:

— Sábado.

A sra. Marblemaw parou, mão na maçaneta. Não se virou.

— O que tem sábado?

— Uma aventura. Todo sábado uma das crianças decide uma excursão em que saímos.

— De quem é a vez esta semana?

Ele abriu um grande sorriso às costas dela. A sra. Marblemaw alegava não sentir medo. Arthur se perguntou o quanto isso seria verdade.

— Lucy.

Os ombros dela se enrijeceram, fora isso, nenhuma outra reação.

— Certo. Eu irei, é claro.

— É claro — repetiu Arthur. — Tenho certeza de que será um dia que não vai esquecer tão cedo.

Fiel à sua palavra, a sra. Marblemaw chamou cada uma das crianças ao escritório de Arthur, dizendo que não deveria haver interrupções. Arthur, como era de se esperar, *não* achou isso aceitável. Mas, antes que ele pudesse externalizar, Talia deu um tapinha em sua mão e disse:

— Eu cuido disso.

Então seguiu a sra. Marblemaw até o escritório, fechando a porta atrás de si.

Dez minutos depois, a porta se abriu de novo, Talia saindo com os olhos brilhando. Arthur ouviu três espirros ferozes vindos do escritório, em rápida sucessão, seguidos pelo barulho molhado de um nariz sendo assoado em um lenço.

— Ela é *realmente* alérgica a pólen — falou Talia. — Eu deveria ter esvaziado meus bolsos antes de entrar. Oops.

— Verdade — disse Arthur, enquanto ela abraçava sua perna.

Chauncey foi o próximo, com o chapéu de mensageiro firme na mão, dizendo que queria divertir a sra. Marblemaw com histórias de sua jornada para se tornar o melhor mensageiro que o mundo já conheceu. Se ele teve sucesso ou não, estava nos olhos de quem via. Arthur pensava que sim. A sra. Marblemaw, por outro lado, pareceu não apreciar o fato de que Chauncey agora soltava tinta.

O próximo foi Theodore, e embora Arthur tenha se oferecido para traduzir, a sra. Marblemaw (respingos de tinta no peito) recusou. Exatamente seis minutos depois, Theodore saiu do escritório, cabeça erguida, um botão de ouro preso firmemente entre suas presas. O botão era estranhamente parecido com os que adornavam o casaco da sra. Marblemaw. Arthur enfiou a cabeça no escritório para perguntar se ela estava pronta para Phee, mas a sra. Marblemaw não devia tê-lo ouvido, olhando para os fios soltos em seu casaco onde antes havia um botão.

A reunião com Phee durou vinte e seis minutos. Quando ela saiu do escritório, disse:

— Tudo o que ela fez foi reclamar e delirar sobre dragões larápios.

— Estranho — disse Arthur. — Eu não sabia que tínhamos dragões.

— Foi o que *eu* falei, mas ela não me ouviu.

Lucy foi o próximo. A reunião durou três minutos. Quando saiu, ele deu de ombros e disse:

— Ela não quis me ouvir falar sobre pãezinhos doces e o Inferno. Estou tão triste por ela.

— Mais alguma coisa? — questionou Arthur.

Lucy o mirou, com um estranho brilho nos olhos.

— O que mais poderia haver?

Sal foi por último, e sem dizer uma palavra a Arthur. Em vez disso, ele assentiu, e então entrou no escritório, fechando a porta.

Quarenta minutos depois, a porta se abriu e a sra. Marblemaw estava *sorrindo*.

— Obrigada, Sal — disse ela. — Foi uma conversa esclarecedora. — Seu sorriso vacilou por um breve momento quando ela viu Arthur no corredor. — Eu aprecio que leve isso tão a sério. Você vai ganhar um ponto oficial de cortesia.

— Obrigado — falou Sal. — Eu sei que a senhora só quer ajudar.

Depois que ela desapareceu de volta ao escritório, Arthur acompanhou Sal enquanto iam pelo corredor.

— Está tudo bem?

— Eu a ataquei com gentileza.

— O melhor tipo de ataque, ouvi dizer.

— David?

— Seguro por enquanto — respondeu Arthur, quando chegaram na beira da escada. — Você por acaso não saberia nada sobre algumas fotografias na minha mesa, saberia?

Sal parou, seus lábios se curvando.

— Como foram parar lá?

— Como mágica. Você não perguntou o que tinha nas fotos.

— Elas ajudaram?

— Ajudaram.

— Hum. Que bom — disse ele. E desceu as escadas, assobiando.

Na manhã de sábado, cedinho, os moradores da Ilha de Marsyas se amontoaram em uma perua castanho-avermelhada, empolgação evidente. A aventura chamava, e aqueles sortudos o bastante para responder o fizeram com uma exuberância de arregalar os olhos, encontrada apenas nos jovens, de idade ou de espírito.

E tinha também a sra. Marblemaw.

— O que ela está *vestindo*? — perguntou Phee, seu rosto colado na janela enquanto a inspetora se dirigia da casa de hóspedes até a perua.

Pela primeira vez, Arthur não tinha uma resposta pronta, mas apenas porque a sra. Marblemaw parecia ter entrado em uma batalha feroz com um pavão e saído de alguma forma vitoriosa. Essa era a única explicação para as penas coloridas de vários comprimentos que formavam a gola que rodeava seu pescoço, as da parte de trás da cabeça se elevando dramaticamente acima dela. As penas estavam presas a um longo casaco preto, bem apertado na cintura.

— É época de acasalamento? — perguntou Chauncey. — A plumagem dela está em plena exibição.

— Bom jeito de descrever — murmurou Linus.

— Se ela começar a dançar pra você, oferecendo pedras brilhantes, corra na outra direção — disse Phee.

— Quem usa casaco no verão? — perguntou David. — Está escondendo o quê?

Theodore chilreou e estalou, e Sal deu um tapinha na cabeça dele.

— Não, amigo. Ela não pode voar.

— Ela está chegando! — Lucy sussurrou em voz alta. — Ajam naturalmente!

No momento em que a sra. Marblemaw abriu a porta de correr e enfiou a cabeça para dentro, Talia disse:

— E é por isso que decidi me dedicar ao Senhor.

— Uau — disse Chauncey. — Essa com certeza foi uma boa história, Talia. Sra. Marblemaw! Nem vimos a senhora aí. Bem-vinda! Se algum pássaro a atacar, não se preocupe! É época de acasalamento.

A sra. Marblemaw botou a cabeça para fora da perua, erguendo o rosto para o céu.

— *Pássaros* podem me atacar?

— Talvez — disse Lucy. — Mas a senhora parece que sabe se virar, então não precisa ficar muito preocupada. E olha! Eu guardei um lugar para a senhora. Não é legal? — E deu um tapinha no lugar ao lado dele, sorrindo bastante.

A sra. Marblemaw se voltou para dentro, com uma expressão azeda no rosto.

— Não teria um segundo veículo?

— Não — respondeu Linus, incisivo. — Se vem com a gente, entre.

Ela entrou, indo para a fileira de trás, onde Lucy a esperava. O menino piscou para Arthur, olhando no espelho retrovisor, e exclamou:

— A senhora conseguiu! Sente aqui do meu lado. Isso. Ah, olha! Nossas pernas estão se encostando. Linus, precisamos de música de viagem. Poderia ligar o rádio?

— O que prefere?

— Você vai saber quando ouvir.

Linus foi passar as estações e só girou o botão um pouco para a esquerda quando um dedilhado familiar de cordas de guitarra preencheu a perua. Um momento depois, um músico de rockabilly chamado Gene Vincent cantou sobre como ele levava uma vida má, diziam, mas que ele se esconderá do Diabo no dia do juízo final.

— Irado! — bradou Lucy, e começou a dançar em seu lugar sem se importar com onde seus cotovelos poderiam bater.

Logo, todos (exceto a sra. Marblemaw) se juntaram, cantando, "*move, hot rod, move me on down the line*".

O vilarejo estava movimentado, multidões de pessoas nas calçadas, com roupas coloridas de verão e chapéus grandes, carregando sacolas e caixas térmicas cheias até a boca de lanches e bebidas enquanto caminhavam rumo a uma das duas praias públicas disponíveis para aqueles que escolheram Marsyas como seu destino de férias.

Outros se aglomeravam em frente às vitrines das lojas, exclamando "eitas" e "opas" diante de bugigangas superfaturadas feitas de conchas e vidro marinho turvo, e montes e montes de fudge feitos na hora: manteiga de amendoim (delícia!), nozes (excelente!), hortelã (pasta de dente!) e sorvete de laranja (revoltante!). Multidões se reuniam na frente de carrinhos, alguns vendendo bolos de funil com açúcar polvilhado por cima, outros, espetinhos de frango jerk jamaicano. Uma jovem empreendedora, de pé sobre um cobertor de lã estendido na calçada, gritava que tinha "*pipas, leve aqui sua pipa!*"

Nenhum repórter à vista, o que era um alívio. Embora a quantidade deles tivesse diminuído desde o rescaldo da audiência, Helen dissera a Arthur e Linus que alguns jornalistas mais insistentes tinham ficado por ali, esperando avistar os moradores da Ilha de Marsyas, e talvez conseguir uma declaração, ou várias. Felizmente, depois de receber uma dica de uma fonte anônima que alegara que algo catastroficamente mágico estava ocorrendo duas horas ao norte, os repórteres se lançaram em seus veículos, saindo em disparada do vilarejo. As direções eram vagas o suficiente para que a fonte anônima — quem poderia ser? — não esperasse ver ninguém de volta até pelo menos o início da noite.

Arthur parou a perua ao lado da caminhonete de Helen, no estacionamento quase vazio atrás de sua loja de jardinagem. Todas as crianças tentaram sair ao mesmo tempo, Theodore era da opinião que seres com asas precisavam sair primeiro. Phee concordava. Lucy não, dizendo que, se ele não saísse primeiro, iria trazer o Fim dos Dias. Acontece que a maioria dos passageiros da perua estava acostumada com suas bravatas e não lhe deu atenção.

A sra. Marblemaw, no entanto, escreveu furiosamente em sua prancheta.

— Lucy — chamou enquanto o menino passava por cima dela —, o que você quer dizer com Fim dos Dias?

Lucy quase caiu da perua, mas se segurou na porta.

— Por quê?

— Sou uma pessoa detalhista. Quero ter certeza de que entendi bem.

— É mesmo? — Ele se inclinou para a frente, o rosto a centímetros do dela. — Sabe, dizem que o diabo está nos detalhes. Não é divertido? — E pulou para fora da perua.

— Hoje vai ser um dia daqueles — disse Linus, abrindo a porta.

Como sempre, Lucy estava cheio de surpresas.

No centro das atenções, ele orgulhosamente anunciou que, como era *seu* dia, decidiria o que todos deveriam fazer. Em vez de algo horrível e/ou com risco de morte, Lucy disse à sua audiência cativa que naquele dia havia planejado algo especial para cada um deles. Phee e Talia iriam ver algumas novas (e definitivamente *não* venenosas) plantas que Helen havia adquirido.

Chauncey teria a chance de mostrar a Linus onde ele trabalhava, e como era seu dia a dia no empolgante papel de mensageiro de hotel. Chauncey praticamente berrou para Linus, dizendo que mal podia esperar para mostrar a sala de descanso, onde havia um micro-ondas, uma geladeira e um calendário de parede de dezessete anos atrás, que exibia cabras de chapéu. A Miss Agosto, como notaram, era sua favorita, pois era marrom e branca *e* usava um casquete ousado que realçava bastante seu focinho.

Para Sal e Theodore, uma ida à biblioteca, onde ambos teriam acesso à seção de livros raros, depois uma visita à loja de antiguidades, onde o proprietário descobrira recentemente um jarro inteiro cheio de botões e o havia separado para que a serpe examinasse para ver se tinha algum tesouro escondido.

— Quanto a mim, vou sair com David e Arthur — disse Lucy, e a sra. Marblemaw franzia a testa. — Vamos tomar whiskey sour e falar sobre as gatinhas. — De repente, franziu a testa e correu até Linus, puxando sua camisa. — *Psiu. Linus.* Que tipo de garotas eu gosto?

— Você pode gostar de quem quiser — respondeu Linus, dando um tapinha na cabeça do menino.

Lucy pareceu aliviado, correndo de volta para os outros.

— E por gatinhas, quero dizer qualquer uma que seja incrível. Ainda não sei quem são, mas quando eu descobrir, vocês serão os primeiros a saber.

— Por que ainda estamos aqui? — questionou Talia. — Me prometeram plantas novas. Vocês não querem ver o que acontece quando uma gnoma perde a paciência. Da última vez, isso nos levou à Idade das Trevas.

— É verdade? — sussurrou Linus a Arthur.

— Pode ser — murmurou Arthur. — A queda de Roma *e* a perturbação de um gnomo? Certamente parece uma era de escuridão pra mim.

— E agora a sra. Marblemaw — disse Lucy, e todas as crianças viraram suas cabeças lentamente para ela, em um movimento sincronizado que fez a inspetora dar um passo para trás. Lucy pegou a ideia, dando um passo para a frente, e rindo quando a inspetora deu outro passo para trás. — Sra. Marblemaw — falou em uma voz melodiosa. — A senhora decide quem quer acompanhar. Não é emocionante? O que será? Plantas com Talia e Phee? Livros e botões com Theodore e Sal? Hotelaria com Linus e Chauncey? *Ou* — ele deu mais um passo em direção a ela — vai jogar fora sua cautela e me seguir até as profundezas do desespero?

— Desespero! — disseram em coro as crianças, incluindo David, que se juntou a eles, gritando alto. — Desespero! Desespero!

A sra. Marblemaw soltou um suspiro irritado enquanto olhava para Arthur e Linus.

— Vocês deixam as crianças andarem sozinhas?

— Sim — disse Linus. — Isso ensina responsabilidade e gerenciamento de tempo, e lhes dá a oportunidade de interagir com nossa comunidade.

— O que significa que socializam — retrucou a sra. Marblemaw, sua prancheta apertada contra o peito — com *humanos*.

— E o que tem? — perguntou Arthur. — Fala como se acreditasse que eles deveriam ser segregados.

— *Epa, epa, epa*! — falou ela, elevando a voz. — Não usamos essa palavra, dadas as conotações negativas que ela traz. Em vez disso, o DEDJUM realizou uma pesquisa de grupo focal e chegou à conclusão de que "separação voluntária" soa muito melhor do que seg... aquela outra palavra.

— O dinheiro dos impostos em ação — murmurou Linus. Depois em voz alta: — Não vamos usar nenhuma das duas, muito obrigado. E como inspetora enviada pelo DEDJUM, sua função aqui é observar e reportar aos seus superiores. Qualquer coisa além disso está fora da sua alçada.

Ela estreitou os olhos, as cabeças das crianças para um lado e outro, acompanhando os dois.

— Espero que nenhuma das crianças se veja em uma situação de perigo, especialmente sem a supervisão de um adulto.

— Vamos recapitular — falou Arthur. — Talia e Phee vão estar com Helen e Zoe. Chauncey com Linus. Lucy com David e eu. Isso deixa Sal e Theodore sem supervisão. Sal tem quinze anos de idade e ambos se provaram mais do que responsáveis para sair por conta própria.

— Até agora — disse a sra. Marblemaw, com uma fungada desdenhosa. Ela olhou para as crianças como se tivesse descoberto um novo e perpetuamente molhado inseto de mil pernas. Tamborilando a caneta, ela deixou o silêncio se prolongar, mesmo Arthur sabendo que ela já tinha tomado sua decisão: — Acompanharei o sr. Parnassus.

— Sorte a nossa — comentou Arthur. — Crianças, nos encontraremos na frente da sorveteria daqui a exatamente duas horas. Por favor, não se atrasem. Como dizemos? Pontualidade não é só chegar na hora...

— ... É também respeitar os compromissos — completaram as crianças.

— Isso mesmo — disse David, balançando-se nos calcanhares. — Compromisso!

— E lá vamos nós! — clamou Arthur.

Naturalmente, Lucy os levou direto à Rock and Soul, a loja de discos cujo proprietário e gerente era um tal de sr. J-Bone (não era seu nome real; ninguém — nem mesmo o próprio J-Bone — conseguia se lembrar qual era). No caminho até a loja, Lucy contou a David histórias de suas visitas anteriores, as descobertas musicais que ele e J-Bone fizeram e a vez em que um ex-funcionário tentara exorcizá-lo na salinha dos fundos.

— Como disse? — perguntou a sra. Marblemaw.

Lucy sorriu para ela.

— Exercício. Fizemos afundos e polichinelos.

— Hum — disse ela, a caneta voando pela página.

— Ele é legal? — perguntou David, enquanto se aproximavam da loja de discos, falando pela primeira vez desde que saíram do estacionamento. — O J-Bone, digo.

Arthur estava prestes a intervir — independentemente da mentira que estavam tentando aplicar, David ainda era uma criança, e deixá-lo confortável era de suma importância —, mas Lucy se adiantou. Ele estendeu a mão, balançando os dedos. David hesitou um breve instante antes de fechar seus dedos peludos em volta dos de Lucy.

— Ele é ótimo — disse Lucy. — Eu não te levaria para ver alguém mau, a não ser que a gente estivesse saindo pra se vingar.

David assentiu, parecendo aliviado.

— Que bom. Obrigado. Ainda tentando me acostumar com tudo isso.

— E — prosseguiu Lucy — eu disse ao J-Bone que a gente vinha hoje, e ele prometeu deixar o ar-condicionado o mais frio possível, para que você não passe muito calor.

— Por quê? — perguntou David.

Lucy revirou os olhos.

— Porque eu quero que você ouça música de gente morta comigo, dã. Ah, e outra coisa: lá dentro, a gente tem que dizer bastante "irado". É isso o que o J-Bone fala, e ele conhece *tudo* que é monstruosamente bom.

— Ele não me conhece — disse David, nervoso. — Então ele não conhece tudo que é monstruoso.

Lucy ficou boquiaberto.

— Isso... isso quer dizer *duas* coisas diferentes! Caramba, onde você esteve a minha vida toda? Vamos logo, mal posso esperar pro J-Bone te conhecer. Vai ser irado. — Ele puxou David pela calçada até a porta.

— Que estranho — disse a sra. Marblemaw.

— O quê? — perguntou Arthur, olhando para ela por cima do ombro.

— Que um adulto como David esteja tão preocupado sobre conhecer alguém novo. Poderíamos até dizer que ele agiu... como criança.

— Sim — respondeu Arthur. — Imagino que seja isso o que acontece quando se vive a vida inteira ouvindo que é um monstro. Estranho como funciona. O trauma, como você provavelmente sabe, se manifesta de diferentes maneiras, algumas grandes, outras pequenas, e pode se estender por toda a vida. O fato de estar banalizando isso diz mais sobre você do que sobre ele. Agora, se me der licença, quero ouvir um pouco de música de gente morta.

Ele sentiu o olhar dela cravado em suas costas.

— Total! — exclamou J-Bone, apropriadamente impressionado com a visão das garras retráteis de David. — Tipo facas sob demanda. Aposto que você nunca precisa se preocupar em encontrar uma faca de cortar pão. Isso é que é vida.

Lucy e David estavam diante de J-Bone, um sujeito alto e magro que sorria para eles, debruçado sobre o balcão. Por razões que só ele sabia, J-Bone usava um cachecol estampado sobre um robe vermelho com pompons dourados, seu longo cabelo meio grisalho puxado para trás em uma trança que descansava em seu ombro esquerdo. No topo da cabeça, óculos de sol de plástico rosa, com uma das lentes faltando.

Quando Arthur entrou na loja, J-Bone levantou a barra do robe, revelando suas meias laranjas estampadas com pequenas chamas vermelhas.

— Grande Pássaro! — gritou ele. — Saca só minhas luvas de pé. Achei que você ia achar daora.

— Achei — respondeu Arthur.

Ele esticou a perna, colocando seu pé ao lado do de J-Bone para exibir suas meias roxas adornadas com disquinhos pretos.

— Meios-irmãos! — comemorou J-Bone, puxando Arthur para um abraço de tapinhas nas costas, que Arthur retribuiu da mesma forma. Ele estava prestes a se afastar quando o outro enrijeceu no momento que a porta se abriu, os sininhos acima dela tilintando.

— Quem é a careta? — sussurrou ele, dando um passo para trás.

— Essa é a sra. Marblemaw — contou Lucy. — Ela está aqui para garantir que Arthur e Linus não estejam nos sacrificando em um ritual de sangue. Ela trabalha pro governo.

— Ah, é, é? — disse J-Bone, coçando o queixo. — Ela tem um mandado?

— Um mandado? — perguntou ela. — Por que eu precisaria de um mandado?

— Há, por nada — respondeu J-Bone, seus olhos indo de um lado a outro. — Se você por acaso vir certos... artigos de vidro à venda, é para tabaco e nada mais. — Como se acreditasse estar invisível, ele esticou a mão, pegou um pipe de vidro com cheiro forte e o guardou no bolso.

— Certo — disse a sra. Marblemaw. — Julgando pela sua aparência, é exatamente o que eu pensaria.

— Pra que serve isso? — sussurrou David a Lucy.

— Ervas — respondeu Lucy. — Linus disse que J-Bone gosta de plantas.

— Ah. Isso... faz sentido. Eu acho?

— Ei, camaradinha diabinho — chamou J-Bone, se curvando, mãos nos joelhos. — Você nunca vai adivinhar o que eu tenho aqui.

Os olhos de Lucy se arregalaram e ele começou a pular nas pontas dos pés.

— Não *acredito.*

— Pode acreditar — disse J-Bone. — Ella Fitzgerald. Billie Holiday. Ao vivo no Newport Jazz Festival.

— Sem. *Chance.* Aquele em que Ella cantou "Air Mail" e...

— Improvisou um scat singing maior que todos os scat singings? Sim, esse mesmo.

Lucy ergueu os braços.

— Isso! *Isso*. Finalmente! Sabe, sempre que quero destruir o universo inteiro, lembro que os humanos fazem *música* e então penso que talvez, só talvez, vocês, seus esquisitos, tenham algo a oferecer, afinal.

— Irado — disse J-Bone. — Estou totalmente a fim de salvar o universo pela música. Tipo, aí está você, esse pacotinho rebelde de caos, e aqui estou eu, o salvador de toda a humanidade. Toma *essa*, pai!

— É! — exclamou David. — Toma essa pai do J-Bone.

— Gostei do seu estilo, cara peludo com mãos de faca — falou J-Bone. — Para o toca-discos!

— Para o toca-discos! — vibrou Lucy, adotando o jeito de andar de J-Bone, mais um deslizado estiloso do que um caminhar.

David tentou admiravelmente fazer o mesmo, mas acabou saltitando em vez disso, seguindo J-Bone e Lucy até a parede esquerda onde havia instalados três toca-discos para os clientes ouvirem música enquanto faziam suas compras. Descendo até o gabinete abaixo do toca-discos do meio, J-Bone puxou uma capa dourada e marrom, com Ella e Billie opostos de perfil.

— Tem uns outros sons maneiros aqui — contou J-Bone, puxando o disco. — Ella cantando Gershwins e Duke Ellington. Billie pôs Herbie Nichols no piano em "Lady Sings the Blues", monstruosamente bom.

— Como eu — disse David.

Bone piscou. Então:

— Pode crer, carinha peludo com mãos de faca. *Exatamente* como você. Na verdade, talvez você seja até mais monstruosamente bom que isso. Sabe, sendo um iéti e tal. Curiosidade! Eu pensei que tinha conhecido um iéti uma vez, mas era só um pufe peludo. Pra ser honesto, eu estava extremamente chapado...

Arthur pigarreou alto.

— ... da vida e de tudo o que ela tem a oferecer — completou J-Bone tranquilamente. — Então foi um erro inocente.

— É, acontece — falou David. — Digo, irado.

J-Bone deu um sorriso.

— Olha só pra você, David! Ainda vamos te fazer um devoto dos clássicos, espera pra ver. Agora, pronto pra ser transportado até Newport? Confia em mim, sua vida nunca mais será a mesma. — Ele colocou o disco no tocador e abaixou a agulha.

O disco chiou e estalou, e então, um instante depois, ovações da multidão seguidas por Ella rindo e dizendo "Obrigada!" enquanto o piano entrava em ação, junto com o *tss-tss-tss* da caixa e do chimbal.

E Ella começou a cantarolar, um scat singing brilhante que fez os nervos de Arthur se acalmarem e seu coração crescer, especialmente quando Lucy e J-Bone seguiram a cantiga sem sentido, mais som do que ritmo.

No início, David parecia inseguro, mas, assim que a música começou, seus olhos foram se arregalando devagar, sua boca se abriu. Quando J-Bone e Lucy começaram a cantarolar com Ella, ele virou a cabeça para eles, começando a se balançar de leve. E então Ella acrescentou: *"When the moon hits your eye like a big pizza pie, that's amore"*, fazendo David rir enquanto balançava o traseiro em um movimento desajeitado, seu pelo branco e espesso se agitando em volta dele.

— Isso aí! — clamou J-Bone. — Sente só! Ella é uma *rainha. Do be do whaaaaaaa.*

— Arthur! — chamou Lucy. — Quer tentar também?

Ele quis, mais do que quase tudo. Sem olhar para a sra. Marblemaw, Arthur deslizou um pé para a frente, a bainha de suas calças na metade da panturrilha. Ele estalou os dedos uma, duas vezes, e enquanto Ella os levava rumo à grande chegada, cantou alto:

— *Da da didilee dop do bap!*

— Oin — disse Lucy. — É tão fofo quando você tenta. Temos que praticar mais. J-Bone, toca de novo!

Depois de repetir a música mais sete vezes, Lucy proclamou Arthur e David como mestres do scat, e lembrou a eles que isso não tinha nada a ver com fezes, o que Arthur apreciou. Afinal, eles já tinham merda suficiente para lidar.

Quanto mais permaneciam na loja, mais confortável David ficava. Embora mantivesse um olhar cauteloso sobre Lucy e Arthur, como se para ter certeza de que não o deixariam para trás, ele começou a ver alguns discos, perguntando a J-Bone quais eram seus favoritos. Lucy se sentou no chão ao lado de Arthur, ambos procurando por tesouros escondidos.

A sra. Marblemaw seguiu J-Bone, tentando perguntar a ele sobre suas interações com Lucy, e se ele já tinha sentido sua vida ameaçada. Educadamente, J-Bone disse:

— Eu não sou X9, e estou atendendo um cliente. Volto logo. Obrigado pela paciência! — Então ele se virou para David, que havia acabado de pegar um disco. — The Clovers? Cara, boa *escolha*. A maioria curte "Love Potion No. 9", mas não subestime a "One Mint Julep". Tão suave que vai fazer você sentir como se estivesse deitando em seda.

Certo de que David estava em boas mãos, Arthur olhou de volta para Lucy, que estava estudando uma capa de disco com uma concentração que normalmente reservava para tentar criar homens sencientes de barro.

— Lucy — chamou Arthur.

Lucy olhou para cima.

— Acho que não tenho esse. Quantos discos posso levar hoje?

— Em casa você já tem discos que não ouviu ainda. De quantos mais acha que precisa?

— Bem, olhando por *esse* lado... mais trinta deve ser o suficiente.

— Três — disse Arthur.

— Vinte e nove e meio.

— Dois.

— Três está bom — disse Lucy. — Eu sabia que entenderia meu lado. — Ele pegou mais um disco, descartando-o quase imediatamente antes de ir atrás de outro.

— Lucy — chamou Arthur novamente. — Posso fazer uma pergunta?

Com a atenção fixa nos discos, Lucy deu de ombros e disse:

— Claro.

— Hoje foi seu dia de escolher uma aventura.

— Uau, sua memória é extraordinária. Como *consegue*?

— Apesar disso, em vez de pensar sobre o que *você* queria fazer, planejou o dia para cada um de seus irmãos e irmãs.

— Mas eu estou fazendo o que quero fazer — falou Lucy, olhando para ele. — Estamos na loja de discos.

— Percebi — disse Arthur. — Mas o que estou perguntando é *por quê*?

— Ah — respondeu Lucy. — Isso é fácil. Lembra quando conversamos sobre ser um monstro ou ser bom?

— Lembro. Você estava bem chateado comigo.

— Talvez — disse Lucy, pegando outro disco e o segurando perto do rosto. — Mas pensei sobre isso. Tipo, *bastante*. Eu ainda estava meio bravo com você, mas aí pensei sobre o que *me* faz feliz.

Arthur assentiu.

— E o que decidiu?

— Que eu gosto quando outras pessoas estão felizes, e me sinto bem quando consigo fazer parte disso — explicou. Mas como ele ainda era Lucy, acrescentou: — Não *todo mundo*, só as pessoas de quem eu gosto. Por alguma razão, isso faz as aranhas na minha cabeça dormirem. Não pra sempre, mas por um tempinho.

— E por que acontece isso, você sabe?

Lucy deu de ombros.

— Não sei, mas gosto de como é silencioso.

— Por que convidou David?

— Porque eu sabia que a sra. Marblemaw iria segui-lo, e se ele estiver com a gente, posso ver se ela não está sendo má com ele.

— Você quer protegê-lo — disse Arthur.

— Claro — afirmou Lucy. — Ser novo em algum lugar é assustador, e tê-la aqui piora as coisas. Mas se David estiver com a gente, então nada vai acontecer com ele.

— Você não está mais chateado com ele?

Ele hesitou.

— Acho que não. E mesmo se eu estivesse, ele me deu uma apertadinha no nariz. Você não pode ficar bravo com alguém que faz isso. Está na lei ou algo assim.

— Você me surpreende — falou Arthur. — Da melhor maneira possível.

— É que sou incrível. — Ele apontou um dedo para Arthur. — Mas só porque quero fazer pessoas felizes não significa que não posso fazer outras coisas também.

— Como o quê?

Lucy se inclinou na direção dele, os olhos brilhando vermelhos.

— Coisas de *monstro* — sussurrou ele. — Você acha que quando a sra. Marblemaw terminar a inspeção, ela me deixa ficar com o crânio dela, se eu pedir com jeitinho? Ela não parece estar usando muito.

— É, parece que não mesmo — concordou Arthur. — Mas podemos manter isso entre nós?

— Podemos — respondeu Lucy com um sorriso astuto. — *Se* eu puder levar quatro discos.

— Cinco — disse Arthur. — E essa é minha oferta final.

— Você é tão irado — falou Lucy. — Toca aqui, meu chapa.

Quem era Arthur para recusar tal oferta?

Mais tarde, Arthur diria a si mesmo que aquilo era inevitável, que uma coisa sempre levava a *outra*. A audiência, David, a sra. Marblemaw, as ameaças veladas do governo: tudo uma confluência, criando uma tempestade perfeita em plena luz do dia. Os momentos em seu escritório — os breves instantes em que a sra. Marblemaw demonstrou alguma humanidade — eram uma mentira, e embora ele não tenha se permitido acreditar, esperava que ela fosse diferente.

Talvez sua alegada ausência de medo deveria ter sido a primeira pista: apesar do pouco tempo de David na ilha, o iéti já havia ensinado a Arthur que um pouco de medo poderia ser benéfico. Como deve ser não temer nada? Não seria o medo parte da condição humana?

Ele não pôde evitar pensamentos mais sombrios. E se as pessoas sem medo fossem desprezadas e perseguidas como animais? Com certeza, a sra. Marblemaw teria opiniões sobre o assunto. Ou talvez até tentasse esconder isso do mundo. Em alguns aspectos tão parecidos, e ainda assim, ela estava prestes a provar que ele estava equivocado, da pior maneira possível.

Arthur estava com Lucy, escolhendo o quinto disco para levar. J-Bone e David no fundo da loja, embora Arthur ainda pudesse ouvir David fazendo pergunta após pergunta, e J-Bone nunca se cansando de responder.

A sra. Marblemaw — fora de vista, fora da mente. Arthur não a via fazia algum tempo, então se distraiu com a falação constante de Lucy de como *esse* disco era um hit, mas *esse* outro um top hit, o que fazia bastante diferença.

Arthur disse:

— Existe algo acima de um top hit? Não parece possível...

Um grito abafado, seguido pelo som de passos correndo. A cabeça de Arthur se levantou bruscamente para ver J-Bone atravessando a loja de discos, gritando a plenos pulmões. Atrás dele, se movendo monstruosamente, com garras estendidas, David, lábios curvados em um rosnado feroz, presas em plena exibição. J-Bone alcançou a porta da frente, escancarando-a, fazendo-a bater na lateral da loja. David o seguiu para fora.

— Eles estão brincando de pega-pega? — perguntou Lucy. — Eu quero brincar de pega-pega.

— Eu não... — Antes que ele pudesse terminar, a sra. Marblemaw passou pela loja de discos, o casaco arrastando atrás dela, uma expressão distorcida no rosto, furiosa.

Arthur se levantou de um salto quando a sra. Marblemaw saiu da loja.

Sem hesitar, ele se abaixou, pegando Lucy em um movimento fluido enquanto corria para a porta, o sangue subindo à sua face. De sua parte, Lucy se deixou levar, subindo em Arthur até suas costas, braços em volta de seu pescoço, pezinhos se posicionando em cada lado.

O sol o cegou no instante em que saiu da loja. Piscando rápido para clarear a visão, a respiração de Lucy quente em seu ouvido, Arthur derrapou até parar esbarrando em algumas pessoas reunidas na calçada, todas olhando para algo na rua. Abrindo caminho pela multidão, ele sentiu sua raiva transbordar quando se deparou com o que todos estavam encarando.

A sra. Marblemaw, na rua, sua mão como um torno prendendo o pulso de David. Ela se erguia acima dele, o casaco esvoaçando em volta dos tornozelos. David lutava contra ela, mas seu aperto era firme.

— Como *ousa* perseguir humanos — disparou a sra. Marblemaw para ele. — Você poderia ter *matado* esse pobre homem!

— Não se preocupe — sussurrou Lucy no ouvido de Arthur. — Eu os chamei. Eles estão vindo.

— O quê? De quem você está...

— Ei! — gritou J-Bone do outro lado da rua. — A gente estava brincando! Tire suas malditas mãos dele!

A sra. Marblemaw hesitou, mas foi breve.

— Isso não *importa*. — Ela puxou o braço de David mais uma vez, e ele choramingou, olhos vidrados enquanto lutava para escapar. — Essa... essa *coisa* é um animal! Animais têm *instintos*. Alguém corre, o instinto de caça deles entra em ação e...

— Tire sua mão imediatamente dele antes que eu a queime fora.

A sra. Marblemaw se virou lentamente para Arthur, uma mecha de cabelo grudada na testa.

— Outra ameaça, sr. Parnassus? Tem certeza de que essa é uma resposta apropriada? Especialmente na frente de tantas testemunhas.

— Você está assustando ele! — gritou J-Bone.

A sra. Marblemaw olhou para David, que cravou os pés no chão, tentando se libertar. Ela se inclinou para ele e disse:

— Que medo infantil para alguém que foi criança há décadas. — E apertou ainda mais.

Arthur deu um passo à frente enquanto Lucy deslizava de suas costas. As pessoas ao redor engasgaram quando as chamas começaram a se espalhar por seus ombros, braços, mãos, crepitando, estalando. A fênix gritou em seu peito, com as asas bem abertas, seus olhos como um par de estrelas flamejantes.

Mas antes que a fênix pudesse entrar em erupção, Lucy puxou a camisa de Arthur, fazendo-o olhar para baixo.

— É isso que ela quer, pai.

Pai, Arthur pensou em meio ao fogo.

Uma sombra bloqueou momentaneamente o sol, e a sra. Marblemaw gritou quando uma serpe mergulhou em sua direção, asas dobradas ao lado do corpo. Ela se abaixou, e David se soltou de uma vez, tropeçando para trás, esbarrando em...

Sal, parado na rua, seu olhar frio enquanto Theodore pousava em seu ombro. À sua esquerda, Phee e Talia, a sprite segurando o pulso de David enquanto cubos de gelo caíam de seus olhos e se estilhaçavam no concreto, a gnoma lançando um olhar fulminante para a sra. Marblemaw. À direita de Sal, Chauncey e Lucy. Atrás deles, Linus, furioso de um jeito que Arthur jamais tinha visto. Ele olhou para Arthur, assentiu e então voltou sua atenção para a sra. Marblemaw.

Talia deu um passo à frente enquanto a inspetora se punha totalmente de pé. A menina continuou andando até estar a apenas trinta centímetros de distância da sra. Marblemaw. O topo do gorro da gnoma mal alcançava a cintura da mulher. Talia olhou para ela de cima a baixo e disse:

— O DEDJUM é idiota, mas não acredito que mandariam uma pessoa tão estúpida. O Linus não era estúpido, então por que você é?

— *Não* fale comigo desse jeito — repreendeu a sra. Marblemaw, seu rosto contorcido e quase roxo. — Sou mais velha que você, exijo respeito.

— Na verdade, eu sou mais velha que você — disse Talia. — Então você é quem deve me respeitar. Sendo assim, um conselho: eu seria cuidadosa se fosse você. Alguns de nós são mais poderosos do que parecem.

A sra. Marblemaw fez uma cara feia para Talia.

— O Anticristo é...

— Ah, não eu — disse Lucy com um sorriso. — Quero dizer, não *só* eu. Ela está falando da Phee.

A sra. Marblemaw pestanejou.

— A sprite de floresta? Você só pode estar brincando. O que ela vai fazer? Cultivar uma árvore?

— Engraçado você mencionar árvores — comentou Phee, juntando-se à irmã na frente da sra. Marblemaw. Em meio ao fogo, Arthur viu a inspetora dar um passo para trás. — Porque, da última vez que machucaram minha família, eu transformei *todos* em árvores. A carne deles virou casca. O sangue virou resina. Os braços viraram galhos. Os dedos todos viraram folhas.

— Você não *ousaria* — disse a sra. Marblemaw.

— Xi — disse Chauncey. — Você realmente não deveria ter dito isso.

As asas de Phee começaram a bater enquanto ela se levantava do chão, elevando-se até ficar cara a cara com a sra. Marblemaw, seu cabelo uma coroa de fogo. Sem desviar o olhar da inspetora, a sprite se inclinou para a frente até que seu nariz tocou o da sra. Marblemaw.

— Experimenta — disse ela com voz indiferente. — Toque em *qualquer* um de nós mais uma vez, e será a última coisa que fará antes que eu a plante no parque pra virar banheiro de cachorro.

— O DEDJUM vai saber disso — avisou a sra. Marblemaw, a pele sob seu olho esquerdo se contraindo perigosamente. — Eles vão saber de *tudo isso*, e nem mesmo Arthur Parnassus vai conseguir sair dessa tagarelando.

— Que bom — disse Linus friamente. — Porque eu vou me assegurar de que todo mundo saiba que você colocou suas mãos em alguém sem permissão da pessoa. E não acredito que teremos que ir muito longe para encontrar testemunhas.

As pessoas começaram a concordar em volta de Arthur, embora mantivessem uma distância segura. Ele não os culpava por isso; o fogo ainda corria por seus braços e mãos, sob controle, mas por um fio. Então outra figura apareceu ao lado dele, sem medo.

— Elas sabiam — sussurrou Helen para ele. — Talia e Phee. Não sei como, mas sabiam.

A sra. Marblemaw se irritou.

— Eu agi porque pensei que havia um humano em perigo. Qualquer pessoa teria feito o mesmo.

— Só que não fizemos — discordou J-Bone. — Porque conhecemos eles. — Ele deu uma olhada para David, sua expressão se suavizando. — Graças ao carinha peludo com mãos de faca, eu pude realizar o grande sonho de ser perseguido por um iéti. Quantas pessoas podem dizer que passaram por isso? Bem, provavelmente mais alguma, mas mesmo assim! Eu sou uma delas, e foi ainda melhor do que eu esperava. Pessoal, sonhos realizados graças a um iéti chamado David! — Ele começou a vibrar alto e bater palmas com força.

As outras crianças se juntaram a ele. Zoe e Linus também. Então a multidão começou a aplaudir até virar um grande clamor, Helen batendo palmas tão alto quanto todos. Arthur incluiu sua própria voz à da multidão enquanto seu fogo se dissipava.

A sra. Marblemaw mirava aquilo furiosa, ao passo que David começou a sorrir.

A viagem de volta para casa teria sido desconfortável se Merle não tivesse concordado em levá-la de volta.

— Deixa comigo, sr. Parnassus — resmungou ele, olhando para a sra. Marblemaw com desdém enquanto estavam no embarcadouro, a balsa atrás deles. — Eu a levo.

— Caso haja um atraso inevitável — disse Arthur —, eu compreenderia perfeitamente.

— Ah, é — concordou Merle, balançando a cabeça. — Acontece. O mar pode ser inconstante. — Ele deu uma cusparada grossa no mar. — O preço também deu uma subida, sabe? Época de verão e tudo mais. — Ele inclinou a cabeça na direção de Arthur. Seu hálito cheirava ligeiramente a cebola e tabaco. — Ouvi dizer que ela lhe deu problemas na cidade.

— O disse-me-disse está de vento em popa, pelo que vejo.

— Está mesmo — confirmou Merle. — Tudo bem com os pequenos?

— Não sei — admitiu Arthur. — Espero que sim. Crianças podem ser notavelmente resilientes quando precisam. Eu só queria que não chegasse a esse ponto.

— Por que vai deixar ela voltar? — perguntou Merle. — Acho que você deveria lhe dar um pé. As crianças ficariam mais seguras.

Merle era um enigma. Cáustico, rabugento e um tanto obtuso. Ainda assim, ele se recusara a levar os repórteres até a ilha. Estava perguntando sobre as crianças para as quais normalmente só oferecia um olhar torto. Começou, Arthur pensou maravilhado. A mudança, as vozes de alguns poucos criando um clamor sem fim.

— Mantenha seus amigos por perto, e seus inimigos mais perto ainda — respondeu Arthur. — Acredite em mim quando digo que Harriet Marblemaw nunca mais estará nessa posição. Hoje ela se mostrou uma inimiga, e não me esquecerei disso tão cedo.

Merle assentiu. Então, em voz baixa, disse:

— Se precisar de ajuda para esconder um corpo, eu sou o cara. O mar é muito, *muito* grande.

— Obrigado, Merle. Sua gentileza não apenas é bem-vinda, como também um bálsamo para a alma após os eventos de hoje. Mas não se preocupe; tenho um punhado de crianças que sabe bem como esconder um corpo.

Sob o pelo grosso de David, a pele do seu pulso estava machucada, a marca definida de dedos em tons escuros de violeta. Não doeu muito, ele alegou, e como seu corpo já estava congelando, não havia necessidade de aplicar uma bolsa de gelo.

Isso não deu muito conforto a Arthur. David parecia ter se recuperado rápido, rindo de algo que Chauncey disse quando estavam de volta à ilha. Arthur não havia mentido ao falar da resiliência das crianças, mas ele desejava que isso nunca fosse testado. Traumas tinham uma maneira de se manifestar nas circunstâncias mais improváveis, e Arthur e Linus ficariam de olho em David para garantir que quaisquer gatilhos potenciais fossem evitados.

Linus e Zoe prepararam o jantar mais cedo para as crianças enquanto Arthur estava na varanda, observando a estrada. Quando o sol começou a se pôr, a sra. Marblemaw apareceu à vista, bufando e resfolegando, sua pele brilhando de suor, as penas de pavão caindo sobre seu rosto.

Ela parou quando o viu. Ele não a chamou, não levantou a mão para acenar. Apenas a encarou.

Ela ergueu o queixo para ele e então foi para a casa de hóspedes, batendo a porta.

Ela não apareceu mais pelo resto do dia.

Naquela noite, não importava o quanto Arthur se revirasse na cama, o sono continuava escapando.

Pai, Lucy o chamara, facilmente e sem pensar, como se não fosse o momento mais transformador da vida de Arthur. *Pai.*

Mais cedo, quando perguntaram como souberam que David estava em apuros, foi Sal quem falou antes de sair da perua:

— Lucy nos chamou.

Linus e Arthur trocaram um olhar perplexo, Zoe também pareceu confusa.

— O que você quer dizer com "chamou"? — perguntou ela.

— Nós o ouvimos — disse Sal. — Nas nossas cabeças. Ele nos disse que David estava em apuros.

— Lucy? — perguntou Linus calmamente. — Isso é verdade?

— É — respondeu Lucy. — Eles são meus irmãos e irmãs. Claro que me ouviram. Por que não ouviriam?

Arthur se levantou da cama, sorrindo para a maneira como Linus fungava e roncava em seu sono.

— Homem adorável — sussurrou ele, puxando o edredom e cobrindo o ombro de Linus.

Calliope levantou a cabeça, seu olhar o seguindo. Ela se inclinou com seu toque quando ele coçou atrás de suas orelhas. Arthur estava prestes a entrar no escritório para colocar o trabalho em dia, quando algo piscou do lado de fora da janela, uma luz fraca que brilhou mais duas vezes.

Ele foi até a janela e, embora o ângulo fosse terrível, pensou ter visto a fonte de luz vindo do gazebo no jardim.

Trajando seu robe, primeiro ele verificou o quarto de Lucy. O garoto estava dormindo, roncando alto, lábios batendo. Ao lado da cama, deitado sobre um bloco de gelo derretendo lentamente, David, com pequenos rastros de névoa fria saindo de seus lábios. Arthur os deixou em paz, fechando a porta antes de seguir pelo corredor. Ele espiou cada uma das crianças, botando a cabeça para dentro dos quartos. Sal estava dormindo de bruços, com o rosto para baixo no travesseiro. Theodore dormia com a barriga para cima, sua cabeça voltada para um lado. Chauncey boiava na água salgada, seus tentáculos relaxados. Talia dormia em sua toca, folhas balançando a cada expiração.

Phee não estava em seu quarto.

Recusando-se a deixar o pânico tomar conta dele, Arthur desceu as escadas e passou pela porta da frente, saindo da varanda e virando à direita. Ele seguiu o caminho do jardim de Talia até chegar ao gazebo. Ali, sentada em um dos bancos, Phee, em roupa de dormir, mas aparentemente bem acordada, sua língua para fora, entre os dentes, concentrada. Enquanto Arthur observava, ela levantou as mãos à frente, suas palmas voltadas uma para a outra, os dedos tortos como garras, um emaranhado de raízes sujas flutuando entre eles. Sua testa ganhou linhas de expressão conforme ela se esforçava. Um momento depois, outro flash — branco, suave. Quando a luz desapareceu, uma pequena muda pairou entre suas mãos, as raízes torcidas se balançando. Ela pegou a muda no ar e a colocou no topo de uma pilha de mudas semelhantes à sua direita. À sua esquerda, mais raízes.

Arthur pigarreou, e Phee deu um salto, relaxando apenas quando viu quem a havia interrompido.

— Sem sono? — perguntou ele, subindo os três degraus do gazebo.

Ela deu de ombros, olhando de volta para suas mudas.

— Pensando.

— Está tudo bem? Parece sério. — Considerando que o ar estava anormalmente frio, ele tirou o robe e o colocou sobre os ombros dela, preocupado, até que ela deslizou os braços pelas mangas. — Posso saber sobre o quê?

— Árvores — disse ela secamente.

— E você achou que precisava fazê-las no meio da noite.

— Por que não?

— Realmente, por que não? Bem, se não se importa e nem interrompo, eu gostaria de assistir.

Phee assentiu e voltou ao trabalho. Eles ficaram em silêncio, o único som vindo do baixinho e borbulhante *pop!* cada vez que uma árvore surgia. Quanto mais ela fazia, mais rígida ficava, seus ombros perto das orelhas, os cantos da boca virados para baixo. Embora ele quisesse desesperadamente perguntar, aguardou. Daria a Phee seu próprio tempo.

E isso aconteceu dez minutos depois, quando ela fez uma nova muda, olhou para Arthur e disse:

— Eu faria de novo.

— O quê?

— Transformar gente em árvore se tentarem nos machucar.

Ele engoliu o nó na garganta.

— Faria mesmo?

— Sim — disse ela, olhando para as próprias mãos. — Eu sei que isso não faz de mim uma boa pessoa, mas…

— Você *é* uma boa pessoa — falou Arthur de súbito. — Uma das melhores que já tive o prazer de conhecer. Só porque se sente de uma certa maneira sobre alguém que pode lhe fazer mal, não anula nenhuma outra parte de você. No máximo, isso te torna humana.

Ela fez uma careta.

— Bom, não vamos tão longe. Mil vezes ser sprite do que humana.

— Foi o que pensei, e fico feliz em ouvir isso. Mas, mesmo que você esteja brava, isso não lhe dá o direito de machucar outras pessoas.

— Mesmo que queiram nos machucar?

Arthur hesitou, escolhendo suas palavras cuidadosamente.

— Eu gostaria que você se protegesse. Ou os outros, se fosse o caso. Mas também pediria para que pensasse nas repercussões das suas ações. — Ele suspirou. — Embora eu possa não ser o melhor guia nesse sentido. Duvido que Lucy aceitaria muito bem se lhe dissessem que ele não pode ficar fazendo ameaças de assassinato diariamente, mesmo que não as leve adiante.

Phee deu uma fungada.

— É, queria só ver. — Ela fez uma pausa. Então: — Você faria alguma coisa diferente? Se tivesse que fazer de novo?

Ele se segurou para não responder imediatamente, desejando dar a ela uma resposta à altura da pergunta. Por fim, falou:

— Não. Não faria. Mesmo tendo passado por tudo o que passei, tudo o que vi, eu não gostaria de ser nada diferente do que sou. Se eu tivesse que fazer tudo de novo só para chegar a este exato momento, eu faria. De novo e de novo.

— Porque você ama a gente.

Pai, Lucy o chamara.

— Com todas as minhas forças.

Ela assentiu, mirando o jardim.

— Nós sabemos. Todos nós. David está começando a ver isso também. Pode levar algum tempo, mas, se posso dar uma opinião, vocês deveriam conversar sobre ele ficar aqui. Permanentemente.

— Acha que ele vai querer?

— Não sei. Mas nem você, se não perguntar. Estou ficando bem irritada com o presente de ani do Linus, porque falta uma foto. Parece incompleto.

— Talvez as duas coisas possam ser retificadas ao mesmo tempo — disse Arthur. — Depois que a inspetora for embora, claro. Nunca mais a deixarei se aproximar dele, nem vou permitir que participe de um momento tão particular da família.

— A sra. Marblemaw não vai parar — falou Phee, voltando-se para ele. E inclinou a cabeça. — Mas você já sabe disso, não sabe? Principalmente depois que ela disse que não sentia medo.

— Sei — admitiu Arthur. — Mas eu esperava que ela... Não importa. Você não deveria se preocupar com...

— Hã, é, não. Isso é *sobre* mim. É sobre todos nós. Estamos juntos nisso.

Ele passou um braço sobre os ombros da menina, puxando-a para perto, seu rosto junto ao cabelo dela.

— Diga — sussurrou ele. — O que quer que seu coração deseje, por favor, me diga, e darei o meu melhor para tornar realidade.

Ela se afastou irritada.

— Eu não preciso de nada. Não é assim que funciona. Cuidar de alguém não é fazer algo e esperar ser recompensado, é?

Ele fez que não.

— Então por que comigo deveria ser diferente? Fazer a coisa certa não é *sobre* elogios ou reconhecimento.

— Por que fazer isso, então? — questionou, querendo ouvir a resposta dela.

Ela corou, puxando um fio solto do robe. Estava envergonhada, mas respondeu:

— Você ajuda porque talvez alguém veja e faça o mesmo por outra pessoa, e depois *essa* pessoa ajudará outra. — Ela se iluminou, olhando astutamente para Arthur. — Como as ondas em um lago.

Ele deslizou do banco para o chão do gazebo, de joelhos diante da menina. Segurando o rosto dela, disse:

— Você é uma garota maravilhosa. Sou uma pessoa melhor graças a você.

Ela virou a cabeça, beijando a mão dele antes que ele a soltasse.

— Eu menti. Pensei em uma coisa que eu quero.

Ele expirou, sentando-se sobre os calcanhares.

— É só pedir.

Ela o observou, parecendo momentaneamente nervosa, algo que raramente acontecia. Ele esperou até que a calma retornasse, então ela falou:

— Não é grande coisa. Você pode dizer que não, se não quiser.

— Se é grande coisa pra você, então é pra mim. Diga, por favor.

Ela respirou fundo, soltando o ar lentamente.

— Posso... posso voar com você?

Ele não conseguia responder, atônito. De tudo o que pensou que ela poderia pedir, isso nem passou pela sua cabeça.

Ela confundiu o choque dele com relutância.

— Tudo bem. Não precisa — disse ela. E balançou a cabeça. — Desculpa. A gente... conversou sobre isso. Depois que você contou o que é. Mas a gente não tinha certeza se *você* ainda iria querer falar a respeito.

— E por que pensaram isso? — perguntou ele apressadamente.

— Porque você não deixa a fênix sair com muita frequência — respondeu ela. — Você a mantém escondida, como um segredo. E entendemos o porquê. Depois do que você passou aqui — disse depressa, com uma careta — deve ser difícil até pensar na fênix. E depois do que aquela mulher desagradável forçou você a fazer na audiência, acho que não vai querer...

Ele se levantou, estendendo a mão. Ela a pegou sem hesitar, deixando que ele a puxasse para cima. Descendo as escadas do gazebo, ele apertou a mão da sua filha e disse:

— Será uma honra.

O fogo veio, então, a fênix se ergueu com um guincho penetrante. As chamas tomaram Arthur, mas não queimaram Phee. Nem poderiam. Ele era dela, e ela era dele. Ele preferiria morrer a machucá-la, ou a qualquer um deles. Conforme ele se afundava na fênix, sua mente mudava, se alterava, seus pensamentos problemáticos de gente se desvanecendo. Sua visão se aguçou quando ele e a fênix se tornaram um, uma clareza cristalina impossível para olhos humanos. No total, levou menos de dez segundos para o fogo consumi-lo, e ele abriu suas asas, uma impressionante envergadura laranja-ardente e vermelho-sangue. As penas da sua cauda se abriram amplamente, se esticando, aproveitando a liberdade. Erguendo-se acima de Phee, ele abaixou a cabeça, estalando o bico para ela, de brincadeira. Phee estava boquiaberta, acariciando as peninhas vermelhas-douradas entre os olhos dele.

— Caramba — ofegou. — Você é *imenso*!

Ele estalou de novo, saltando sobre seus pés pretos, as garras cravando no solo. Ele a rodeou, cutucando-a nas costas.

— Tá bem, tá bem. — Ela riu. — Já vou. Vamos apostar uma corrida até o banco de areia no fim da ilha. No três, combinado? Três! — E disparou no ar, o zumbido de suas asas se sobrepondo à sua gargalhada.

Arthur se agachou e se lançou no ar, abrindo as asas. Ele alcançou uma corrente ascendente, elevando-se cada vez mais alto.

Filha, ele pensou em sua mente insólita enquanto ela disparava à sua frente. Minha filha.

Eles voaram noite adentro, uma sprite e um pássaro de fogo. Em certo ponto, ela voou abaixo dele, de barriga para cima, pernas cruzadas, mãos dobradas atrás da cabeça. Certificando-se de que ele estava vendo, ela fingiu um bocejo, espreguiçou-se e comentou:

— Hum. Eu tinha certeza de que você era mais rápido. Deve estar ficando velho. Olha!

Ela dobrou as próprias asas e começou a cair na direção do mar escuro. Ele a seguiu, o vento batendo em seu rosto, eriçando suas penas. Um instante antes de Phee atingir a água, ela se virou, suas asas se abrindo. Ela se lançou para a frente, fazendo um rastro no oceano, ondulações espumando antes de desaparecer.

Para não ficar para trás, a fênix — e Arthur, pois os dois eram um só — queimou o ar, e em uma explosão de velocidade, passou por Phee, que gritou atrás dele:

— Isso não é justo! Usar foguetes é *trapaça*!

Eles contornaram a ilha, e o banco de areia apareceu, um longo trecho de solo meio firme. Ouvindo o zumbido das asas de Phee logo atrás, Arthur diminuiu um pouco, permitindo que ela passasse e alcançasse o chão primeiro, deixando um rastro na areia enquanto derrapava até parar. Quando Arthur pousou, Phee saltitou, socando o ar.

— Ganhei! Ganhei! G*anhei*!

Arthur abriu as asas, inclinando sua cabeça para trás. O grito que saiu de sua garganta foi de orgulho — por sua filha, por todos os seus filhos —, e Phee berrou com ele, um grito de guerra da juventude.

Mais tarde, enquanto o sol nascia, Phee se sentou encostada na fênix, que enrolou uma asa em volta da menina, piscando lentamente, tentando ficar acordada. Ela bocejou quando o sol surgiu no horizonte, iluminando seu cabelo de uma maneira que ela também parecia estar em chamas.

— Você deveria liberar a fênix mais vezes — disse ela enquanto seus olhos se fechavam. — É parte de você. Pra que esconder se queremos ver você voar?

E então adormeceu, sua respiração lenta e regular.

— Voar — disse a fênix uma vez apenas, emitindo um som baixo e gutural perdido no vento que vinha do mar.

DOZE

O café da manhã de domingo era sempre um evento agitado. Linus decidiu que não fazia panquecas há muito tempo, e precariamente montou pilha sobre pilha, com grossas fatias de manteiga derretendo no topo. Na vitrola, Thurston Harris And The Sharps chamavam sua pequena lindinha, venha conversar, querida, queridinha, venha se sentar no meu joelho.

Quando se sentaram — ainda de pijamas, é claro; afinal, era domingo —, Arthur quase conseguiu fingir que era uma manhã normal de fim de semana e que tudo estava como deveria ser.

A sensação foi quebrada quando David se contorceu, esticando-se para pegar o prato de linguiças fininhas que Talia lhe passava. Ele o pegou tendo cuidado com seu pulso.

— David — chamou Arthur, fazendo o iéti levantar a cabeça e quase derrubar o prato. — Como você está esta manhã?

— Estou vivo — disse David. — O que é bom. Lucy e eu fizemos outra festa do pijama.

— Ele não ronca — informou Lucy, enrolando uma panqueca como se fosse um tubo fino e tentando sugar o xarope, sem sucesso. — Então eu mantive o sangue dele intacto dentro do corpo.

— E somos todos gratos por isso — falou Linus. — David, como está seu pulso?

Silêncio súbito. Todos paralisados, esperando.

Exceto David, claro. Ele levantou o braço, dobrando o pulso para a frente e para trás.

— Dói um pouco — admitiu, baixando o olhar para a mesa. — Ela é mais forte do que parece.

— Eu também — murmurou Talia, espetando uma linguiça com um garfo. — Eu gostaria que ela tentasse *me* agarrar sem minha permissão.

Também queria ver, pensou Arthur.

— Por que ela fez aquilo? — perguntou Chauncey, com panquecas presas em cada uma das ventosas ao longo dos braços. Ele tentou sacudi-las fora, mas permaneceram firmes. — David só estava brincando com o J-Bone.

— Não sei — respondeu Arthur. — Mas ela estava errada. David, sinto muito pelo que aconteceu. Ela não tinha o direito de...

— Por que você faz isso? — questionou David, apertando os olhos para Arthur.

— Isso o quê?

— Se desculpar quando não é culpa sua. *Você* não fez nada comigo, então por que está se desculpando?

— Porque alguém precisa se desculpar — disse Arthur.

— Mas por que é sempre você? — perguntou Sal. — Você não fez nada para o David. Não fez nada para *nós* além de nos dar um lar e nos fazer felizes. Por que você tem que ser o único a se desculpar se foi a sra. Marblemaw que fez algo errado?

— É — concordou Lucy. — Ela deveria estar aqui estragando nosso café da manhã com um pedido de desculpas.

Arthur olhou para Linus em busca de ajuda, e se surpreendeu quando ele falou:

— Eu concordo com eles. Embora um pedido de desculpas seja muito bom, David e Sal têm um ponto importante. Um pedido de desculpas decorre da responsabilidade sobre uma ação que pode ser considerada errada ou ofensiva. Você não fez nenhuma das duas.

— Estou tentando ajudá-los a sobreviver — berrou Arthur, fazendo com que todos olhassem para ele com olhos arregalados. — Essas pessoas são insensíveis, destrutivas. São cruéis porque a crueldade *é* o objetivo. Vocês acham que alguém no DEDJUM ou no DEDAM se importa com um pedido de desculpas? *Não* se importam. Mas, se ao menos puderem ouvir isso de mim, eu acho...

— Então por que você tentou fazer eles se desculparem com você na audiência? — perguntou Phee.

Arthur murchou, sua ira se esvaindo. Estava cada vez mais difícil de controlar, e isso o preocupava.

— Eu...

Uma linguiça quicou na testa dele, caindo na mesa. Arthur estava prestes a lembrar Lucy que não devia brincar com a comida, mas suas palavras se detiveram na garganta quando ele viu que não tinha sido Lucy.

Foi Sal.

— Pare — disse ele, com Theodore ao seu lado, concordando com a cabeça. — Pare de agir como se estivesse fazendo isso sozinho. *Não* está. Você tem a gente. Tem Linus. Tem Zoe e Helen e quase todo mundo no vilarejo. Você nos ensinou a assumir nossos erros, e é o que fazemos.

Arthur murchou, sua cabeça latejando.

— Mas você também nos ensinou a não assumir os erros dos outros como se fossem nossos próprios — prosseguiu Sal. — Você disse que havia muita gente por aí querendo que nos desculpássemos por tudo, até por existir. Então por que está dando a eles essa satisfação, quando não é culpa sua?

— Não é como se eles pudessem me ouvir — respondeu Arthur, sentindo-se estranhamente defensivo.

— Mas *nós* ouvimos — rebateu Sal. — E qual a impressão que dá? Eu digo: dá a impressão de que você está apavorado por causa deles. Parece que está limpando a barra deles.

— Sal — interveio Linus. — Apreciamos sua opinião sobre o assunto, mas é mais complicado que isso.

— Sal está certo — falou Arthur, e Linus se voltou para ele com um sorriso triste. Não de piedade, mas de compreensão. — Vocês todos estão. Acho... — Ele balançou a cabeça. — Não sei o que pensar, na verdade. Estou me sentindo um pouco esgotado ultimamente, mas isso não é desculpa. Eu não deveria ter gritado. Por isso, peço desculpas.

— Eu não queria dificultar as coisas — murmurou David, com as mãos no colo. — Eu posso... ir embora, se for mais fácil. — Ele fungou, gelo se formando nos cantos dos olhos.

— Não dificultou — disse Arthur. — E isso pareceu suspeitosamente um quase pedido de desculpas, algo que aprendi faz pouco tempo não ser sempre necessário. David, você não fez *nada* de errado. Nada. Você é inteligente e curioso, e duvido muito que eu vá conhecer alguém com a sua presença de palco. Sua oferta de saída foi recebida, considerada e negada. Não, você vai ficar aqui porque aqui é seu lugar. — Ele olhou para seus filhos, um de cada vez. —

Aqui é o lugar de todos vocês. E estão absolutamente certos: a sra. Marblemaw deve desculpas ao David pelas atitudes de ontem. Vou cuidar disso agora pela manhã.

— Óóó — sussurrou Talia para uma panqueca. — Isso me deu arrepios. Posso ser seu reforço? Vou levar três tipos diferentes de pás, pra ela saber que estamos falando sério.

Theodore perguntou se ela ia bater na cabeça da sra. Marblemaw com as pás.

— Que nada — respondeu David, e apenas Linus e Arthur perceberam que ele havia compreendido Theodore sem precisar do dicionário. — Todo mundo sabe que o lugar certo para acertar alguém é o joelho. Acerte na cabeça e a pessoa morre. Acerte nos joelhos e ninguém vai correr atrás de você, é isso.

— Uau — expirou Lucy. — Gosto do seu jeito de pensar.

— Por que não vemos como se desenrola a conversa do Arthur com a sra. Marblemaw antes de partimos pra violência? — perguntou Linus. — E Talia, se não me engano, você disse que eu lhe devia duas horas arrancando ervas daninhas esta manhã, que tal deixarmos Arthur lidar com nossa hóspede e cuidarmos disso?

— Bela jogada, Baker — elogiou Talia. — Eu não me sinto nem um pouco manipulada. Você está melhorando.

— Muito... obrigado?

— O último a comer o xarope todo será mandado para os confins do universo! — berrou Lucy, e o que se seguiu não será descrito aqui.

Basta dizer que tudo terminou com Theodore pendurado no teto, Chauncey tentando lamber o xarope de *outras* pessoas, Talia despejando xarope na boca diretamente da garrafa, Phee empunhando quatro linguiças como armas, Sal levando uma panquecada na cara, David de pé na cadeira anunciando que aquele era o melhor café da manhã de todos os tempos, Lucy acusando Linus de trapaça (o que Linus negou com firmeza, embora seu guardanapo estivesse suspeitosamente coberto de xarope) e Arthur observando, observando com sua alma acesa (e gotas de suco de laranja em suas sobrancelhas, cortesia de uma gnoma de jardim) de um modo que brilhava mais forte do que qualquer estrela.

Depois de se lavar, Arthur vestiu calças pretas e uma camisa social abotoada até o pescoço. Suas meias eram amarelo-canário, estampadas com arvorezinhas. Afinal, quando alguém se prepara para uma batalha, é preciso se vestir à altura.

Ele saiu de casa, sorrindo ao ouvir Talia supervisionando seu jardim, dizendo para Linus dar duro, pois as ervas daninhas não iriam se arrancar sozinhas. A resposta resmungada de Linus saiu baixa demais para Arthur ouvir claramente, mas ele podia imaginar qual era.

Parecia não haver ninguém na casa de hóspedes. A porta estava fechada, persianas cobriam as janelas da frente. Ele não tinha visto nem a sombra da sra. Marblemaw desde que ela se arrastara subindo a estrada após Merle atravessá-la de volta à ilha. Uma parte — pequena e tola — dele esperava que, após os eventos do dia anterior, a sra. Marblemaw tivesse arrumado seus parcos pertences e partido para novos horizontes. Mas ele sabia que, mesmo que fosse verdade, não seria a última vez que ouviriam falar dela.

Arthur Parnassus poderia ser muitas coisas, mas estúpido não era uma delas. No fundo, ele sabia que não importava o que dissesse, havia poucas chances de a sra. Marblemaw lhe dar alguma resposta parecida com um pedido de desculpas. Ele teria de controlar sua raiva, se esse fosse mesmo o caso. Era o que ela queria, assim como Rowder na audiência: fazê-lo perder o controle, para ter evidências de que nenhuma criança deveria ser deixada sob seus cuidados, por medo de que ele explodisse em chamas, destruindo tudo e todos ao redor.

— Ataque com gentileza — murmurou ele conforme se aproximava da casa.

Estampando um sorriso forçado, Arthur bateu à porta e esperou.

Sem resposta.

Bateu de novo, um pouco mais forte dessa vez.

Nada.

Ele tentou a maçaneta. Trancada. Era de se esperar. Havia um molho de chaves reserva na casa, mas, se as coisas apertassem, uma simples fechadura não o impediria. Privacidade era importante, porém a sra. Marblemaw havia tornado tal cortesia inviável. Ele bateu de novo e, sem resposta, desceu da varanda. Considerando chamar Zoe, para ver se ela poderia localizar a sra. Marblemaw na ilha, Arthur primeiro deu a volta pela lateral da casa. Janelas fechadas e persianas abaixadas ali também. Os fundos ficavam próximo a uma pequena ribanceira, uma trilha de pedras levava à floresta, em direção a uma praia do lado noroeste da ilha. Eles raramente a usavam, pois havia mais pedras negras que areia branca, mas tinha seu charme, por mais estranha que fosse. Tomando uma decisão, Arthur desceu a trilha com habilidade, deixando um rastro de poeira. No final, ele se curvou, batendo a sujeira dos sapatos e meias.

Levou dez minutos para chegar à praia pela trilha na floresta. Pássaros cantavam, insetos zumbiam e a manhã quente prometia uma tarde ainda mais quente. A luz do sol salpicava o chão da floresta através das copas largas e, quando Arthur fez a última curva antes da praia, congelou de súbito ao ouvir uma voz que não deveria estar na ilha.

— ... não deveria ser difícil, Harriet — disse Jeanine Rowder, enquanto Arthur se escondia atrás do tronco grosso de uma palmeira, espiando a praia. — Sua incapacidade de fazer o que pedi não é algo apenas problemático, como causa má impressão. Talvez eu tenha errado ao depositar minha confiança em você.

A sra. Marblemaw estava sozinha na praia, de pé em frente a uma grande rocha cinzenta. Na rocha, havia a maleta de metal que ela trouxera para a ilha, mas estava diferente. O revestimento interno da tampa tinha sido retirado, revelando uma tela de brilho esverdeado, com o rosto de Rowder quase da mesma cor que o de Chauncey. Acima da tela, uma pequena antena parabólica girava em um círculo lento, emitindo um apito a cada poucos segundos.

— Estou *tentando* — respondeu a sra. Marblemaw, soando um tanto patética. — Você não sabe como é aqui. Não é nada como me disseram que seria. Essas crianças são...

— Tentando — repetiu Rowder, linhas onduladas rolando pela tela. —Você está *tentando*. Eu não te enviei aí para *tentar*, Harriet. Enviei para fazer o que outros antes de você não conseguiram. Você me garantiu estar à altura do desafio, e ainda assim, aí está, com as evidências mostrando o contrário. Você está na ilha há quatro dias. O tempo está se esgotando. Tem certeza de que não foi seguida?

A sra. Marblemaw virou a cabeça de um lado para o outro, Arthur se escondeu atrás da árvore.

— Não — respondeu ela, finalmente. — Não fui. Não sei por que não poderia fazer isso na casa.

— Sabe, sim — afirmou Rowder. — É bem provável que a fênix tenha seguido nosso exemplo e grampeado a casa de cima a baixo. É o que eu teria feito. E não seria *pega*.

A expressão da sra. Marblemaw ficou tensa.

— Como eu poderia saber que eles iriam verificar a lâmpada? Pra começar, foi você quem me disse pra colocar lá!

— Você deveria ter imaginado — disse Rowder friamente. — Eu falei para você não subestimá-los. Independentemente do que a fênix seja, é inteligente, o que a torna perigosa. E com essas armas à disposição, significa que cabe a nós detê-la.

— As crianças — falou a sra. Marblemaw.

— Sim. Não importa o que quer que você tenha que fazer para remover o Anticristo, apenas faça. Eu o terei, nem que seja a última coisa que eu faça.

Embora o sol brilhasse alto, era como se Arthur tivesse entrado no quarto de David novamente, pele e sangue congelados, um arrepio elétrico percorrendo sua espinha.

— Tem certeza de que esse é o melhor curso de ação? — perguntou a sra. Marblemaw, e a fúria de Arthur diminuiu.

Não muito, mas o suficiente para considerar cuidadosamente as palavras da inspetora. Ela parecia... insegura? Ou algo tão próximo disso que dava no mesmo. Ele poderia trabalhar nisso. Poderia levar tempo — não que tivessem muito —, mas talvez pudesse convencê-la de que...

— Tenho certeza — respondeu Rowder. — A maior que já tive na minha vida. Eu já vi do que pessoas assim são realmente capazes, e temo pelo futuro de todos nós. Nunca estivemos em um precipício como agora. — Os olhos dela se estreitaram. — E preciso lembrar, sem mim, você não seria uma inspetora. Ainda estaria na sala de correspondências, no trabalho pesado. Eu a botei de pé, depositei minha confiança. Eu *fiz* de você o que você é, e esse é o agradecimento que recebo? — Ela negou com a cabeça. — Talvez eu estivesse errada sobre você.

— Não! — disse logo a sra. Marblemaw, inclinando-se para a frente. — Eu consigo. Sei que consigo. É só que...

— Fala logo, Harriet. Você está desperdiçando um tempo valioso.

— E se você estiver errada?

Isso, Arthur pensou através do fogo. Isso.

— Não estou — replicou Rowder categoricamente. — Você estava na audiência. Ouviu a mesma coisa que todos ouviram. Arthur Parnassus é um mentiroso, e mais do que isso, ele é um mentiroso *carismático*. Não importa o que ele diga, não acredite. Um animal encurralado fará o que puder para sobreviver. Ele não é diferente. Devemos garantir que as crianças não estejam sendo doutrinadas por qualquer coisa que ele decida ser o assunto do dia. Você vai me dizer que fez todo o possível quando ele liberar seu exército sobre o mundo? Você conseguiria viver consigo mesma sabendo que poderia ter parado tudo antes que começasse?

A sra. Marblemaw hesitou.

Arthur inspirou. Arthur expirou.

— Não. Não poderia — ela respondeu.

Arthur fechou os olhos.

— Bom — disse Rowder. — Agora, sobre o Anticristo.

— Por que não posso simplesmente pegá-lo à noite? — perguntou a sra. Marblemaw. — Sedá-lo e levá-lo enquanto todos dormem.

— Está *maluca*? — perguntou Rowder, incrédula. — Ele saberia de imediato, e não sobraria muito de você para enterrar.

— Mas, se eu sedar o menino, ele não...

— Não estou falando do Anticristo, sua idiota! Arthur Parnassus te reduziria a cinzas antes que você se afastasse três passos do orfanato. Não, temos que fazer isso de acordo com as regras. Para conseguir isso, escreva o que for preciso em seus relatórios, Harriet. Dadas as... complexidades desta situação, a decisão final quanto à remoção será minha, mas os meus olhos não serão os únicos em seus relatórios. Faça valer a pena. Legalmente, é claro.

— Farei — disse a sra. Marblemaw. — Mas...

— Mas *o quê*? — rosnou Rowder. — Desembucha, Harriet. Não tenho o dia todo para ficar aqui sentada ouvindo você choramingando sem parar. Os planos estão em andamento, e não vão falhar por causa da sua inépcia.

— Mas, eu só... eu tenho que perguntar, sra. Rowder. Por que o Anticristo a ouviria, afinal? Por que ele faria alguma coisa que você quisesse? O que o impede de matar todos nós e retornar para a ilha?

— É aí que as outras crianças entram em cena — disse Rowder, e a mão de Arthur queimou, deixando uma marca na árvore, a casca enegrecida, fumegando. — De acordo com seu relato, ele é próximo delas. Ele as considera irmãos e irmãs, como se uma coisa monstruosa dessas pudesse entender de *valores familiares.* — Ela riu, uma risada baixa e gutural. — Não pode, porque é um demônio determinado a destruir tudo o que amamos. Mas, na remota possibilidade de haver um fio de luz na carcaça apodrecida de sua alma, então ele fará o que eu disser para manter as outras crianças seguras. Imagine ter um reservatório infinito de magia sob comando do governo. Por que continuar a lutar o bom combate quando podemos facilmente impor nossa vontade sobre o mundo com uma mão gentil e uma ameaça bem dada ao próprio Diabo? Nunca mais seremos questionados por nossas ações, não quando todos os seres mágicos estiverem sob controle governamental por meio do Anticristo.

Lucy tinha pensado a mesma coisa. Ainda assim, como um menino de sete anos de idade, estava tomando uma decisão diferente. Ele escolheu a alegria. Escolheu a felicidade. Escolheu os *outros* em vez de si próprio, mesmo sabendo que tinha o poder de fazer o que desejasse. Por que uma criança conseguia fazer o que adultos eram incapazes?

— Nem todos vão concordar com você — falou a sra. Marblemaw, claramente desconfortável. — Principalmente Arthur Parnassus e Linus Baker. Você viu o que Parnassus pode fazer, e temo que seja apenas a ponta do iceberg.

Você está certa, pensou Arthur friamente. Eu mal comecei a mostrar do que sou capaz.

— É por isso que a encarreguei desse trabalho — retrucou Rowder. —Retirar as crianças é o primeiro passo. A mídia já está fazendo a parte dela, continuando a empurrar a fotografia do pássaro se libertando no Netherwicke. Não poderia ter sido melhor, nem se quiséssemos. O mundo agora o conhece pelo que ele é. E quando fizermos o anúncio da remoção das crianças, todos compreenderão que vimos algo, dissemos algo e *fizemos* algo que ninguém antes de nós conseguiu fazer: protegemos as crianças que mais precisavam de nós. Você tem dez dias, Harriet. Não me decepcione. Você sabe o que vai acontecer se o fizer.

A tela ficou preta. A sra. Marblemaw alcançou e fechou a maleta. Arthur a deixou na praia.

Ele não se lembrava de ter caminhado de volta pela floresta. Não se lembrava de ter subido a trilha, escorregado e esfolado a palma da mão. Não se lembrava de ter passado pela casa de hóspedes fechada. Ele não ouviu Linus e Talia conversando no jardim. Não ouviu o rangido dos degraus da varanda sob seus pés. Não sentiu o cheiro do verniz — limão, ácido — que fazia a madeira brilhar. Ele não viu nada além de um túnel estreito, de bordas tão irregulares quanto sua respiração pesada.

Ele chegou ao quarto e o fechou, encostando a testa na porta. Em seu peito, uma estrela de fogo retumbava, chamas estalando como um chicote. Raiva. Horror. *Medo*. Tudo isso se fundindo, acumulando-se em um disforme e pungente caroço preto oleoso.

Quase cego de pânico, ele se virou e seu coração disparou no peito.

— Esperança — disse sua mãe, parada perto da janela — é algo com penas.

Ela se virou, seus cabelos cor de palha caindo em cascata pelas costas. Usava um vestido lavanda, aquele que ele se lembrava vagamente de sua infância, porque tinha bolsos. Segundo ela, um bom vestido sempre tinha bolsos.

— Raiva — continuou ela, sem se voltar para ele, e Arthur não estava tão longe a ponto de pensar que ela era real em vez de uma lembrança, mas algo próximo disso. — Ela se acumula em cima de velhas feridas, nas cicatrizes. Ela cresce e cresce até se tornar tudo o que você conhece.

Ele já tinha vivido esse momento. Essa conversa era uma das poucas que conseguia lembrar, um tesouro precioso escondido nas reentrâncias mais distantes de sua mente. Ele tinha um papel a desempenhar, e o desempenharia. Quando falou, não foi como homem, mas como criança:

— Como impedir isso?

Embora não pudesse ver o rosto dela — ele conseguiria reconhecê-la se a visse? —, sabia que estava sorrindo. Podia sentir na voz dela quando disse:

— Com esperança, passarinho. Com esperança, porque esperança é algo com penas.

— *Eu* tenho penas — disse ele animadamente. E em seguida: — Mãe, eu…

Mas ela se foi, foi, foi, *anos* se foram, *décadas* se foram, e como ele havia *chorado* a perda dela, e do pai, da única vida que já conhecera, uma vida com risos e contemplação das estrelas e voos cada vez mais altos que ele até pensara que poderia tocar o céu.

Com o que restava de suas forças, Arthur cambaleou até sua cadeira, desabando, peito arfando, olhos ardendo. Ele levou a mão ao rosto enquanto seus ombros começavam a tremer.

Ele permaneceu aéreo pelo resto do dia, incapaz de se livrar do zumbido agudo em seus ouvidos, um som que o fazia sentir como se estivesse sendo puxado para o fundo do mar, arrastado para profundezas sombrias onde vivia a escuridão.

O zumbido só aumentava com o avançar do dia, e Arthur se perdeu nele. Houve momentos de clareza, embora breves. Sorrindo quando Talia e Linus voltaram para casa para almoçar, com joelhos e mãos cobertos de terra. Concordando quando Chauncey explicou (com muitos detalhes!) como passara a manhã com David e Lucy, e que eles fingiram ser bestas gigantescas derrubando prédios feitos de blocos de madeira. Elogiando Sal e Theodore por catalogarem a coleção da serpe com etiquetinhas, para mostrar por que eram importantes. Exclamando sobre uma folha que Phee havia feito no formato de Helen, robusta, forte, colorida, uma representação perfeita de sua contraparte.

A sra. Marblemaw chegou no fim da tarde, com sua prancheta firme nas mãos. Não parecendo mais nervosa do que estava no dia anterior, ela perguntou por Zoe, lembrando Arthur que ela *entrevistaria* a sprite de ilha, e qualquer esforço para impedir que isso acontecesse seria considerado uma tática de subterfúgio.

Enquanto ela falava sem parar, Arthur se perguntava o que ela pensaria se ele a incendiasse ali mesmo. Ela gritaria? Suplicaria por sua vida? Ela imploraria repetidas vezes até que suas cordas vocais derretessem e fumaça saísse de sua boca?

Não teria que me preocupar em esconder o corpo, pensou radicalmente. Ela não seria nada além de cinzas.

— Sr. *Parnassus.*

A névoa mental se dissipou e ele viu a sra. Marblemaw olhando para ele, obviamente tendo dito seu nome mais de uma vez. Eles estavam em seu escritório. Ele não se lembrava de ter chegado lá.

Ele forçou um sorriso, esperando ser o suficiente.

— O que foi?

— Está mesmo ouvindo? — cuspiu ela. — Espero que leve isso a sério, sr. Parnassus.

— Ah, sim — assegurou a ela. — Você quer a Zoe. Tudo o que tem que fazer é pedir. Tenho certeza de que ela ficaria encantada em falar com você.

— Certamente — disse a sra. Marblemaw, com uma fungada. — Agora, a outros assuntos. Notei que Sal e Theodore são...

Ele se levantou da cadeira.

— Com licença, sra. Marblemaw. Algo requer minha atenção. Preciso cuidar disso imediatamente.

Ele deu a volta na mesa, o zumbido era absoluto, seu cérebro, uma colmeia de vespas fervilhando com ferrões venenosos. Ele estava quase chegando à porta quando a sra. Marblemaw agarrou seu pulso, apertando-o com firmeza.

— Estamos no meio de uma conversa — falou ela. — Por gentileza, sente-se até terminarmos.

Ele olhou para a mão dela em seu braço. David, tentando se soltar, choramingando enquanto ela gritava na cara dele.

Você já bateu em uma criança?

Não.

Deu um tapa?

Não.

Colocou os dedos dela numa gaveta e depois fechou com tanta força que... que...

Ele levantou a cabeça e deixou a fênix surgir atrás de seus olhos. Ele não sabia o que a sra. Marblemaw via, mas, em vez de ficar com medo, ela parecia meramente curiosa, como se um grande pássaro de fogo aparecesse à sua frente diariamente. Ao se inclinar em sua direção, Arthur pôde se ver refletido em seus olhos. Ele parecia furioso.

— Retire sua mão — disse em voz baixa. — E se eu *vir* você tocar em alguém nesta ilha sem permissão novamente, não há lugar na terra para onde você possa correr que eu não a encontre.

Ela retirou a mão devagar.

— Outra ameaça, sr. Parnassus?
— Sim — confirmou ele. — Cada palavra.
Ela não falou mais nada.

Não importava o que ele fizesse, não conseguia impedir o crescimento da fúria. Ela se agarrara a ele, uma mortalha negra enrolada firme em seus ombros. Pegajosa. Inteligente. Astuta. *"Venha para a escuridão, onde é mais seguro"*, ela sussurrou. *"Acham que você é um monstro. Por que não dar a eles o que pedem?"*

Há quanto tempo? Há quanto tempo isso era parte dele? Há quanto tempo vinha sendo construído? Desde a chegada da sra. Marblemaw? Não, antes disso. Desde a audiência? Desde a escuta no quarto de hotel? Desde que aceitara comparecer?

Ou ainda antes disso? Começara com Linus? Afinal, ele *foi* um deles. Sim, havia reconhecido seus erros, mas somente depois de *anos*. Dezessete, para ser exato. Anos vendo criança após criança, orfanatos com diretores que compreendiam seu trabalho, e outros que não. Por que não havia feito mais? Por que não tinha agido antes?

E, claro, havia as crianças. Cada uma delas com suas próprias vidas, traumas, histórias de maus-tratos e sobrevivência, como se alguma criança pudesse ter conhecimento pleno de tais assuntos. E ele as retirou disso da melhor maneira que pôde, tomando o peso, deixando que se curassem, crescessem, *vivessem*.

E os outros? E todos aqueles que ele ajudara ao longo dos anos, e todos aqueles que não conseguira alcançar a tempo? Foi culpa *deles*? Ou dos diretores que o acolheram depois de testemunhar? Os diretores que tinham medo dele, que pensaram que ignorá-lo seria benéfico para todos?

Foi quando era um menino assustado e solitário, forçado a reviver cada dia terrível durante o interrogatório? Talvez quando fora puxado do porão para a luz do sol, pela primeira vez em seis meses, piscando pela claridade que não tinha nada a ver com suas chamas. Ou talvez tivesse sido o próprio porão, as marcas arranhadas nas paredes. Talvez da primeira vez que o diretor o estapeara na cara por falar fora de hora. Ou quando fora levado por estranhos depois que seus pais morreram, todos dizendo que ele não tinha nada a temer, que seria cuidado por pessoas que o compreendiam. Talvez tivesse sido a morte de seus pais — primeiro seu pai, depois sua mãe —, eventos catastróficos que o arruinaram de maneiras que ele não esperava. Poderia ter começado aí?

Ele pensou que poderia muito bem ser o caso.

Uma vida inteira, então. Estivera com ele pela vida inteira.

Ele não sabia o que isso significava. Não sabia o que fazer. Jantar, embora ele mal tenha tocado na comida. As crianças falando e falando. Zoe sentada à sua direita, o joelho dela tocando o seu. Na outra ponta da mesa, Linus, quieto, testa enrugada, lançando umas olhadas cada vez mais frequentes para Arthur. Arthur sorriu. Linus não.

Depois, na sala de estar, David encenou sua peça de um iéti só, Detetive Particular Dirk Dasher na caçada da Besta. Trocas de figurino. Linus assumindo o papel de Jason. Suspiros. Risadas. Aplausos quando David se curvou, parecendo chocado com a aclamação direcionada a ele. Seu pulso parecia bem agora, e *isso* não era melhor que tudo? Ou não doía mais — embora a memória estivesse, sem dúvida, gravada em sua mente, não é verdade? —, ou David estava tentando superar. De qualquer forma, Arthur queimou.

Dormir. As crianças em suas camas, aquecidas e seguras, Chauncey com pasta de dente no canto da boca, Arthur limpou com o polegar.

— Ah, qual é! Eu estava guardando pra depois! — Um beijo gentil em sua cabeça entre os pedúnculos dos olhos, e quando Arthur se virou para sair, Chauncey o chamou: — Arthur?

Ele parou. Tudo parou. Por um momento, ele foi ele mesmo de novo, livre das chamas da raiva.

— Sim, Chauncey? — perguntou sem se virar, sabendo que estava no olho do furacão.

— Você está bem? Parece quieto hoje.

Ele fez a única coisa que havia prometido que nunca faria: mentiu para um de seus filhos.

— Tudo bem. Só pensando um pouco.

— Bons ou maus pensamentos?

Perspicaz, mas todos eram.

— Pensamentos — respondeu ele, incapaz de mentir novamente. — Durma, Chauncey. Amanhã é outro dia.

E *era*, não era? Outro dia. E então outro e depois outro, em que as coisas apertavam, em que a sombra do governo se estendia mais e mais, e ele *queria* ir até Lucy. Queria abrir a porta do seu quarto — um closet? Um *closet*? Poderia muito bem ser um porão; um diretor com qualquer outro nome (*Pai, Pai, Pai*) ainda era um diretor, afinal — e dizer: "Você estava certo. Não podemos vencer. Faça o que tem que fazer. Não machuque ninguém, apenas tire o medo deles. Tire a raiva. Tire o ódio, a intolerância, e refaça o mundo como ele deveria ser."

Foi por pouco — muito pouco, mais do que deveria ter sido. Sua mão estava na maçaneta, ouvindo os tons baixos e doces da música de gente morta que vinha lá de dentro, Buddy Holly cantando que você diz que vai embora, você sabe que é mentira, porque esse será o dia em que eu morrerei.

— Arthur.

Ele se virou, o zumbido era como o de uma grande máquina pesada destruindo tudo em seu caminho. Linus estava ali, bem na porta, parecendo apreensivo. Inseguro. Preocupado, tão preocupado que Arthur quase *riu*.

— O que foi?

— Essas pessoas — respondeu Arthur, raivoso, sua voz subindo e descendo como picos e vales. — Essas *pessoas*. Elas tiram e tiram e tiram *tudo*. Nada as impede. Nem você. Nem eu. Nem nada que possamos fazer ou dizer. Vão continuar vindo. Não há nada a fazer.

Devidamente assustado, Linus deu um passo em sua direção, com as mãos estendidas como se domando um animal perigoso, e, nossa, esse foi o movimento errado!

— Não — disse Arthur, dando um passo para trás, negando com a cabeça. — Eu não quero que me toque.

— Certo — falou Linus, abaixando as mãos. — Diga o que aconteceu. Diga como posso ajudar.

Então ele riu, emitindo um som duro e áspero, tão estranho quanto chocante.

— O que aconteceu? Você não estava prestando atenção? Estão tentando tirar meus filhos de mim!

— Mas não vão — disse Linus. — Não vamos deixar.

Arthur zombou com desdém:

— E o que *nós* vamos fazer se tentarem? Você vai pegar em armas e defendê-los? Vai dar sua vida para que as crianças tenham a chance de conhecer um mundo sem preconceitos? Porque é isso o que estou disposto a fazer.

— Você sabe que eu faria — garantiu Linus. — Eu faria qualquer coisa por eles, por você.

— Por quê? — inquiriu Arthur. — Por que aqui? Por que agora? Por que não com nenhuma das outras crianças que encontrou? Por que não fez nada para ajudá-las? — Gritou: — *Por que você não as salvou?*

Muitas coisas aconteceram ao mesmo tempo:

fogo surgindo em suas mãos, seus braços, uma pressão sem fim crescendo em seu peito;

e

Linus, olhos arregalados refletindo a luz do fogo, dando um passo em sua direção, *sem medo*;

e

música vazando do quarto quando Lucy abriu a porta.

Tudo de repente, muitas coisas, e a fênix, a *fênix* se ergueu mais e mais, rompendo sangue e osso, carne e memória, até se erguer acima de Linus e Lucy, a cabeça abaixada para não bater no teto...

... deparando-se com Linus à frente de Lucy.

Para protegê-lo de mim, Arthur e a fênix pensaram como um só.

A pressão se intensificou, seu coração e pulmões envolvidos por uma faixa de metal derretido, e a fênix emitiu um guincho longo e alto antes de se virar e atravessar pela janela, cacos de vidro iluminados em vermelho-alaranjado, brilhando enquanto ela estendia suas asas.

Para o céu, asas batendo, deixando um rastro de fogo em seu caminho. Músculos esticados, ele subiu mais e mais alto, as estrelas derretendo, riscando uma tela preta, e abriu seu bico para guinchar novamente, fogo branco incandescente saindo de sua boca. Mais e mais alto, o horizonte agora curvado, o oxigênio rareando, fazendo-o se engasgar repetidas vezes.

O ápice, até onde ele podia ir, e gritou mais uma vez enquanto se consumia. Ele detonou em uma explosão massiva que iluminou o céu noturno como se o sol tivesse se erguido de novo.

A fênix explodiu, com penas e fogo disparados em todas as direções.

Ele subiu aos céus como pássaro. Ele caiu para o oceano como homem.

Chovia fogo ao redor de Arthur enquanto ele despencava, a ilha à sua direita; o oceano, uma parede azul-escura se apressando para encontrá-lo. Abaixo, um movimento, a agitação de um vórtice, girando cada vez mais rápido. Uma coluna de água irrompeu do mar, à toda velocidade na direção de Arthur. Ele respirou fundo, suas costelas estalando, e então foi *cercado* pela água, sua queda desacelerou conforme ele baixava até o oceano. Bolhas tomaram tudo ao seu redor, tornando impossível enxergar. Ele não sabia o que era em cima ou embaixo, e o tempo mais uma vez se tornou difuso, maleável, enquanto afundava no oceano.

Algo trombou em seu nariz.

Ele abriu os olhos, piscando pela ardência salina.

Um peixe nadava à frente de seu rosto. Cinza, um olho preto de cada lado da cabeça. Pequenas barbatanas nas laterais, e outra no topo. Não era o maior peixe que já tinha visto, nem o menor. Estranhamente, o reconheceu — era *ele*.

Frank, pensou na voz de Chauncey berrando para o mar.

A boca de Frank abriu e fechou, suas guelras trabalhando. Ele esbarrou no nariz de Arthur novamente e se afastou. E então disparou entre as pernas dele, girando em torno da direita, depois da esquerda. Das profundezas, mais peixes apareceram, da mesma espécie de Frank. Primeiro um punhado, depois uma dúzia, duas dúzias, *três*, depois centenas de peixes cinzentos nadando em círculo ao redor de Arthur, cada vez mais rápido. O mar à sua volta começou a girar em um redemoinho — os peixes se tornando listras de tinta cinza iridescente —, mas, em vez de ser puxado para o interior das profundezas, ele começou a ascender.

Foi começando devagar, depois a velocidade aumentou, e Arthur fechou os olhos por causa da água salgada que batia em seu rosto, seus pulmões gritando por ar, luzes piscando na escuridão atrás de suas pálpebras. Ao emergir na superfície, ele tentou respirar fundo, ofegante, mas antes que conseguisse, continuou *subindo*, virando de ponta-cabeça e caindo duro de costas na praia, nu, com areia cobrindo todos os seus cantos e recantos quase imediatamente.

Ele se sentou em um estado de torpor inebriante, a mente ainda faiscando e crepitando, a fênix chiando fraca dentro dele, pronta para cair em uma inconsciência curativa.

Um peixe colocou a boca para fora da água, abrindo e fechando.

Com a voz rouca, Arthur disse:

— Obrigado, Frank. Não esquecerei sua generosidade.

Frank deu um salto acima da água, o luar iluminando suas escamas. E então desapareceu no mar.

Arthur começou a rir. Ele riu e riu, mãos na barriga. A primeira lágrima foi uma surpresa, a segunda um aviso, e então as comportas se abriram: ele chorou pelas crianças — conhecidas e desconhecidas. Ele chorou por cada punho erguido. Ele chorou em alegria agridoce, em desgosto feroz. Ele chorou pelos mistérios incognoscíveis deste universo.

E pela primeira vez, Arthur Franklin Parnassus chorou por si mesmo.

Linus o encontrou sentado sob uma árvore, joelhos dobrados contra o peito. A árvore — uma palmeira velha e rabugenta que parecia gostar de jogar cocos em cabeças desavisadas — crescia acima da praia onde Frank o trouxera. À direita, ao longe, a casa no penhasco, iluminada como um farol, um sinal acolhedor na escuridão.

— Aí está você — disse Linus, ofegando enquanto subia a colina, rosto vermelho, cabelo bagunçado como se tivesse passado as mãos nos fios de qualquer jeito. — Você me deu um susto!

— Eu te machuquei? — perguntou Arthur com a voz fraca.

Linus suspirou.

— Seu tolo. Veja só o seu estado. — Ele tirou o robe e se ajoelhou diante de Arthur, enxugando-o da melhor forma que pôde. Assim que terminou, colocou o robe sobre os ombros dele, cuidando e fazendo-o se mexer até que estivesse cingido na cintura, seu traseiro agora protegido da grama espinhosa. — Você vai pegar um resfriado — murmurou, esfregando seus braços e ombros. — E o que será de você?

— Você se preocupa demais.

— É o que dizem — comentou Linus. — Ainda assim, alguém tem que se preocupar.

Arthur se encolheu, as palavras eram uma repreensão severa.

— Ah, para com isso — falou Linus, com um revirar de olhos que fez Arthur se lembrar de Phee. — Eu não estava falando de você, sabe disso. Você se preocupa o bastante por todos nós. E não, não me machucou. Não machucou ninguém. Até a janela já está consertada.

— Lucy — sussurrou Arthur.

— Sim — disse Linus, grunhindo enquanto se sentava ao lado de Arthur, que, para alguém cujo sangue corria como fogo, se via mais frio do que nunca em sua vida. Linus passou um braço ao redor dele, puxando-o para perto, o cabelo molhado de Arthur pressionado contra sua bochecha, seu queixo.

Seus pensamentos giravam em uma tempestade violenta, e Arthur levou um bom tempo até conseguir agarrar um. O pensamento lutou para se libertar, mas o segurou com todas as suas forças. Acima de um mar sem fim e abaixo de um mar de estrelas, ele disse a única coisa que temia acima de tudo:

— Talvez eles estejam certos. Talvez eu não sirva para ser pai.

Linus não respondeu de imediato. Olhou para o nada, olhos tristes, sorriso um pouco mais triste. Por fim:

— Você nunca teve a chance de simplesmente… ser.

— O quê?

— Sempre ajudando — respondeu Linus. — Sempre pensando nos outros. Desde criança, você coloca as necessidades de todos acima das suas. Tentando enviar uma carta para alguém vir salvar você e seus amigos. Depois, deu o seu melhor para ajudar os necessitados a encontrarem um lar onde estivessem seguros. Mas você não parou por aí, parou? Não. Você comprou a mesma maldita casa que, por direito, deveria ter destruído. Mas não destruiu. Em vez disso, você fez o que sempre faz, e mesmo com essas crianças, essas crianças extraordinárias, e mesmo com Zoe e Helen e eu, e o mundo inteiro com seus olhos condenáveis e críticos sobre você, você *ainda* persiste. *Ainda* insiste. Ajuda porque é quem você é como pessoa.

— Porém — sussurrou Arthur, sabendo que isso viria.

— *Porém* — repetiu Linus, empurrando-o de leve — em que momento você ajuda a si mesmo?

Os olhos de Arthur ardiam e ele não conseguia falar.

Linus o beijou na têmpora.

— Eu vejo o que dizem sobre você, mesmo que tente esconder de mim. Eu vejo o bom. O horrível. Tudo. E não importa o que eu leia ou escute, sempre penso, bom, sim, mas isso significa que eles realmente o conhecem? Claro que não. Como eles poderiam saber que você precisa de uma xícara de chá todas as noites ou não consegue dormir? Como poderiam saber que às vezes você coloca uma flor no meu travesseiro porque te faz lembrar de mim? Eles não podem. Eles não têm como saber que você colocou seu sangue, suor e lágrimas em um ato de altruísmo absoluto para fazer desta casa um lar. Eles não têm como saber que você brinca de pega-pega com as crianças, usando a ilha inteira no jogo. Eles não têm como saber como você os ensina a ter orgulho de si mesmos, a ter um senso de autoestima. Eles não têm como saber a maneira como Lucy o olha como se você fosse responsável pela lua e pelas estrelas. A maneira como Phee se ilumina sempre que você entra na sala, mesmo que ela negue. A maneira como Sal está aprendendo a se posicionar como um líder porque *você* o ensinou. A maneira como Theodore nunca se sentiu sem voz, sabendo que você se deu ao trabalho de aprender a língua dele. A maneira como Chauncey continua sendo... bem, *Chauncey*, o sol em forma de bolha. A maneira como Talia sabe que, não importa o que aconteça, ela sempre terá companhia para falar com as flores. E até mesmo David, a maneira como ele *fala* sobre você! *Arthur fez* isso, *Arthur fez* aquilo. Eles não têm como saber nada disso, Arthur. Mesmo com o poder que possuem, eles não conseguem ver tudo o que você é. Mas eu sim.

Arthur se agarrou a Linus com mais força, seus ombros tremendo.

Suavemente, Linus acrescentou:

— Você foi forte a vida inteira. Precisou ser. Indevidamente. Injustamente. Mas também acho que às vezes você pensa que ainda está por conta própria, que precisa arcar com tudo sozinho. Não precisa. Você tem a mim. Eu posso ajudar você a carregar o peso. Eu posso ser seu porto seguro. Não posso fazer o que vocês podem, mas Lucy uma vez me disse que existe magia no trivial. Devo ser bastante mágico, então, mas só porque sei que, quando precisar, lá estará você. Não serve pra ser pai? Bah. Nunca conheci ninguém na minha vida que poderia ser um pai melhor do que você. Qualquer criança teria sorte de ter você, e não vou ouvir ninguém dizer o contrário, não no meu turno, não, senhor. Você quer falar mal de Arthur Parnassus? Bom, primeiro vai ter que me enfrentar. E embora possa não parecer, consigo ser bom de briga quando preciso.

E foi isso. Foi todo o necessário. Arthur quebrou, soluços de corpo inteiro. Mas era diferente de como acontecera depois de ter sido gentilmente arremessado do mar com a ajuda de um peixe chamado Frank. Ali, naquela hora, abraçado por Linus Baker, Arthur se sentia aquecido, seguro, amado. Enquanto Linus sussurrava palavras de calma e tranquilidade, Arthur afundou no furacão e deixou que ele o levasse embora.

O sol amanhecia sobre o mar, as nuvens em chamas. Gaivotas grasnavam ao vento, abrindo as asas de pontas pretas em toda sua extensão. As ondas quebravam num ruído surdo e familiar. O cheiro da maresia era forte.

— A explosão — Arthur disse.

Linus se assustou de um cochilo, seus lábios estalando.

— Perdão?

— A explosão — repetiu Arthur. — Você a viu?

— Vi — confirmou Linus com um arrepio. — Suspeito que a maioria das pessoas tenha visto, ou pelo menos as consequências. Abalou a ilha inteira. A fênix. Ela... — Engoliu em seco. — Se foi?

— Descansando — assegurou Arthur. — Mas tem mais.

Ele contou o que ouvira na praia, escondendo-se atrás de uma árvore. Quanto mais falava, mais a boca de Linus se contorcia, suas sobrancelhas subindo e subindo. Quando Arthur terminou, Linus estava apoplético, mal conseguindo formular um pensamento coerente.

— Como ela *ousa*... o que ela pensa que... por que, eu *nunca*... uuh, não acredito... não. — Ele inspirou profundamente, expirando devagar. — Não. Não, não, *não*.

— Concordo plenamente. Ela viu?

— Sim. Infelizmente. Ela estava na frente da casa de hóspedes quando aconteceu. Ouviu a janela quebrando.

— Ótimo — disse Arthur.

Ele se levantou, joelhos estalando. Estendendo uma mão a Linus, arqueou uma sobrancelha.

— Vamos, querido Linus?

— Pra onde? — perguntou Linus, se deixando levantar. — Seria bom irmos pra casa, para o café da manhã. Não sei você, mas isso me abriu o apetite.

— A mim também — disse Arthur, surpreso. — Mas isso vai ter que esperar. Temos trabalho a fazer.

— Como é? E o *café*? Você perdeu o fio da meada, meu bom companheiro. Ninguém deve adiar o café da manhã. Mudei de ideia! Me dá o anel de volta. Vou encontrar alguém que aprecie filar uma boa boia em vez de achar que ela pode ser ignorada.

Arthur lhe deu um longo beijo.

— Não — disse, encostado nos lábios de Linus. — Eu me casarei com você, e não ouvirei mais nenhuma palavra do contrário.

— Ah, que bom — respondeu Linus. — Duvido que eu consiga esbarrar nos amores da minha vida uma segunda vez, então provavelmente é melhor assim.

De mãos dadas, eles foram pra casa.

TREZE

As crianças esperavam na varanda, a maioria ainda de pijamas. Zoe estava de pé atrás delas, com flores amarelas abrindo e fechando em seu cabelo, sua preocupação evidente. Calliope sentada no peitoril, olhos semicerrados, rabo balançando de lado.

Chauncey acenou, gritando:

— Ei! Oi! Bom dia! Coisas explodiram, e não fomos nós! Não é *louco*?

— Muito louco — falou Linus. — Vamos pra dentro e...

— Sr. *Parnassus.*

Ele virou a cabeça para ver Harriet Marblemaw marchando em sua direção, poeira levantando ao redor dos seus sapatos. Pela primeira vez, estava sem a prancheta, punhos cerrados de cada lado do corpo. David rosnou para ela, um ronco baixo que foi interrompido quando Calliope se enrolou entre suas pernas. Ele abaixou o olhar para ela, chocado, enquanto a gata se esticava para cima, uma das patas tocando sua cintura. *Shhh*, fez a pata.

— Eu disse, *sr. Parnassus*! Estou falando com você!

Arthur levantou a mão para ela.

— Sra. Marblemaw, podemos conversar depois que eu...

— Era você? — questionou ela, parando a uma boa distância dele, resfolegando. — O fogo. No céu. Era. *Você?*

— Era — respondeu Arthur, calmamente. — Ser uma fênix exige liberar energia de vez em quando. E foi o que fiz, a uma distância segura de tudo e de todos. Ninguém se machucou, nada foi danificado.

— Diga isso àquela *janela* — disse ela, triunfante, apontando o dedo para o andar de cima.

Todos olharam para cima e encontraram a janela intacta, o vidro livre de riscos ou trincos.

— Eu vi — disparou ela. — Vi com meus próprios olhos! Vidro na grama! Cacos que poderiam perfurar e cortar! E tenho *provas*! — Enfiou a mão no bolso. Depois tirou e estendeu a Arthur, mostrando a palma. Nela, uma concha dourada e marrom.

— Isso não é prova — falou Chauncey, como um sábio. — É a casa de um caramujo.

A sra. Marblemaw ficou boquiaberta diante da concha, antes de esmagá-la na mão.

— Eu sei o que vi — sibilou, pó escapando entre seus dedos. — E sei o que você é. Não vai conseguir se esconder para sempre, sr. Parnassus. Quando eu tiver acabado com este lugar, você nunca...

— Ah, fica quieta — disse Zoe.

— Uuh — exclamaram as crianças.

A sra. Marblemaw olhou furiosa para Zoe.

— E *você*. Não sei quem pensa que é, mas eu sou uma representante *governamental*, o que significa que tenho poder total e completo aqui. Não permitirei uma pessoa não registrada me dizendo o que fazer. Você tem sorte de ainda não ter sido presa por...

Zoe passou pelas crianças, descendo os degraus sem pisar. Aterrissou no solo e, enquanto a sra. Marblemaw endireitava seus consideráveis ombros, os olhos de Zoe se tornaram completamente brancos, opacos, asas brilhando à luz da manhã, sua voz assumindo um timbre profundo:

— Eu disse: fica *quieta*. Estou farta de ouvir você falar conosco como se déssemos a mínima para o que tem a dizer. Você está na *minha* ilha, e após seu comportamento no vilarejo, tem sorte de ainda estar de pé por conta própria.

— Ameaças! — ladrou a sra. Marblemaw. — É só o que vocês têm. Não vão funcionar! Vocês não podem...

— Falaremos com você em breve — disse Zoe. — Até lá, por que não volta para a casa de hóspedes? — Ergueu a mão na direção de Marblemaw.

Antes que a inspetora pudesse reagir, Arthur sentiu o ar se alterar ao redor dele — ficando denso, quase palpável —, e então a sra. Marblemaw soltou um grito enquanto deslizava para trás, pela terra, seus braços se sacudindo freneticamente. Deixando um rastro no chão, ela atingiu os degraus da varanda da casa de hóspedes, as solas dos pés se arrastando pelos degraus de madeira, seu corpo inclinado para trás, quase paralelo à varanda. Um segundo antes de bater na porta, esta se abriu, dobradiças rangendo. Marblemaw recuperou o controle no instante em que cruzou a soleira, tentando voltar para fora, apenas para ter a porta batendo em sua cara.

— Pronto — falou Zoe. — Isso deve segurá-la.

— Até que ela tente quebrar uma janela — comentou Linus.

— Deixa comigo! — disse Lucy. Ele franziu o rosto e então relaxou. — Feito e feito! Agora todas as janelas são de plástico de vinte e cinco centímetros de espessura! Nunca fiz uma refém antes. Quando é que vamos negociar um helicóptero?

— Não é uma refém — informou Arthur. — Ela está apenas aproveitando a maravilha que é o serviço de hotelaria do Chauncey.

— Deixei uma bala de menta no travesseiro dela — contou Chauncey. — Espero que ela não pegue, porque quero pra mim.

Antes que Arthur pudesse responder, Zoe estava lá, massageando seus braços, flancos e ombros.

— Está tudo bem — murmurou ela, seus olhos retornando à cor normal. — Está tudo bem.

— Está — disse ele gentilmente. — Eu não te deixaria, querida. — Beijou sua testa enquanto ela o abraçava. — Mas temo que tenha chegado a hora para a qual todos nós nos preparamos.

Zoe o soltou, mas ele não foi muito longe, os dois ainda de mãos dadas, ela o apertando com força, um toque bem-vindo.

— O que aconteceu? — perguntou Sal.

— Crianças — disse Arthur. — As aulas de hoje estão suspensas...

Pela segunda vez em doze horas, uma explosão. Só que, dessa vez, sem fogo e penas, apenas júbilo extraordinário. Sal e Theodore sorriam enquanto Chauncey chorava de felicidade. Talia e Phee erguiam os punhos no ar e David decidia que dançar era uma resposta apropriada a uma notícia tão bem-vinda, balançando os quadris, olhos brilhantes e gélidos.

— ... mas não temam — prosseguiu Arthur. — Vamos pegar duplamente pesado nos próximos dias, para compensar.

Talia, com os punhos ainda no ar, perguntou:

— Estamos felizes ou com raiva?

— Eu... não sei? — Phee respondeu.

— Que corações — começou Arthur, e as crianças ficaram em silêncio. — Que corações tremendos os de vocês. Eles vieram de longe, inexoravelmente nos unindo. Não há nenhum lugar onde eu preferisse estar.

— O que foi isso? — perguntou Sal. — O que aconteceu?

— Chegou ao nosso conhecimento que uma certa inspetora veio à nossa casa sob falsos pretextos — contou Arthur. — Ela não está aqui, como alegou, para garantir a segurança e felicidade de vocês.

— Que reviravolta chocante — comentou Talia. — Quem teria imaginado?

— Eu não — respondeu Chauncey. — Achei que ela só precisava de um abraço.

— Gosto de você — disse Phee, dando um tapinha no ombro dele.

— Infelizmente, acredito que um abraço não resolverá o problema — falou Arthur. — Não, estamos além disso agora.

— Xi — sussurrou Chauncey, seus pedúnculos encolhendo até que os olhos pousaram no topo da cabeça. — Estamos condenados.

— O que ela quer? — questionou Sal, com voz firme.

Arthur balançou a cabeça.

— Não quero que se preocupe com...

— Está fazendo de novo — destacou Sal, abrindo caminho entre as crianças. — Você *sempre* faz isso. Assume toda a responsabilidade porque acha que não conseguimos lidar.

— Sal — interveio Linus —, não é tão simples assim. Há coisas aqui em jogo que são complicadas até para nós.

— Não me importo — disse Sal, sem desviar o olhar de Arthur. — Se isso é sobre nós, então temos o direito de saber. Não podem nos proteger para sempre.

Seu maior medo estava exposto. E ele não queria revidar? Não queria dizer a Sal que ele *ainda* era uma criança, tinha quinze anos, sim, mas não era um homem? Ah, queria, e isso borbulhava em sua garganta, dançava pela sua língua. Ele abriu a boca, mas antes que pudesse falar, Zoe apertou sua mão.

— Ouça — disse ela calmamente. — Confie nele.

Mas Arthur estava à beira do pânico.

— Sei que não posso proteger vocês para sempre. Mas isso não significa que não vou *tentar*. Nenhum de vocês deveria saber como é ser...

— Indesejado? — perguntou Sal. — Não amado? Desprezado? Já *sabemos* como é tudo isso. Podemos não ter passado pelo que você passou, mas isso não torna nossas experiências menos importantes.

— Eu nunca pensei isso — falou Arthur com firmeza. — Nunca. Nem uma vez.

Sal assentiu, dando um passo à frente. Atrás dele, as outras crianças observavam, esperavam.

— Que bom. Porque você não pode saber tudo. Você não pode *ser* tudo, mesmo que queiramos que seja.

Arthur inclinou a cabeça, apertando os olhos para Sal.

— Explique, por favor. Explique por que eu deveria considerar colocar vocês em qualquer lugar remotamente próximo da mira.

— Porque é onde já estamos. Há muito tempo. Pode ser que nem todos da mesma forma — disse Sal, com um olhar astuto; e mais uma vez, Arthur se perguntou como alguém poderia não ver Sal como um líder nato —, mas estamos juntos nisso. E mesmo assim, podemos fazer as coisas de forma diferente.

— Por quê? — perguntou Linus.

— Porque vocês não podem ser tudo para nós — respondeu Sal. — Não importa do que são capazes, nem o poder que tenham, vocês não podem entender certas coisas. Tenho que navegar por três mundos. Ser humano. Ser mágico. Ser negro. Vocês podem ajudar com dois? Sim, podem. Mas não sabem nada do último. Não *podem*. É algo que preciso descobrir. Felizmente, não preciso fazer isso sozinho.

— Não mesmo — concordou Zoe.

— A intolerância existe em todas as formas — continuou Sal —, não apenas contra pessoas mágicas. Não muito tempo atrás, você e Linus não poderiam se casar, e olhem pra vocês agora. — E então partiu o mundo: — Você tem que confiar em mim. Em *nós*. Podemos ser crianças, mas somos seus filhos, pai. Você nos fez acreditar que poderíamos fazer qualquer coisa. Agora tem que confiar que faremos.

Foi a vez de Arthur ser desconexo, e ele provou ser ótimo nisso:

— Eu... você... como é que... você não é... ai, nossa.

— Você o desconcertou — disse Linus. — Eu nunca pensei que veria o dia em que…

— Ele é o papai — falou Talia. — E você é o pápi. Nós todos combinamos isso, não podem ficar trocando.

— Eu queria te chamar de papito, mas perdi na votação — disse Lucy tristemente.

— Ah — sussurrou Linus, enxugando os olhos com um sorriso lacrimejante. — Entendo.

— Sinto muito — disse Arthur a Sal, com uma voz rouca. — Eu deveria ouvir mais do que tenho ouvido. Você está… — Suspirou. — Você está certo, claro. Existem coisas que fará e será na vida das quais eu não farei parte. Isso não significa que não estarei preocupado a cada segundo de cada dia.

Sal riu, balançando a cabeça.

— Isso é porque você é nosso pai. — Seu sorriso diminuiu aos poucos. — Mas, mesmo assim, tenho que descobrir algumas coisas sozinho. Preciso cometer erros e aprender com eles. Sou criança, mas não por muito tempo. — Ele olhou para seus irmãos e irmãs. — *Nós* não seremos por muito tempo. Não está na hora de mostrar do que somos feitos?

— Das melhores coisas. — Linus fungou. — É disso que vocês são feitos. Do melhor de tudo.

— Vocês têm certeza? — questionou Arthur. — E só vou perguntar isso desta vez. Têm *certeza*?

Sal não hesitou. Enquanto as outras crianças assentiam mais atrás, ele respondeu:

— Temos certeza.

Arthur olhou para Zoe, que sorriu. Depois para Linus, que disse:

— Você ouviu nossos filhos. Eles têm certeza.

Orgulho e medo guerreavam dentro dele, mas era uma batalha da qual Arthur não queria participar, especialmente quando o vencedor ainda não tinha sido decidido. Passando por cima disso, da melhor maneira que pôde, falou:

— Harriet Marblemaw está trabalhando para Jeanine Rowder, a mulher da audiência. Sabíamos disso, mas agora tivemos informações de que estão usando subterfúgios.

— Meu tipo favorito de evasiva — expirou Lucy. — Depois do vermífugo, que é um remédio que provoca a evasão de vermes intestinais.

Linus caiu em lágrimas.

— Você está *mesmo* prestando atenção nas aulas de vocabulário!

— Claro que sim — disse Lucy. — Eu sou literalmente um diabo. Palavras são a maneira como negociamos as almas, dã.

Lucy não tentou se evadir quando Linus o apanhou num abraço, enchendo seu rosto de beijos barulhentos. Quando tentou colocá-lo de volta no chão, Lucy se agarrou a ele, e Linus o trocou de braço, segurando-o mais perto. O menino deitou a cabeça em seu ombro.

— Ela vai tentar nos levar embora — disse Phee.

— Vai tentar — falou Arthur. — Mas não vai conseguir. — E embora soubesse que não deveria, acrescentou: — Dou minha palavra.

— E eu a minha — acrescentou Zoe.

— Dou a minha também — garantiu Linus, com Lucy piscando devagar em seu pescoço.

— Por quê? — perguntou Sal. — O que ela quer?

Arthur hesitou.

— O que as pessoas no poder sempre querem: mais poder. Rowder acha que pode usar todos vocês para conseguir o que quer. Refazer o mundo até que todos sejam subservientes.

Talia suspirou.

— É tão difícil ser popular o tempo todo. Tipo, já entendemos. Você é obcecada pela gente. Calma aí.

Theodore saltou, pousando no ombro de Sal. Ele se inclinou para a frente, a cabeça para o lado enquanto olhava para Linus, e chilreou uma pergunta.

— Sim — respondeu Linus. — Seu botão ainda está no meu bolso. Eu o defenderei com minha vida.

Theodore assentiu, então se virou para Arthur, inclinando a cabeça para o outro lado, emitindo três chilreados, dois cliques rápidos e terminando com um rosnado arrebitado.

A pergunta deixou Arthur de coração partido.

— Uma adoção certificada é só um pedaço de papel. Você é meu filho, e nada jamais mudará isso.

— Parnassus-Baker ou Baker-Parnassus? — perguntou Phee. — O papai estava aqui primeiro, mas acho que Phee Baker-Parnassus soa melhor. Fica na ponta da língua.

— Chauncey Baker-Parnassus — disse Chauncey, experimentando o nome. — É! Funciona pra mim.

— Todos a favor? — perguntou Sal.

— Sim! — exclamaram as crianças.

Exceto uma.

— David? — chamou Arthur, enquanto o iéti abaixava a cabeça. — Quer dizer alguma coisa?

David mudou seu peso de um pé para o outro, torcendo as mãos à sua frente.

— Não estou aqui há muito tempo.

— Verdade — concordou Arthur. — Mas você é parte disso tanto quanto todos nós.

David mordeu o lábio inferior.

Linus deu um passo à frente, ainda carregando Lucy. O vento soprou seus cabelos, e Arthur se sentiu abalado por esse homem, esse outrora estranho que havia chegado em uma ilha e encontrado um lar que não esperava.

— Estamos perguntando — disse Linus — se você quer que esta seja sua casa também. Se quer ficar conosco.

— Porém — falou Arthur —, se você decidir que seu futuro está em outro lugar, faremos tudo o que pudermos para garantir que encontre esse lugar, onde quer que seja. Não vou mentir pra você, David. A estrada à frente será difícil, mas, se escolher ficar, pertenceremos a você tanto quanto pertencemos aos outros.

David olhou para ele com uma admiração cautelosa.

— Você seria meu pai também?

— Sim — confirmou Arthur. — Isso me traria uma alegria inigualável. Não digo isso para influenciar sua decisão, para um lado ou para outro, mas para lembrá-lo de que você é amado aqui, agora e para sempre. Você sempre terá um lugar conosco.

David olhou para os outros, Talia lhe dando um sinal de positivo. Quando se virou de volta para Arthur, franziu a testa.

— Não consigo te chamar de pai — falou. — Não… ainda. Eu… — Fungou. — Eu quero, mas… — E deu de ombros, desamparado.

— Não está pronto — terminou Arthur por ele. — E David, talvez nunca chegue o momento em que você vai se sentir confortável para me chamar assim, e ninguém pensará mal de você por causa disso. Eu não posso, e não vou, substituir seu pai nem sua mãe. Embora eu nunca tenha tido o prazer de conhecê-los, escolho acreditar que eles vivem em você. E como devem estar *orgulhosos* de você.

Um único cubo de gelo caiu no chão.

— E eu ainda posso ligar para Jason e B quando quiser?

— Quando você quiser — respondeu Linus. — Na verdade, nós os convidaremos para a ilha, se puderem se afastar de suas responsabilidades por um tempo. Se não, então Arthur ou eu podemos facilmente levar você à cidade para visitá-los. Tudo o que você precisa fazer é pedir, e planejaremos um fim de semana.

— Eles também podem ir? — perguntou David, apontando com o polegar por cima do ombro.

Linus empalideceu.

— Hã. Sim. Claro. Por que não? Não é como se eu tivesse pesadelos com todos vocês andando de ônibus na cidade.

Lucy apertou o rosto dele.

— Oin, o pápi sonha com a gente. Que adorável.

Com os olhos de repente secos, David deu um sorriso astuto que, sem dúvida, havia aprendido com Lucy.

— E você tem que construir um palco para que eu possa apresentar minhas peças.

— De jeito nenhum — disse Linus. — *Nós* construiremos um palco para você. Todos vão ajudar.

— Podemos usar magia? — perguntou Lucy.

— Sim — confirmou Arthur. — Na verdade, de agora em diante, vou insistir para que usem.

— Aí, *sim* — bradou Lucy, fazendo Linus estremecer.

— David? — chamou Sal. — O que acha?

Ele não demorou muito para responder. David, o menino iéti que havia pensado que precisava fazer uma apresentação para ser aceito em uma escola mágica, estufou o peito, com as mãos na cintura.

— O que estamos fazendo aqui parados? Temos trabalho a fazer!

Talia atacou primeiro, derrubando David de cara no chão. Lucy deslizou, descendo de Linus e se juntando a ela. Sal e Theodore se afundaram ao lado deles, ambos sorrindo. Phee revirou os olhos, mas se sentou sobre as pernas de David. Chauncey — como costumava fazer — se deitou por cima deles, envolvendo todos em verde.

Enquanto eles riam e conversavam animados — David falando mais alto que todos —, Arthur, Linus e Zoe observavam.

— O que vamos fazer? — questionou Zoe.

Foi Linus quem respondeu:

— Nós vamos proteger nosso lar. Eles querem briga? Vão ter briga.

Foi ideia de Sal e, como ele tinha o apoio das outras seis crianças, Arthur, Linus e Zoe foram derrotados na votação.

— Não vamos bani-la — disse Sal a eles, sentados na sala de estar, observando-o andar de um lado para outro. Atrás dele, o presente de ani de Linus, ainda faltando uma fotografia na parte de baixo. Eles teriam que cuidar disso o quanto antes. — Pelo menos, não ainda. Isso só vai desencadear uma resposta mais rápida do DEDJUM, e não queremos que eles saibam o que estamos fazendo até que estejamos prontos.

— Mas e se eles vierem atrás de nós depois? — perguntou Chauncey. — Preciso pegar meu capacete de batalha de novo?

— Deixe que eu cuido disso — afirmou Zoe. Ela levantou a mão antes que Sal pudesse responder. — Não estou tentando esconder nada de vocês. Eu estou... hum. Por enquanto, vamos dizer apenas que tenho um plano em mente, mas há mais algumas coisas que preciso considerar porque, uma vez feito, não poderá ser desfeito.

Um glissando de excitação inquieta percorreu Arthur, dos pés à cabeça, um floreio instável de teclas de piano feitas de osso e gelo. Zoe falou de magia profunda, algo que ele nunca a ouvira falar. Embora soubesse que ela era poderosa, ouvira histórias sobre o poder das sprites, descendentes de fadas que outrora chamaram este mundo de lar. Até onde se sabia, as verdadeiras fadas — todas trapaceiras, ou assim diziam — tinham desaparecido há séculos. A maioria das pessoas acreditava que elas estavam extintas, caçadas e assassinadas até que não tinha sobrado mais nenhuma. Outros acreditavam que elas tinham partido deste mundo para outro, movendo-se facilmente pelo tecido da realidade. Phee já havia demonstrado seu potencial, mas Zoe, desde que Arthur a conhecia, não mostrara do que ele acreditava que ela era capaz. Parecia que esse tempo estava para acabar.

Sal assentiu a contragosto.

— Confio em você, Zoe. Se precisar da nossa ajuda para alguma coisa, por favor, peça.

— Podemos combinar assim — disse ela. — Quando eu souber mais, avisarei. É uma promessa.

— Sal — chamou Linus. — O que está pensando?

Sal mirou as outras crianças, que assentiram, encorajando-o.

— David me deu a ideia.

— Eu? — questionou David.

— É, cara — confirmou Sal. — Você falou sobre como gostava de ser um monstro. Que não quer machucar as pessoas, só assustá-las.

— Eu nunca machucaria ninguém — disse David rapidamente, estalando os nós dos dedos. — Verdade.

— Sabemos disso — falou Sal. — Mas, da forma como eles transformaram o medo em uma arma, acho que é hora de darmos ao governo um gostinho do seu próprio veneno, começando pela sra. Marblemaw. Ela diz que não sente medo. Eu digo que devemos pôr isso à prova. Eles insistem que somos monstros? Talvez devêssemos mostrar a eles o quão monstruosos podemos ser.

— Vamos matar ela? — perguntou Lucy, com a cabeça inclinada. Antes que Arthur pudesse responder que *não*, ele prosseguiu: — Porque acho que não deveríamos.

Arthur e Linus trocaram um olhar de surpresa. Essa foi uma reviravolta curiosa, especialmente vinda de alguém que defendia morte e destruição com a mesma alegria com que defendia seus pãezinhos doces.

— Embora eu esteja aliviado em ouvir isso, posso perguntar o que o levou a tomar essa decisão?

Lucy deu de ombros.

— Isso só daria às pessoas que nos odeiam motivos para nos odiar ainda mais. Além disso, eu gosto de ser legal. — Seus olhos se encheram de vermelho, sua voz se aprofundou: — *Às vezes.* — O vermelho desapareceu e sua voz voltou ao normal. — Minhas aranhas ficam mais sonolentas quando faço coisas para ajudar os outros. Aposto que isso fará elas dormirem por *semanas.*

— Lucy está certo — concordou Linus. — E embora eu admita estar preocupado sobre a melhor maneira de proceder, acho que já passou da hora da sra. Marblemaw ser posta em seu devido lugar, sem morte ou mutilação. De acordo?

— De acordo — responderam todos ao mesmo tempo.

— Atacar com gentileza! — bradou Chauncey.

— Então nos contem o plano — pediu Arthur. — Não escondam nada.

CATORZE

Mais tarde naquela manhã, Harriet Marblemaw foi liberada da casa de hóspedes. As janelas retornaram de plástico para vidro, e a porta da frente se escancarou na hora exata em que a inspetora decidiu que jogar todo seu peso contra ela seria uma boa ideia. Infelizmente para ela, errou a porta completamente e quase caiu pelos degraus da varanda.

— Ah — exclamou Arthur, de pé em frente à casa, mãos entrelaçadas atrás das costas. — Sra. Marblemaw. Estava me perguntando para onde teria ido.

— Você me *aprisionou* — rosnou ela, com saliva voando de sua boca. — Essa sprite usou mágica contra mim, sem minha permissão! Será *presa* por isso!

Zoe saiu de trás de Arthur, fazendo a sra. Marblemaw dar um gritinho.

— Minhas mais sinceras desculpas — pediu Zoe. — Temo que tenhamos começado com o pé esquerdo. Felizmente, tenho algo para ajudar a compensar.

— Duvido muito que qualquer coisa que possa me dar irá compensar suas transgressões — falou a sra. Marblemaw.

— E eu aqui pensando que você apreciaria uma demonstração de uma das crianças, para que possa ver do que são capazes. Se isso não for...

— Não, não — disse rapidamente a sra. Marblemaw. — Você está certa. É importante que eu veja o que podem fazer.

Sem desviar o olhar da inspetora, Arthur ergueu a voz e chamou:

— Phee! Poderia vir aqui um momento?

Ela saiu da floresta, jogando uma laranja para o alto e a pegando de volta. Lançando uma mirada fria para a sra. Marblemaw antes de se unir a Arthur e Zoe.

— Por que ela não está na aula? — perguntou a inspetora.

— Como estamos quase seis meses adiantados no cronograma de ensino — respondeu Arthur —, decidimos dar às crianças um dia de folga para cuidar de seus próprios interesses.

— Eu estava conversando com a natureza — disse Phee. — Ouvindo as árvores.

A sra. Marblemaw pareceu não acreditar nela, mas deixou pra lá.

— Sei. E você tem uma demonstração pra mim?

— Tenho — respondeu Phee. — Preparada?

A sra. Marblemaw bufou com desdém.

— Duvido que se necessite de todo esse estardalhaço. Se vai fazer alguma coisa, então faça. Não gosto que me façam esperar, principalmente quando parece que estão tentando me impedir de fazer meu trabalho. Mas, sim, me mostre uma árvore, ou o que quer que seja.

Phee sorriu, inclinando a cabeça.

— Como desejar.

Como se estivesse jogando boliche, Phee moveu o braço para trás, depois o lançou para a frente, fazendo um arco. A laranja acertou o solo, quicando e rolando na direção da sra. Marblemaw. No instante em que deixou a mão de Phee e quicou na terra, a casca se partiu, deixando pequenos talos marrons com folhas verdes saírem. Conforme rolava para perto da inspetora, os talos se tornaram galhos finos, arranhando o solo como o recém-falecido escorpião chamado Belzebu. Quando parou aos pés dela, a laranja era um pacote de folhas e raízes.

A sra. Marblemaw olhou para o chão, sua boca se curvando para baixo. Ela tocou as folhas e raízes com o pé.

— É isso? É isso o que consegue...

A laranja explodiu para todos os lados, o chão tremendo sob os pés deles. Uma árvore surgiu na frente da sra. Marblemaw, com pelo menos seis metros de altura, o tronco grosso e resistente. As folhas de um verde profundo e brilhante, rodeadas por laranjas pesadas penduradas nos galhos. Demorou menos de três segundos para a árvore atingir sua altura total; o som de sua criação, um bramido alto e trovejante. A sra. Marblemaw foi jogada contra a varanda, deslizando pelos degraus até cair de costas no chão.

— Ah, não! — lamentou Phee, batendo as mãos nas bochechas. — *Isso* certamente não era pra acontecer! Está tudo bem?

— Estou bem — disparou a sra. Marblemaw, levantando-se, grande parte dela escondida pelos galhos da árvore. Ela olhou de cima a baixo antes de arrancar uma laranja gorda. Usando a unha do polegar, furou a fruta, o suco esguichando por suas juntas. Apertou mais forte até que a esmagou entre seus dedos, polpa e suco caindo no chão. Soltou a laranja arruinada, enxugou a mão na lateral do corpo e disse: — Obrigada pela demonstração. Você provou que, se chegar o dia em que houver uma escassez de frutas em todo o país, saberemos quem retificará a situação imediatamente. Você ganhou um ponto de cortesia.

— Eu usei uma fruta-granada e você me deu um ponto de *cortesia*? — questionou Phee.

— Uma fruta *o quê*?

— Há... Eu disse uma fruta *marmelada*. Porque todo mundo sabe que da fruta se pode fazer...

— *Dois* pontos de cortesia — disse a sra. Marblemaw. — E não quero ouvir mais nenhuma palavra sobre isso! Você mereceu, criança. — Sorriu. — Certifique-se de contar aos outros o quão bem você está indo. Aposto que isso os deixará com muita inveja de você.

— Vou fazer isso agora mesmo — falou Phee, monocórdica.

— Tenho certeza de que sim! Agora, vamos ver o que todo mundo está aprontando? Afinal, já perdemos tempo demais com essa... exibição. — Ela contornou a árvore e, sem olhar para Phee, Zoe ou Arthur, rumou para a casa.

— Parece que a sra. Marblemaw usou uma lição do nosso próprio manual — comentou Arthur. — Eu sinto como se tivesse acabado de ser atacado. Não com gentileza exatamente, mas com o que quer que ela considere equivalente.

— Tarde demais — disse Phee.

Ou assim pensaram. Infelizmente para os moradores da Ilha de Marsyas, Harriet Marblemaw provou se adaptar bem às adversidades. Isso, ou sabia exatamente o que eles estavam fazendo e não lhes daria tal satisfação.

Por exemplo, na tarde de segunda-feira, quando ela decidiu que a melhor maneira de usar seu tempo seria convencendo Theodore de que ver sua coleção não era apenas algo necessário, como também poderia ajudar seus colegas do DEDJUM a entender melhor a cultura serpesa. Theodore, por sua vez, disse que preferia sentar em um ouriço-do-mar do que mostrar qualquer coisa a ela, e que ele passaria a tarde apontando lixo. Como a sra. Marblemaw não era fluente em serpês, pensou que ele havia concordado.

Assim, ela passou as próximas três horas seguindo Theodore. Levou quase todo esse tempo para perceber que ele não estava, de fato, levando-a para sua coleção, mas, sim, perseguindo uma mosca que havia encontrado em seu caminho. Ela chegou a essa conclusão quando a mosca pousou em sua testa e Theodore se lançou contra ela. Quando a sra. Marblemaw parou de gritar de indignação, Theodore já havia comido a mosca e encontrado um lugar ao sol ao lado de Calliope, esticando-se e curvando a cabeça no estômago dela. A cria do mal lambeu suas orelhas enquanto ele fechava os olhos, roncando baixinho em seu peito.

— *Três* pontos de cortesia! — disse a sra. Marblemaw com uma voz estridente, o cabelo desgrenhado. — Você os mereceu! Não deixe de contar para todos que você conhece!

No jantar de segunda-feira, Talia decidiu que a sra. Marblemaw precisava se sentar bem ao lado dela.

— Eu queria falar com você — disse ela, dando um tapinha na cadeira.

— Ah, esplêndido — falou a sra. Marblemaw, parecendo bastante animada por razões que Arthur tinha certeza de que não eram muito claras. — Acontece que tenho algo que gostaria de lhe perguntar também.

— Claro que tem — murmurou Linus, entregando uma cesta de pãezinhos para Sal.

A sra. Marblemaw sentou-se ao lado de Talia, virando-se para encará-la.

— Você é uma garota muito bonita.

— Diga algo que eu não saiba — comentou Talia, enquanto colocava vagens em seu prato.

— Estou tão feliz que tenha dito isso, porque acontece que *realmente* tenho algo a dizer que você não sabe.

— Sério? — perguntou a gnoma, de forma duvidosa. — Eu sei bastante coisa.

— Você sabe de *algumas* coisas — falou a sra. Marblemaw. — Como eu disse antes, é indecoroso para uma dama ser arrogante.

— Temos muita sorte de você estar aqui — disse Phee. — Senão, como saberíamos de qualquer coisa?

— Exato — concordou a inspetora. — É por isso que acho que Talia deveria considerar raspar a barba.

Silêncio, interrompido apenas por Chauncey sussurrando:

— Xi.

A sra. Marblemaw continuou como se não tivesse acabado de cometer uma gafe perigosa.

— Afinal, uma dama decente não tem pelos faciais, nem pelos corporais de nenhum tipo. Embora a manutenção possa levar tempo, é importante. De que outra forma você vai encontrar um marido um dia?

Talia a encarou.

— Eu tenho apenas duzentos e sessenta e quatro anos. Vou esperar até ter *no mínimo* quatrocentos anos pra começar a pensar nas belezinhas que quero namorar.

— Seja como for, melhor agora — disse a sra. Marblemaw. — Talvez possamos fazer isso juntas!

— Ou — começou Talia — não fazemos nada e eu finjo que o que você disse não foi ofensivo.

— Porque não foi — argumentou a sra. Marblemaw, com uma fungada. — Esse é o problema com o mundo hoje. Todo mundo está sempre pronto para se ofender com qualquer coisa.

— Talvez não devesse ser você quem decide o que é ou não ofensivo para uma pessoa da comunidade que está insultando — respondeu Sal. — Você pelo menos sabe por que gnomos têm barbas ou o que simbolizam?

A sra. Marblemaw sacudiu a mão para ele com desdém.

— Duvido muito que uma barba em uma menina sirva para qualquer coisa além de deixar os outros desconfortáveis.

— E como isso seria de alguma forma culpa da Talia? — questionou Phee. — Parece que, em vez de fazê-la mudar, você deveria falar para essas outras pessoas cuidarem da própria vida. A barba da Talia não tem nada a ver com elas.

— Isso é absolutamente correto — concordou Arthur, balançando a cabeça. — Afinal, o comprimento e a vitalidade da barba de um gnomo de jardim estão diretamente relacionados ao bem-estar de seu jardim. Quanto mais saudável o jardim, mais longa e espessa a barba. Porém, como inspetora do DEDJUM e, sem dúvida, especialista em todas as coisas mágicas, você não precisa que lhe digamos isso. — Ele sorriu para Talia. — Já mencionei o quanto sua barba está bonita ultimamente?

— E eu não sei? — disse Talia. — Cem escovadas toda noite. O pápi está ficando realmente bom nisso.

— Hoje à noite, *duzentas* escovadas — falou Linus. — Só pra garantir.

A sra. Marblemaw riu, embora em um tom irônico.

— Isso é tão... especial. No entanto, acho que Talia deveria considerar seu futuro em vez de colocar todo seu foco em um jardim. Talvez pudéssemos encontrar um vestido bonito para você usar. Não seria maravilhoso? Algo com, ah, não sei, um laço rosa, e seu cabelo preso em chuquinhas. E com a barba raspada, todos veriam essas bochechas rechonchudas!

— Seria tão *divertido*! — disse Lucy. — Sabe o que tornaria isso ainda melhor? Se a sra. Marblemaw desse o exemplo e raspasse o bigode!

Os olhos da inspetora se estreitaram.

— Eu não tenho...

Porém tinha. Lucy disse:

— *Flora bora slam!* — E um bigode grosso, longo e castanho apareceu no rosto da inspetora, bem aparado, as pontas enroladas em uma voltinha. — Agora você também tem pelos faciais!

A sra. Marblemaw não explodiu como Arthur esperava. Em vez disso, levantou-se lentamente da mesa, seu bigode rígido acima do lábio, enquanto sorria furiosa.

— Tire.

— Belezinha. Satã, me acuda!

O bigode se contorceu, mas, de resto, permaneceu como estava.

— Ops — disse Lucy. — Então, é o seguinte. Tenho só sete anos e ainda estou aprendendo. Sou apenas um garotinho!

— E daí? — questionou ela, seus ombros rígidos.

— *E daí* — prosseguiu Lucy, prolongando a palavra por uns bons cinco segundos — que isso significa que às vezes faço coisas que não quero. Como te dar pelos faciais permanentes que, não importa o quanto você se barbeie, crescerão novamente em seis horas, seis minutos e seis segundos. Desculpa! — Ele piscou inocentemente para ela com olhos grandes e angelicais. — Porém, boas notícias! Meio que pode funcionar se você apertar os olhos, inclinar a cabeça e olhar na direção oposta.

A sra. Marblemaw empalideceu. E então saiu correndo da cozinha. Um instante depois, eles ouviram a porta da sala se abrindo com força, batendo na frente da casa.

— Será que ela gostou? — perguntou Lucy. — Isso é creme de milho? Meu Deus, vou comer *tanto*.

— Lucy — chamou Talia.

— Sim?

Ela jogou um pãozinho. Quicou na cabeça dele.

— Obrigada.

— Adoro sua barba — disse a ela. — Faz você parecer fodona.

Eles esperaram que Linus ou Arthur os repreendessem pelo linguajar. Em vez disso, Linus falou:

— Eu concordo. *Muito* fodona.

— Aah — expirou Chauncey. — Posso falar palavrões também? Tenho um dos bons.

— Pode falar um — permitiu Arthur.

— Ai, meu Deus — sussurrou Chauncey. — Eu não achei que vocês iam deixar. — Ele olhou ao redor, e então, antes de tapar a boca com os tentáculos, deixou escapar: — Jezabel saliente!

Lucy caiu da cadeira.

— *Caramba*, Chauncey! — exclamou ele, levantando-se. — Isso foi *devastador*. Ainda bem que Arthur disse que você podia falar, porque acho que essa foi a pior coisa de que já ouvi alguém chamar *outra pessoa*.

— Eu não queria! — lamentou Chauncey. — Retiro o que eu disse!

— Chauncey — chamou David. — Ouvi a sra. Marblemaw falando que mensageiros de hotel têm o trabalho mais fácil do mundo e que qualquer um com meio cérebro pode trabalhar nisso.

— Aquela *jezabel saliente* — rosnou Chauncey.

— Eu disse só uma vez, Chauncey — murmurou Arthur gravemente. —Não sei se meu coração aguentaria isso de novo.

— Prometo — disse Chauncey, tentáculo sobre o coração (que estava próximo da parte de baixo do seu corpo). — Nunca mais farei algo assim.

— Ela também disse que chapéus de mensageiro ficam mal em todo mundo — contou David, enquanto Lucy sussurrava em seu ouvido.

— Arthur? — chamou Chauncey.

— Sim?

— Posso soltar tinta na sra. Marblemaw?

— Eu nunca proporia uma ação dessas — falou Arthur. — No entanto, tenho a firme convicção de que, se alguém precisa soltar tinta, deve ter permissão para soltá-la sem interrupção.

— Ela vai ficar muito brava quando descobrir sobre minhas emissões noturnas — comentou Chauncey. — Mal posso *esperar*.

Linus suspirou.

Na terça-feira, aconteceram duas coisas dignas de nota.

Primeiro, a sra. Marblemaw assistiu às aulas da manhã, com pedacinhos de papel manchados de vermelho na área ao redor do bigode. Fiel à palavra de Lucy, parecia que ela havia tentado raspá-lo, apenas para vê-lo crescer novamente no mesmo formato e comprimento do dia anterior. Ela não mencionou nada a respeito, nem mesmo quando Talia a cumprimentou e disse que estaria disposta a compartilhar os xampus que usava na barba.

Pelo contrário, a sra. Marblemaw sentou-se no fundo da sala, com sua prancheta na mão, olhando para cada um deles com expectativa.

— Vamos só ficar sentados aqui ou vamos começar a aula?

— Antes disso — disse Lucy —, tenho uma questão a bigodear. Gostaria de uma xícara de chá?

— Não — respondeu ela, cruzando uma perna sobre a outra. — O que eu quero é que vocês tomem seus lugares e que o sr. Baker prove ser apto a educar crianças. E *David*, já que ele parece estar interessado em conhecimento de nível fundamental, mesmo já tendo vivido quase cinco décadas. Esqueçam que estou aqui.

— Estudar nunca é demais — falou David. — É o que eu sempre digo. — Ele cruzou as mãos atrás da cabeça, recostando-se na cadeira. Quase caiu, mas agiu como se tivesse feito de propósito. — Cuidado, crianças! Uma resposta errada e a sra. Marblemaw pode tentar agredir vocês, como fez comigo.

— Eu não o *agredi*...

— Não tinha dito para a gente esquecer que você estava aqui? — questionou Sal. — É meio difícil fazer isso quando você fica interrompendo nossa aula. Todos, virem pra frente. Esqueçam que a sra. Marblemaw existe.

— Quem? — perguntou Phee.

Embora Arthur tivesse outras coisas para fazer — assim era a vida na ilha —, ele não ousou deixar a sra. Marblemaw fora de vista. Linus era mais do que capaz de lidar com ela sozinho, mas Arthur achou que não faria mal lembrar à inspetora que eles a estavam observando tanto quanto ela os observava.

A aula prosseguiu com interrupções mínimas, geralmente da sra. Marblemaw tossindo ou pigarreando intencionalmente quando Linus ou as crianças diziam algo que ela obviamente não aprovava. Linus tentou ignorá-la, mas quanto mais a aula avançava — indo do mundo amplo e misterioso da matemática para a história —, mais a sra. Marblemaw se tornava um incômodo, resmungando baixinho enquanto rabiscava em sua prancheta.

Eles estavam chegando ao fim da primeira parte, quase na hora do intervalo no meio da manhã, quando Linus disse:

— A história está cheia de pessoas diferentes cometendo os mesmos erros repetidas vezes, nunca aprendendo com as ações daqueles que vieram antes delas. O tempo às vezes pode provar ser um círculo vicioso nessa questão. Pessoas no poder tentando dizer aos outros como eles devem viver suas vidas, mas apenas dentro dos limites do que consideram aceitável. Controladores que acreditam que cabe a eles decidir o que é moralmente correto ou não. Alguém poderia argumentar que...

— Alguém pode argumentar *qualquer coisa* — interrompeu a sra. Marblemaw em voz alta. — Algumas pessoas acham que suas reclamaçõezinhas valem mais do que a segurança de uma raça inteira de pessoas.

— E que raça seria essa? — questionou Sal. — Da última vez que chequei, mesmo que sejamos diferentes, todos somos pessoas. — Ele arqueou uma sobrancelha. — A menos que queira dizer a definição literal da palavra "raça", que é um conceito usado para descrever um grupo de pessoas de acordo com diferentes fatores, como ancestralidade, identidade social e características físicas... como cor da pele.

A sra. Marblemaw empalideceu.

— Não é o que eu... eu aceito *todo*... como ousa insinuar que eu... — Ela parou, fechando os olhos e respirando fundo. Quando os abriu de novo, estavam resolutos, sobre um sorriso fino. Ela se levantou, abrindo caminho até a frente da classe. — Crianças, independentemente do que vocês possam ter ouvido, o mundo não é tão sombrio e cruel quanto *certas pessoas* querem fazer parecer. Como poderia ser assim, quando temos museus, arte e música... *música*, Lucy. Você não ama música?

— Ah, sim — confirmou Lucy. — Quanto mais morta, melhor.

— Estão vendo? — disse a sra. Marblemaw, com o olho esquerdo tremendo. — Parece que Lucy e eu encontramos um ponto em comum. Quem imaginaria que isso seria possível até três dias atrás? É disso que se trata. Deixar de lado nossas diferenças e nos unirmos no espírito de... Pra onde estão indo?

As crianças começaram a pegar seus livros e papéis, levantando-se e caminhando em direção à porta nos fundos. David liderou o caminho, braços acima da cabeça enquanto balançava os quadris, deslizando de costas para fora da sala, dando um pequeno aceno de dedos para a sra. Marblemaw.

Sal foi o último, Theodore empoleirado em seu ombro. Ele se voltou para a sra. Marblemaw e disse:

— A aula acabou no momento em que você começou a falar. — E então saiu.

— Linus — chamou Arthur, enquanto a sra. Marblemaw balbuciava, obviamente acelerando rumo a um colapso. — Você parece estar com sede. Tomamos nosso chá da manhã no gazebo?

— Perfeitamente — respondeu Linus. — Talvez com um bolinho, se ainda resta algum. — Ele se uniu a Arthur no fundo da sala. De mãos dadas, caminharam em direção à porta.

— O DEDJUM vai saber disso — bradou a sra. Marblemaw atrás deles.

Arthur parou na soleira, dando uma olhada para ela por cima do ombro.

— Se precisar contactar Rowder novamente, com sua maleta especial, sinta-se à vontade para usar a cozinha em vez de carregá-la por toda a trilha até a praia. Enquanto estiver aqui, nossa casa é sua casa. Agora, Linus, lembro que escondi alguns bolinhos para uma ocasião como esta.

— Desde que Theodore não os tenha farejado — disse Linus.

— Belo nariz o do nosso filho.

— Com certeza.

Eles sorriram um para o outro e deixaram a sra. Marblemaw para trás.

O segundo evento digno de nota ocorreu pouco tempo depois. Linus e Arthur estavam sentados no gazebo, tomando chá de hortelã, com um prato de bolinhos de groselha tostada empilhados na frente deles, em uma bandeja ao lado de um bule de metal. Mais além, na floresta, Phee e Chauncey procuravam por pinhas ("Não é um problema! Não olhe pra mim enquanto as como!"). De uma janela aberta no andar de cima da casa, Frankie Valli lamentou ter dito à sua garota que precisavam terminar, pensou que ela iria perceber o blefe, mas ela disse, para sua surpresa, que garotas crescidas não choram. Lucy gritou junto, a risada de David alta e contagiante. Eles acenaram para Sal e Theodore do lado de fora, Sal carregando um livro grosso, Theodore caminhando ao lado dele, batendo asas, tagarelando enquanto se dirigiam para a árvore de sempre, do outro lado da casa.

Talia estava em seu jardim, vindo de vez em quando mostrar a grande pilha de ervas daninhas que havia arrancado, e para lembrá-los de que qualquer pessoa sentada no gazebo deveria elogiar as plantas do jardim em intervalos aleatórios.

— A Zoe? — perguntou Linus baixinho enquanto tomava seu chá. Então, elevando a voz: — Realmente amei a aparência das rosas esta manhã!

— Ela está trabalhando em alguma coisa — disse Arthur. — Está meio reservada quanto a isso. Veja estas petúnias! Fantásticas!

— Ela vai vir até nós quando estiver pronta — falou Linus. — Dito isso, estou curioso pelo que ela está planejando.

— Eu também — afirmou Arthur. — Mas vamos confiar nela, como sempre fizemos.

— Seria terrível da minha parte dizer que eu daria quase tudo para ser uma mosquinha se e quando ela se encontrar com Marblemaw?

— Certamente não — respondeu Arthur. — Porque eu também gostaria. Mas eles não podem dizer que não os alertei sobre serem lamentavelmente superados.

— Certíssimo — disse Linus. Ele tomou mais um gole de chá, estalando os lábios. — Ah, assim que deve ser. Nada como uma boa xícara de chá em uma bela tarde. Ah, veja, nossa hóspede. E ela está… — Linus suspirou. — Minha Nossa.

Arthur virou a cabeça para ver a sra. Marblemaw marchando pelo caminho do jardim. Em cima de sua boca e nariz, um lenço rosa e verde, deixando visíveis apenas seus olhos e testa. Ela fez uma careta para as flores que a ladeavam, puxando a mão quando uma tulipa amarela teve a audácia de roçar nela.

Por estar assim distraída, ela não viu Arthur e Linus no gazebo. Eles não a chamaram para cumprimentá-la quando passou por eles. Em vez disso, Arthur ergueu sua xícara e tomou um longo gole, sua garganta trabalhando. Afastando a xícara, questionou:

— Deveríamos alertá-la?

— Talia? Você acha que…

— Digo a inspetora.

— Ah — disse Linus. — Não. Aqui. Pegue um bolinho.

Arthur o fez. Ele deu uma mordida no momento em que Talia disse:

— Ah, olha só quem é! A sra. Eu-Não-Gosto-de-Pólen em um jardim praticamente *feito* de pólen.

— Eu sou *alérgica* — replicou a sra. Marblemaw. — É uma questão muito séria que não se deve menosprezar.

— Ah, minhas desculpas — disse Talia, e Arthur deu uma risadinha, imaginando o doce e inocente sorriso no rosto dela. — Deve ser horrível ser alérgica a coisas bonitas. Faria sentido se você descobrisse ser alérgica a mim.

— Por falar em coisas bonitas — começou a sra. Marblemaw, com uma fungada. — Gostaria de saber se você pensou mais a respeito do que discutimos.

— Vai ter que me lembrar o que era — afirmou Talia. — Você fala bastante e eu nem sempre presto atenção.

— É mesmo? Você precisa se esforçar para se concentrar?

— Não — respondeu Talia. — Embora eu entenda por que pensa assim. É só com você.

— Eu amo hortelã — disse Linus. — Faz eu me lembrar das festas de fim de ano. Luzes, guirlandas e alegria.

— Como deve ser — falou Arthur. — Sou fascinado pela ideia de que os sentidos estão ligados à memória.

— Sua barba — explicou a sra. Marblemaw, soando como se estivesse falando com os dentes cerrados. Ela espirrou duas vezes seguidas. — Se está considerando raspá-la. Tenho certeza de que há uma linda garotinha por baixo de todo esse pelo.

— Pode me passar a espátula? — perguntou Talia. — Não, a espátula. Isso é uma *pá*. E isso é uma mangueira. Não sabe o que é uma espátula? Parece que tem muita coisa que você não sabe. Já peguei. Pode se afastar um pouco? Estou prestes a cavar muito rápido e a sujeira vai se espalhar por todo lugar.

Fiel à sua palavra, Talia começou a cavar, o som de sua espátula batendo no solo como música para os ouvidos de Arthur. Sabendo o quão rápido trabalhava, ele não ficou surpreso quando, dez minutos depois, ela pareceu ter terminado.

— Pronto — disse ela. — Assim deve bastar.

— Um buraco? — perguntou a sra. Marblemaw. — Por que você cavaria um buraco tão grande? Já tem outro ali.

— Aquele é para o pápi — informou Talia. — Caso ele não cumpra a promessa de me ajudar a terminar de capinar o jardim.

— Uma ameaça eficaz — disse Arthur.

— Bastante — reagiu Linus. — Ela até colocou um tubo de respiração, caso eu, de alguma forma, volte à vida.

— Ela pensa em tudo — comentou Arthur.

— Para que outro buraco? — questionou a sra. Marblemaw.

— Fico muito feliz que tenha perguntado! — respondeu Talia, com uma risadinha. Então sua voz ficou perigosamente grave: — É uma cova onde vou enterrar você, se tentar me dizer mais *uma* vez pra raspar minha barba.

— Como disse? — perguntou a sra. Marblemaw com uma voz estridente.

— Curiosidade! — disse Talia, animada. — Você não pode dizer às outras pessoas como elas devem ou não se parecer. É rude. Só porque você não gosta de algo, não significa que outros não vão apreciar. Gosto da minha aparência. E, honestamente, achei que, com esse bigode que você tem, aceitaria um pouco mais as garotas com pelos no corpo.

— Isso não lhe dá o direito de cavar uma *cova* — retrucou a sra. Marblemaw.

— Na verdade, dá — afirmou Talia. — Agora, seja uma boa inspetora e entre, sim? Venha, deixa eu ajudar.

Um momento depois, a sra. Marblemaw saiu furibunda do jardim, com o cabelo desgrenhado e a cara coberta de sujeira.

— Gostou do jardim da Talia? — perguntou Linus, enquanto ela passava pelo gazebo.

Ela parou, virando-se lentamente para encará-los, o bigode murcho como se tivesse sido substituído por um macarrão grosso.

— Acho que não — murmurou Arthur, tomando seu chá.

— Que pena. Você dividiria outro bolinho comigo?

— Seria uma honra.

— Ótimo.

A sra. Marblemaw berrou:

— Pontos de cortesia! Pontos de cortesia para todos! — E então saiu pisando duro do jardim.

Na tarde de quarta-feira, Chauncey chegou atrasado para o jantar, proclamando em voz alta que havia feito uma descoberta surpreendente que não tinha nada a ver com a capacidade de falar com peixes ou com emissões noturnas. Eles se viraram em sua direção enquanto ele posava na soleira da porta, com os tentáculos nos quadris.

A sra. Marblemaw se esgueirava nas sombras, com a prancheta firme na mão. Ela não estava em seu melhor humor, já que acordara naquela manhã vendo que seu bigode tinha adquirido um tom de amarelo adoentado, dando a ela a aparência de sofrer de uma infecção grave.

— O que é? — perguntou Sal.

Chauncey esperou um momento — para ser dramático — e disse:

— Eu me tornei um homem.

— Eita — exclamou David. — Isso é incrível. Como fez isso?

— Lá estava eu! — contou Chauncey, dando a volta pela mesa, passando os tentáculos pelas costas das cadeiras. — Cuidando da minha vida, em pé na frente do espelho no meu quarto, inspecionando cada centímetro do meu corpo.

— Credo — exclamou Phee. — Algumas coisas devem ser mantidas em privado.

— É por isso que eu estava no meu quarto — explicou Chauncey, parando atrás da cadeira de Linus. — Mas é algo que deve ser compartilhado. Porque eu encontrei *isto*. — Ele ergueu o tentáculo direito acima da cabeça. E ali, no que seria sua axila, havia um único fio de cabelo branco, com cerca de um centímetro de comprimento, enrolado na ponta.

Lucy estava de pé em sua cadeira, curvado com as mãos espalmadas sobre a mesa, uma de cada lado do prato.

— Você tem pelos no *sovaco*? Isso não é justo! Eu quero também!

— Isso mesmo! — clamou Chauncey. — Tenho pelo no *sovaco*, o que significa que sou um homem! Sendo assim, vocês poderão me ver carregando uma maleta ou participando de importantes teleconferências para falar sobre negócios e outras coisas adultas. Mas não temam! Ainda sou jovem de coração.

— Cuidado — alertou Talia. — A sra. Marblemaw provavelmente tentará fazer você raspar.

— Não! — gritou Chauncey, abaixando o tentáculo e pressionando-o contra o corpo. — Você não o terá. Eu o fiz crescer sozinho, ele é *meu*.

— Não acredito que a sra. Marblemaw quer tirar o pelo do sovaco do Chauncey — falou Phee.

— Eu *nunca*... — começou a sra. Marblemaw.

— O que ela faria com isso? — perguntou Sal.

Theodore pensava que ela o usaria para estofar um travesseiro.

— Nunca! — gritou Chauncey. — Que bizarro!

A inspetora saiu das sombras.

— Se me deixar terminar, estou tentando dizer que eu não...

Chauncey berrou e se debateu, correndo em volta da mesa.

— Ela está atrás de mim!

A sra. Marblemaw não estava, de fato, perseguindo Chauncey, já que ele continuava passando por ela toda vez que circundava a mesa. A situação se prolongou, como costuma acontecer com essas coisas, durante muito mais tempo do que o necessário. Terminou quando a inspetora se colocou na frente de Chauncey e disse:

— Se puder me *ouvir*, seus pelos nas axilas são...

Chauncey gritou e espirrou espetacularmente, e a sra. Marblemaw ficou coberta da cabeça aos pés por tinta preta fresca. O silêncio recaiu sobre a sala de jantar, sendo o único som perceptível o *plim*, *plim*, *plim* das gotas pretas no chão. Atrás dela, na parede, como se congelado no tempo: o contorno perfeito de sua silhueta, com tinta respingada ao redor. Lá estava a sra. Marblemaw, boquiaberta, tinta cobrindo sua língua e dentes.

Lucy riu.

— Bem, vejam só, eu estando errado pela primeira vez na minha vida. Acho que Chauncey tinha razão quando disse que suas emissões noturnas nem sempre acontecem à noite. Adoro aprender!

A sra. Marblemaw soltou um gemido lento e estridente.

— Posso te ensinar mais uma coisa? — perguntou David. — Está vendo a parte da parede onde não caiu tinta, mas, ainda assim, se pode ver o formato dela? Isso se chama espaço negativo. Aprendi isso quando estava treinando para ser detetive particular. É como se vê respingos de sangue.

— E assim aprendi uma coisa hoje — disse Arthur. — Obrigado, David. Sra. Marblemaw, gostaria de um guardanapo? Eu tenho vários, se acha que podem ajudar.

A sra. Marblemaw não respondeu. Em vez disso, fazia um barulho a cada passo que dava para fora da sala de jantar. Um momento depois, a porta da frente se abriu e fechou.

— Crianças — chamou Linus. — Este parece um momento didático. O que aprendemos?

— Que nunca se deve tentar roubar os pelos do sovaco do Chauncey — disse Talia.

— Ainda está aqui — informou Chauncey, levantando o braço e exibindo-o.

— *E* que não se deve dizer a uma garota que ela deveria tirar a barba — falou Lucy. — Principalmente quando não é da sua conta. — Ele se voltou para Linus. — Além disso, sinto muito que a gente tenha zombado do seu bigode quando você o deixou crescer. Você não é como a sra. Marblemaw.

Linus riu.

— Não é bem a mesma coisa, mas obrigado, Lucy. Muito gentil da sua parte. Agora, quem quer sobremesa? Parece que temos torta de fruta. Pêssego, especificamente.

— O que um cara tem que fazer para ganhar um ponto de cortesia por aqui? — bufou Chauncey. — Crescer *dois* pelos no sovaco? Isso é impossível.

Foi na tarde de quinta-feira — o céu, um lençol de nuvens que prometia um bom aguaceiro mais tarde, o mar plano, calmo, refletindo o cinza da rocha acima — que Sal teve sua vez. Logo depois do almoço, Calliope começou a miar alto, esfregando-se em suas pernas de forma insistente. Não era preciso ser versado em gatês para saber o que ela queria. Calliope, por mais malvada que pudesse ser, amava ferozmente, e embora Linus fosse sua pessoa, era possível facilmente argumentar que isso se estendia também a Sal. A primeira vez que ele se transformou na frente dela, para sua forma de lulu-da-pomerânia, ela congelou, orelhas coladas ao crânio enquanto sibilava, cauda esticada. Mas então seu nariz começou a se contorcer, e ela esticou o pescoço em direção a ele. Ela piscou uma, duas vezes, e então pulou sobre ele, lambendo suas orelhas. Quando terminou, saiu de cima dele e o empurrou pela porta da frente. Pelas três horas seguintes, ela tentou ensinar Sal a caçar, agachada na grama enquanto um pássaro volteava nos galhos baixos. Eles não pegaram o pássaro, mas isso não pareceu incomodar Calliope. Durante todo o caminho de volta para casa, ela tagarelou, sem dúvida dizendo a Sal que ele se sairia melhor da próxima vez.

Depois disso, mal passava uma semana sem que Calliope quisesse que Sal se transformasse. Embora ela parecesse preferir sua forma humana (afinal, um lulu não tinha um colo no qual pudesse se sentar confortavelmente), Calliope parecia pensar que Sal era seu filho, e ai de quem tentasse interferir no que ela considerava seu.

Infelizmente para a sra. Marblemaw, ela soube disso em primeira mão.

A forma alterada de Sal era uma beleza: pequena, do tamanho de uma almofada decorativa, com uma espessa camada branca suave ao redor da cabeça, mudando para um laranja enferrujado que se estendia pelas costas e pernas. Seus bigodes eram pretos, seus olhos escuros e inteligentes. Deixando suas roupas em uma pilha no balcão da cozinha, ele começou a perseguir Calliope. Eles correram pela casa, Arthur sorrindo ao som das unhas dos pés estalando no chão enquanto subiam e desciam as escadas, Sal latindo alegremente.

A brincadeira de pega-pega durou uns bons vinte minutos antes de terminar de forma bem dramática.

Arthur estava guardando os últimos pratos do almoço quando ouviu a sra. Marblemaw gritar:

— Você está *perseguindo* a pobre gata? Você aí! Deixe-a em paz!

Ele saiu correndo da cozinha, deparando-se com Sal e Calliope sentados na escada, seis degraus acima. A sra. Marblemaw parada à frente deles, carrancuda. A cabeça de Calliope estava inclinada, os olhos semicerrados. Sal estava ofegante, a pequena língua rosa pendurada para fora. Quando a sra. Marblemaw estendeu a mão para Calliope, ele começou a rosnar, os lábios trêmulos esticados sobre os dentes afiados. Ela puxou a mão de volta. Sal voltou a ofegar, e Arthur pensou que ele pudesse estar sorrindo.

A sra. Marblemaw estendeu a mão de novo, lentamente.

Sal rosnou.

Ela a puxou de volta.

Ele ofegou e sorriu.

Então ela cometeu um erro fatal. Em vez tentar alcançar Calliope, tentou encostar em Sal, dizendo:

— Você deveria ficar *lá fora* quando está desse jeito. Cachorros dentro de casa? Criaturas imundas, seus focinhos sempre enterrados no lixo ou em seus próprios traseiros. E traumatizando essa pobre gata inocente? Não, não, *não*.

Arthur avisou:

— Eu realmente não faria isso se fosse...

Tarde demais. No momento em que suas mãos chegaram a quinze centímetros de Sal, Calliope provou ser a protetora que Arthur sempre pensara que ela fosse: lançou-se na direção da sra. Marblemaw, com as garras estendidas nas quatro patas. Ela pousou na inspetora, subindo até sua cabeça. Assim que Calliope ficou cara a cara com a mulher, ergueu uma pata e deu um tapa nela, deixando três pequenos arranhões em sua bochecha. Os olhos da sra. Marblemaw se arregalaram quando a gata se inclinou para perto, um *miauuuu* baixo e perigoso escapando de sua boca, dentes totalmente expostos.

— Sra. Marblemaw — disse Arthur em voz baixa. — Faça o que fizer, *não* pareça desafiá-la.

A inspetora assentiu com firmeza. Então sorriu e falou:

— Não estou desafiando você. Acontece que eu sei melhor do que ninguém quando se trata de...

Foram as palavras erradas. As patas de Calliope se tornaram um borrão ao atacar, a sra. Marblemaw gritando histérica e girando enquanto tentava tirar a gata de cima dela. Apesar de seus esforços, a inspetora não foi párea para uma gata que havia se ofendido com suas opiniões sobre cães e seu lugar na casa.

De sua parte, Sal provou ser um parceiro excepcional, indo até a porta da frente e puxando um pedaço de pano que Arthur tinha amarrado na maçaneta, para os momentos em que seu filho queria sair e estava em forma alterada. A porta se abriu, e Calliope surrou a sra. Marblemaw até ela tropeçar na varanda. Missão cumprida, a gata pulou de cima dela, pousando no chão com perfeição. Ela voltou para dentro da casa e se sentou, ombro a ombro com Sal.

Arthur estava acima deles na soleira da porta, olhando para a sra. Marblemaw.

— Já está indo embora? Espero que não seja nada que dissemos.

Com o rosto arranhado, seu bigode faltando mais do que alguns fios, a inspetora disse:

— Isso não é um gato! É um quadrúpede cria do demônio e eu não vou...

— Alguém disse cria do demônio?

A sra. Marblemaw se virou e viu Lucy parado atrás dela. Ela colocou a mão na garganta.

— De onde você veio?

— Do inferno — respondeu Lucy. — O que aconteceu com seu rosto? — Ele se inclinou, examinando-a. — Ah. Estou vendo. Você mexeu com o Sal. É, não deveria ter feito isso. Calliope não gosta quando as pessoas fazem isso.

— Raiva! — exclamou a sra. Marblemaw. — Pelo que percebi, essa gata tem raiva, e eu...

— Provavelmente deveria procurar atendimento médico de imediato, só por precaução — disse Arthur. — Para sua sorte, o vilarejo tem um centro de saúde maravilhoso que atende a todos, mesmo que sejam mágicos. Ouvi dizer que o tratamento com injeções, após um ataque suspeito de raiva, não é agradável, então, se precisar encurtar sua visita, nós entenderemos.

— Não vai se livrar de mim tão facilmente — disse ela. — E se eu fizesse isso, eles viriam atrás da gata. — Sorriu enquanto um fio de sangue escorria por sua bochecha. — Sabe como fazem o teste para raiva? Eles tiram a cabeça.

— Uau — falou Lucy, impressionado. — O que você vai fazer sem cabeça? Tropeçar nas coisas? É, aposto que vai tropeçar em alguma coisa. Se ajudar, posso cortar sua cabeça agora mesmo, para que não precise ficar sentada em uma sala de espera. Venha, deixe eu…

A sra. Marblemaw correu para a casa de hóspedes, lançando um olhar funesto por cima do ombro.

— Isso não vai ficar assim!

Calliope ronronou alto como Arthur jamais ouvira.

Começara com Lucy; ele podia ver isso agora. Nunca tinha sido sobre o próprio Arthur, ou as outras crianças, não de verdade. Lucy era o prêmio máximo: uma arma sem igual, uma ferramenta e nada mais.

Começara com Lucy; portanto, parecia apropriado que também terminasse com ele.

Na sexta-feira à tarde — as aulas da semana acabadas, o fim de semana se aproximando com sussurros de aventura —, Lucy viu seus sonhos mais loucos se tornando realidade.

Ele conseguiu criar homens sencientes do barro.

Arthur estava sentado em seu escritório ao lado de Zoe. Em frente a eles, a sra. Marblemaw finalmente conseguira a reunião na qual parecia tão interessada ao ser apresentada à sprite de ilha. E aquilo não estava, na opinião de Arthur, indo bem para a sra. Marblemaw, visto que sua primeira investida tinha sido, mais uma vez, enfatizar a importância do registro no DEDAM.

É verdade que Arthur não estava prestando muita atenção na sra. Marblemaw, embora não por culpa dele. Zoe chegara antes da inspetora e lançara uma bomba para Arthur. Dizer que ele estava atordoado seria inadequado. O segredo de Zoe — o plano que ela havia insinuado mais de uma vez — não desafiava a lógica; muito pelo contrário. Fazia tanto sentido que Arthur não conseguia acreditar que não o havia considerado antes. Mas ali, naquele momento, sentado ao lado de Zoe, ele teve de se conter para não rir histericamente.

— Não — respondeu a sprite. — E receberá um não quando perguntar amanhã, e depois de amanhã, *ad infinitum*. Você não tem jurisdição aqui.

— Sou uma inspetora do DEDJUM — lembrou a sra. Marblemaw. — Acho que você descobrirá que minha jurisdição vai mais longe do que imagina. Mas não vamos nos prender a detalhezinhos irritantes. Tenho perguntas. Primeiro, entendo que você não mora na casa principal. Pelo que pude entender, você tem uma casa separada que as crianças visitam sempre que desejam. Isso está correto?

— Sim.

Ela assentiu, fazendo uma anotação.

— Terei de ver a residência.

— Não.

A sra. Marblemaw apertou os olhos para Zoe, seu bigode desfiado e eriçado.

— Não?

Zoe deu de ombros.

— Não.

— Você não pode dizer não.

— Acabei de dizer.

A sra. Marblemaw suspirou.

— É pedir demais que os adultos neste lugar *ajam* de fato como adultos? Você está sendo mesquinha, sra. Chapelwhite.

— Ou — começou Arthur — ela teve séculos de experiência com pessoas como você, que fizeram falsas promessas, apenas para renegá-las quando seriam realmente necessárias.

A sra. Marblemaw estalou a língua.

— Pena. Achei que ouviria a razão. Parece que me enganei. Suponho que seria inútil da minha parte fazer as perguntas restantes, já que eu receberia respostas evasivas ou mentirosas.

Zoe sorriu, afiada como uma navalha.

— Essa deve ser a coisa mais inteligente que disse desde sua chegada.

— Sei que não me tem em boa estima — falou a sra. Marblemaw. — Felizmente, simpatia não é um requisito para essas inspeções. Meu trabalho não é vir aqui e fazer amigos. Como registrado em *Regras e regulamentos*, meu trabalho é garantir que as crianças estejam sendo bem cuidadas, e...

— Não sei dizer se ela realmente acredita nisso, ou se é isso que lhe disseram para falar — comentou Zoe com Arthur.

— Ela não é nenhum Linus Baker — concordou Arthur, tocando o anel em seu dedo.

Antes que a sra. Marblemaw pudesse retrucar, eles foram interrompidos por Lucy irrompendo na sala, coberto de barro da cabeça aos pés. Ele derrapou até parar, de boca aberta. Fechou-a de repente quando viu a inspetora.

— Hã... — disse, seus olhos se movendo para um lado e outro. — Eu não fiz nada que não deveria, e a única razão pela qual vim correndo aqui foi porque eu queria... ver... o quão rápido... eu... sou? — Ele sorriu. — É, é só isso!

— O que estava *fazendo*? — questionou a sra. Marblemaw, horrorizada. —Você veio espalhando lama pela casa *inteira*?

Lucy olhou para as pegadas enlameadas que levavam ao escritório.

— Hã. Acho que sim. Estranho.

— Lucy — advertiu Arthur gentilmente. — Estamos no meio de uma reunião. Por favor, não seja rude. Pode esperar?

— Ah, posso — respondeu Lucy. — Totalmente. Esqueça que eu...

De algum lugar do andar de baixo, um grito que só poderia vir de um pápi atormentado:

— LÚCIFER BAKER-PARNASSUS.

— Xi — disse Lucy. — E também, oin. Adoro esse nome.

— Lucy — chamou Arthur.

— Tá, tá — resmungou. — Tenho algumas explicações a dar. — Ele se animou. — Porém! Acho que quando você vir o que eu fiz, ficará impressionado. — Virou-se para a sra. Marblemaw, o sorriso se alargando, fazendo o barro seco rachar em suas bochechas. — *Você* também, sra. Marblemaw. Fiz especialmente pra você.

— Fez o quê? — perguntou ela, com o rosto contraído como se tivesse acabado de pisar em excrementos de cachorro.

— Venha e veja! — disse ele, rindo enquanto saltitava para fora do escritório, com passos enlameados pelo chão.

— Vamos? — perguntou Arthur. — Tenho certeza de que Zoe não se importaria de retomar isso mais tarde. — Ele não se alterou quando Zoe o chutou por baixo da mesa.

— É bom que isso não seja uma distração — alertou a sra. Marblemaw. — Você já está andando em terreno escorregadio, sr. Parnassus.

— Ainda bem que posso voar — retrucou ele, estendendo a mão para Zoe. Ela a pegou, deixando-se levantar, suas asas se abrindo. Eles deram os braços e contornaram a mesa até a porta, cada um balançando a cabeça diante das pequenas pegadas no carpete. Parando na porta, Arthur olhou para a sra. Marblemaw.

— Está vindo?

A inspetora se levantou devagar.

— É melhor que a criança não tenha feito nada... ilegal.

Arthur riu.

— Que tipo de monstros pensa que somos? Não responda. Já sabemos.

Quando deixaram a sra. Marblemaw gaguejando para atrás, Zoe sussurrou:

— Eu tinha esquecido que você pode ser um filho da mãe quando quer.

Arthur beijou o cabelo dela.

— Que coisa linda de se dizer.

Dizer que os homens de barro foram uma surpresa não seria de todo correto; as evidências de sua existência eram abundantes. Primeiro, Lucy já havia tentado algo assim antes. Segundo, Lucy adentrara o escritório coberto de barro.

Meritíssimo, a promotoria dá por encerrado.

Ao sair da casa, Arthur não ficou surpreso ao encontrar as outras crianças paradas ao lado de Linus, com as mãos na cintura, a cabeça inclinada enquanto franzia a testa diante da seguinte visão: Lucy andando de um lado para o outro, tagarelando sem parar, as mãos erguidas enquanto se movia para lá e para cá. Foi uma visão e tanto, principalmente quando Lucy interrompeu sua explicação para arrumar a perna esquerda de um dos homens de barro de quase dois metros de altura.

— Pronto — disse ele, afastando as mãos. — Isso deve segurar por um tempo.

— Você fez *homens de barro*? — perguntou Linus, com os olhos apertados.

A sra. Marblemaw começou a tossir violentamente quando o homem de barro olhou para Lucy e disse:

— Baaaaaaarro?

— Exatamente, Janet — disse Lucy. — O pápi *está* sendo rude por não respeitar seus pronomes. — Ele se voltou para Linus, balançando a cabeça. — Que vergonha, pápi. Janet é uma *mulher* de barro. Barry e Turnip são homens de barro.

— Baaaaaarrrrro — falou Janet, com sua voz grossa e molhada.

— Barro barro barro — repetiu Barry.

— Eu conto, pessoal — informou Turnip, com um rosto que era só sujeira. — Lá estava eu, deitado no meu pântano cuidando da minha vida com os vermes e micróbios quando, de repente, me vi alto e pensando em coisas que não consigo explicar direito. O que é felicidade? — Um pedaço de sua cabeça partiu e se espatifou no chão com um som molhado.

— Amo você, Turnip — disse Lucy, balançando de um lado para o outro.

— Isso é inaceitável — disparou a sra. Marblemaw, abrindo caminho entre as crianças. — Você não pode simplesmente dar *vida* à sujeira.

— Na verdade — começou Talia —, a sujeira está fervilhando de vida. Pode confiar em mim, sou uma especialista no assunto.

— Ela está certa — concordou Phee. — Tudo tem vida. — Ela espirrou. Estranhamente, o espirro soou como "exceto inspetores do DEDJUM".

— Semântica — falou a sra. Marblemaw, com um olhar feroz. — Não acredito que tenho que ser a voz da razão aqui. Não conseguem ver o quanto isso é uma *blasfêmia*?

— Sua definição de blasfêmia é muito diferente da nossa — argumentou Talia.

— Isso é um eufemismo — afirmou Sal.

— Eles são apenas barro — disse Chauncey, olhando com adoração para Barry, que cutucou o próprio rosto, o dedo enlameado afundando completamente na cabeça. — Não há nada de errado com barro.

— Tem algo errado quando é senciente — retrucou a sra. Marblemaw. Ela olhou feio para Arthur. — Você vai só ficar aí parado e deixar isso acontecer? Para alguém que diz querer ser pai, você com certeza está fazendo de tudo para impedir que isso aconteça.

O fogo ascendeu nele mais uma vez, insistente, furioso com a ousadia daquela pessoa. Mas não ardeu tão ferozmente quanto alguns dias atrás.

Por isso, ele replicou:

— Senhora, eu já sou pai. Nem mesmo alguém como você pode tirar isso de mim.

— Olá, você aí! — chamou Turnip, olhando para David. — Você parece um sujeito legal. Pode me ajudar? Por que mais de um pão podem ser pães, mas duas mãos não podem ser mães?

— Ninguém sabe — disse David. Em voz baixa, sussurrou: — Turnip *falou* comigo. Eu adoro esse lugar.

— Não posso? — perguntou a sra. Marblemaw. — Porque pensei que era exatamente o que minha posição permite. — Ela se endireitou em toda sua altura enquanto os homens e mulher de barro se viraram em sua direção. — Você se acha tão esperto, sr. Parnassus. E realmente é, admito. Entretanto, sua inteligência o blindou da realidade de sua situação. Você enxerga essas crianças como nada *mais* que isso: crianças. E embora certamente ainda sejam jovens, está se tornando cada vez mais evidente que seu controle sobre elas não passa de uma ilusão. Crianças correndo descontroladas sem supervisão…

— Ela está certa numa coisa — interveio Lucy. — Eu descontrolo todos os lugares.

— … e sem falar no que vocês estão ensinando a elas. Como elas podem vir a ter qualquer sucesso na vida se você enche as cabeças delas com conversas fantasiosas sobre um futuro que nunca existirá? Está prestando um desserviço. Você, a sra. Chapelwhite e o sr. Baker. Você despreza as diretrizes do DEDJUM como se não se aplicassem a você, insistindo em incluir nas aulas materiais e estudos que não foram aprovados. Para todos os efeitos, você é um funcionário do Departamento Encarregado da Juventude Mágica. Ou se esqueceu disso?

— Não me esqueci — respondeu Arthur, enquanto Turnip exclamava sobre a cor do céu, dizendo que nunca tinha visto nada tão azul. — Obrigado por mencionar. Gostaria de falar com você sobre isso. — Zoe apertou seu braço, como um gesto silencioso de apoio. — Apresento minha renúncia ao cargo de diretor de orfanato do Departamento Encarregado da Juventude Mágica.

A sra. Marblemaw ficou boquiaberta.

— Você *o quê*?

— Ele se demite — disse Linus, passando por ela e parando diante de Arthur. — Muito bem, meu amor. Deixe-me ser o primeiro a felicitá-lo por essa tremenda decisão. — Ele deu um longo beijo em Arthur enquanto as crianças se agitavam e gritavam.

— Não gosto dela — comentou Turnip para Barry e Janet. — Ela me lembra de um guaxinim que não parava de defecar no nosso pântano.

— Barro? — perguntou Barry.

— Verdade — afirmou Turnip. — Ela pode mesmo *ser* aquele guaxinim disfarçado. Não sei ao certo se guaxinins podem assumir forma humana. Ela com certeza se parece com um guaxinim fingindo ser humano.

— *Barro* — respondeu Janet, dando um soquinho na palma da outra mão.

— Você fez cocô no pântano deles? — perguntou Chauncey à sra. Marblemaw. — Posso contar um segredo? Eu fiz cocô no oceano e fingi que tinha sido um golfinho, então não se sinta tão mal.

— Eu sabia! — bradou Phee.

— Não sabia, não! — gritou Chauncey de volta.

— Você não pode se demitir — disparou a sra. Marblemaw.

— Engraçado, porque acabei de fazer exatamente isso — replicou Arthur. — Não tenho compromisso com o DEDJUM. Nenhum de nós tem.

— É aí que você se engana — informou a sra. Marblemaw. E balançou a cabeça. — Eu vi o bastante. Desde o momento em que pisei nesta ilha, tudo o que tem feito é mentir e esconder a verdade atrás de suas belas palavras.

— Pápi? — chamou Talia, puxando a mão de Linus. — Por que a sra. Marblemaw está flertando com o papai? Ela não sabe que ele ama você quase tanto quanto ama a gente?

— Seu pai é muito cobiçado — respondeu Linus. — São as meias, sabe?

O rosto da sra. Marblemaw estava da cor de um tomate maduro.

— Não estou *flertando*. Estou tentando... Não. Não vou entrar nos seus ridículos jogos de palavras de novo. Você não pode me enganar. Nenhum de vocês pode. Eu o vejo como realmente é. Uma infecção se espalhando sem controle, contaminando os corações e as mentes daqueles que alega cuidar, enchendo suas cabeças com bobagens ridículas. Quando vai contar a verdade? Quando será honesto com as crianças?

A fênix despertou, ofendida por essa mulher que continuava a respirar o ar deles como se tivesse tal direito. Arthur estava no controle, mas por pouco.

Porém, a resposta não veio dele.

Veio de Sal.

— Honesto? — questionou ele, dando um passo à frente, Theodore rosnando em seu ombro. — Você está cobrando *honestidade*? Quem diabos pensa que é?

A sra. Marblemaw virou a cabeça lentamente para ele.

— Como disse?

— Arthur Parnassus foi a primeira pessoa a ser honesta comigo na minha vida — disse Sal. — Foi a primeira pessoa que me fez acreditar que eu poderia ser qualquer coisa que eu quisesse ser.

— E isso é *mentira* — retrucou a sra. Marblemaw. — Mensageiros de hotel e escritores e o que quer que pensem que são. Você acredita que o mundo vai aceitar você fora da sua pequena bolha? Se sim, terá um tremendo choque de realidade. Não, você precisa saber a verdade. Não pode...

— Eu já sou um mensageiro de hotel — disse Chauncey.

Ela piscou.

— O quê?

— Você disse o que quer que *pensemos* que somos — respondeu Chauncey pacientemente. — Mas eu não penso que sou um mensageiro de hotel. Eu *sou* um mensageiro, em um hotel três estrelas.

— Ele está certo — falou Sal, Theodore assentindo. — Chauncey é o melhor mensageiro de hotel que já vi. Phee é mais inteligente e mais forte do que todos nós juntos. Os jardins de Talia apareceram em revistas por todo o país. Theodore provavelmente tem a maior coleção de botões do *mundo* inteiro. Lucy fez pessoas do barro. *Pessoas do barro*. Você sabe o quão incrível isso é?

— Não é nada demais — disse Lucy, soprando os nós dos dedos e esfregando-os contra o peito.

— E quanto a David? — questionou a sra. Marblemaw. — Você não deveria falar sobre ele? Ah, espere. É mesmo. Ele não é criança, mas um homem! Um homem baixo que não age de acordo com sua suposta idade!

— Por que está tão obcecada por mim? — perguntou David. — Ah, entendo. Olhe: eu sou um fofo *e* ator de renome mundial. Mas, ainda assim, você está passando dos limites. Vou ter que ligar para meu agente e ver uma ordem de restrição.

Sal continuou a encarar a sra. Marblemaw enquanto Theodore bufava.

— Em quantos orfanatos eu já estive?

A sra. Marblemaw empalideceu e começou a folhear as páginas em sua prancheta.

— Eu… er, eu tenho…

— Cinco — disse Sal. — O que Lucy mais ama no mundo?

— Eu… não…

— Vamos, sra. Marblemaw. Você diz que sabe o que é melhor para nós, então com certeza nos *conhece*, certo? Porque saber o que é melhor implica saber coisas importantes sobre nós. E, caramba, eu estou praticamente te *dando* essa, o próprio Lucy já disse o que é. Sabe? Não? A resposta é música de gente morta. Como os gnomos chamam suas comunidades?

— Isso *não tem sentido*…

— Donzy — respondeu Sal, com toda a serenidade do mundo. — Quantas línguas Theodore compreende? — Sem esperar resposta, prosseguiu: — Quatro. Inglês, gnomês, serpês e espanhol. E quanto ao Chauncey?

— Tenho muitos segredos — falou Chauncey.

— Quantos livros ele leu sobre a arte de ser um mensageiro de hotel? Sessenta e sete. Qual é a árvore favorita da Phee? O dragoeiro.

— Porque eles têm seiva vermelha e originalmente só cresciam no Iêmen e ao longo do Mar Arábico — acrescentou Phee. — Vou tentar cultivar um aqui. Eles parecem tão assustadores, adoro.

— Você já teve a sensação de tomar consciência bem no meio de alguma coisa? — Turnip sussurrou para Barry e Janet, que assentiram.

— Você não sabe nada sobre nós — disse Sal. — Você diz que sim, mas não sabe. Mesmo quando nos conheceu, você tentou nos fazer dizer algo de que não gostávamos sobre a vida aqui. Você mostrou suas cartas antes mesmo de saber se o jogo tinha começado.

— Isso não é um *jogo* — retrucou a sra. Marblemaw.

— Então pare de nos tratar como peões em um tabuleiro de xadrez — rebateu Sal. — Você nunca nos deixaria ficar aqui. Admita. Você fala de honestidade, mas não sabe o mínimo sobre isso.

— Eita — disse Lucy. — Senti no meu peito agora.

— Sei o bastante — garantiu a sra. Marblemaw. — Mais do que você, com certeza. Você é uma criança, não sabe nada muito bem, então é de se esperar.

— Tá — interveio Phee. — Então somos crianças. Por que nunca perguntou o que *nós* queremos?

— Porque — respondeu a sra. Marblemaw, condescendente e presunçosa — vocês não sabem. Você é jovem demais para entender as consequências de…

— Sofrer maus-tratos? — questionou Sal. — Ficar trancado sem comida ou banheiro? Encontrar uma maneira de escapar para tentar comer alguma coisa, e levar um tapa na cara por causa disso? *Morder* a agressora porque estava *com medo*? Ouvir que era um monstro por espalhar magia? Ser forçado a ficar transformado e usar uma focinheira? Diga, sra. Marblemaw, diga o que sou jovem demais para entender. Diga *exatamente* o que estou perdendo, porque tudo o que vejo é uma pessoa tentando nos tirar do único lugar onde já nos sentimos seguros.

— Porque você não sabe de nada! — gritou a sra. Marblemaw. — Este lugar, esta *farsa*, não é o mundo real. Isso não é nada além de uma ilusão criada por um homem com uma vingança pessoal. O que vai acontecer quando você crescer? Realmente acha que estará preparado para o que encontrará no mundo real?

Sal deu de ombros.

— Talvez sim. Talvez não. De qualquer forma, sei que sempre terei um lar para voltar. Pode nos levar. Agora mesmo. Veja o que acontece se tentar.

A sra. Marblemaw deu um passo atrás, esbarrando em Turnip, que disse:

— Desculpe-me, senhora. Ficou um pouco de mim nas suas costas.

Ela deu um pulo de no mínimo um metro. Esticou o pescoço e deu meia-volta para ver suas costas cobertas de lama. Então se lembrou que ainda tinha gente por perto, e se virou para encará-los.

— Não serei só eu — avisou ela. — Não será aqui. Nem agora. Mas em breve. Isso é uma promessa. E não há lugar para onde possam correr, iremos encontrá-los.

— Já chega — disse Arthur, dando um passo à frente. — Lucy, seja gentil, sim? Gostaria que todos os pertences da sra. Marblemaw fossem trazidos da casa de hóspedes. O tempo dela conosco foi reduzido, e ela partirá imediatamente.

— Não estou indo a *lugar nenhum* — grunhiu ela. — Ficarei aqui até quarta-feira, goste ou não.

Lucy disse:

— *Ella Fitzgerald skibbidy bip!*

A porta da frente da casa de hóspedes se abriu de repente, e a mala e a maleta de metal da sra. Marblemaw saíram rolando, batendo, levantando poeira e pedaços de grama. Elas pararam ao lado da inspetora, que as ignorou, seu olhar firme em Arthur.

— Isso não vai acabar bem pra você. Sabe disso.

Arthur inclinou a cabeça.

— Foi o que me disseram a minha vida inteira, e aqui estou, ainda de pé. — Ele abriu os braços. — O que quer tirar de mim? Até onde pode ir? Eu sou muitas coisas. Homem. Fênix. Peão. Sobrevivente. Futuro marido. Ex-diretor. Tudo isso esvanece em comparação com o título que mantenho no topo.

— E qual seria? — perguntou a sra. Marblemaw, com um quê desagradável na voz.

— Pai — respondeu Arthur. — E você causou angústia, medo e dor aos meus filhos. Quando você chegou, eu avisei o que aconteceria se não obedecesse às minhas regras. Você escolheu não ouvir. Agora é a hora de receber sua justa recompensa.

— Você não tem autoridade sobre mim — disse friamente a sra. Marblemaw. — Mesmo que você, de alguma forma, me force a sair de Marsyas, eu retornarei em maior número, e por bem ou por mal, seu sonho morrerá como deveria misericordiosamente ter morrido anos atrás.

— Por mal — comentou Linus. — Francamente.

— É como se ela própria não se ouvisse — replicou Arthur.

— Nós certamente a ouvimos, não é?

— Ouvimos, sim.

Zoe deu uma olhada para a sra. Marblemaw e além.

— Turnip, gostaria de ajudar? Não tem problema se não quiser.

— O que deseja de mim, majestade? — perguntou Turnip, curvando-se bastante. Barry e Janet fizeram igual, pingando pedaços de si mesmos no chão.

— *Majestade*? — questionou a sra. Marblemaw. — Ela não passa de uma *sprite*.

— Harriet Marblemaw veio à nossa casa com planos nefastos — revelou Zoe. — Já passou da hora de ela partir. Levem-na para as docas. Barry, Janet, por favor, peguem os pertences dela e me sigam.

A sra. Marblemaw não teve tempo de escapar de Turnip, que a agarrou com seus braços, levantando-a do chão. Ela berrou furiosamente, chutando o ar, sem efeito. A força de Turnip sobre ela era muito maior do que poderia resistir. Janet pegou a maleta de metal, e Barry levantou a mala.

— Crianças — disse Linus —, vamos ao lanche da tarde? Todos deem adeus à sra. Marblemaw.

— Gostaria que Lucy viesse conosco — falou Arthur. — Por precaução.

— Isso, isso — comemorou Lucy, correndo por Arthur para alcançar as pessoas de barro e Zoe, com a sra. Marblemaw ameaçando a tudo e a todos.

Arthur assentiu para Linus enquanto este conduzia as outras crianças para casa, todas conversando animadamente.

As pessoas de barro demonstraram ser ágeis, dando passos longos e seguros. Entretanto, Arthur notou que, quando se afastavam muito de Zoe — não de Lucy —, diminuíam a velocidade, deixando-a alcançá-los. *Majestade*, Turnip a chamara. Ele sabia. De alguma forma, sabia. Fosse a própria mágica da ilha ou a luz que emanava de Zoe Chapelwhite, de alguma forma, Turnip sabia o que o próprio Arthur só descobrira pouco antes.

A sra. Marblemaw continuou com suas ameaças conforme eles desciam a sinuosa estrada de terra, Lucy pegando montes de barro que caíam de suas criações e os batendo de volta, correndo para manter o ritmo. Quando chegaram ao embarcadouro, a estrada de sal para o continente já havia se formado, mais de três quilômetros de terra firme através do mar. Ao chegar ao fim da linha, Turnip cuidadosamente colocou a sra. Marblemaw na estrada. Ela se esticou para dar um tapa nele, mas ele agarrou seu pulso no meio do movimento, inclinando-se sobre o embarcadouro enquanto a puxava para perto.

— Não gosto que me batam — disse antes de soltá-la.

Ela tropeçou na estrada, o sal rangendo sob seus pés.

Barry e Janet logo jogaram os pertences dela, que deslizaram alguns metros pela estrada, a maleta quase caindo no oceano. Arthur e Lucy se juntaram a eles.

— Você cometeu um erro grave — avisou a sra. Marblemaw, levantando um dedo trêmulo para Zoe. — Pessoas *sofrerão* por causa da sua guerra contra a decência.

Lucy inclinou a cabeça enquanto olhava para ela.

— Por que tanto ódio contra nós? O que fizemos pra você?

Ela zombou.

— Ódio? *Ódio*? Não é sobre ódio. É sobre garantir o futuro da humanidade, que você está destinado a destruir. — Ela deu um passo em direção ao embarcadouro. Lucy não pestanejou. — Você, garoto. Com certeza sabe disso. Na casca murcha que chama de alma, você sabe tão bem quanto eu que é apenas uma questão de tempo antes que você decida se instalar como o governante supremo.

Lucy riu.

— Por que ser supremo se em vez disso posso *ouvir* The Supremes? — Seus ombros e quadris começaram a balançar. — *Stop! In the naaame of love. Be-fore you breeeaaak my heart! Think it oh-oh--ver.* — Ele se curvou.

Zoe, Arthur e as pessoas de barro o aplaudiram.

A sra. Marblemaw não. Ela rosnou e tentou subir de volta ao embarcadouro, então Zoe fez um gesto com a mão, fazendo-a deslizar outra vez para a estrada. Ela estava de pé, com Turnip, Janet e Barry a ladeando.

— Harriet Marblemaw — disse com a voz grave. — Você está banida da Ilha de Marsyas. Não poderá mais pisar em nossas terras. — Ergueu a mão até perto da boca de Turnip, suas asas batendo. — Cuspa, por favor.

Turnip fez o que lhe foi pedido, cuspindo uma gosma lamacenta na mão de Zoe. Ela fechou os dedos, e quando os abriu novamente, havia uma pequena concha, laranja e branca, em sua palma. Levando a mão próximo ao rosto, soprou na concha. A superfície ondulou antes de ser arremessada de sua mão em direção à sra. Marblemaw. A concha atingiu a inspetora na testa, afundando em seu crânio. Ela piscou uma, duas, três vezes, atordoada, seus olhos fora de foco. A concha reapareceu na sua nuca, se desintegrou e o pó foi levado pelo vento.

— Com isso — começou Zoe —, você não poderá mais vir à nossa ilha. Restam quarenta e cinco minutos até que a estrada de sal desmorone de volta ao mar. Se eu fosse você, aproveitaria esse tempo, a menos que tenha vontade de dar um mergulho.

A sra. Marblemaw não escutou. Como se tivesse todo o tempo do mundo, ela se endireitou, alisou suas roupas e então tentou subir pela lateral do embarcadouro. No momento em que tocou em um poste de apoio, puxou a mão de volta como se tivesse queimado. Ela tentou novamente. Mesmo resultado.

Zoe se agachou no embarcadouro acima dela.

— Banida. Permanentemente. Qualquer tentativa de invadir a ilha resultará em dor inimaginável. Você pode achar que consegue suportar, mas eu lhe asseguro, não seria nada bom para você. Estaria morta antes de pisar nas minhas praias.

— O *governo irá…*

— Quarenta e três minutos — avisou Zoe. — Tic-tac.

A última vez que viram a sra. Marblemaw foi quando ela apanhou sua bagagem e começou a marchar pela estrada. Eles acenaram. Ela não acenou de volta. Por fim, não era nada além de uma mancha no horizonte.

— Lucy — chamou Zoe. — Acho que está na hora de deixarmos as pessoas de barro partirem.

— Mas *por quê*? — questionou Lucy. — Eu as amo!

— Baaaaarro — disse Janet, segurando o rosto dele com uma das mãos.

— E nós amamos você — respondeu Turnip. — Na minha curta, embora movimentada vida, vi coisas que desafiam a imaginação. Por exemplo, por que sua lama é rosa e não molhada? Não me diga; desejo ponderar a respeito até chegar a uma resposta. — Ele se virou para Zoe e fez uma reverência. — Majestade, o barro provou sua lealdade. Pedimos que nos permita viver na floresta. Janet, Barry e eu cuidaremos dos pântanos e charcos, e eles serão os mais barrentos do mundo inteiro. Aceite como um presente.

Zoe sorriu.

— Perfeito. Eu aceito, e com gratidão. Agora dou a você, Barry e Janet os títulos de representantes oficiais do barro da Ilha de Marsyas. Se necessitarem de alguma coisa para terem seus sonhos realizados, só o que precisam fazer é pedir.

— Acho que vou sentir mais saudade de você, Barry — comentou Lucy, com um fungado. — Você sempre sabe a coisa certa a dizer.

— Barro barro barro — falou Barry.

— Viu só? *Desse* jeito.

— Irmão — disse Turnip, segurando a mão de Barry. — Irmã. — E segurou a mão de Janet. — Hora das pessoas de barro fazerem o que fazem de melhor. Mais barro. Adiante! Aventuras nos esperam!

As pessoas de barro se afastaram do embarcadouro. Ao alcançar o início da floresta, Turnip deu uma olhada sobre o ombro. Bem, ele *tentou* dar uma olhada sobre o ombro, mas passou do ponto e sua cabeça virou por completo.

— Lucy! — chamou. — Obrigado por nunca desistir! Você sempre terá um amigo entre as pessoas de barro.

Então, desapareceram na floresta densa.

— Posso ir visitá-los? — perguntou Lucy, enxugando os olhos.

Arthur bagunçou o cabelo do menino.

— Quando quiser, só pedir. Venha. Vamos ver o que os outros andaram aprontando.

Com os olhos secos, Lucy bradou:

— Urra! Posso comer sete... não, espera, *trinta* biscoitos quando chegarmos em casa? Daqueles de manteiga de amendoim que o Linus faz, com marquinhas de garfo em cima.

— Acho que podemos ver isso. Você merece.

Ele saiu correndo pelo embarcadouro, seus pezinhos fazendo barulho na madeira. Justo quando Arthur pensou que só o veria de novo com biscoitos na boca, ele parou e se virou.

— Sabem — disse Lucy a eles. — Sempre odiei a palavra "diretor". Vamos deixar ela pra lá? — E saiu em disparada mais uma vez, sem dúvida, com visões de biscoitos quentinhos em sua mente.

Zoe deu uma gargalhada.

— Seus filhos.

Arthur sorriu.

— Não são maravilhosos? — Ele ofereceu o braço a ela. — Majestade.

Ela lhe deu um soquinho no bíceps.

— Cale a boca, Parnassus. Me chame assim de novo e *você* será banido.

— Aposto que sim.

Ela aceitou o braço.

QUINZE

A notícia se espalhou — e rápido — sobre a inspetora do DEDJUM ter sido banida da Ilha de Marsyas. Isso não era inesperado; Arthur, Linus e Zoe achavam que seria o caso. Apesar do véu de silêncio sob o qual o governo acreditava agir, ele não estava imune a um vazamento. Um pequeno, mas nas estimativas de Arthur, era como uma rachadura em uma grande represa de pedra, uma fragilidade que só ficaria mais forte. Ele se perguntou se teria sido obra de Doreen Blodwell, onde quer que ela estivesse (e *quem* quer que fosse).

Assim, os repórteres retornaram ao vilarejo com força total, requerendo acesso à ilha. Segundo Helen, Merle se recusou terminantemente a transportar qualquer um, dizendo que as crianças já tinham sido perturbadas o suficiente.

A família Baker-Parnassus emergiu vitoriosa sobre a sra. Marblemaw, mas foi um triunfo temporário. Rowder mostrou que estava disposta a fazer qualquer coisa para colocar suas garras em Lucy. Ela não deixaria o banimento da sra. Marblemaw impedi-la. Com essa situação pairando sobre eles, Arthur achava que o clima na ilha ficaria silencioso e pesado.

Ficou tudo, menos isso.

As crianças. As *crianças*, benditas sejam, estavam orgulhosas, animadas, cheias de energia e vigor, de um tipo que Arthur nunca tinha visto. Nos dias que se seguiram à partida da inspetora, as manhãs e tardes quentes de verão pareciam intermináveis, as crianças abrindo suas asas, o manto da inspeção do DEDJUM caindo. Elas riam, corriam, aprendiam, brincavam, criavam e faziam comentários que fariam até as pessoas mais fortes tremerem.

Chauncey perguntou se poderia limpar a casa de hóspedes como prática para o hotel. Linus se ofereceu para ajudar, e o menino-bolha lhe questionou se estava *tentando* fazer com que ele fosse demitido? Não estava, portanto, Linus concordou em deixá-lo cuidar disso sozinho.

Theodore quase chorou quando Linus devolveu um familiar botão de latão. Pegando-o gentilmente em suas garras, ele imediatamente foi até sua coleção debaixo do sofá, deixando o rabo, que batia no chão, para fora enquanto chilreava e clicava alegremente para si mesmo.

Talia, sempre esforçada, decidiu que a cena do embarcadouro precisava ser replicada em formato de arbusto. Ela passou o fim de semana cultivando e dando forma aos arbustos até os deixar exatamente como Lucy descrevera. Verdade que ela só contava com a narrativa do menino, então Arthur não ficou surpreso quando ela revelou seu trabalho como a versão arbustiva de Lucy *devorando* a sra. Marblemaw, com pedaços de folhas e gravetos saindo de sua boca vegetal. Era uma visão e tanto, e todos concordaram que era a melhor obra de arte de jardim que já tiveram o prazer de apreciar.

Phee e Arthur voaram alto, sprite e fênix entrecortando os céus acima da ilha. Logo receberam a companhia de Theodore, pousando nas costas da fênix e rindo daquele jeito adorável que lhe era peculiar. Inclinando a cabeça para trás, ele soltou um jato de fogo verde, e Phee girou ao redor, suas asas brilhando à luz do sol.

Sal decidiu que queria entender melhor os procedimentos do dia a dia da ilha. Juntando-se a Arthur em seu escritório, eles se debruçaram sobre registros e livros, Sal aprendendo sobre os investimentos significativos que Arthur havia feito ao longo dos anos com o dinheiro que recebera, e tudo o mais necessário para impedir a ilha de... bem, afundar. Sal manteve Arthur alerta com perguntas inteligentes, e quando trabalhavam até tarde da noite, questionava se poderiam continuar mais *um pouco*. Quem era Arthur para recusar?

David estava mais relaxado do que nunca. Os poucos dias antes da chegada da inspetora só lhes ofereceram vislumbres do iéti. Agora que ela se fora, ele estava florescendo ainda mais, um garoto curioso com uma mente afiada como uma armadilha para ursos. Nada o escapava, e eles passaram uma tarde gloriosa assistindo a David esculpir uma escultura de gelo com nada além de suas garras.

Claro, ele a fez como parte de uma peça que escreveu, dirigiu e estrelou, um conto agridoce sobre um escultor de gelo e gênio do crime aposentado que se envolve em Um Último Trabalho. A peça em si era de tirar o fôlego, cheia de giros e reviravoltas (o verdadeiro vilão? *Ganância*), e quando David terminou, recebeu aplausos estrondosos, nenhum mais alto que o de Arthur.

Lucy era a exceção, mostrando-se mais quieto do que o normal. Quando perguntado se havia algo errado, ele era rápido com um sorriso e uma piada de mau gosto, mas Arthur — que talvez o conhecesse melhor — não se deixava enganar. Ele ficou de olho, certificando-se de que estaria pronto e disponível caso e quando seu filho decidisse expressar seus pensamentos.

Parecia, de certa forma, um período de cura para todos eles. Ninguém era tão tolo a ponto de pensar que não ouviriam mais nada sobre o DEDJUM, mas nos dias seguintes ao banimento da sra. Marblemaw, a paz que havia desaparecido nas últimas semanas retornou à ilha. O peso sufocante de sua presença recuou como as ondas sob a lua.

Arthur e Linus permaneceram ocupados, mantendo a vista no horizonte, observando, esperando. Zoe passava os dias navegando pelas praias da ilha, da manhã à noite. Quando Sal perguntou o que estava fazendo, uma noite em que o visitava em seu quarto, ela respondeu:

— Reaprendendo. Ouvindo. Planejando.

Arthur estava do lado de fora do quarto de Sal, uma bandeja de chá nas mãos, ainda sem ter se mostrado a eles.

— Lucy disse que Turnip a chamou de "majestade" — disse Sal.

Zoe hesitou por um breve momento.

— Sim, chamou.

De todas as perguntas que Sal poderia ter feito — O quê? Como? Por quê? —, ele foi em uma direção que Arthur deveria ter esperado, especialmente vindo de Sal.

— É isso que você quer?

— Eu... Por séculos, me escondi. Permiti que minha raiva me definisse, me atolasse em cinismo. Até que... — Ela riu baixinho. — Até que seu pai voltou e percebi que eu não estava vivendo. Estava inerte, paralisada.

— E ele trouxe a chama — murmurou Sal.

— Sim — concordou Zoe. — E mais que isso. Ele trouxe todos vocês, e eu finalmente entendi o que a vida deveria ter. Cor, alegria. União. Saber que as pessoas vão te apoiar, mesmo quando você está no seu momento mais sombrio.

— Você não respondeu à minha pergunta.

— É, acho que não. E mesmo ontem, não saberia que resposta teria dado a você. Ser forçada a se esconder muda a pessoa de maneiras que nem sempre se pode perceber, mas essa época acabou. Pra você. Pras outras crianças. Pra Linus e Arthur. Pra Helen. E pra mim também. Eu precisava me curar, assim como você, embora nossas histórias sejam diferentes. Não sei se consegui, e talvez nunca consiga, mas isso não significa que eu não possa tentar. E é o que vou fazer, pois vocês todos me ensinaram como.

— Tivemos um professor muito bom — disse Sal.

E enquanto Zoe ria, Arthur fechou os olhos e sorriu.

O fim — pois não poderia ser descrito de outra forma — chegou no começo de uma tarde de domingo, no final de junho, no pequeno vilarejo costeiro de Marsyas. Ao decidirem que precisavam de um dia na cidade após terem sobrevivido à aventura do dia anterior — a vez de Talia, e ela quisera realocar o grupo de duendes selvagens que estavam devorando seu jardim —, eles se amontoaram na perua para um dia no vilarejo, os bolsos das crianças cheios da mesada, esperando para ser gasta em qualquer coisa que lhes chamasse a atenção.

O grupo de repórteres imediatamente os cercou quando a perua dos Baker-Parnassus saiu da estrada de sal para a praia. Câmeras clicavam e disparavam, questões eram feitas aos gritos, a maioria perguntando se havia alguma verdade no boato de que Arthur Parnassus e Linus Baker desafiavam as determinações do DEDJUM. David abriu a janela mais próxima, botou a cabeça para fora e rugiu alto. Os repórteres se espalharam enquanto as crianças riam histericamente.

— Estão vendo? — disse David. — Assustar sem machucar. Não é *tão* difícil.

— Você conseguiu — falou Linus. — Meus parabéns.

David se empertigou enquanto os outros se esticavam em seus lugares para dar tapinhas no ombro dele.

Considerando os eventos das últimas semanas, Arthur e Linus não os deixaram se separar como normalmente faziam. Em vez disso, estacionaram atrás da loja de Helen — Zoe e Helen estavam lá dentro, onde se encontrariam mais tarde para o almoço — e caminharam como um único grupo, as crianças à frente.

Os repórteres mantiveram distância, obviamente cautelosos, mas isso não os impediu de seguir a família pelo lugar, tirando foto em cima de foto, Talia e Lucy posando dramaticamente. De vez em quando, alguém gritava uma pergunta, sempre ignorada. Eles não tinham permissão para seguir o grupo em nenhuma das lojas, os funcionários trancavam as portas, deixando a família ficar à vontade.

Era um dia bom, um dia tranquilo, um dia que, sem perceber, todos precisavam. O sol brilhava forte, as calçadas lotadas, as pessoas rindo e acenando enquanto faziam compras ou iam à praia.

Antes de se dirigirem à loja de J-Bone (ele aparentemente encontrara uma cópia rara das primeiras músicas gravadas de Elvis Presley, uma demo com as canções "My Happiness" e "That's When Your Heartache Begins" — Lucy praticamente tinha perdido a cabeça quando J-Bone havia ligado para ele), Arthur fez uma parada no embarcadouro do balseiro.

— Ei, Merle! — chamou ele, parado ao lado da balsa, os outros reunidos atrás dele.

Um momento depois, Merle apareceu sobre o gradil, com uma expressão carrancuda.

— Eu disse que não vou levar ninguém para... Sr. Parnassus! Ei, olá!

Arthur sorriu.

— Olá, meu bom senhor. Como está o mar?

— Bom e calmo — gritou Merle. — Precisa de uma carona de volta? —Ele fez uma careta para os repórteres reunidos no final do embarcadouro. — Eles estão incomodando vocês? Quer que eu dê um jeito neles?

— Não será necessário — respondeu Arthur. — E não vamos retornar agora, mas quando formos, acho que gostaria de ir na sua balsa, se você estiver disponível.

— Para você, estou disponível. — Ele olhou para o grupo mais uma vez. — E as crianças? Todas bem?

— Eu fiz pessoas de barro! — exclamou Lucy. — E agora elas vivem na floresta!

Merle deu de ombros.

— Não entendo nada disso, mas bom pra você. — Ele franziu a testa. — Se não precisam voltar agora e não querem que eu cuide dos abutres, em que posso ajudar?

— Eu gostaria de agradecer — explicou Arthur. — Demorei bastante pra fazer isso, e você tem minhas mais sinceras desculpas por não o ter procurado antes.

Merle recuou e se agarrou ao gradil.

— Quer *me* agradecer? E por que diabos?

— Quero, sim — disse Arthur. — Ouvi dizer que você tem sido muito criterioso quanto a quem dar passagem para a ilha. Sem você, temo que teríamos sido invadidos. Sua gentileza não passou despercebida, e por isso, você tem nossa gratidão.

Merle cuspiu sobre o gradil, no oceano.

— É, bem, seus filhos não são tão assustadores quanto algumas pessoas os fazem parecer. Ora, eu nunca tive medo deles na minha vida.

— Ah, nossa — murmurou Linus.

— Devidamente anotado — disse Arthur. — E dito isso, estamos indo! Retornaremos mais à tarde. Vamos, crianças. Imagino que J-Bone não seja um homem que goste de ficar esperando.

— Duvido que ele sequer saiba que horas são — sussurrou Phee para Sal. — Acha que podemos conseguir o facão dessa vez?

— Ele disse que é o maioral no oito maluco — murmurou Sal de volta. — Então, sim, vamos pegar aquele facão. Certo, companheiro?

Theodore abriu as asas e concordou que o facão já era praticamente deles.

Eles caminharam pela rua principal do vilarejo em direção à loja de discos, David e Lucy liderando o caminho. Quando pararam em um cruzamento, uma pequena multidão de turistas se aglomerou ao redor deles, todos indo para a mesma direção. Ninguém falou em voz baixa sobre as crianças, nem olhou para elas com cara feia, mesmo enquanto os repórteres — ainda mantendo uma distância um tanto respeitosa — continuavam a gritar suas perguntas, câmeras clicando e flashes piscando. Uma perua quadrada cheia de delícias congeladas passou pelo sinal, música estridente saindo do alto-falante preso acima do para-brisa.

— Phee! — gritou um dos repórteres enquanto os carros passavam pelo cruzamento. — O que está vestindo?

Phee revirou os olhos e comentou:

— Que pergunta estranha para se fazer a uma criança. Estou vestindo roupas do meu armário. Óbvio.

— É duro ser famosa — disse Talia, com um suspiro. — Por que eles não conseguem perceber que celebridades também são pessoas? Tenho sonhos e sentimentos como todo mundo.

— Deve ser assim que Jesus se sentiu antes de colocarem ele na cruz — disse Lucy. — Cercado por paparazzis e profissionais do sexo.

— Como é? — questionou Linus, com uma carranca.

Lucy inclinou a cabeça para olhar para Linus.

— Eu não inventei isso! Está na Bíblia. Tipo, para um livro sobre Deus e sobre tentar não pecar, tem *bastante* coisa lá que me faz parecer um anjo. Por exemplo! As filhas de Ló queriam ter filhos, então embebedaram o pai e...

Linus cobriu a boca de Lucy com a mão enquanto os estranhos ao redor explodiam em gargalhadas.

— Acho que já chega. Não acredito que vou dizer isso, mas talvez precisemos considerar remover todas as Bíblias da ilha. Há muitas coisas naquelas páginas que crianças não deveriam ter acesso.

Os olhos de Lucy se encheram de vermelho quando ele endireitou a cabeça.

— Poderíamos ter uma boa e velha queima de livros.

— Algo a se considerar — concordou Linus. — Mas falaremos sobre isso em casa. Por enquanto, vamos nos concentrar em... Ah, o sinal abriu. Em frente!

David foi o primeiro a sair da calçada, olhando por cima do ombro para dizer algo a Lucy. Ele não foi muito longe antes que o braço de Lucy disparasse, puxando o iéti para trás.

David quase caiu, tropeçando no meio-fio enquanto os outros turistas se movimentavam ao redor.

— Por que fez isso?

Lucy o ignorou. Ele deu um passo pela calçada, sua cabeça inclinada. Arthur tentou distinguir para o que ele estava olhando, mas tudo o que viu foi a estrada que levava para fora da cidade, em direção à estação de trem. Dunas de areia branca que se erguiam como colinas instáveis, gramas altas balançando na brisa salina. Tudo parecia como sempre, até onde Arthur conseguia notar.

E então, à distância, um brilho, como se o sol tivesse refletido em algo de metal ou vidro. Uma mancha preta apareceu no horizonte, seguida por outra, e depois outra, e *outra*. Pelo menos uma dúzia no total, levantando uma nuvem de sujeira e poeira, dando a impressão de uma tempestade se aproximando.

— Arthur? — perguntou Linus, de algum lugar mais atrás. — O que foi?

— Eles estão vindo — sussurrou Lucy.

Isso tirou Arthur do estupor. Ele pegou Lucy nos braços, dando um passo para trás. Assustou-se quando esbarrou em alguém, girando ao redor. Era Linus, parado com as mãos nos quadris.

— O que aconteceu? Parece que viu um fantasma.

— O DEDJUM — disse ele, enquanto o ronco dos motores se aproximando ficava mais alto. — Está aqui.

Linus não hesitou. Voltou-se para os outros.

— Mudança de planos — falou rápido. — De volta à perua, crianças! O vilarejo ficará para outro dia.

— O que está acontecendo? — perguntou Phee, na ponta dos pés para ver o mesmo que Lucy e Arthur. — Achei que estávamos indo pra loja de discos.

— Estávamos — disse Linus, sendo gentil, mas empurrando com firmeza as crianças de volta pelo caminho de onde vieram. — No entanto, aconteceu algo que precisa de nossa atenção imediata. Voltaremos ao vilarejo outro dia, vocês têm minha...

E então foram cercados por uma frota de sedãs pretos — que eles não tinham notado se aproximando — com aerofólios largos e afiados e, nas dianteiras, grades metálicas que pareciam bocas escancaradas cheias de presas. Os carros pararam bruscamente na rua em frente, dois à esquerda e dois à direita. As portas se abriram de súbito, e homenzarrões desceram, trajando ternos pretos, camisas sociais brancas e gravatas pretas. Cada um usava um par de óculos escuros com lentes espelhadas. Em cada bíceps direito, uma braçadeira branca identificada com a palavra DEDJUM.

Deixando as portas dos carros abertas, os homens não se aproximaram. Em vez disso, formaram um semicírculo ao redor de Arthur, Linus e as crianças, com os braços atrás das costas enquanto esperavam em posição de descanso. Nenhum deles abriu a boca.

— O que eles estão fazendo? — questionou Chauncey, parecendo preocupado. — Vão nos levar?

— Deixe tentarem — disse Phee em voz baixa.

— O que significa isto? — inquiriu Linus, passando à frente das crianças. — Quem são vocês?

Silêncio, quebrado apenas pelo som de motores se aproximando, um zumbido persistente como uma colmeia de vespas furiosas. Nas lojas ao redor deles, as pessoas espiavam pelas janelas. Para além dos homens, mais gente saía da calçada e olhava na direção deles, incluindo o bando de repórteres. Eles tentaram se aproximar, então dois dos homens saíram do semicírculo e se puseram na frente deles, de braços cruzados. Os repórteres gritavam perguntas, mas os homens não respondiam nem se mexiam.

— Você aí! — disparou Linus, andando em direção ao homem mais próximo. Arthur podia ver o reflexo de Linus nos óculos escuros, seu rosto esticado como se estivesse na superfície de uma bolha. — Explique-se.

Em vez de responder, o homem levou um dedo ao ouvido, esperou um momento e, por fim, disse:

— Sim, senhora. Estamos com eles. — Ele fez uma pausa. Então: — Entendido. — Baixou a mão e manteve o olhar fixo à frente.

— Agora, veja aqui — começou Linus severamente. — Eu não sei quem vocês pensam que são, mas é muito rude aparecer do nada e assediar cidadãos em suas atividades cotidianas. Sugiro que se retirem imediatamente.

O homem não disse nada.

— Idiotas — murmurou Linus, virando-se e pisando duro de volta até a calçada. — Mas que… Como *ousam*… Estávamos indo à loja de *discos*! Só *isso*. Não fizemos nada de errado, e me recuso a permitir que alguém sugira o contrário. — Quando ele alcançou Arthur (ainda segurando Lucy), não encarou os homens que os cercavam. Em vez disso, ficou ombro a ombro com o noivo, olhando para a direção oposta. Em voz baixa, disse: — Está quase na hora.

— Eu sei — murmurou Arthur, os sons dos motores cada vez mais altos. — Ainda assim, estou assustado.

— Eu também — disse Linus. — Mas não vamos deixá-los vencer. Precisamos ter esperança porque...

— Esperança é algo com penas — sussurrou Arthur.

Então Linus o surpreendeu, e Arthur o amou mais do que poderia colocar em palavras.

— "Que se empoleira na alma, e que canta sem palavras, e nunca para, jamais." Emily Dickinson. Sim, Arthur. Nunca para. — Ele estufou o peito. — Vocês ouviram isso? — gritou para os homens ao redor. — Nunca. *Para.*

As crianças se juntaram mais conforme os outros veículos se aproximavam, e Arthur mal conseguiu se conter para não pegar todas elas e voar para o céu em um tornado de fogo. David se escondeu atrás de Sal e Theodore, ambos olhando feio para os homens diante deles. Talia e Phee ladeavam Chauncey, cada uma segurando um de seus tentáculos. Lucy levantou a cabeça do ombro de Arthur, franzindo a testa.

— Está sentindo? — perguntou a Arthur.

— O quê?

Lucy balançou a cabeça.

— Eu não sei. É... vazio?

Antes que Arthur pudesse pedir que ele explicasse, os demais veículos alcançaram o cruzamento e pararam. Pelo menos uma dúzia no total, os sedãs eram uniformes: pretos com maçanetas prateadas e bandeirinhas presas na dianteira, uma de cada lado do capô. Apenas um carro era diferente: o quinto da fila, branco com vidros fumê. Um homem trajando terno igual aos outros saiu do lugar do motorista e, sem olhar para eles, foi até a porta traseira. Ele a abriu e uma perna curta e pálida apareceu, o pé envolto em um sapato de salto baixo.

Quando Jeanine Rowder ficou de pé, piscando por causa da luz solar brilhante, Arthur sentiu a fênix levantar a cabeça em seu peito, os olhos semicerrados. Embora ainda não tão forte quanto antes da explosão sobre a ilha, sentia um ímpeto para se aproximar da mulher e enegrecer sua pele até que rachasse e quebrasse. Arthur se segurou por pouco. Rowder não estava vestida como se estivesse de férias em um paraíso tropical: em vez disso, usava um terninho lilás, o casaco desabotoado, revelando uma blusa branca por baixo.

Inclinando a cabeça para o motorista, ela ouviu com atenção enquanto ele falava calmamente. Quando terminou, ela não respondeu, apenas assentiu com a cabeça.

A outra porta traseira se abriu, e Harriet Marblemaw desceu. Parecia que ela tinha, de alguma forma, libertado o lábio superior do bigode que Lucy lhe dera de presente. Na opinião de Arthur, não mudava muita coisa.

— Uuuuuu! — as crianças vaiaram ao vê-la.

Marblemaw olhou feio para elas, seus lábios se contraindo em um sorriso de desprezo.

Os saltos de Rowder tiquetaqueavam sobre o pavimento enquanto ela passava pelos veículos ao longo da rua. Seus passos eram cuidadosos; movia-se como se tivesse todo o tempo do mundo, e o resultado já estivesse decidido.

Quando alcançou o cruzamento e viu os repórteres mais adiante, sendo segurados por dois de seus homens, Rowder balançou a cabeça e suspirou.

— A imprensa, sr. Parnassus? Sério? Pensei que não iria querer nada com repórteres, especialmente depois da cobertura que fizeram da audiência.

— Da última vez que verifiquei — disse Arthur calmamente —, eles têm permissão para se reunir, como qualquer outra pessoa. A menos, é claro, que o governo tenha decidido interferir na liberdade de imprensa.

Mais pessoas saíram às ruas, brotando das lojas e restaurantes, todas mirando os funcionários do governo com cautela. Os pais seguravam seus filhos com força. Amigos cochichavam tapando a boca com a mão. Turistas e moradores, humanos ou não, todos se reunindo em uma multidão ruidosa. Ele reconheceu alguns, porém não todos: Merle, limpando as mãos sujas num pano ainda mais sujo. Martin Smythe, sobrinho de Helen, que já tinha tentado exorcizar Lucy em um quartinho fechado, agora fazendo cara feia por trás dos oficiais. O sr. Swanson, chefe e ídolo de Chauncey (um mensageiro de grande renome), acompanhado dos funcionários do hotel — os cozinheiros, o concierge, os gerentes, os atendentes, o pessoal da manutenção. J-Bone usando uma camiseta com tingimento tie-dye em que se lia: SEM PÂNICO! É ORGÂNICO. Funcionários dos estabelecimentos — da sorveteria, dos restaurantes, da livraria, da biblioteca. O dono do antiquário, os mecânicos que consertaram a perua depois que Talia acidentalmente havia cultivado flores no motor ("É uma performance artística!"). Pessoas mágicas: uma família de banshees, com seus cabelos brancos como a neve; dois broonies, criaturinhas como elfos com sorrisos enrugados e olhos encarquilhados; um trio de náiades, ninfas aquáticas, com toalhas cobrindo o torso; uma dríade, figura alta e magra feita de álamo com uma coroa de folhas amarelas que cresciam de galhos semelhantes a chifres. Ele carregava um detector de metal e uma bolsa onde se lia: DINHEIRO NÃO DÁ EM ÁRVORE!

Rowder mirou a todos com um mal disfarçado desdém.

— Dispersar! — mandou em voz alta. — Isso é assunto oficial do governo. Não diz respeito a vocês. Vão fazer suas coisas!

— Estamos fazendo — desafiou J-Bone. — Esta é a hora do dia em que todos saímos ao ar livre e desfrutamos da glória que é o vilarejo de Marsyas.

— É isso mesmo — confirmou o sr. Swanson, cruzando os braços. Um senhor alto com olhos afiados e cabelo branco penteado imaculadamente para trás, o mensageiro-chefe era uma figura imponente. — Saindo ao ar livre para aproveitar tudo o que nosso lar tem a oferecer. Não é, pessoal?

Seus colegas mais atrás concordaram.

Merle cuspiu no chão.

— E temos o direito de fazer uma reunião pacífica onde acharmos melhor. É a lei.

Os olhos de Rowder se estreitaram brevemente antes que ela abrisse um sorriso político: condescendente, intencional e um tanto bajulador.

— Se é assim que vai ser, ótimo. — E elevando a voz para ser ouvida pela multidão, informou: — Meu nome é Jeanine Rowder. Sou a chefe interina dos Departamentos Encarregados de Jovens e Adultos Mágicos. Estou aqui para concluir a inspeção do Orfanato de Marsyas. Por favor, tenham em mente que se alguém decidir me impedir, será preso imediatamente e acusado de tudo o que eu puder pensar, incluindo interferência em um assunto oficial do governo, o que acarreta multa pesada e potencial prisão.

Silêncio, interrompido apenas pelo canto das aves marinhas.

— E agora... — prosseguiu Rowder, voltando-se para Arthur, Linus e as crianças. — Sr. Parnassus. Sr. Baker. — Ela inclinou a cabeça em uma espécie de reverência. — Vou fazer isso da forma mais simples possível. — Levantou a mão, estalando os dedos. Marblemaw correu até ela, tirando uma pasta do casaco e a entregando. Rowder puxou a pasta sem agradecer. — Em minhas mãos, tenho uma ordem. Esta ordem, baseada no relatório da inspetora Harriet Marblemaw e assinada por mim, determina que os senhores, tendo-a recebido, devolvam as crianças conhecidas como Lúcifer, Talia, Chauncey, Phee, Theodore e Sal à custódia do DEDJUM.

— Não, obrigado — disse Chauncey.

— Se desejarem contestar a validade da ordem nos tribunais — continuou Rowder —, têm trinta dias para fazê-lo por escrito. Enquanto isso, as crianças serão transferidas à assistência social até que encontrem acomodações permanentes.

— Não — Arthur falou.

Desconcertada, Rowder replicou:

— Não? Infelizmente, não pode dizer não, sr. Parnassus. Por tudo o que ouvi da inspetora, as crianças não estão seguras em suas mãos. Não apenas a ilha é aparentemente administrada sem estrutura ou propósito, como o senhor continua a ignorar suas exigências como empregado do DEDJUM.

— Não sou mais um empregado do DEDJUM — falou Arthur. — Certamente, vocês receberam minha carta de demissão enviada depois que a sra. Marblemaw saiu da ilha.

— Eu não *saí* por conta própria — retrucou a sra. Marblemaw. — Fui ameaçada e removida à força!

— Na verdade — começou Linus —, você foi permanentemente banida depois de se recusar a seguir as regras que temos em vigor em nossa casa. Semântica, com certeza, mas como ex-funcionário do DEDJUM, sei que a administração pode ser exigente quanto aos detalhes.

— Seja como for — disse Rowder, falando *ao redor* deles em vez de *para* eles —, até termos certeza de que Arthur Parnassus e Linus Baker não estão machucando nem militarizando crianças, faremos o que for preciso para proteger a população. — Ela sorriu para as crianças. — Não há nada a temer. Faremos uma viagem de trem até a cidade! Não será divertido?

— Não falamos com estranhos — respondeu Chauncey. — Mesmo que nos ofereçam doces, porque papai e pápi disseram que é assim que eles vêm e te pegam.

A pele sob o olho esquerdo de Rowder se contraiu.

— Mas eu não sou uma estranha. Meu nome é Jeanine Rowder. Trabalho para o governo. Estou aqui como amiga.

— Se vir algo, diga algo — falou Arthur friamente.

Rowder se desconcertou — e embora tenha disfarçado rápido, Arthur viu o lampejo de raiva, sombrio e severo. Ela estava no limite, e Arthur pensou que não tinha nada a ver com ele, nem com Linus.

Quando Rowder sorriu novamente, Arthur não conseguiu evitar dar um passo para trás. Ela parecia um predador à espreita.

— Sim — afirmou ela. — Engraçado mencionar isso. Já ouviu falar em quem inventou esse slogan em particular? — Sem esperar resposta, prosseguiu: — Um estagiário. Não remunerado, inclusive. Por que estou trazendo isso à tona agora? Deixe-me lhe dizer. — Olhou para cada uma das crianças, depois para Linus, por fim, para Arthur. — Já se perguntou por que *estas* crianças? Por que, de todas as crianças mágicas do mundo, recebeu estas seis?

— Porque precisavam de um lar — respondeu Arthur, exatamente o que respondera quando lhe fizeram a mesma pergunta na audiência.

— Foi um teste — disse Rowder, com uma quantidade considerável de satisfação. — Um experimento ao qual todos vocês foram submetidos. O propósito do experimento era ver se o Anticristo seria capaz de aprender com os outros, e como seria. Tudo isso? Suas vidas inteiras? Preparadas por um gerente qualquer durante uma reunião trimestral após o recebimento de uma solicitação por escrito. Nada mais, nada menos.

— Eu *sabia* que era famoso! — bradou Lucy.

— Ele nunca mais vai parar de falar disso — murmurou Talia.

Arthur fez uma pausa, inclinando a cabeça. Então disse:

— Ah. Ótimo. Obrigado.

Rowder o encarou.

— Como é?

— Parece ter havido um resultado não intencional no experimento. Porque acabei encontrando uma família. Crianças, por favor, agradeçam à sra. Rowder e ao governo por nos unirem.

— Obrigada, sra. Rowder e governo — disseram todas as crianças em uníssono, com a maior clareza.

— Mais jogos, sr. Parnassus? — questionou Rowder, o sangue subindo ao seu rosto. — Eu deveria saber que...

— Por que você me quer? — disse Lucy, e Arthur se voltou para ele e o viu olhando para Rowder.

A ministra estremeceu, dando uma olhada para os homenzarrões que a ladeavam. Ao ter certeza de que não estava sozinha, sorriu para Lucy.

— Você é muito especial. Não há ninguém como você no mundo inteiro.

Ele deu de ombros.

— Não há outra Talia. Ou Chauncey. Ou David ou Sal ou Theodore ou Phee. Por que não se importa com eles?

— Eu me importo — garantiu Rowder. — Mas com você, é diferente.

— Por quê?

— Por quem você é.

— O Anticristo?

— Sim — respondeu ela, enquanto seus homens se mexeram desconfortavelmente, Marblemaw fazendo uma careta, a ponta da língua aparecendo entre os dentes.

Lucy assentiu devagar, sua testa franzida. Embora tudo em Arthur gritasse para detê-lo, ele não se moveu quando Lucy deu um passo na direção de Rowder. Considerando as centenas de pessoas nas ruas, o silêncio quase absoluto era extraordinário, interrompido apenas pelo barulho distante das ondas.

Rowder fez o possível para não aparentar medo, mas nem ela conseguiu esconder. Sua boca se estreitou, suas mãos tremeram antes que as pressionasse contra as calças. Seu olhar corria de um lado a outro enquanto esbarrava nos homens que trouxera, homens que sem dúvida agarrariam as crianças se e quando ela desse a ordem.

Mas ela não o fez, seus olhos cada vez mais arregalados conforme Lucy a encarava. O silêncio se estendeu por eras.

Então algo notável aconteceu: Arthur viu Lucy abaixar a cabeça, fungando enquanto uma única lágrima descia por sua bochecha. Quando ele falou, foi suave, baixo, mal sendo ouvido pelas pessoas próximas.

— Eu posso ver coisas — contou ele, com a voz embargada, e foi então que Arthur soube que não era uma encenação. — Não é quando eu quero. Simplesmente... acontece, eu acho. Coisas boas, como saber que papai era uma fênix antes de ele nos contar. Eu soube da primeira vez que o vi, me esperando na ilha. Eu soube porque vi algo mágico. Dois sóis. Um no céu e outro na praia. — Seus olhos transbordaram, então passou as costas da mão sobre eles. — Mas, às vezes, vejo outras coisas. Coisas ruins. Como… não o sol. O oposto: trevas. Um buraco negro. Pápi nos ensinou sobre eles. Não se pode vê-los a olho nu, mas mesmo o menor deles pode sugar toda a luz. — Ele olhou para ela mais uma vez. — É isso que vejo em você. Seu interior não tem luz. Só trevas.

Rowder emitiu um riso duro, forçado. E apontou para ele, com sua longa unha vermelha na ponta do dedo.

— Não sei em que tipo de jogo você pensa que está, mas…

— Sinto pelo que aconteceu com seu pai.

O dedo de Rowder começou a tremer. O tremor se prolongou por sua mão, seu braço, seu ombro. Era como se os próprios músculos sob sua pele tivessem se transformado em placas tectônicas, despertando após um sono antigo. Espalhou-se por ela, e seu rosto ficou branco enquanto seu lábio inferior tremulava.

— Não deveria ter acontecido — disse Lucy a ela. — A pessoa que… o machucou não fez isso porque… não. Não é justo. Ela tinha… aranhas no cérebro. E não conseguia fazer elas dormirem. Não foi por ele. Seu pai. Ele não fez nada de errado. Foi um acidente. Ela perdeu o controle de sua magia e… — Ele deu um suspiro longo e arquejante que soou como o vento. — Você pode ficar brava. E triste. E tudo isso, porque é o que significa ser humano. É ter…

Arthur não conseguiu se mover a tempo. Mesmo sendo quem era, ele estava preso aos segundos, minutos e horas, assim como qualquer outra pessoa. A mão de Rowder se ergueu, rápida como uma víbora, dedos estendidos e juntos. Ela a levou para trás, para dar um tapa no rosto de Lucy.

Então Lucy desapareceu no ar, o impulso fez Rowder girar, fazendo-a atingir o estômago do homem mais próximo. Lucy reapareceu ao lado de Arthur.

— *Caramba* — exalou ele. — Eu posso me *teletransportar*? — Seus braços se ergueram acima de sua cabeça enquanto ele pulava para cima e para baixo. — Isso. *Isso*! Este é o melhor dia de todos! Mal posso esperar pela puberdade. Aposto que serei capaz de criar universos *e* um delicioso café da manhã de feliz ani sem fazer bagunça em nenhum dos dois!

Arthur sentiu a chama dentro dele irromper. A fênix abriu suas asas em seu peito e guinchou para ser solta, para acabar com aquilo de uma vez por todas. Com todas as suas forças, ele manteve o pássaro em seu lugar, não querendo dar essa satisfação a Rowder.

— Calma, meu velho — murmurou Linus, tocando as costas da mão de Arthur. — Estamos quase no fim agora.

— Não se engane, Rowder — disse Arthur, sua fúria derretida borbulhando sob sua pele —, esse golpe ainda conta. É a *segunda* vez que um funcionário do Departamento Encarregado da Juventude Mágica maltrata uma das minhas crianças esta semana, e estou farto de você e sua laia. De vocês todos.

— Então David é uma criança! — berrou Marblemaw. — Eu sabia! Eles mentiram! Ele não é um adulto de quarenta e sete anos, que teve o crescimento atrofiado por ter ficado preso entre cruzes e espadas durante sete anos!

Um momento de silêncio, e então todos na multidão caíram na gargalhada.

— Você nasceu ontem? — perguntou J-Bone. — Quem acreditaria numa coisa dessas?

— Não é? — questionou Sal. — Do que está falando, sra. Marblemaw? David é só uma criança.

— Isso — confirmou Phee. — Dissemos isso mil vezes.

— Sabe quando eu soltei tinta em você? — falou Chauncey. — Foi de propósito! Rá, rá. Beleza, não foi, não, mas eu não sabia o que podia dizer, então... hã. *Ella Fitzgerald, scaddidily doo dippity bip.*

— Uau — sussurrou Lucy, com estrelas nos olhos. — Isso foi tão *irado*. Olha só pra você, o cara do scat singing!

— Chega! — trovejou Rowder, uma veia pulsando em sua testa.

— Sim — disse Arthur. — Concordo plenamente. Chega. Lá vai, Rowder, finalmente. Uma oferta que não poderá recusar.

— Eu ficarei com as crianças — retrucou ela. — Você não tem mais nada a oferecer.

Ele assentiu.

— Olha, é aí que você se engana. As crianças não sairão do meu lado, ou do lado do meu futuro marido. Somos uma família, está vendo? Os Baker-Parnassus.

— Meio difícil de pronunciar — disse Merle, com uma fungada. — Mesmo assim, descontos tamanho família e essas coisas.

— Minha oferta é a seguinte: aqui, agora, podemos fazer a diferença. Todos nós, juntos. Não será fácil, mas dou minha palavra de que farei tudo em meu não tão desprezível poder para garantir que fiquemos juntos com espírito de união e desejo de mudança. Quebrar o que já está quebrado não serve de nada. Isso deve ser reconstruído do zero por todos nós. — Ele olhou para as pessoas ao redor, os moradores, os visitantes, tanto mágicos quanto não mágicos. E para os repórteres, todos observando a cena sem fôlego, com suas câmeras apontadas. — Como pode ver, o mundo está assistindo. O que você vai fazer, eu me pergunto?

— Você planejou isso — sussurrou Rowder. — Tudo isso.

— Planejei? — questionou ele. — Aqui estava eu, pensando que curtiria um dia com minha família. Mesmo que eu *tivesse* planejado este exato momento, não deveria ser nenhuma surpresa pra você. Afinal, eu avisei que você não estaria preparada para uma guerra contra mim. Vai aceitar minha oferta?

— Nunca — cuspiu Rowder. — Você desempenhou seu papel, Parnassus, e desempenhou bem. Mas esse futuro fantasioso que sonha é apenas isso: um sonho. *Nós* vivemos no mundo real, onde as pessoas...

— Ahn — disse Arthur, olhando para Linus. — Dei tudo de mim.

— Foi mesmo — expirou Linus. — Bem impressionante, se me permite dizer.

— Fico lisonjeado, meu querido. Porém, devo admitir que realmente pensei que a tinha conquistado com a parte sobre quebrar o que já está quebrado.

— Dito com uma finesse que nem mesmo os maiores oradores da história teriam encontrado defeito. Eu mesmo me senti impelido a...

— Peguem-nos — rosnou Rowder, e os homens começaram a avançar...

... mas se depararam com o poder da multidão ao redor, pessoas se aproximando, olhos semicerrados, braços cruzados sobre o peito. O sr. Swanson e J-Bone se colocaram um de cada lado de Arthur, Linus e sua família. Merle fechou a retaguarda, apoiado por dezenas de pessoas, incluindo Martin Smythe. Sua tia, uma certa Helen Webb, apareceu ao lado de Arthur como por mágica.

— Quando quiser — sussurrou Helen em seu ouvido. — Ela está pronta.

Arthur assentiu enquanto o sr. Swanson falava:

— Se quiser pegá-los, terá de passar por nós.

— É isso aí — disse J-Bone, com as pessoas concordando na multidão. — Você não pode vir aqui e destruir uma família.

— *Todos* vocês serão presos! — bradou Rowder. — Se não se afastarem *agora*, farei da minha missão garantir que este vilarejo e seus habitantes nunca mais conheçam um momento de paz, principalmente por estarem abrigando monstros...

— Já que — começou Arthur — não vai aceitar uma mão estendida de boa-fé, então talvez se curve diante da realeza.

Rowder o olhou boquiaberta, e então começou a rir. Logo, seus homens começaram a dar risadinhas, e até Marblemaw pareceu se divertir.

— Realeza? — disse Rowder, seu riso evidente. — *Você*? Eu sei que é uma fênix, sr. Parnassus, mas parece que ser o último de sua espécie lhe deu delírios de grandeza.

— Não, você entendeu tudo errado — disse Sal, dando um passo adiante para ficar ao lado de Arthur. Ele apoiou o cotovelo no ombro do pai, descansando confortavelmente, enquanto cruzava um sapato sobre o outro, com a ponta voltada para o chão. Mas sem desviar o olhar de Rowder. — Papai não estava falando sobre si mesmo. Olha, isso acabou. Você teve sua chance. — O menino abriu um sorriso largo, natural e lindo, e assim, Arthur viu o homem que ele se tornaria. — Agora é a vez *dela*.

Ela desceu em uma cascata de faíscas brilhantes, suas asas zumbindo ferozmente. Quando seus pés descalços alcançaram o chão, o pavimento rachou e grama verdejante se ergueu. Uma pequena margarida brotou entre os dedos do seu pé esquerdo, com as petalazinhas brancas descansando na pele escura.

Zoe Chapelwhite era uma visão e tanto: seu vestido parecia uma pintura a óleo viva, com rodopiantes azuis, verdes e amarelos cruzando o tecido, deixando um rastro como estrelas cadentes. Seus braços e pernas — mãos e pés ainda expostos — estavam cobertos por um metal fino que parecia ter sido feito especificamente para ela. Quase não se podia ver o metal em si, pois dezenas de conchas multicoloridas estavam presas a ele, cada concha do tamanho de um botão. Arthur levou um momento para perceber o que era: uma armadura.

E no topo de sua cabeça, sobre o cabelo afro branco, uma coroa. De prata, com correntes penduradas que pendiam pelas laterais até a cabeça. O topo da coroa era dramático: dez pontas peroladas erguiam-se na frente, cinco de cada lado de uma grande concha rosa e branca que repousava no centro da coroa. Na abertura da concha, uma brilhante pedra preciosa azul-cerúleo do tamanho do punho de Lucy.

— Mas que *caramba*! — soltou Phee. — Olha só pra ela.

Ah, ele olhou. Arthur se lembrou da mulher na floresta quando ele era criança, a sprite de ilha que se escondia. A mulher que apareceu quando ele retornou, inseguro, com a culpa bastante pesada sobre seus ombros. A mulher que pegou um pedaço de lixa e começou a reconstruir uma casa em ruínas. A mulher que esteve com ele em cada passo do caminho, vendo seu plano ganhar vida diante de seus próprios olhos. Sua amiga... não, sua *melhor* amiga, sua irmã, essa rainha extraordinária que acolheu de braços abertos as crianças em sua ilha. Ela riu com eles. Ela chorou com eles. Ela os levantou, carregou-os quando não conseguiam mais andar, ajudou-os a se sentirem *vivos* pela primeira vez desde que conseguiam se lembrar.

E então, ali estava ela, de pé, alta e orgulhosa, entre seu povo e aqueles que se consideravam superiores. Ela deu um passo em direção a Rowder, deixando para trás uma pegada de grama com a perfeita forma de seu pé na rua. Quando falou, sua voz era clara e nítida:

— Você não é bem-vinda aqui.

Rowder levou um tempo para se recuperar. Olhando para os lados, para confirmar que seus homens não tinham fugido, ela assentiu e pigarreou.

— E você quem é?

— Zoe Chapelwhite — respondeu Marblemaw, ainda parada longe deles, como se soubesse de algo que os outros não sabiam. — A sprite de ilha não registrada.

Rowder bufou.

— Claro, ela. Sra. Chapelwhite, conforme exigido pela lei estabelecida pelo Departamento Encarregado dos Adultos Mágicos, você está obrigada a se registrar com...

— Não — disse Zoe.

— Ah! — exclamou Rowder, batendo palmas. — Estou vendo o equívoco. Você acha que é um pedido. Fique tranquila, não é. Afaste-se antes de fazer algo do qual irá se arrepender.

— Tenho muitos arrependimentos — falou Zoe, as cores em seu vestido girando mais brilhantes e mais rápido, as conchas em sua armadura começando a rodar com um zumbido baixo. — Mas um se eleva acima de todos os outros. — Ela foi se virando lentamente, olhando para todos ao seu redor. Pelo menos duzentas pessoas, com mais chegando a cada minuto. — Nós éramos felizes. Aqui. Todos nós. Meus amigos. Minha família. Eu era feliz. Por milhares de anos. E então nos disseram que éramos perigosos.

Silêncio, até mesmo dos repórteres, todos assistindo com a respiração suspensa.

— Mentiras! — bradou Rowder. — Calúnia! Se isso fosse verdade, haveria evidências documentadas de...

Zoe balançou a cabeça.

— Não. Você não pode me negar minha história. Eu a *vivi*.

— Eu não sei qual o seu jogo, mas não vai funcionar! — disse Rowder com voz estridente. — Se o que você diz aconteceu, então como está aqui, diante de nós? Como é que *você*, dentre todos os sprites, conseguiu escapar ilesa?

— Ilesa — repetiu Zoe. — *Ilesa*? Eu me escondi sob o corpo da minha avó. Prendi a respiração enquanto seu *governo* passava por cima de nós, verificando se havia algum sinal de vida. Eu senti o sangue dela em meus lábios. Quando eles estavam distraídos, fugi para os confins mais distantes da floresta e a fechei atrás de mim. Foi então que me fiz uma promessa: nunca mais me preocuparia com o horror que é a humanidade.

— Ouviram isso? — disse Rowder, levantando a voz para a multidão. — É *isso* o que eles pensam de vocês. Mesmo que nenhum de nós estivesse vivo quando isso aconteceu, ainda devemos pagar o preço daqueles que vieram antes de nós? Besteira! Erros foram cometidos? Sim, claro. Mas isso não significa que não estejamos no rumo certo *agora*.

— É como se eles não conseguissem se ouvir falando — murmurou Linus.

— Mas a vida me encontrou novamente — prosseguiu Zoe. — E embora se possa argumentar que fui arrastada aos pontapés e aos gritos para ela, o tempo de me esconder havia acabado. Foi então que me fiz uma nova promessa: que não importa o que acontecesse, eu faria tudo que pudesse para garantir que as pessoas mágicas que encontrassem minhas praias estariam seguras. Eu faria por elas o que não foi feito por mim: daria a elas uma chance de viver.

— Tudo muito bom — disse Rowder —, mas não muda nada.

— Sim, muda — afirmou Zoe. — Mais do que você imagina. Minha avó? Era a sprite-rainha. E como sou a última que restou, esse título agora cabe a mim. Eu sou a rainha Zoe Chapelwhite. — Sem desviar o olhar de Rowder, acrescentou: — E você está pisando sem permissão nas minhas terras.

Os olhos de Rowder se arregalaram.

— Suas terras? Suas *terras*? Ah, essa coroa parece estar um pouco apertada na sua cabeça. Está fazendo você acreditar em coisas que certamente não são verdade. Aqui, deixe-me esclarecer isso para você. *Este* é o vilarejo de Marsyas. Você é da *ilha* de Marsyas. Há uma diferença considerável.

— É aí que você se engana — disse Zoe. — Já se perguntou por que o vilarejo e a ilha têm o mesmo nome?

— Não sei o que isso tem a ver com nada. Você está embromando.

— Têm o mesmo nome — explicou Zoe — porque, antigamente, Marsyas não era uma ilha. Antigamente, era uma *península*, um único trecho de terra que os sprites chamavam de lar. Em um último esforço para impedir que os humanos avançassem, minha avó — uma das sprites mais poderosas que o mundo já viu — inundou a península, criando a ilha. São uma coisa só.

— E ainda assim, você se diz uma sprite de ilha — falou Rowder.

Zoe inclinou a cabeça, as correntes da coroa balançando perto de sua orelha.

— Eu menti. Sou a sprite dos oceanos, a rainha de Marsyas, e cansei de sua presença em nosso lar.

— Bobagem! — berrou Marblemaw. — Se estou banida da ilha, significa que estou banida do...

— Do vilarejo, sim — completou Zoe. — E você será. — Ela sorriu. — Eu só preciso despertá-la.

De repente, ela caiu de joelhos, suas mãos espalmadas sobre o pavimento. Ela inspirou e expirou, uma ondulação arco-íris passou por suas asas.

E então Arthur sentiu um tsunami de magia colidir com ele, maior do que qualquer coisa que já havia sentido. Tirou o fôlego de seu peito enquanto cada pelo de seus braços se arrepiava. O chão roncou sob seus pés, as pessoas arfando quando o pavimento começou a rachar sob as mãos da rainha. Mas não era destruição o que Zoe buscava: em vez da rua se quebrar completamente, um desenho se formou no chão, as linhas se conectando apressadas e criando uma grande forma que tinha pelo menos dois metros de comprimento e um de largura.

Uma concha de náutilo, esculpida no pavimento, linhas curvas criando as muitas cavidades que compunham seu interior. Enquanto Zoe se levantava, as rachaduras se encheram de um branco ofuscante, e bolas de luz azul começaram a se erguer ao redor dela. Suas asas zumbiam conforme ela ascendia no ar, o náutilo ficando mais brilhante.

— Cansei de me esconder — disse Zoe, sua voz profunda ecoando. —Cansei de deixar os outros decidirem quem podemos ser. Você foi avisada muitas vezes, mas não deu ouvidos. Esta terra não é sua. Ela pertence a um povo livre, administradores e guardiões que garantirão que o poder de Marsyas nunca mais se perca.

— Você não tem o *direito* — disparou Rowder.

— Tenho. Como rainha — respondeu Zoe. — Mas talvez isto ajude a mudar sua opinião. — Ela uniu as mãos, pressionando uma palma contra a outra. Expirou e as afastou.

Em um espaço onde antes não havia nada, um pergaminho enrolado com um fio de conchas. Zoe o pegou no ar e lançou na direção de Rowder. Enquanto o rolo voava, as conchas se desintegraram, o pergaminho se desenrolou. Parou e flutuou a alguns centímetros do rosto de Rowder. Ela apertou os olhos. O sangue se esvaiu de sua face.

— Isto... é... é...

Zoe riu.

— Um decreto de um dos seus antigos reis renunciando a todos os direitos sobre as terras de Marsyas em favor dos sprites, assinado no ano de 1332? Sim, é isso, sim. Não que precisássemos dessa legitimidade, mas aparentemente vocês precisam. Assim, quando os humanos vieram e destruíram meu povo, séculos depois, foram contra a decisão do seu próprio rei. E eu não vou mais tolerar isso. — Ela se voltou para a multidão reunida abaixo dela. — O governo veio aqui para pegar um dos nossos. Embora eles aleguem estar atrás de todas as crianças, há uma em particular que estão desesperados para pôr as mãos. Esta mulher quer usar uma criança para controlar tudo e todos, e ela ameaçou a segurança das outras crianças para ver seu plano realizado.

Todos silenciosos, imóveis, como se prendessem a respiração, o único som vindo do distante bater das ondas.

— Ela veio atrás de Lucy — trovejou Zoe. — Uma *criança* de sete anos. E se ela pensa que vai colocar uma única mão nele, está muito enganada.

Abaixo dela, a concha esculpida na rua pulsou três vezes seguidas.

— Ah, ótimo — disse Zoe. — A magia despertou. Então vamos ver sobre esse banimento?

Quase mais rápido do que Arthur conseguia acompanhar, ela arrancou as conchas de seus braços e pernas, suas mãos se movimentando em um borrão. Levou apenas o tempo de uma batida do coração para uma grande pilha aparecer em sua palma estendida. Enquanto suas asas a envolviam, Zoe inspirou fundo, girando em um círculo furioso, soprando nas conchas.

Elas foram disparadas com precisão perfeita. Os homens de terno baquearam para trás quando as conchas passaram por suas cabeças e saíram do outro lado, depois desaparecendo em uma nuvem de pólvora. Marblemaw ficou paralisada, com uma expressão atordoada no rosto.

Uma única concha — minúscula, bege e branca — flutuou diante da testa de Rowder. Ela deu um passo atrás, levantando as mãos na frente do rosto.

— Não. Não *ouse*.

— Ouso — disse Zoe, olhos semicerrados. — Eu ouso por cada criança que você machucou. Eu ouso por cada adulto que foi forçado a esconder seu verdadeiro eu por causa do "se vir algo, diga algo". Eu ouso por todos eles. Faço isso por eles, por Helen, Arthur e Linus, por cada pessoa aqui e ao redor do mundo que já se *cansou* disso tudo. Jeanine Rowder, você provou ser uma inimiga das pessoas mágicas, da minha *família*. Está nos meus direitos como rainha de Marsyas ordenar que sua cabeça seja removida do corpo.

— Urra! Então podemos descobrir se ela tem raiva! — clamou Lucy.

— Lamentavelmente, isso não me tornaria melhor do que você — completou Zoe.

Então sacudiu a mão com desdém. A concha atravessou a cabeça de Rowder sem deixar marcas, saindo pela nuca e se elevando no ar acima dela, onde se estilhaçou, suas partículas chovendo sobre a ministra.

— Lucy? — chamou Zoe, sem desviar o olhar de Rowder, que batia na própria testa repetidamente. — Venha cá, por favor.

— A rainha me convocou — sussurrou Lucy. — Aí, *sim*! — Sem hesitar, ele saltitou em direção a Zoe e Rowder. — Às suas ordens, majestade! O que deseja? Vai me tornar um cavaleiro? Ou vai me dar uma propriedade rural onde eu possa deixar o pessoal do governo correr, com uma vantagem de cinco minutos, antes de eu caçar a todos? De qualquer forma está bom pra mim!

Marblemaw olhou ao redor freneticamente, como se procurando uma abertura para fugir.

Os lábios de Zoe se curvaram.

— Um cavaleiro? Suponho que Marsyas precisará de proteção. Sim, isso servirá perfeitamente. Lúcifer Baker-Parnassus, eu o nomeio cavaleiro de Marsyas. Se estiver pronto, tenho sua primeira ordem.

Lucy se colocou em posição de sentido.

— Sim, minha rainha!

Zoe assentiu, tamborilando no queixo.

— Já que agora você é capaz de se teletransportar, imagino que isso se estenda a teletransportar outras pessoas. Digamos, um grupo de pessoas que vieram sem ser convidadas e que ficaram mais tempo do que deviam.

— Eu consigo fazer isso! — disse Lucy, obviamente animado. — Para onde quer eu os leve? Para a lua? Para dentro de um vulcão ativo? Espera! Já sei! — Seus olhos assumiram um brilho sinistro, brasas queimando em abismos infinitos. Quando ele sorriu, parecia ter muito mais dentes do que qualquer outra criança de sete anos. — Posso mandá-los para conhecer meu pai biológico. Tenho certeza de que ele os receberia de braços abertos. — Ele deu uma risadinha e duas mechas de seu cabelo se ergueram, quase como chifres. — E quando eles virem seu verdadeiro rosto, tudo o que os faz ser quem são *desaparecerá*.

— Ou — contrapôs Zoe — podemos teletransportá-los diretamente para a atual localização do primeiro-ministro Herman Carmine. Deixar que eles expliquem como falharam, e que o poder de Marsyas se erguerá uma vez mais.

— Ah, cara — falou Lucy, arrastando o sapato no pavimento. — Eu nunca posso mandar ninguém para o Inferno. É tão injusto. — Ele suspirou profundamente. — Certo. Acho que podemos fazer do seu jeito. Você é a rainha, afinal.

— Nós retornaremos — grunhiu Rowder —, e em maior número. Acha que isso vai nos parar? Você fez um inimigo poderoso hoje, e eu vou passar cada segundo do tempo que me resta nesta terra tornando suas vidas miseráveis. Lembre-se, *majestade*, que você teve uma chance. A partir de agora, qualquer sangue derramado estará em suas mãos.

Zoe fez um gesto com a cabeça na direção dos repórteres, atenta a cada palavra.

— Mal posso esperar para ver as manchetes de amanhã. Lucy.

— Não! — gritou Rowder. — Não! Você não pode...

Lucy levantou suas mãozinhas na direção dela.

— Como o grande Cab Calloway disse uma vez: *skeetle-at-de-op-de-day!*

Pequenas explosões fizeram *pop!*, como plásticos-bolha sendo estourados. Um dos homens de terno desapareceu em uma nuvem de fumaça azul. E então outro. E outro. Alguns tentaram correr, mas não conseguiram ir muito longe. Marblemaw soltou um lamento angustiado antes de também estourar e desaparecer.

Rowder, agora sozinha, com o cabelo pendendo em tufos ao redor do rosto, resfolegante, boca escancarada.

— Isso significa *guerra* — rosnou.

Arthur Parnassus se moveu adiante, até seu filho e sua rainha, que pousou no chão ao lado dele, pegando sua mão. Lucy fez o mesmo do outro lado, e Arthur se sentiu mais forte do que nunca. Fogo e penas, a fênix levantou a cabeça no peito de Arthur, estalando o bico.

— Traga sua guerra — disse a ela. — O que quer que tenha acontecido aqui, aceite seu banimento sabendo que não vamos mais nos esconder. Não vamos parar. Vamos refazer este mundo como deveria ser: acolhendo a todos. E já que vocês não estão conosco, estão contra nós. Lucy.

Rowder abriu a boca mais uma vez, mas antes que pudesse falar, sua testa começou a inchar, então ela também explodiu em uma nuvem de poeira brilhante.

Quando os aplausos começaram, Arthur não tinha muita certeza do que estava acontecendo. Mais tarde, ele acharia que o sr. Swanson tinha sido o primeiro, logo seguido pelos outros funcionários do hotel. De qualquer forma, aquilo — uma felicidade contagiante e desenfreada — espalhou-se rápido, tornando-se um clamor diferente de tudo o que Arthur já ouvira. Ele foi se virando devagar, sua pele zumbindo, o coração na garganta enquanto as pessoas do vilarejo, humanas e mágicas, se abraçavam, apertavam as mãos, pulavam no ar, punhos pro alto. Martin Smythe e J-Bone bateram as mãos, ambos conversando animados. E ainda melhor — embora talvez um tanto estranho —, Merle, executando os passos de uma dança folclórica na rua, seu sorriso genioso brilhando.

Arthur se assustou quando alguém pegou sua mão. Ele se deparou com Linus, observando-o com um sorriso silencioso.

— Está começando — sussurrou Arthur, maravilhado.

— Estou tão, tão orgulhoso de vocês — disse Linus. — Você, Zoe e Lucy. As outras crianças. Todos vocês. Isto, Arthur. É para isto que você estava trabalhando. É isto o que estava construindo. Consegue ver? *Vocês mudaram mentes.*

Linus estava certo. Eles mudaram mentalidades. Talvez em pequena escala, e talvez suas reverberações não pudessem ser sentidas fora dos limites de Marsyas, mas, como ele havia ensinado às crianças, até as menores coisas podem mudar o mundo, mas apenas se uma pessoa for corajosa o suficiente para tentar. Não era diferente das sementes que eles plantaram na antiga e melancólica casa de Linus. Trevas e sombras, chuva sem fim e, ainda assim, a cor persistia, irrompendo e ascendendo na direção de um céu obscuro.

Mas a rainha ainda não havia terminado. Arthur a viu caminhando entre a multidão, as pessoas abrindo caminho em silenciosa reverência, algumas se curvando. Uma criança — da família de ciclopes — fez uma mesura elegante, fazendo Zoe rir de contentamento e apertar seu ombro ao passar.

Não demorou muito para que ela chegasse ao seu destino. À frente dos repórteres, com suas câmeras piscando, microfones estendidos em sua direção, Zoe ergueu as mãos para que parassem de gritar perguntas. Eles fizeram silêncio. Todos fizeram.

Exceto Zoe.

— Obrigada por virem à nossa casa. Não é sempre assim tão animado, mas temos muitas coisas a oferecer. É por essa razão que direi isto, e podem escrever cada palavra. Como Emma Lazarus escreveu: "Deem-me os exaustos, os pobres, as massas amontoadas ansiando por respirar livremente. Os miseráveis que a terra encobre. Mandem-me os sem-lar, angustiando-se tempestuosamente, ergo minha chama além da porta nobre!" — Suas asas se abriram enquanto as câmeras clicavam e disparavam. — Mundo além do nosso lar, saiba disto: Marsyas será para todas as pessoas mágicas que buscam abrigo, que precisam de um lugar para descansar suas cabeças. Nós as receberemos de braços abertos e as ajudaremos da melhor forma que pudermos, seja sua estadia curta ou permanente. Porém... se alguém tentar vir à nossa casa com intenções desprezíveis... — Sua expressão endureceu. — Bem, devo lembrá-los de que sou uma rainha e farei o necessário para proteger meu reino. — Ela piscou. — Ah, isso soou ameaçador, não foi? Ainda bem que tenho minha senhora, Helen Webb, que concordou em continuar em seu posto como prefeita.

— Que casal *poderoso* — sussurrou Phee, com estrelas nos olhos.

— E quanto à terra? — inquiriu um repórter. — Como pode dizer à comunidade mágica que venha para cá se não há espaço suficiente?

— Bom que tenha tocado nesse assunto — disse Zoe. — Se vocês fizerem a gentileza de me seguir, ficarei feliz em mostrar o que tenho em mente.

Então ela girou nos calcanhares e caminhou de volta em direção a Arthur, Linus e as crianças. No meio do caminho, Helen a alcançou, pegando e beijando as costas da sua mão com um forte estalo.

— Qual a sensação? — perguntou ela, enquanto se aproximavam.

Zoe balançou a cabeça.

— Estranha. Irreal. — Ela fez uma pausa. — Correta.

— A coroa não ficou nada mal.

— Exagerei?

Helen riu.

— Pergunte isso de novo mais tarde, quando estivermos sozinhas. Leve a coroa.

— Sim, senhora.

Quando as mulheres alcançaram a família, Zoe foi até as crianças primeiro. Elas se reuniram ao redor dela, todas falando ao mesmo tempo, exceto Sal, que permaneceu mais atrás, com sua cabeça inclinada. Zoe olhou para ele e disse:

— Isso foi por sua causa.

A testa de Sal se franziu.

— Como assim?

— Por causa de vocês — respondeu Zoe com gentileza — e pela força das suas convicções. — Ela olhou para as outras crianças, uma de cada vez. — Pela maneira como vocês defenderam o David, recusando-se a nos deixar escondê-lo. Pela maneira como se apoiam, mesmo quando as probabilidades estão contra vocês. Posso ser uma rainha, mas são vocês que possuem o verdadeiro poder. Nunca se esqueçam disso.

A rainha Zoe Chapelwhite se curvou diante deles, as correntes de sua coroa balançando ao redor do rosto.

Não foi Arthur quem se curvou em seguida, não; foi Linus, com uma mão no peito, a outra nas costas. Depois J-Bone. Merle. Helen. O sr. Swanson, os funcionários do hotel, a garota que vendia pipas, o dono do antiquário. O novo dono da sorveteria, os bibliotecários, os rapazes, as moças e as pessoas não binárias da livraria e da cafeteria.

Todos. Cada ser — humano ou algo completamente diferente — se curvou para as crianças.

O olhar arregalado e atônito no rosto de cada criança enquanto o vilarejo de Marsyas as homenageava. *Isto* era a esperança; as crianças, cartas de amor para um futuro ainda a ser decidido. Sim, pensou Arthur, enquanto Sal sorria timidamente, esperança era algo com penas, mas era também algo nos corações e mentes daqueles que acreditavam que nem tudo estava perdido, apesar dos obstáculos.

Foi por isso que Arthur não ficou surpreso quando Zoe disse:

— Vou precisar de vocês, de todos vocês.

Eles tinham chegado tão longe juntos. Fazia sentido que todos eles veriam isso até o fim.

— O que vamos fazer? — perguntou Phee, Zoe pegando sua mão.

— Algo que eu deveria ter feito há muito tempo — respondeu Zoe. — Nós vamos mudar o nosso mundo.

Se um visitante chegasse a Marsyas naquele exato momento — digamos, para umas férias previamente planejadas, sentindo o alívio palpável ao descer do trem pela primeira vez, respirando aquele ar quente e salgado —, teria testemunhado uma visão bastante curiosa: centenas de pessoas seguindo uma mulher trajando uma armadura de conchas, com uma coroa na cabeça. De cada lado dela, crianças, fazendo pergunta após pergunta. Dois homens seguiam logo atrás, ambos um tanto combalidos. Misturados à multidão, repórteres, gritando, perguntando se eles tinham pensado naquilo: *o que vão fazer quando eles voltarem? Estão dizendo que estão em guerra com o governo?*

Foram ignorados, pelo menos por ora. Eles já tinham visto o suficiente; o que fariam com o que sabiam estava fora das mãos de Arthur. Ou eles relatariam a verdade, ou a distorceriam como sempre. O tempo de se importar com essas coisas estava chegando ao fim.

Arthur não ficou surpreso quando Zoe os levou ao cais, localizado na baía em meia-lua do vilarejo. À esquerda e à direita deles, embarcações de vários formatos e tamanhos: barquinhos, pedalinhos para alugar, lanchas e alguns iates. Ao final do embarcadouro mais longo, a balsa de Merle, com ondas batendo em seu casco.

Ao pisar no embarcadouro da balsa, Zoe olhou por cima do ombro.

— Arthur, Linus, por favor, venham conosco. Merle, você também. Os demais, fiquem na praia. Será mais seguro assim.

Ninguém discutiu com a rainha. Eles se juntaram na beirada do cais, pessoas erguendo seus filhos nos ombros, outras ainda na ponta dos pés, tentando ver o que estava prestes a acontecer.

A madeira do embarcadouro rangia sob os pés deles enquanto caminhavam em direção à balsa.

Arthur e Linus, atordoados e mais que cansados, mantinham a cabeça erguida, caminhando com uma empolgação meio disfarçada. Quando Zoe se aproximou para dizer a ele o que planejava, Arthur tentou compreender o melhor que pôde.

— É ver para crer — disse ela, com um brilho nos olhos.

Quando chegaram ao fim do cais, Zoe se agachou sobre a água. Abaixou-se, tocando a água salgada com suas mãos, deixando-a pingar entre seus dedos. Sem se voltar para eles, contou:

— Minha avó compreendia o oceano. Ele falava com ela de diferentes maneiras. Quase como Chauncey e Frank. Mas não era apenas o oceano. Era toda forma de vida que chamava esta terra de lar. — Ela virou a mão direita e uma única gota do oceano pendia na ponta do seu dedo indicador. A gota foi se alargando cada vez mais, até que caiu, pingando de novo no mar, pequenos círculos se expandindo. — Sou neta dela. E serei a rainha que ela imaginou que eu seria. — Zoe se levantou devagar. À distância, a ilha. Ela a encarou por algum tempo antes de se voltar para eles. — Chauncey, preciso da sua ajuda. Diga aos peixes, aos ouriços-do-mar, aos tubarões e a todos que possam ouvir. Avise que uma mudança sísmica se aproxima. Os recifes se moverão, mas eles não serão atingidos. Dou minha palavra.

— Conta comigo! — exclamou Chauncey, deslizando até o fim do embarcadouro. Curvando-se sobre a borda, ele inspirou fundo. E:
— FRAAAAAAAANNNNNNNNK! ESTÁ AÍ, AMIGO? FRAAAAAAAAAAAAAAANNNNNNK! PRECISAMOS DE VOCÊ!

— Enquanto Chauncey está procurando por...

— FRAAAAAAAAAANNNNNNNNNK!

— ... vida aquática, Merle, uma palavra.

Merle esfregou as mãos na frente do macacão, limpou a garganta e deu um passo à frente, em posição de sentido.

— Sim, majestade.

Zoe bufou.

— Nada disso. Me chame de Zoe, não vou atender de outro modo.

Os olhos de Merle se arregalaram.

— Hã... Tudo bem.

— Ótimo — disse ela, antes de apontar para a balsa. — O que acha de ser contratado para uma função mais permanente?

Merle franziu a testa.

— Acho que o objetivo dessa confusão toda é que você vai fazer com que a ilha não seja... sabe. Uma ilha.

— Sim, eu vou. E se der certo, vamos ficar bem ocupados no futuro próximo. Então, eu gostaria de lhe oferecer a posição de balseiro oficial de Marsyas. Seja por balsa ou por algum outro meio, você seria o único a trazer até nós qualquer um que busque abrigo.

Merle mastigou, pensando por um momento. Então cuspiu pela lateral do embarcadouro.

— Pequenos?

— Espero que sim — disse Zoe. — E alguns grandes também. E, que tola, esqueci de dizer: você será pago, muito bem pago.

— Bom, por que não disse antes? — Merle sorriu. — Me parece um bom negócio.

— *Aí* está você, Frank — disse Chauncey. E, de fato, Frank pulou da água, a luz do sol alcançando suas escamas. — Obrigado por vir tão rápido. Tenho uma missão pra você. A rainha está de volta, e ela vai fazer uma mágica *maluca*. Diga ao seu cardume para avisar a todos no mar, daqui até a ilha. Ela vai fazer as coisas voltarem a ser como eram antes.

— *Nós* vamos — corrigiu Zoe, conforme Frank saltava da água mais uma vez, antes de desaparecer nas profundezas. — Porque eu não consigo fazer isso sozinha.

— O que quer dizer? — perguntou Talia, quando Chauncey se juntou a eles de novo, com o peito estufado de orgulho.

— A magia — respondeu Zoe — vem de dentro. Não se trata apenas dos nossos dons. — Ela se voltou para David e Phee. — É sobre *intenção*. O que queremos disso, o que planejamos fazer com isso no futuro. Minha avó sempre disse que a terra, o mar, tudo ouve o que fazemos. Eles sabem aqueles que querem lhes causar mal, aqueles que os usariam para causar dor e sofrimento. Se fizermos o que proponho, seremos seus protetores. — Ela sorriu para as crianças. — Vocês serão suas rainhas e reis, e aqueles que vierem de algum lugar além do mar olharão para vocês em busca de orientação, de esperança. É um fardo bastante pesado, mas sei que vocês são fortes o suficiente para carregá-lo, principalmente porque não farão isso sozinhos.

— Eu posso ser cavaleiro *e* rainha? — exclamou Lucy. — Não é nem meu ani!

— Como fazemos? — perguntou Sal.

— Certeza? — questionou Zoe. — Porque eu preciso que vocês sejam…

— Ouviu nosso filho — disse Linus. — Estamos prontos. Não é?

— Prontos! — as crianças responderam em uníssono.

— Arthur — chamou Zoe.

Mãe, ele pensou. Se ao menos você pudesse me ver agora. Eu não estou sozinho. Arthur Parnassus disse:

— Minha rainha?

Zoe fungou, enxugando os olhos.

— Eu disse pra não me chamar assim.

— Disse — concordou ele. — Felizmente, decidi não ouvir.

Quase pôr do sol em um fim de tarde quente de verão, o mar calmo e flamejante em uma maré laranja e vermelha. No final do cais, uma grande multidão, todas as pessoas em pé silenciosamente, observando, esperando.

No embarcadouro, uma família parada formando um V, não muito diferente de um bando de pássaros. Na ponta do V, uma rainha, alta e orgulhosa, seu vestido esvoaçando em volta de seus tornozelos, suas asas cintilando. Ela estava de mão dada com Lucy, que estava de mão dada com Talia, de mão dada com David, de mão dada com Linus. Do outro lado de Zoe: Phee, depois Chauncey, Sal e Theodore, e Arthur, a mão de Sal na dele, o rabo de Theodore descansando em seu ombro.

Mirando a ilha e o mar, Zoe disse:

— Será forte. O empuxo. Não lutem. Imaginem como se estivessem na areia, diante da arrebentação. Quando as ondas quebram sobre seus pés, vocês podem sentir a força delas puxando, mesmo enquanto afundam nelas. É a mesma coisa, na verdade. Deixem que elas os lavem, deixem que os cumprimentem, deixem que os conheçam por quem vocês realmente são, e elas verão que nossas intenções são puras. Eu cuido do resto. Não importa o que aconteça, *não se soltem uns dos outros.*

No momento em que o sol tocou o horizonte, começou. Os olhos de Zoe se encheram de uma luz branca brilhante, e suas asas começaram a zumbir. O vento oceânico soprava ao redor deles — a ardência do sal era insignificante —, agitando as roupas daqueles que não eram nudistas declarados. Linus arfou quando Zoe se ergueu sobre o embarcadouro, o vento rodopiando sob seus pés. Conforme subia mais e mais alto, Arthur sentiu, o empuxo que ela havia mencionado. Começou em seu peito, a fênix levantando a cabeça e chamando, chamando, seu clamor tão alto que Arthur pensou que podia ser ouvido a quilômetros de distância. Passou do peito para os braços, ombros e cabeça, insistente, cutucando, questionando.

Ele deixou entrar.

Lucy riu alto quando ascendeu sobre o embarcadouro, seus pés chutando o nada. Phee não bateu suas asas, mas também foi erguida. Então Talia e Chauncey. David, Sal e Theodore, todas as crianças flutuando a um metro acima do embarcadouro.

Arthur olhou para Linus, que parecia um pouco verde.

— Não tenho certeza se estou a fim de flutuar — disse ele. — Alguns de nós gostam de nossos pés firmemente plantados no... *Minha nossa*! — Ele subiu um metro, o cabelo se movendo lentamente ao redor de sua cabeça como se estivesse debaixo d'água. Ele começou a virar na horizontal, e a cauda de Theodore entrou em ação, enrolando-se cuidadosamente em seu pescoço, endireitando-o de novo. — Pronto — falou Linus com a voz trêmula. — Nada demais. Eu vou apenas... flutuar aqui. Perfeitamente normal.

Arthur inclinou a cabeça para trás e riu e riu enquanto seus pés se levantavam. Espontaneamente, o fogo brotou ao longo de seus braços. Não queimou quando as chamas se espalharam por Sal e Theodore até Chauncey, onde se enrolaram em sua cintura (peito?) como um bambolê. Chauncey gritou de alegria e balançou seu corpo todo, o fogo dançando ao redor dele antes de chegar à Zoe. As chamas estalaram e crepitaram por seu corpo, o vermelho-alaranjado se misturando às cores cambiantes de seu vestido. O fogo se moveu para Lucy, Talia e David, que gargalharam com as cócegas quentes.

E por último, chegou a Linus. O fogo se ergueu acima dele, tomando o contorno de um pássaro. Com as chamas crepitando, a fênix abaixou a cabeça, pressionando o bico no nariz de Linus.

Linus inspirou, Linus expirou. E assim, Arthur o sentiu: assustado, preocupado, mas, ainda mais, uma fonte aparentemente infinita de esperança e bravura. Então, por um breve momento, Arthur viu o mesmo que Linus quando olhou para a fênix: amor, curiosidade e uma quantidade impressionante de orgulho.

Ele era a fênix, e a fênix era ele. Levantou sua cabeça uma vez mais, e enquanto tomava forma — fogo dando lugar a penas —, abriu suas asas acima deles, seu brado ecoando pelo mar.

Vagamente, ouviu Zoe gritar:

— *Agora!*

Ele era a fênix, ele era Arthur, piscando e piscando enquanto uma luz branca saía do peito de Zoe, formando uma bolinha na frente dela, talvez com cinco centímetros de diâmetro. De Lucy, uma luz vermelha diabólica. De Phee, amarela, como as folhas de um álamo-trêmulo. De Talia, um rosa bruto, o mesmo tom de suas begônias premiadas. A luz de David era quase branca, como neve, como gelo; a de Chauncey, tão azul quanto o oceano. A luz sérpea verde-fogo de Sal e Theodore carregava palavras corpóreas em uma caligrafia pontiaguda e familiar que continha palavras como FRÁGIL e FINO e VEJA-ME e ME ENCONTRO.

E a luz que vinha de Linus era branca e vermelha e amarela e rosa e azul e verde e laranja-avermelhado. Ele era deles, eles eram dele, e Arthur pensou na florzinha amarela nos degraus da casa assim que ele voltara, o amarelo dos girassóis de Linus, seu único pedaço de cor em um mundo monocromático.

Por fim, a de Arthur, laranja-avermelhada de fogo e penas.

As luzes de cada um deles se fundiram em uma esfera cintilante à frente de Zoe, as cores se misturando, dançando. A esfera se partiu e se remoldou no mesmo formato da concha de náutilo que a rainha havia trinchado na rua. Enquanto a forma brilhava, com suas linhas coloridas piscantes, à frente de Zoe, ela se inclinou e beijou seu centro.

A concha e a fênix dispararam pelo oceano na direção da ilha. Quando chegaram à metade do caminho, as asas da fênix se estenderam enquanto ela pegava uma corrente ascendente, subindo alto no céu. Abaixo, a concha de náutilo pendia suspensa, girando até ficar paralela ao oceano. A fênix alcançou seu ápice acima do mar, então caiu para trás, fechando suas asas enquanto despencava em direção à concha.

— Aguentem firmes! — bradou Zoe, à medida que o embarcadouro começava a tremer, as ondas ficando maiores, a água espirrando em suas pernas, braços e rostos.

A fênix acertou a concha e Arthur cerrou os dentes, o empuxo enorme, mais forte do que qualquer coisa que já sentira. O tempo desacelerou conforme a concha se despedaçava, os pedaços cobrindo a fênix em seu bico, rosto, peito e asas.

O pássaro atingiu a água, e então Arthur se dividiu em dois, partido completamente ao meio. Foi a maior distância que ele já tinha estado da fênix, uma divisão que ele nem sabia ser possível. Cada músculo do seu corpo ficou tenso. Estava flutuando acima do embarcadouro, e estava mergulhando nas profundezas escuras abaixo, a água chiando ao seu redor. Dissonante, vertiginosa, a fênix prosseguia para cada vez mais longe. À sua frente, o leito do mar, linhas onduladas de ervas marinhas balançando para um lado e para outro.

No instante em que o bico da fênix tocou o fundo do mar, grandes rachaduras apareceram no solo oceânico, enchendo-se com a mesma luz branca dos olhos de Zoe. Antes de se perder em milhares e milhares de bolhas efervescentes, Arthur jurou que viu o que parecia ser uma enorme estátua de pedra irrompendo do fundo do mar.

No embarcadouro, Arthur abriu os olhos ardendo de sal.

O solo se ergueu do mar com um estrondo de abalar a Terra. A baía em forma de meia-lua ao redor deles estava cheia de pedras, areia, grama, árvores e milhares e milhares de flores. Os barcos — e a balsa — se moviam e gemiam enquanto o oceano os erguia cada vez mais, longos cursos d'água se formando abaixo, levando ao mar aberto. Os barcos se acomodaram, a balsa balançando precariamente, mas conseguiu se estabilizar.

À frente deles, penhascos rochosos se formavam em ambos os lados de uma estrada branca incrustada com conchas pretas, criando uma aparência de paralelepípedos. Grandes estátuas de pedra — de ao menos seis metros de altura — ladeavam a estrada, sprites em várias posições, segurando flores, plantas, pássaros e longos pergaminhos.

A estrada continuou se formando, pedras e rochas se encaixando em seus lugares. Correu em direção à ilha, e ao redor de sua casa, o oceano em uma espiral furiosa, ondas brancas quebrando nas praias. Por um momento, Arthur pensou que a ilha estava *se erguendo do mar*, mas era uma ilusão; a ilha não se erguia.

A ilha crescia.

Eles viram Marsyas crescer e crescer, e quando tudo estava feito, quando a última luz desapareceu, quando o sol mergulhou abaixo do horizonte e eles desceram lentamente de volta ao embarcadouro, a ilha que conheciam não existia mais.

Em seu lugar, algo familiar e maravilhoso. Seu formato era basicamente o mesmo, até onde Arthur conseguia notar, mas havia aumentado pelo menos cinco vezes seu tamanho original. Árvores nunca antes nascidas na ilha balançavam na brisa, grandes, como se estivessem crescendo há décadas. Entre elas, através de suas copas, pequenas moradias, como casas, que não existiam quando o grupo havia deixado a ilha apenas algumas horas antes.

— Casa — disse Zoe calmamente, uma única gaivota cantando no céu. — Como era antes. Como será de agora em diante. — Ela os mirou por cima do ombro, seus olhos de volta ao normal. Uma lágrima escorreu pelo seu rosto enquanto sorria.

— É pra gente? — perguntou Phee maravilhada, pegando sua mão.

— Sim — respondeu Zoe. — Para todos nós. Um presente do mar.

— Frank! — gritou Chauncey, alegre, enquanto seu amigo saltava para fora da água. Ele correu em direção à borda do embarcadouro, olhando para a água perto da balsa. — Não foi *muito louco*? Eu voei e fiz mágica! Tudo bem lá embaixo? Como é? Uau, mesmo? — Os olhos do menino se voltaram para eles. — Frank está dizendo que, até onde ele sabe, nenhuma vida marinha foi prejudicada. As estrelas-do-mar não estão felizes, mas não são chamadas de divas do oceano à toa.

Arthur pegou na mão de Linus.

— Crianças, vamos ver o que fizemos?

Lucy olhou para eles.

— Mas não só a gente, né?

— O que quer dizer? — perguntou Linus.

Lucy apontou para o vilarejo. Todos se viraram e viram que sua audiência permanecia lá e, de fato, tinha crescido ainda mais.

Centenas de pessoas os observavam com uma considerável quantidade de admiração. Helen estava à frente, enxugando os olhos enquanto deitava a cabeça no ombro de J-Bone.

— Você disse que era para todos nós — explicou Lucy. — Isso inclui eles também.

— Com certeza — afirmou Zoe. Ela levantou a voz: — Povo de Marsyas! Vocês gostariam de ver seu novo reino?

As pessoas vibraram e, com as crianças as guiando, encontraram o caminho de casa.

EPÍLOGO

Em uma manhã fria de outono, Arthur Parnassus saiu para dar uma volta. Ele não tinha nenhum destino específico em mente, sabendo que seria melhor evitar o extremo sul da península devido a uma ameaça de morte. Verdade que tal ameaça viera de uma gnoma bastante geniosa, e embora não fosse a primeira vez (e, sem dúvida, não a última), Arthur decidiu não testá-la, especialmente naquele dia em particular. Ela estava esperando por aquilo há muito tempo.

Além disso, ele tinha outras coisas para ocupar sua atenção naquela manhã, que o impediram de ficar completamente esgotado.

Levou tempo para que ele se familiarizasse com Marsyas como era agora. Pode-se argumentar que apenas Zoe e as crianças conheciam bem seu lar, mas mesmo elas continuavam a fazer novas descobertas.

A antiga ilha — agora península — ainda estava coberta de árvores, a floresta densa. Além das casas principais e da casa de Zoe, Marsyas agora estava pontilhada de moradias feitas de pedra e conchas trituradas, todas em cálidas cores pastéis, não muito diferentes das do vilarejo. Algumas ficavam em bosques de árvores carregadas de frutas. Outras eram construídas nas *próprias* árvores, com escadas de corda dependuradas e pontes de madeira conectando as casas acima do chão da floresta. Outras ainda se formaram abaixo da terra, em encostas, com interiores úmidos e frios.

E os caminhos! Onde antes havia trilhas gastas, agora existiam passagens pavimentadas cobrindo Marsyas de ponta a ponta, cruzando todas as dimensões da antiga ilha. Os caminhos eram ladeados por flora e fauna, e antigas estátuas de sprites, cobertas de musgo e com trepadeiras frondosas penduradas em dedos de pedra.

A estrada principal contornava o exterior da península, permitindo a passagem de veículos, trazendo visitantes que vinham ver a nova Marsyas. Eram os hóspedes perfeitos: ficavam pouco tempo, gastavam seu dinheiro e depois voltavam para suas casas.

Arthur sorriu quando duas crianças passaram correndo por ele, suas risadas altas e livres. Quando olhou para trás, uma das crianças, uma menina, desapareceu. O amigo dela, um garoto banguela com olhos roxos e pele de escamas escuras, gritou:

— Não é justo! Você não pode ficar invisível. Isso é trapaça! — Ele se virou para Arthur. — Sr. Parnassus, diga a Alice que ela não pode trapacear.

Uma mulher de aparência aflita apareceu no caminho. Quando viu Arthur parado ali, ela suspirou e revirou os olhos.

— Billy — falou ela, enquanto o garoto se lamentava. — Se Alice quer usar mágica, ela pode. E o sr. Parnassus tem coisas maiores para se concentrar hoje.

Alice reapareceu.

— Desculpa, Billy — pediu. — Oi, sr. Parnassus!

— Alice — respondeu ele, inclinando a cabeça. — Billy. Parece que vocês dois andaram explorando. Alguma descoberta interessante?

Billy se animou, sua voz descendo a um sussurro conspiratório:

— Sal disse que existe um tesouro escondido em algum lugar da ilha. Alice e eu vamos encontrar.

— Ah — disse Arthur. — Mas e se o verdadeiro tesouro são as amizades que você faz pelo caminho?

Billy fez uma careta de desdém.

— Não, argh. Nós vamos encontrar joias e moedas e…

— … e devolver tudo porque não nos pertence — finalizou Alice por ele.

— Bom, sim — confirmou Billy. — Mas vamos levar o crédito por ter *encontrado* o tesouro. Vamos! Sal me disse que precisamos achar uma pedra que se parece com Calliope dormindo ao sol. É assim que vamos saber que estamos perto.

Eles correram pelo caminho, sumindo da vista.

A mulher — Gayle, mãe de Billy — balançou a cabeça.

— Desculpe por isso.

Arthur ergueu a mão.

— Não precisa se desculpar por nada. Como tem sido a adaptação?

— Tão bem quanto possível — respondeu ela. Embora ainda tivesse olheiras, estavam menos perceptíveis do que quando havia chegado. — Ontem, pela primeira vez, nós dois conseguimos dormir a noite toda. — Gayle abaixou a cabeça. — Acordei esta manhã e só... respirei. Não doeu como antes. Então fui até o quarto do Billy e... — Ela fungou. — Ele ainda estava dormindo. O que não acontecia faz muito tempo.

— Fico muito feliz — disse Arthur, calorosamente. — Você merece. Vocês dois. Pensou sobre o que discutimos?

Ela assentiu, determinada.

— Pensei. E se a oferta ainda estiver de pé, eu gostaria de aceitar. —Ela hesitou por um instante. — Se estiver tudo bem para a rainha.

Arthur riu.

— Foi ideia da Zoe. Embora ela seja capaz de muitas coisas, os detalhes da lei lhe escapam. Ter um procurador que entenda as complexidades tornará as coisas muito mais fáceis.

— Não trabalho desde que Billy nasceu — avisou Gayle. — Vai demorar um pouco até eu pegar o jeito de novo.

— Claro — disse Arthur. — E se pudermos oferecer alguma ajuda, é só pedir.

— Farei tudo ao meu alcance. Poderia dizer à rainha que eu ficaria feliz de encontrá-la na semana que vem?

— Será um prazer — respondeu Arthur. — Além disso, recebemos a notícia de que uma psicoterapeuta decidiu vir a Marsyas. Uma selkie, pelo que entendi. Assim que se instalar, ela gostaria de montar um consultório aqui. Se em algum momento você ou Billy decidirem que terapia pode ser uma boa ideia, vamos fazer isso acontecer. Eu pedi para ser paciente dela também, pois já passou da hora de eu ter uma ajuda para dar um sentido a tudo que passei. O mesmo para nossos filhos e para qualquer outra pessoa que precise de alguém para conversar, principalmente porque ela tem experiência em tratar a comunidade mágica.

— Porque não podemos fazer tudo sozinhos — disse Gayle, lentamente.

— Não podemos — concordou Arthur.

Então ela fez a mesma questão que Arthur ouvia repetidas vezes, a única pergunta na mente de todos:

— E se eles tentarem de novo?

Eles, ou seja, o DEDJUM e o DEDAM, que estavam atualmente desfrutando de uma inédita repercussão negativa de proporções épicas. Após o confronto, as notícias se espalharam rápido sobre o assim chamado "Milagre de Marsyas". Estampadas na primeira página de todos os jornais e assunto principal de todos os noticiários de rádio e televisão, cenas de uma revolta: os Baker-Parnassus cercados por homens de terno, as crianças assustadas. Zoe chegando do alto, a última de seu povo, uma rainha. O banimento dos invasores. O retorno de Marsyas à sua antiga glória.

Mas havia uma imagem gravada a ferro nas mentes de quase todas as pessoas que a contemplavam: Jeanine Rowder, mão erguida, pronta para atacar. Diante dela, Lucy, de no máximo metade do seu tamanho, rosto voltado para ela.

Essa foto — tirada por um visitante de férias com um grupo de observadores de pássaros — tornou-se a imagem indelével da batalha pelos direitos mágicos. Foi impressa em jornais, mostrada em todas as telas, erguida em cartazes em manifestações onde a comunidade mágica exigia direitos iguais. Foi pontificada por especialistas que disseram não ser nada além de propaganda antigovernamental, que a *verdadeira* questão ali era que estavam permitindo que o Anticristo andasse livremente por um vilarejo onde tudo poderia acontecer. "Vocês não percebem o que eles estão fazendo?", um desses fanfarrões berrou em um noticiário de rádio. "Eles vão atrás dos seus filhos, doutriná-los para pensar que ser mágico é *normal*. É tudo, menos isso! É uma *escolha*. Agora, mais do que nunca, nosso modo de vida está ameaçado e devemos proteger nossas crianças. Eu mal consigo dormir à noite pensando naquelas pobres almas perdidas. Se vir algo, diga algo!"

Arthur teria dado tudo para ser uma mosca na parede no momento em que Rowder, Marblemaw e os capangas de terno apareceram de repente no gabinete do primeiro-ministro, mas teve que se contentar com o que viria a seguir.

Rowder — como era de se esperar — tentou inverter a realidade sobre seu banimento ao realizar uma conferência de imprensa, afirmando ter sido atacada durante o que chamou de "nada além de uma inspeção, algo para garantir que as crianças não estavam sendo maltratadas". Ela prosseguiu dizendo que o acontecimento em Marsyas estabelecia um precedente perigoso e levantou o que considerava a questão mais importante que a humanidade enfrentava naquele momento: o que aconteceria se outra pessoa mágica fizesse a mesma coisa?

Infelizmente para ela, nenhum dos repórteres presentes pareceu interessado em acompanhar sua linha de pensamento. Em vez disso, lançaram perguntas, querendo saber se ela já havia batido em uma criança sob os cuidados do DEDJUM, se Marblemaw teria punição por ferir uma criança iéti na rua diante de dezenas de testemunhas, se o governo pretendia reconhecer Marsyas como um país, ou se planejavam declarar guerra e invadi-lo. Se fosse o caso, um jornalista prosseguiu, o que impediria que a sprite dos oceanos banisse cada pessoa enviada até lá? "Não é como se *a senhora* pudesse voltar para liderar o ataque", terminou o jornalista.

Rowder se segurou no púlpito, os nós dos dedos brancos. Ela se inclinou para a frente, praticamente engolindo os microfones diante de si.

— Vou dizer mais uma vez: o garoto é o *Anticristo*. Ele é o *filho do Diabo*. Como ninguém está *entendendo isso*?

A conferência de imprensa terminou sem resolução.

Duas semanas depois, o primeiro-ministro Herman Carmine deu sua própria coletiva em seu escritório. Evitando seu usual terno risca de giz, Carmine usava um suéter grosso e calças bege, sentado em uma cadeira estofada em frente a uma lareira crepitante. Ele sorriu, gargalhou, fez graça com alguns jornalistas. Então, como se um interruptor tivesse sido acionado, ficou sério e anunciou que Jeanine Rowder havia decidido se aposentar do serviço público para passar mais tempo com a família. Ele tinha aceitado a demissão, contou, na esperança de que isso suavizasse as relações com o novo vizinho.

— Além disso — prosseguiu Carmine —, tenho o prazer de anunciar que escolhi uma nova chefe para os Departamentos Encarregados da Juventude Mágica e dos Adultos Mágicos. Embora ainda precise da nomeação oficial, duvido que exista pessoa mais qualificada para o cargo. Ela não apenas trabalhou anteriormente com o Altíssimo Escalão, como... bem. Vou deixá-la se apresentar. Doreen, poderia se juntar a nós?

Doreen Blodwell entrou no escritório. Ela se mantinha ereta, movendo-se graciosamente e parando ao lado de Carmine, a mão pousando no encosto da cadeira. Usava um terninho chamativo — amarelo e branco vivos, com um decote profundo que deixava pouco para a imaginação. Carmine sorriu para ela, e Arthur se lembrou do que ele e Linus ouviram no elevador, antes da audiência. Como Larmina respondera à pergunta de Linus?

Como não a descobriram? Ou *você?*

Porque entendemos como funciona a mente dos homens. Dê a eles um sorrisinho, um toque no ombro, preste atenção no que dizem, e eles acreditarão que são um presente de Deus para as mulheres. E isso é tudo o que somos. Meninas bonitas sem nada na cabeça.

— Obrigada, primeiro-ministro Carmine — disse Doreen, sua voz suave e sedutora. — É uma honra ter seu apoio. Assim que eu for oficialmente nomeada como chefe do DEDJUM e do DEDAM, no ano novo, revisarei absolutamente todos os protocolos que nos trouxeram à situação em que estamos agora. A mudança pode ser uma perspectiva assustadora, mas se continuarmos como estamos fazendo há décadas, temo que cruzaremos um ponto sem retorno. — Ela fez uma pausa, fechando os olhos. Silêncio na sala. Por fim, os abriu e disse: — Vocês podem estar pensando que não têm motivos para confiar em mim. Que eu serei como todas as pessoas que vieram antes. Espero que isto alivie quaisquer preocupações.

Ela levou as mãos às laterais da cabeça, pressionando as palmas abertas contra seus cabelos. Então os cabelos se *moveram*, primeiro para a esquerda, depois para a direita, antes de ela levantar a peruca. Por baixo, sua cabeça raspada, o couro cabeludo pálido. Mas não seria a remoção da peruca o que seria comentado nas semanas — se não anos — por vir. Não, eram as duas protuberâncias ósseas que se erguiam do topo de sua cabeça. Eram pretas, com cinco centímetros de largura e dois de altura.

Enquanto os flashes das câmeras disparavam, Doreen disse:

— Sou um sátiro. Meio-sátiro, aliás. Quando eu tinha quatro anos de idade, meus chifres começaram a crescer. Minha mãe me levou ao médico, que disse que os chifres ficariam cada vez maiores. Ele sugeriu uma solução: a descorna. — O olhar de Doreen endureceu. — O mesmo procedimento realizado em gado. Diferentemente da mochação, a descorna envolve a utilização de ferro em brasa para matar as células produtoras de chifres. Isso não acontece sem dor. Não acontece sem sofrimento. Nunca mais crescem de novo. — Ela ergueu a peruca na direção das câmeras. — Esta era minha proteção. Minha defesa. — Jogou a peruca no chão. — Não preciso mais disso, porque sugere que eu tenho algo a *esconder*. Não tenho.

A mudança está chegando, e felizmente, o primeiro-ministro Carmine decidiu estar na vanguarda, pois compreendeu que nada pode pará-la. — Pôs uma mão sobre o ombro dele, suas unhas amarelo-sol o apertando. — Não é mesmo, primeiro-ministro?

— Sim, sim — respondeu ele apressadamente. — Vamos fazer do jeito certo desta vez.

Uma semana depois, o correio entregou uma carta endereçada aos sr. e sr. Baker-Parnassus. Dentro do envelope, escrita em caligrafia rosa-chiclete, uma nota curta:

É um começo. Me deem mais um tempo.
Vocês não gostariam de estar aqui?
Bjs

— Você confia nela? — perguntou Arthur.

— Quero confiar — respondeu Linus. — O tempo dirá, como acontece com todas as coisas.

E agora, com Gayle esperando por sua resposta, Arthur deu a única que podia:

— Se eles vierem atrás de nós mais uma vez, se depois de tudo o que testemunharam, *ainda* tentarem, então serão recebidos pelo poder de uma rainha que não dá a mínima bosta pra eles.

Gayle caiu na gargalhada, cobrindo a boca.

— Sr. Parnassus!

Ele piscou para ela.

— Às vezes, certas palavras querem dizer exatamente o que sentimos. Desde que não haja ouvidinhos escutando, posso muito bem extravasar de vez em quando.

Billy gritou algo pelo caminho, e Gayle se despediu antes de correr atrás do filho e de Alice. Arthur esperou até que ela fizesse a curva antes de continuar.

Ele encontrou a rainha em sua clareira, pétalas brancas caindo das árvores floridas ao redor de sua casa, cobrindo o chão como neve. Ela estava sentada em um velho toco de árvore, suas asas brilhando nas costas. Sentados na grama espessa a seus pés, um grupo de recém-chegados: três adultos e duas crianças, todos væters, seres que comungam com a natureza em um nível ainda maior que o de Phee, Talia e Zoe. Eram todos pequenos — o mais alto deles, o avô, tinha apenas metade do tamanho de Arthur. As crianças tinham apenas trinta centímetros de altura, seus olhos duas vezes maiores que os de um humano. Uma das crianças — uma garota chamada Frida — ouviu Arthur se aproximando e tocou o chão da floresta, o que foi seguido por um pulso baixo de magia que fez parecer verão. As pétalas brancas rodopiaram ao redor dele como se pegas em um lento tornado.

Zoe se levantou, dando a mão ao vætter mais velho.

— Obrigada pelo conselho. É maravilhoso ter a confirmação de que a terra está feliz. Por favor, me avise se isso mudar em algum momento, e trabalharemos juntos para consertar as coisas. Agora, se vocês seguirem o caminho, as árvores os guiarão até meu representante. Martin está com os pertences de vocês e lhes mostrará seu novo lar. Qualquer coisa que precisem, peçam e ele atenderá.

O avô se curvou diante da rainha e então conduziu sua família por outro caminho que levava ao centro da ilha.

— Como está? — perguntou Arthur, enquanto Zoe acenava com a mão, o toco de árvore rolando pela porta aberta.

— Está indo — murmurou ela. — Minhas habilidades sociais precisam de treino. Minha avó me disse uma vez que ser uma rainha geralmente significa ouvir sem interromper. Ela dizia que se pode aprender mais dessa forma. — Ela bufou, contrariada. — É difícil não interromper, principalmente quando ouço tudo pelo que eles passaram.

Arthur inclinou a cabeça.

— Imagino que muitos deles estejam simplesmente procurando por um ouvido amigo. Provavelmente é a primeira vez que alguém os escuta.

Zoe confirmou com um gesto.

— Eu sei, é só que... — Ela suspirou. — Não vai ficar mais fácil, não é?

— Não, acho que não. Mas as histórias que nos contam, esses relatos de tragédia e esperança, a confiança depositada em nós para ouvirmos cada palavra, é gratificante sermos seus guardiões secretos. Nós as guardamos aqui — ele colocou a mão sobre o coração — e aqui — deu um tapinha na lateral da cabeça.

— Quantos até agora? — perguntou ela, mirando a floresta, pétalas de flores brancas pousando em seu cabelo.

— Quantos vieram para a ilha? Com os væters, agora somos oitenta e quatro, em sua maioria mágicos, incluindo trinta e duas crianças com menos de dezoito anos.

Zoe expirou.

— E como estão as aulas?

— Exuberantes — respondeu Arthur. — Tivemos a sorte de ter três professores entre os adultos que vieram pra cá. Eles estão trabalhando com Linus para elaborar planos de aula que garantam que cada criança receba uma educação adequada.

— E chegarão mais — disse Zoe. — Se continuar assim, vamos ficar sem espaço em algum momento.

— Eu sei — confirmou Arthur. — Mas não vou mandar as pessoas embora. Nós vamos dar um jeito. — Então, para ver o que acontecia, acrescentou: — Majestade.

Ela fez uma careta.

— Continue, Parnassus. Ser a sprite dos oceanos me permitiu acessar poderes que eu não tinha antes. Você não vai querer me irritar.

Ele abriu um sorriso largo.

— Anotado, querida. Agora, vamos ao motivo de eu estar aqui. Disseram-me que não tenho permissão para me aproximar do extremo sul da península. Se eu tentar ir lá antes da hora, sete crianças prometeram que minha morte não será nada agradável, nem rápida.

— Lucy?

— David. Fiquei muito orgulhoso de ouvir uma ameaça assim vinda dele. Mostra que está se adaptando muito bem.

— Ouvi dizer que, na semana passada, ele acidentalmente chamou Linus de pápi.

— Chamou. Bem no meio do jantar. Linus começou a chorar e pegou David no colo, e agora essa é a foto que completa o presente de ani do Linus. As outras crianças fizeram a moldura, e o próprio David a pendurou. Foram cubos de gelo pra todo lado.

— Bom. Aposto que nas festas de fim de ano ele já vai estar chamando vocês dois de papai e pápi.

— Seria o melhor presente — afirmou Arthur. — Mas não tem pressa. Não hoje, pelo menos.

— Hã? — questionou Zoe, piscando inocentemente. — Tem mais alguma coisa acontecendo hoje que eu deva saber? — Ela tamborilou no queixo. — Não consigo pensar em nada que...

Ele a abraçou forte, com o rosto em seu cabelo. Ela riu alegre, envolvendo-o em seus braços, o nariz em sua garganta.

— É de verdade? — sussurrou ele.

— É — sussurrou ela de volta, com rapidez. — Tudo. Completamente. Hoje, amanhã e todos os dias depois.

— Eu sonhei tanto com esse dia — disse Arthur, pétalas de flores dançando ao redor. — E agora que chegou, eu... — Ele riu. — Estou um pouco nervoso. Pra ser honesto, mais do que um pouco.

Zoe se afastou, segurando os antebraços dele.

— Com medo?

Ele balançou a cabeça.

— Disso? Nunca.

— Ele está com a Helen?

— Está. Disse em termos inequívocos que dava azar eu vê-lo antes da cerimônia.

— Ele te expulsou da sua própria casa, não foi? — perguntou Zoe, se divertindo. — Já começou.

— Já. E da minha parte, mal posso esperar.

— Então é hora de ver o que seus filhos escolheram pra você vestir. — Ela o puxou em direção à casa. — Eles queriam minha opinião, mas eu disse que isso era algo deles, e que deveriam fazer o que achassem melhor. Prepare-se para ficar... bem, você vai ver.

— Isso certamente parece ameaçador — comentou Arthur. — Considere-me intrigado.

Se alguém houvesse decidido ir ao vilarejo de Marsyas naquele exato dia, teria encontrado uma cidade fantasma: ninguém vendendo comida nos carrinhos, nenhuma música saindo das portas das lojas. Até a Rock & Soul, a loja de discos local, estava fechada, o que era estranho, visto que o proprietário — um tal sr. J-Bone — costumava chegar cedo e não saía até tarde da noite. Ajudava o fato de sua casa estar localizada bem acima da loja.

Havia pessoas nas calçadas, mas poucas e esparsas, a maioria parecendo um pouco assustada de tão quieto que estava. De vez em quando, elas paravam em frente a avisos que enchiam a via principal do vilarejo — em janelas, portas e postes telefônicos. Curtos e diretos, os avisos diziam: FOMOS COMEMORAR! VOLTAMOS AMANHÃ!

— Comemorar? — murmuravam para si mesmas. — O que um vilarejo inteiro poderia estar comemorando?

Ora, o evento do ano, é claro! Ao que se sabia, todo mundo que se julgava alguém importante queria um convite. E embora todos que quisessem ir fossem convidados, isso não impediu Chauncey e Talia de designarem Merle para ficar encarregado da lista de convidados. Usando um garboso terno listrado, sem qualquer mácula, Merle ficou em frente a um bosque, exigindo que todos na fila estivessem preparados para mostrar seus convites e que ele *não* aceitaria suborno se o convite tivesse sido esquecido.

Arthur ouviu isso enquanto se aproximava de braços dados com Zoe. Enquanto Merle conduzia o último dos convidados através das árvores, Arthur pigarreou alto.

Merle começou a se virar, dizendo:

— Sei, sei, você vai esperar sua vez como... Sr. Parnassus! Zoe! Olhem só vocês dois. Estão mesmo muito bem.

Estavam. Zoe usava um elegante terno sob medida, cor de vinho tinto, o casaco pendurado nos ombros. A bainha de sua calça ia até a metade das panturrilhas, seus pés descalços. Em seu penteado afro, gardênias brancas frescas do jardim de Talia. Ela havia dispensado a coroa, dizendo que não importava nem um pouco, ao menos não naquele dia.

O terno selecionado para Arthur serviu perfeitamente. Embora ele não tivesse escolhido aquela cor em particular, as calças e o casaco rosa-claro se ajustavam a seu corpo como se feitos sob medida. Em vez de parecer que ele era todo joelhos e juntas, aparentava uma figura imponente; Zoe disse que ele estava impecavelmente charmoso. A camisa social branca abotoada não tinha um único vinco, mas eram suas meias que realmente complementavam o traje. Como de costume, suas calças estavam um pouco curtas demais, revelando meias cinzas — um presente de Phee — com estampas realistas de Arthur e Linus, de testas unidas. Ele estava excessivamente satisfeito com as meias e mal podia esperar para mostrá-las a todos, quer perguntassem por elas ou não.

— E você também — disse Arthur.

Merle olhou para seu próprio terno.

— Essa coisa velha? Serve melhor do que eu me lembrava. A última vez que usei foi para um funeral que não tinha comida. Vamos ter comida, não é?

— Vamos — assegurou Zoe. — Pareceu rude convidar as pessoas e não alimentá-las.

Merle concordou.

— Muito bom. Agora, sr. Parnassus, provavelmente não precisa de conselhos de ninguém, já que você é... você. Mas eu sei uma coisa ou três sobre o amor e quero lhe dar alguns conselhos.

— Eu ficaria encantado em ouvir qualquer sabedoria que queira compartilhar — falou Arthur.

Merle levantou a mão e começou a contar nos dedos.

— Não minta. Não traia. Não roube.

Eles esperaram pelo resto.

Merle finalizou:

— E é isso.

— Como diabos você ainda está solteiro? — perguntou Zoe.

Merle fungou.

— Eu tenho o mar. Não preciso de mais do que isso.

— Eu não vou mentir, nem trair, nem roubar — afirmou Arthur. — Você tem minha palavra.

— Certo, certo — disse Merle. — Mas olha só, tagarelando como se não tivéssemos que estar em outro lugar. Não se preocupe com os convidados. A balsa está pronta para partir quando quiser expulsar todo mundo.

— Obrigado, Merle — agradeceu Arthur.

— Pode nos dar um momento? — pediu Zoe a ele. — Por favor, avise que chegaremos logo.

Merle assentiu e girou nos calcanhares, empurrando os galhos dependurados que os impediam de ver a praia. Além das árvores, Arthur podia ouvir a conversa animada de uma grande multidão esperando que começassem.

— Está pronto? — perguntou Zoe.

Arthur não hesitou. Ele sabia.

— Estou usando todas as minhas forças para não correr até ele.

Ela levantou a mão e tocou sua bochecha.

— Se ao menos o garoto que você era pudesse te ver agora. O que será que ele pensaria?

Ele virou o rosto e beijou os dedos dela.

— Que amor e fogo são uma coisa só.

Quando Arthur passou por entre as árvores, ele paralisou, o coração atolado firme na garganta. Não foi o Rei cantando, como um rio flui, certamente para o mar, meu bem, é que assim é, algumas coisas são destinadas a ser. Não foi a brisa suave agitando as pétalas das milhares de flores que decoravam as costas das cadeiras, as árvores, o chão. Não foi o mar como cenário, ou o céu sem nuvens que parecia se estender ao infinito. Não foi a maresia, nem o canto das aves marinhas lá no alto.

Foram as pessoas. Mais de quinhentas no total, uma combinação de mágicas e humanas. E como se tivessem ensaiado, no momento em que Arthur e Zoe apareceram, todas se moveram ao mesmo tempo, virando-se para eles.

Os representantes do barro — Janet, Barry e Turnip — tinham bocas-de-dragão crescendo em suas cabeças e ombros. Enquanto Arthur e Zoe acenavam para eles, Janet assoou o nariz em um monte de musgo, o braço de Barry por cima de seus ombros, Turnip sorrindo para eles enquanto parte de seu peito se espatifava no chão.

Merle parou ao lado de Martin Smythe, que parecia ter achado o acontecimento iminente tão emocionante que soluçou no seu ombro, para consternação do balseiro. Mesmo assim, Merle fez pouco para afastar Martin, resmungando baixinho enquanto revirava os olhos.

Byron e Jason — tendo chegado na noite anterior, para alegria de David — estavam de mãos dadas.

Outros também, muitos outros, todos vestidos a rigor. Gente do vilarejo. Gente que podia fazer coisas que desafiavam a imaginação e gente que acreditava que a magia estava no trivial. Pais. Avós. Tias e tios. Primos, amigos, guardiões, protetores. Enquanto alguns choravam — era um casamento, afinal —, a maioria sorria, assentindo enquanto Arthur e Zoe passavam.

E sem falar nas crianças.

Todas as crianças, é claro: parecendo um pouco entediadas, mexendo nas roupas dos adultos ao redor, perguntando aos sussurros quanto tempo aquilo iria durar, e se já estava perto da hora do bolo. Muitas suspiraram sonhadoras conforme Arthur e Zoe caminharam pelo corredor de pétalas, em direção a sete crianças em particular.

À esquerda do arco de treliça de madeira estavam Phee e Sal, Theodore em seu ombro, com uma coroa de margaridas inclinada sobre sua cabeça. Phee e Sal usavam trajes combinando — assim como o de Arthur, de um rosa claro com gravatas azul-marinho firmes em suas gargantas. A de Sal tinha bolinhas, como botões.

À direita do arco, Lucy, Chauncey e Talia. O terno de Lucy contrastava com o de Sal e Phee, azul-marinho com uma gravata rosa. Chauncey usava seu chapéu de mensageiro, envolto em cravos rosas. Talia estava vestida da cabeça aos pés com sua melhor roupa gnomesa: botas pretas brilhantes, calças azuis firmemente passadas, colete rosa abotoado na frente e, na cabeça, seu chapéu, com o topo ligeiramente inclinado para a esquerda.

Abaixo do arco, David, de pé com Helen junto a um púlpito. Ele parecia tão elegante quanto sempre, com um smoking preto perfeitamente justo no corpo peludo, o pelo em seu rosto pendurado em finas tranças de contas feitas por Byron e Sal. Helen usava seu melhor macacão, com as botas novas que Talia havia exigido que ela comprasse. Sentada no púlpito, com o rabo balançando perigosamente, Calliope, com uma coleira amarela rendada (cortesia de Sal) e uma expressão entediada, como era seu costume.

Arthur viu todos eles.

E deixou o melhor para o final.

Linus Allen Baker estava de pé na frente, seu cabelo fino esvoaçando, e um botão desabotoado no paletó. Arthur nunca tinha visto homem mais bonito em sua vida. O terno de Linus combinava perfeitamente com sua curvatura, e embora Arthur quisesse desesperadamente que Linus desse uma voltinha para que ele pudesse ver tudo, conseguiu guardar esse pensamento para si mesmo.

Porque Linus não estava torcendo as mãos. Não parecia nervoso. Pelo que Arthur percebeu, ele não disse "minha nossa" nenhuma vez enquanto se aproximavam. Em vez disso, Linus estampava um sorriso suave e gentil, uma única lágrima caindo de seu olho direito até sua bochecha. Ele não levantou a mão para enxugá-la.

Arthur se deu conta então, naquele momento: tudo o que ele tinha feito, tudo pelo que tinha vivido, lutado, todas as noites sem dormir e quilômetros na estrada, o bom, o mau e o feio, *tudo* o tinha levado até ali.

Mãe, ele pensou maravilhado com a respiração presa no peito. Olha. Olha isso.

Os filhos deles não se importavam com formalidades, e foi por isso que, no instante em que Arthur e Zoe chegaram à frente da multidão, eles se lançaram contra ele. Arthur cambaleou para trás com a braçada de uma gnoma e uma sprite, e os convidados riram alto. Chauncey envolveu seus tentáculos na perna direita dele, enquanto Lucy subia em suas costas, braços em um aperto frouxo em volta do seu pescoço. Arthur virou a cabeça e encontrou o cabelo de Sal, o garoto abraçando-o pela lateral, e deu um sorriso úmido quando a língua bifurcada de Theodore estalou contra sua bochecha.

Por fim, eles se afastaram e retornaram para onde estavam.

Os convidados se sentaram enquanto Zoe ficava na ponta dos pés, beijando-o primeiro na bochecha direita, depois na esquerda. Seus olhos cintilaram quando ela disse:

— Este é apenas o começo.

— É o começo — concordou ele.

Então ela o deixou e foi até Linus. Arthur não ouviu o que ela disse a ele, mas o que quer que tenha sido, Linus fungou e a abraçou tão depressa que Zoe soltou uma gargalhada vibrante, seus pés se levantando do chão enquanto ele a girava. Então, aparentemente se lembrando de que tinham plateia, Linus a soltou, alisou seu terno e olhou para Arthur com expectativa.

Conforme Zoe se juntava a Helen, David e Calliope, Arthur deu os últimos passos. Todo o resto desapareceu quando ele se pôs diante de seu amado, o homem que havia entalhado um lugar para si em um lar em uma ilha misteriosa. O homem que chegou com uma gata, um livro de regras, um senso de propósito equivocado e pouca coisa a mais. O homem que vivera na cidade onde a chuva nunca acabava e todas as cores tinham sido sugadas até restarem apenas tons suaves de cinza. Este homem, meticuloso e cativante, que aprendeu que o mundo era muito mais misterioso do que jamais imaginara e, em vez de silenciá-lo, trabalhou para garantir que ninguém seria silenciado novamente.

— Olá, Linus — disse Arthur mansinho, como se falar mais alto fosse acordá-lo daquele sonho maravilhoso.

— Olá, Arthur — respondeu Linus, e, no peito de Arthur, a fênix gorjeou e chilreou com prazer.

— Eu começo agora? — sussurrou David para Helen, Calliope batendo em uma mecha grossa de pelo que pendia da cabeça dele.

— Espero que sim — comentou Talia. — Porque, senão, eles vão ficar ali fazendo caras melosas um pro outro.

— Pode começar — respondeu Helen a David. — Como ensaiamos.

— Certo — disse David, apertando os olhos para o papel sobre o púlpito diante dele. — Exceto pelas partes em que decidi improvisar.

— Espera — falou Helen. — Improvisar? Em quais partes você vai...

— *Bem-vindos à festa!* — rugiu David ferozmente, presas à mostra, garras cravadas nas laterais do púlpito. — Sou seu mestre de cerimônias, David! Antes de começarmos, gostaria de mencionar que estou disponível para todas as suas necessidades assustadoras, como festas de aniversário, funerais, casas mal-assombradas e clubes de leitura. Cansado de apenas ler livros e depois falar sobre eles? Bom, agora você pode ler *e* correr por sua vida! Tudo isso pelo valor promocional de...

— Eu não sabia que casamentos tinham comerciais — comentou Lucy.

— Da próxima vez, vamos conseguir patrocinadores — falou Talia.

— Como é? — questionou Linus, perplexo. — *Próxima* vez?

Talia deu um tapinha na perna dele.

— Deixe que eu me preocupo com isso, está bem? Você tem coisa mais importante pra se concentrar.

Linus suspirou quando David anunciou que tinha quase certeza de que era *ele* quem estava no púlpito e, portanto, ninguém mais poderia falar. Depois de algum debate, todos concordaram que David estava absolutamente correto, embora ele provavelmente devesse esperar até o final para promover suas atividades paralelas.

— Ainda posso improvisar algo? — perguntou David, inclinando a cabeça para trás para ver Helen e Zoe. — Não *tudo*. Só um pouco. Tenho uma coisa a dizer.

— Insisto que sim — respondeu Zoe. — Diga, David. Estamos ouvindo.

David esfregou as mãos de satisfação, pequenas lufadas de ar frio e cristalino subindo entre seus dedos. Ele limpou a garganta e começou a falar no silêncio salino:

— Eu não queria vir pra cá no começo. Eu não sabia quem eram essas pessoas, me prometendo coisas que já tinha ouvido antes. — Ele fez uma pausa, inspirando fundo. — Eu conhecia Helen, e ela era legal comigo. Ela disse que havia um lugar onde eu... onde eu poderia ser eu mesmo. Onde eu não precisaria me esconder. — Ele levantou a cabeça, procurando na multidão. Arthur seguiu a mirada, e viu Jason e Byron levantarem as mãos em um aceno. Ele sorriu. — Sou um iéti. Tenho garras e um pelo bem exigente que pode virar uma bagunça se eu não cuidar bem, e às vezes, gosto de assustar as pessoas. Não para machucá-las, mas para lembrá-las de que o medo não precisa ser ruim. Não precisa ser malvado ou cruel. Não precisa machucar. E é isso o que estou aprendendo no meu novo lar. Não importa a nossa aparência, não importa de onde viemos, ou o que podemos fazer. Tudo o que importa é que estamos aqui, juntos, sendo tudo o que e quem quisermos ser. — David mirou a multidão com expectativa.

Arthur sentiu uma descarga de magia e, atrás de David, surgiu um letreiro neon vermelho, piscando É MELHOR BATEREM PALMAS AGORA OU VÃO PERDER AS MÃOS.

Todos bateram palmas entusiasmados, e Jason e Byron se levantaram, vibrando e gritando.

David deu um sorriso enorme, enquanto Lucy inclinava a cabeça de lado, a placa desaparecendo.

— Obrigado! Vocês são um público e tanto. O que quero dizer com tudo isso? Este lugar é diferente. De verdade. E talvez nem todos vejam dessa forma ainda, mas vão ver. Talvez não hoje, nem mesmo amanhã, mas vai acontecer. Eu sei que vai.

Arthur acreditou nele.

— Certo! — exclamou David, batendo as mãos uma vez mais. — Zoe me ajudou a me tornar um ministro ordenado de acordo com a lei marsyana. Foi difícil e quase perdi minha vida, mas, no final, perseverei.

Zoe bufou, balançando a cabeça afetuosamente.

— Assim sendo — prosseguiu David —, ninguém aqui se casa sem minha autorização. — Ele olhou incisivamente, primeiro para Arthur e depois para Linus. — O que significa que, *se* eu achar que vocês dois não estão prontos, precisaremos remarcar para algum momento dos próximos cinco anos, depois que passarem pelo meu programa de aconselhamento pré-matrimonial que estou criando e que vocês podem tomar parte, tudo pelo preço promocional de...

— David — chamou Helen —, já discutimos o poder que vem com a ordenação. Isso não inclui de modo algum depenar as pessoas a quem você serve.

— *Na verdade* — interveio Lucy —, a religião faz exatamente isso. Qual é? Já existiu no mundo enganação maior?

— Isso está se saindo exatamente como eu pensava — afirmou Talia, esticando a ponta da barba. — Eu aprovo.

Chauncey puxou as calças de Linus.

— Podem fazer os votos agora?

Seus olhos cresceram e seus pedúnculos se retraíram quase completamente.

Todos ficaram em silêncio enquanto Linus levantava a cabeça para Arthur, seu sorriso vacilante. Com mãos trêmulas, Arthur pegou as de Linus nas suas, apertando-as com força. Ao longe, o barulho das ondas, o canto dos pássaros.

— Como você mexe comigo — disse Arthur docemente. — Alguns podem olhar para você e ver apenas um homem. Azar o deles, porque você é muito mais. Você é a luz do sol afugentando as nuvens em um dia chuvoso. Você é a flor mais iluminada em um jardim onde a cor luta para existir. Eu olho para você e vejo o homem, mas também vejo a vida fervilhando logo abaixo da superfície. Você me ensinou tanto desde sua chegada em nossa casa, mas se há uma coisa que aprendi com você, acima de tudo, é que: existe magia no trivial, magia que tem o poder de mudar o mundo. Você mostrou isso em sua gentileza, em sua empatia, em seu desejo de ver nossos filhos prosperarem e terem sucesso, assim como todos que encontram o caminho até nossas praias. Você me disse uma vez que, quando necessário, você seria minha força. Minha esperança. E, meu amor, acredito que você é exatamente isso. Não apenas para mim, mas para todos nós. Obrigado por nos escolher. Obrigado por nos amar. Obrigado por nos *ver*. — Ele levou as mãos de Linus até seus lábios. — Que honra conhecer você, e receber como presente seu coração. Eu prometo, por tudo o que tenho, por tudo o que sou, que nunca deixarei um dia passar sem lhe dizer o quão precioso você é para sua família. E para mim.

Merle puxou um lenço, assoando seu nariz de forma bastante espetaculosa. Não foi o único; a maioria dos convidados estava fazendo o mesmo ou, no mínimo, enxugando os olhos. Turnip tirou um pedaço de musgo do peito e ofereceu a Janet, que o pegou e enxugou os olhos enlameados, Barry com a cabeça deitada no ombro dela.

Linus abriu sua boca uma, duas vezes, mas nenhum som saiu. Ele pestanejou, olhando para os convidados. Seu olhar se voltou para as crianças, demorando-se em cada uma delas. Quando levantou a cabeça de novo, Arthur pôde ver o fogo queimando dentro dele, luminoso como o sol.

— Eu não sabia o que era viver, não de verdade. Eu achava que sabia. Achava que a vida era só existir na chuva sem fim, com apenas girassóis e discos como companhia — começou Linus.

Calliope miou bastante alto.

— Sim, sim — disse Linus a ela. — E você também. Você, eu e não muito mais do que isso, não é? Mas nós encontramos um lar, mesmo que não estivéssemos procurando, ao menos não conscientemente. — Ele se voltou para Arthur. — Por sua causa, Arthur. Por sua causa, as pessoas aqui podem deitar a cabeça à noite, e não precisam sempre se preocupar com o que o amanhã pode trazer. Por sua causa, Sal, Phee, Chauncey, Talia, David, Lucy e Theodore conseguem simplesmente *ser*, coisa que muitas pessoas têm como algo garantido. Por sua causa, o mundo é um pouquinho mais brilhante. Por sua causa, tenho esperança, fé, tenho a crença de que não importam as adversidades, seremos felizes, seremos livres, saberemos que, por *sua* causa, as coisas estão mudando. E eu tenho tanta honra de estar ao seu lado. — Lágrimas escorriam pelo seu rosto enquanto sorria. — Ih, meu velho, agora já foi. Arthur, eu amo nossos filhos mais do que consigo dizer. Amo nossa casa. Eu amo a vida que você me deixou ajudar a construir. E eu amo *você* com cada fibra do meu ser. Você está em mim a cada respiração, em cada batida do meu coração, e pelo resto dos meus dias, eu estarei ao seu lado, não importa o que aconteça.

— David — chamou Arthur, sem desviar os olhos de Linus. — Desejo beijar meu futuro marido até o último suspiro. Tenho permissão?

David abriu um sorriso largo com o queixo apoiado nas mãos, piscando lentamente para eles.

— É — afirmou, sonhadoramente. — Pelo poder a mim investido, e tudo o mais... Papai, beije o pápi com vontade!

Zoe e Helen ficaram boquiabertas, Jason e Byron berravam, enchendo o ar de alegria.

Arthur e Linus se entreolharam, tiveram uma conversa silenciosa de três segundos, assentiram e se beijaram. Então, sem aviso, ambos se viraram de uma vez e saltaram para trás do púlpito. David soltou um grito enquanto eles o pegavam, esmagando-o entre os dois.

— O que está *acontecendo*? — esgoelou-se David, enquanto Linus beijava o topo de sua cabeça de novo e de novo. — Eu não sabia que casamentos serviam para atacar iétis!

— Um de nós! — clamou Chauncey. — Um de nós!

As outras crianças repetiram o grito e, enquanto o clamor da multidão os envolvia, Arthur e Linus Baker-Parnassus abraçavam seu filho com força. Não demorou muito para que os outros pulassem sobre eles, despejando uma boa quantidade de lágrimas, e conforme o sol deslizava pelo céu acima de um mar azul-cerúleo, uma fênix pensou maravilhada: *Esperança é algo com penas, sim, e esperança é algo em chamas.*

AGRADECIMENTOS

Em 2022, estive em um evento em que me perguntaram: “Qual você acha que será seu legado?”. Típico da minha pessoa, dei uma resposta incisiva. “O que me importa? Estarei morto.”

De modo geral, ainda penso assim. A ideia de um *legado* me deixa estranhamente desconfortável. Quero me concentrar no aqui e agora, no presente, e não me preocupar como serei visto daqui a cem anos, se é que isso acontecerá.

Porém, ao escrever esta sequência, percebi que isso não é de todo verdade. Eu quero ser lembrado como algo, e é bastante específico: não como o Anticristo, mas como o Anti J.K. Rowling. Quero ser sua antítese, seu oposto. Quero que minhas histórias sejam jogadas na cara de tudo o que ela acredita. No fim das contas, ela não faz ideia de quem sou, e tudo bem. Ainda estarei aqui, na labuta, garantindo que histórias queer sejam contadas. E não estarei sozinho. Existem muitos autores queer escrevendo histórias que importam, histórias necessárias que mostram todas as diferentes facetas de nossas vidas.

Para deixar claro: as crenças de J.K. Rowling de que pessoas trans são abomináveis e não têm lugar na sociedade moderna. Gente como ela — que acredita que pessoas trans de alguma forma são inferiores — merece ser evitada até que desapareça no éter. Como Arthur diz neste livro: “O ódio faz barulho.” Ele está certo. As pessoas tendem a amar em silêncio e odiar fazendo barulho. Mas aí é que está: não faço *nada* em silêncio. Sou um filho da mãe barulhento, e continuarei sendo, principalmente quando minha comunidade está sob ataque.

Às pessoas trans que me leem: este livro é dedicado a vocês. Sem vocês, não existiria nós. Vocês são pessoas vitais, lindas e merecem tudo de bom neste mundo. Há muito mais de nós do que deles. Sim, eles são barulhentos e pode parecer que seu ódio é tudo o que vemos e ouvimos.

E, no entanto, penso constantemente no menino de doze anos que conheci em uma pequena escola na Virgínia Ocidental. Após uma fala minha a um grupo de crianças, um menino veio até mim e disse: "Eu sei tudo sobre coisas gays."

Confuso, perguntei: "Como assim?"

Ele respondeu: "Ano passado, eu tinha uma namorada. Que se assumiu trans, e agora é meu namorado."

Se é tão fácil para uma criança, por que é tão difícil para os adultos? Não tenho uma resposta para isso, além desta: as gerações mais jovens são inteligentes, cosmopolitas e *prestam atenção*. Elas sabem o que está acontecendo e estão furiosas. Desde colegas trans sofrendo ataques a livros sendo banidos de suas bibliotecas, as crianças sabem o que estão fazendo com elas. E quando tiverem idade suficiente, farão deste mundo o que ele deveria ter sido desde o início: um lugar onde todas as pessoas serão livres, sem medo de repressões por serem quem são.

Este livro não existiria sem a ajuda de muitas pessoas.

Primeiro, Christie, Jenna, Rory e Justin: obrigado por reservarem um tempo para falar comigo de novo sobre as complexidades do trabalho social. Como eu lhes disse quando conversamos pela primeira vez em 2018, e depois novamente em 2022, não consigo imaginar o nível de empatia necessário para fazer o que vocês fazem. O trabalho de vocês é muito, muito importante, mesmo que o salário não chegue nem perto do suficiente por fazerem o que fazem. Obrigado por se importarem com as crianças e fazerem o melhor para garantir que nenhuma delas seja esquecida.

Ao dr. Chaudry, aprecio sua visão sobre a psicologia do trauma e como este pode se agravar. Lamento ter tomado três horas do seu tempo no que deveria ter sido uma ligação de trinta minutos. Acabei fazendo um monte de perguntas, e o senhor tirou um tempo para respondê-las com graça e paciência, até quando eu me desviava do assunto. Obrigado por fazer o que faz, mesmo quando parece que está destruindo uma montanha com uma picareta.

Antes de escrever *A Casa no Mar Cerúleo,* e novamente antes de *Em Algum Lugar Além do Mar*, eu falei com pessoas que acolheram e/ou adotaram e também com pessoas que foram elas próprias acolhidas e/ou adotadas. Agradeço em particular à família Hernandez, que é, de certa forma, como uma família Baker-Parnassus da vida real. Eles até têm um Theodore (um terrier rateiro chamado Jester) que gosta de esconder meias debaixo do sofá. Sua família — composta por pessoas não ligadas por sangue, mas por escolha — é a razão pela qual acredito na bondade da humanidade. Obrigado por abrirem as portas de sua casa para aqueles que precisam de um lugar para se assentar.

As pessoas a seguir trabalharam de várias maneiras neste romance. Elas fizeram o livro melhor do que ele seria.

Ali Fisher, minha editora, que sempre me desafia em minhas histórias. Ela me faz pensar de maneiras que eu normalmente não pensaria em meio à escrita. Sem sua orientação, todos os meus livros seriam uma bagunça. Eles são legíveis por causa dela. Obrigada, Ali.

Deidre Knight, minha agente, e todos na Knight Agency, obrigado por sempre me defenderem e sempre me apoiarem. É incrível pensar o quão longe chegamos nos últimos seis anos, e sou muito grato por ter vocês ao meu lado. Qualquer sucesso que eu possa ter é graças aos seus esforços incansáveis em meu nome, e eu não poderia pedir uma representação melhor.

Minhas leitoras beta — Lynn, Mia e Amy —, que leem meus livros em suas formas mais brutas e, ainda assim, às vezes me dizem que eu fiz um bom trabalho. O que, para ser justo, é uma coisa difícil de fazer quando elas recebem livros com seis milhões de páginas e instruções minhas que basicamente se resumem a POR FAVOR, AJUDE A FAZÊ-LO MAIS CURTO, EU NÃO SEI POR QUE AMO TODAS AS PALAVRAS!!! Elas me dizem quando algo funciona, e quando não. Qualquer coisa boa neste livro é por causa delas. Alguma coisa da qual não gostou? Culpa minha. E então lembre-se: é apenas um livro.

Dianna Vega, a editora-assistente: seu serviço é tão complicado, não sei como você faz isso. Obrigado por sempre me manter informado e pelo seu trabalho duro. Acho que tudo desmoronaria se não fosse por você. Obrigado.

Saraceia Fennell é minha assessora de imprensa, aquela que me envia para o mundo. Publicidade é um dos trabalhos mais difíceis em uma publicação, e ela é uma das melhores — se não *a* melhor. Acho que nunca conheci uma pessoa mais trabalhadora do que ela, e o fato de aguentar minha loucura particular é uma prova de sua paciência. Acho você o máximo.

Becky Yeager cuida de todo o marketing e divulgação. As incríveis obras de arte que encomendamos? Os blogs, as postagens, as playlists? Tudo isso é graças à Becky. Ela tem tantas ideias maravilhosas sobre como promover meu trabalho, e estou constantemente impressionado com todas as coisas que cria. Obrigado, Becky.

Se você leu meus livros nos últimos anos, é provável que tenha adorado as capas. *A Casa no Mar Cerúleo. Além da Porta Sussurrante. A Vida Entre Marionetes.* A série *Green Creek.* E agora, *Em Algum Lugar Além do Mar.* Essas capas são de Chris Sickles com o Red Nose Studio. Não sei como ele faz. Não sei como consegue pegar as imagens que tenho na cabeça e traduzi-las em algo real, tangível. É como se tivéssemos o mesmo cérebro, mas com expressões artísticas diferentes. Eu escrevo palavras, Chris faz mágica. Eu já disse isso antes, mas vale a pena repetir: espero trabalhar com Chris pelo resto da minha carreira. Obrigado, Chris.

Além de Chris, Katie Klimowicz também trabalhou na capa. Ela é a designer da sobrecapa original, e, cara, ela sempre faz um trabalho excelente. Caramba, ela cria *fontes* específicas para uma obra. Quem faz isso?!?! Katie Klimowicz faz isso. Eu acho que ela é muito, muito irada. Obrigado, Katie.

A obra foi produzida pela editora de produção Megan Kiddoo, o gerente de produção Steven Bucsok e a designer Heather Saunders. Eles trabalham com tantos detalhes e minúcias, e mantêm todo o processo de fazer um romance vir ao mundo do jeito mais tranquilo possível. Eu penso neles como um relógio, sempre marcando a hora certa. Obrigado a vocês três.

William Hinton é o diretor editorial, e Devi Pillai é a editora. Eu não estaria aqui sem eles, então obrigado por acreditarem nos meus livros, no poder das histórias queer. Espero ser um autor da Tor por muitos e muitos anos.

À minha comunidade queer: escrevo esses livros para qualquer um que queira lê-los, mas na minha mente e no meu coração, estou sempre pensando em vocês antes de tudo. Caso ninguém tenha dito isso hoje: estou orgulhoso de vocês. Eu sei que é difícil ser humano. Sei que parece que as coisas estão ficando mais difíceis. Mas, por favor, não se esqueçam de que, embora o ódio possa fazer barulho, nós faremos mais. E ninguém pode tirar isso de nós.

O Anti J.K. Rowling,
TJ Klune
7 de março de 2024

SOBRE O AUTOR

TJ KLUNE é um autor best-seller do *New York Times* e do *USA Today*, vencedor do prêmio Lambda. Escreveu *A Casa no Mar Cerúleo*, *Além da Porta Sussurrante*, *A Vida Entre Marionetes*, a série *Green Creek* (para adultos) e a série *Extraordinaries* (para adolescentes), entre outras obras. Como parte da comunidade LGBTQIA+, Klune acredita que é importante — agora mais do que nunca — ter representações queer precisas e positivas nas histórias.

tjklunebooks.com
Instagram: @tjklunebooks